U0580684

亲爱的，银行家

林小珑 著

[上册]

青岛出版社
QINGDAO PUBLISHING HOUSE

图书在版编目（ＣＩＰ）数据

亲爱的，银行家 / 林小珑著.—青岛：青岛出版
社，2020.5
ISBN 978-7-5552-8713-1

Ⅰ．①亲… Ⅱ．①林… Ⅲ．①长篇小说－中国－当代
Ⅳ．①I247.5

中国版本图书馆CIP数据核字(2019)第276321号

书　　名　亲爱的，银行家
著　　者　林小珑
出版发行　青岛出版社
社　　址　青岛市海尔路182号（266061）
本社网址　http://www.qdpub.com
邮购电话　010-85787680-8015　　13335059110
　　　　　　0532-85814750（传真）　　0532-68068026
责任编辑　李文峰
特约编辑　崔　悦　程钰云
校　　对　王苏苏
装帧设计　蒋　晴
照　　排　梁　霞
印　　刷　三河市良远印务有限公司
出版日期　2020年5月第1版　　2020年5月第1次印刷
开　　本　16开（700mm×980mm）
印　　张　35
字　　数　403 千
书　　号　ISBN 978-7-5552-8713-1
定　　价　59.80元（全二册）

编校印装质量、盗版监督服务电话　4006532017　　0532-68068638

建议陈列类别:畅销·青春文学

目录［上册］

目录 [下册]

第一章　为她护航

一

美国曼哈顿，灯火璀璨，一座灯火通明的玻璃之城，美丽得犹如层层叠叠的剔透水晶，发出炫目的光芒。纵使夜里，也亮如白昼。

投资银行年度盛会，安之淳即使分身乏术，也得参加。

他实在是过于疲倦了，揉了揉高挺的鼻梁。

助手宋珍珍心细，压低了声音询问："安先生，要不要咖啡？"安之淳慢慢睁开了眼睛，换上了淡淡的微笑："谢谢，还是中国茶吧！"

对于一个韩国女士，太复杂的茶叶名称，她是不懂的，但说中国茶她知道。"抱歉，要不还是让何助理过来。"宋珍珍说。

厚重的红色木门被推开，进来的人言笑晏晏，正是好莱坞的重要投资商布莱恩。

安之淳有意进军影视圈，建立起属于他自己的娱乐王国，他有他的野心和宏伟目标。

"不必了，中国茶就可以。你也忙了一晚上。"安之淳对宋珍珍道。他一向照顾下属的感受。

"安之淳，"穿着三件式西装，做派老式的绅士布莱恩走了过来，伸出了手，"你一个好好的银行家，倒是对电影有兴趣。"

安之淳推了推金丝眼镜，从办公椅上站了起来，伸出手与布莱恩相握。

他只穿一套低调的墨蓝色西服，蓝得深浓的衣袖近看时，几乎是墨色的，唯袖子上一粒蓝宝石袖扣在灯光下熠熠生辉，光华流转，一如他那双深邃而漆黑的眼睛，眼里似有宝光流转。

布莱恩被安之淳的气质所折服，一时忘了言语。

倒是安之淳说了声："坐。"他语气熟络，犹如对待故人，并未过多客套。

两人坐下闲聊时，何庭托了茶盘进来。

到底是麻烦到了宋珍珍，安之淳往门外看了一眼，用韩文说道："珍珍，你先回去吧，别让孩子等久了。"他点一点头，脸上是得体的微笑。

"布莱恩，中国茶喝得惯吗？"安之淳接过茶盘，熟练地烫壶，泡起茶来。

是太平猴魁，茶香清逸，比起欧美人惯常喝的口味浓郁的锡兰红茶，别有一番风味。

布莱恩笑眯眯地点头，品茶，也不多话。

品过三杯茶，布莱恩郑重地问道："安之淳，你真的决定了要进军好莱坞？这一行与你实在不搭，再说你父亲为人保守，他不会看好的。"

安之淳眉毛一挑，镜片后面那对深邃的眸子闪了闪，说："家父拗不过我。"

布莱恩年已五十，是个通透的人，笑了笑道："总有些其他原因吧？"

"因为一个故人。"安之淳说。

布莱恩将电影剧本放下，进入正题："你是最大的投资商，女二、女三都可以任你安排。这两个角色需要两位亚裔演员，你可以选中国的女士来出演。"

何庭坐于一旁，一边操作着美股，一边留意两人的对话，安之淳需要他时要及时提出意见。忽然，何庭手机嘟的一声响，他打开一看，叹了一口气。

两人正聊到剧中的女二号，这个角色非常出彩，虽然在一部三个半小时的电影里，出场总时长只有二十五分钟，却相当惊艳，同时很考验演技。布莱恩见安之淳的目光停留在女二号的人设上，开玩笑道："有合适人选了？"

"没有，"安之淳笑笑，转而问何庭，"刚才为什么叹气？"

布莱恩的话已经说了出来："女二'Miss Lee'，公开选角将近半年了，至今无人问津。"

"哦？"安之淳挑了挑眉，其实早已心中有数。

"这个角色虽好，却需要拍在冰水中挣扎求生的一幕，冰水里的戏共有两幕，非常辛苦，也非常需要毅力。"布莱恩言简意赅，"男人来演尚且辛苦吃力，何况女人？"

何庭走了过来，将平板递给安之淳说："已经有人前来试镜'李女士'一角了。"

屏幕上是一张甜美可人的女子的照片，大眼睛清澈明亮，很是美丽——那是一对顾盼生辉的眼睛。

上司的心事，何庭一向明了，直接道："我可以安排下去，pass（淘汰）掉这位陆小姐。"他心里道：安先生的这位故人，安先生又如何舍得她受苦呢！

安之淳沉吟片刻，再次抬头时，除下了眼镜放在一边，慢慢说道："不用了，人总是要成长的。她很好，我相信她。"

"看来你是有人选了。"布莱恩点了点头，只有一个试镜者，角色几乎确定就是她的了。

"还是看实力吧，如果她演不来，即使她肯吃这个苦，为了电影的完美，她也是不合适的。"安之淳答，完全是公事公办的严谨态度。

等送走了布莱恩，何庭用打趣的口吻说道："安，你总是一板一眼地追女孩子，这是不行的。"

"哦？"安之淳眼底光芒一闪，他微微颔首倾听，是虚心请教的意思。

"追女孩，总得厚脸皮一点。"何庭说道，"还得加点小情趣。"

安之淳笑笑，说："我想我懂得了。"

另一边，摄影棚里依旧是不分白天黑夜的样子，灯火通明、人来人往。

李女士这个角色一直空着，愁坏了导演，好在现在终于有演员来了。

化妆间里，有七八个演员正在化妆，有欧美的，也有亚裔的，除了女一号是钦点的影后弗莱西斯，女三号因为出场时长将近五十分钟，虽然对白不多，但出镜率高，且是以年轻、知性、充满女性化的美丽姿态出镜的，反而引起了几个亚裔女演员的争抢。

今天，大家都是来试镜的。

陆蔓蔓安静地坐在一边等待化妆师。

她肤白，脸又是那种极上镜的鹅蛋脸，不会失了气场，那对大眼睛熠熠生辉，在灯下看，更是美丽。她只是安静地独坐一隅，就比那些叽叽喳喳的年轻美丽的女孩要显出不同来。

"真的决定了？"经纪人金枝苦口婆心地想阻止。

对于这个剧本，金枝是不看好的。

这是好莱坞与中国两方合拍的大片，从演员阵容到剧本创作，再到近7个亿的资本投入，超豪华阵容这点无人敢辩驳，但这也使得该片的拍摄用时必然过长。而且这一部影片讲的是一支科考队进入南极冰川，在冰洋里航行，或住在考察船上，或凿冰起屋的一个故事，其中涉及深层次的对人性的思考。

科考队多次遇到危险，得随行的爱斯基摩犬相救，最后为了不单独留下犬只，女二号放弃离开这里。最后一次遇险时，女主角为了救女二号失去了生命，其他队员也不幸罹难，只剩下女二号与四只爱斯基摩犬，留守在此默默等待救援，也为了守住对队员的承诺。

科考队已经探测到了重要资源，位置只有他们知道，可他们最后都死去了，所以女二号必须等待人员来寻找她。她一等就是一年多。

剧本中的最后一个场景，是李女士坐在茫茫冰原上目视远方，会有特写镜头定格在她的脸部。该流露出什么样的神情？该如何表达内心？这需要演员自己寻找灵感。

当电影临近结束时，茫茫冰原之上，降落了一架直升机。李女士虽然看不见远方的飞机，但相信搜救人员已经在赶来的路上。

其实，她是在守候"无望中的希望"。

女主角救了女二号使剧情得到了升华，而女二号艰难的守望则是为了沉淀。李女士这个角色不好拿捏，而且这部影片不一定会大卖，因为题材沉重，过程沉闷。

但这真的是一部有深度的好片，虽然真正上映后，或许只是叫好不叫座。

这就是金枝不赞成的理由。

"你不相信我的演技？"陆蔓蔓忽然换作一副笑嘻嘻、大咧咧、无所谓的样子。

"我是心疼你。"金枝知道她心意已决,十头牛也拉不回,真是没好气。从上飞机到现在,她一直念叨,可她终究还是拗不过这个陆蔓蔓。

"别,你这样,我会以为你对我最好,以后会无法拒绝你的。"陆蔓蔓一改方才的从容淡定,开始插科打诨。

其实这两副样子,都不是真正的陆蔓蔓。

真正的陆蔓蔓在很早以前就被保留在了心底。

金枝叹了口气,到底是真的心疼她:"我说蔓蔓,虽然很多人都在黑你,可是你有演技,在国内总会熬出来的。到了这里只为一部电影,还不一定卖座,只怕真的拍出来了也是不温不火,还浪费了时间。毕竟在国内只要参加一场真人秀,人气就出来了。"

"'惯三'女星,比不入流的七八线女演员还要惹人厌,很难翻身的。我是被陷害的,可是谁又肯相信呢?我已经被雪藏了一年多,什么都没有了,只能靠这一部影片翻身。"陆蔓蔓笑容敛去,看起来哪还像个二十出头的女孩子。

化妆间门外,一道烟灰色的身影停了下来。

安之淳刚结束了八个小时的超长会议,已经两天两夜没合过眼了,可他还是第一时间赶了过来。

他听了陆蔓蔓的话,那颗在商场上淬炼得冷硬的心蓦地就软化了。可人总是要成长的,他不该过分干预她的事情。

忽然,安之淳看见在他对门的通道里,闪过了一只哼哧哼哧的高头大犬。

陆蔓蔓差点尖叫出声。

"没关系吧?"英俊的男主角牵了一只爱斯基摩犬进来,"巴顿,坐。"

"原来是巴顿将军哪!"陆蔓蔓小声说道。

那位男主角是个中英混血,听得懂中文,笑了:"你真幽默。"

只有安之淳看出了她的惊恐,她的手在颤抖,可脸上还是挂着礼貌的微笑。

"它也是来试镜的,已经通过了,以后将军和你会有许多对手戏。"安

5

东尼用中文说道。

陆蔓蔓在很小的时候被狗咬过,小手被咬得鲜血淋漓。来自童年的心理阴影让她很惧怕狗,但她早在许多年前,就通过看心理医生治愈了。不过突然看到狗,她还是会本能地吓一跳。

"我知道。看剧本时,就知道会和头领犬有很多对手戏。"陆蔓蔓微笑着回答。

"呀,好可爱!"整个化妆间都沸腾了起来,三个日裔的女孩子围着巴顿转个不停。

可巴顿倒好,居然径直走了过来,坐在了陆蔓蔓面前,抬起高傲的头颅看着她!

"你、你、你好,巴顿将军。"陆蔓蔓紧张得口吃起来。她身体僵硬,坐在椅子上一动不动。

巴顿看着她,迟迟不动。

陆蔓蔓变得更为紧张,只怕它随时会扑上来,然后撕咬她。

安之淳一颗心一揪,正要走进去,却听安东尼说:"这位美丽的东方小姐,你的脸色很差,有哪里不舒服吗?"

她深呼吸一口气,告诉自己行的!她一早就可以和狗狗打交道了呀!以前在心理医生那里,还抱过狗狗呢!怕什么!陆蔓蔓笑了笑,答:"没事。你让它在这里休息吧,我会看着它。"

安东尼为难地看了她一眼,十分担忧。

"你去忙吧,我很好。"陆蔓蔓的声音很低,轻轻柔柔的。

金枝已经拿了自备的化妆箱过来。

像陆蔓蔓这样不入流的亚裔演员,要等来化妆师,得等到天亮了。

见她的助手在摆弄化妆工具,安东尼忽然说:"你很美丽,接近柔弱,这部影片不适合你。不过你试镜时,可以考虑一字平眉,增加坚韧的美感。"

"谢谢你,不过我想你要失望了,我会成为这个角色。"陆蔓蔓忽然一改微笑的模样,变得严肃沉着,秀长的眉毛往下一压,整个人的气质都变得不同起来——冷硬、以自我为中心,是那种东方女性特有的柔韧与坚毅。

这个表情的她并不美,但安东尼对她另眼相看了——她只需一秒就能入戏,这样的演技,不是每个人都有的。

门外的安之淳觉得很欣慰，他的小女孩长大了。

"安之淳，"宋珍珍踩着高跟鞋，小碎步跑了过来，"我们操控的对冲基金出了些问题，你得过来一下。"

"好的，我马上来。"安之淳点了点头，转身朝着宋珍珍走去。

那一道声音在她黯淡的生命里令她魂牵梦绕。陆蔓蔓仓促地回头，只看见门后一抹烟灰色的身影。

怎么可能是他呢？错觉罢了。陆蔓蔓敛起了那些盼望、失落、惆怅与惦念，却始终对着那个男人离去的方向出神。这是她的最后一丝希望。

"我想李女士最后一幕的神情，就是你现在这样的。"安东尼拍了拍她的肩膀，"我收回刚才的话，你很专业。待会儿试镜，你要保持这个水平。"

这部影片，最值得推敲的就在于男主角与女主角和女二号之间的关系。

男主角真正爱的是女二号，但他身患绝症，所以找来了女主角陪他演戏。女主角原本与他不熟，只是同事关系，但知道了他的故事后，在不知不觉中爱上了他，对他假戏真做了。

科研考察队在南极待了两年，女主角与男主角朝夕相处，最终爱上了他。所以，在这样的探险片里，给男主角安插两段感情，既不违和，又十分考验编剧与演员的功力。

影片里，不乏男主角与女二号缠绵的剧情。起初，在男主角回忆中出现的女二号是初见时的模样。一出场，雪白的脸孔、嫣红的嘴唇、灵动的双眸表现出令人惊艳的美，她是男人心中珍藏的初恋的形象。画面一转，男主的回忆转到了与女二号分手前的那一次用心去铭刻的缠绵。这个画面带着唯美的情色，不过时长很短，只有四十五秒，短而仓促，在最动人的时间点停止，神秘得引人遐想。

女二号主要以憔悴的状态出现，一年多的留守使她容貌老去，留下无尽的沧桑。

在长达十分钟的收尾片段中，女二号会在回忆里闪过她在最美的年华与男主角相遇的画面。最后，在雪地里，她看见男主向她走来，她伸手去抱，可抱住的只有虚空——那是她的幻想。

只有两场戏女二号是以绝美容貌出现的，在其他的戏里她都是以憔悴的妆容出场。但正因如此，女二号的形象才会更有视觉冲击力。这个角色很特殊，值得玩味。

陆蔓蔓都懂。

"我很期待和你演对手戏。"安东尼的眼里闪过喜悦，那是棋逢敌手的惺惺相惜。

"这次我会说，我不会令你失望的。"陆蔓蔓点了点头，微笑着取过了金枝手里的那支笔，给自己画了两道平眉。

镜子里的她，脆弱却又强大得无坚不摧。

伸出手来，陆蔓蔓摸了摸巴顿的头。巴顿盯着她看了一会儿，终于臣服，趴了下去。

"很好！"陆蔓蔓在心中对自己说。

二

当憔悴的李女士站在茫茫雪地中（假的雪地背景）时，她忽然回首，那些盼望、失落、惆怅与惦念等复杂的情绪反复闪现，最后都化作了脸上极淡、极淡的微笑。

神经抽搐一般，她的嘴角动了一下。这个笑带着一丝神经质的意味，而她的眼神却是空的，什么也没有。她长身玉立，娉婷柔弱，却又腰杆挺直，整个人仿佛无坚不摧。她始终对着可能来人的方向出神，怀有最后一丝希望。

然后，她空洞的眼睛里跃起了一点光，明灭不定，像萤火那么微弱。接着，她的脸上又出现了奇特的表情，犹如少女看到了情人时的眼神。尽管她的眼角布满了深刻的皱纹，可她在顾盼间眼中光华流转，展现出说不出的动人姿态。随后她拿出了手中紧紧攥着的袋子里的东西，那是一颗洁白的珍珠。

李女士的全名就叫李珍珠。

那颗珍珠是男主角送给她的定情之物。

长达七分钟的表演，没有一句台词。到上映时，是会穿插一段男主角与她在一起的场景的，光影交错，十分有美感；也会加拍男主角向她走过来的虚空景象。

她手握珍珠这一点，暗喻天堂里的男主角派人来救她了，她得到了救赎。

看着监视器里那个历经沧桑的女人，大家先是静默，然后爆发出叫好声。

陆蔓蔓知道，自己通过试镜了。

大导演李维斯站了起来，对着这位不知名的华裔女星诚恳地说道："欢迎你进组，李小姐。"

陆蔓蔓知道，不是李维斯叫错了她的名字，而是他肯定了她就是独一无二的李珍珠。

进组的当天，女三号也来了。她并不是海选那天陆蔓蔓见到的几位女演员之一。

黄菲菲，中方演员，二十一岁，首都电影学院大三学生；童星出道，已有十年的表演经验，是当下最抢手的一线小花旦之一。

作为一个一线小花旦，给陆蔓蔓这样的二线演员配戏，黄菲菲如何咽得下那口气。但黄菲菲又不愿意吃苦，且觉得五十分钟的出镜时长怎么都比二十五分钟的要划算，所以并没有参与竞选女二号。

剧情里，李女士是个对工作极为严苛的人，所以，当黄菲菲饰演的助手犯错时，陆蔓蔓有一场发火的戏。

导演大喊一声："Action（开始）！"

穿着白大褂，妆容看起来老了十岁的陆蔓蔓把手往桌子上一拍，并不重，可手背上突起的青筋表现出李女士的愤怒。

陆蔓蔓头微微一抬，阴晴不定地看着站于一旁低眉顺眼的黄菲菲，用老成的嗓音说出了一句话："你就这点能耐？"

陆蔓蔓的神情阴沉得可怕。这一幕戏，黄菲菲只有背影出镜。

黄菲菲刻意含胸弯腰，做出恭顺的姿态，但她正面是朝着陆蔓蔓的，她对着陆蔓蔓并没有低眉顺眼，而是刻意嘲讽，也不拿正眼看陆蔓蔓，十足的挑衅。

看到黄菲菲这副嘴脸的亚裔剧组中，几乎所有的人都在等着看陆蔓蔓的笑话。

陆蔓蔓面容阴沉，可眸子里透出的，却是一个长辈对晚辈的期望与关切。第一次演三十多岁的成熟女角色，最重要的是要演出长辈的感觉，陆蔓蔓想到了自己的妈妈。妈妈的眼神是怎样的？——饱含对儿女的期待、关切，或许还会在儿女犯错时透露出一丝小小的失望。

黄菲菲看着陆蔓蔓，不屑地撇了撇嘴，可腰背又弯低了些。"跩什么

9

跶！"黄菲菲嘀咕道，"还真当自己是什么大角色了！"

陆蔓蔓脸色一沉，念出了台词："你无须这个态度，你只要厘清自己的工作，对其负责。"剧本里，李女士对助手满含恨铁不成钢的失望，希望能激励她，告诉她无须自责，而是要担负起自己的责任。

可在现实中，陆蔓蔓是一语双关。

是，自己不过是二三线的女演员，但尚且知道工作时要专注，不带私人感情。面对黄菲菲的挑衅，在戏里她可以做到视而不见，但不代表她的容忍没有底线。

这一场戏并不算重要，主导演与副导演在另一个摄影棚里拍男女主角的戏。这里的一幕戏刚一完结，第三导演还在看监视器里的慢放镜头时，这边就爆发了一场小规模战争。

"你给我道歉！"黄菲菲揪住了陆蔓蔓，不准她走。

陆蔓蔓看了她一眼，又垂下了眼眸，手一用力就掰开了黄菲菲的手，黄菲菲吃痛，呀了一声，没想到陆蔓蔓力气居然那么大，见自己占不到便宜，又见大家的视线都因她这一声而集中了过来，于是便装起了委屈，甚至连眼眶里都含了泪："你凭什么侮辱人。"

一场闹剧，就这样闹了起来。当然，闹事的还是亚裔剧组和媒体这边的人，欧美团队对她们的事情不甚了解。

陆蔓蔓有些恼了，但还是沉着地站在那儿，用平稳的声音说道："我什么也没做。"然后，她头也不回地走了。

黄菲菲是有些人脉的，这里是美国，娱乐八卦虽然兴不起来，但还有网络。当时，她的助手在暗处用手机拍下了她与陆蔓蔓拉扯的那一段，又刻意安排的角度问题，不明真相的人看了，还真会以为陆蔓蔓在仗着角色耍大牌。

国内的网页上已经流传出去了一些图片，而且黄菲菲的团队还请了人专门来抹黑陆蔓蔓，说她这个"惯三"女星在片场公然勾搭男主角，想抱影帝安东尼的大腿上位云云。

金枝看见时气得不行，正要去微博上发布澄清谣言的消息。

陆蔓蔓忽然说："算了，一看就是专门请人来操作的号。我们没有那么多钱，我也不屑于辩白。即使我辩了也无人信，就这样吧！等电影上映了，凭实力说话，我有这个信心，我们只需要静待时机。"

有时候，忍辱负重才是关键。

但出乎意料的是，国内的那些对陆蔓蔓不利的流言蜚语，在接下来的一天之内就全部消失了，这是之前从来没有过的。陆蔓蔓一向不关心这些事，也没有想那么多，纯粹以为自己是运气好。于是，她更专注于拍戏，全力以赴。

陆蔓蔓所在的剧组分队已经赶赴巴黎取景。拍完巴黎的一幕剧，他们马上就要飞往南极与其他剧组人员会合。女主角与大部分剧组人员都已经先到南极了。

接下来的这幕，是李女士与男主角的感情戏，拍得非常唯美，就在巴黎丽兹大酒店里拍。

男主角知道自己得了绝症，最多只能活五年了，于是约了李女士出来，打算与她过完最后一个情人节。

彼时，李女士还是一个纯真浪漫的二十五岁的美丽女子，风华正茂，对爱情充满幻想与渴望，对男朋友爱意满满，眷恋缠绵。

这个时候，李女士还是李珍珠。

珍珠与男主角霍华德是博士生在读时的同学，也是彼此的初恋。霍华德记得在大学时，两人在图书馆看菲茨杰拉德的小说，珍珠说最喜欢那个纸醉金迷、充满复古时尚的爵士年代。菲茨杰拉德是她的偶像。

于是，在这个情人节，霍华德选了丽兹大酒店，准备在菲茨杰拉德住过的套房里，过完属于两人的最后一天。

"待会儿你别紧张。"安东尼走到陆蔓蔓的面前，见她还在背台词。她那一头俏丽的短发垂在耳边，圆润小巧的洁白耳垂上戴着一对复古的珍珠耳环。她是爵士年代的那种装扮——紧身的露背黑纱长裙、波波头、刘海剪得像被小狗啃过，但很衬她精致的脸庞。

她化了令人惊艳的妆容。在那张雪白的脸上，用粉都不敢太过了，生怕遮挡了她绝好的肌肤，口红用的是正红色。她整个人明艳无比。

陆蔓蔓听得他的话，抬起头来，笑眯眯地点了点头："好的，我尽量不紧张。"灵动的黑眼睛里透出慧黠。

"哈哈哈哈，蔓蔓还是那么幽默。"安东尼笑道。

安东尼的身上集齐了东西方人样貌的优点，英俊得不可思议——一头黑发下，是一双深邃又神秘的绿色眼睛，那眼睛看向人时，直叫人挪不开目

11

光。虽然已经三十岁了，可那双绿眼睛的主人依旧犹如一个大男孩。

就连男人与男孩的所有优点都集中在他身上了。

上天眷顾的男人哪！被他看得有些不好意思，陆蔓蔓脸一红，只觉得上天真是宠爱他。

见她难得脸红，安东尼决定逗一逗她："喜欢菲茨杰拉德吗？"与他聊天也能使她放松，她虽表现得不在意，可剧本都被她攥皱了。

门外传来响动，化妆间内的两人都没有在意。

安之淳本来是不愿来的，可一想到剧本里安排的两人的亲热戏，他居然就止不住醋意了。

"安先生，各大银行股东都到齐了，正在海明威的房间里等候。"宋珍珍跟着他飞来了巴黎，就连今晚的金融会议，都被他安排到了巴黎。

安先生对这个女孩还真是不一般。宋珍珍看了一眼化妆间里的女孩。

一身黑纱裙惊艳全场，雪白的背脊、优美的蝴蝶骨，一条绕了七八圈的珍珠项链点缀在她性感的背部曲线上，随着她的走动轻晃。她性感又高贵。

"她很美。"宋珍珍笑着说道，声音轻微，绝不会打扰了任何人。

"离八点还有一段时间，麻烦你与何庭先替我应酬。"安之淳镜片后的眼睛目光沉敛，没有一丝光亮。

宋珍珍知道他此刻心情不好，于是轻声说道："好的。"然后她迅速离开了。

另一边，何庭给安之淳发了短信：你安排的我都办妥了，对陆小姐不利的绯闻都不会再出现。

安之淳看了一眼短信，微微笑了笑，安下心来。

三

化妆间里，陆蔓蔓已经放下了剧本："喜欢哪！他的文笔十分优美，《了不起的盖茨比》我看了无数遍哪！好莱坞最新拍的版本里的黛西太漂亮了！就是小李子太老了，要他演出盖茨比看着人时的那种真诚天真的目光，实在太难，我觉得小李子演得太吃力，毕竟那是一个三十岁未到的小伙子该有的眼神与目光。"

"一般女孩子都喜欢小李子，你倒例外。"安东尼觉得此刻的她有了二十岁女孩的活泼。或许，这才是她真实的一面。

"说到爵士年代，提及菲茨杰拉德，不得不提他的老朋友，酒鬼'海明威'。他的《流动的盛宴》中的巴黎太美了。"陆蔓蔓眼珠一转，露出十分向往的神情。除了十二岁那年去过一次地中海小岛外，这是她十年后第一次出国。时间流逝，转眼间沧海桑田，她感觉与这个世界离得很遥远了。因为剧组，她可以出国了，她到了美国，到了巴黎，可惜没有时间玩一玩。

"海明威那句至理名言，想必你也听说过了。"安东尼笑得狡黠。

门外，安之淳神色一变，知道安东尼在故意撩拨她。

果然，陆蔓蔓不明所以，问道："巴黎等同于快乐？"

安东尼不答，含了一点笑意，凝视着她，那对多情的绿眼睛如平静的湖。见她专注地看着自己，他说："'巴黎等同于快乐'，这句话其实还没有说完。"见她侧耳倾听，安东尼莞尔："其实还有一句，'令人只想到吃、喝、写作和做爱'。"

陆蔓蔓只觉得自己嘭的一声，要从内里自燃了。血液一下子冲上了头，她的脸红得要滴血。

"哈哈哈哈哈！"安东尼忽然爆发出了一阵大笑，半天才勉强止住了笑意，可双肩还在颤动，"逗你玩儿的。你真是可爱！"

被他这样一逗，陆蔓蔓觉得自己确实没有刚才那么紧张了。

其实她从进组到现在，虽然每次与安东尼见面彼此都会打招呼，但还真是互相不熟悉，两人说过的话加起来不过十句。但此刻，她忽然就觉得轻松了。

"好了，不开玩笑了。我平时很好说话，但是对工作很严厉。待会儿请指教！"安东尼收起了玩世不恭，向她伸出了手。

她伸手与他相握，两人的手一触即放。只听她说："请指教。"

光影迷蒙，李珍珠穿着高跟鞋，走在花式繁丽的地毯上，穿过重重走廊，一切仿佛时光倒流。

廊灯一盏一盏，闪着暖暖的橘黄的光，灯上的水晶吊饰轻碰，叮叮咚咚。地毯的缘故，她的脚步声很轻，嗒嗒嗒的高跟鞋声时有时无，更为神秘。

主导演与副导演屏声静气，好几双眼睛都盯着监视器里那一抹靓丽的窈窕身影。陆蔓蔓身上穿着的仿佛不是普拉达定制的爵士年代的小黑裙，而是一袭贴身的旗袍。她用穿旗袍的姿态来行走，摇曳生姿。

她在一扇鎏金雕花门前停下，高跟鞋的声音戛然而止。

门忽然开了。

房间里的灯光更为暗淡。李珍珠轻轻地走了进去，只见监视器中的特写镜头里，她鼻翼微动，"感受"到了男主角，而非用看的方式。

安东尼进入了镜头，他一把将陆蔓蔓拥进了怀里，那么地用力，仿佛明日便是世界末日。他开始吻她，修长而指节分明的手在她身上舞蹈，从她光裸后背的裙边探了进去，两个人的呼吸都重了。

大家大气都不敢出，全神贯注地看着这一场表演。

陆蔓蔓的裙子被安东尼随手一摘，轻轻脱落，掉在地上无人理会。

"好，停！"导演很满意。这一场前戏一条过。

安东尼眼中还有翻涌的情潮，很明显，他还没出戏。

陆蔓蔓的眸光闪了闪，她深呼吸了一下，才恢复过来。

为了突出激烈的情感冲突，这场戏全是真吻，而非借位。

安东尼的动作比她的经纪人快，他已经将身上堪堪挂着的白衬衣罩到了陆蔓蔓身上。

场景换了，两人进入了卧室里。

接下来还要补拍一个两人拥吻着倒进大床的镜头，美术指导在弄纱幔。

这一场激情戏要拍得非常唯美，灯光师已经试着在营造出最美最梦幻的灯光效果了。

迅速清场后，安东尼裸露着上身进到了纱幔里，他只穿了一条平角的打底短裤。当他靠过来拥抱她时，陆蔓蔓倒还真是瑟缩了一下。

读懂了她的身体语言，安东尼马上松开了她，十分绅士礼貌："别紧张，争取一条过。"

"嗯。"陆蔓蔓声音轻轻的，看他的眼神有些闪躲。

"第一次演激情戏？"安东尼十分贴心，"总要走过来的，在你大红之前，这样的戏份有时很难避免。"

导演给了两人几分钟酝酿情绪，见时机已经合适了，于是道："开始吧。"

副导瞄到了门后有人，正要过去说话，导演却说："那是幕后大老板。"

副导十分惊讶，但还是将注意力放回了监视器上。

可是，一直表现良好的陆蔓蔓让大家失望了。她脱掉衣服，虽然打底做得很好，但到底是裸露得挺多的。纱幔围着两人，将他们层层包裹，他们脸贴着脸，如同一枝并蒂双生莲。

安东尼亲吻她的眼睛，她的鼻子，然后是嘴唇。他的嘴唇轻轻地压了上去，可一对多情的眼睛却是睁着的。看着她的眼睛时，他深情无限，仿佛认为她是这世上唯一的珍宝。

"Cut！"导演叫停，十分不满。这位陆小姐的表情居然是慌张？OMG（我的天哪）！

如此重复，被"Cut"了好几次，陆蔓蔓尴尬得不得了，而导演发飙了。

"陆小姐，你就是这样对待情人的吗？"导演开骂，"你的眼睛里一点情感都没有！和情人上床是这个表情吗？你就不能表现得饥渴些？"

安东尼及时打断了导演的话："李维斯，是'和有情人做快乐的事情'，别说得那么直白，OK？"他中英文一起用，李维斯这个老美虽然听得懂，可也不满，嚷嚷起来："中国话？听不明白！不就是上个床吗？"

他居然还来冷幽默？

陆蔓蔓闹了个大红脸，因为纱幔这营造唯美效果的道具缠得紧，她人还在安东尼怀抱里，简直就是肌肤相贴了，她还能闻到安东尼身上淡淡的檀木香的古龙水味——很清心寡欲的味道，静心宁神。与外界传的一样，安东尼影帝很绅士，很会照顾人，可她依旧无法投入。

"没有谈过恋爱？"安东尼微笑，"没关系，你有喜欢的男性偶像吗？想象一下！"

"没有，"陆蔓蔓嗫嚅道，"有暗恋的对象。"她的声音低低的。

"那好，现在，我就是你暗恋的对象。你闭上眼睛，交给我就好。"说罢，安东尼对着导演点了点头。

门边，何庭走了过来，看到安之淳这位老同学紧张得抓住门框的手都泛白了，连忙安慰："安东尼在业界是出了名的老好人，对男女老少都彬彬有礼，宽容大度。陆小姐第一次拍这样的戏，跟着他能学到许多东西，你别太紧张。"

"嗯。"安之淳的手心里全是汗。

"那位影帝挺懂调情的，老同学，不妨多学学。"何庭打趣。

安之淳回视他，眼神晦暗不明。

"好好好，我走，我可不想被你发配到非洲！"何庭笑着离开了。

房间里，灯光唯美。俊男美女在深情拥吻。

陆蔓蔓念出了台词："I need you(我需要你)。"她的眼睛微微眯着，长长的睫毛颤动，红唇似启未启，如同她说出的那句台词一般，性感、销魂到了极致。"我需要你，阿宝。"最后这句话似叹非叹，安之淳没有听见，但导演通过监视器听见了。

"Cut！"李维斯又喊了一声。

安东尼有些无奈。

李维斯忍了忍，然后说："陆小姐，你演得很好，但是你幻想的对象的名字不用念出来。阿宝？你真要加台词我没意见，但请你换成霍华德的名字，谢谢。"他说的是英文，唯有"阿宝"这个词，他是用中文发音念的，喜感十足。

全场的人都笑了。

安之淳的嘴角扬起，他终于还是离开了那间菲茨杰拉德的套房。他还有一场金融会议要开。

"蔓蔓，我们会见面的。"他往楼上的套房走去，心中默默念道。

四

南极的戏份才是重头戏。

拍摄的过程很辛苦，陆蔓蔓几乎熬不住了。泡在冰水里的那两场戏，是在人工建的深水泳池里拍的，后期经过剪辑就可以完成。那两场戏，她总共被叫停了五次，泡在水里的时长加起来有十个小时，这还不计入科考队遇险时，她也必须像群众演员一样浸在人工水池里的时间。

那个水池可以放进"沉船"用的两层楼高的考察船模型里。

陆蔓蔓庆幸自己是个游泳健将，不然这么深的水，她还真是不敢下。她还有许多场面是和四只爱斯基摩犬一起下水泡着的。

拍这部影片真是令她苦不堪言。

黄菲菲再也没有出现，李珍珠的助手这个角色换成了一个韩裔的女子

16

来演。那女子叫陈庆玲，二十六岁，年纪比陆蔓蔓大，但在戏里的年纪比她小。

陈庆玲是个很美丽的女人，待人礼貌，绝无半点傲慢，温温柔柔的，倒是与助手这个角色很符合。她的扮相相当美丽，一头乌黑长发如黑缎，衬着她巴掌大的一张精致的脸蛋，相当夺人眼球。

陆蔓蔓不无遗憾，为了拍这部影片，她把头发剪短了许多。

后来，她也曾听人八卦过。

听说是黄菲菲"很严重地"得罪了幕后大老板。

"不愿被潜？"当时陆蔓蔓还诧异。毕竟黄菲菲家境相当殷实，一向是带资进组的，还需要被潜规则吗？

"她就想。"金枝鄙夷地道，"听小道消息说，她不知从什么渠道听闻安之淳先生是位年轻的银行家，她不知怎么混进了酒店，等在先生的单独套房里，要色诱人家。你知道那位安之淳怎么说？"

"怎么说？'我对女人没兴趣，所以你得罪我了'？"陆蔓蔓面对金枝时向来大大咧咧的，口无遮拦。

金枝听了她的话，几乎要吐出一口血。"我也是无意中听到美方投资商布莱恩说的。"于是她学着布莱恩的口气，故意把声音装老了，慢吞吞说道，"我礼佛，今天是十五，不宜近女色，你请回吧！"

噗！陆蔓蔓几乎笑趴下了。居然有这样的男人，还真是……

"是吧？绝吧？"金枝说得眉飞色舞，"听说，当时黄菲菲动作可快了，人家安之淳先生话还没有说完，她就已经全部脱光了。啧啧，别说布莱恩了，我都诧异这位安之淳先生居然可以坐怀不乱到如此地步。"

"所以我就说，这位安姓先生一定有问题！"陆蔓蔓笑哈哈地说道。

偌大的人工泳池里，安静得掉根针都可以听见。

不远处搭的露营帐篷里，宋珍珍听见了陆蔓蔓的话，捂着嘴偷偷笑，可视线却不敢往上司那儿转，只好专注于平板电脑里的K线图。何庭刚挂了投资公司的电话，也是忙得不得了，但仗着自己与上司是同学兼死党，趁势打趣："安，你真得跟安东尼影帝好好学学，不然你撩妹都困难，更不要说与她辩论'有没有问题'这个问题了。"

安之淳永远在忙，他的时间全都用来工作了，每天睡觉的时间也只有五个小时。为了陆蔓蔓，他不远万里，在中国、美国、法国、南极间辗转，甚至将三人工作组都调了过来，几乎是陪着陆蔓蔓飞。

何庭又说："你也是时候直接走近她了。"

安之淳镜片后的眼睛闪了闪，他陷入了深思。

半个月后，陆蔓蔓这场为期四个月的拍摄终于全部杀青，她可以回国了。

她的戏是先拍的。剧组其他人的拍摄还没有结束。那部影片最后出场的是她，她的戏份倒是提前杀青了。

导演李维斯走过来，与她抱了抱："当初有人推荐你时，我还担心你这么娇弱的女孩子吃不了苦。可你让我刮目相看了，你不仅能吃苦，演技还很棒！最后那场戏真的太好了！"

女主角也与她拥抱："蔓蔓，你真是太了不起了，要是我在水里泡那么久，绝对坚持不下去的。你是最棒的。"

许多演员一一来与她道别。

最后轮到安东尼了，他轻轻吻了吻她的脸颊："好好去开拓你的新世界吧！我会永远想念你的，我美丽的珍珠。"他用剧中角色的名字唤她，还握住了她的手，将一粒珍珠放进了她的手掌心，"这是在岸边无意中捡到的，没想到在这里还能捡到珍珠。不值几个钱，留个纪念。"

"谢谢你，因为你我学会了很多。"陆蔓蔓很感动，"安，我也会想念你的。"

"安"？岂不是与那个推荐她进组的幕后大老板是同一个名字？她到底知不知道呢？安东尼欲言又止，可最后还是只选择说了一句"再见"。

"再见！"陆蔓蔓朝着大家大声说道。

再见了，好莱坞！

与金枝分析的一样，这部影片有太多的未知。由于过长的拍摄期、沉闷的题材，再加上诸多因素，这部影片竟然没有在北美上映，连首映时间也无法定下。据说是内容犯了某些禁忌，例如资源勘察这一项。

陆蔓蔓并不能借此翻身了，还错过了许多在国内大型真人秀里露脸的机会。

金枝唉声叹气地说："听说《怒海》电影上映的排期，要到一年后了。"

整整大半年过去了，陆蔓蔓都没有什么作为，连个小片约也没有。直到她后来用"生命去拼"，才讨得了《夺目》一片的试镜机会。

奇怪的是，黄菲菲从此也在娱乐圈里消失了。

听闻她被封杀了，而且是"一封到底"那种。

陆蔓蔓对金枝念叨："这黄小姐到底是对那位怎么了呀，被整得那么惨。难道是她觉得那位太可怜，想帮帮他，然后……"陆蔓蔓脑补了接近一百个场景。

金枝向她投来深不可测的一瞥："小样儿，你想多了。如果你还想要《夺目》女主角的角色，还是想想怎么搞定李大导演吧！"

正在曼哈顿开全球金融会议的安之淳，忽然打了好几个喷嚏……

陆蔓蔓还是维持着"不红不黑"的尴尬状况，在娱乐圈里，这种状况这说白了就是"要死不活"。因为"惯三"的黑名，她一向对异性刻意保持距离，被雪藏重新复出后，几乎是零绯闻。之前与黄菲菲闹了那一段，黄菲菲遭到了封杀，黄菲菲买的那些微博营销号也被封杀了。所以，她已经鲜有新闻能供人大做文章。

可今天，她还真是大大地闹了一场伪绯闻。

绯闻对象还是一向不近女色、低调示人的银行家安之淳。

拍图的记者其实是陆蔓蔓的圈外好友。在陆蔓蔓的安排下，做娱记的好友闻乐拍到了她与安之淳一前一后，进了酒店总统套房那一层的图片。当然，是各回各的套房。

我做的这一切，都是为了引起某人的注意嘛！

想着前两天的事儿，陆蔓蔓有些走神。

"Cut！我说你怎么回事儿？勾引金主是这个表情吗？"导演一时火大。

陆蔓蔓乖巧地嘿嘿笑了两声，赶紧投入地演出。她在演患有自闭症的孤女，上海滩里，百乐门众星捧月的公主！现在，她要去勾引她的金主。

顾清晨饰演的主角王震，是一个身份特殊的调查员，要潜伏到敌方头目的身边。刚进入那个圈子时，王震还带有一丝学生气，为了把自己的真实身份掩饰过去，王震开始和那帮人称兄道弟，每晚流连百乐门。但他为人一向正直，对各色美女不甚上心，所以陆蔓蔓演的孤女阿玉从一开始就想找他作为依靠。王震身边从没有固定的女人，所以阿玉一心想要引起他的注意。

头目身边的得力助手也有意把夜场里最受欢迎的公主送给王震，做个顺水人情，于是便有了下面这一幕。

对准镜头，陆蔓蔓抛来颠倒众生的一瞥，她并没有笑却非常性感。她向前了一步，将身子压低，双手撑在了红色的高脚椅上，身体前倾，黑色的高领紧身上衣将她包裹得严实，只露出一双修长的、雪白如玉的手，与黑色的衣服形成强烈的视觉对比，有种禁欲的美感。

阿玉有自闭症，她的对白不多，这一角色全靠演员的肢体语言诠释。陆蔓蔓冷艳一笑，一对明眸顾盼生辉，看向顾清晨饰演的王震时，看似无情实则有情。

她坐了下来，手脚交叉，跳了一段当时欧洲流行的舞蹈。

她正要张口，却听到扑哧的一声笑——英俊又风流倜傥的影帝笑场了："蔓蔓，你别学莎朗斯通引诱我！"

紧接着，陆蔓蔓也绷不住了。对白已经无法念出口，她出戏了。

全场的工作人员也都笑喷了。

顾清晨顾大影帝还不忘对她眨了眨眼睛。她被顾影帝"调戏"了！

"倾城，你别那么美行吗？你那么美，我们还怎么活呀？"陆蔓蔓眨巴着大眼，调侃道。哦，不，是赤裸裸地"调戏"回来！

五

顾清晨三十岁拿下"戛纳影帝"的称号，刚出道时俊俏风流，走的又是偶像路线，一向被人戏言长得"太美"导致与他搭戏的女演员压力很大。过了而立之年，他越发成熟内敛，竟比年轻时还有味道，更兼刻意蓄须、晒黑，破坏了文艺小生形象，演了《无间道》里需要飙演技的厉害角色，现在说他"美"的人已经不多了。

为了拍这部硬汉电影，顾清晨重新剃了须，英俊得不可思议，听见一个小姑娘说自己美，还被翻出以前"倾城"的花名，他的睫毛微微一颤，也是十分无奈。

"真是促狭的小东西，我是在帮你呢！"他无奈地摇了摇头。他一向风度好，对任何人都彬彬有礼，且因为最近连赶了一个星期的戏，大家都累坏了，他才帮一下她的。

陆蔓蔓十分讨好地对他露出一个无害的笑，说："嘻嘻，我知道你对蔓蔓最好了。"

见大家都出戏了，导演干脆让众人休息。

大家都没有注意到，一辆黑色悍马停在了片场的一角，车里的人看见了刚才的那一幕。

"这个陆蔓蔓有点意思。"安之淳放下手中的《华尔街日报》，取下金丝眼镜揉了揉眉心，慢慢说道。

何庭备感不可思议，看了他一眼：安之淳双目紧闭，显然是在小憩。他俊朗的眉目下，是高挺的鼻梁，然后是一张唇形柔和性感的、十分适合接吻的嘴。此刻，他的嘴角微微上挑，显然是心情十分好了。

"你真是风骚，别一副春心荡漾的样子行不行？"何庭投来一记"就知道你"的眼神。

"你才风骚！想被发配去非洲吗，嗯？"安之淳睁开了狭长的凤眼看向他，似笑非笑的。

"接下来公司有部戏要上，她好像在海选名单上。"安之淳倒也不废话，"你安排一下，让她待会儿拍摄结束后，到这个地址来试戏！"说完，他将一张信笺给了何庭。

"有人在努力做市，但因人民币升值，欧美手工业大量移向远东，所以未来股市会有大震动，情况不容乐观。看空港股和欧美股，加大对科技股的投入量才是上策。"安之淳蹙了蹙眉，然后挂了美方那边的来电，对何庭说道："看空。"

不用大老板多说，何庭就知道他的意思，马上在平板电脑上处理了对欧股的控制量，并看空了港元和欧美控股的AB两股。

完成了公司项目，何庭忽然笑道："看来你对她的兴趣真是很大，你为了她几乎跑遍了全球。"然后，他马上查看手机里的行程安排，替大老板安排接下来的行程，推掉了香港那边的邀约。即使港币升值，看空港元的做法也是最稳妥的，大老板根本无心出席这次宴会。

"她身材不错。"安之淳笑道。

何庭如何能不清楚他和陆蔓蔓的关系？大老板不过是看在好心情的分上，才和何庭多说了两句玩笑话，调侃了陆蔓蔓也顺带调侃了自己。

"哦，原来是有'性趣'！不错，安，你有进步了，都会说笑话了！"何庭合上手机，"好的，属下马上为你办妥。"他正要下车，忽然吹了声口哨，说："哟，看来顾影帝对她也很有'兴趣'！"

另一边，顾清晨走到了陆蔓蔓身边，将一杯水递给了她，说："喝点水。"

"谢谢前辈。"陆蔓蔓乖巧地笑道。其实，两人私交不算太深，但他为什么对她好像特别热情似的？

顾清晨笑了笑。"说过多少次了，叫我清晨就好。"说着，他指了指她的手臂，"这些都是自己掐的？"

"嗯，阿玉的角色很纠结。孤女本就敏感，还有自闭症，因此自虐是她展露内心想法的一个很重要的途径，展现了她内心的震荡和强烈冲突。我是想体验角色，所以才自虐的。毕竟，一个人要多狠心、多绝望，才能对自己下得了狠手哇！以前看剧本时，我一直不太理解，但当我尝试'进入'这个角色时，我便明白了。"谈起角色，陆蔓蔓变得十分专注。

她在用灵魂与阿玉的角色沟通。

似是心疼，顾清晨蹙了蹙眉，握住了她的手。他一派自然、光风霁月，这一动作并不突兀，她也不好抽手，于是只能任他轻轻握着。

他也不问"痛吗"这类似乎是在与她调情的白痴问题，而是说："要想成为一个好演员，不是要用心去演好这个角色，而是要成为这个角色。"

他真是太了解她啦！陆蔓蔓在心里为顾影帝点赞。

"好好演，有什么不懂的可以来问我。"顾影帝站了起来。

"那我勾引得对不对？"陆蔓蔓眨巴着无辜的大眼睛，殷红的嘴唇一抿，露出一个深深的酒窝，让人忍不住想用手指去戳一戳。

顾影帝居然被调戏得脸红了，咳嗽了一声，才道："不错！继续保持！"正好导演叫他过去看片花，他便打了声招呼，离开了。

真可爱，居然还会脸红！嘿嘿，我陆蔓蔓是什么人？我可是睚眦必报的小人！看你以后还说不说我学莎朗斯通了！

她正在自言自语，忽然一张信笺在她的眉心前晃了晃。陆蔓蔓一抬头，看见的是一张很英俊的、中西混血的脸。

"嘿嘿，不知这位先生，您有何贵干呢？"陆蔓蔓赶紧露出一种讨好的乖乖式招牌笑容来。

像她这种既不是尤物级别，又不美艳动人，让人一眼惊艳的演员，就只能"恃着青春行凶"了。唉，想"恃靓行凶"也没有资本哪！乖巧，是她最好的通行证嘛！

22

再细看面前这位先生：身着意大利纯手工定制的西装，拥有那种职场精英的干练气质，他绝非等闲之辈。于是，她又默默端正了坐姿——礼仪总要有的。

这丫头的表情千变万化，真是丰富！何庭无可奈何地道："这是《禁岛》的试戏地点，你一下戏，就马上过去。地址在给你的信笺上。"说完，也不理会她，他就径自走了。

不用这么酷吧！陆蔓蔓撇了撇嘴。

等到下戏，已经是晚上七点了。她连饭都没有吃，就开着自己的小破二手车出了"厂"。

没办法，谁让她没有大红大紫的命呢！之前给一个著名男歌星甄景阳配发布在MV（音乐短片）的作品时被"咸猪手"，她打了他一掌，结果就被雪藏了一整年。一整年没有曝光，没有收入呀！

她再出来时，都快没人记得因演《聊斋》里爱大笑的婴宁而出名的她了！

所以，她的家当少到只有一辆破车。

刚拐出市中心，路过面包店，陆蔓蔓觉得肚子好饿，于是下车买了块面包。刚要上车，她就被一个女孩撞到了。女孩双手端着的箩筐跌落到地上，里面的苹果滚了一地。

"小心！"戴着墨镜的陆蔓蔓低呼一声，抱稳了女孩。这是个有着明亮的大眼睛的小女孩，大概只有十岁。可瘦小的女孩不顾自己是否受伤，只顾苹果，一双明亮的大眼睛泪汪汪的，她明显是心疼苹果了。

陆蔓蔓赶忙帮她一起捡，捡好了放到箩筐里去，回头一看，斜对面有个推车水果摊："小妹妹，是那里吗？"

陆蔓蔓始终保持着微笑，见小女孩可怜巴巴地盯着她看，似乎还有些害怕，故点了点头，替小女孩把箩筐拿了过去。

把箩筐放到推车上后，陆蔓蔓摸了摸小女孩的头，说："小妹妹，你这么小就扛那么大的箩筐啊？你很能干！"说罢，她对着她比了个大拇指。

小女孩眨了眨眼睛，沉默了许久才说："妈妈病了，我要帮她减轻负担。她就在地下室里睡觉，离这儿很近的，姐姐不用担心我。"然后，她

23

指了指后面那个低矮的窗户，继续说："妈妈一站起来就可以从顶窗看到我了。"

"你爸爸呢？"陆蔓蔓觉得不忍。

小女孩的眼神一下子暗淡了下去，她回答说："爸爸……他去了天堂。"

陆蔓蔓一下子不知道说什么了。忽然，她听见咕噜一声，小姑娘的肚子响了。"妹妹，等等啊！"说完这句话，陆蔓蔓跑回了面包店，再出来时手里又多了一袋蛋糕，"妹妹，肚子饿了要吃东西，不然会生病的。"

陆蔓蔓把自己的面包和新买的蛋糕都递给了小女孩。

小女孩就吃了一块蛋糕，把剩下的都留下来了，说："姐姐，蛋糕很好吃。我把这些留给妈妈，这样妈妈吃药就不觉得苦了。"

她们谈话间，从不远处的一个暗门里出来了一个憔悴的妇人。

陆蔓蔓见她神色紧张，飞快地朝这里奔来，就知道她应该是女孩的妈妈了。

陆蔓蔓心想：估计，她以为我是坏人吧。

于是，陆蔓蔓摸了摸小女孩的头，对着那个妇人笑了。"对人笑时，一定要看着别人的眼睛，这样才够真诚，才是尊重别人！"陆蔓蔓记得自己的妈妈说过的话。

"阿姨，你别担心，我不是坏人。"陆蔓蔓说话时，始终看着妇人的眼睛。

她的眼睛明亮有神、黑白分明，她用最真诚的语气与妇人说话。那位妇人点了点头，也笑了，虽然笑得沧桑，但那是陆蔓蔓见过的最美的笑容，同样真诚。

陆蔓蔓回到车里时，她看见那位生病的妈妈在默默工作——有人送货来了。她的腰被生活的重担压弯，可她还是以一个女人柔弱的身体去迎接生活给予的这一切。她抬起了一大箩筐的水果放到推车上，取出一些摆到地上安排好的位置上。

陆蔓蔓透过她看到了自己的妈妈，从前妈妈也是这样默默为自己操劳的。

泪水模糊了她的双眼，可她还是笑了。生活，本就该是笑着去面对的，还要笑得灿烂！

24

安之淳坐在贴了黑膜的车里，默默地看着这一切。她的笑容灿烂，美丽的大眼睛里闪着的，是深秋里最美的星光。

"开车，回滨海别墅。"安之淳对司机说道。

"滨海别墅，加油！"回到车上的陆蔓蔓，连忙给自己打气，几乎忘记了饥饿。

滨海别墅。

夜色深浓。别墅的不远处，是月下美丽的大海，蓝得剔透。海风在秋夜中，显得有些萧瑟。

门没有锁，只是虚掩着，被她一推就开了。

屋内很暖，满屋都是雪白的绣球花——她最爱的花！

花团锦簇，洁白一片。窗户没有关好，风过，海上的潮湿空气蔓延过来，如一道道看不见的潮汐，卷起，又退下。风吹落了好些花瓣，花瓣在室内飘飞，像下了一场雪。

长餐桌上，摆了几盏被点燃了的红色蜡烛。其中，有一盏香薰蜡烛，散发着豆蔻、麝香的香气——一种充满性暗示的迷人香气，她闻了，呼吸顿时便乱了。

屋内有些昏暗，没有开灯。

她过了许久才适应了黑暗，这才看见另一边客厅的宽大沙发上，坐了一个人。

坐着的是一个男人，很高大。

男人忽然站了起来，身材颀长，身高怕是将近一米九了吧？

安之淳一步一步地走近，她一步一步地后退。

忽然，她的身体被半月造型的米黄色烛台抵住，她已退无可退！

什么节奏？难道是潜规则？男人的脸，在红色的烛火下，一点一点变得清晰，嗯，十分英俊，那到底是潜呢，不潜呢，还是潜呢？这是个问题。

不过，她两天前的那一出，已经成功引起了他的注意，不是吗？

她要的就是这个效果！

第二章　郎骑竹马来

一

　　一时之间，两人都很沉默，明明对接下来的事儿心里都清楚得很，却都没有作声。

　　毕竟，试镜又怎么会在私人别墅，而且还在晚上这么暧昧的时间呢？大家都是成年人，哪能真的那么傻！

　　她会过来，也是有心理准备的。不过她一向懂得保护自己，所以过来时并不害怕，只是没想到那个人是他而已。

　　她看着他：白衬衣、黑西裤，并无过多修饰。可能刚洗完澡，他的头发还是湿的，衬得他深邃的眼眸更加漆黑、温润，在夜色里顾盼生辉，是会教人沉沦的。

　　此刻，他的眼神慵懒、性感，却也危险。

　　他身上还有沐浴露的清香，衬衣只扣了最底下的几粒扣子。他的肌肤白皙。沿着领口敞开的弧度一路向下，陆蔓蔓看到的是肌肉匀称结实的小腹，小腹下是阿玛尼的黑色皮带……

　　他直直地看着她，喉结一动，醇厚的声溢出："看够了吗？"

　　她羞极了，反唇相讥："现在还是消费男色的时代呢！你敢露，我有什么不敢看的。"

　　"你还真是……"他摇了摇头，"你还真是伶牙俐齿，无法无天。"

他说出的话，竟有一丝宠溺的味道？是她听错了吧？

"我很好奇，陆小姐是怎么知道我那天的酒店房号的。"安之淳将她上下打量，带着不屑的神情。

她嘿嘿干笑。原来不是想潜她，是要兴师问罪了！

也是，就她那点姿色，他还不如恋自己。哦，不对，是去恋那位帮他递字条给她的秘书！人家的秘书都比她好看。

陆蔓蔓露出了一副"哦，原来如此"的表情。

"陆小姐，我想你误会了，我不好男色。如果你想验证一下的话……"他顿了顿，"我也是不介意的，嗯？"尾音挑起，他说话的声音却低，十足的性感。

这才叫赤裸裸的勾引哪！真应该叫顾影帝来看看，相比之下，自己那点演技简直是班门弄斧。

"不必了，不必了！"陆蔓蔓讪笑，继续装傻，"我只是巧合之下与您前后脚进的酒店，谁知道那些狗仔这么会看图作文哪！嘿嘿。而且那件事儿，杂志都没有登出来，你也不亏呀！"

"是——吗？"安之淳一字一顿地说，接着短促地笑了一声，看向她时目光灼灼，让她有些招架不住。

其实，她是通过看财经新闻，知道了他最近会回国的消息。而且他新收购了天尚娱乐，剪彩仪式就在大前天的下午三点。于是，她从一个星期前就让人盯梢了，盯到了就一路跟踪，再急呼她到酒店。

她算准时间，跟着他进了那一层酒店。他订的是总统套房，那一层只有两间套房。她装模作样地进入那一层。

其实，当时她刚出电梯，他就从套房出来了。两人还擦肩而过，他想要扶她一把，可手刚扶到她的腰就松开了。他为人绅士，并没有盯着她看，还说了一句"sorry（对不起）"。

本来机会就少，所以闻乐哪能不抓紧时间拍照，看图作文呀！当然，有安氏的盛景集团公关部把关，哪个杂志社报社敢不要命地出版这样的杂志和报纸？陆蔓蔓不过是要引起他的注意罢了。

如今，她的目的已经达到了，可下一步该怎么做呢？

"你觉得有那么巧吗，陆小姐？"他已经走到了她的身旁，将高大的身躯压了上来，却又在两人间隔半米时停住，他双手撑在烛台上，手臂偶尔摩擦她的手臂。即使隔了风衣，她也觉得热了。

她的把戏被他看穿了！她只能嘿嘿干笑。

"听闻陆小姐为了能争取到《禁岛》女主角的机会，将自己关闭在一个不足五十平方米的小屋子里达三个月之久，想必，你对这个角色很有想法了？"他圈着她，散漫地说着话。

她怎么觉得，他的重点在"有想法"这三个字上？

他不动声色地打量她——她本就肤白，再兼年轻，皮肤白得几乎透明：是那种牛乳般的白，让人有想咬一口的冲动，更因关了几个月的禁闭，白得有些不健康了。他从来没有见过这么白的人，简直就像雪做的人。

又因出演现在《夺目》里这个自闭症的角色，她硬生生减了二十斤，现在估计也就八十斤吧！那腰，细得简直让人不敢碰。

他忽然伸手，捏住了她的下巴，原来照片上圆润的婴儿肥不见了，她的脸变成了一张瓜子脸，眼睛又大，使他看起来还真是楚楚可怜。"你有种禁欲般的美感。"他说话的声音不带丝毫感情色彩。

她痛得真的想哭了，可依旧得笑："那我合格了吗，安先生？"

安之淳忽然就不说话了。

她半靠在烛台上，身后的不远处就是窗户。窗开着，深蓝的大海与天幕融为一体，满天的星光、跳动的水光全缀于她乌黑、浓密如瀑的头发上，十分美丽。

她有一头美丽的长直发，没有扎起，只随意地垂下，她保持着他最喜欢的姿态。

"我记得《禁岛》有一场激情戏，刚好就是在沙发上，我们试一试？"他退后了一步，对她做了个"请"的姿势。

蓦地，陆蔓蔓脑海里出现了四个字：衣冠禽兽！

"试就试，谁怕谁哦！"她嘀嘀咕咕，到底是底气不足，越说声音越低。

安之淳人高腿长，两步就走到了沙发前。他忽然停下，害得她一个刹车不及，撞到了他的背上。

他忽然转过身来，笑声朗朗，竟衬得一室雪白的绣球花都变得明媚起来："陆小姐的目的不就是要勾引我吗？现在，我在给你机会！"

他还真是够自恋的！陆蔓蔓反唇相讥："我就是勾引你，怎么了！"

他带了点笑意，道："刚才不是说不怕吗？"他这句话里分明是带了丝宠溺的，可下一秒出口的话却刻薄："陆小姐放心，也不必害怕，我对B以下的没'性'趣！"

"下流！"她被气得脸通红。

"是'兴趣'，你以为是什么？"他失声笑道。

陆蔓蔓恼羞成怒，将他一推，他就势倒在了沙发上。

她的脑海中忽然出现了《禁岛》剧本上关于激情戏的那一幕。那一幕床戏非常大胆激烈，突出的是男女主角内心的挣扎，通过一种毁灭所有的sex（性爱）来表达这种无处宣泄的情感。甚至需要女主半裸出镜，当然，只是露背与接近臀部的地方，还在她可以接受的范围内。

见她不动，他也不急，半抬着头，眼睛微眯，斜睨着她。他张开双臂，闲闲地搭在沙发背上，姿态优雅雍容。因为刚才的推搡，他的衣服扣子全松开了，露出了他精瘦紧实的八块腹肌，人鱼线下，是令人心跳加快的线条。

见她视线所及，他倒没什么，依旧大大方方地坐在那儿。反倒是她，口干舌燥的，想看又不敢看。

他人高腿长的，坐在那儿，被茶几约束着，腿脚伸不开，西装裤又修身，这样坐着十分别扭。

她脱掉七厘米的高跟鞋，伸出修长的腿在空中停留了一秒，故意露出黑色丝袜给他看，然后突然用力往他的小腹踩去。他猛地睁大了眼睛。

他居然不反抗？还真是有受虐倾向啊！听人说，将近三十岁的他一个女朋友也没有，看来真是有问题！她想着，脚尖一点点向下，本想狠狠地在那一点上碾压，但到底顾念旧情，只是轻轻地点了上去。

她居然这样大胆？他还真是小瞧了她。他正要有所动作，她却先红了脸，一收脚，连鞋子都忘记穿就要跑。

他也本能地站了起来，反手就去拉她，动作太大，居然将她随便打了个结的风衣扯脱了半边。

她本就是刚结束片场的"勾引"的戏赶过来的，还穿着性感的黑丝袜，风衣里只有一套黑色内衣裤，更要命的是，她的身材非常火爆，居然是那种娃娃脸和魔鬼身材的结合体。

与想象中的不一样，长大后的她居然连胸部也变大了！他看向她的眼神，越发地意味深长。

陆蔓蔓急了，变成急红了眼的兔子，居然放声尖叫。

"陆小姐，请放胆叫。这里方圆几百里都没有人！"安之淳松开了手。

她急忙将身体抱紧，把风衣裹得严严实实的。

"陆小姐，大可不必吧？你自己跑过来的，又不是小孩子了，当然清楚这些规则。而且是你自己不穿衣服的。"安之淳一脸看好戏的神情。

谁让她一下戏就立刻赶过来的？还不是他这个变态得只晓得剥削人的大资本家？她方才，就是穿着这样的法式风情内衣裤和黑丝袜演的，脱这个袜子很费时间，所以戏一结束，她裹上风衣就过来了。而且，方才下车时，她赶得急，解安全带时把风衣拉链也扯断了，不然，现在她哪会这么狼狈！

忍无可忍，无须再忍，陆蔓蔓不顾形象地大吼："阿宝，宝宝！"

只一秒，安之淳就怔住了。

他忽然摘下了眼镜，半眯起眼睛看向她。

她知道，他是生气了。因为，她叫了他一向忌讳的小名。

忽然，他放声大笑了起来，笑声低沉，连胸腔都在震动。他抬起头，说："好久不见，蔓蔓。你不继续装不认识了吗，装不下去了吗？"

是的，七年了，好久不见！

二

"过来这边。"安之淳命令道。他已经站在了烛台旁。

这是要演哪一出呀！陆蔓蔓本想溜之大吉，但还是乖乖地走了过去。

"坐上去。"安之淳敲了敲半月形烛台。见她不情不愿，他凌厉的目光像风般扫过，他已经不耐烦了。

不能得罪"米饭班主"的陆蔓蔓，唯有战战兢兢地坐了上去。可坐上去之后她才发现，这样十分不雅！

烛台很高，她坐上去后，腿是垂直悬空的。站着时还好，一旦坐着，没有拉链的长风衣恰恰在大腿根处开衩，而他正站在她面前……自动脑补出各种让人羞红脸的画面，陆蔓蔓觉得自己要疯掉了，这也太不端庄了吧！

而他，这个衣冠禽兽，居然笑了！

他向她俯身，她一惊，向后靠，然后就是咚、嚓两声。两人同时朝下看去，是烛台掉到了地上，银质底座散架了。

"嗯，不错，很会挑！这是维多利亚时期英皇室所用的纯银质烛台，烛台总重4690克，是烛台中少见的多分支大件作品。且它的造型优美，纹饰古朴，是在一位英国贵族手上购得的，花了十万，也不算贵。"安之淳一字一句慢慢道来，手在她的嘴唇上摩挲。

本来想咬他一口的陆蔓蔓猛地睁大了眼："什么？十……十万？"

"嗯，英镑。"安之淳笑了笑。

陆蔓蔓要晕了！就算卖了她，她也没有十万英镑啊！咬咬牙，她恨恨地看向他："可不可以钱债肉偿？"

"哦，肉偿啊？提议还不错。"他说完，俯下了身。他的脸与她的腰腹贴得很近——腰带就在那里，只胡乱打了个结，再向下，就是雪白的大腿……他忽然挑了挑眼角，看向她，一对狭长的丹凤眼斜斜吊起，真是"不笑也风流"。

陆蔓蔓的一颗心提到了嗓子眼。眼看着他的手停在了她的腰带上，她吓得大叫："别！"下一秒，他的手已经够到了烛台的抽屉，拉开了。

这下，陆蔓蔓完全蒙了。他取出一只小巧的药箱，放在她身后，关抽屉时，手指不经意碰到了她的大腿内侧。一股像被蚂蚁咬了似的、令人战栗的麻酥感，一点点地蹿过了她的全身。这货绝对是故意的！

他看了她一眼，投来一记理所当然的眼神。她倒气得坦然了，干脆挺起胸脯，直起腰来，却听他哧地一笑，道："走光了。"

原来，腰和小腹挺得太直，使得她那黑色蕾丝边的内裤露出了尖尖一角。她急得连忙去捂。

"十万英镑。"他念叨。

"真……真的要肉偿？"她的声音颤抖了。

他说："假的。"

陆蔓蔓一时反应不过来，哦了一声，紧接着问："什么真的假的？"反射弧太长的她，明显被绕昏了。

"烛台是假的，仿品。"她刚要松口气，他又道，"英国现代大师的仿古作品，一万英镑。"

她还想有人赞助一万英镑给她呢！她觉得自己牙痛，也不咬牙切齿了，忽然手一摊，腰带便自动松开了，内里的春光若隐若现。

"我还是直接肉偿吧！"

"一夜春宵，你不值一万英镑。"他将手伸向了她身后。

陆蔓蔓气得全身发抖："安之淳，你能更无耻些吗？"

她气得眼睛瞪得老大。她的眼睛本就大，现在她气鼓鼓的，眼睛更是大得像龙眼，嘴也嘟了起来，还真是……可爱呀！安之淳忍住了笑，一把将她的风衣扯开，直接坠在了她的腰间——陆蔓蔓的曼妙曲线完全暴露在两人的视线中。

"嗞！"她痛得抖了抖。

"现在知道痛了吗？"他放下镊子，扔到小铁盘里。他居然从她肉里取出了一截铁丝！铁丝呀！不是肉丝！不是肉丝！她痛得心肝脾肺肾都在颤抖了！

她低下头才发现，从右肩向胸前延伸有一条四五厘米长的划痕，应该是刚才扯安全扣时，被她那辆二手破车给刮伤的。"糟了！那我和顾影帝演对手戏时，这身好皮肤可不都毁了？简直影响电影效果，还得打厚厚的一层粉底遮掩伤痕。"

他取了棉签，蘸上碘酒，一下按到了她的肩上。

"啊！"她痛得跳了起来，落地时脚一崴，直接一屁股坐到了地上。

"还知道演激情戏，看来你也没有你表现出来的那么守身如玉。"这家伙，居然还敢在他面前想别的男人！但见她跌蒙了，安之淳叹了口气，还是将她抱起，放在一边的沙发上。

这一会儿，她倒是乖乖的了。她抱着膝盖窝在沙发里，一米七的高挑身材，现在窝着倒像一个白白的团子。她也是不顾形象了，心想，反正该看的不该看的他都看过了。

一双大长腿就那么明晃晃地刺着人的眼睛，她还真是……当他不是男人呢！忽然，觉得燥热了，他取过搭在沙发扶手上的西服扔到了她的膝盖上："夜里风大，盖着，别感冒了。"

"不需要钱债肉偿了？"她歪着头，斜着眼看他，乌黑的长发倾泻下来，发尾扫到了他的耳朵，弄得他耳朵痒痒的，一直痒到了心里去。

嫩白的肌肤、乌黑的头发，还真是……风情万种啊！他笑了笑，答道："长夜漫漫，来日方长，不急。"

陆蔓蔓翻了个白眼："我还'路漫漫其修远兮'呢！"

"哦，这句话挺有歧义的，你没发现？还是你想称赞我在某方面的时间够长，嗯？"他的尾音挑起，但声音更低，性感得一塌糊涂。陆蔓蔓赶紧闭上了眼：不能再看这张妖孽的脸了，不然就不是他要潜她，是她要扑倒他了！

安之淳笑了笑，道："睁眼，不然……我就亲了。"

陆蔓蔓霍地睁大了眼，只见他眉眼一弯，笑得十分迷人。他的那双手白皙、修长、匀称、骨节分明，如用最上等的白玉雕刻而成，细腻温润。正是这一双手，握住了陆蔓蔓的手。两人目光交会，他的双眸里有最深浓的夜色，也有最耀眼的星光。

陆蔓蔓一直知道她的阿宝是最好的！

他们曾经青梅竹马、两小无猜，如果不是她由于家庭的变故离开了，导致他找不到她了，或许，今天的他们不会是这样的。

这次重逢是七年后了。他没有问起她的一切，她也没有主动说。该从哪里说起呢？她自己也不知道了。当年，她还是十四五岁的小姑娘，清高得很，不愿意他同情她、可怜她，于是躲了起来；可是今天，经过了生活的千锤百炼，她变得世故圆滑，只想靠近他，哪怕只是取取暖也是好的。

感觉到气氛有些伤感，安之淳说起了其他的事儿："记得看过一篇报道……"见她全神贯注地看着他，他嘴唇一动，接了下去，"某陆姓女星夜会导演，传是靠'胸器'上位。"

"75C？哪里整的？效果不错。"他的目光在她的胸前流连。

"阿宝，你不想活了吗？"陆蔓蔓阴森森地威胁道。

他说的她记得。事情就发生在上个月《夺目》试镜的时候，《夺目》即现在她和顾影帝演对手戏的这部大电影。"目"是指阿玉与王震需要接近并拿下的那一个头目。

因角色需要，阿玉需要找一个丰满的女演员出演，当时投资方本已有人选。这个女角色是个重要人物，并不仅仅是陪衬，因爱上实为调查员的王震而甘愿为他做线人，周旋于头目和王震之间，是帮助王震破案的关键人物，最后更是死在了王震怀中。

阿玉问王震有没有爱过她的那个镜头，需要饰演王震的顾清晨沉默长达一分钟之久，两人需要完全靠肢体和眼神来演出。最后，王震的台词是"没有"。

因为王震在接受特派调查任务前就已结过婚，有妻子、有儿女了。当阿玉合上眼后，王震却流下了眼泪。

看完这个剧本时，陆蔓蔓知道，只要演好这个角色，自己绝对能一炮而红。为此，她付出了太多。

陆蔓蔓并没有得到试镜的机会：一来她没有推荐人，二来她不红。

但找到导演还是有路子的。那是一个明星酒会，李费铭导演也会到场，

33

她倒是很轻易地混了进去。

酒会上，女星云集，个个美得简直是亮瞎了人的眼；而男星们也是神采奕奕、风度翩翩；场中觥筹交错，好不热闹。

现场，乐队在奏着轻松欢快的曲子。

中途，陆蔓蔓趁着乐队跟着相关负责人去吃晚餐的空，独自走到了乐场中，取过一把小提琴独自一人拉奏起来，她拉的是萨拉萨蒂的《流浪者之歌》，一首古典曲目。

这是一首美丽而哀伤的乐曲，也是萨拉萨蒂最为世人熟知的经典名作。陆蔓蔓已有好多年没有演奏小提琴了，换了别的曲子，恐怕早已不成调，唯独这首例外。在她过往的快乐的时光里，在她十年的童年岁月里，她每天都会练这首曲子，练得太刻苦，以至于小提琴一上手，这首动人的篇章便随着琴弦的颤动流淌而出。

巧的是，这首曲子是阿玉出场时的配乐，用以烘托出她流离失所的悲惨命运。李费铭闻得音乐，向不显眼的地方望去——门廊下站着一个长发姑娘，在独自演奏小提琴。

那是个年轻的姑娘，目光哀伤，神情有些呆滞，嘴抿得很紧，甚至有细微的抽搐，是太投入的缘故。她还有一种轻微的神经质，属于阿玉这个角色的神经质。

李导不由得多看了她两眼，只见她穿了一条草绿色的连衣裙，深V款式，将她的身体包裹得玲珑有致、高挑丰满，有一种小女孩与女郎共存的矛盾而复杂的气质。更妙的是，尽管她算不上很美，身上却有种既端庄又堕落的味道，与阿玉的形象居然十分契合。

乐队的人听闻琴声，寻了过来。陆蔓蔓马上放下琴，转身离开。

后来，李费铭在自助餐台前徘徊时，居然又见到了这个小姑娘。他是来拿些食物填肚子的，却看到在距他不远的地方，那个绿裙姑娘也在吃糕点。她取了一碟裹了好多奶油的蛋糕，好像很饿的样子，吃得很快，甚至有些狼吞虎咽，可吃相却不难看。吃完了，她的舌头一卷，把唇边的奶油卷进了嘴里。

见李费铭在望她，她居然对他吐舌笑了笑，抹了把嘴，跑到他面前，一开口就是："李导，我毛遂自荐来了。"

刚巧这部戏的男主演顾清晨走了上来和李导打招呼，被毛手毛脚的小姑娘撞了一下。小姑娘没有站稳，还是李导手疾眼快地扶了她一把。她的身体有意无意碰了碰他。

虽然两人一触就分开了，但顾清晨似笑非笑地看着李导。

小姑娘倒是先红了脸，大声说："我要自荐，演阿玉。"她说话时的那种带了些风尘气的天真，确是恰到好处。

李费铭默了默，忽然说："跟我到房间来。"

"啊？"轮到小姑娘好似很纠结的样子了。李费铭沉默了一瞬，说了句："放心，我只对熟女感兴趣。小顾，你一起过来。"

他连顾清晨都叫上了，陆蔓蔓变得更为紧张，颇感进退两难。正在她纠结要不要跟去时，顾影帝推了她一把，调侃说："刚才那么撒泼又爱演，现在有机会了，又不要了？"

三

三人进了酒店房间。见门被关紧了，陆蔓蔓有些紧张。

李费铭开门见山："你叫什么？"

"陆……陆蔓蔓"不知为什么，她居然口吃了！

咻的一声，顾清晨笑得双眼微眯。

"嗯，名不见经传。"李导的潜台词就是：我都不知道你是哪一个，好吧？

陆蔓蔓不服气了："婴宁，《聊斋》里的婴宁就是我演的！"

"哦，那个'大笑姑婆'。"李导的话一出口，陆蔓蔓真的要给他"下跪"了，而顾清晨已经笑得转过了身去。

陆蔓蔓腹诽：要演出婴宁的天真无邪，还要大笑着说出没有丝毫亵玩意味的"我不习惯和陌生人睡"是需要演技的，需要演技的好不好！

她在心中一边骂着李费铭，一边默念了一遍李费铭的个人资料：

李费铭，中国第五代著名导演，拍过得了金棕榈奖的《飞天》。他拍的慰安妇题材的半纪录片电影《围栏》一举拿下了柏林电影节大奖，是一个很有想法的传统导演。此次接拍商业题材的影片，等于是一次转型。

而这部《夺目》也不单单是商业片那么简单，它蕴含了文艺片的精髓和情感片的细腻，更涉及人性，可以说是李导的野心之作。

陆蔓蔓只是没有想到，如此传统的一个人居然出口就是冷笑话。

"不跟你绕圈子。刚才你的投怀送抱很有技巧，介于真与假之间，本来你自己的心情也很纠结——到底是这样明目张胆地勾引呢，还是点到即止呢？"

见自己的把戏被拆穿，她正闭气闭得一脸通红，又听李导接着说："你的目的达到了，我很满意你的表演，阿玉大致就是这样的人。现在，我要你演回你自己。"

哦，那就是要她做回自己？陆蔓蔓有些转不过弯。那她现在要做什么？坐吗？她进来这么久，还是站着的呢！于是，她一屁股往后坐了下去，然后就糗大了。她居然一屁股坐到了顾影帝身上！这不是赤裸裸的投怀送抱吗？

啊的一声，陆蔓蔓跳了起来，满脸通红，想解释自己不是有意的，张口却又不知说什么好了。

顾影帝十分无辜，只是摊开双手对她笑了笑："我没有怎么你吧？"

李导已经翻了好几个白眼了——她居然是个傻姑娘。不过，傻人有傻福，她的形象真的太适合这部电影了。那种懵懂的天真，要出现在一个误堕风尘的"茶花女"身上是很难的，但是她有。

也不再开她玩笑了，李导清了清嗓子，说道："这部电影的男主角是清晨，而且剧情还是有很大尺度的激情戏份的。清晨，我想听听你意见，毕竟，演对手戏需要擦出火花才行，不然干巴巴的，只是在表演，而不是投入到角色里面，即便拍出来了也是不会成功的。"

陆蔓蔓在圈里混了好几年，也算是人精了。人家要红的，二十出头就红了，二十五已经要达到影后的水准了，即使不到影后的级别也必须大红大紫了。而她都快二十二了，这行大多吃的是青春饭，她入行虽早，却还是"黑"的。这个机会不能再错过。

她可怜巴巴地看着顾清晨，知道他的回答对她来说很重要。李导这样问，也是从大局考虑。

顾清晨脸上的笑意温润；他的眼睛深邃明亮，是温暖、包容的。他看着她，眼神里透着前辈对后辈的一种关爱，却没有说话。

他还是在考虑吗？

见顾清晨不愿回答，李导说："这样吧，我把剧本给你们，是情侣戏。你们好好琢磨下，明天上午来我办公室，就演这一段。我还会把三位海选出来的女演员一起叫来试镜，和清晨轮流搭戏。清晨，你要找出和你最来电的那一个。"

这是在给陆蔓蔓一个机会了。

只是，陆蔓蔓没有想到，一场风波正在等着她。她闹出了丑闻，而且还得罪了另一位投资商内定的女演员白梦。

原来，她与李导深夜离开酒店时，被伏在角落的狗仔拍到了。更兼在酒会上，陆蔓蔓以"胸器"撞向李导的画面被身边不少女星看见了，其中更有落井下石的，将消息卖给了狗仔。

鉴于李导的正派为人与巨大的名气，在杂志、报纸上刊登出来的照片中，李导是被模糊处理的，文章里也没有刻意提到导演的身份，反倒是她倒霉透了，被描得那个黑哦！

陆蔓蔓甚至都还没有试镜，第二天一早，八卦杂志就出来了，标题惊悚：《陆小姐借胸上位，不惜色诱导演影帝》《借我家倾城上位，陆蔓蔓无耻至极》《陆姓女星，胸是假的，为得角色特意去了趟韩国》《反对陆蔓蔓，抱影帝大腿太作》……居然句句都在对她进行人身攻击！

看到丑闻时，陆蔓蔓刚起床，昨夜反复看剧本，她熬出了一对熊猫眼，心情糟到极点。经纪人金枝看见了，往死里埋怨她。

"你是怎么搞的？顾影帝是什么人？他的粉丝每人一口口水，都可以淹死你，你搞什么不好，搞勾引？"金枝火大，一把将报纸拍到了她的脸上，上面印着的正是陆蔓蔓坐在顾清晨大腿上的照片。看来，是当时酒店房间的窗户没有关好加上楼层又矮的缘故，被敬业的狗仔拍到了。

很好，看图作文！

"下次你有什么行动，可不可以先和我说呢？"金枝气愤得不行。

"你现在底子这么烂，这个角色我看是完了。"

经纪人正数落着，陆蔓蔓的电话忽然响了，她拿起来一看，是李导的助理打来的。昨晚就约好了今天的试镜时间，根本无须再通知。

陆蔓蔓的脑袋轰的一声，她只觉得这下是没戏了。

回忆被打断。陆蔓蔓最恨人家说她的胸！拿她的胸来说事儿，不想活了？

她猛地一手拍向安之淳的胸脯，怒道："你的胸才整了！"她气红了脸，却忽然发现，她的拇指正按在某人胸膛上的某个……呃，可疑又敏感的点上。

她的手很柔软，拍下来时，指尖轻刮，拇指又在那点上勾了勾。这该死

37

的小妖精！安之淳的呼吸顿时变重，而她却吓得马上收回了手。

不是吧？难道这就是二十八年没有碰过女人的后果，一点就着了？陆蔓蔓嘿嘿干笑，说："那个，你不会还是个处男……吧？嘿嘿！"

"你说呢？"安之淳已经向她逼近，忽然就压了下来，一口咬在她的锁骨上。她尖叫了一声。但他没有下重力，慢慢改为吻，用舌尖一点一点轻舔、勾勒。这分明是高段位的调情啊！他根本就是高手嘛！

一只手探进了她的风衣里，另一只手捂住了她的眼睛，他还在循循引诱。陆蔓蔓死咬着嘴唇，不敢发出一丝声音，嘴唇要被咬出血来，却听他哧地一笑，重量消失了，他离开了她的身体。

松了口气，陆蔓蔓睁开眼，见他似笑非笑地看着自己。她居然被他调戏了！

"看你以后还敢不敢不老实！"安之淳的语气中带威胁。其实他也很紧张，他没有任何和女性相处的经验，那些所谓的"技巧"，全是他从电影里学来的。

陆蔓蔓好不委屈：我哪里有不老实了，方才摸到你，是意外，是意外！而且，你也已经摸回来了，最吃亏的还是我好不好？

"想起十年前你在海边的糗事，就什么兴致也没有了！"安之淳靠在沙发上，双臂打开，慵懒无比，像一只大猫，蛰伏在漆黑的夜里。

陆蔓蔓摸了摸嘴唇，只希望自己不是那只可怜的，被他看上的小猎物。

七年未见，这小家伙长开了，虽然还是顶着一张肉乎乎的娃娃脸，不过挺可爱的。见她用葱白的指尖摩挲着娇艳欲滴的红唇，他想到那嫣红的唇色，并非口红的颜色，而是被她咬出的红色，一念及此，他忽然俯身，攫住了她的嘴唇："再摸？摸哪里我亲哪里。"

陆蔓蔓蒙了，吓得手自动交握到了背后。

嗯，现在没有人勾引他了！安之淳笑了笑，表示满意。

见他提起那件糗事，陆蔓蔓的脸慢慢红了。

其实，那还是小时候的事情了。那时还差几个月才满十二岁的陆蔓蔓缠着阿宝带她去玩。

她一向知道，她的阿宝最疼她了。

果然，撒娇这一招最有效。阿宝调用私人飞机，带她去了意大利的一个小岛，四周是无边无际的大海，美丽极了。

因为是暑假，两人可以放宽心地玩。

不过那时的阿宝十八岁了，刚成年就开始接管家族生意，本是要趁着暑假历练的，但经不得她磨，带她到了海边玩。

白天陪她四处玩闹，还要整晚整晚地看公司的文件和资料，他累得不行。

偏偏那小姑娘很能折腾，有时甚至晚上还要拉他去附近海岛居民开的小酒馆喝上几杯。

没有双方父母在，这小家伙变成了混世大魔王，什么事儿都敢试、敢做。

他不过是和一个热辣又风情万种的意大利女郎调侃了两句，她就跑去要了一大杯酒，还一口气喝完了。

那女郎也实在是辣，忽然亲了他，把她的手放到了他的大腿上。他觉得够了，刚要拂开，那小东西居然推开了女郎，一屁股坐到了自己身上来，抱着他的颈项，恶狠狠地瞪向女郎，说道："阿宝是我的！"

女郎听不懂中文，安之淳笑着用意大利语翻译："她说，我是她的。"女郎一笑，大大方方地离开了。

这一切，对于一个喝醉了的十二岁女孩来说，不记得是铁定的。但第二天发生的事儿，陆蔓蔓还记得。

那就是，一向喜欢阿宝喜欢得不得了的陆蔓蔓，为了在阿宝面前表现，临出发前偷了妈妈的比基尼出来。

陆蔓蔓的妈妈是个大美女，还是小提琴教师。蔓蔓继承了妈妈婀娜高挑的好身材，十二岁就已经有一米六了。身高是发育了，可惜胸部没发育，还是一点儿也没有发育，平得像煎饼！

用当时的安之淳的话来说就是："发育都发到骨头上了，没发到肉上。"

四

作为安之淳跟屁虫的陆蔓蔓，从一生下来还是小豆丁的时候，就已经很有审美观了，一直最喜欢、亲近的人，不是陆妈妈，而是住在隔壁小别墅的帅帅的安哥哥。

零岁的陆蔓蔓一张开眼睛，除了看到爸爸妈妈、雪白的墙壁、隔壁的漂亮阿姨，还有就是跟着漂亮阿姨来的漂亮小哥哥。那一年，安之淳六岁。

看着那个一见自己就笑，粉雕玉琢的可爱宝宝，安之淳伸出手指来，戳了戳那只白白的粉团。

那只粉团居然张开了双臂要抱抱，她咂巴着小嘴，深深的酒窝露出来了。只有六岁的安之淳又伸出手来戳了戳她的酒窝，被她抱住了手臂。从此之后，他就再也放不下她了。

那时，在双方父母的撺掇下，他抱起了她。那么小，粉粉的一团，散发着好闻的奶香。忍不住地，他亲了她一口，她咯咯咯地笑了！

连父母都打趣，说他俩有缘，以后是要对亲家的！

所以，一直做安之淳的跟屁虫的陆蔓蔓，从生下来的第一天就看上了他，唯他马首是瞻。当然，这是陆蔓蔓心底的小秘密，她不会告诉他的。

所以，当知道可以和心爱的阿宝一起去海岛玩后，陆蔓蔓是准备了一大堆东西的，最漂亮的沙滩帽、最漂亮且飘逸的鲜艳沙滩裙、保护她雪白娇嫩的肌肤的防晒霜、妈妈处偷来的化妆品。她可以涂个漂亮的口红了。

还有从妈妈那儿偷来的亮红色的性感比基尼。自己的皮肤那么白，配这个颜色最好了！

只有十二岁的陆蔓蔓站在镜子前，左看看，右看看，为求将最美的自己展现给心上人看。

陆蔓蔓虽然没有妈妈漂亮，但有妈妈也比不上的好肌肤，而且眉目清秀，有一个酒窝，笑起来时，也是很可爱的。"我因可爱而漂亮，蔓蔓，你是最好的！"她给自己打气。

亮红的比基尼衬着雪白的肌肤，果然很漂亮，就是胸部那里太松了，陆蔓蔓又往上提了提胸衣，把比基尼的细带绑得再紧些，然后套了同色系的鲜艳的花卉雪纺长裙，长裙高开衩，刚好露出她修长匀称的长腿，一切perfect（完美）！

刚搭配好，敲门声就响了。

陆蔓蔓像只小鸟一样欢快地跳着到了门边，开了门，甜甜地叫了声："阿宝！"

安之淳笑笑地看她——她的肌肤雪白，脸色红润，被他瞧得连耳根子都红了，他忽然觉得很有趣。

进来后，他在床上坐下，那里还有她刚换下来的睡衣，接着手被什么缠住了，他一钩起，居然是蕾丝的粉色小裹胸。

呀的一声惊叫，陆蔓蔓迅速地抢过他手上的内衣，塞到了被子里去，心想道：糗大了，所幸不是内裤……

"昨晚，你说过什么话，你还记得吗？"安之淳一边托着下巴，一边若有所思地看着她，拇指在嘴唇上摩挲。

不知道为什么，陆蔓蔓就吞了吞口水，结结巴巴地说："说了什么？嘿嘿，我喝多了，不记得了。难道我做了什么丢人的事儿吗？"她摸了摸头。

她有一头长发，从出生到现在就没有剪过。一向粗枝大叶的她，不甚会打理自己的长发，有一次，她的头发甚至还缠住了他的手。那时，他在赶作业，忙得是焦头烂额，偏偏她还来缠着要他和她玩儿。她的头放得低，一头长发忽然全坠了下来，缠住了他的手与钢笔。

他弄了好半天，才把钢笔与手解放出来。从此，帮她扎头发的重任，他就接过了。就如现在，他替她绑起小辫子来，编的是最简单的，长长的一条麻花辫。

"阿宝，你对蔓蔓最好了！"陆蔓蔓抱着他，在他脸上亲了亲。这种小把戏，从她出生就会了，一直这样亲过来，大家也看惯了，从没有人制止她。

安之淳抬了抬眸。她的手臂贴着他的肩膀，她软软的，呵出的气也软乎乎地贴着他，有一种他从法国给她带回来的香水——小雏菊的味道，清新可人，很适合她这个年纪。

一米六多的身高也不算是小人了，她在他的怀里依偎着，终究是有些怪异。他伸手拍了拍她的脑门。她笑嘻嘻地站了起来，大声道："走，我们游泳去。"

在海边，有很多差不多年纪的小朋友，其中还有一位金发碧眼的十四五岁的少年。这个小不点还挺招小老外喜欢的。

陆蔓蔓一脸神秘兮兮地跑到他身边，说："阿宝，那个小帅哥喜欢我！"

安之淳看了一眼站在海里的小男孩——十五岁，嗯，是挺帅的，眼睛湛蓝，笑时很真诚，是个暖男。忍不住地，他偏要打击她："人家是看你有条小辫子。外国人看中国女人的眼光不怎么样，看上的都是丑女。"

陆蔓蔓脆弱的小心脏被打击得支离破碎，她默默地坐到了阳伞下喝果汁。

"生气了？"在太阳下晒了半天，这小粉团居然都不搭理他了，"好吧，外国小帅哥喜欢你雪白的肌肤、纤细的身材。"

41

这是在赞她的意思？陆蔓蔓笑得那个开心哟！但接着就被他讽刺了。

他说："你知道的，外国女郎一般都很肥胖，过了二十五岁，简直就不能看了。"

"安之淳，你赞美我一下会死呀！"只有生气时，她才会连名带姓地叫他。

霍地站起来，她优雅地伸了伸懒腰，然后举起手解掉了挂在脖子上的粉红色绸带，鲜红色的纱裙轻轻坠地。

他首先看到的是她曼妙的身体曲线——腰果然很纤细，腿也长，长腿细腰，只可惜胸部没有发育。轻咳了一声，他移开了视线。

而陆蔓蔓已经下水了，而且还和那蓝眼睛的少年玩在了一起！

哼，被人家占便宜了也不晓得！安之淳一头扎进了海水里，刚要游到她身边时，一个亚裔的美女跟他打招呼。

接受绅士教育的安之淳眼下岂能不礼貌地扔下打招呼的美女？于是他笑着与美女聊起天来。也好，可以存心气一气那促狭的小东西！

陆蔓蔓那个气呀！自己为什么要和蓝眼睛小帅哥聊天，还不是为了引起他的注意？他可好，居然和美女聊天。什么？那美女的手在干吗？居然敢摸她的阿宝！

于是，陆蔓蔓也一头深扎进海水里，朝两人游去，然后突然在两人中间钻了出来，挡住了两人进一步的动作。

她学着香奈儿口红广告里的模特那样，出水，甩头发，然后妩媚地击退敌人！

可下一秒，事情就不妙了。她站是站在两人中间了，还是从美女的胸前，呼啦一下撞出来的，撞得美女的胸那个疼啊！可那美女顾及形象，咬牙忍下去了。不是不滑稽，但陆蔓蔓笑不出来了！

呼啦一声，因为承了水的重量，她胸前的比基尼挂不住了，掉进水里去了。

一片雪白的平板，在太阳的照耀下白得反光。陆蔓蔓哇的一声，急得哭出来，双手捂在胸前，眼看着比基尼被海水冲走了。

而安之淳居然不要绅士风度地哈哈大笑起来！

不过，看着哭成泪人的小不点，安之淳还是抱起了她。他宽阔的肩膀、颀长的身体完全将她的身体包裹起来，免得她春光乍泄。

那个亚裔美女居然还和他说笑，不过说的是意大利语，陆蔓蔓一句也听不懂。

亚裔美女问："这个可爱的小家伙是你妹妹？"

安之淳答："是我还没长大的小情人。"

美女笑着摇摇头走了，走前还指着陆蔓蔓说："你，姑娘，你会长大的。"当然，那个"大"指的是身体的某个部分，美女很幽默，并没有记恨她刚才的"人身攻击"。

陆蔓蔓羞红了脸，等他抱她进了房间，她才问："她刚才对我说什么？"

"哦，"安之淳说，"你会长大的。"

陆蔓蔓完全地领悟了安之淳的言下之意，更加臊红了脸。

而安之淳早就放下了她，退出去了。

五

见他提及自己的糗事，陆蔓蔓火了："那时我只有十二岁，还没发育好不好！现在发育了，发育啦！"她在他的耳边大喊。

他退了退，避开她的大嗓门，伸出食指抵在她的嘴唇上，饶有深意地笑道："哦，原来是发育了。"说着，他居然还无耻地看了一眼她的胸。

陆蔓蔓连忙捂胸。这都什么跟什么呀？人家青梅竹马久别重逢，不都是"此时无声胜有声"的吗？他怎么像个色狼一样，动不动就占她便宜呀！

看她肉嘟嘟的小脸上瞬息万变的表情好玩极了，他终于停止了调戏，毕竟来日方长，而且她也成年了。

被他微眯的狭长眼睛看着，陆蔓蔓只觉背脊一片恶寒，忽然听到他的一句让她如蒙大赦的话："走吧，送你回去。"

他开的居然是很风骚的阿斯顿马丁，限量版，就是《幽灵党》中最热的那一款。而且，在他家的车库里，还停着一辆黑色悍马和一辆世爵。

资本家，果然是资本家。陆蔓蔓又在腹诽，手刚要握上车门把手时，他的手也按到了车门把手上，她触电般地缩回了手，而他只是一笑，替她将车门打开："请。"

居然还在那儿装绅士，其实就是一个衣冠禽兽！陆蔓蔓关门时，故意特别地用力。砰的一声后，她笑嘻嘻地说："手误，手误！"

"哦，没事，掉块漆而已，赔我二十万就行了。"安之淳已经稳稳地发动了车子。忽然，一只软软的手攀到了他的手上，他一侧头，就对上了她可怜巴巴的眼睛，她委屈地嘟嘴："宝宝，求放过。"

"求包养的话，可以考虑。"他面无表情。

陆蔓蔓啊了一声，捂住了脸。她死定了！

他也懒得逗她了，专注地开车。

一下戏就赶过来，陆蔓蔓有些累了，见他不说话，真是求之不得，于是闭上了眼睛，靠着座椅休息。其实，她也没有睡着，就是迷迷糊糊的。她的思绪又回到了上个月李导助理的那通电话上。

当时，陈助理委婉地通知她，十点钟的时候不用参加《夺目》的试镜了。

她泄气地倒到了床上，金枝也气呼呼地走了。

"喂，帮我把门关上！"陆蔓蔓大喊。

金枝不理她，直接走人。

算了，这里是公司安排的特殊小区，没有别人可以进来，安全系数很高，门虚掩就虚掩吧！她闭着眼睛，正想裹紧被子继续睡觉，忽觉鼻子痒痒的。阿……阿嚏！陆蔓蔓打了个喷嚏。

顾清晨轻笑了一声。

"啊！大神！"陆蔓蔓蹦了起来，一想到自己只穿了吊带真丝睡裙，又马上裹进了被子里，只露出一对眼睛来。

"你真像一只狐猴。"顾清晨哭笑不得，"赶快梳洗好，我们去对戏。"

"可是李导不要我了。呜呜！"陆蔓蔓可怜兮兮的。

想了想，顾清晨的脸上露出了温柔的笑意，他拍了拍她的被子，道："女主角在这部影片里，并非花瓶，否则那么多美丽的女演员，李导何至于现在还做不了决定？他会想通的。而且，这只是一个试镜的机会，你不合格，还是会被淘汰的。怎么？输不起？怕了？"

居然激将法也用上了。"谁说我怕了！"陆蔓蔓跳了起来。

她的被子掉了，肩带也掉下来了一点，她却没有发觉。顾清晨怔了怔，不着痕迹地别开了脸，顺势走到了窗台前。那里有一盆花，是雪娇，被洁白如玉的花碗衬托着，美丽芬芳，就如她身上的皮肤，雪白细腻如牛乳。

他伸出手去抚摸花瓣，如对待情人一般温柔。他的侧脸很好看，阳光笼罩在他高高翘起的鼻尖上，模糊了他的眉眼。

"好了吗？"他问。方才，他已听到了她打开衣橱找衣服的声音，估计

44

她已经在试衣间换好衣服了。没有等到回答，他挑了挑眉，以为她没听见，便回过头来。她刚好站于试衣间隔开的玄关处，那里置有一大盘绣球花，姹紫嫣红，鲜艳到了极点。而她，一身火红的复古紧身连衣裙，曼妙的躯体被包裹得分外迷人，肌肤更显得雪白到了极点。

他的声音悄然卡住了。

从影十多年，他快三十四岁了，早不是现下流行的那些"小鲜肉"了，而娱乐圈美女繁多，如过江之鲫，和他搭过戏的，哪一个不是一等一的美人。偏偏容貌不算出挑的她只是俏生生地站在那儿，不用说话，就已足够使他心动。

"不行吗？很差？"陆蔓蔓泄气了，刚要转身去换衣服，却听见他说："很好，就这条裙子吧！"

顾影帝人真好，一定是时间太赶了，所以才说"很好"的。陆蔓蔓正要化妆，却听见他说："不用了，你这样就很好。记住，你要演的阿玉是有些憔悴的，无须过分遮盖你的黑眼圈。"说着，他走到她身边，取过衣帽间架子上的一支颜色最鲜艳的口红，替她涂了起来。

他的技术很好，甚至不需要用唇笔。涂好了，他将指腹按在她的嘴唇中间，轻轻揉了一下，居然给她弄出来一个咬唇妆！

"哇！大神，你太厉害了！"陆蔓蔓一脸艳羡。要知道，她是最怕化妆了，有时自己涂涂抹抹老半天才搞定一个妆，而他居然半分钟就搞定了！

两人靠得有些近，她的呼吸软软地贴着他的耳根，他退后了一步，笑着说道："叫我清晨就好了。演戏时，多是我自己化妆，化得多了也就习惯了，熟能生巧。"

后来，两人及时赶到了试镜的办公室。

李导看见两人同时出现，心里便明白了几分。他也没有为难小姑娘，毕竟那也不是她的错，只是心思比较单纯而已，这在大染缸一样的娱乐圈里，也算难得了。所以，清晨对她有好感并不奇怪，"窈窕淑女，君子好逑"嘛！

陆蔓蔓之所以会有大大的黑眼圈，是因为昨晚在深度研究剧本，临天亮了才睡下，可在剧组人员看来，两人同时出现，顾影帝又是一副宠溺的表情，再加上八卦杂志说的，两人绝对是纵欲过度才有的黑眼圈哪！

王副导演一向是生冷不忌的，他捧着个喇叭，说道："都说了开戏前不能做不适宜运动，否则影响进度怎么办？"

虽然喇叭隔得远，声音可到底是传了出去，再兼八卦杂志上乱七八糟的那些话，在场的人个个都捂着嘴笑。

正在通过喝水来缓解压力的陆蔓蔓听了，一口水喷了出来，连裙子都湿了。

顾清晨一怔，无奈地摇了摇头，从公文袋里取出纸巾递给她："清者自清。"

他的话虽不多，却熨帖无比。多久没有人这样关心过自己了呢？本来还是哭笑不得的陆蔓蔓，眼睛一红，给自己打气："大神，我不会辜负你的，我会努力的！"

她本来的意思是不会辜负他的教导与期待，可这样说来，怎么就这么暧昧呀？顾清晨有些无奈。这小不点儿能不能长点心哪！

果然，连李导都忍不住笑了。

见她憋红了脸，顾清晨拍了拍她肩膀，说："来不及换裙子了，就这样吧！"他先进了单独的试镜厅，与一号女演员试戏。

她拿着三号的牌，是倒数第二个。

轮到她时，她深深吸了口气。

一进到试镜厅，她就看见顾影帝正坐在床边，手里夹着一支烟，他的眼神迷离却又复杂，不复初见时的清澈——他入戏了。

第三章　他要给她专宠

一

陆蔓蔓也马上进入了角色，连一丝的过渡都不需要。

但导演的话又通过话筒传了过来："吻戏不能借位，我要最真实的感觉和效果。"

陆蔓蔓静了一瞬间，然后挪动脚步。

静悄悄地，她走到他身边，小心翼翼地伸出双手，握住了他的手。她的手轻微地颤抖了一下，见他只是挑了挑眉，没有拒绝，她在他身边坐了下来。

阿玉有轻度的自闭症，过往的悲惨经历导致她不愿说话。因此，陆蔓蔓的对白很少，多是内心的独白戏，需要过硬的演技来表达。

阿玉怔怔地看着王震，他不说话，她安静地陪着。她看了他许久，终于，端起了床头柜上的面条。

面条放到了王震面前，可他心事重重，一心想着怎么传播信息，已经一天一夜滴水未进了。除了疯狂地做爱，王震没有其他的发泄方法。

见他眉头深锁，阿玉伸出手来，在他的眉心处摸了摸。他猛地抬起头来，眼神凌厉，阿玉一哆嗦，马上收了手，可又担心他，于是强迫自己说话："饿，吃！"

"我不饿，你吃吧！"也不过是个小女孩，他不该把气撒到她身上，更何况刚才她发泄时也很不温柔。想罢，他伸出手来，揉了揉她的头发："饿就多吃点。"

阿玉乖巧听话地狼吞虎咽。一手捧着碗，一手拿着筷子，她吃得很快，一副饭很好吃的样子。见王震看她，阿玉忽然抬头，明亮的大眼睛闪呀闪的："好、吃，尝。"她的腮边有一点面皮，她伸出嫩红的小舌头往唇边一卷，狡黠又灵动，如偷吃了世上最好的蜜糖。

然后，她含了一口热汤，忽然吻住了他。

"Cut！"李导叫停，而一旁的副导忍不住叫好。

她见到顾影帝一脸和煦地对着自己笑，如沐春风般，一颗心居然安定了下来。顾影帝就是有这样的魅力，他的笑如三月里的春风，让人安心。

不过他的下一句话差点让陆蔓蔓喷面。他说："下一次，你可以假装喝下汤就行了，不用那么实诚。"

她居然还真用嘴来喂他喝汤！顾清晨觉得脸有些烫，忙转过身去整理东西，掩饰了过去。

陆蔓蔓虽神经大条，但也发现了顾影帝连脖子根都是红的。呃，吻戏都这样了，那床戏时顾影帝怎么办？这也太纯情了吧……

"那个……李导……你看我成吗？"一下了戏，陆蔓蔓又变得结结巴巴。

李导没好气地说："你有口吃，得治！等通知吧！"

下面众人都笑了起来。陆蔓蔓摸了摸自己的嘴才忽然发觉，顾影帝的嘴唇真柔软哪！像花瓣一样！嘻嘻，今天居然亲到影帝男神了！嗯，绝对要拿小号发微博！

"在想什么，那么好笑？"陆蔓蔓的心思全用在了发小号的微博上，只顾着看手机，本能地答："终于亲到影帝大神了呗！那么帅，我赚了！"

说完，片场静了一分钟，她忽然觉得不对劲，猛一抬头，发现顾影帝正无可奈何地看着她。她当场石化！

为了缓解她的尴尬，顾清晨说："这就是那天，你在自助餐前故意对着李导吃糕点的动机吧？因为发下去的试戏通告，就是吃东西这一段。天真、诱惑，一味讨好的心思与战战兢兢的举动，神经质与恰到好处的风尘气质，这些你都表现了出来。应该说，你在成为这个角色。"

这是顾影帝在赞扬她的努力吗？陆蔓蔓感动极了，原来，她的努力是有人看到的。她拼命点头。

顾清晨轻声笑着，替她把门打开，说："乖乖等通知吧！"

"嗯，我会全力以赴的！"陆蔓蔓等门合上了才明白过来，顾影帝的话带了丝宠溺。

肩被对面来的人撞了一下，陆蔓蔓吃痛，低低地叫了一声，一抬头，对上的却是四号试镜演员白梦，也就是她最强劲的对手。因为，这个角色，原来是属于白梦的。

"你不懂得看路吗？"白梦趾高气扬，身上穿的是名贵的黑色裙子，看起来像一团紫菜似的，皱巴巴的，但其实是华伦天奴最新的款式。

连戏服都搭配得天衣无缝，看来白梦是有备而来了。不过她还是棋差一着呀，太刻意了，反而露了痕迹。

其实，这出戏只需要演这一段，但陆蔓蔓连前后三幕的剧本都研究透了。王震觉得阿玉可怜，偶尔也会对她好，所以他在三天前给她买了条裙子，虽不是很名贵的牌子，但剪裁得体，穿在阿玉身上非常妥帖。

阿玉身世坎坷，从来无人对她这样好过。所以阿玉很爱王震，为了讨他高兴，这些天都穿着新裙子，将自己收拾得干干净净，要将自己最好的那一面"奉献"给他，又怎么可能随意和"邋遢"呢？所以见他醒了，她是穿着新裙子下楼买面的。因而对戏时，演员穿着的必须是一条好看却不华贵的裙子。

这是细节，魔鬼恰恰出在细节处，而陆蔓蔓注意到了！而且，剧本里没有说明裙子是怎样的，是什么颜色的，只说了是最衬阿玉的。

阿玉肤白，与自己差不多，所以陆蔓蔓在出来前才特意挑的火红的裙子，虽不是什么牌子货，但也是在商场里五百块买来的。她的临场发挥是有的放矢。

白梦的理解则是：阿玉一个风尘女，能有什么好品位？而且待的地方一天到晚都是乱哄哄的，再好的裙子也变差了，所以她才会选择把"一团紫菜"穿在身上。

白梦没能明白阿玉想把最好的自己呈现给心爱的人看的那种复杂而微妙的心思。

"因为深爱，所以用心。"陆蔓蔓对着空气自言自语，似在对这个角色说，又似在对王震说。但她最想说给他听的人，早已丢失不见了。

那时的陆蔓蔓还没有再见到她的阿宝。

后来，她的负面绯闻一夜消失。她的经纪人金枝笑眯眯地来看她，带来了《夺目》的合同与全剧剧本。

"快说，你是不是有后台，居然连安总都全力替你去处理那些绯闻。"金枝神秘兮兮地看着她，一副"你被潜了"的表情。

"谁是安总？"陆蔓蔓一脸迷茫。

金枝戳了戳她的脑袋，说："你是真不知还是假不知，人家安总可是说了要力保你的。就是上个月才收购了天尚娱乐，准备下周回来剪彩的安之淳安总啊！他是个ABC（美国出生的华人），'香蕉人'懂不？黄皮白心的那种！听说，他是在华尔街搞风投的，是金融大鳄、大资本家呀！真想不到，他居然会对影业有兴趣！"

接下来金枝说了什么，陆蔓蔓全听不见了。她只知道，她的阿宝回来了。

她一定要引起他的注意。他明明知道她在娱乐圈，一直都在，为什么这么久还不来找她？

一想又不对。找她又怎样？现在，他是财经巨子，而自己已沦为了最底层的那种人，而且还有生病的妈妈要照顾，她如今实实在在需要的是钱！不然，她也不会入行，还不是因为这一行赚的钱多！

刚出道那会儿，她因接拍的一个茉莉花茶的广告一炮而红，更被一些宅男奉为"广告女神"。后来，她虽然惨遭雪藏，但到底是又接拍了一个护肤品的广告代言，签了两年，其间有许多活动要出席，无论是人气还是金钱都有得赚，接一个广告代言就有整整两百万进账。妈妈得的是心脏病，需要花很多的钱来买进口药。她需要的不再是爱情，而是金钱。

嘘了一口气，陆蔓蔓下定了决心。她明白，七年过去了，一切物是人非。当年她还是千金小姐，如今她只是地底泥，与他有云泥之别。他没有立即与她相认，大概就是因为有顾虑，甚至也不再把她当小妹看了。

她需要引起他的注意，摸清他的来意。

所以，才有了她跟踪他，制造新闻，引他注意的那一出戏。

那一天，在总统套房门前，自己明明与他擦肩而过，他居然没有理会她！

陆蔓蔓纠结过，难道是因为七年未见，自己大了，样子有了变化，他认不出她来了吗？还是他嫌她现在身份低微，不愿认她了？正因此，她庆幸自己并没有一上来就演出久别重逢的戏码，只是演了一场能引他注意的偶遇……

陆蔓蔓，每一步你都算好了，不是吗？可为什么你会难过呢？因为安之淳的冷漠吗？还有今晚，他挑逗你，只是想玩玩吗？

那些过去的时光，她已追不回来。她与他隔了那么远，到底是变得面目全非了。他不再是她的阿宝了！

"想什么呢？"安之淳一直默默观察她，见她睫毛轻颤，眼睛里居然蓄了泪水，便明白过来。

这些年他在华尔街早已阅人无数，自然知道她心存芥蒂。

为什么不马上与她相认呢？连自己都问过自己这个问题。其实，他是有些恨她的，恨她的无情，恨她的不辞而别……他停下了车，把纸巾递给了她。一想到她与顾清晨相视而笑的默契，心就如被什么撞了一下，他俯下了身，猛地攫住她的嘴唇。

她的大脑轰的一下，全乱了。她开始反抗，推不开他就打他，可越是这样他吻得越发凶猛。

陆蔓蔓悲哀地发现，原来他真的只是想玩玩而已……

她停止了挣扎，只让他吻。发现了她的不对，他本能地松开了她，而她顺势伸出了手指，压在他的嘴唇上，隔开了他。

那姿态居然十分妩媚。

她笑道："如果你想有下一步，不如我们来谈谈身价问题？"

安之淳怔了怔，忽然怒极反笑："你很缺钱？不惜出卖身体？"

"是，我很缺钱。应该这样说，我只爱钱！"陆蔓蔓见车上有香烟，取过，点上吸了一口，对着他喷了一口烟，接着说，"不然，你以为，我为什么要进娱乐圈呢？"

他不作声是要怎样呢？陆蔓蔓感到很不安，因为她一点也拿不准他。

二

她吸烟的姿态妖娆，有一种病态美，那种美有毒。

安之淳冷笑了一声，从抽屉里取出支票本，签了名字，然后撕下，甩到了她的面前。她接过一看，上面没有写面额。

"我填多少个零都可以？"她有些怀疑，试探着问。

"随你。"安之淳随手将她的烟夺走，含进嘴里，慢慢地吸，也学着她

51

方才的样子，向她吹了一口气，"可以了吗？"

现在他是金主，金主的话就是命令。她讨好地笑道："你想在这里？车上？"原来，他的嗜好还真是……特别。

安之淳嘴角一压没作声，将车开进了她的小区，说："以后不准再吸烟。"

"哦。"她答道。本来她就对吸烟没兴趣，因为阿玉这个角色需要烟不离手，她才特意去学的，身上也带着烟。既然他说了，那就除了拍戏时吸，其余时间不吸呗。

等了一会儿，见他没提其他过分的"要求"，她看了一眼自己的楼层，道："要上去坐坐吗？"

安之淳看了看她，她被看得心虚了，垂下了眼眸，却听得他的一声叹息。良久，他才温柔地说道："乖，早点上去休息，你明天还有戏。"

"嗯。"她闷闷地哼了一声，很想问他一句他心底到底有没有她，既然回来了，为什么不肯和她相认，可到底是没有问出口。她知道，人不应该奢求太多，更不应该开口向别人乞求爱情与怜悯。

见到她落寞的样子，安之淳忽然开口："我是因为你才收购天尚娱乐的。"这样，就等于帮你赎身了！可是后面这一句话，他没有说出来，因为他明白，她有她的自尊。

见她猛地睁大了眼睛，他笑了笑，说："快点上去吧。"然后他头也不回地开车离开了。

月色很好，这里的公寓环境也美，四处皆是花木扶疏，她的楼下是一片玫瑰园，嫣红的玫瑰融进漆黑的夜色里，艳丽到了极致。

陆蔓蔓忽然就不想回家了。她在花坛边坐下，抬起头来看着天上的月，忽然就笑了。她是隶属天尚娱乐的，一签就是八年。她没有后台，又不愿被潜规则，更不会讨好人，所以一向不受宠，还经常被欺负，不然也不会因为掌掴某男歌星后被雪藏。

如今他对她说，是因为她才收购天尚的。她一瞬间便明白了，他在保护她，不愿她再受半点委屈。"阿宝，你心里始终是有我的，对吗？"

陆蔓蔓一时心情大好，摘下开得最美的那一枝玫瑰花，居然玩起了最幼稚的游戏。她一边摘下花瓣，一边念叨："他爱我，他不爱我，他爱我……他不爱我？什么！怎么可能！我的阿宝最爱蔓蔓了。呸呸，不准！不准！"

一生气，她将那枝可怜的秃花梗扔进了花坛里。

"谁在那儿偷花？"一束电筒光向陆蔓蔓打来，巡逻的保安发现了她。这吓得陆蔓蔓呀了一声，跳了起来，立刻跑进了楼房的大堂里。

这时隐没于小区转角处的那辆车才慢慢启动。安之淳扑哧一声就大笑了起来。这小家伙居然还做窃花这样的蠢事！

他一边开车，一边忍不住地笑，直到从后视镜里看见了自己的笑容才明白过来，这么多年了，他从没有这样快乐地笑过。好吧！既然她已回到了他的身边，他便宠着她，一直宠下去。谁让小不点是他最心爱的那一个呢！

蓦地，他又想起了自己十四岁那年。那时蔓蔓只有八岁，那么小小的一个，像个白色的团子。她什么也不懂，像个跟屁虫一样，喜欢跟着自己，去到哪儿都要跟着。

那时候他正值叛逆期，嫌她麻烦，三番五次地想打发她走，可她总是黏着他。他跑，她也飞快地跑，在他的身后软软地叫他："阿宝，阿宝等等我。"

然后他就能听见他的小伙伴们哈哈大笑的声音。他们取笑他，也学着小女孩的声音叫他宝哥哥。原来，安之淳是七个月出生的早产儿，先天很弱，差一点活不下去。他的妈妈听老人说，要起个女娃的名才好养大，于是叫他小名宝宝、阿宝。

蔓蔓也学大人们那样叫他。即使他懂事了，要上学了，不准家里的人再这样叫他了，可她依旧不愿改口，无论他怎么威胁，怎么捉弄，她还是叫他阿宝。

他曾经试过抓了好几条白白胖胖的蛆虫，放到她的枕边。半夜，她被爬来爬去的虫子痒醒，一见脸上、脖子上都是蛆，吓得尖叫，掉下了床，甚至还被吓得发了高烧。为此，他被爸爸狠狠抽了一顿，几乎被打得下不来床。

可他还是偷偷去看她。那时，已经是夜里十点多了。蔓蔓在梦里还是眼泪汪汪的，小小的一张脸都哭皱了。他十分自责，在她的额间印下一吻。

她忽然醒了，见到是他，高兴地跳起来抱着他不放。

"嘘！"他连忙捂住了她的嘴唇。见她点了点头，他才放了她。

他的蔓蔓软软地叫他"阿宝"，脸往他的脖子上蹭了蹭，她像只小狗。她说："我就知道阿宝对我最好了！"

"不怪我放虫子吓你了？"他拍了拍她的小脑袋。

53

她身体抖了抖，坚定地答："我只怕阿宝以后不理我。"

窗户大开着，窗外一棵高大的玉兰树被吹得枝叶摇动，满天的白色花瓣飘飞，香气撩人。窗台上铺满了白色的花瓣。而那棵有六层楼高的百年玉兰，静静地依偎在窗前，静静地守望着他们。

他哄她："小妹，我永远不会不理你。"

"哎！"她高兴地答。她看了一眼他，再看了一眼大开的窗户，那个心疼哦！于是她噘起了嘴，说："以后不许爬树上来，摔下去了怎么办？"

"还不是怕被我爸打吗！他下手可狠了！"安之淳撩起了衫袖，他的胳膊上全是红色的伤痕。蔓蔓心疼得不得了，忽然就将软软的嘴唇贴了上去，然后抬起头，用一双大大的眼睛看向他，道："我给你吹吹就不疼了。"

他觉得好笑：这小不点真是蠢蠢的。

她病好了以后，依旧整天黏着他。

有时他和小伙伴们去玩儿，她也要跟着。毕竟都是十四五岁的少年，又是不懂事的年纪，小伙伴们一看见她跟来了，就嘲笑安之淳，搞得安之淳很没有面子，又不好再对她发火。

一天傍晚，一帮小伙子约了去打球，她本在房间里练小提琴，拉的是那首《流浪者之歌》。安之淳经过她楼下时，本能地停住了脚步。他抬头，便看见那棵高大的玉兰树，枝条一直往天边延伸。她家与他家一样，都是独层的小别墅，她的房间在三楼。

她一身白裙站在窗边，对着玉兰树演奏。风过时，满树白色花瓣纷飞，她的长发扬起，裙子也扬起，仿佛与树、与花融在了一起。

李蒙首先看见了她，居然吹了一声口哨，然后笑着说："难怪之淳去到哪儿都带着她。这还真是个小美人哪，才这么大就挺标致了。原来之淳好这一口。不错嘛，养成系。"

安之淳恼了，快步离开小区。楼上的蔓蔓见了他，叫了声"阿宝，等等我"，接着放下了小提琴，快速地奔下了楼梯。

那时陆蔓蔓还小，根本不懂什么是爱情，只是本能地追逐安之淳。可安之淳不同，他快满十五岁了，正是情窦初开的年纪，他已被那些小伙伴笑了好几次。

所以，这一次他是真的恼了，急忙离开。但蔓蔓就像泥鳅，动作十分快，居然冲到了他的面前。

安之淳一心想摆脱她，于是敷衍道："蔓蔓，我想要李伯伯家的玫瑰花。"

陆蔓蔓是个实心眼儿的好孩子，阿宝喜欢的东西，她一定会排除万难地替他弄了来。于是她飞快地点头，笑着说："那阿宝去打球，我给你摘花。"

李伯伯家就在小区里，也是独户的小别墅。他家的花园里遍地玫瑰，什么颜色的都有，红的、粉的、白的、黄的，十分艳丽，甚至连极难培育的珍贵黑玫瑰都有。这李伯伯是个"花痴"，爱花如命，对他的小花园看护得非常严格，为此甚至还养了一条威风凛凛的马犬。

不过，那条马犬还是两个月大的小奶狗，是刚被领回来的，所以安之淳并不知道。当陆蔓蔓爬进李伯伯家的围栏时，那只叫将军的马犬还在后院睡觉。

花园在前院，所以陆蔓蔓并不知道有危险。

玫瑰多刺，她要小心地避开那些花刺才能走进去。花太多、太密，她的脚被刺伤，痛得不得了。但蔓蔓咬一咬牙，还是走进花园深处，那里的玫瑰更漂亮。

她轻手轻脚地摘了四五朵开得最好的玫瑰。她不知道安之淳喜欢什么颜色的，于是每样颜色都摘了一朵，然后退了出来。刚要翻越围栏，却踢到了一块小石头。嗒的一声，惊动了在房子另一侧给花浇水的李伯伯，他吼了一声："谁在偷花？"

原来，由于李伯伯家的花太美，时不时会被人摘去几朵，所以脾气火暴的他第一次逮到偷花贼，也就大为光火了。

陆蔓蔓一惊，加快了翻墙的速度，可忽然听见一声低吼，一条强壮的狗飞扑了过来，一口咬住了她的手。她啊地尖叫一声，但怕李伯伯认出她的声音，于是马上闭了嘴。

其实，只要她扔下花，将军就会放口，毕竟它只是尽忠职守，不许人偷它家的东西。可蔓蔓却死心眼儿，痛极了还是不放手，还用另一只手去打它的眼睛。而李伯伯才反应过来刚才听到的是小朋友的叫声，喝止了将军，心道：糟了！原来偷花的只是小朋友。

李伯伯飞快地跑过来，想看看需不需要送小朋友去医院，到了围栏旁却不见人。

将军只是小狗，嘴里都是小乳牙，咬合力不大，再兼李伯伯喝止得及时，陆蔓蔓的手并没有撕裂性的大伤，只是留了几粒小小的牙齿印，一个洞一个洞的，血一直流。伤口很痛，可她却一直站在小区门口等安之淳，一直等，一直等。

在另一头打球的安之淳也并不尽兴。他有些心不在焉，连失了好几个球，连李蒙都笑他说，赶快回家陪小媳妇算了。

安之淳心里不痛快，眼皮老跳，可禁不起激，生生熬到了中场。忽然，他狠狠地将球一扔，跑了起来，完全不理会小伙伴的嘲笑。

他跑到小区门口，远远就看见了蔓蔓，她居然还傻乎乎地站在路灯下等他。她一向怕黑，小区的治安虽然好，但这里十分静，一个八岁的小孩子就这样站着，说不怕是假的。

他加快了脚步，并叫了声："蔓蔓。"

他忽然发现了她的不对劲儿：她完全没有反应，而且摇摇欲坠的。

等他跑到她面前，一直担惊受怕的蔓蔓终于崩溃了，她哇的一声大哭出来，脚一软就地上倒，幸亏他手疾眼快，抱住了她。

他低头一看，她的脸色苍白得吓人，满手都是血，那些牙齿印在五颜六色的玫瑰的衬托下，更加骇人。

那一刻，安之淳才第一次明白什么叫心痛。他十分自责，甚至想骂她一句：你不会跑吗？笨蛋！

她哭过了，终于回过神来，抽泣着把花递到了他的面前，说："阿宝，别嫌我麻烦！"

回忆被及时扯回，安之淳险些把车撞到了路边的花坛里。那里刚好盛开着一片花海，虽不是玫瑰，但也是红的、紫的，有几分艳丽。

他的脑海里想到的居然全是她！

一声苦笑，安之淳下了车。已经快十二点了，街灯柔和，路上行人稀少，他居然做了一回窃花贼。他挑选的是一朵白色的花，不知名，但与小雏菊有些相似。

他知道，她喜欢白色的花。纵使姹紫嫣红开遍，她也只喜欢最素净的那一朵。飞快地掉转车头，他又来到了她家楼下。

三

他再也按捺不住，给她拨了电话。

"喂？"她声音有些懒散，鼻音又重，看来已经睡下了。

他又不作声了。

"阿宝？是阿宝对吗？怎么了？"陆蔓蔓心头一跳，下了床，走到窗边，往楼下看去。

安之淳忽然开口："蔓蔓，我很想你。"

没有得到她的回答，安之淳握着手机，脸上带着一丝无奈的笑意。原来，这一次是她先厌烦了他。

可下一秒，他却听到了拖鞋的嗒嗒声，他猛地一抬头，看见陆蔓蔓推开了大堂的大门，飞奔了过来。

他张开怀抱，她猛地投进了他的怀里。两人紧紧相拥，仿佛过去的那些岁月，那些冷漠与坚冰全然消融。

她的鼻音很重，哼哼的，可下一秒她出口的却是："我也想你。"

真好，她一直在等着他，就如他在等着她一般。

本是花前月下的大好时光，安之淳甚至动了某种心思，陆蔓蔓的电话却在这时响了。

"真是扫兴。"安之淳腹诽。她转过了身去接电话，他看见了来电显示，是顾清晨。

看来这位情敌先生很会挑时间。安之淳一笑，忽然缠了上来，用双手环着她的身体，吻落在她的颈上，轻咬慢舔。她被他逗得吃不消，推又推不开，导致她说话时居然咿咿呀呀的。

她正要回答一些事情，却忽然嗯了一声，那声音连她自己都吓了一跳，她正要踢他，手机却被他一把抢过，扔到了地上。她只听得啪的一声，嘴唇已经被他吻住了。

在片场时，陆蔓蔓有些走神。昨晚，她和他并没有发生什么，主要是她还没有准备好。

说出去没人会相信，虽然在娱乐圈行走多年，可她还是纯情的小处女。当时，他送她上楼，居然就赖着不走了。

任凭她百般暗示，想让他知道自己还没准备好，那厮倒好，居然慢条斯理地在那儿翻看她的东西。从相册到她的衣橱，只要是她的东西，他都十分感兴趣。

她的衣橱里，有些是广告商赞助的服装——多是美丽的礼服裙，还有一些戏服也还挂在里面，甚至连古装都有。

他们做这一行的，靠的就是皮囊，穿衣打扮是必须的。所以，她住的小居室虽然只有一室一厅，小得不行，但她有非常大的衣橱与非常大的梳妆台。因为地方小，她将卧室与客厅打通，造了一个精致的试衣间，而梳妆台正好做隔断，可以隔开客厅与卧室。

梳妆台很大，上面摆了好几盆白色的绣球花。安之淳可以想象到，当她坐于镜前梳妆时，美人与花皆映在镜子里，是怎样的艳丽。

这样想着，他推开了另一边的衣橱，那里挂着的全是她的睡裙，各式各样的，都是真丝的，而且非常性感。

他的手在其中一条桃红深V的睡裙上滑过，丝绸的触感冰凉滑腻，如她的肌肤。而她刚沐浴出来，只套了一件到脚踝的天蓝色竖纹的大T恤，把自己包得严严实实的，与这一整橱性感的睡裙相比，差距还真是大。于是，他便知道了：她还没有准备好。

陆蔓蔓见他在抚摸她的睡裙——这是贴身的睡裙哪，多么私密呀！

她的脸瞬间就红透了。她虽然没心没肺，但到底是在意的，毕竟，他从没说过一句爱她。所以，对于发生关系这件事儿，她本能地抗拒。她甚至厘不清，他对她到底是怎样的情感。

"那……那个，你还不回去吗？"她说着，不忘看了一眼时钟，已经一点了。陆蔓蔓彻底不知道说些什么了。

"你什么时候变口吃了？"安之淳走了过来。

"你才口吃！"陆蔓蔓火了。怎么个个都说她有病啊！

安之淳不理会她，开始一颗一颗地解衬衣扣子。

陆蔓蔓打了个寒战，笑得有些狗腿，但身体往后退了一步："你……你想干吗？"

"还说不是口吃！"安之淳已经将淡绿色的斜纹真丝衬衣脱掉，随意地扔在了梳妆台上。那衬衣的布料是真的好，一汪春水绿衬着娇艳的"花团锦簇"，和白色梳妆台上随意放着的白色鲜花放在一起，居然有种说不出的美感。

陆蔓蔓看得怔住了，再回头时，他人已经进了浴室。他将这里当什么了？旅馆，还是他家？一副他当家做主的霸道模样，吓谁呀！气鼓鼓地，她追了上去，居然很愚蠢地一把推开了门："喂，不准用我的浴室。"

浴室，多么私密的地方啊！她换下来的内衣内裤还在里面哪！

"用了又怎样？"安之淳大大方方地推开了玻璃门。她刚走到洗手台，没料到他动作那么快，居然全脱光了！

她尖叫了一声，连忙转过身，捂住了眼睛。老天爷呀！她居然看见了！她会长眼挑针的，怎么办？怎么办？

他低低地笑了一声，接着，他的声音贴着她的耳朵传来："你想一起洗？"她的手被他拿开，然后……她居然看见了自己的内裤！

他用一根手指挑着那极轻薄的一块蕾丝，在她面前晃："真看不出，你屁股也挺大的，36还是38？"

陆蔓蔓这一刻只想撞墙！因为他在，她一直慌慌张张的，现在才想起她居然忘记穿内裤就出来了。她马上夹起双腿，躲避，再躲避。

"我猜一猜，你忘记穿内裤了。"安之淳看着她的背影，觉得调戏她太有意思了。

"你闭嘴！"陆蔓蔓猛地转过身瞪他，但眼神又忍不住地往他的腰腹扫去：八块腹肌，人鱼线，再往下……她马上转移了视线。

他已经围上了毛巾。

"好了，不逗你了，我方才给你摘花，出了点汗。你去外面等吧！"见她红着脸出去了，他还不忘揶揄，"如果你不想穿上的话就别穿，我不介意！"

陆蔓蔓一把捂住了脸，飞快地跑了出去。而安之淳已完全忘记了要时刻保持优雅的习惯，笑弯了腰。

隔着浴室的门，陆蔓蔓忽然问他："阿宝，你腹部的那道刀疤是怎么回事儿？"

"哦，出了一点意外。没关系，都过去了。不痛了，真的。"

隔着门，她忽然听出了他的温柔与认真。既然他不想让她为自己担心，好吧，她就不问了。

等他出来时，她拘束地站在床边。站也不是，躺也不是，她两手交握，揉搓得红了，见了他，期期艾艾，也不懂得怎么开口。

到底是与儿时不同了。那时，无论去到哪儿她都黏着他，而现在她长大了。他笑着走上前，收起了调情用的那一套风流恣意，此时的他笑容温和，忽然让她觉得心安。

也没多想，她就投进了他的怀里，一如小时候，软软地叫他：

"阿宝。"

他抚摸她的背，一点一点地轻抚，指尖轻触，沿着她的脊背来回划动。她身体颤了颤，倒也没有反抗，只是全身僵硬。"我知道你没有准备好，我不急。你也困了，快睡吧。"他语气温柔。

"嗯。"她点了点头。

那一晚，他在她家里留宿。她心思重，睡得不怎么踏实，而他抱着她，一直不肯放手。

啪啪啪！一连三掌，打得陆蔓蔓几乎蒙掉！她惊愕地抬起头，愣愣地问："你为什么打我？"

下一秒，陆蔓蔓就回过神来了。果然，她已经瞄到了白梦得意的笑容。

其实，这场掌掴戏只需要拍一掌。原本是要借位打的，借位打的话才需要连扇三掌，但为求真实，大家都同意真打。可白梦是故意的，根本就是赤裸裸的故意，所以才会连续甩了她三个大巴掌！

"陆蔓蔓，大白天的你发什么神经？"李费铭已经开始冒火了。方才还因为有些心疼陆蔓蔓而笑眯眯地说出"好好拍，争取一条过"的李导，此刻是杀人的心都有了。

现在拍的这场戏，是白梦演的正妻找上门来的一幕。白梦是名副其实的富二代，演戏只为兴趣。作为投资商推荐过来的演员，导演本是有意让她演女一号阿玉的，可她的形象与阿玉并不十分符合。

应该说，从小锦衣玉食的白梦过于心高气傲，且又不愿放低身价去钻研阿玉这个社会底层的人物，所以她教科书式地、机械地演绎出的阿玉的形象并不出彩。

当初试镜时，白梦与顾清晨演对手戏，两人皆不入戏。面对王震，白梦演得出"楚楚可怜"，却演不出"小心翼翼地讨好，战战兢兢地喜欢"这个味道。

所以，最后为了照顾投资方，剧组加戏让白梦演王震的妻子易丹。易丹是知性又优雅的富家千金，还打理着家族生意，为人十分清高自负；与王震一见钟情，婚后夫妻十分恩爱。后来王震要做调查员，为了保护她，只能装出无情的样子，以有了真正爱的人为借口，要求离婚。

离婚一年多后，易丹却又与王震不期而遇，彼时易丹才发觉，自己一直忘不掉王震；而王震正揽着阿玉，在漆黑的夜里，在百乐门偷欢。两人肆无忌惮地接吻，纠缠。王震更为了博得老大的信任而吸食鸦片烟。

后来阿玉为了帮他戒鸦片烟，用尽了一切方法。两人一边纠缠，一边互相伤害。到了最后，王震再也无法分辨清楚自己对阿玉的感情，甚至发觉自己不知何时爱上了她，但爱了又不敢承认。于是，性爱成为两人宣泄情感的手段。

而易丹的这幕戏，就是因为她看见两人拥吻后，以为阿玉是导致他们分离的罪魁祸首，才上演的戏码。本来是要借位的，但白梦提出，如果是借位，演员很难演出那种恨的感觉。李费铭有些犹豫，但仔细想过后，也认为借位不能带动演员的情绪从而促成电影的一个小高潮。

所以，最后李导也同意真打，但总得演员双方达成一致。当时，李导正想和陆蔓蔓说一下，给她些鼓励，但陆蔓蔓听了之后很平静，点了点头说："我没有问题。"

四

单从这一点来说，李导对陆蔓蔓是满意的。她在片场的努力与出众的演技大家有目共睹，她性格好，没有骄纵的脾气，吃苦耐劳，这些他都看在眼里。

只是今天的陆蔓蔓有些奇怪，心不在焉的。而李导在片场里一向是出了名的要求高，所以刚才才会忍不住骂了她。

首先，陆蔓蔓演戏时开小差了，这是十分不专业的；其次，她被掌掴后，为了掩护王震的调查员行动，应是泼辣地反抗，尽管内心不忍，但还是推了易丹一把。因自闭，她只是说了一句"你，管……管不住男人"，说时，还要一面表现得泼辣，一面在眼底闪现出不忍、歉疚与无助的神情。

但是，陆蔓蔓居然说"你为什么打我"。那一刻，李导有一种想掐死陆蔓蔓的冲动。没办法，李导也是很入戏的！

"陆蔓蔓，你是猪脑袋吗？"李费铭发飙了。

"对不起，对不起！"陆蔓蔓连声道歉。

于是，大家又开始工作了。李导大叫了一声："准备打板。"

见大家都准备好了，李导利落地喊道："Action！"

"你这个狐狸精！"易丹本来是个优雅的女子，平常连粗口也不会说，但如今对着这个年轻的甚至有些单薄的女孩子，这个破坏她家庭的坏女人，她却失控了，狠狠地甩了阿玉好几个耳光。

啪啪啪！耳光打得又响又脆，隔着监控器都能看见陆蔓蔓的半边脸上全是红色的手掌印。

"你，管……管不住男人。"陆蔓蔓狠狠的样子，推了白梦一把，把眼底的委屈、凄苦、愧疚与无助演绎得很好，那推人的手甚至还微微抽搐，张了张五指本能地想去扶她，却最终一握，收了回去。

这次演得很好，一条就过了。李导正想叫停，却在这时，白梦啊呀一声，就势摔到了做道具用的路边栏杆上。于是，场面变得一发不可收拾，白梦喊道："陆蔓蔓，我知道是我提议的真打，可我也是为这部戏好哇，你何必事后报复呢！"

李导忍无可忍："这条陆蔓蔓演得很好。白梦，你是白痴吗？真打？我说了只打一掌，你打了几掌，你自己用脑子数数！我刚才就教了你'巧打'的技巧，不会伤到演员，你当耳边风是吧？"

白梦颤了颤——她没想到李导会维护一个新人。

白梦相当狡猾，她装出楚楚可怜的样子，泪花在眼眶里打转，又喊起了疼来。她挣扎着要站起来，故意扯了扯裤脚，露出红肿的脚踝。

白梦的助手连忙跑过去扶她起来，还不忘对陆蔓蔓落井下石："就是！小小年纪就这么恶毒，自己演技不好害得大家要重拍，还推我们家梦梦。"

白梦是新晋花旦，长相清秀，再兼是富家女，气质很好，不像娱乐圈里的人，倒像个恬静的女大学生。她已经二十五岁了，可看起来像是二十出头，且又知性端庄，扮相古今宜今，甚至演起娇媚的角色来也无可挑剔，仿佛她就是这么娇滴滴且俏丽的一个人。面对媒体与粉丝时，白梦又彬彬有礼，故十分有观众缘。

本来，剧组并没有准备探班事宜，跟着白梦来的是她的堂妹，且堂妹又拉了一个朋友来，因此片场里无端多出了两个外人。这两人又是白梦的粉丝，见到白梦被陆蔓蔓"欺负"，纷纷叫嚣起来。

白梦的堂妹白静也是个厉害货色，早看到了堂姐递过来的眼色，于是在一边煽风点火："听说，这个女主角是潜规则来的。我就说嘛，怎么会如此不专业，拍戏还开小差。这种角色我们家梦梦才不稀罕呢！"

"就是，就是！"她的朋友附和道。

白静又道："就是嘛，她根本就是个小三嘛！叫什么来着，陆蔓蔓对吧？当初，甄景阳还不是被她黑的！人家一个情歌王子，要貌有貌，要才有才，怎么会非礼她？根本就是她迷恋上了甄天王，倒贴不成就污蔑人家，幸

62

亏人家天王嫂力挺天王。

"大家也都不是傻子，根本就是这个三儿想横刀夺爱，抱天王的大腿上位嘛！还好意思叫'袭胸'，我看她真是一点脸都不要。"

"就是，而且那胸都不知是真的还是假的，不就是两个水袋吗？谁稀罕去摸哦！"

她们说话的声音虽然不大，可叽叽喳喳的，也闹出不少动静。在场的工作人员看向陆蔓蔓时，眼神都有几分了然的意味。

陆蔓蔓就那样无助地站在那儿，想辩解却又辩不清。毕竟，大家都看见是她推的白梦，即使她没用半点力，可别人却不会这样认为。

一个工作人员见了，也偏袒一向口碑很好的白梦："还真能装，一副自己很无辜的样子。"

"你说什么呢你？"陆蔓蔓的小助理跑了过来，护在她面前。陆蔓蔓的小助理只是个刚进大学的实习生，年纪比陆蔓蔓还小上一岁。陆蔓蔓不红，自然请不到人，给的工资也低，所以助手是从大学里请的。因她年纪小，有时反而是陆蔓蔓在照顾她。

陆蔓蔓拦住了她，说道："小天，别把事情闹大了。你也忙了一天了，要不先到化妆间休息一会儿？"

小天虽然不作声，但也不走，站在一边一副母鸡护小鸡的样子，脸上的表情气鼓鼓的。陆蔓蔓见了，倒是扑哧一声笑了。

陆蔓蔓的笑意十分温暖，是十分阳光的那种笑容，与她在早期拍的那条茉莉花茶广告里的形象一样，像个邻家女孩。方才嘲讽她的那个员工看见了，便不作声了。

顾清晨看着她苦中作乐的笑容，心微微一紧，知道自己与她的那点绯闻害得她成了狐狸精，而且之前关于她是小三的传言更甚了。也正因这一点，他就算有心想帮她，也得避嫌，不是怕对自己影响不利，而是怕更增添了她的烦恼。

白梦很不高兴，见两个导演与顾影帝并不帮她，于是走到了陆蔓蔓面前，骄傲地说道："道歉。"

白梦说话的声音不大，但正巧顾清晨就站在离两人不远的地方，所以被他听见了。本来是站位需要，因为掌掴戏的下一幕需要王震出场。可如今，白梦的趾高气扬恰好全被他看在了眼里。

陆蔓蔓不想惹是生非，但也是有自己的底线的。她们诋毁她，说她和甄

63

景阳的旧事也就算了，本来看娱乐圈就是雾里看花，而且所谓的演员就是用来娱乐大众的，可她们居然对她进行人身攻击！

你才假！你们全家都是假的！陆蔓蔓在心中将她骂了千遍万遍。

这些都算了，陆蔓蔓可以一咬牙忍了，但要她道歉，她是绝对做不到的！陆蔓蔓依旧用不急不躁的声音平静地说道："我没错。"

"白小姐，见好就收，不是每个人都一样的。"顾清晨善意地提醒道，但那句"白小姐"已经显出了他的怒意与疏离。

五

白梦何时受到过如此对待，她一个富家女，长得又好，去到哪儿都是有人宠着捧着的。她一声冷笑，用只有三个人能听得到的声音说道："我就说嘛，如果不是你爬上了别人的床，又如何能得到这个角色。"

这个"别人"自然指的就是顾清晨了。

顾清晨的眸色深了深，他正要说话，陆蔓蔓却极快地抢了一句："对不起。可以了吗？可以就开工吧。"她没有看顾清晨，但她肯低头确实是因为顾清晨。白梦的话很难听，她已经在侮辱顾清晨了。

顾清晨的好意她心领了，但她并不想破坏了他的形象，更不愿欠他人情。如果只是针对她，她即使被打死也绝不会道歉，但牵涉到了顾清晨，她只能选择息事宁人。

李导刚才在与编剧商谈剧本上的一些问题，听到这边的动静，忽然就喊了一句："白梦，你有完没完？戏不拍了是吧？不拍就走人！"

白梦还想顶两句，但她的助理是个人精，连忙过来扯了扯她，低声说："梦，见好就收。"

白梦忍了忍，道："导演，我准备好了。"

再次准备，李导一声令下："Action！"

白梦念出了那句简短的对白，然后狠狠地扇了陆蔓蔓一个巴掌。这次，白梦没有多打，但是刻意用上了指甲尖。

一道火辣辣的痛先从脑海里传来，再回到脸上，是尖锐的疼痛。陆蔓蔓的眼中闪过错愕，接着，她正要去演假意推白梦的动作。

李导大声喊："Cut！"

"陆蔓蔓，你今天带脑子来了吗？"李导已经火得上蹿下跳了，"你要演的是隐忍，是刻意的泼辣，不是迷惘。你又不是大老婆，不过是个情妇，你迷惘个什么劲儿啊！"

顾清晨蹙起了眉，看了一眼李费铭。

感受到了顾影帝不耐烦的心情，李费铭也知道自己说错话了，不再出声。倒是一边的白静听了哧地嘲讽起来："就说嘛，她就是个小三，当了那什么还要立牌坊。"

"你给我住嘴，闲杂人等全给我滚出去！"李费铭火了，今天的这一场戏居然拖了整整一个下午，眼看都快七点了。本来可以拍好几幕戏的，偏偏卡在了这里。

顾清晨眼尖，已经看见陆蔓蔓的脸出血了，也知道了方才她为何会露出不敢相信的迷惘神情来。他对着助理小李挥了挥手。小李跑了过来，得了顾清晨的吩咐，马上又出去了。

"李导，蔓蔓受伤了，给她放半天假吧！我先把后面的戏补了。"顾清晨说道。这样一来，大家的注意力全集中到了陆蔓蔓一个人身上。她刻意拿头发挡住伤口，就是不想多事儿，想赶快把这一幕拍完了，她今天的任务就完成了。

此时，小李已经跑了回来，手上还拿着一袋冰块。顾清晨接过，居然不理会一切闲言碎语，替陆蔓蔓敷脸。

陆蔓蔓一怔，想接过冰袋，但顾清晨不允许。顾清晨本就比陆蔓蔓大上许多，现在一脸严肃，半点笑容也没有，陆蔓蔓见了，被他的神情吓了一跳，也就乖乖地任他处置了。

虽然只需要简单的冰敷消肿，但毕竟伤在脸上，如果不好好处理，对于一个女演员来说，就怕留疤。小天已经急得不行，眼睛都红了，瞪了白梦一眼，拿来了碘酒，要替陆蔓蔓处理。

可看她笨手笨脚的，还是个半大孩子，顾清晨叹了口气，道："小天，碘酒太刺激，拿碘伏来。"

"不碍事的。"陆蔓蔓见他对小天十分温和，知道他是好心，但到底是在赶进度，她也希望快些结束，"还是把这一幕戏赶完吧！"

白梦接腔："我也是无心之失，不好意思了哦！"

见她居然主动道歉，顾清晨蹙了蹙眉头，没有作声。但底下的员工都夸白梦大方，有错就认，没有大牌架子，不像陆蔓蔓明明错了还一脸不情不愿的。

李导是个一工作起来就六亲不认的人，于是也说道："快点拍完这一幕，好让蔓蔓去医院。大家努力些，争取一条过。"

陆蔓蔓笑了笑，站好了位置。什么一条过，你哪只眼睛看见一条过了？虽腹诽，但表面上她还是一脸淡定。

白梦也站好了位，正想着能"左右开弓"，于是，一听见导演的那句"action"，她就尖叫道："你这个狐狸精！"

眼看着白梦朝着陆蔓蔓受伤的那半边脸举起了手，李导忽然大喊："Cut！"陆蔓蔓傻掉了。要不要这样啊？她已经将身子侧向了一边，想避过去，但白梦哪愿错失机会。她想再多打一次，不过陆蔓蔓的力气很大，又手疾眼快，陆蔓蔓狠狠地一把抓住了白梦的手。

李导脸面上也有些难堪，到此时，如果他还看不出白梦是故意和陆蔓蔓过不去，那他的智商就真的是被猪啃了去了。

白梦的手被她狠狠甩出去后，陆蔓蔓才说了一句："没事，再来一条。李导，刚才是不是我哪里演得不对，所以你才叫停？"

李导开口了："不是你的问题。白梦，你别打受伤处，换另一边脸。"

白梦装出一副无辜相，拉了陆蔓蔓的手，对着李导说："要不就后期剪辑吧，毕竟这一幕拍了这么多条，总能有完美镜头的。蔓蔓，真的不好意思，我不是故意的。"

"我知道，没事，再来一遍吧。"陆蔓蔓不动声色地看了一眼白梦。

李导怔了怔，没有作声。倒是顾清晨发了话："再来一遍吧！无论过不过，只一遍，不行就后期处理。蔓蔓的伤要紧。"

见大家都没意见，李导便叫打板。

陆蔓蔓向顾清晨投来感激的一瞥。只有他最了解她！是的，她只能靠这部影片翻身，她投入了太多，力求每一幕戏都是最完美的，所以才会甘愿一次又一次地挨打。而且，从大局来看，真打确实要比借位的效果更好。

陆蔓蔓希望自己能成就阿玉，阿玉能成就这部电影，而这部电影能成就她自己。

大家皆严阵以待，没人注意到拐角处多了一辆车。

世爵的车门被打开，衣冠楚楚的男人走了下来，飞快地走到了李导旁边，说了些什么。

本已得意无比的白梦，在听到李导的一声"今天先到这儿"时，脸上露出了一丝不解。

66

陆蔓蔓眼尖，已经看见了那男人是何庭，就是阿宝身边那位英俊得过分的秘书兼特助。

何庭的样貌真是比国际巨星还要耀眼，再兼他文质彬彬，在场的一众女生都看傻了眼。原来，何庭是个中法混血，因此样貌英俊得过分妖孽。他看也不看一眼旁人，直接走到陆蔓蔓身边，无视白梦，道："陆小姐，安先生让我送你去看医生。"似乎是怕她不肯，他又说："安先生说了，让你乖乖听话。"

然后何庭做了个"请"的姿势，那风度真是连贵族也不过如此呀！那气场也真是强势！陆蔓蔓嘀咕道："原来阿宝还真有问题！"

一旁的何庭听了，嘴角忍不住地抽了抽，他心道：明天一定要让安之淳那家伙给自己加！工！资！自己除了是他的秘书之外，在亚太区好歹还是个总经理好不好！

一边的白梦的脸色不好了，她嗤笑了一声，十分嘲讽："原来还是靠'胸器'上位。"然后，她转向一脸疑惑的顾影帝道："你看，她多会利用男人。这一下她找到更好的了。"所以你对她没利用价值了。白梦很想说出后半句，但顾忌顾清晨在影圈里的影响力，到底是住了嘴，转而攻击陆蔓蔓："不就是两个水袋吗，有什么了不起的！"

陆蔓蔓忽然站定，举起手来，以迅雷不及掩耳之势狠狠地抽了白梦一个耳光，她看着白梦一脸愣怔、不敢相信的样子，将白梦方才说过的话还给了白梦："我也是无心之失，不好意思了哦！"

见白梦要上前来争论，陆蔓蔓一把抓住了白梦挥过来的手，很用力地甩了出去。白梦的右手腕上出现了一圈青紫的瘀痕，她顿时被陆蔓蔓的大力气给震住了。

陆蔓蔓倒是一脸平静，无奈地说："不好意思呀，白梦姐，我也是为了角色考虑。阿玉无辜被甩了几个耳光，她的内心是怎样的呢？我也是实践模拟一下，参考你的反应，才能知道我演阿玉时，该给出什么反应才是最好的嘛！都是为了把戏演好，你不介意的吧，白梦姐。"在这个"姐"字上，她咬了重音，分明就是说她老了，过时了。

白梦被当场噎得说不出话来。

李导忽然来了一记"神来之笔"："嗯，蔓蔓这个提议值得参考。阿玉被打，我也想知道她的心情到底是怎样的。"

对于李费铭的幽默，顾清晨扑哧一声就笑了出来。

67

正副导演都不帮她，顾影帝藐视她，而眼前这位英俊的绅士也是一副看好戏的表情，对她哪有半点怜香惜玉呢？于是，白梦选择了保持沉默。

陆蔓蔓看也不看她，转过身去，缓缓离开。她不再忍气吞声，不再委曲求全了。当她看见安之淳从车里出来，站在那儿遥遥向她看来的那一刻，她就决定了，她要反击！

因为她知道，是她的阿宝给了她与一切抗衡的勇气与权利，在他的世界里，她依旧可以做那个任性的、娇纵的陆蔓蔓！

安之淳忽然对导演说道："李导，后期剪辑就是了。以我专业的眼光来看，蔓蔓的演技十分到位，刚才的几个镜头其实都是真打的，足够剪了。何必再浪费时间、金钱和精力去反复拍这一幕戏呢！"

李导沉默了一瞬间，然后说："好。"

第四章 情逢敌手

一

顾清晨看向陆蔓蔓的目光有些担忧，他知道她一向是个洁身自好的姑娘，但女演员一旦陷入被包养的丑闻，以后的路就不好走了。

其实在此之前，他心底的那一层秘密是连他自己也没有发现的。但他眼睁睁地看着陆蔓蔓带着满脸遮挡不住的喜悦，坚定地奔向那位优雅的绅士时，顾清晨才发现自己苦涩的心意：自己是在吃醋。原来在不知不觉中，自己早已喜欢上她了。

女主角走了以后，众人一时有些意兴阑珊的味道。后来拍了好几条，顾清晨都不在状态，连工作人员都看出了他的心不在焉。

最后，还是李导主动放人了。

在圈里，李导与顾清晨也算是私交不错的朋友。李导走到顾清晨身边，拍了拍他的肩膀，问道："什么时候的事儿？"

无须多说，顾清晨自然明白他问的是什么：他在问自己喜欢上蔓蔓是什么时候的事儿。"我也是刚刚知道自己的心意。"顾清晨十分无奈。

"他是天尚娱乐的大老板。"李导觉得顾清晨还是及时抽身为好，他对陆蔓蔓的评价也变得刻薄起来，"傍上安总，陆蔓蔓以后的路会畅通无阻。"

"蔓蔓不是这样的人。"顾清晨反驳道。

李导现在才发现，原来顾清晨已陷入得如此深，于是李导说出的话便更为直接："是或不是都不重要，重要的是她已有主。"

"男未婚，女未嫁，我可以公平竞争。"顾清晨微微地调整了自己的情绪，已经有了决定。

两人各有心思，都没有注意到守在片场门外的白静已经偷偷拍下了刚才的那一幕。

李导拍了拍手，叫上了在场的几位有些名气的男女艺人。原来，晚上十点在国际酒店有场宴会，是天尚娱乐的饭局，一同参加的还有许多导演、投资商，和著名编剧、作家，因此这也是艺人们拓展人脉的好机会。

原本，作为天尚投拍的《夺目》的男女一号都必须出席，但陆蔓蔓因伤先走了，于是，众人瞩目的对象便成为顾影帝与新晋影后白梦了。

白梦的脸上留有巴掌印，这是陆蔓蔓的杰作。

但白梦当时立即取了冰袋敷上，已经消肿了，再加上化妆时刻意上了很厚的粉，还化了个烟熏妆，也就遮盖住剩下的痕迹了。她一向知性高贵，这次却忽然改成了狂野的妆容，在灯光下十分美艳动人，反而夺得了众人的眼球。在场的青年才俊都纷纷向她这边张望。

顾清晨到酒会时，本能地往门口张望，他多少还是希望能见到蔓蔓的。白梦端了杯酒从他的身边走过，不忘讥讽："人家都有了'长期饭票'了，这种应酬，她又岂会看得上眼？"

顾清晨依旧从容淡定，语气也是淡淡的："不是每个人都是一样的。"他说的依旧是那一句话。

白梦嗤笑了一声，径直走到了一位著名导演的身边，与导演交谈起来。但白梦心底气得要吐血！那位安总，多么英俊，为什么就看不到自己呢？明明自己要比陆蔓蔓漂亮得多，身份也比她矜贵。听说那陆蔓蔓是连高中都没有毕业的！

白梦正气得牙痒痒，突然听见门口处传来一阵骚动，连忙回眸，只见门口处，风度翩翩的安总走了进来。

他脱掉了银灰色的西装外套，交给了身后的人，悠闲地走了进来。他身材高挑，可走路的姿态却慵懒无比，像一头有心逗弄猎物的豹，连唇边挂着的微笑都似嘲似讽，可他的一举一动却又让人觉得妥帖无比。

如此出众的人物自然引来了无数目光，许多女星已经被他迷住，暗暗神魂颠倒，一心想着该用何种借口亲近他。

顾清晨眉头紧锁，只觉得安之淳不应该出现在这里。

他是应该陪着蔓蔓的，毕竟蔓蔓方才受了那么大的委屈。如果他爱她，这些应酬，他根本无须理会。可如果是这样，自己的机会不就更大些了吗？但自己为什么还会如此担忧蔓蔓呢？到了此刻，顾清晨才发觉自己对蔓蔓已是情根深种了，只是希望她一切安好，其他的都不重要。

似是感受到有人在注视自己，安之淳向顾清晨投来了复杂的目光。或许蔓蔓没有发觉，但安之淳是知道顾清晨的心思的。于是他带了一点笑意，向顾清晨举了举酒杯。

顾清晨很在意蔓蔓的感受！安之淳马上明白了这一点。

方才，他送蔓蔓到他的家里时，家庭医生已经在等着了。当蔓蔓义无反顾地奔向自己时，安之淳就在心里对自己说：从今往后绝不再让她受半点委屈，她今天的巴掌不会白挨。

蔓蔓一向怕疼。脸上的伤口要消毒，尽管李医生经验丰富，手法也好，用的是自配的药膏，绝对不会留疤，可上药时刺痛感比较强烈。蔓蔓痛得咬牙切齿的，低声地叫。可到底是不像以前了，她居然不肯对他撒半点娇。

"疼吗？"安之淳故意逗她。

她倒好，都疼成这样了，还笑嘻嘻地说不疼。那一刻，安之淳的心痛了起来，他也明白了她这几年过的是什么日子，吃了多少的苦，忍下了多少的痛。

等处理好了，见他要去酒会，她红肿着两边脸说要回去，一点机会也不肯给他。是因为顾清晨吗？一向自信的安之淳此时却问不出口，毕竟在过去的七年里，在她的世界里，他缺席了。她或许已经爱上了别人。

他说："有什么事儿等我回来再说。"

她却说："安之淳，我不想被别人说我是以你女友的身份上位的。"

这是其中一个原因，却不是唯一的原因。安之淳一直知道，她看向顾清晨的眼神里，是带着崇拜和爱慕的。

尽管现在的蔓蔓与顾清晨依旧保持着一定的距离，可当年只有十四岁的她，在少女情窦初开的年纪，就已经把顾清晨看作她最倾慕的偶像了。她还曾经说过，如果能让她和顾影帝合影留念，真是死也瞑目了。当然，那只是玩笑话，但她确实一直崇拜他。

那时的蔓蔓正值豆蔻年华，纯真美好，没受半点世俗的沾染。她对娱乐圈没兴趣，更不会去当艺人。她说娱乐圈是最脏的，只有顾清晨是唯一的清

71

流。她迷恋他，到了痴狂的地步。

甚至，在安之淳到她家找她玩时，她却只顾与闺密闻乐看顾清晨主演的新片子《水磨腔》，里面有顾清晨与女主角的亲热戏。她看得连眼睛都不带眨一下的，还满脸羡慕的样子，居然敢大言不惭道："啊啊啊！顾影帝的激情戏呀！女主是我就好了！不行，我也要去当顾影帝的女主角！"没想到她还真是一语成谶！

当时安之淳就不高兴了，从后而上拽着她的马尾说："小小年纪就如此好色！"

被抓到现形后，她也不害臊："喊，又不是和你亲热，要你管呢！"

她如此口无遮拦，小小年纪就公然谈sex（性），他都替她害臊。后来因为这件事，他整整一个月没有理她，这创造了两人最长的冷战纪录。

那时的顾清晨刚出道没多久，只二十四五岁的年纪，且出演的多是文艺片，扮相俊美得不可思议，这使得刚满二十岁的安之淳十分受挫，可今天不会再这样了！

"如果你现在走出这个门，你信不信明天《夺目》的女主角就换人？"安之淳闲闲道来，却让陆蔓蔓气得红了眼。

她一句话也没说，坐到沙发上，硬生生地憋出了内伤！

二

想起方才她气鼓鼓的样子，像只红眼睛的大白兔，安之淳就觉得心情大好。他之所以出席宴会，自然是因为要会会这位情敌先生。

不料安之淳还没走到顾清晨所在的那一边，白梦便婀娜多姿地走了过来。她的脸上挂着迷人的微笑，妆容精致得无可挑剔。平心而论，白梦确实是真正的美人，但不是他的那一杯"茶"。

"安总，您好！"白梦主动与他攀谈，手自然地拾起肩上的一缕香发，打起了卷。她笑靥如花，眉眼如画，身着一袭纪梵希的经典小黑裙，展现出的是豪门名媛的优雅得体，不愧是男士们追慕的对象。

果然，当她与他站在一起时，许多人投来了赞叹的目光。俊男美女最是赏心悦目。一众想亲近安之淳的女星，相比之下都黯然失色了，她们也自知比不上白梦。

"白小姐，你好。"安之淳执着酒杯微笑着，姿态不羁却毫无热情。

这让一向自信过人的白梦也不免一怔，刚想再和他套几句近乎，忽然听得安之淳说："白小姐，蔓蔓今天的巴掌不会白挨。"说出的是威胁的话，可他却笑得温润，落在别人眼里，还以为他对白梦有意思。

白梦脸色变了，张了张嘴，说不出一句话。不过落在别人眼里，可能会被误解为那是她害羞的表现。

尽管陆蔓蔓没过来，但她的助理小天却是在场的。小天是看着陆蔓蔓上了安之淳的车走的，自然明白两人的关系不寻常。如今，白梦这不是在公然挖墙脚吗！于是，她马上给陆蔓蔓打了电话："蔓蔓姐，白梦在对安总放电了，怎么办哦？"

陆蔓蔓一听，直接气得暴走了。一挂电话，她就飞奔出了安之淳的家。他那辆骚气的马丁就停在别墅门前，而且居然连车钥匙都没拔。她也不管别人怎么说了，直接开了他的车，一路风驰电掣地到了目的地。

她小跑着进入酒会大厅，一脸的心急如焚，连顾清晨看了都是一怔。她跑得急，出了一脸薄汗，鼻尖亮晶晶的，倒也十分可爱。

因为没有化妆，她的脸色白净清透，肌肤好得如剔透的白瓷，就是上面那巴掌印太触目惊心了。

陆蔓蔓跑得太急，脚下打滑，居然一进门就险些摔个狗吃屎，倒是站在靠门厅处的顾清晨手疾眼快，几步跨了过来，一把扶住了她。

她的脚扭了，一想站直她就痛得飙泪，只能半靠在顾清晨的怀里。

安之淳是背对着大门的，离门厅太远，又因为正在与电影界的老大们聊着电影，并没有发现陆蔓蔓来了。且那位导演还叫白梦一起过来谈事情，安之淳虽然反感，但没有当面驳了大导演的面子。

安之淳与一位大导演，还有白梦，一起离开了大厅，改去包厢谈事情。陆蔓蔓本想追过去，但想到自己如今的身份，只能暗暗作罢。安之淳从见面到现在，也没对自己有过一句表白与半句承诺，她追上去又算是怎么一回事儿呢？

倒是顾清晨安抚了她那颗疲惫的心。他说："我扶你到一边去吧，这里人多，媒体也都在。你没有化妆，而且脸还肿了。"

是的，自己头发散乱，脸容憔悴，不过是残花败柳，何必还要去丢人现眼呢！于是，她便由顾清晨扶着，转身进了一边的包厢。

这是个不大的酒店套房，供宾客歇息用的，里面有一面墙的红酒，室温偏低，挺舒服的。只是她赶得有些急，连大衣也忘记穿了，只穿着一件薄薄的开司米套头衫。

"冷吗？"顾清晨体贴地除去自己的大衣，裹在她的身上。

"顾前辈，你不用担心我。如果你忙的话……"她的话还没说完就被打断了。

他笑着说："我不忙。你叫我清晨就可以了。"

陆蔓蔓听到后，一时无话了。

顾清晨给助理打了通电话。不一会儿，门被敲响了。顾清晨出了玄关，再进来时，手上拿了一瓶药酒。

他在她的面前蹲下，替她除去高跟鞋："脚踝肿得很厉害，不要再穿高跟鞋了。"然后，他就开始替她抹药酒。

如果此时此刻陆蔓蔓还不明白顾清晨对她的心意，那她真的是连脑子也摔坏了。她红着脸，准备去阻止他，而且还要装作对一切毫无察觉的样子，好给他台阶下，于是她故作无知地说道："顾大神，还是让我自己来吧！"

她不想戳破一切，以免大家尴尬。

顾清晨抬眸看她。她对上他那对既深邃又清澈无比的眼眸，心跳居然慢了半拍。她的脸更红了，连自己也觉得装不下去了。可他却是一笑，那笑容如冬日里的暖阳，又似三月里吹过江南的风，温柔得连她都看入了迷。

"我来吧。揉起来有些痛，忍住了。"他依旧用双手握着她的脚，仔细地揉着。如此的肌肤相亲，陆蔓蔓害臊得不行，却又无法拒绝。

而另一边，得到何庭提醒的安之淳寻了过来。安之淳失了风度，连门也没有敲就走了进来。第一眼看见的，自然就是她红着脸与顾清晨"情意绵绵"的这一幕。

安之淳眯起了眼睛，神色凝重，全身僵硬，如危险的、蓄势待发的大型猫科动物。他的身后夜色浓重，他的脸色阴晴不定；而他的眼睛更是深不见底。

一见了他，陆蔓蔓本能地把脚缩了回去。顾清晨以为蔓蔓是怕安之淳，有些担忧地问她："你还好吗？"

知道顾清晨误会了，她连忙摇了摇头，道："我没事。"

安之淳走了过去，也不看她，一把将她打横抱起，对顾清晨说道："顾先生，我的女朋友就不劳你费心了。"然后，他直接把她抱上车，不顾她的抗议，把车开回了自己家。

等安之淳停下车开门，要抱她下来时，她火了："你发什么神经，我要

74

回家！"

他忽然就抱起了双手挽在胸前，站得笔直，眼睛眯起，睥睨着她。

陆蔓蔓知道他生气了，于是不作声了。

安之淳将她抱起，进了别墅。

陆蔓蔓有些怔忪，她觉得安之淳变了。昔日的阿宝，他的一举一动虽时刻左右着她的视线，但他的心思她到底是了解的。他的一切举动，包括情绪，都在她的掌握之中。可如今的他，她再也看不透了。

"我很高兴你来找我。"安之淳将她放于沙发上，手依旧固定在她的腰身上。

这样的姿势过于暧昧，她被他圈在怀里。见他正低头注视着自己，她不自觉地脸红了。

"你在意我，蔓蔓。"安之淳的额头贴着她的额头。他的体温很高，她想移开身体，却被他抱得更紧。

长大后，陆蔓蔓忽然发现，她早已不懂安之淳，也不懂如何与他相处了。他样样优秀，显然是个被女人宠坏了的男人。他知道她在意他，却丝毫不提及他自己的情感。他始终是高高在上、俯视一切的那一个。

酒会上，安之淳并没有喝酒，因为他发烧了。安之淳说话的声音低低的，与她耳鬓厮磨，倒有种说不出的缠绵。他的手从她的腰上移到了肩膀上，他圈着她，将头靠在她的肩上。他说话、呼气时，鼻息都贴着她耳后的肌肤，弄得她痒痒的。

他说："其实，我更希望看到你能像从前一样，跳到那些企图和我亲近的女人跟前，大声地说'阿宝是我的'。"他一边说，一边微笑、叹气。他的嘴唇贴着她的脸，似触非触，似吻非吻。陆蔓蔓有些不自在了。

从前的自己，呵，从前的自己是多么任性！

"蔓蔓，过去的七年里，我缺席了。但是答应我，之后的七十年，你都不要再离开我，直至生命的终结。"安之淳亲了亲她的脸蛋。

陆蔓蔓一怔，却笑了："阿宝，你烧糊涂了。"

陆蔓蔓到底也没能离开安之淳家，他靠着她睡着了。他那么高大的一个人，蔓蔓根本无法移动他。屋里一个用人也没有，显然是安之淳吩咐的。

陆蔓蔓无计可施，只能自己照顾他。她拧了湿毛巾，替他擦拭脸庞。他的眼睛紧闭，眉头轻蹙，眉心处有一道淡淡的细纹，是因为经常蹙眉才有的。"阿宝，你也有烦心的事儿吗？"她伸出手来，轻抚他的眉心。

后来，她给他量体温。幸好只是三十八度，不算高。她哄他起来，喂他吃了退烧药，又给他擦汗。

再后来，他睡沉了。她取过被子替他盖好。

陆蔓蔓坐在他的身旁，安静地看着他。有许多年了，有许多年她不曾如此仔细地看过他了。她半伏在他身上，脸枕着他的胸膛，指尖在他的眉眼上细细划过，忽然听见他低喃："蔓蔓。"

这一刻十分宁静，哪怕只能拥有这一刻也是好的。蔓蔓也是累极了，看着他，竟睡了过去。

等到再次醒来，陆蔓蔓一睁开眼就发现安之淳正微笑着看着她，他见她醒了，便伸出手指在她的嘴边抹了抹。呀，自己居然流口水了！陆蔓蔓大窘。

"早。"安之淳的拇指按在了她的嘴唇上。

"早。"陆蔓蔓连忙起身。

安之淳慢慢地站起，活动了一下筋骨。陆蔓蔓有些局促，自己压在他身上睡了一晚，估计他的半边手臂和身体都麻了。

幸好上午没有她的戏。她正想着该怎样告辞，却听见了手机振动的声音。她连忙从坤包里翻出手机一看，有十几通未接电话，有助手小天打来的，也有做娱记的闻乐和金枝打来的。

刚静下来的手机又响了，看号码，是金枝打来的。

被金枝教训怕了的陆蔓蔓一秒又变回了低头哈腰的德行，接起了电话："嘿嘿，金枝姐，这么早哇？"

"还早？！"金枝的大嗓门使得陆蔓蔓连忙把手机移开些，又听见她说，"你快打开《今日娱乐》的网页！"

由于金枝的声音严厉，陆蔓蔓料到可能又出事儿了。可现在哪里有电脑？于是，她便拿手机迅速浏览起《今日娱乐》的网页来。

见她的脸渐渐苍白，安之淳给何庭打了个电话："发生了什么事儿？"他听了何庭的通知——《娱乐大爆料》的周刊居然已经停刊了，连主编都不见了踪影。安之淳心里明白，这是有人故意设计的。

三

"蔓蔓，你听我解释。"安之淳急于辩解，一把牵住了她的手。

可陆蔓蔓却彻底冷静了，她定定地看着他，看得安之淳隐隐不安，然后

76

她坚决地甩开了他的手："你在美国时就已经有未婚妻了？"

她只问了他这一句。

"你听我说，事情不是这样的，我从来没有承认过这桩婚约。而且我这周会回去和爸爸说清楚。我和她没任何关系，连解除婚约都不需要，我从来没答应过。"安之淳只能把事情简单地说了出来。那全是家族单方面的安排，他与女方也只是在公众场合见过两次面而已。

"陆蔓蔓是狐狸精，现在世人皆知了。安之淳，我哪儿得罪你了呢，你要这样玩弄我？"陆蔓蔓没有再等他解释，马上跑了出去。

安之淳急着去追她，可到了门外却找不到她了。他一急，马上开了车去追。这里是私家的路，她人应该也跑不远。

见他的车远去了，陆蔓蔓才从屋后转了出来。她本想打的士，但想到这里的路段太招摇，正不知如何是好，却见顾清晨的车开进了院子里，同来的还有金枝。

"蔓蔓，快上车，你的事儿有些棘手。"顾清晨连忙招呼她。

下坡时，顾清晨的车与安之淳的车擦身而过，坐在后座的陆蔓蔓甚至看见了安之淳投向顾清晨的凌厉的眼神。

可下一秒，两辆车便错开了。

《娱乐大爆料》的最新一期周刊里，只刊登了一张陆蔓蔓和安之淳相携离去的照片。文中提到了陆蔓蔓一向不红，也没有什么拿得出手的作品，但最近却高调地得到《夺目》里的阿玉一角，且绯闻颇多，于是她被圈内人指责说是靠潜规则上位的。而最近更被偷拍到她与曼哈顿上东区的与名媛有婚约的银行家安之淳交往甚密，更被怀疑是"惯三"女星了。

这根本就是要黑她！

至于安之淳，不靠家族，以风投起家，年少成名，容貌、家世都是最好的，这样的财经巨子即使有女星相伴，也不过是为他锦上添花，博得个风流倜傥的名声而已，不会对他的名誉造成丝毫的损害，但这事儿对陆蔓蔓来说则不同。

再兼安之淳是天尚影业的大老板，如此一来，陆蔓蔓的演技再遭质疑，阿玉一角也被蒙上了阴影。

陆蔓蔓的团队在紧急开会，商量该如何处理这一事件。而公司楼下则是围满了想要采访陆蔓蔓的记者。

而另一边，安之淳坐在办公室里抽烟，一支接一支地抽。七年未见，蔓蔓到底是与他生疏了，她遇到事情不向他求助，也想不起他，却信任顾清晨！

正想着，何庭走了进来："我们的团队已经照你的意思写出了通告，要发给各大媒体吗？网上一切关于陆蔓蔓的爆料都被封锁了，你可以放心了。

"关于网络上的传闻，因为没有提到你，所以我们的团队没有在第一时间处理。这是我的疏忽。我已经交代下去，以后一切与陆蔓蔓有关的信息，都要在得到我们的批准后才能放出。

"还有，我们已经查出来《娱乐大爆料》的内幕了。这家杂志是上个月才开办的，而且主编一放出你和陆蔓蔓的事儿就离职了，因此才会逃脱了我们的监控，得以上市。"

毕竟正当的杂志社是不会冒着被安氏集团封杀的危险而刊登安之淳的绯闻的。所以《娱乐大爆料》的事儿根本就是有人故意为之，他们根本不怕被查封。

"是白家的人授权《娱乐大爆料》。"何庭说道。

"再者，因为这件事儿，曼哈顿的梁氏千金已经发出了通告，说上个月就取消了和你的订婚仪式。我们安氏的股价在大跌，白家已经在外面暗中收购散股了。"何庭将手机上的K线走向图调出给安之淳看。

这根本就是一个局！

"我打算亲自写通告。"安之淳淡淡地说道。

安氏集团是安之淳的家族产业，涉足面很广，天尚娱乐只不过是集团旗下的一个不起眼的影业公司。为了蔓蔓，在四个月的时间里，安氏已经收购了三家影业公司与一家国内顶级的经纪公司，原本安之淳是打算等蔓蔓的《夺目》一片杀青后再替她赎身，转进自己旗下的经纪公司，哪怕要赔上天价的违约金也在所不惜。

为了在影视界闯出名堂，早在一年前，安之淳就作为投资商，参与了好莱坞一部文艺片的制作。那部以著名画家的故事为题材的《荷兰的天空》获得了多项国际奖项与奥斯卡提名，可以媲美当年的《戴珍珠耳环的少女》。

而安之淳作为投资商，也赚得盆满钵满，这更坚定了他进军影业的雄心。可他做的这一切，全都是为了陆蔓蔓。

甚至在三年前，他就已经知道了陆蔓蔓的下落。当她的第一条广告面世后，他怎么会找不到她呢！迫于生计，她终究是进入了她所不齿的娱乐圈。

娱乐圈很脏，可她依旧是当年的那个陆蔓蔓，所以不愿随波逐流，情愿得罪甄景阳被雪藏，也要坚持做自己。

被雪藏的那一整年，陆蔓蔓需要钱，只能靠走穴、出席商业活动来赚钱。一些品牌活动还是喜欢请她出席的：一来她身上还具有某些话题性，可以炒作；二来她因为各种事情，是没有脾气的艺人，身材又好，又不拒绝穿指定的一些比较性感、露得多些的衣服，能为品牌赚些人气。

她出席过的商业活动的照片，都被安之淳保留了下来。她明明是一张娃娃脸，却浓妆艳抹，身上穿的裙子的布料也少，胸前的风光若隐若现，不是露出背部大片雪白的肌肤，就是露出那双大长腿。

许多时候他是吃醋的——为她不得不在世人面前展现自己的身体这件事儿。有一年冬天很冷，他在曼哈顿的集团大楼里工作到深夜，忽然收到了邮件，是关于她的最新消息。

他点开一看，居然是她在寒冷的天气里，站在寒风中，出席露天活动的照片。她穿得那么少，只有裹胸和超短裙，又在肩膀上象征性地披了一件带绒毛的罩衣。她的脸都冻红了，却还挂着性感又妩媚的笑容。活动过后没几天，他就收到她病倒了的消息。她居然得了肺炎！

那一刻，他握着电话，忽然就觉得指尖滚烫，垂眸一看，原来是自己的泪水。

远在中国的何庭许久不说话，然后直接问道："你哭了？"

这个大学死党是最了解安之淳的人了。

也没有什么面子好在乎的，安之淳嗯了一声当作回答。

后来，安之淳便开始谋划他的娱乐业帝国了。在美国，George 安之淳这个名字代表的就是最新兴起的娱乐大亨。他为她做了许多，却从来没有和她提起过一字半句。

甚至，在她最需要钱的时候，安之淳通过她的经纪公司，替她接了一个护肤品的代言，陆蔓蔓一做就是两年，那个品牌就是他旗下公司的护肤品的牌子。

他当然知道这笔钱她用在了哪里。她的妈妈，也是他的费阿姨，患了心脏病，一直靠进口药维持。

他做这些从不需要她知道。但到了今天，他不可以再容忍她受丝毫委屈，他必须站到她的面前，替她保驾护航。

他在公司的面向公众网页的页面上，放出了一篇简短的声明与两张照片。

那是他与陆蔓蔓的合影。

安之淳的举动掀起了轩然大波。

他放出了两张照片：一张是六岁的安之淳怀里抱着零岁零一天的陆蔓蔓的照片；一张是二十岁的安之淳揽着十四岁的陆蔓蔓的照片——两人对着相机，夸张地微笑。

他还声明："陆蔓蔓小姐并非狐狸精，不是小三，她是我青梅竹马的小妹。在《夺目》公开试镜选角以前，我远在美国，与陆蔓蔓失去联系七年。她靠自己的努力获得角色，而非不实报道里所说的靠着潜规则。再者，我与梁氏千金早于上月分手，至今单身。最后，目前我和陆蔓蔓的关系还只是好朋友的关系，但互有好感，不排除以后进一步发展的可能。"

安之淳的声明言简意赅，且通篇都是用的第一人称，可以想见他对陆蔓蔓的重视程度。而且，正因为他表明了与陆蔓蔓是青梅竹马的关系，所以两人出双人对就并非潜规则这样的权色交易，更不存在狐狸精的问题了。

当陆蔓蔓的团队正在焦头烂额地想着如何做出危机公关时，小天忽然一声大叫，把电脑的声音打开，并把电脑屏幕转向了众人。

原来是《娱乐新世界》的节目主持人在播报，播报的主角自然就是一向低调的安之淳，与安之淳所提及的陆蔓蔓。

而且该节目还有滚屏的微信留言弹幕，尽管有人在微信上留言说：一看就是《夺目》剧组为了炒作新剧而搞出的绯闻。但陆蔓蔓的公众形象总算是挽回了。

而刚在自己的微博上发布了一系列视频的顾清晨，听到《娱乐新世界》主持人说的话后立刻抬头。电脑屏幕里不断给出特写镜头的，正是安之淳放出的那两张合影，与安之淳写的声明。

办公室里安静了下来，每个人都屏住了呼吸。甚至连陆蔓蔓都安静到了极点，仿佛连呼吸声也消失了。

陆蔓蔓从来没有想过，安之淳会为了她，做到这个地步。

早上时，他说："蔓蔓，你听我解释，事情不是这样的。"可她却没有给他机会，甚至不愿听他辩解，因为她对他早已没有了信任。

或许，并非她的阿宝变了，而是她变了吧……

突然，旁边有人发出了咝的一声。

陆蔓蔓转头去看，原来是顾清晨的经纪人许波发出的吸气声。

"清晨，你为什么不说出来和大家商量一下。趁着看到的人不多，你赶快把视频删了。"许波的一张老脸已经成了猪肝色。

办公室里围满了陆蔓蔓团队与顾清晨团队的工作人员，此时大家都注视着顾清晨，不知道他做了什么。

还是陆蔓蔓最先反应了过来。她马上用手机刷新了微博。不过十分钟的事儿，她居然上了头条，而且好多人都转载了顾清晨发的视频。

视频是《夺目》试镜时，她与顾清晨演的对手戏。为了有比较，顾清晨将四位试镜演员的视频都放了上去。他发的是：《夺目》一片是李导的心血之作，从海选到试镜，再到定角色，都是经过深思熟虑的，有没有潜规则大家一看便知。

他已经是在公然维护陆蔓蔓了。所幸，当初试镜合同上有列出，为了以后的宣传，剧组有权公开大家的试镜视频。而且即使别的演员落选，但在官方网站或其他宣传需要时，可以列出各个视频，一来为新片造势，二来也增加了每位演员的曝光率，大家都是愿意的。毕竟对于演员来说，能提高曝光率、制造话题都是有利的事情。

果然已经有人留言了：确实，顾影帝与陆蔓蔓的对手戏最来电，能提前一睹为快，太过瘾了。

有专业影评人的留言：陆蔓蔓的演技很到位，阿玉这个角色有很多东西值得深挖，陆蔓蔓做到了。

其他的一些留言，有理智的：真是"士别三日当刮目相看"，陆蔓蔓于屏幕上失踪近一年，原来是转战大荧幕了。她的演技可圈可点，她已向实力派过渡。至于是丑闻是真的潜规则还是炒作，都无所谓，电影好看就行。

也有关注点在别的演员的评论：白梦很高贵，演正妻比较合适，演不来风尘女子。

甚至还出现了支持"晨蔓CP"的评论：大叔配萝莉，多么妙的搭配呀！我已经很期待顾影帝和小萝莉的激情戏了！

这一现象看得陆蔓蔓是目瞪口呆，等她再把目光投向顾清晨时，他对她微微一笑，目光里带着包容的意味，说明他是站在她那一边的。

顾清晨说："现在没有删的必要了，该看见的人都看见了。而且，我不会删除的。"

然后，李导的电话打来了。手机开的是免提，因为顾清晨也没料到李导会那么直接："顾清晨，你疯掉了吗？官网都还没有放出这些视频，这些视频是要用在该用的地方的。你这是要假戏真做吗？你从来不会如此公私不分。"

所有的人都明白过来，原来顾影帝对陆蔓蔓假戏真做了。

四

陆蔓蔓只觉脑子里轰的一声，全部乱套了。顾清晨如此高调地示爱，她想回避也没有办法了。

顾清晨怕她为难，已经关掉了手机的免提，告诉李导："谢谢你肯帮我统一说辞。好的，官网上现在插入那些视频，直接为新片制造话题好了。"

危机已经解除，无论是安之淳还是顾清晨，他们都替陆蔓蔓澄清过了。于是，众人也就识趣地退出去了。

金枝临走前看向陆蔓蔓的眼神里带有警告的意味。可又看了顾影帝一眼，金枝无话可说，于是退了出去。

门被关上，办公室里只剩了陆蔓蔓与顾清晨。

陆蔓蔓觉得有些事儿还是该自己去面对的，于是她鼓起勇气说："清晨，你不必这样，毕竟你要担风险的。如果事情处理得不好，你还会被我连累。"

她不再叫他顾影帝，或者前辈，或是什么大神，而是简简单单的一句"清晨"。顾清晨没有看她，只是保持着原来的那个姿势，看着桌面上放着的一盆兰花。

她坐在他的侧面，看到的是他最完美的角度。顾清晨十分英俊，午后的阳光落在他的眉眼上，铺开了一片璀璨的金光。他的气质是淡雅的，并不咄咄逼人，犹如兰的宁静与清幽。

他察觉到了她的目光，终于侧过脸来，两人视线交会。陆蔓蔓从他的眼里看到了自己，小小的，却很清晰。

他微微一笑，说道："你不必有什么负担，我只是做自己该做的事儿。而且，只有你适合阿玉一角，我做的事儿并非偏袒你，不过实话实说罢了。"

他都这样说了，陆蔓蔓没有办法反驳，只能咬了咬嘴唇，然后直接说了："目前，我不想谈任何感情的事儿，我只想把戏演好。"

这已经是委婉的拒绝了。顾清晨的眸色沉了沉，可笑容依旧使人如沐春风："对安总也是如此吗？"

陆蔓蔓一怔，礼节性的微笑再也挂不住了。他竟然问了如此尖锐的问题！

自己并非对顾清晨没有好感，狠心拒绝他也是做了许久的心理建设的。并非陆蔓蔓贪心，人非草木，更何况顾清晨对她有提携之恩，加上片场里的朝夕共处，且又是饰演感情如此炽烈的一对恋人。有时入戏反而是容易的，要出戏却难。不然，在娱乐圈里也不会出现那么多假戏真做的情侣明星。

见她神色变幻不定，看向自己的目光还带有隐隐的哀求，顾清晨自嘲地笑了笑："你早已感觉到了我对你的心意。"

他们两个都太入戏了，有时在演对手戏时，互相之间欲语还休的眼神都是发自内心的，骗不了人的。或许，看的人会说是他们棋逢对手，演起来有互动性，也就是所谓的"来电"，可谁能比身处其中的两个当事人更了解自己的心思呢？

陆蔓蔓的脸色有些苍白。如果顾清晨不揭破，要继续演下去并不难；可一旦他捅破了那层窗户纸，周末的那场戏两人就都很难演下去了。那场戏是作为商业电影的噱头与卖点的，也就是所谓的"激情戏"。

为了能在国际性电影节上拿奖，那场戏很重要，要表达很复杂的情感，并不单单在于"激情"两个字，那样太肤浅，也不符合李导一贯的风格。

顾清晨只看了她一眼，就明白了她所想的，他叹了一声，而她也明白他知道了什么。两人确实到达了心意相通的地步。这对这部影片来说，有利也有弊。

"蔓蔓，我大你许多，很多事都看得比你透彻。我知道这部影片对你的重要性，也知道安总对你是用了心的，他一直在帮助你。蔓蔓，遵从自己内心所想就好，别把事情想得太复杂，也别再错过了。"顾清晨走向她，伸出手来，按在了她的肩上，"很抱歉，对你造成了困扰，以后不会了。"

不等她回答，他便走了出去。一推开门，顾清晨就看到了站在门边的安之淳。"安总，我想这个时候，她需要的是你。"顾清晨不卑不亢，说出的话也是一贯的光风霁月。

"谢谢你，顾先生。"安之淳淡淡地回答。

两人擦肩而过。

推开门，安之淳看到的，便是陆蔓蔓抱着双臂站在窗前看着楼下的车水

83

马龙的景象。

她双手抱着，挽于胸前——是抗拒、孤单、自我依靠的心理状态。她背对着他，身影单薄，瘦得跟纸片一样。

陆蔓蔓对这部影片抱了太大的热情与期待，精神压力很大。自从进入剧组后，她的体重直线下降，而且她还失眠，安之淳留宿于她家那晚就发现了她失眠的状况。

叹了一口气，安之淳走了过去，从背后抱着她。

"我很怀疑，你现在还够九十斤吗？"明明一米七的高个子，搂在怀里却那么小一点，他说，"跟只麻雀差不多。"

陆蔓蔓没有应声，也没有转过身来与他相对。从他推开门时，她就知道来的是他，根本无须看，她记得他的味道。他一直只用她为他挑选的那款古龙水，从他十岁起一直用到现在。

忽然，手机短信声响起了。陆蔓蔓挣了挣，见他不愿放手，也就随他了。她拿出手机打开来看，短信是顾清晨发过来的：蔓蔓，不必想得太复杂。把戏演好就行了，你只要做回你自己。我希望我们还是朋友。

安之淳的眉头皱了皱，双手将她的身体箍得更紧了。陆蔓蔓怔了怔，马上回复：是，我们一直是朋友。

陆蔓蔓明白，顾清晨把一切摊开来说是为了不给她压力，让她好好把片子拍好。他们都是专业演员，演戏时不应该让其他事情左右了情绪。顾清晨退回到朋友的位置，那是最好不过的。她不该太小家子气，应该大大方方地坦然处之，这样两人的朋友之谊才能维系。

"他刚才向你表白了。"安之淳早已料到了。

陆蔓蔓嗯了一声，却听到了安之淳的一声苦笑："遇到问题，你接受他的帮助，却拒绝我的。"

见她依旧不作声，安之淳将她的身体扳了过来，让她面对着自己："你在介意我为什么迟迟不来找你吗？"

陆蔓蔓抬头看他，答道："是呀！其实我也弄不明白你是不是在玩弄我。"

"蔓蔓，信任我好吗？"安之淳将她的手放到了自己心脏的位置，"我对你绝不是玩弄。过去七年，我找不到你，丢失了你，让你独自承受了许多。但今后不会了，我希望你可以给我一个机会，让我陪着你，也请你陪着我。我需要你，蔓蔓。"

或许，我要的只是一句"我爱你"！陆蔓蔓有些黯然失神，他依旧没有给她想要的。是，她是自卑，所以一直在乞求那句话；也正是因为她自卑，所以她绝不会问出那句话。

陆蔓蔓抱住了他："好的，阿宝，我一直在，不会离开你。"

两人又恢复了原来的吵吵闹闹。

那几天，两人几乎是形影不离，仿佛要把过去丢失的七年时光补回来。

甚至到了晚上，陆蔓蔓要回自己家里时，安之淳也霸道地不允许她走，坚决不让步。他对着她举起了十个指头，还头头是道地说："你瞧，还有四天，我就要把你交给他了，你们演激情戏，我还得看下去。这几天你怎么也得补偿我。"

他的话酸溜溜的，陆蔓蔓听了忍不住笑。

后来，某一天晚上，两人窝在安之淳家里特意空出来的家庭小影院里看电影，看的自然是陆蔓蔓演的第一部电影《开口说爱》。这是一部清新的文艺片，女主角是个哑巴大提琴家，且还有腿疾，无法长时间站立。女主角自卑，但是个音乐天才，她爱上了男主，却不敢也无法开口言爱。

男主角默默为她付出，最终感动了她，也陪她走上了音乐人生的最高峰。当她获奖时，她站在国际领奖台上，感谢男主角长久以来一直扶持她、陪伴她，以时间、真诚、爱意和耐心来打动她。男主角更是当众向她表白、求婚。

她终于克服了自卑，正视了自己的内心，以全部的真诚和爱，说出了那句"我爱你，我愿意"。即使所有人都听不见，但男主角用心听清楚了。

这是一部唯美的片子，且拍得十分有深度，选取角度、立意皆很有水准。因为男主角是女主角的导师，年长她许多，所以影片还涉及了一些人伦方面的东西。它是有些看点，甚至是带有相当大的争议的。但陆蔓蔓成功了，那部影片也成功了。虽然在柏林电影节上，陆蔓蔓没有因此"封后"，但影片得到了"最佳外语电影奖"——那是颁给全体人员的奖项，也是对陆蔓蔓的很大肯定。

"那部影片的编剧和投资人是同一个人。"安之淳忽然说。

"真的吗？我不知道哇！编剧太神秘了，只有一个'佚名'的名称，获奖时也从不出现，更别说拍戏那会儿了，直接就连毛也没见到一根。"陆蔓蔓十分惊讶。

安之淳听了，抿了抿嘴唇，最后还是忍住要说出来的念头，敲了敲她的脑门道："不要说粗口，请注意形象。真是，电影都是骗人的，你在片里那么清纯，实则……"

陆蔓蔓只能呵呵干笑。就他绅士，还真是秀才遇到兵——有理说不清了！

原来她真的不知道顾清晨就是编剧和投资商。那部影片，是顾清晨指定要陆蔓蔓当女主的，他根本不考虑其他人选。要不是安之淳一直派人调查陆蔓蔓的一切，他还不知道这些事情。

见他出神，陆蔓蔓突然伏到了他身上，以一张可怜巴巴的小脸对着他，说道："金主大人，想和你说件事儿。"

安之淳不置可否："说。"

陆蔓蔓有些不好意思了："等这部影片拍完了，我想去趟日本。"其实他就是太严肃了，她都不知道怎么跟他相处。不如逗一逗他？于是她装出更加楚楚可怜的样子来。

安之淳投来深不可测的一瞥。

五

见安之淳不搭话，陆蔓蔓试探着说道："你说我要不要去整整？"

安之淳身体一僵，神情转冷，斜睨了她一眼，连轮廓都变得冷硬起来，有着说不出的冷峻。

"我也是为了能开拓戏路嘛！"陆蔓蔓有些气馁，但还是在那儿撒娇卖嗲，"我就一张娃娃脸，还肉嘟嘟的，没什么看头，更别提气场了。而且我总是演一些清纯的角色，多没意思呀！"

陆蔓蔓继续趁热打铁："嘿嘿，我想去割大点眼睛，开个内眼角就行了，不用很多钱的。那个，你可不可以赞助个三两万呢？"

安之淳："哦，我终于明白了一件事儿。"

陆蔓蔓很狗腿地凑近问："什么事儿？"

安之淳意味深长地说："我终于明白ET（外星人）是长什么样的了。"

请原谅我的反射弧太长吧，阿门！一个激灵，陆蔓蔓的眼睛一亮，她笑开了花："你的意思是说我眼睛很大吗？"她再想了想，又不爽了：他还是拐着弯不给钱哪，资本家都是抠门精。

安之淳："和ET一样丑。"

听完后，陆蔓蔓瞬间泪奔。还是请原谅我的反射弧太长吧！

然后，他把一张广告单递了过来。陆蔓蔓接过，心不在焉地看了一眼，她还是反射弧太长："这是什么？你给我的下一个剧本角色？"

安之淳皮笑肉不笑地回答："欧式双眼皮，只要两千三百八十元。"

陆蔓蔓："……"

对着抠门的大资本家，陆蔓蔓很生气，后果很严重。

虽然是装的，但她是专业演员哪，演戏最拿手！她只是玩一玩，居然就真的玩上瘾，演上瘾了。

整整一天，她都假装不理他，甚至抱都不给他抱。

到了晚上，安之淳依旧是皮笑肉不笑的，开始对着手上的那块百达翡丽表数时间："又过去了一个小时，再过一个小时，今天就结束了。你能见到我、拥有我的时间，只剩下三天零一个小时了。"

看着他那张清冷又无奈的脸，陆蔓蔓终于忍不住笑了出来。

原来，作为该片最大的和唯一的投资商，安总有权力要求给陆蔓蔓放假。对外的借口是陆蔓蔓压力太大，病倒了，实则是要她专心陪某人。

陆蔓蔓气不过，说他是假公济私。他笑笑，也不解释。

"我周六凌晨就要去赶飞机了，快过来给我抱抱，我们应该多争取些时间黏在一起。"安之淳哄她。

一想到他要去美国处理公事，自然是赶不回来探班的，陆蔓蔓心里那个舒爽啊！毕竟，男朋友在一边看着自己与别人演激情戏，那感觉多么怪异呀！

好吧，就看在离别在即的分上，给他一点甜头吧！于是，陆蔓蔓主动送上了门，给他抱抱。

安之淳抱着她，倒在了kingsize（特大的）的大床上，眼中闪过一丝阴谋得逞的促狭与小欣喜。

"谢谢你。"陆蔓蔓忽然说。她的脸埋在他怀里，他看不见她的眼睛。她的头发又香又软，他亲了亲，伸出手来轻轻抚摸。

"我知道，你给我请假是给我足够的时间调整情绪。"否则，连她自己也不知道怎么去面对顾清晨。

不过，到了周六，她还是要进剧组的，而且还要和顾清晨对戏。两人会有一整个白天的时间相处，到了周日再拍那场戏。这是李导定的规矩，周六上午，李导会与她和顾清晨聊聊，给两人一些指导，让两人释放情绪，放轻松。

中午至傍晚要赶拍两幕戏，而晚上七点到九点，将会是她与顾清晨两人的独处时间，依旧是李导所说的那种"释与放"：让她提前和顾清晨聊聊，缓解一下第二天的尴尬。

其实，这就是李导高明的地方。这类戏，如果一进组，两个人之间还未熟悉时就开拍，或者没让演员之间互相交流沟通好，就按死的剧本来演，那这部剧与那些为激情而激情的商业片就没什么差别了。李导要的，是一些深入灵魂的东西。

而且，这样既兼顾了演员的感受，又是对女演员的一种关怀与尊重。

忽然，安之淳吻住了她，他吻得很重，甚至是在咬她的嘴唇，他的手已经探进了她薄薄的睡裙里，在她的肌肤上一寸一寸地点火。

她伸出双手推拒他，他的动作却更大更激烈了，一个翻身将她压在了身下。他的嘴唇贴着她的耳根，声音低低的："别想他，我会吃醋的。现在只有你和我，男人与女人。"

敢情他所说的抱抱，打的是这个坏主意呀！她又上当了！陆蔓蔓脑海里的警铃大响，连忙摆头躲开他的吻，甚至还出动了脚。

她一脚踹出，踢在他的大腿根处，见他吃痛地蹙眉，她的脸唰地红了，她好像碰到他敏感的地方了。

于是，纯情的小处女就想开溜了。趁安之淳不注意，她爬起来就往床边奔去。忽然，脚踝一痛，她连忙回头，原来是安之淳抓住了她的脚踝，硬是要把她拉回来。

陆蔓蔓死命地挣扎，手脚并用，手不小心碰到了床头的灯，啪的一声，水晶的台灯掉到了地上，只剩一地碎片折射着迷离的冷光，而房间里黑暗一片。

陆蔓蔓低叫一声，暗道：不好了。

果然，她听见安之淳没有情感起伏的声音："法国路易十六珍爱的水晶灯。古董货，皇室所用。造价——"

"不用报价了，我直接肉偿吧！"陆蔓蔓大声打断了他。

黑暗里，她听见他扑哧的一声笑，只觉得汗毛竖起，只听见他说："这可是你说的。"

完了，她真的是羊入虎口了，她怎么就那么蠢，答应了住在他家的要求呢！她正想转身，却听见他的一声大叫："别动。"

然后就是撕扯什么东西的声音，接着，她的手腕被什么绑住了。这是什么跟什么哇！陆蔓蔓吓得大叫。

安之淳笑笑，一把将她拉进了自己怀抱里。

陆蔓蔓正在哀叹自己命途多舛，却感觉到了他温柔的抚摸，是不带侵略性的。

"地上都是碎片，这里又黑，你是睁眼瞎，别掉下去伤了自己。"他替她将左手手腕绑好，说，"幸好碎片没有划到动脉。你别动，我去开灯，拿碘酒来。"

当灯亮起时，陆蔓蔓看见裸着上半身的安之淳，再次不争气地脸红了。她的手腕上还绑着他撕扯下来的男士衬衣的一角，那么光滑的丝绸，还是意大利全手工定制的，多浪费哦！

见她视线所及，他知道她又在心里骂自己败家了。安之淳决定再调戏她一下，于是说道："别忘了你答应我的。"

果然，陆蔓蔓的脸红得要滴血了。安之淳低低地笑道："别紧张，我说过，会等你准备好的。但你给出的总得兑现，对吧？"

陆蔓蔓被调戏得不行了，头垂得更低了，但心底是欢喜的。

他替她处理伤口，又清扫了房间的玻璃。

然后他又回到了床上。

忽然，他将灯灭了。

室内一片黑暗，她看不见他，却听得见他所说的话。

他说："蔓蔓，或许你不相信。但是，我一直在等待，等待你长大。"

如今，他终于等到了，她已经长大了。

第五章　温柔的银行家

今天是周四，《夺目》上映的日子。

这也是陆蔓蔓在这部影片里的首次亮相。作为李费铭导演的新任"铭女郎"，陆蔓蔓的戏尚未出来时，她就已经被大众提前搜索过一遍了。

陆蔓蔓起得早，在梳妆打扮。安之淳也醒了，侧过身来躺着，欣赏她描眉抹粉的样子。微微一笑，他觉得，现在他还真有种在享受古时的闺房之乐的感觉。

"紧张吗？"他慵懒地问道，接着伸了一个懒腰。被子掉了，他的红丝绒睡衣露了出来。在阳光下，红丝绒泛出淡淡的光泽，衬着他的眉眼越发流光溢彩。

陆蔓蔓回眸一笑："我最糟糕不堪的样子大家都见过了，还有什么紧张不紧张的。"

安之淳听了，长眉一挑，没有接她的话，只是站了起来，走向衣橱。

她透过巨大的梳妆镜看他：他没有穿鞋，裸露着如白玉雕凿的脚踝，胸膛处的纽扣没扣，睡衣松松垮垮的，露出他白皙的皮肤，与红丝绒的颜色形成巨大的反差。他的性感、高贵猝不及防地撞进了她的眼里，她的脸全红了。

她连忙收敛心神，专注地化妆。这两年来，陆蔓蔓的演技是磨出来了，说真的，什么大风浪是她没见过的呢？最不济时，她连穿着性感裹胸裙子为品牌店铺剪彩这样的事情都试过了，还有什么是她会怕的呢？所以，即使面对白梦，她也从未怕过。

一袭水红色的印花纱裙子被提到了她面前。"这是？"陆蔓蔓怔了怔。

"你年轻，穿蔻依这个牌子好，而且，这会与你在片中的形象形成反差。我猜以白梦的那些小心机，她会将自己打扮成女王，可是你的风格就算是小清新也绝对能压过她。"安之淳示意她换上，"你的鹅蛋脸大方又上镜，额头饱满光洁。你快把头发都扎起来吧，扎马尾最好。"

陆蔓蔓一笑："我也这样认为。"可是她并没有立刻换裙子。眸光闪了闪，她欲言又止。

安之淳明白她的小心思，笑了笑，绅士地说道："你慢慢来，我去书房里看文件。"

其实真正的安之淳十分绅士礼貌，陆蔓蔓见过他与女助理宋珍珍相处时的样子，他既体贴又优雅，逢年过节还会给宋珍珍的孩子订些小礼物。

当她打扮好，往书房走时，刚好看见宋珍珍踏进书房。宋珍珍并没发现她。

想必他们是有重要的公事要谈。陆蔓蔓觉得还是不要打扰为好，正要离开，却听见宋珍珍发出一声惊叹："安先生，你在看什么？"

"爱情片？"宋珍珍的声音提高了些，"安先生，追女孩不用这样的。蔓蔓小姐很喜欢你，你不需要看这些。"

陆蔓蔓："……"

安之淳极为不自然地咳了一声，然后说："蔓蔓，进来吧！"

陆蔓蔓的脸红红的，她有些不好意思，她刚走进来，就小声问道："你怎么知道是我？我离你的书房还有几米好不好？这你都能发现？

"你的香水味是我喜欢的。"安之淳微微一笑，镜片后的深邃眸子闪了闪。陆蔓蔓发现了他耳根后的那一小块不自然的红色。

她装作不经意地问起："你在看什么电影？"

宋珍珍捂着嘴笑道："安先生在看《风月俏佳人》呢！上次我过来开会，他还在看《西雅图夜未眠》，都是些老片。"

陆蔓蔓走过去挽住安之淳的手，说："他其实就是个老派的绅士，偏要在我面前装得多会撩似的。"

"那是何助理乱给他出的主意。"宋珍珍说，"好了，我不打扰两位了。其实这部影片挺适合你们俩看的。"

宋珍珍捧了一沓文件离开，刚掩上了房门，电脑里忽然就传来了叮叮咚咚的纷杂的怪音，似钢琴声。

安之淳脸色微变，刚要关上电脑，陆蔓蔓就说："咦，什么声音？"接着两人就听见电脑里传来了女人妩媚的呻吟声，于是两个人都怔了怔。

陆蔓蔓眼尖，已经扫到了电脑屏幕：大嘴茉莉娅躺在钢琴上，修长的大腿微微张开，而男主角正将她压在钢琴上，与她做爱。

安之淳有些无奈地揉了揉眉心："我不知道会这样……"他看向她的目光闪了闪，"要不你先出去吧！"

"没关系，只是爱情戏。我不害羞。"说着，她亲了亲他的脸庞，"以后我们一起看电影吧！每个周末放一部片子，怎么样？"见他定定地注视着她，陆蔓蔓有些紧张，道："噢，你那么忙，还是算了。"

"不，我们一起。"安之淳握着她的手，放在唇边亲了亲，"为了你，我永远不忙。"

听了他的话，陆蔓蔓有些意外，看向他时，他那一对深邃的眼眸正注视着她，里面宁静如湖泊，波澜不兴，敛起了先前的那些玩世不恭。他在向她展示真正的自己。

叹了一声，然后又是扑哧一笑，陆蔓蔓先开的口："多年后再重逢，一开始你就表现得多会撩似的，原来都是看爱情电影学的。"

电影里，风流倜傥的男主角爬上了女主角家的楼梯，他一身高档西服，在贫民区里向女主角求婚，却丝毫不违和，而是浪漫得过分。

这样的求婚方式真是太与众不同了。

安之淳见她看戏看得入迷，忽然说："你喜欢这样的求婚方式？"

陆蔓蔓没有发现他的弦外之音，回答："拍得挺好哇，很浪漫。虽然爱情片一向都是套路，无非就是灰姑娘遇上白马王子，可过程好看就行，所以怎样求婚都是浪漫的。"

忽然，陆蔓蔓又像发现了什么秘密似的，双手将他的脸捧住，移向自己，然后她说："以后你与我相处，像以前一样就好。别再扮什么情圣了，看起来像个老手，可事实上纯情得一塌糊涂。"

安之淳与她对视，她的脸与他的紧挨着，她软软的气息都喷在了他的眉眼之间。安之淳不说话，可那对安静深邃的眸子却闪了闪，犹如一片苍茫夜色，将她的灵魂整个吸了进去。在他的眼底，她看见了自己。

他的眼眸里有隐约可见的璀璨星光，是缀于遥远夜空里的最亮的星辰。他睫毛一颤，仿佛有许多话想要说，可最后只是抿了抿唇瓣。

他忽而一笑，然后吻就落了下来，落在她的唇齿之间，他一点一点地将这个吻加深，等到她反应过来时，人已经被他压在了办公桌上。

陆蔓蔓后知后觉地发现，原来在某些事情上，只要是个男人，都会无师自通的……

最后的结果是，她的妆白化了……

看着她被自己吻得通红的唇瓣，安之淳很满意，微微一笑道："这样好，看起来真性感。"

是安之淳亲自开车送陆蔓蔓到中影的。

一路上，陆蔓蔓有些沉默，毕竟待会儿她要首次正面面对媒体。

安之淳看了她一眼，忽然说："你想让白梦从此消失吗？"

白梦这种富二代，就算不能演戏了也饿不死，照样锦衣玉食。陆蔓蔓想也没想就答："我又没兴趣装圣母，像她这种这么不敬业又不专业的人，我当然希望她消失。"

安之淳轻笑了一声，他的嗓音本就低沉好听，低笑时越发动人。见她回眸看他，他低头嗤笑，唇角微微扬起，然后将坚定的话语落下："一切如你所愿！"

"真的如我所愿哪？"陆蔓蔓眼睛亮晶晶的，像浸过了冰水的黑玛瑙，润润的，清清凉凉的，润泽得不可思议。她忽然扑了上来，也不顾他还在开车，啵的一声，在他的右脸上印下了一个大大的红唇印："不准擦呀！"

她好像又变回了从前那个任性骄纵的小女孩！安之淳摸了摸脸庞，然后是嘴角——原来嘴角是翘起来的。他笑道："不擦，这样就挺好。"

这样一来，他反倒是把她给说脸红了。

车子停在了路边，安之淳说："她欺负你就是欺负我。所以，我会让她消失，但是我想先问一问你的意见。毕竟，你的意见才是最重要的。"

我的阿宝最绅士啦！看着他脸上清晰且性感的口红印，陆蔓蔓的脸红红的，她就那样仰望着他，心底欢喜一片："可不可以提个要求？"她笑嘻嘻的，大眼睛弯成了月亮。

他伸出手来，在她挺翘的鼻尖上轻轻一刮："说。"

"让她演完《夺目》再消失，毕竟那是李导的心血，我们秀恩爱也不能秀得太自私了，是不是？"陆蔓蔓抱着他的胳膊，撒娇似的摇了摇，像条无赖的小狗。

"秀恩爱"，嗯，他喜欢这个词！

"好，一切如你所愿！"安之淳再次给出了承诺。

过了半晌，他还没发动车子，陆蔓蔓歪着头看他，一副"还有什么事儿没商量好"的表情。

"蔓蔓，"他回头看她，然后抬起手来，优雅无比地拍了拍膝盖，"坐过来。"见她视线定在他的脸上，他又转回了头，只看着方向盘。"坐过来。"他又说了一遍。

陆蔓蔓一怔，只觉得自己肯定是憋红了脸，可再看他一眼，他的耳根也是红的。车子很宽，她又瘦，她虽然有些犹豫，但半个身子已经探了过去，正犹豫着该怎么坐好，他手一拉，将她整个人双腿叉开，让她坐到了他的身上。当她看着他的眼睛时，脸再次不争气地红了……

这个姿势，还真是……

他的吻已经落了下来，重重压到了她的嘴唇上，辗转缠绵，他像在品尝这世上最美的甜食一般。此刻，他的脑海里只能想到四个字：秀色可餐。

起先，他的手固定在她的腰侧，然后……然后他的指尖开始沿着她纤细的腰部曲线上下滑动……"阿宝，别，那里是我的痒痒肉，我怕痒。"陆蔓蔓几乎是在求饶了。

"一想到你待会儿要和他以情侣的形象出场，我就嫉妒得要发狂。"安之淳的声音低低的，把她的一颗心给勾走了。

她见他还要吻，马上慌了："我的口红都被你吃光了。"她侧头要躲，却感到他的手固定住了她的腰。他的肌肤滚烫，像烙铁一般。

稍一分神，她整个人就被他压到了方向盘上，车发出嘟的一声，吓得她跳了跳，生怕被人看见。

可他的嘴唇贴着她的颈项来回摩挲，他的声音压得更低了："躲不掉的，嗯？"他将嘴唇贴着她的耳际，忽然张口含住了她红红的耳垂。

陆蔓蔓只觉轰的一声，自己要从身体里自燃了。

安之淳的呼吸变得急促，她都能感觉到他的身体发生了变化，那一刻，她吓得说不出话来，眼睛瞪得大大的，只晓得傻傻地望着他。

有些无奈，也有些无措，安之淳清了清嗓子，才说："我已经不是从前的安家大哥了，蔓蔓，你要明白，我不是你大哥，我只是一个男人。只有男人才会对爱的女人这样，你懂吗？"他的声音更为喑哑了，就那样萦萦绕绕地缠上了她的心头。

他一直知道，她是个还没有长大的小女孩，没有恋爱过，所以他得精心呵护着，不敢过分冒犯了她。

陆蔓蔓乖乖地点了点头，大眼睛眨了一下，小声地说："我懂了。"他说他爱她了？是这样吗？她的心里止不住地冒出了一长串的粉红泡泡。

他拍了拍她的头："乖，下来吧！我还要送你去发布会现场呢。"

于是，乖乖的蔓蔓只好红着脸从他身上下来，一坐回自己的座位，她就羞得连忙捂住了脸。

安之淳发动了车子，见她还是一副被欺负了的小兔子模样，低低地笑了起来。

二

发布会在中午十二点准时举行。

因为顾清晨的母校就是中氏电影学院，所以主办方特意将发布会安排在中影举行。

学校的大礼堂，在早上八点时就已挤满了人。

《夺目》一片是男人戏，头目是一个城府极深、心狠手辣的角色，十分考验演技，由一位双料影帝出演。许林影帝已经五十岁了，但依旧风度翩翩，可以想见年轻时的他是多么英俊。

身高近一米九的他与顾清晨站在一起，丝毫不会被顾清晨比下去。

而男三号则是一位新晋小生，饰演一个为人正派的巡捕。陆英明陆小生人如其名，长得英俊挺拔，十分夺人眼球，是时下最吸粉的那种"小鲜肉"。但是李大导演选出来的，绝对不会是"花瓶"。陆英明的演技很扎实，他与顾清晨演对手戏时十分投入，演技可圈可点。

如此一来，不同年龄段的老中青三位男神同时出席发布会，那种震撼可想而知。

陆蔓蔓虽然名不见经传，但因为是片中的女主角，所以安排出场时，她被安排与顾清晨一同出场。

在片中两人是情侣，所以主办方亮出了"银幕情侣"的招牌，让陆蔓蔓挽着顾清晨的手出场。

果然，当一袭水红裙子的陆蔓蔓小鸟依人地挽着成熟稳重的顾影帝出场时，现场掀起了一阵小高潮。

陆蔓蔓的妆容一改以往的浓妆艳抹，十分清新，眉眼淡淡的，干净淡雅。她如小女生一般依偎在顾影帝身边，就如同所有男人心中的初恋一般，眉眼青涩，却也动人。

底下已经有不少观众在起哄："咦，这个是新人吗？没怎么听说过她呀！不过很漂亮啊！那脸蛋满满的胶原蛋白哟，看得我这个女的都心动了。"

又有男人说："嗯嗯，看见她，我就想起了自己的初恋。"

还有支持"晨蔓CP"的站出来了："呀，这俏丽萝莉搭配英俊大叔，实在是来电哪！"

"这你就不懂了吧，还不是为了给新片做宣传？两人只是包装成银幕情侣的样子。"又有人说。

"管他呢，片里两人来电，又是俊男美女的，好看就行，这叫养眼！"有人反驳。

先前，顾清晨把两人试镜时的对手戏片段剪辑后放到了网上，原意是想证明给大家看陆蔓蔓是有演技的，并非靠潜规则上位。他是在维护她，只是没想到，这反而带红了两人的CP，也给电影创造了足够多的话题。这样一来，他还真是"无心插柳柳成荫"。

陆蔓蔓的经纪人金枝坐在观众席的前排，听到大家的言论后十分开心。这样一来，蔓蔓的话题有了，人气也高了。

白梦跟在两人的后面登场。白梦一袭火红的裙子，妆容精致，涂着复古的大红唇，女王范儿十足，一副正宫娘娘的样子，但是明显没有博得什么效果。而且，她与陆蔓蔓撞衫了。

女星与女星之间，最怕的就是撞衫了。陆蔓蔓年轻，那水红色的薄纱裙子偏少女风，衬得陆蔓蔓出挑又轻盈。相反，白梦一身火红，带着女神范儿，端庄高贵得过于老成了，如此一来，一下子就被年轻女孩子的轻盈灵动和俏皮给比了下去。

果然，台下观众有人小声说道："白梦端庄得就像不得宠的正宫娘娘，怎么看怎么憋屈呀！"

有人附和："白梦也快二十六了吧，怎么能和二十出头的小姑娘比？越来越期待电影里，顾影帝和小萝莉的对手戏了。"

金枝听了只差没笑出声来，再看一眼台上的白梦，果然她的笑容僵硬，一副过气女人的样子。

在心中，金枝默默给那两个说大实话的观众点了个赞：你们是有眼光的！

剧组众人在座位上坐定，白梦刚好坐在陆蔓蔓的斜对面。感觉到了白梦的视线，陆蔓蔓也将目光投向了她，唇边是一点浅笑，目光颇为揶揄。

见她在轻视自己，白梦气得咬紧了牙关。

白梦的笑依旧得体，她在媒体前摆出了一副端庄高贵的样子，可那笑已经僵硬了。

主持人陈慕是省台的名嘴，说话风趣，又句句在点子上，插科打诨，把场面搞得十分热闹。

在他的调侃下，一众主要演员随着他的介绍一一站起，与观众打招呼。

陈慕首先提到的肯定是导演。

但李费铭说了一句："我这样的老面孔还有什么好说的，要说，也是聊聊我们的新人了。"他这是有意给陆蔓蔓铺路了。

陆蔓蔓一怔，没想到李费铭如此抬举她。

陈慕会意，马上说道："嗯，还是新人有趣。有请我们的新晋'铭女郎'！"

陆蔓蔓站起来，露出了"恍然大悟"的表情，嘴角一扬，又露出了调皮的笑意，一点浅浅的酒窝跃了出来，有着说不出的俏皮灵动。"我不是一早就上来了吗？不用请！"配合着陈慕，她也调侃了一句。

两人居然默契地演了一段小相声。

然后，陆蔓蔓面向大众，微微鞠躬，大方地一笑，说道："大家好，我是陆蔓蔓。"

金枝在刷着微博，只见《夺目》剧组的官博下有人留言了："呀呀呀！新任'铭女郎'出来了！"

"是新人吗？看着好嫩哪！"

"这么水灵一妹子，能演出风尘女的感觉吗？"

人人都在刷屏，微博上好不热闹。

台下已经有人在问问题了："顾影帝这次'艳福不浅'哪，搭戏的都是大美女！一位是清纯可人的全民初恋，一位是风头正劲的当家花旦，顾影帝说说和两位美女拍戏的感受哇？"说话的是一向爱调侃的知名影评人。

台下的人听了，笑成一片。

李费铭坐在台上，微微笑着。他先是和演员互相调侃一下，让大众乐一乐，等气氛上去了，再把话题引向电影，这都是主办方的策略。一上来就赚足人气，也算是为新片预热了。

白梦的经纪人林慧是个聪明人，她看了一眼李导，知道他是要捧陆蔓蔓的，主动权不在她们那方了，于是在白梦身边低声说："你的风头已经被陆蔓蔓抢了，你要改变一下以往的高贵路子，表现得亲民些，待会儿和观众互动时，可以适当卖一下萌。"

要她卖萌？白梦有些厌恶地挑了挑眉。

顾清晨拿起话筒，清润的嗓音透过麦克风传了出来："能和两位戏路和气质都不同的演员合作，其实也是一种挑战。白梦的演技很好，饰演出了妻子的隐忍、无奈、彷徨与挣扎；而蔓蔓的演技更是让人过足了飙戏的瘾，作为一个新人，她能第一时间入戏并带领对手与她一起入戏。"说着，他看了蔓蔓一眼。两人相视一笑，十分有默契。

底下传来的善意的笑声，更将大家的情绪调动了起来。

顾清晨也将话题带回到电影上了。

无论是李导还是顾影帝，都肯定了陆蔓蔓的演技，这让大家对陆蔓蔓更好奇了。

有人问道："李导，你一向喜欢起用没演过戏的素人，陆蔓蔓虽然是新人，可到底是演过一些角色的，而非真正意义上的素人，这是什么原因呢？"

台上，李费铭想了想，然后取过话筒说道："原先我是有所顾虑，但有人给了我一盘好莱坞电影《怒海》的原片，当我看了陆蔓蔓在《怒海》里的表现后，就打消了所有的疑虑。我深信她能演好阿玉这个角色。"

陆蔓蔓听到这儿，怔了怔，明白过来，原来这个角色说到底，还是安之淳替她争取到的！

李导这样说，算是当面肯定了她的演技。

主持人陈慕笑呵呵的，将目光转向陆蔓蔓。他调侃着说："我们的小蔓蔓，得到李导的如此肯定，你有压力吗？"

台上的众人也笑了起来。

陆蔓蔓的脸庞微红，她看向大众时，目光却是坚定的，她回答得十分有技巧："哦，等电影上映了，大家就能知道我当时有没有压力了。"

她的话语风趣幽默。她的头顶上是一盏彩色的射灯，灯光投映在她的眼睛里，顾盼间，她黑曜石一般的双眸折射出动人的光，真是顾盼生辉呀！

她只不过安静地坐于台上，那种气场却出来了。

静了一瞬间后，台下的人又笑了。

这小姑娘回答得多大气，还很有趣！

因为电影是部男人戏，所以两位靓丽的女演员反而成了香饽饽。在导演聊了影片主题和一些深层次的东西后，发布会基本上接近尾声了。于是，记者们又将注意力放到女演员身上，不断问两位女演员问题。

陆蔓蔓忽然说："提起女演员，这里还有一位超级大美女哦！"其实她说的，是躲在后台想上来，又有些怯场的司菲琪。

司菲琪在片中饰演王震与易丹的女儿王落落，是个四五岁的可爱小女孩。不过菲琪虽小，却已是一个美人坯子了，粉雕玉琢的，十分美丽可爱。

刚才菲琪就探头探脑地看着台下。陆蔓蔓心细，也了解小孩子的心思，知道她想上场，于是便逗她："菲菲，上去玩会儿呗？你连电影都敢拍了，还不敢面对大众啊？"

听了她哄小孩的话，连一向没什么表情的李导都笑了。他觉得这一大一小的，还真是有趣。但小孩子就是这样，忸怩、胆小。

此时，见大家都看向自己，躲在台后的司菲琪眨了眨杏眼，精致的小脸蛋忽然就红了，眼睛扑闪扑闪的，别提多可爱了。

发布会上忽然就传出了叫好声。连陈慕都说："呀，哪里跑来的小天使，漂亮得不像话了！"

见大家赞自己漂亮，菲琪咧开嘴来笑了笑，模样甜美得简直能萌化所有人的心。见大家都挺喜欢她的，她也没那么怯场了。

林慧人精似的，暗地里捅了捅白梦的手肘："她是演你女儿的，还不快去领她上来，还等陆蔓蔓去领吗？"林慧真是恨铁不成钢啊！那陆蔓蔓看着一副无害的样子，可人家多有手段，连娃娃牌都能打出去！

白梦的表情有些微妙，她向来娇生惯养的，最讨厌的就是小孩子了，但还是挤出了温和的笑容，抢在陆蔓蔓站起来前，上去牵司菲琪的手："菲菲，到妈妈这里来。"

在外人面前，她那笑容还真是无懈可击，温柔极了。

可司菲琪毫不领情，甩开了她的手，嗖的一下奔到了顾清晨怀里。

"大哥哥，我只喜欢你。"司菲琪搂着顾清晨的颈项不放了。

白梦僵了一瞬。

三

陈慕很会搞气氛，连忙说："还是我们清晨魅力大呀，连这么小的小萝莉都被你迷住了。"

顾清晨笑得温和，眉眼弯起，俊美的脸部轮廓变得柔和无比。他摸了摸菲琪的头，说："那就加把椅子，坐到爸爸这里来。"

他抚摸小女孩时，那样子温柔得一塌糊涂，他又是那么英俊，简直就是在谋杀底下一众媒体的菲林（film音译，底片）哪！

其实说起来也有趣，顾清晨是谦逊温和的人，却在电影里扮演了一个有着铮铮傲骨的硬汉，反差非常大，也恰恰说明了他演技的出神入化。

陆蔓蔓先笑了："不是说了吗，女儿都是爸爸前世的小情人嘛！"

菲琪对着这个漂亮姐姐做了个鬼脸，又是逗得底下人哈哈大笑。

到了此时，白梦的脸色已经很难看了，偏偏陆蔓蔓还要故意煽风点火："菲菲，有了爸爸，连妈妈都不要了。"

大家的目光齐刷刷地看向白梦。

陆蔓蔓微微一笑，她的招数才刚刚使出来呢！

金枝事先安排的记者忽然问道："白小姐，听说你和陆小姐在片场里闹了些不愉快，是这样吗？"

白梦的脸色很难看，更别说按林慧的意思去卖萌了，她现在只想问一句"你是哪家报纸的"，但到底还是压下了那些愤怒，她装作很无害的样子笑了笑，轻声道："谁说的？哪有这样的事儿嘛，你说是不是呀，蔓蔓？"

陆蔓蔓笑得很甜，一副小妹妹的模样："那绝对是我听过最大的笑话了，姐姐对我可好了！她教会了我许多，让我受益良多。"

她的话是带骨头的，听得白梦如鲠在喉，表面的得体分崩离析。陆蔓蔓却依旧是一副从容恬淡，还带些好奇天真的可爱小女孩模样。

白梦也是有邀请自己的粉丝团后援会来发布会的，可在现场，她一个人也没有看见。心脏突地一跳，她料到是陆蔓蔓背后的安总在策划这一切。

"姐姐，你的脸色怎么这么难看？是哪里不舒服了吗？"陆蔓蔓连小小的眉头都皱起来了，一副很为难的样子，声音也软，"顾大哥，还不快些去关心一下嫂子？"她用的依旧是剧里的称谓，而她整个人也挺萌的，十分讨喜。

她就连关心的话都说得十分俏皮，大家对这位新人"铭女郎"的好感一直在上升。看得出，这是个有脑子的姑娘。

白梦并不傻，已经迅速地调整过来，也笑着打趣："只是一些小感冒，我们这些前辈不用那么过分小心的，倒是我们的小妹妹才需要顾影帝关注呀！毕竟，和新人飙戏才来劲儿嘛！面对着那么娇滴滴的小姑娘，谁能不动心呢？李导，我要申请啊，下一部戏我可要和'小鲜肉'搭档哦！"

这话同样风趣搞笑，底下的观众都笑了。两位女演员不和的传闻不攻自破。

陆蔓蔓的心咯噔了一下：白梦的话同样无可挑剔，还顺带挑拨了她和安之淳的关系。白梦开始还击了。

这边正在上演两个人暗中较量的戏码，忽然门外又传出了一阵响动，一众记者都被外面的吵闹声吸引了。

金枝本在刷着微博，忽然脸色一变，给台上的陆蔓蔓发了一条微信：是甄景阳，他在这边也有一个宣传活动，是新专辑的发布会。

还真是冤家路窄呀！

果然，白梦见缝插针，咦了一声："妹妹，那不是和你有过节的甄景阳吗？"她并没有通过麦克风说，但坐在近处的媒体已经嗅到了硝烟味。

然后就有一些口碑一向不好，爱挖明星黑料的记者开始逼问当年的事儿了。一个《娱乐大头条》的记者问："蔓蔓小姐，听说当年你和甄天王闹得很不愉快，是怎么一回事儿呢？也可以借这个机会澄清一下呀！"

顾清晨的脸色微变，他正要替她挡住这些明枪暗箭，陆蔓蔓却大大方方地站了起来，按了按他的肩膀，松开后才说道："我没有什么要澄清的。"

台下像炸开了锅一般。

毕竟当年的事情使得她声名狼藉。不错，她是新人，这里的媒体大多是知道她的过去的，只是在这个发布会里选择不提而已。她却轻轻松松地道来，好像对于过去的一切她并不上心一样。

那个记者不死心，依旧追问："可甄景阳的女友说你勾引在先，手段不堪。"

"够了！"顾清晨忍不住了，声音不大，却冷厉无比，"这里是《夺目》的发布会，不应该提与电影不相关的话题。"

陆蔓蔓感激地看了他一眼，可到了今天，她终于夺回了曾经失去的勇气。她能看淡这一切，完全是因为阿宝给了她勇气。

"我想说，"陆蔓蔓很平静，依旧是微微笑着的，一如邻家女孩，"我只想到了寒山与拾得的一段对话，也正是我想表达的。寒山问：'世人谤我、欺我、辱我、笑我、轻我、贱我、恶我、骗我，如何处置乎？'拾得答：'只是忍他、让他、由他、避他、耐他、敬他、不要理他，再待几年你且看他。'"

大家都忍不住叫了声："好！"

啪啪啪啪！鼓掌声忽然响起，陆蔓蔓回眸一看，原来是安之淳站在了左侧大门处，正微笑着看她。他来了，为她而来，光明正大。

众人纷纷转头，都看着这个长身鹤立，英俊儒雅的男人。他一身深海蓝的修身西服，衬得一双墨黑的眼睛深如大海，眸底却簇起一团火苗，幽幽暗暗的。他看向陆蔓蔓时，眼中光华流转，一笑间，眉眼风流。只是远远站在人群边上，他就足够出众。

他唇瓣轻启，醇厚的嗓音便透过人群传了出来："敬我最可爱的姑娘！"他手里还捧有一束火红的玫瑰。

他一步一步走上前，眼里只有一个陆蔓蔓。

顾清晨没有抬头，只是垂眸看着眼前的麦克风。

而陆蔓蔓已经惊喜地捂住了自己的嘴巴，根本不敢相信。

蔓蔓，我怎么会让你孤军奋战呢？安之淳看着她，向她走来。

安之淳当众献花后，发布会便圆满结束了。

因为人太多，闪光灯一直闪哪闪的，陆蔓蔓并没有挽起安之淳的手，只是跟在他身后离开。可是记者们哪肯放过这么好的采访机会，纷纷上前将两人围住，还举高着麦克风问两人是不是在交往。

安之淳很想回答一句"是"。

可当他看见陆蔓蔓暗暗摇头，用祈求的目光看着他时，他怔了一下，然后微笑着面对记者给出了回答："先前不是说过了吗，她是我青梅竹马的小妹呀！当然了，现在她是我的女神了，我是她的……"

正说着，他忽然回眸看了她一眼，嘴角上扬，止不住地打趣道："我是她的头号粉丝。"顿了顿，见她有些抓狂了，他低低地笑道，"我很喜欢看她的电影。"

两人已经甜得冒粉红气泡了好不好？一众记者腹诽。可两个当事人不愿公开关系，他们也不好逼着。主办方的人员上来解围了。陆蔓蔓知道侧门在哪里，于是暗中拉了安之淳的手，往侧门方向走去。

他们走的自然是侧门。安之淳回头看了她一眼，只见她整个人几乎要被那一大捧火红玫瑰花给遮住了，就止不住地想笑。她人就那么点大，瘦瘦小小的，那张白净的小脸蛋都被花给挡没了。

"你还笑！"陆蔓蔓嗔他。他居然送了999朵玫瑰……这捧起来也真是够吃力的了！

安之淳替她接过花束，慵懒地揽在胸前，另一只手牵住了她的手，见她要躲，他五指张开，与她十指相扣："蔓蔓，这里没人。"

陆蔓蔓看了一眼四周，忽然说："阿宝，我想复工了，不然整个剧组都在赶进度，我却请假，这样影响不好。"见他注视她，她一窒，继续说道："而且……而且我已经可以面对顾清晨了。真的，我和他都没事儿，都放下了。"

"好的。"安之淳停下了脚步，抬起手来摸了摸她的头，"你觉得可以就行了。那你下午是要回剧组吧？"

"嗯！"陆蔓蔓很开心，踮起脚飞快地亲了亲他。可他太高，她只亲到了他的下巴："阿宝最好了！"

四

陆蔓蔓想走直达电梯，可安之淳忽然停了下来。"怎么了？"她挑了挑眉。

"我们慢慢走下去吧。"安之淳说，"这里是大学校园。其实，我很想与你一起成长、一起上学，可惜我们一别多年。"

陆蔓蔓很感动，俏皮地眨了眨眼睛："你大我许多，还妄想和我一起上大学？"她的话里是满满的调侃。

"你嫌我老了，嗯？"安之淳突然逼近了，咚的一声，把她压在了一扇红色的门上。

他居然还"门咚"她！

眼看着他的吻就要落下，陆蔓蔓这次学乖了，心想，他真要吻起来可是没完没了的，于是一把抢过他手中的玫瑰往他脸上塞，挡住了他的吻。

她变得活泼了。安之淳笑了起来，声音清朗，润泽得像被泉水泡过一般。

可下一秒，背后的红门忽然一松，开了。原来，门只是虚掩的，被两人一压，就开了。倒是两人被绊了一下，摔倒在地，有些狼狈。

为了护住她，他在门后两人失重的那一瞬扯了她一把，让她压到了他的身上。此刻，他一米九零的大个子狠狠地摔到了地上，而她就坐在他的身上。

真是既狼狈又尴尬！

"你还好吧？"陆蔓蔓担心得不得了，刚才她都听见咔嚓一声骨头的脆响了。

安之淳的声音闷闷的："还好，你先起来。"

陆蔓蔓手忙脚乱地起来，伸手就去摸他的腰："是不是摔到腰啦，那问题可大可小的呀！"可他一躲，她的小手摸偏了，一个不小心按到了他的大腿根处。安之淳瞬间脸红了，闷哼了一声，而她惊得马上缩手。刚才……好像摸到了不该碰的地方……

"要不要我扶你起来？嘻嘻……"陆蔓蔓狗腿地笑。

安之淳抿了抿嘴唇，眸色深了些，说话时声音喑哑得一塌糊涂："你别动。"然后他自己站了起来。

反倒是她，搞得自己坐立不安、手足无措的样子。

安之淳转过去，深呼吸了一下，才压下了那些燥热。他环视了一圈，发现这里是个琴室。一台白色的钢琴靠于窗边，键盘盖开着，钢琴上还有一把小提琴。

他走了过去，拉开琴凳坐了下来，右手轻轻抬起，又优雅地落下，如同在画一幅抽象画，然后左手也落到了黑白分明的琴键上。他回眸看她，微笑道："蔓蔓，过来，陪我演奏一曲。"说罢，动听的音色已从他的指缝间流淌了出来。

那是一首欢快的《饮酒歌》，是歌剧《茶花女》里的选段。陆蔓蔓走了过去，靠在他身边，就像小时候那样，她清了清嗓子，用中文唱起歌来。与平常低醇的嗓音不同，他唱起了高亢的男高音，与她甜美的女高音合在了一起：

"让我们高举起欢乐的酒杯，杯中的美酒使人心醉。这样欢乐的时刻虽然美好，但诚挚的爱情更宝贵。当前幸福莫错过，大家为爱情干杯。

"青春好像一只小鸟，飞去不再飞回。请看那香槟酒在酒杯中翻腾，像人们心中的爱情。啊，啊！快乐使生活美满，美满生活需要爱情。

"世界上知情者有谁？知情者唯有我。今夜使我们在一起多么欢畅，一切使我们流连难忘。啊，啊！"

一曲唱罢，安之淳那双形状优美的手在空中停了下来。安之淳忽然感叹："自你走后，我再没有摸过琴键了。从前的时光那么好，你站在我的身边一起唱这首歌，岁月便匆匆流逝了。你从出生开始，一直陪伴我走过了我人生开始的十四年。"

陆蔓蔓当然记得。安之淳的妈妈是位声乐大师，也是位享誉国际的中国女高音歌手。安妈妈教会了她唱歌，而安之淳则跟陆蔓蔓的妈妈学钢琴与小提琴。在学习的那些最枯燥的日子里，只要两人相依相伴，那些时光便变得美好而容易打发起来。

"是呀，原本我也以为我会成为像妈妈那样的小提琴家。"蔓蔓轻叹。可最后她却成了女演员。

"我在你家里没有看到那把小提琴。"安之淳说的小提琴，是她八岁生日时安之淳送她的古董小提琴，价值连城，珍贵无比。

陆蔓蔓怔了怔，忽然说："早几年妈妈病倒了，需要一大笔钱，所以我把它卖了。"不是迫不得已，她是不会卖的，每晚她都要抱着那把琴入睡的呀！

安之淳的眸色沉了沉，他道："我明白了。"他执起她的手，说："蔓蔓，我知道你过去过得很艰难，以后不会了，以后我会陪着你。"

"不难哪！"陆蔓蔓忽然一笑，阳光洒在她的唇畔、眉眼上，使她的笑容璀璨得不可思议，"所有的漫长寒冬都会过去的，我已经等到了你。"

他们又开始演奏下一首曲目。

门外路过的一男一女被音乐声吸引，走了过来，刚好看到英俊的男人坐在钢琴边演奏，而美丽的女孩子在歌唱。女孩子的音色十分圆润甜美，在高音处犹如夜莺的歌声般美妙。但因为气不够、技巧不足，女孩子唱得有些走调，但在外行人听来已经是高水准了。

一曲唱罢，安之淳以眼神示意，让她拿起小提琴。

陆蔓蔓为难地摇了摇头："之淳，我已多年不练琴了，拉得很难听。"

"没关系，只有我听。"安之淳微笑着点头示意，"拿起来吧！你会喜欢的。"

得了鼓励，陆蔓蔓拿起棕黄色的小提琴，架在了肩膀上，一阵熟悉的感觉便涌遍了她的全身。安之淳还在等待她拉下第一个音符。

忽然，陆蔓蔓想起了曾经的少女心事。多年前，只有十四岁的她站于家里的窗边拉琴，而她的阿宝去谈生意了。她很想念他，一直拉着小提琴，直至月亮挂上了窗前玉兰树的树梢。白色的玉兰花在夜风中将香气暗送，一时念及此事，她拉起了那首《在银色的月光下》，而这时，安之淳恰好踏着月色回来了。

二十岁的安之淳已非十五六岁的少年，他站在她家楼下，听她演奏完那曲《在银色的月光下》；而她在月光下，美丽得不可思议，犹如月光女神，一袭银白色的裙子在风中轻扬。那一瞬，安之淳的灵魂如被钉住一般，钉在了她家楼下。

那一刻他就明白，他为这个美丽灵动的少女心动了。不，其实是在更早前，他就对她动了心。只不过他一直在等她长大，所以才压抑了自己的情感。

当安之淳脱口而出"就那首《在银色的月光下》"时，她已拉响了第一段音符，正是那首曲子，安谧、恬静、旋律优美，十分抒情。听她演奏，能使他那颗疲惫的心完全放松下来。

而安之淳也弹下了第一个音符，与她慢慢相合，两人相视间皆是一片柔情。

"拉得不错，虽然拉错了几个音符。"一个十分有特色的女声响起。

陆蔓蔓猝然停下手，猛地回身看去，一个艳丽的女子站在她的背后。

女子很年轻，看起来也就二十五六的样子。

一瞬间，陆蔓蔓就记了起来，面前的女子是亚洲小天后陈赫拉。陈赫拉虽然年轻，但名气很盛，去年刚发行了一张英文歌碟，其中两首歌还进了美国流行音乐榜单的前五名，其中有一首排到了第二名，她的前途简直就是一片光明，再兼她很漂亮——她那张美艳动人的脸庞真是吸粉的利器。

不过今天陈赫拉没有化妆，只是涂了一点口红。素颜的她其实更美丽，像个清秀的女大学生，她还戴了一副黑框眼镜，将美丽的大眼睛给挡住了，也将天后的锋芒给压了下去。

"让天后见笑了，我只会拉两首曲子，很差劲儿的。"陆蔓蔓依旧保持得体的微笑，礼貌但倍感疏离。

这也是奇了怪了，陈天后居然一副对她很感兴趣的样子，与她聊了起来。

"你会看五线谱吧？"陈赫拉挑了挑眉，看向她。

对于安之淳，她居然连正眼也不扫一下？他可是个又帅又多金的香饽饽。陆蔓蔓有些愣怔，道："会看。"

"不错，是个带了脑袋出街的美女。"陈天后点了点头。

陆蔓蔓："……"敢情自己说"不会"的话，就是没带脑袋上街了？天后的气场很足，果然不容小觑。

陈天后回头和经纪人嘀嘀咕咕，不知说了什么，然后忽然跟她说："陆小姐，我叫陈赫拉，有事先走了，回见。"她对着陆蔓蔓俏皮地眨了眨眼，踩着十厘米的高跟鞋，噔噔噔地走了。

留下陆蔓蔓在那儿目瞪口呆。这"回见"是怎么一回事儿？

安之淳说："我们也回吧，你下午还要进组。"这时，他的电话却响了起来。

他说道："我在六楼琴室这边。"

然后不远处传来了皮鞋踩踏地板的声音，是何庭找了过来。

"安，临时有个会议。"

安之淳的眸色沉了沉，他正要说话，陆蔓蔓道："去吧！你的事儿要紧，你已经陪了我许久了。"

"可是……"安之淳十分为难。

"没关系，我搭金枝的车回去也是一样的。"陆蔓蔓挥了挥手，转身要走。

"等一下，让何庭送你，快一些。"见她回眸看他，蹙起了可爱的小眉心，他又补充道，"别拒绝我。"

"好的。"于是陆蔓蔓点了点头，跟着何庭先行离开了。

安之淳看着她远去的背影，觉得她过分独立未必就是好事，反而更令他心疼。

五

当走到电梯口时，陆蔓蔓却意外地碰见了最不想见的人——甄景阳！

一副超大的墨镜架在他高挺如山的鼻梁上，他的脸部轮廓线条是张扬的。其实他是帅的，不过他的帅气过分嚣张，并不耐看，多看两眼也就厌

107

了，尤其是在知道他还是如此不堪的一个人的情况下。

甄景阳穿了一件黑色夹克和蓝色的牛仔裤，朋克范儿十足，一改他以往在人前深情款款的情歌王子的形象。其实这几年他也在寻求转型，毕竟他也三十五岁了，不再年轻了。

这个圈子就是这么窄，即便碰上了也在意料之中。

陆蔓蔓并没看他，她跟在何庭身后等电梯。

倒是甄景阳主动上前和她攀谈："蔓蔓，我们聊几句？"

"我不认为我们有什么好聊的。"陆蔓蔓语气平淡，但内心早已波澜起伏。

甄景阳轻笑了一声，更靠前了点，说："其实，炒作那些绯闻对你我都是有好处的，对外我们可以宣称是好友。今天你们剧组的发布会我见到了。如果现在我们……"

何庭将他的话打住了："不好意思，陆小姐不想和你说话。"接着，他靠前了一步，挡在了两人之间。

但敏感的陆蔓蔓已经嗅到了一丝阴谋的味道。甄景阳这个人名利心重，做事为达目的不择手段，他忽然靠近她，绝不会那么简单。

她探了探身，突然看到了拐角处的闪光灯，有记者在偷拍。

如果此时她和甄景阳闹起来，明天的娱乐杂志又不知道会怎么写了。

"我和他谈一谈，"陆蔓蔓按了按何庭的手臂，然后说，"隔壁就是个休息室，到那里说吧。"

何庭也就只好站在门边等候。忽然，他对她说："蔓小姐，没关系，有安先生在，没有记者敢乱说乱写。其实你不用理会甄景阳。"

怔了怔，陆蔓蔓说："没事儿，我也不怕他。"到底是有些不好意思，于是她又道："你还是去接之淳吧，我不要紧。"

"没关系，宋助理的车马上到，由我来送你是一样的。"何庭的笑容恰到好处，十分礼貌，她也不好说什么了。反而是何庭，绅士地替她将门关上。

"蔓蔓，你变了许多。"当门关上，再没有别人时，甄景阳眸色阴沉地看着她，唇边那抹笑意也消失不见了。

每个人见到她，都说她变了许多，这还真是有趣。

陆蔓蔓并不怕他，说："我之所以肯跟你进来，是因为门外有记者。我想，他们是你安排的吧？你也就只剩这些手段了？"

见他的眸色变了，她忽然笑了出来："以你的唯利是图，我猜，你要靠近我，无非就是因为最近我人气旺，又接了李导的戏，一下子变得起点很高，未来的星途一片璀璨。你想借我来拉拉你低迷的人气吧？"

"啧啧，别这样看着我。你最红的那几年已经过去了。甄景阳，你在走下坡路了，而我正在上升期。你还指望我会陪你演好朋友的戏码，来让你借我上位吗？

"当年，你践踏我的自尊，轻薄我，还逼得我变成了勾引别人男友的小三，而你则上演了一出很委屈，对女友情深义重的戏码，真是够了！你让我恶心！"陆蔓蔓的话丝毫不留情面，绝无半分回旋的余地。厌恶就是厌恶，到了今天，她无须再委曲求全。

甄景阳没有恼羞成怒，反而是笑笑，摘下了墨镜直视她。他的眼神依旧是那么赤裸裸的，仿佛他只是用眼睛就能将她的衣服给扒光了。

果然，他的下一句就不是好话："蔓蔓，何必这么无情呢？当初，你身上有哪里我没有摸过呢？"

陆蔓蔓脸红了，羞得几乎要跳起来，他不过就是摸了她的胸而已，然后被她狠狠地打了一掌；如果说当初他只是轻薄她，那此刻，他说得如此下流根本就是要毁她的名誉了。

"如果我把当时的情形，跟你那位安总说一声，你说，他还会要你吗？"甄景阳步步紧逼，见她憋红了一张脸不作声，他又说，"当初只怪你太美，又那么性感，我才会对你有感觉，别的女人我可从来没有兴趣碰。我们摸也摸过了，还有什么是不可以谈的呢？"

"你闭嘴！"陆蔓蔓瞪大了一双杏眼，对他的无耻感到恶心。

门外传来了响动，陆蔓蔓惊得一跳，第一个反应就是担心：不会是被狗仔给偷拍到了吧？何庭呢？他不是守在门外吗？

可当门被推开时，她的一颗心猛地放了下来——是安之淳。

安之淳快步朝她走了过来，一把将她按入怀中："蔓蔓，别怕，我在这儿，永远在这里。"他投向甄景阳的目光冷酷无比。

甄景阳被他的气场震慑到，后退了两步，耸了耸肩，说："我对她什么也没做。"他似乎完全忘记了方才他的那些要挟。

"刚才那些话，你要是敢对外透露半个字，我就会让你永远消失！"安之淳动怒了，最后只说了一个字，"滚！"

甄景阳讪讪的，匆忙离去，脸色苍白难看。

"蔓蔓，你没事儿吧？"安之淳看着她时，眼里满是担忧。

陆蔓蔓还有些恍惚，可到底是恢复了过来，回答说："阿宝，谢谢你的不过问。"

安之淳一怔，然后直视着她的眼睛说："蔓蔓，我根本无须问，连思考都不需要，我知道你是怎样的人。"

安静的房间里忽然传来了声响。这里还有别人？陆蔓蔓十分担心，转过身去，循着声音看见通往里室的玄关那儿露出了一只金色的酒杯高跟鞋。

沿着高跟鞋往上看时，一个女人从玄关走了出来，她说："嘿，蔓蔓，我们又见面了。"

居然是之前撞见过的陈赫拉！

"不用慌张，我不是那种八卦的人。我刚才在这里看曲谱，没想到会撞见你的事儿。"陈赫拉向着她嗒嗒嗒地走了过来。

那声音听起来轻松生动，令陆蔓蔓讨厌不起来。凭直觉，陆蔓蔓觉得陈赫拉也并不讨厌她，虽然她的名声一向不好。

"甄景阳是什么样的人，没有人比我更清楚。他就是德行有问题才被赶出师门的。我和他属于同一家唱片公司，也师出同源，"陈赫拉微微笑道，"我很喜欢你，你很有勇气。吃过他亏的女孩子不少，只有你敢站出来，打了他一掌！"

所以，她就是这样投了陈天后的眼缘了？陆蔓蔓有些哭笑不得。她突然明白自己为什么会对陈赫拉这个名字记得清楚了。当初她那件事闹大后，曾有人在微博上替她说好话，说相信她的为人，那个号就叫赫拉，是陈赫拉的小号，粉丝与大众并不知道，但圈内的人还是知道的。

见她沉默不语，陈赫拉忽然问道："蔓蔓，有没有兴趣当我MV的女主角？我有些想法，想把它做成将近十五分钟的微电影。"

陆蔓蔓并没有头脑发热，而是冷静地问："为什么选我？"陈赫拉的人气太旺，无论她做什么都会成为话题，而且都是朝着好的方向的。可以说，她是个深得大众热爱的宠儿。如果能成为她MV里的女主角，绝对是会爆红了，再不济，也能就女主角引起话题。天后为什么看中了她？

"因为你会看五线谱。"陈赫拉调皮地眨了眨眼睛。

呃……这是什么理由？

见陆蔓蔓有工作要谈，安之淳很体贴地退了出去，给两位女士留下了空间。

"不跟你开玩笑了。"陈赫拉说，"懂看五线谱真的是一方面原因，你不知道，这年头懂看五线谱的人几乎成国宝了。现在的那些歌星，除了创作型的，没有几个人会看五线谱。"

顿了顿，陈赫拉又说："而且，我有野心，希望能拍出一部既有口碑又有深度的微电影，并非玩儿票，而是真枪实弹地干上一把！我喜欢你的性格，你够真，在这个圈子里敢说敢做，不像某些人那么虚伪。应该说，你很对我的口味。最重要的一点，还在于你有演技。我的微电影，需要的不是花瓶。"

无疑，陈赫拉是有诚意的。

陆蔓蔓思考了一会儿，又听她说："这不是小事儿，你可以慢慢考虑。为表诚意，我可以迁就你的档期，你可以选择任何时间。而且，据我了解，你在《夺目》剧组的戏份也快杀青了。"

"是的，最快半个月，我将离组，"陆蔓蔓很诚恳，并不待价而沽，"而且，目前我还没有接任何片约。我需要一段时间来沉淀和思考，演技是需要磨炼和积累的，我并不想那么快又接片。"

一般人总是趁着红时捞金，也不管是不是烂片，接了一部又一部。陆蔓蔓是有态度的人，对于这点，陈赫拉很满意。人不应该只看眼前利益，而是应该把目光放长远。

"这是我的名片，你考虑好了给我打电话。不过，我希望听到的会是好消息。"陈赫拉将名片用两根手指夹着递给了她，那姿势挺慵懒的，她下巴上仰，眉飞入鬓，有着说不出的妩媚。

陈赫拉的美很有个性。

"好的，我会认真考虑。"陆蔓蔓见她举止不受拘束，也就没有双手接过，只是左手一挥，随意接了过来。

谁料这也对了天后的胃口，她一边走一边回头给了陆蔓蔓一个飞吻。"我果然没看错你，我就喜欢你这样的。不扭捏，不造作。"都到门边了，她又来了一句，"还有，我很看好你俩，男的俊，女的俏，看你们谈情，看得我少女心都飞起来了，以后记得多撒狗粮啊！"

陆蔓蔓十分无奈，原来天后不仅有一副热心肠，还是个外冷内热的人，一旦熟悉了，就能发现其实她并不冷漠。

倒是推门进来的安之淳一脸醋意，说出的话逗得她扑哧一笑。他说：

"我觉得，她要爱上你了。"

陆蔓蔓扑进了他的怀里，笑意连连地看着他："放心，我只喜欢你，不会爱上别人的。"

这句话让他很受用。他亲了亲她的脸颊，牵住了她的手一同离开。安之淳的会议到底是没开成，他亲自送她去了片场。

他不愿再让她独自前行。

第六章 小野心家

一

安之淳有个全球金融会议要开，各方为了迁就他，已将时间一改再改。送蔓蔓回片场后，他先到了曼哈顿总行在中国的分行开会。等到他结束了四个小时的会议，回到家里时，已是晚上八点了。

他连晚饭也没有吃就进了书房，继续开会。书房里，挂在墙上的多部液晶电脑的屏幕同时开启，不同肤色不同语种的人叽叽咕咕地说起了话，讨论得正热烈。

宋珍珍与何庭，还有一位亚洲总部的银行总裁一并在与屏幕里的人讨论，何庭一边看着各种数据，一边做分析报告，而安之淳则忙于分析各类风险投资。

实在是累了，安之淳揉了揉眉心，继续用不同的语言和各位银行家讨论。英国德克银行破产案影响深远——这是一个参与期货交易，控制风险投资的银行。它炒石油、矿产，甚至是核元素的期货，导致了一系列的问题，就连和它合作的日本大和圣银行都一起倒闭了，牵连甚广。

之前，安之淳就告诫各位合作伙伴不要参与进去，但在巨大的利益面前，许多银行股东不听他的劝告，一意孤行，促成了各银行与期货市场的交易活动，最终导致银行陷入了资金链断裂的困境中。

现在安之淳要做的就是理清和收尾。

"安先生，估计你要在最快的时间内去一趟英国了。"中国分行的总裁达蒙说道。

安之淳沉默了一会儿，疲倦地除下了眼镜，两指按到了鼻梁上，慢慢地揉按。达蒙很着急，一直等着他回复，倒是何庭心里明镜似的，马上打开日程表，看了看排期，然后对达蒙说："安先生只有下周一有空。他周六飞美国，周日还有一个会议要主持。"

"可今天才星期四呀，现在飞，明天就到英国了。"李维斯不解。从前安先生一天飞两个国家的情况都是有的，再忙碌他也从不缺席，不会如现在一般。

明天……安之淳手执钢笔，在桌面上一点一点的。那是他与蔓蔓这周相处的最后一天，他不会再错过她的生活、她的点滴了。"私人理由，我的行程需要排到下周一。"他面无表情地做了决定。

达蒙也不好再说什么。

"周日上午八点在哈佛商学院的那场关于'风险管理、风险控制与英国德克银行破产案的深远关系报告'的会议由何庭代我去开。"安之淳忽然说道。

达蒙的脸色已经很不好看了，但安之淳根本不打算改变主意："达蒙，相信何庭的能力，他不仅仅是我的助手，他很棒。"

"我知道了。"达蒙回答后，继续专注于与各国银行首脑的会议。

何庭对于接手报告这件事并不意外，反而是有些担心安之淳，他问道："是不是联系美国那边心外科教授的事儿有什么问题？"

"已经找到合适的心源了，但需要我去办理一些紧要的手续。"安之淳点了点头。幸好，这是一个好消息。

书房里的会议一直持续到了凌晨四点。

从十二点开始，安之淳就有些坐立不安了。虽然他让何庭把那辆安全性能最高的路虎给蔓蔓开，可是毕竟是半夜时分了，她却还不回来，给她发了好几条短信她也不回。她是还在忙工作，还是在回家的路上？不会遇到什么意外吧？

"对不起，"终于，安之淳坐不住了，"达蒙，这里由你主持，我要离开一下。"

他急匆匆地往大门外的车库跑。这时，车灯远远扫来，他一看，正是他的路虎。他的蔓蔓回来了。

安之淳就那样站在别墅门口等她。夜色里，陆蔓蔓隔得有些远，只见他依旧身姿挺拔，一身西服十分妥帖。车子慢慢近了，她看清了他的眉眼，在墨绿如黛的树木的掩映下，他的眼眸黑如鸦羽，深邃如海，平静的海面下蕴藏着的是最炙热的火光。

车子停稳后，他替她开了车门，她人尚未站好，便被他打横抱了起来。她呀了一声，他便将脸埋进了她的颈项，贪婪地呼吸着她的体香，他说："嘿，你真冷。"于是，他将她又抱紧了些，一路将她抱回了卧房。

经过书房时，她看到了灯火通明的情景，问道："你一直在工作？"

"嗯。"安之淳随意地答道。

"当个银行家真不容易。"陆蔓蔓轻叹。

知道她是心疼他，他说："习惯就好。反而是你，更不容易。"

其实，明天上午还有一场她的戏，往常她是不愿来回跑的，干脆就睡在影视城里，这次是为了他，她才踏月而归。也只有见到了他的那一刻，她的所有的疲惫才都变成了欣喜。

"阿宝，你去忙吧，我要睡了。"蔓蔓只想他赶紧去工作，这样他才有时间休息。

"好。"安之淳又看了看她，有些不舍地离开了。

等到安之淳结束了视频会议再回来时，陆蔓蔓已经睡着了。她是和衣而睡的，穿着的还是上午那条薄极了的纱裙。她没有洗澡、换衣服，甚至连妆也没有卸就睡了。看得出她很累。

夜里风大，露气也重，可窗并没有关紧，抽纱窗帘被风轻轻卷起，如巨大的白色蝶翼，在月下泛着淡淡的光泽，轻轻地颤动。

安之淳摇了摇头，取来被子替她盖严实了："真是一个孩子。"她连照顾自己都不会！他走到窗边，将窗关紧，又回头看了她一眼，见她在梦里也蹙眉，想来可能是不怎么舒服。

于是，安之淳从她的梳妆台上取来了卸妆液与化妆棉，替她慢慢地清理脸上的彩妆。他的手法很轻很柔，仔细而耐心地替一点一点地抹去脸上的东西。眼睛周围的肌肤最柔嫩，他再次放轻了力度，只怕一个不小心，吵醒了这个小小的睡美人。

他的手沿着她的眉眼、鼻梁，下滑到了嘴唇。化妆棉一点一点地将她的口红擦掉，还原出她的天然唇色。她肤色白，唇色也浅且泛着淡淡的粉红，唇瓣润泽柔软，如最甜美的果冻。忍不住地，他偷偷吃起她嘴上残留的口红来……

　　陆蔓蔓睡醒时，已是七点多了。她正要起来，却见安之淳走了进来，手里还端着一个保温杯。

　　"喝点参茶。"安之淳将茶递给她。

　　陆蔓蔓没有接，脸上有些疑惑："我气色很差吗？差到需要参茶吗？"她再看了他一眼，发现他明显是已经洗漱过了的，想来他是通宵工作了。他明明一夜未睡，还能这么神清气爽，蔓蔓忍不住又看了他一眼，心想：嗯，真是一副上天给予的好皮囊！

　　见她尚未清醒就关心在意起自己的容貌，安之淳有些无奈，但口吻是宠溺的："你待会儿还要拍戏，睡得又不够，喝点参茶提提气。"他在她身旁坐下，将杯子放到了她的手中，然后举起了镜子照给她看，"你美好如初，就是有些黑眼圈。"

　　可陆蔓蔓呀了一声，几乎要跳起来，嘴上嚷嚷："有黑眼圈就够丑了呀！"

　　他发出了一声轻笑：还真是爱美！他说："没关系，你多丑我都喜欢。"

　　陆蔓蔓叹气："阿宝，你这真的是在赞美呀？安先生，你这样追女孩子是不行的！"安之淳听了，挑了挑眉，想来，起初何庭也对他说过类似的话。

　　笑了笑，安之淳又不作声了。

　　见他眉眼舒展，显然心情是好的，陆蔓蔓也偷偷翘起了嘴角，再看了他一眼，见他也正回眸瞧她。晨光落在他的眼里，一片清辉连连，有那种并不咄咄逼人的耀眼夺目。

　　他如此英俊，使得陆蔓蔓看呆了。

　　"呆头鹅！"他笑着弓起食指刮了刮她挺翘的鼻尖。

　　为了掩饰尴尬，陆蔓蔓只顾低头喝参茶。

　　她今天要拍的那一幕戏的剧本就扔在床头。安之淳拿起它，翻开了封面页，安静地看了起来。

　　陆蔓蔓有些好奇地打量他。难道爱看电影的大银行家已经进化到连剧本也喜欢看了？

过了许久，安之淳忽然抬头，看着她说："蔓蔓，我想听听你对这一幕戏的想法。这是一个高潮部分，冲突十分强烈，是由你、白梦与顾清晨三人共同完成的。"

剧情是当王震的妻子易丹带着女儿出现在百乐门附近时，碰巧撞见了阿玉。

易丹很想念王震，不惜带着女儿走到了那里。

碰巧阿玉只身一人从百乐门的侧面出来。

台词很简练，只是菲琪简单的一句"妈妈，你看，那个狐狸精"，就将易丹与阿玉互相拉扯到了一起。

对此，阿玉是隐忍的，是退避的，毕竟，她觉得自己名不正言不顺。虽然王震已经和易丹离婚，但他的心一直在前妻那儿。所以，阿玉始终认为自己的存在是不对的。

易丹因为妒忌失去了理智，在和阿玉冲撞的过程中，没有注意到飞驰而来的轿车，等到发现时已经来不及了，阿玉想都没有想，冲了过去，推开了小菲琪，可自己却躲避不及，被车撞到了一边。

所幸阿玉没有生命危险，只是左腿的小腿骨折了。面对阿玉的舍命相救，易丹震住了，之前明明自己很怨恨阿玉，可现在也怨恨不得了，因为是阿玉救了她的女儿，这是事实，却打痛了她的脸，叫她连恨也无从恨起。

陆蔓蔓笑道："想来白梦可以一条过了，毕竟她可是恨死我了的。现在让她演恨我，根本就是在演她自己嘛，丝毫没难度。"

"那你想怎样表现？"安之淳摆出耐心倾听的样子。

陆蔓蔓摸了一下嘴唇，又忍不住地咬了咬，显然是在思考了。

这幕戏最难的点，在于阿玉救了人后的表现。虽然只是带伤离开，但怎样能发挥得更好，这是个值得探讨的问题。

陆蔓蔓已经下了床，站在床前的空地上，忽然转过头来对他笑了笑，说："我发现，你对电影真的是有深刻的研究。"

"为了你。"安之淳丝毫没有犹豫地说道。

陆蔓蔓的眼睛闪了闪。忽然她又回过了头去，背对着他。

当她再次侧过身来，已换了一副表情，有哀怨，有羡慕，更有着强烈的自卑，她已进入到了阿玉的角色里。

安之淳透过她的身体，看到了阿玉该有的样子。阿玉拖着伤腿，一瘸一拐地离开，深一脚，浅一脚，走得十分吃力。她浑身痛得连肩膀都是一抽一

117

抽的，整个人落寞而悲情，那肩胛骨瘦得突起，她单薄得好像随时会被风刮倒，偏偏还要努力而艰难地挺直腰骨！

她连背影都是戏！

可还是不对，还是差了些什么。

安之淳知道问题所在，决定与蔓蔓谈一谈。

二

"蔓蔓。"安之淳那一副语重心长的样子让陆蔓蔓觉得，他与那个教她功课的安家大哥又重叠在了一起。

此刻，他既是一个男人，又是昨日的邻家大哥，与她亦师亦友，还是亲密的情人，这样的关系让陆蔓蔓感到很心安。她朝他走了过来，很自然地坐到了他的膝盖上，没有尴尬，也没有娇羞，就像小时一般，安心地依附他。

她搂住他的颈项，头靠在他的怀里，声音很乖巧："你说。"

安之淳摸了摸她柔顺的长发，道："你觉得王震对阿玉是怎样的感情？最重要的一点是，有爱吗？"

王震对阿玉有爱吗？在剧情里，阿玉最后死在了他的怀里，当她问他这个问题时，王震说没有。

见她不答，安之淳又问："你觉得没有，是吗？"

陆蔓蔓抿了抿嘴，离开他一点，眼睛看着他，她认真回答道："男人是可以因性而性的。"

"是，但也不完全是。"见她红唇开启，想要反驳，安之淳忽然从她的发间抽出了手，将食指按在了她的唇瓣上，微微用力，然后指尖下滑，从她的唇瓣滑至锁骨，继续一路向下，"你不了解男人，男人也会因性而爱的。"最终，他的指尖停在了她的胸前。

陆蔓蔓脸红了，身体颤了颤，想要往后退，却被他的另一只手按住了背脊，用力按向了他的胸膛。肌肤相贴间，她感到身体越来越热，越来越躁动不安。她被他吸引了，为他情动，她对他是有欲望的。

安之淳安静地看着她的眼眸，终于在她感到要窒息时，松开了她。

陆蔓蔓站了起来，深深地呼吸。

"你在压抑你自己，蔓蔓。"安之淳又说，"我现在要说到问题的关键了。你深深厌恶第三者，你认为阿玉是小三，是横在王震与易丹之间的罪魁祸首。而小三这个问题，严重干扰了你的生活，你厌恶小三，从而产生了自我厌恶。你自卑，因为你厌恶自己。

"这个问题的原因，要从你十五岁后说起。因为你爸爸的小三，费阿姨与你爸爸最终以离婚收场，你幸福的童年由此结束。从此，你因生活困顿被迫辍学，进入娱乐圈，陷入了自卑的怪圈里。我说得没错，对吗？"

见她肩膀颤抖，嘴角抽动，他知道自己说中了关键之处。安之淳没有让她有说话的机会，进一步紧逼她："所以，你因为自卑，在我在美国读大学时毅然决然地与我一刀两断，从此音信全无。蔓蔓，你知道我找你找得多辛苦吗？你有考虑过我的感受吗？我花了整整三年也没有找到你，连私家侦探也找不到你，你是怎么做到的，嗯？"

陆蔓蔓已经停止了颤抖，眼眸低垂，回答的声音是平静的："我和妈妈改了名字，换了身份证，搬到了小镇上去住。而且我们几乎不用银行卡等可以透露身份信息的东西，连手机号码也全停了，只用最原始的接线电话。那个小镇地方很小，根本不需要什么银行卡。

"当然，我也知道，你要是想找是迟早能找到的，毕竟这是信息大爆炸的时代。但一年、两年过去了，当你找到我们的地址时，或许已经不想来找我了。长时间分隔后就会淡忘。"

"为什么要这样做，蔓蔓？"安之淳说，"被人无视的感觉不好受，是吗？当我回国后，你来试探我，我没有回应你。那种感觉你已经尝试过了，那就是我当年的感受。我找了你三年，最后却是在电视里找到你的，你知道这有多讽刺吗？"

"是我求妈妈带我躲起来，逃离那一切的，也想着再不联系你了。"陆蔓蔓终于敞开了心扉，"从小，我见到的都是父母如何恩爱，可最后的结果却证明，这一切都是假的。我同父异母的妹妹只比我小两岁。

"我所谓的'幸福'童年，根本从一开始就是个笑话！爸爸甚至还偷偷写好了遗嘱，想将财产都留给那个女人与她的小孩，那我和妈妈又算什么呢？我无法面对那种突变。曾经的我那么骄傲，骄傲得如同公主，可原来公主也有不堪的那一天，所以我和妈妈逃了。

"只是后来，妈妈被查出得了心脏病，一切都需要钱，我没有办法，只好进了娱乐圈。那时，我经常在电视的财经新闻里见到你——如此的高高在上。而我，已经配不上你了。所以我觉得，我一开始的决定是对的。我是存心躲开你的，因为你我的身份早已不对等了。"

安之淳有些受伤："难道在你眼里，我是如此肤浅的男人？"

其实，在第二年，他就找到了她，毕竟人不可能完全消失，找工作也需要动用证件，虽一时失踪，但迟早能找到。可是安之淳明白她的心思，也知道自己还没有博士毕业，能力还不足以和整个家族抗衡，所以他一直在忍耐。

"蔓蔓，相信我，在爱情里没有什么配与不配，只有爱与不爱。而我一直爱着你，从未改变。"安之淳直视着她的眼睛，说出了一直想说的话，"蔓蔓，我爱你。虽简简单单，可我就是爱你，仅此而已。"

为此，他付出了七年的代价，为了能早日脱离家族，经济独立，他在哈佛商学院里拼了命地读书、做生意，把一天当两天来用。别的同学在交女朋友、开派对时，他在争分夺秒地读书与赚钱！没有人比他更清楚不能自立的可怕。如果不能自立，即使他找到她，和她在一起，最终也会失去她。

陆蔓蔓的眼神闪烁不定，长长的睫毛颤抖不已，那如小鹿一般的眼睛更加地黑亮，在一瞬间，跃动起璀璨的光芒。

他叹了口气，又说："蔓蔓，其实你很聪慧。你从一开始就知道，只有爱是不够的，更何况那时我们并没有说爱。如果当年我们在一起了，我会为了你脱离家族，毫不犹豫，但你会因为心疼我，最终选择离开我。与其这样，还不如不要开始。"

"所以，以后请你不要再自卑，我不允许你有丝毫的自卑。"安之淳替她把该说的话，该表达的意思都说了出来，"好了，从前的事儿就不提了，我们有的是将来。现在回到主题上，在这次表演里，我希望你能抛掉自卑。"

陆蔓蔓眼中的光芒一闪，她基本上明白了他的意思。

"很好，你的领悟力很强。"安之淳说，"王震对阿玉有深刻的爱。在任务顺利完成时，也就是片子的结尾部分，他恢复了身份，却没有回到妻儿身边，只是抱着阿玉的骨灰坐在茫茫雪地上。当最后一个镜头出现时，他已经白了头，他为阿玉独守了一辈子。这样的男人，又岂会无心无爱？

"你对阿玉这个角色代入很深，这是好事儿，但你又对小三深感厌恶，所以演你所认为的小三的角色使你自卑，连带着使阿玉也自卑，这一点需要扳正过来。

"王震与易丹离婚后便再无关系，而他的任务、他的身份，决定了他或许根本就没有明天——他随时可能暴露，而后死去。在最艰难的时刻，始终是阿玉陪伴着他，甚至为了他能去通报情报，拖住头目老大，最后被活活打至内出血而死，她不欠任何人的。你要表现出骄傲，尤其是在救了他的女儿后，在他前妻面前，要表现出傲骨，而非小三见到正主时的自卑。"

"我明白了。"陆蔓蔓又站到了原先的位置，再抬起头时，她看着他的眼睛，对他说，"要我再演一遍吗？"

安之淳看着她，莞尔道："蔓蔓，把最好的东西留到电影里去演。"

他不需要她演，从不需要，他只需要她做回自己！

陆蔓蔓的眼睛很红，他终于对她说了他爱她！

三

整个上午的戏都拍得很顺利，先是一场陆蔓蔓和许林影帝的戏，十分精彩，简短的对话中暗藏玄机，演的是阿玉替王震在老大面前掩护周全的情节。

许林演的老大阴险毒辣，演技入木三分，单是一个似笑非笑的眼神与表情，就使得通过二号特写镜头监视器看戏的副导都打了个寒战。

陆蔓蔓的演技也可圈可点，既有恰到好处的惊恐，又豁出去了的机敏与胆识。她的动作不大，不像演技肤浅的演员只靠夸张的身体动作来蒙混过关。在面对老大的言语试探与恐吓时，她只是微微地退了一步，身体抵住桌子，贴身旗袍下那一双洁白的腿从开衩处既性感又张扬地露了出来，那种风情，单用语言是说不出的。

她肩膀抖了抖，有些无畏地迎着老大的目光看了过去，语气是软软的、胆怯的，可说出的话却很镇定："阿震能有什么忙的？一个晚上都在抽大烟，不让抽，他就急了，还想打我。"她说着，左手攀上了右手腕，似乎想极力掩饰什么，又像是忆起了身体的疼痛——她的手腕上全是瘀伤。

老大满意地点了点头，他早就从底下人那里知道王震有点施虐的嗜好了。

因为是电影，内容篇幅有限，需要演员的表现有张力。整场戏，两人之间就三句对白，然后这幕戏就结束了。

"Cut！好了，这条过了。蔓蔓今天表现得很好！"李费铭朝她点了点头。

陆蔓蔓转向大家时，微红着脸笑了。

没有人知道，她之所以爆发，多亏了安之淳的鼓励，他替她找回了丢失已久的骄傲，替她扔下了那些该死的自卑与包袱。

121

陆蔓蔓发挥得越好，在一边候场的白梦压力就越大。白梦的脸扭曲了，她的手拧着衣角，只差没把衣角拧破。

不远处的打灯师与助手说道："看不出这陆蔓蔓还挺吃得了苦，对人也礼貌，难得的是演技好。这类角色，我以前也看到过别的女演员演，她们只会夸张地大哭大叫，要不就搞得跌跌撞撞的，愣是把一句压抑的台词说成了搞笑段子。可你看人家，只是简单的两个动作、几个迅速变换的眼神，与一句带点幽怨的话，就把一个阅人无数的老大打发了。"

助手回答："这就叫实力嘛！之前爆料说她是靠潜上位的。有这演技，哪儿还需要被人潜！之前我也是小看了这小姑娘，觉得这姑娘长得甜，肯定就是从小在蜜罐里长大的，哪有什么演技，现在呀，我就是自己打自己的脸咯。"

因为拍摄顺利，原定要到下午四点才能拍完的戏，三点就拍完了。李导为了能在后期剪辑时有比较，取出最好的内容，让陆蔓蔓与许林的重头戏又重拍了两遍。而陆蔓蔓像吃了大力水手的菠菜似的，越演越有爆发力，使得许林都过足了飙戏的瘾。

两人共同交了一张完美的答卷给李导。

中场休息时，蔓蔓的助手小天陪着金枝走了过来。

小天忙着给陆蔓蔓斟茶递水。金枝人还没走到，就先给了她一个大大的微笑。还是陆蔓蔓沉得住气，想必应该是有好事儿了，估计有新片约到了。

"小天，你自己也喝点，跑来跑去的多辛苦。"陆蔓蔓让小天坐下休息，自己拿了保温壶打开，倒了一小杯出来，抿了一口，润了润喉，又放下了，"金枝姐，什么事儿让你这么高兴？"

"还不是为了你，"金枝满脸得意，"你有两个新角色，一个是谍战片的女一号，剧本我看过了，角色很好，这部电影也是大制作，单是剧本就如此精良，拍出来效果一定好。另一个是电视剧《秦姝》里的角色，《秦姝》是古装大戏，年度大制作，讲述的是秦始皇与秦国第一女商人的故事。

"还有一个，小天后陈赫拉邀请你参与她的微电影的拍摄，这也是一个能冲向国际的机会，她的这张专辑已经定了要在美国发行，所以会有一些很中国风的元素，旨在向老外展示中国风情。具体的，你自己决定。我觉得都挺好，但是我想先听听你的想法。"

"《秦姝》吗？"陆蔓蔓坐在折叠椅上，她人虽瘦可毕竟太高，只好含胸窝着，看着就像头在休憩的小母豹，明明慵懒，却有那种张扬的气场。

金枝觉得她整个人都不一样了，快速地打量了她一番。金枝感叹：爱情果然是很奇妙的东西，可以将一个人彻底改变，让人脱胎换骨。

三个剧本都堆在小桌子上，陆蔓蔓弓起食指，无意识地一点，刚好点在《秦姝》上。

金枝了然："我也是这样想的，毕竟谍战女主角与你阿玉的角色有些类似，估计导演也是看中你在《夺目》一片的表现，才临时想到邀约你的，一来诚意不足，二来有跟风之嫌，三来对你的演技也没什么磨炼；而电视剧里，女主角秦清的年龄跨度从十六岁到六十岁，很有发挥的余地。而且最重要的是这个角色大气！"

"的确。"陆蔓蔓言简意赅，"现在，电影大咖都选择回流电视剧了，电视剧的发展到了一个新的高度。更何况这种历史题材如此好，而且古装片一向是最吸粉的。"

"看来，你对自己未来的规划很有想法。"顾清晨与李导走了过来。顾清晨的话是肯定她的，他也觉得《秦姝》好。而李导更是直白："看不出你还是个外柔内刚的人，野心明明白白地写在了脸上、眼睛里和骨子里。"

陆蔓蔓一笑，看向李导时平静从容，并不怯场："有野心难道不好吗？"

"好好好！"李导连说了三个"好"字！

此刻的陆蔓蔓，锋芒毕露。

李导与顾清晨走到了另一边，就接下来的戏聊了起来。

戏里，为了让老大不怀疑自己，王震在中后期抽大烟抽得非常狠。李导给顾清晨说戏，要他表现出一种心里痛苦到扭曲的情感。

可顾清晨对李导与编剧新加的这一场戏有不同的意见。

顾清晨还没有说话，脸色就已经暗了下来，嘴角下垂，眼神晦暗阴郁，整个人都阴沉得可怕，已经将自己的情绪调整进了角色里。他说："李导，王震总是一味地抽食大烟，与其说是取信于老大，还不如说是他自己在麻痹自己。作为一个仅次于老大的第三把手，思绪不清，只会抽烟，老大即使信了他，又如何能将重要的事情交给他做呢？"

毕竟一场电影里，王震抽烟的片段已穿插了五六条，虽然都时间极短，且有两条混在群演的戏里，可到底是多了。

两人还在聊着，一边的小天发出了一声惊叹。

原来是安先生的助理宋珍珍送吃的来了。

"下午茶时光，万岁！"小天高兴地蹦得老高。

"蔓小姐，安先生让你多吃点。"宋珍珍夹了一块蛋糕给她，"他千叮咛万嘱咐，让我看着你吃哦！"宋珍珍笑得促狭又调皮，根本就是在逗她。

陆蔓蔓不好意思了："之淳也真是，居然这样调遣人才，珍珍姐可是做大事儿的，手里管着的股票随便一个就有几千万甚至几千亿，他也好意思派你过来。"

宋珍珍听了，笑得合不拢嘴："蔓小姐，你说话真是风趣，难怪那么沉闷的安先生最近也变活泼了。你不知道哇，他甚至还会问我女儿，最近女孩子都热衷什么，迷什么。"

"咳咳。"安之淳一结束了会议就马上赶了过来，听到的居然都是调侃他的话。

陆蔓蔓一怔，然后笑成了一朵花，连忙奔了过去，问道："咦，你怎么过来了？"她的小脸因为兴奋，焕发出迷人的光彩，那对黑眼睛那么黑，那么亮，亮得能把人灼伤。

他摸了摸她的头，说道："过来看看你有没有好好吃饭。"

听了他的话，陆蔓蔓不乐意了，撇了撇小嘴。他却笑了："好了，你也多吃些，已经够瘦了，足够上镜，别饿着肚子委屈自己。"说完，他撩开了一边的西服，从内袋里取出了一朵纯白的玫瑰："蔓蔓，送给你，这是格兰维尔玫瑰。"

那朵白玫瑰美丽到了极致，花瓣洁白如雪又如白玉，润泽得不可思议；花形饱满，花瓣晶莹剔透，犹带露珠，像细腻滑润的丝绸。

小天眼睛瞪得大大的，惊呼："呀！安总，你太浪漫了，还说不是在追我们蔓蔓？"

安之淳看了一眼这个小姑娘，笑意温润："我是想追蔓蔓，可是她不许我说出来。"他是对着小姑娘说的，可眼睛却看着陆蔓蔓。

陆蔓蔓又不争气地红了脸。

一边的白梦站在摄影棚的最边上，看着众人簇拥着陆蔓蔓，心里很不是滋味。下面的戏绝对不能演砸了，她一定要在演技上碾压陆蔓蔓，让大家瞧到自己的水平。于是，她又垂下了眼眸，研读起剧本来。

陆蔓蔓心细，已经察觉到了白梦方才投过来的极不友好的眼光。她轻轻地扯了扯安之淳衣袖："之淳，你如此高调，就不怕她又找记者乱写？这对你的影响不好。"

安之淳微微一怔：这蔓蔓还是如小时一般，总是先考虑他的感受。他微笑着摇了摇头："蔓蔓，以后将一切的事儿交给我去想，你只需要每天快快乐乐的就行了。"

金枝说："小天，你还不快给安总倒杯茶，你的脑子是干吗使的？"小天一直在用手机查百度，就连金枝叫她都没有听到。

陆蔓蔓抿着嘴笑道："金姐，她就是小孩子，你跟她计较什么。"说着，她拿保温壶给安之淳倒了一杯水，说："茶就没有了，安总，将就着喝杯水呗？"她将杯子递给他，却被他连同杯子一起抓住了手，他的指腹若有似无地摩挲着她的手腕。

这也能撩？陆蔓蔓假装不懂，收回了手，而他只是低低地笑了一声。

忽然，向来一惊一乍的小天又惊呼了一声，金枝正要呵止她，却听见她说："蔓蔓姐，格兰维尔玫瑰的花语是'最坚固的、不凡的爱情'。"

陆蔓蔓瞪大了一对妙目看向安之淳，他长长的睫毛颤了颤，然后他笑了："是你给了我不凡的爱情，蔓蔓。"一抹红色爬上了他的颈项，他有些不自然地推了推架在鼻梁上的眼镜。

四

"你们刚才在聊剧本吧？"安之淳朝着李导他们走了过去。

知道他是投资人，李导与副导并不惊讶他会来问进度。"只是一些小分歧。"李导摆了摆手。

见安先生伸出手来，副导很机灵，马上反应过来，把剧本给了安先生。

安之淳翻看了起来，眉心蹙了蹙，然后对陆蔓蔓挥了挥手："过来吧。"

陆蔓蔓有些诧异：他居然会叫上自己。走近时，她又听得安之淳说："我倒是有些想法。老大明明已经对王震深信不疑，还安插手下窥探王震的生活，证明其人多疑好杀，心思深得难以捉摸。我觉得在这幕戏里，可以安排阿玉进入，当王震再次抽烟时，由她来安慰，然后王震哭倒在她怀中，来一次释放，这能让人见识到铁汉也有柔情的一面。"

见大家都不说话，而李导陷入了沉思，安之淳又说："即使阿玉死在了王震的怀里，他明明那么痛也没有哭，只是最后独自一人坐在雪地里，缅怀与阿玉的这一段时光。他的情感深沉压抑，如果来一场情绪崩溃的哭戏，应该会给人不一样的感受。"

王震向来都是"男儿有泪不轻弹"的铁汉，即使中了弹也可以自己用刀子剜出来，如果来一场哭戏……顾清晨的眼眸里忽然跃动起了一丝火苗，然后越烧越旺。

没有剧本，也没有任何对白。

李导忽然说："清晨，蔓蔓，你们来对一对这场戏，没有台词，你们自由发挥，但要控制在五分钟之内。"

打灯师将灯光调好，导演与副导的眼睛盯紧了监视器。

长镜头在慢慢拉近——装饰简单但整洁舒适的房间里，一个男人倒在花色朴素的地毯上，这个人是王震。

他明知道在窗口处探头探脑的人是老大的手下，可已无力去应对。他的头靠着罗汉榻的床脚，他歪着身子开始抽食大烟。

特写监视器里，顾清晨英俊的脸上有了微微的抽搐，嘴角往下挂着，他却还拼命地笑，就连眼角的肌肉好像都跳动了一下，这是对自己的失望与嘲讽，看得副导倒吸了一口冷气。顾清晨的演技根本就是炉火纯青、出神入化了，比起许林来，竟然还要高出一筹。

顾清晨将王震极度痛苦的心理诠释得很好，已经入骨了。

这时，李导打了个手势，一直在镜头外等候的陆蔓蔓适时地进入了屏幕里。

原本，李导没有安排她从哪儿进入镜头。陆蔓蔓经过一番思索，从床上下来，走到了王震跟前。

陆蔓蔓的头发有些乱，她假装出睡裙上的扣子没有扣紧的样子，伸出手来在那件并不存在的睡裙上，做出系扣子的动作，然后，她看向王震的眼神又多了一分柔情与怜惜。

通过陆蔓蔓的演绎，大家已经明白，王震由于压力太大，根本无法入睡，也暗示了现在应该是半夜。半夜还派人来盯梢，也从侧面表达了老大的反复多疑、阴险可怕。

"阿……阿震，快……来……陪……陪我！"阿玉对着他软软地唤道，虽然吐字断断续续，可声音娇媚无比，单是听着就已让人酥了。

阿玉飞快地斜了一眼窗户，窗户没关紧，居然还有一条缝开着。她再看向王震时，他也看了一眼窗户，只是闷哼了一声，然后朝她伸出手来。

126

阿玉握住了他的手，想拉他起来，反被王震一扯，倒在了他的怀里。他的衣领大敞着，阿玉见了，眸色变了变，耳根子迅速红了，伸出食指来，戳到了他的胸膛："你坏。"她的脸靠在他的怀里。

除了刚才的一个侧面，监视器里，看不见她的正脸。

"不喜欢，嗯？"顾清晨一瞬就接住了她的台词，对了上去，看得现场的人都热血沸腾——这两人的演技，实在是太带劲儿了！

气氛已经是暧昧得不得了了，仿佛有什么事情即刻就要爆发一般，就连窗外的探子都悄悄地退了下去。

可阿玉只是温情地抱住了他的头，看向他的眼眸纯净如水，她说："我会帮助你的，不要难过。"她说得极小声，只有两人可以听见，却又说得如此坚定，没有再出现丝毫的停顿。

她的语气那么温柔，用自己娇小的身躯去温暖他、呵护他，因为只有她明白他的一切无法言说的痛苦。

那一刻，王震哭了，他虽没有发出丝毫的声音，可一双红肿了的眼睛却不断流出泪来，他的肩膀颤抖得厉害。他将自己埋进了她的怀里，终于大声哭了出来。

时间刚好控制在五分钟内。两人都入戏了，可顾清晨还是最先出戏的，他放开了她，站了起来。他的眼睛是红肿的，他并没有借助眼药水这类道具，而是真哭。

"蔓蔓，还好吧？"顾清晨的表情依旧阴郁，可他还是担心她入戏太深，出戏困难。

陆蔓蔓再抬头的那一瞬，现场的人都震住了。她同样泪流满面。

"新人总会碰到难以出戏的状况，你完成得很好。起来吧！"顾清晨的声音温和，他伸出手来扶她一把。

"谢谢。"陆蔓蔓握住他的手，站了起来。他立刻松开了手，走到导演那里看回放。

陆蔓蔓也走了过来，可明显心情还是很低落，没能恢复过来。

"你俩的对手戏真是太精彩了！你们马上换衣服，趁着有感觉，就拍这一条！其他戏压后！"李导看了一眼陆蔓蔓，她眼眶红红的，头发也乱了，精神很不好，与阿玉简直就是一模一样，于是道："小姑娘领悟力很强！"

然后，李导对美术指导打了个响指："小美，去给陆蔓蔓拿一套真丝睡裙来。为了配合她最后那个纯真、清澈到极点的眼神，要素净一些的。那里

127

是阿玉的卧房，也是王震的避风港，一切要舒适，而不是刻意的暧昧。"

小美得了命令，跑去了衣物间，然后扛了一排戏服出来。她正要挑的时候，倒是安之淳一步走了过去，手在那排戏服间流连。

小美一怔，被男神电得脸都红了，连忙退到一边。

安之淳没有理会其他女人的心思，只是专注地挑选着裙子，最后拿出了一条素白的、绣有几朵淡黄色白玉兰花纹的长袖盘扣真丝睡裙来，他对蔓蔓招了招手："这条衬你，纯净得一尘不染。"

趁着陆蔓蔓去换衣服的空，顾清晨走了过来，说道："安总，谢谢你的建议。"

安之淳微微一笑，对着他礼貌地点了点头，谦逊但也疏离。

李导看着监视器里的回放，一边满意地点头，一边附和："过去的投资商，根本没一人是懂戏的，仗着给了钱，经常对剧组指手画脚。可安总却不同，有文学涵养，还彬彬有礼，我们剧组能遇上你这样的贵人，是福气呀！"

李导呵呵笑着，十分高兴。

安之淳依旧只是挂着得体的笑，并不多言。忽然他的手机响了，是宋珍珍打来的。他代表的银行有一个融资要谈，涉及的金额过于庞大，他必须到场，估计晚饭也无法回来陪蔓蔓了。

他淡淡地说："知道了。"

挂了电话后，他对小天说道："小姑娘，麻烦你和蔓蔓说一声，我有事儿得先走了，让她一定要记得吃晚饭。"

等安之淳走远了，小天才发出一声感叹："我家男神真绅士呀！"

换好衣服出来的陆蔓蔓听了，扑哧一笑，道："咦，之淳变你男神了？什么时候的事儿，我怎么不知道？"

"就刚才呗！"小天快乐地在那儿插科打诨，"蔓蔓姐，看见你和安先生这么甜蜜痴缠，我决定了，我也要去恋爱！"

"呸，"陆蔓蔓脸红了，举起手来作势要打她，"谁痴缠了！"

小天作抱头鼠窜状，一群工作人员见了，都笑了起来。

陆蔓蔓的嘴角还是翘着的，眼睛又亮，她站在人群中分外光彩照人。她变得更加美了！顾清晨定定地看着她，心中泛起一丝酸楚。感受到他的目光，陆蔓蔓也看了过来，对上他视线的那一瞬，她原本明亮的眼睛便暗淡了些。

128

顾清晨苦涩一笑，避开了她的视线。

闭上眼深呼吸一下，当顾清晨再次睁开眼时，他的目光与表情变得冷硬，只是这冷毅平静的目光下，又含了一丝不易察觉的柔情——正是王震该有的表情！

这一场戏不费劲儿，也是一条过。

按李导的要求，顾清晨在演到哭之前，要将手上的烟枪往地上一扔，表明他从此以后再不吸烟。与其说是他重新振作，不如说是他对阿玉的承诺。这样演来，阿玉帮他戒烟的戏份就变得更加地和谐了，也将两人的感情推到了一个更高的高度。

"Cut！很好！"李导喊了停，然后加大了嗓门说道，"下一场是蔓蔓和白梦的重头戏。"意有所指般地，他忽然加了句："可别再演砸了。"他虽没有指明是谁，大家却都知道是对着白梦说的。

白梦猛地攥紧了剧本，将鲜红的指甲生生折断了。

五

阿玉出现在百乐门的偏门里，那里对着大马路，照样灯红酒绿。

王震就在街对面给她买药。

她有些感冒了，可是依旧要来百乐门上班。她有口吃，不能唱歌，只能跳舞。她跟洋老师学过多种舞蹈，其中，弗拉明戈她跳得尤其好。当她穿着一袭火红的舞裙走上舞台，跳起弗拉明戈时，舞厅里从来都是座无虚席的。

所有的客人都爱看她跳舞，她是百乐门里众星捧月的公主。

当她穿着火红的舞裙站在夜色下的马路边上时，一切仿佛褪色了，只有她如盛开在夜里的火玫瑰，招摇、美艳、神秘，却又独自哀伤。

司菲琪饰演的王落落出场了，她一跳一跳的，因为妈妈先前说了，要带她来这里找爸爸。

电影台词一向简练有力，却能带动剧情发展，影响观众的情绪。王落落指着阿玉，只有简单的一句："妈妈，你看，那个狐狸精。"

然后，这句话就将易丹与阿玉联系到了一起。

易丹站在一边，居然有些惶恐。她像被钉住了，紧接着身体开始摇晃，似乎随时都会摔倒一般。易丹此刻面对的是王震深爱的人，王震就是为了这个女人抛弃妻子的。所以易丹此时的情绪落差非常大，激动、愤怒、压抑、难堪的情绪她都有。

很好嘛，看来你演技也不赖！陆蔓蔓心想。她表面上流露出凄苦迷离的神情，眼神游移不定，阿玉一边想告诉易丹，王震做这一切都是为了工作，可另一边又绝不能说。因为他身份的特殊性，注定了他要背负许多。

镜头拉远了，监视器里只有凄美而哀伤的画面。这一幕戏里李导的高明之处就是能将剧情处理得不狗血。

在监控器模糊的背景里，两个女子互相对视，没有对白。后期会插入适当的背景音乐来带过这一段，表现的是两个女子的无奈与挣扎。

一红一白，两个女人。一个美艳动人，一个楚楚可怜，真是绝佳的对比。接着两人身后的不远处，忽然打起的车灯很亮很亮，照亮了整条街道——街道上人来人往，歌舞升平。

接着，似乎一切在慢慢远离。落落摔倒在地，易丹仓皇地转身，可一切已经太迟了，车子飞驰而来，不过一瞬，她身后闪过的一道红影——阿玉就猛地飞身上前，一把推开了落落。

车子撞了过来。

"Cut！"李导喊了一声，"很好，可以拍下一条了。"然后，他指了指美术指导："小美，去帮蔓蔓处理一下血浆。"

本来这一场被车撞的戏是要用替身的，但为求真实，陆蔓蔓坚持自己来。

武术指导给她做了训练，教了她安全避开的姿势，无奈意外的事情无人可以控制，陆蔓蔓的脚踝扭了，红肿了起来。陆蔓蔓咬一咬牙，并未对大家说起。她也想尽快结束拍摄，那样今晚她就可以多些时间陪安之淳了。

小美在给陆蔓蔓搞血浆，而另一边，王落落还坐在地上。刚才那一摔，还是有些小痛的，虽然是分开的两个镜头完成的，但也得摔得有个样子。陆蔓蔓见了，说："小美，你先扶我们的小落落起来吧，这个血浆我掰一掰就行。"

其实司菲琪离白梦更近一些。司菲琪也不想麻烦大家，于是用小手扯了白梦的裤脚一把，想借此站起来，谁知道她手上脏，故在白梦的白色裤脚上留下了五个手指印。这是白梦自己带进剧组的古董衣，美丽而昂贵，如今被惹人厌的臭小孩给弄脏了，白梦十分不爽，瞪了司菲琪一眼。可谁知道司菲琪本就没有出戏，被冲过来的车子给吓着了，如今再被白梦一吓，哇的一声就哭了出来。

白梦十分尴尬，搞得好像是她欺负了小孩，耽误了拍戏一样。毕竟待会儿还要赶戏，小孩子的戏是最难拍的，因为小孩子的情绪说变就变，反复无常。

果然，李导的脸色有些不好看了，他挥了挥手说："休息十分钟。"他要让副导过来安慰一下小姑娘。

白梦醒悟了过来，连忙说："我来就好，不劳烦陈导了。"

于是白梦蹲了下来想哄她，声音也刻意放软了："菲琪，乖，别哭了呀！下戏了我请你吃好吃的，好不好？"她刚要伸出手来摸司菲琪的头，却被司菲琪一掌拍开。司菲琪哭得更加伤心了。

"还是我来吧。"陆蔓蔓也有些无奈。片场里最难伺候的永远是小演员，他们童心未泯，处于半懂不懂的年纪，有时候连说戏都听不明白，而当他们一闹腾起来，马上就会拖慢进度，偏偏还说不得。

她对着小天挥了挥手，小天提着她的坤包屁颠屁颠地跑了过来。陆蔓蔓心细，料到此刻哪怕是美食，也哄不住片场里的小公主了，于是陆蔓蔓一边哄着她，一边在袋里故意捞哇捞的："别哭了呀，你看，姐姐袋子里有什么？"果然，小公主的注意力集中了过来，眼泪也没那么多了，虽然她还在那儿抽抽搭搭的。

陆蔓蔓忽然从袋子里取出了一朵洁白美丽的格兰维尔玫瑰："你瞧，多漂亮的玫瑰呀，只配最漂亮的小公主！可如果小公主一直哭个不停，就不漂亮了，那花就要枯萎了。"说着，她正要把花变不见，却被司菲琪一把按住了手。

"不哭不哭，菲菲乖，不哭，那样玫瑰就不会枯萎了。"她又哄道。司菲琪果然收住了眼泪，睁着泪汪汪的美丽大眼睛瞧着陆蔓蔓。

真是可爱呀！陆蔓蔓忍不住在司菲琪的脸蛋上狠狠地亲了一口，说："菲菲最漂亮了！"

小女孩被逗得不好意思，憋红了脸，忽然就破涕为笑了。

大家都暗中松了一口气：这场戏不用拖下去了。

小天见蔓蔓姐亲的那一声那么响亮，忍不住打趣："蔓蔓姐，你那么爱小孩，赶紧和安先生也生一个小公主啊！"

现场的气氛顿时有些微妙，陆蔓蔓不敢看顾清晨与李导的脸色，暗中对小天亮出了拳头："你再乱说，我就撕了你的嘴。"可她的心底却是一片甜蜜……如果再无须顾及顾清晨的心情的话，那她会更加轻松。

"唉。"陆蔓蔓几不可闻地叹了一声。

接下来的戏，要拍出两个女人各自不同的心情，当然，重点依旧在陆蔓蔓身上，毕竟她才是主角。

李导说道："好了，清晨，你可以站过来了，马上切入镜头了。大家加油，争取一条过！"

陆蔓蔓小心地处理了一下血包的位置，然后在镜头中央站定。

分镜头开始运作，先给顾清晨来了一个脸部特写。

王震整个人已经痛得抽搐了。方才发生的那一切太快，他很想能冲出去，护在女儿与阿玉面前，可是他根本做不到，只能眼睁睁看着阿玉被撞倒。他心如死灰，眼睛里的光一下子熄灭，仿佛整个世界已经寂灭。可下一秒，看着阿玉跌跌撞撞地爬了起来，他眼眸里那一丝极淡的光又猛地跃了出来。他的手握成拳，攥得很紧，青筋暴现。

长镜头顺着轨道前行，又回到了陆蔓蔓面前。

只见阿玉挣扎着站了起来，没有说话，脸上是麻木的，没有任何表情，仿佛没有知觉。但其实她是痛的，痛到了极致就是麻木。

阿玉艰难地转过了身去，一瘸一瘸地离开，肩膀一抽一抽的，整个人落寞而悲情。阿玉瘦得肩胛骨突起，单薄得像是随时会被风刮走一般，偏偏还要努力而艰难地挺直腰骨！她的背脊突然颤了颤，是一阵短暂而猛烈的抽搐！

陆蔓蔓，她居然做到了！她连背影都是戏！李导两眼放光，鼻翼微微张开，他已经许多年没有遇到过如此有天赋的演员了。陈副导哪能不明白李导的意思，于是推进二号特写镜头，给陆蔓蔓的背影来了一个特写。

这一幕十分成功！

"妈妈？"王落落爬了起来，看着完全惊住了的妈妈，小手攥紧了她的手，"妈妈别哭，落落不疼。"

此刻，白梦的眼中是迷惘，她对着陆蔓蔓的背影出神。她竟然有如此的演技！手被司菲琪拉住，她茫然地低下头来，本能地念起台词："妈妈不哭。"可她并没有眼泪。

见李导摇了摇头，小美正想等李导叫停后，上去给白梦补眼药水，却听得司菲琪的一声尖叫，然后就是极为崩溃的大哭声。

原来，白梦被陆蔓蔓的演技所震慑，手死死地攥着司菲琪的手，太过于用力而不自知，把小孩子弄疼了。

李导恼了，骂她："白梦，你没睡醒吗？一副神游外太空的表情。你

132

要表现的东西很复杂，作为一个深爱前夫的骄傲女人，男人已经被抢走，最后就连女儿也是阿玉救的，你连恨也再无从恨起，那种无力感不是没睡醒的模样！"

李导的话机关枪似的扫射了出来："像这样的对手戏，蔓蔓已经将所有的人带了进去，已经在给你引戏了，是能激发对手的爆发力的，可你却接不住！你该学学清晨与许林老师！"

他的话很重，他骂得又很大声，司菲琪听了，哭得更加厉害，惹得李导头痛不已。还是副导连忙劝住他："李导，你别那么大声，孩子还在呢，不禁骂的呀！"

"她一个小姑娘，怎么嗓门就这么大呀！再说了，我又不是骂她！"李导话一出口，现场安静了。

如此一来，李导分明就是在骂白梦了。

陆蔓蔓走到了司菲琪身边，替司菲琪擦去眼泪："别哭了，好好的怎么又哭了呀？"她的笑容温柔，就如妈妈的笑容一般，她举起司菲琪的小手替司菲琪呵了呵气："吹两口气就不疼了，真的。"见司菲琪还是哭，陆蔓蔓就把她抱到了一边，慢慢地哄她。小演员终于哭累了，居然缩在蔓蔓的怀里睡着了。

她小小的一个人，抱着个半大孩子十分吃力，最后还是顾清晨轻轻走了上去，压低了声音道："我来抱着吧，你还有戏。"然后，他接过了睡熟了的司菲琪。

陆蔓蔓到底还是不放心："给菲琪妈妈打个电话吧，有妈妈陪着，她的情绪也会好很多，拍起戏来才顺的。这小女孩太娇，我想她暂时还是离不开妈妈的。"

"我会的，你先把戏演好。"顾清晨的戏已经拍完了，于是他抱着小姑娘，先离开了摄影棚。

等顾清晨一走，李导拍了一下大腿，道："你快去准备，别再整出什么幺蛾子来了。"他指的自然是白梦。

白梦的脸色很难看，铁青铁青的。她自恃家境好，又是高学历，演技也得到了认可，故一向目中无人，自视甚高。可不过短短数日，她就被陆蔓蔓全面碾压了，甚至，方才因为害怕，害怕自己被超越而走了神……

努力收回了心神，白梦对自己说：绝不允许失败！

镜头又回到了刚才阿玉离开时的背影上来。

133

阿玉拖着伤腿，一瘸一瘸地走，忽然，她停住了。

阿玉慢慢地，慢慢地回头，看了易丹一眼，表情十分复杂难言。面对王震深爱的前妻，他珍藏在心底的那个女人，阿玉自卑了。她一向是卑微的，出身由不得自己挑，沦落风尘靠卖艺为生，她什么都没有，从来都是这样，她就是如此卑微的一个人；她又是对不起易丹的，她感到羞愧，不敢与易丹对视，只好将视线移到了脚下，看着鲜血淋漓的腿，她的嘴角微微地抽了一下，她笑了。

起初她只是很轻微地笑，笑得神经质，然后是癫狂地笑，却发不出丝毫的声音来。是呀，她是卑微，可她现在救了所爱的人的孩子，她也是能为爱人做一些事儿的呀！

其实，阿震也是爱她的，哪怕他从不说。可他一知道她生病了，就放弃了传递信息的绝佳机会，也只是为了一个她呀！"阿震，他是爱我的！他是爱我的！"她忽然喃喃道，身体摇晃得剧烈，陷入了癫狂的状态。

陈导倒吸了一口气：这个陆蔓蔓居然自己加了台词？他看了一眼李导，只见他也是精神紧张得绷到了极点，连呼吸也屏住了，陈导也就明白了。陆蔓蔓的演技又得到了升华，她总是能让人足够惊喜。

二号镜头里是陆蔓蔓的脸部特写。

阿玉的眼睛里不经意地涌现出了一股自豪感，她终于可以理直气壮了。于是，她转过了身子，落寞地离开了那条车水马龙的街道，融进了黑沉沉的夜色里……

接下来就要看白梦的发挥了！

第七章 为爱燃烧

一

白梦虽然不是女主角，但也是很重要的女配角。因为有了易丹这个角色的映衬，王震的角色才显得更加地立体。

但面对阿玉这样复杂的弱女子，易丹先是盛气凌人，而后是即使心里有怨也无从怨起的无力感，再到最后的为爱愿赌服输——易丹的心路历程同样值得玩味。

为了让白梦更好地入戏，李导让陆蔓蔓把最后回眸的那一幕再演一遍。

"好，没问题。"陆蔓蔓声音低沉，面容消沉，她已经准备好了。她站到了白梦的前方，等到李导指令一下，她便慢慢地转过身来。

白梦已经红了眼，为了这一刻，她本该是铆足劲儿的。她极力地想碾压陆蔓蔓，对上陆蔓蔓的视线时，她有些亢奋。

"Cut！"李导冷冷的声音传来，"阿玉刚救了你的女儿，你的表演要带有张力，要表达出很复杂的情绪，我刚才就跟你说过了。你现在这架势，是要去打架吗？"

白梦沉默了一下，情绪已经调整了过来："对不起，导演。"

重新开始拍摄。镜头里，易丹再次看向阿玉时，她的手抖了抖，眼睛里的泪水忽然涌了上来。她很想问一句"没事儿吧"，可那个人是她的情敌！易丹的眼眸忽然又垂了下来，她没有再与阿玉对视。阿玉已经转过了身去，走了。

易丹再次看向了阿玉，她瞪着阿玉的背影，许多复杂的情绪涌现了出来。

副导舒了一口气，心想：这才是当家花旦该有的实力嘛！

另一边，陆蔓蔓已经退出了镜头的拍摄范围，站在一边等候。她抬眸，微笑着看白梦表演，目光从容平淡，未起丝毫波澜。陆蔓蔓是打心底轻视她的。

白梦一怔，明白了陆蔓蔓笑容里的意思。忽然间她就乱了，表情变得扭曲，怨恨徒然丛生，她感到了无力，却也更加地愤怒，站在她前方的，分明就是她的仇人！

李导的要求向来极高，白梦前半部分演得很好，那种无力感是出来了，可是越演越不对味。

"Cut！"李导再次喊停，"白梦，你到底是怎么回事儿？阿玉即使和你有什么仇怨，救了落落后，你应该对她释然了。即使你感到痛苦，那种痛也应该去了一半。这是怅然若失，一切已经无可挽回的一次诀别。可你呢，你那是什么表情？要上去杀了她吗？不知道的，还真以为陆蔓蔓抢了你老公！"

陆蔓蔓嘴角一挑，几不可察地笑了。是，自己就是抢了，不过不是抢了她的老公，而是抢了她的风头，抢了她的前途。今天站在这里被打脸的，不是自己，而是白梦！

接触到陆蔓蔓平静中带着轻蔑的眼光，白梦面如死灰，她这一次，是彻底地败了。

陆蔓蔓轻叹：其实，自己从来没有将白梦视作对手，做自己的对手？白梦还不配！

所以，今天自己所做的一切，从来没有挑衅的意思，只是白梦心胸过于狭窄罢了。"李导，我没问题，可以继续补拍刚才的镜头。"陆蔓蔓乖巧地站回原位，垂下了双手，头微微低着，尖尖的下颌收起，嫣红的嘴唇也抿着，已经做好了准备。

随时随地进入状态，这才是演员敬业的态度。李导点了点头，举高了手，喊道："Action！"

可是连番的NG使白梦的自信心已被陆蔓蔓一点点地碾碎了，她开始发木，哪还有半点原配、正室的高傲，她如同一只被斗败的鸡，垂头丧气，眼神再无半分灵动。

李导忍了忍，倒也没有喊停，叫来一边候剧的编剧："她的演技也就这样了，只会越演越差，不是那种遇强则强的实力派。我考虑的是，阿玉与易丹的这最后一场戏，可以把之前白梦拍的可以要的画面后期剪辑一下，一个妻子表现出的心如死灰也就像她这个样子——"他用手指了指身体僵硬、眼神呆滞的白梦，"发木、麻木了。行得通吗？"

编剧思考了一会儿，道："虽然效果变差了，但也是可行的。毕竟女人失其所爱后的感觉，用麻木来理解也行得通。"

"那就这样吧！"李导点了点头。

那本是白梦在剧组里的最后一场戏了。

李导喊了停，然后说道："这条过了。"眼见着白梦的脸上闪过一丝喜悦，他又说："你以后不用来了。"怕白梦不明白，他又加了句："一切宣传活动也无须你参加了。还有，从此以后，在我的作品里，我不想再看到你的身影。"

那一刻，连陆蔓蔓都怔住了。李导要求高，她是知道的，只是没想到，原来外界传言他工作时很严厉也是真的。他轻轻松松的一句话就判了白梦死刑。

在这一行里，白梦已经永远没有出头之日了。根本无须安之淳以后出手，白梦就game over（游戏结束）了！

见白梦整个人像被钉在了地上一般，她的脸色如死灰，李导决定让她死得明白一些："最让我不爽的不是你的演技问题——演技烂，还可以磨炼——是你的工作态度让我极度反感。你走吧！"

白梦的经纪人林慧也知道无可挽回了，再不走就更惹人笑话了，于是过去扶了她一把，对她说道："走吧！你还年轻，还有机会！"毕竟白家很有钱，自己投资拍戏也是完全可以的。

由林慧扶着，白梦跌跌撞撞地走了出去，哪还有从前的半分骄傲模样。她一边走，一边自言自语："还有机会吗？"任谁都看得明白，答案是没有。

陆蔓蔓收拾好自己的心情，深吸了一口气，准备拍接下来的戏份。别人的事情从来不在自己的人生计划里，也从来无须理会。

等她回到安之淳的别墅时，已经快十二点了。

安之淳还没有回来。陆蔓蔓累得不行，可还是进了浴室放水洗澡。她知道安之淳也是很忙很累的，与其像上次那样害得他给她卸妆，替她洗脸擦手，还是自己把自己洗干净，搞得香香的好了！

人泡在水里，还放了几滴带玫瑰香的安神精油，她居然就那样睡了过去。

浴缸是带有自动加热功能的，陆蔓蔓舒服得即使是在梦里都是笑的。在梦中好像有人轻轻地抱起了她，她感觉自己像陷进了柔软的云团里。

那个人很温柔，替她吹干了湿润的头发，抹了精油，一点一点地梳顺她的头发，如同对待最上等的丝绸。那双手太过柔情，给了她极大的安全感，她忍不住地就往那个人的怀抱里靠。反正是在做梦，就让她拥抱一下天使吧！

"蔓蔓，头发没干，我先替你吹干，不然睡醒了会头疼的。"梦里有一个温柔的声音在对她说话。

"天使，不要吵嘛！让我睡觉！"陆蔓蔓嘟着嘴小声嚷嚷。

疲倦了一整天的安之淳开心地笑了——她真是一头贪睡的小猪！

安之淳心细，刚才给她套上睡衣时，就发现她的左脚脚踝红肿了起来，料到是晚上那幕撞车的戏没有用替身造成的。叹息一声，他取来药酒替她仔细揉搓，又怕她痛，力道拿捏得极为小心，不过一会儿工夫，他的额间就出了密密的一层汗。

看见她脚上的红肿好像消了些，他才放下手，拿来纱布夹好上满了跌打药的棉布，一起缠在红肿处上，又多替她缠了两圈。

处理好这些后，他洗干净手，又重新给她吹头发。

吹风筒的声音嗡嗡的，即使在梦里，这声音也不放过她。陆蔓蔓蹙起了小眉头。

她的头发比起拍《怒海》时长了，如一段黑锦，缀着水珠，在夜色里闪闪发亮。

她的头发如海藻一般，铺满了大半个床铺，安之淳第一次发现她居然有那么多、那么长、那么浓密的头发，难怪平时她总爱将头发绾起。

她居然对他藏起了那么美的头发。

安之淳轻轻抚摸她的头发，玫瑰精油的芬芳一点一点地传了过来，她的

138

头发在他的指间缠绕、追逐、嬉戏，美得不自知。

安之淳的脸上泛起了潮红，他想起方才将她从浴缸里抱起来时她那美丽的身体，觉得呼吸困难。虽然刚才这样做不够绅士，可安之淳也努力地克制住了，没去偷看她的身体。可视觉上的冲击还是有的。

收起了那些杂念，他专注地替她吹干长发，并将风速调到了最低，让声音小些。

可陆蔓蔓还是被吵醒了："阿宝，你回来了。还没洗澡吧，我去给你放洗澡水。"陆蔓蔓坐了起来，忽然想起自己刚才是裸着在浴缸里泡澡的，脸一瞬间就热到了快要着火的程度。

安之淳低笑了一声："我没有看。"见她连小巧的耳垂都红了，他认真地重复了一遍："我没有看，真的。"

"我去给你放水！"陆蔓蔓红着脸，轻轻一跃下了床，然后迅速地消失了。

当浴室的门关上时，陆蔓蔓靠在了门里面，双手猛地捂住了脸，真是羞死算了！

然后，她听见了身后咚咚的敲门声，接着是他低醇带笑的嗓音："你关上门，难道是打算再洗一次吗？"

陆蔓蔓一下子跳走，嗙的一声，把门打开了。

安之淳看到的，是穿着他的白衬衣，光着脚，有些无措地站在那儿的她。她的头发披散开来，乌黑发亮，衬着小小的一张鹅蛋脸，白皙、干净，美好得像从前的那个少女。他喉结滑动了一下，然后说道："你也困了，我自己来就好。"他的声音哑而低沉，把她吓了一跳。

"哦！"陆蔓蔓答了一声，飞似的逃了出去，却听见门后传来他温润的声音："你的脚不能再碰水了。敷一晚药，明天应该就好了。"

陆蔓蔓十分窘，想到她方才没有穿衣服，而他给她上药的情景……她自动脑补了许多个少儿不宜的画面，然后红着脸急急地嚷了回去："别说了，知道了！"

安之淳先是一怔，不明白她干吗像被踩了尾巴的猫一样，可下一秒就明白过来，他闷闷地笑了一声，走进浴室，将花洒的冷水旋开，衣服也没有脱，便让水浇了下来。

浴室门的另一边，陆蔓蔓虽然还是红着脸，可心里却像涂过了蜜一样，看着脚上被包扎得十分仔细的纱布，她低声说："还是阿宝对我最好了。"

安之淳忘了拿换洗的衣服，就只好裹了浴袍出去，一抬头就看见还站在那儿发呆的陆蔓蔓。收起了工作时的严谨专注，生活中的她有些小迷糊，有这个年龄段的女孩子独有的天真，真是让他分外着迷。

感受到他炙热的视线，陆蔓蔓眼眸一抬，就对上了他深邃如夜的眼睛，在对上视线的那一刻，她感受到了他眼底跃起的火光。他的目光太炙热，她连忙移开了视线并顺势坐了下来。

他的袍带只是随意打了个结，松垮垮的，他一行走，便露出洁白如玉的结实长腿，那线条流畅的肌肉，有十足的美感。

他没有在意，可陆蔓蔓却看见了他的春光，她腾地一下子就从床边站了起来，有些傻气地看着他。

他的胸也是露出来的，锁骨十分骨感，像一对翅膀往两边延伸出去，性感得一塌糊涂。陆蔓蔓觉得再看下去，自己都要不好意思了，于是忸怩地移开了视线。

安之淳不明所以地问道："怎么了？"见她别扭地只摇头不说话，他醒悟过来，知道是自己冒犯了她，于是说了句抱歉，就走进衣帽间去换衣服。

他换了一套淡金色的丝绸睡衣，衬着他白玉一般的肌肤，高贵得让人不敢直视，生怕冒犯了他。

陆蔓蔓绞着手指，就那样笔直地站在床边等着他。

安之淳快步走了过来，看了她一眼，然后才轻轻将她拥进了怀里："吓到你了？我保证，下次不会忘记拿衣服。"

陆蔓蔓觉得他误解她的意思了，可这种事情又不好明说，支吾了半天，最后才憋出一句不清不楚的话："有时候，何助理的话还是说得很对的。"追女孩子，得脸皮厚一点哪，阿宝！

安之淳一开始没反应过来："何庭说了什么？"可下一秒他就回过味来了："哦，我明白了。下次，我会做得更好一些。"在"做"字上，他咬了重音。

被他这样一说，陆蔓蔓脸又红了，啐他道："不许调戏我！"

"好，不调戏我家蔓蔓！"安之淳嘴角噙笑，眼里是藏也藏不住的笑意。

见她就那样站在那里，他忽然调侃道："你这样不累吗？"说着，他人已经躺了下来，手轻轻地拍了拍身旁的位置。

他与她虽然从来没有过肌肤之亲，但这段时间以来都是同床共枕的。他

140

喜欢拥抱着她睡去，拥抱着她醒来的感觉，那种感觉十分美好。

"刚才眯了一会儿，又泡了个热水澡，现在倒不困了。"陆蔓蔓有些无奈，只怕一过了那个点，今晚她就又得失眠了。

安之淳的眸色深了些，他忽然说："那不如我们来对戏吧！"见她居然很期待地看着他，他的唇边带了一点笑意地说："我们来对一对周日的那一场激情戏。"

二

陆蔓蔓那可爱的小眉头皱起来了："可以申请不对吗？"

"不可以！"安之淳变得一脸严肃，那样子很有威严。陆蔓蔓怕了。

她站在地毯上，没有穿鞋子。她总是犯懒，不愿在卧房里穿上拖鞋。安之淳再看了她一眼，她已经纠结得两只脚丫的大拇指都缠在了一起。

朦胧的光影下，她的脚很美，脚踝细细白白的，圆润小巧，脚掌又白又润，线条纤细优美，十个脚指头像白玉雕成的葡萄。心里的念头一转，他忽然伏下了身去，亲吻她的脚踝。

陆蔓蔓吓得身体颤了颤，没有站稳，一只脚已经被他抬了起来，捧在了手掌心中。她顺势跌坐到了柔软的大床上，他再次躬身低下头来，亲吻了她的脚背。

"之淳……"蔓蔓的声音变得低哑。

她不再叫他阿宝，阿宝只是从前的邻家大哥哥，而这一声"之淳"，代表的是她将他看成了她的男人。

安之淳知道她胆子小，不能逼，一逼就退回到乌龟壳里去了。她就是那只于男女之事上迟钝得可以的小乌龟。

他放下了她的脚丫，在她身边坐了下来："你的剧本我反复看过了。"他转回到了公事上来。

陆蔓蔓很乖，虽然脸上的潮红未退，但也安静了下来，双手放于膝上，做出一副认真听讲的乖乖模样。

"属于你的主戏还剩最后一场，其他的都是群演戏了。不过很不幸，这是一场大胆的激情戏。"安之淳推了推眼镜，平静地说道。

陆蔓蔓就像做了错事的孩子，垂下了头，不敢看"老师"了。

"考虑到你在男女之事上没有经验，也不懂如何取悦男人，"安之淳一边逗她，一边看她，见她羞愧到下巴已经抵到锁骨上了，于是他含了一点笑意，道，"嗯，要不要教你？"

见她不说话，安之淳接着说了下去："我已经看过你和顾清晨亲热戏的母带了。我觉得你过于羞涩被动。不过考虑到阿玉有自闭症，这点问题不大。而且你俩来电，使得看戏的人反而觉得你的羞涩更为可爱。"

被他如此抓到与顾清晨"来电"的把柄，陆蔓蔓有些抓狂，猛地抬头嚷嚷开了："那是演戏，演戏！都是假的，假的！"

她声音的分贝还真高……安之淳笑了笑："你先听听我的意见。"

于是，陆蔓蔓又像泄了气的气球，不敢再嚣张了。

"我建议你主动去吻王震。毕竟一直以来，都是阿玉爱王震多，对他是奉献出自己的。'奉献'这一点，造成了你的被动与顺从、王震的强势。所以这一次，由你主动去吻他，去为他奉献自己，你要表现出那些爱欲纠缠。

"从始至终，明知道王震对你只有利用，但你是不怨、不悔。你要将自己焚烧殆尽，为他燃尽最后的自己。接下来的电影情节里，王震走了，你去拖着老大，结果被活活打至内出血，直到王震回来你才咽气。反观之前的那种激情戏，观众的印象就会更为深刻。"安之淳直视她，说得平静，可话里的内容足以卷起风暴。

"真的要这样做吗？"陆蔓蔓有些怔住了。

"我是男人，相信我，蔓蔓，只有那样做，才会让一个男人刻骨铭心。"安之淳抚着她的头发，叹息道。

"你还只是个二十出头的小女孩，还未能明白男女之间那种复杂的，可以刻入骨髓的情感。"见她怔了，他挑明了来说，"其中包括情欲。"

陆蔓蔓看向他时的眼神闪烁了一下，连忙移开了。她肤白，人一着急，身体就泛出诱人的红来。安之淳于灯下看美人，觉得自己燥热难耐。

"其实我大概懂……"她的声音细细的，像小猫哼哼，"我住你家这几天，偷偷看了你书柜里的书，就是李碧华的《秦俑》《诱僧》，后者还拍成了情色电影，由陈影后主演，还得了国际奖项。

"其实《诱僧》十分露骨，女人引诱男人，双双坠入情欲无可自拔。当然，其中还有对帝王无情的反讽，主题并非那么简单。但男女之间的事儿我也懂……"又说不下去了，她玩起了手指来。

安之淳听完了，低笑了一声。于夜色里，他眸色深沉，声音性感，十分魅惑，与白日里西装革履的样子十分不同。

他忽然站了起来，走到了衣帽间。陆蔓蔓正一脸茫然地看着他，等他走至她跟前，她才发现他的手里多了一条皮带。

陆蔓蔓："……"

"你，你这是要干……干吗？"陆蔓蔓开始紧张了。

"蔓蔓小姐，你有口吃，得治！"安之淳的玩笑使得她放松了一点。

看着他将皮带扣在了腰上，且扣得挺紧的，陆蔓蔓有些反应不过来。

"我说过了，我们来对戏，"安之淳深深地看着她，将身体整个地压了上来，"你来解我的皮带。"

怎么听着那么激情四射哇！陆蔓蔓笑嘻嘻道："阿宝，怎么办，我做不来呀！"

安之淳的眸色沉了下去，整个人冷肃得可怕。陆蔓蔓轻咳了一声，还是不能敷衍他，于是把手颤巍巍地伸了过去，哆哆嗦嗦地靠向了他的腰部。而他一直看着她，这使得她更加紧张。

手指已经触碰到了冰凉的金属，她吓得一颤，正要把手缩回去，却被他的大手一把按住……

她几乎是猛地闭上了眼睛，不敢看他。

"吻我。"安之淳命令道，声音低哑得一塌糊涂。

陆蔓蔓没有睁眼，只是凭感觉就找准了他的嘴唇，用力地吻了上去，而手依旧在他的皮带扣上摸索，一下没解开，两下没解开，三下没解开……安之淳觉得自己就要窒息了……

他反手一拨，将她的双手按压到了头顶，铺天盖地般地吻了下来。他一点一点加深那个吻，与她的舌头追逐，教会她如何接吻。

"懂了吗，嗯？"他终于放开了她，眼睛直视着她。她的脸红得要滴血，她的身体在他身下扭了扭，想摆脱他的钳制，却被他压得更紧。

"哦，真是要命！"安之淳低低地吸了一口气，手已伸进她的衣服底下摸了起来。

"之……之淳……"陆蔓蔓感觉到了他的抚摸，又见他额间、鬓发上全是汗珠，知道他的忍耐已经到达了极限。她不想他忍得那么辛苦，既然她已认定了他，就该给他。

于是，陆蔓蔓点了点头，对着他说："之淳，可以的。"

他的手已经抚上了她胸前那一片柔软，并轻轻握住了。陆蔓蔓的呼吸变得急促，可她看向他的眼神却那么纯粹，干净得让人的心软得一塌糊涂，更想将皮带捆绑在她的手上，狠狠地蹂躏她，可又舍不得。

他及时地松开手，再开口时，嗓子几乎要哑了："蔓蔓，还不是时候。我在等你完全地信任我，把自己付托给我。在那之前，我是不会对你乱来的。"

陆蔓蔓听了，腹诽：难道到了那儿之后，就会对她这样那样地乱来？

安之淳看出了她的小心思，笑道："看起来，你不怎么情愿嘛。难道你希望现在……"

"阿宝！"陆蔓蔓大叫。他又撩拨她，还有完没完了？

安之淳没有说话，将她的手搭在他的腰上，教她如何用巧力。于是，嗒的一声，皮带扣开了。

听到那一声，陆蔓蔓还是有些不自在。

安之淳平静地说道："再练。"

"阿宝，求放过！"陆蔓蔓苦哈哈的，只能委屈地嘬嘬嘴。

"不行。"他说。

于是两人讨价还价之后，又开始了新一轮的解皮带游戏！

"你到底会不会勾引，嗯？"安之淳笑出了声。

被他如此调侃，陆蔓蔓急了，忽然手就停了下来，她坐直了腰板看着他。

"怎么了？这样看着我，"安之淳还是笑着，"我会以为你想把我吃掉的。"

安之淳忽然又想起了剧本来，于是说："之前阿玉总是小心翼翼地讨好、顺从。这一次，你放开一些。"怕她不懂，他笑了笑，又加了一句："放开一些。相信你的张力可以逼得顾影帝表现得更好。"

这一句虽充满调侃，但陆蔓蔓知道他是对的。

她还是那样一动不动地坐着，看着他。

然后下一秒，她整个人就扑了上来，压坐到了他的身上，开始吻他，啃咬他，动作迅猛激烈。一遍一遍，又吻又咬，反倒是他笑着将她一次一次地推开："你到底会不会接吻？"笑声从他的胸腔传出，极富磁性。

她不理会他的揶揄。她吻他，撕咬他，脑海里闪过了《诱僧》里的文字："就像野狗在咬食枯骨，就像野鸟在抢吃腐肉，就像逆风中拎着火把，反烧自身……"只是转瞬须臾，她的身体就理解了那种原始而凶猛的冲动、身体的本能，渴望去呐喊、去咆哮。他们就如李碧华的《诱僧》里的那两只"兽"，互相撕咬，互相啃食。

144

这是她第一次主动，而安之淳也一改平日的温文儒雅，更是凶猛地回应了她。他将她的身体往上一提，抱着她。他人已站了起来，将她重重地压到了墙上。

她的小手探了下来，已经摸到了皮带扣，嗒的一声，解开了皮带。

安之淳有些不可思议地看着她：哦，原来她很聪明，一教就会了。

突然，他笑了起来，连肩膀和整个胸腔都颤动不止，顺手将她放到了地上。

"好了，蔓蔓，今天到此为止，已经够了。"安之淳说。他情难自禁，几乎要失控了。

陆蔓蔓的眼睛闪了闪，她乖乖地将皮带递还给他。

"刚撩完我就变乖了，嗯？"安之淳看着她，一字一字地说道，明明是调侃的话，却被他说得如此严肃认真。

陆蔓蔓红着脸，美丽的大眼睛扑闪扑闪的，认真地回答他："之淳，其实我是愿意的。"

反倒是他，耳根子都红了。他移开了目光，只顾看着地下繁复的花纹样式："好，下次我会做得更好些。"

三

离别太苦，安之淳没有等她醒来，直接离开了。

等到陆蔓蔓睡醒，已是九点。她今天的戏不多，也非重点，只是补些群演的戏。一张信笺放在床头柜上，信笺上压着一枝去了刺的格兰维尔玫瑰。

玫瑰娇美，纯白如雪。

她取过信笺，只见上面写道：没有亲口道别，便不是离别。我会一直想你。此行大概要十天。等我回来，蔓蔓。想你的之淳。

陆蔓蔓将信笺置于心口，心里甜蜜满满。"想你的之淳。"她轻轻念了一遍。

刚到片场，她就立刻投入了工作。

一连拍了四五个小时，连午饭也顾不上吃，陆蔓蔓犹如拼命三郎。大家都笑她：这是要去拼影后吗？她笑而不语。她要把戏赶快拍完。她希望七天后能给安之淳一个惊喜。

晚上，导演找了她与顾清晨开会。

145

从进了酒店内李导的套房后，陆蔓蔓就腰板挺直地坐着，一副随时要见领导的架势。等李导从房间里端了瓶酒，拿着剧本到大厅里来时，他看见陆蔓蔓那副神情，忽然就笑了："蔓蔓，放轻松些，就当是聊天，不是开会，啊？"

刚好顾清晨推门进来了，正好听见两人的对话，以为她是在为明天的戏紧张，于是也故作随意地说道："没关系，放轻松，别把明天想得太复杂。到时候都会做一些处理的，很多地方都可以借位。"

李导沉默了一会儿，然后说："我们会照顾好女士的感受，现场也有指导人员在旁指导，你们都是隔了防护'亲热'的，请放心。"

陆蔓蔓一怔：他们都误会了呀。

为了缓解紧张，她说了个行内笑话："记起以前看过一部电影，男女主角也有"贴身肉搏"的激情戏。结果，一大群人在旁边教男女主角怎么做姿势，想想还真是好笑。"

顾清晨微微一笑，恢复了自然："是的，那部戏我也看了。当时的情景是挺好笑的，大家都在笑场，后来导演发火了，男女主角才肯老老实实地回到床上，嗯，做姿势。"最后一句十分调侃，陆蔓蔓看向他时，他眼角上挑，笑得分外灵动。

"蔓蔓没有心理负担就好。我今晚也是想聊聊这个。"李导将剧本给了她，"说说你有什么想法。"

陆蔓蔓的话相当直白："男人可以因性而性，也会因性而爱，很明显王震属于后者。所以，他对阿玉是有很深刻的爱意的。我之前的表演，都是将阿玉塑造得自卑感多些，但最后这一场重头戏，我想有所改变。"

"哦？"李导挑了挑眉，觉得她的观点十分有趣。

"正因为她肯定了王震爱她，所以阿玉其实已经找到了自己的尊严与骄傲。王震没有将她当普通人看，而是将她当作了他的公主，给了她骄傲的资本。一直以来她顺从、柔弱、面对王震的予取予求而不反抗都是在'奉献'，但这一次，她要为爱燃烧，所以，我觉得阿玉应该主动一些。"

"比如？"李导托着下巴，明显是在思考。

她的面前就是一杯红酒。陆蔓蔓将酒杯拿起，张开红唇，慢慢地、一点一点地将酒喝掉。她的姿势十分妩媚。

她给人的感觉一向是清纯的，就如高中里的校花。那种美可能并不惊艳，但很纯净，是会让无论是男人、男孩，或者是女性都喜欢的，这是一张乖乖牌。可她放下酒杯的那一刻，这一切就变了。

李导透过空了的酒杯看她，她目光如水，可里面有些东西却不一样了。

她往前走了一步，站到了顾清晨面前。

用现在的话来说，顾清晨是个"老干部"了，还有什么是不明白的？——她要试戏。

见顾清晨的眸色一变，原本温润的脸庞瞬间变得冷毅，目光冷酷，可看向她时却又含了一丝难以察觉的柔情，她就知道他入戏了。

陆蔓蔓蓦地将他用力一压，直接压到了墙上，她仰起头，直接吻了上去。虽然是借位，她吻的是他的脸庞，但也足够火辣。

顾清晨稳稳地接住她的戏，演了下去。他是阴郁冷酷的，甚至是粗暴的，一如王震，并没有半分怜香惜玉。他用力一扯，将她外套的半边袖子扯了下来。

他正要将她反压到墙上，她却一边吻他，一边将手探到了他的小腹上。顾清晨猛地一震，等反应过来时，她的手已经在拨他的皮带扣子了。

他正想去控制她的手时，她的嘴唇离开了他的脸庞，看向他的眼神复杂多变，有一种接近疯狂的东西在燃烧。然后他听见嗒的一声，皮带扣解开了。

正在此时，明天激情戏的指导李师傅刚好推门进来，看到这一幕，笑嘻嘻地说："哟，这么激烈，这就演上了？发挥得挺好呀！看来明天都用不到我咯！"

李师傅是个五十岁的老顽童，一向最爱开玩笑。而且李师傅是个没有结过婚的女性……她说话从来是生冷不忌的。

表演到此就已经结束了。陆蔓蔓红着脸，松了手，离开了顾清晨。

顾清晨脸色微变，而李导一副看好戏的神情，现场的气氛一时有些微妙。

"是不是我哪里演得不对？"陆蔓蔓紧张地看了看顾清晨，再看了看李导。

顾清晨并不傻，她的转变他都懂得。以前的她，即使只是简单的亲热戏，都青涩得可以。而现在……他知道，这是安之淳故意的。

安之淳是一个很可怕的人。他话不多，沉默寡言，实则城府很深，每时每刻皆在算计，只不过他掩饰得好，没有让陆蔓蔓看到他的这一面；却在今天，在这一刻，向自己展示出了他的真面目，他不过是在告诉顾清晨：陆蔓蔓不是他的。

安之淳在挑衅。顾清晨念及此，垂下了眼眸，并不去看陆蔓蔓。

"演得很好，阿玉灵魂上的闪光点都出来了。敢爱敢恨，本该如此。这一场戏，重点本来就不在于'激情'二字上，而是在于一个女人对一个男人深入骨髓里的一种东西。应该说，阿玉通过王震找到了她自己。这本来是一部男人戏，但是你的演技与气场将阿玉立体化，抢足了戏。"李导给出了肯定。

呃……这是好还是不好？是说她抢戏的意思吗？

顾清晨已经恢复了过来，看了她一眼，低笑一声："蔓蔓，别紧张，李导只是在肯定你的演技。是你使得这部影片的深度与意义，还有整体的宏观角度，都有了不一样的改变。"

是的，这个年轻的女孩，生来就具有这种天赋，她是一块好料子。可这句话，李费铭并不打算说出来。因为她还需要磨炼，假以时日她会成大器的。

李导看了一眼她红红的脸和因为兴奋而特别明亮的眼睛，手搭在桌面上敲了敲，忽然说道："如果你两没有问题，我想现在就把这场戏拍了。"

原来这李导还兴玩即兴的呀？陆蔓蔓腹诽。

化妆、搞布景什么的都需要时间，陆蔓蔓坐在化妆间里等候时感到无聊了，翻出微信来，发了条朋友圈：怎么办，激情戏要提前演了，好紧张怎么办？然后偷偷给顾清晨拍了张照片，加上文字又贴了上去：看到了没？顾大影帝哦！你们羡慕吧！@闻乐：中国好闺密，我就要圆儿时的梦啦！还记得以前我们看的《水磨腔》吗？那时我就说想做顾影帝的女主角，今天终于圆满了！

陆蔓蔓在心里给自己打气：多调侃两句，就没有那么紧张了。反正都是小号，只有好闺密们才知道，大家快来吐槽吧！

闻乐的微信第一时间发了过来：你要死的啦！敢亵渎我心中天字第一号的男神！还附了一个带刀的小图。

闻乐的微信又来了：怎么样，怎么样，紧张吗？

看时间差不多了，陆蔓蔓秒回了一颗红心给闻乐，就关机了。

她的头发被化妆师全放了下来。化妆师看了看她，然后开始给她上妆，很简单的妆容，只是眼线的勾勒花费了许多功夫。只是眼角处微微上挑，她整个人就变得不同了起来，有一种简单、纯真却又直接的妩媚。

"陆小姐，你很漂亮。这样看似简单的妆其实最挑人。你的皮肤底子很好，几乎不用刻意上太厚的底妆。"化妆师称赞道。

"谢谢。"陆蔓蔓大方地回应。

这时，顾清晨走了过来："待会儿不用紧张。"

"好的，我不紧张。清晨，你无须过多担心我，我会演好阿玉这个角色的。"陆蔓蔓说。

顾清晨怔了怔。陆蔓蔓变了，原来的她还会将生活中的自己带进角色里，可现在她已做到了收放自如。演戏就是演戏，不是真的，她无须投进过多的情感。可以说，她的演技又得到了一个质的改变。

在她身边坐了下来，顾清晨问道："因为安总吗？"

陆蔓蔓不希望给他任何幻想，那样对顾清晨不公平。她直视着他的眼睛，说道："清晨，是之淳给我的启发。他对剧本有独特的理解，有我们这种局中人所不及的眼光。他一向眼光犀利。"

顾清晨微微一笑："确实，安总对电影的投资，并不仅仅在于表面的东西。他的理解更为深远。好的，蔓蔓，我们合作愉快。"

四

这种戏份，其实对于身处其中的两个人来说还是挺搞笑的。

首先得打底。专门的指导李师傅与美术指导小美沟通后让小美从杂物房里拿出了一大堆绷带一样的东西。

陆蔓蔓已经进了更衣间，小美拿了东西也跟了进来。小美一边开始卷绷带，一边与她聊天："嘿嘿，挺紧张的吧？"

"还好，还好。"陆蔓蔓看了看几乎脱光了的自己，又有些不好意思了。

"没事儿，我们都习惯了，我不看你。"小美笑嘻嘻的。

"就是就是，我还跑去看了许多男神与影帝们的裸体呢！"李师傅忽然探了探头说道，惹得门帘里两个小姑娘呀地叫了起来。

然后，小美兴奋地抓住了李师傅的手说道："顾影帝……你刚才也看了？"

"就你色！人家影帝是穿了打底裤的好不好！其他男神们也是！"李师

傅笑眯眯的。

两人的对话听得陆蔓蔓一直在忍笑。

"嘁！那算什么裸体。李师傅你坏哦，标题党！"小美反唇相讥，"我可是顾影帝的真爱粉，能看见影帝裸着上半身也是极好的。蔓蔓，你真有福！"

陆蔓蔓啐了小美一声。

陆蔓蔓穿了隐形文胸，与一条四角的很厚的黑色打底短裤。她在那儿尽量地扯着衣裤，就怕走光了。

小美开始把粘有胶带纸的白色绷带从她的大腿根部沿着打底短裤一圈一圈地往上缠。"别担心，我们都是'老司机'，做惯做熟了，绝对妥妥的！"小美安慰她。

她的腰没有缠，为的是不慎入镜时不至于穿帮。她的胸部也缠了厚厚的一圈绷带。这个时候，她觉得自己像个米其林轮胎先生。看着这副装扮，陆蔓蔓笑了出来。

"是吧，会笑场的吧！"小美调皮地眨了眨眼睛。

陆蔓蔓好奇："拍这类场景都是这样打底的吗？"

"电影或电视里要求要'肉搏'，但其实是不可以的。为了男女之间不直接接触，就要这样打底。当然也按具体要求来，有时也不一定非得这样。像一些真正的文艺片，其实演员会被要求以最真实的肌肤相触来完成一幕戏。"小美解释道。

很快陆蔓蔓的处理就好了。

待会儿是分开镜头拍的，先拍两人紧紧纠缠的部分，所以先这样缠着。最后再补拍一开始的戏，到时她把绷带剪了，穿回旗袍就好。后期都是剪辑的。

"好了，再把你的十个指头处理好，你就可以出去了。"小美执起了她的手，在她的指腹上贴透明胶，"这样，你们就不会真的触摸到对方了。顾影帝也是这样处理的。"

两个女孩加一个老大姐还在叽叽喳喳，交头接耳。忽然，门帘处一阵旋风刮过，陆蔓蔓呀的一声，只见一个人影闪了进来，手里还拿着摄影器材。

我的妈呀！"裸照"不会就这样曝光泄露了吧？

"Surprise（惊喜）？"一个戴着鸭舌帽的短头发女孩跑了上来。

150

陆蔓蔓在听见女孩声音的那一刻，要跳出嗓子眼的一颗心才咽回了肚子里去。

"死闻乐，你想吓死我吗？"陆蔓蔓臭骂了她一顿，"咦，不对呀，剧组保密严格。说！你到底是怎么混进来的？"

闻乐一副"我偏不告诉你"的得意样子，摊手，翻白眼，然后再迅速地将陆蔓蔓上下扫视了一番，扑哧一声笑了，扬了扬手中的相机："你说，如果我把你的窘样放到网上，你要掉多少粉哪，国民初恋？"

陆蔓蔓才不怕她，叉着腰道："放呗！我是靠实力说话的，还怕你这小样儿！"

"出息！"闻乐也不逗她了，"我一听你说已经和安先生好上了，我就去找他了呗。我说看在我和你姐妹一场的分上，怎么也得给我个独家吧！然后你的安先生就答应了呗，说我可以随时探班。但这些报道不会第一时间放出来，要经过剧组同意。"

见陆蔓蔓一听见安之淳就眼睛放光时，闻乐又逗了她一下："而且，他让我今晚帮他看好你！毕竟，想当年你和我看《水磨腔》时，就说了要和顾影帝亲热的，我记得他可是生足了你一个月的气哦！"

提起当年的糗事，陆蔓蔓臊红了脸，气得直跺脚。

连小美都忍不住笑道："原来蔓蔓爱慕顾影帝那么多年哪！"

"当然了，我和蔓蔓都是顾影帝的真爱粉。"闻乐忍不住继续调侃。

"蔓蔓，其实我是逗你玩儿的，"闻乐叹了口气，笑得贼坏，"我就不抹黑安先生啦！其实是他担心你会紧张，让我过来陪你。"

门外，本已准备妥当的顾清晨与李导演正想问一句"好了吗"，听到三个女孩在说相声一般，李导摇了摇头道："年轻真好。"

顾清晨笑了笑："说得你多老似的。"

李导忽然又说："清晨，你真的可以放下了？"

"其实我和她从没有开始过，感情并不深，顶多只是男女间比较简单的好感而已。她对我的感觉，只是对一个偶像的倾慕，并非爱，这点我分得清楚。我和她只是朋友关系。"顾清晨看了一眼虚掩着的门，看不见她，但他的视线始终胶着在门上。

"那样最好。"李导说，"她很有天赋，我不希望她纠缠在三角关系里，影响了她未来的路。"

151

"你还真是偏爱她！"顾清晨已经往摄影棚走去了。

"那是因为十多年里，我再也没有遇到过比她更好的料子。我们的《夺目》一片，本来只是男人戏，阿玉不过是点缀。可最后，她却硬生生地将阿玉插了进来，成为不可或缺的灵魂人物。她演绎的阿玉有血有肉，存在感太强，无法只做陪衬点缀了。"李导由衷赞道，继而又是一叹，"不过只怕她可能很快就会退出娱乐圈了。"

顾清晨沉默了。也对，如果她嫁给了安之淳，多半是会息影的。

当一切准备妥当后，男女主角进入了一间舒适温馨的卧室布景里，大灯在头顶上照着，摄影棚里，那间阿玉的卧室是临时搭的，每次阿玉与王震要说什么秘密时，都会在这间屋子里说。

清场后，现场只剩下正副导演、灯光师与李师傅。

顾清晨与陆蔓蔓站在床前，他看了她一眼，然后说："不用想太多。"

到底还是紧张的，再加上年轻脸皮薄，陆蔓蔓轻轻嗯了一声，可耳根子早已红透了。他目光一沉，再看向她时十分阴郁，忽然就将她打横抱了起来。

陆蔓蔓呀了一声，但马上明白过来，于是深呼吸了一下，让自己放松下来。她钩着他的颈项，再看向他时，已是阿玉该有的神情，对他的注视是含情脉脉的。

她试着将手放到了他的胸膛上，可到底与方才在李导面前的即兴发挥不同，现在准备充分，她反而怯场了。尽管手指都贴了透明胶，可他的肌肤烫人。她触电般地缩回了手。

顾清晨有些无奈。她始终是放松不下来，这样不利于拍摄，于是他将她放于床上，依旧保持抱着她的姿势，说道："就当我是你大哥就好，别那么紧张。我们亦师亦友，可以互补长短。"

"可是，你这个比喻……会让我觉得是在乱伦。不要当大哥行不行？"陆蔓蔓脑子短路了，一个没忍住把话说了出来。

顾清晨的嘴角挑了挑，他最后还是没忍住，笑场了，接着大家都笑了。

那一刹那，陆蔓蔓觉得没那么紧张了，心理压力也没那么大了。顾影帝风度真好，给你默默点个赞。

李导也适时开起了玩笑："不当大哥，当情哥哥就行了，情哥哥好！"

陆蔓蔓臊极了，对李导恨得牙痒痒。可在电影里，王震不正是她的情哥哥吗？

她努力忍住了才不至于笑场。想想看，两个米其林轮胎先生一样的人坐在床上，那场面可真够"壮观"的。

其实这样裹着胸，小美给她捆得又紧，还真是将她胸部的玲珑曲线都给勒了出来。顾清晨一垂眸刚好看见了那一幕，身体一僵，然后连忙移开了视线，神情十分不自然。陆蔓蔓后知后觉，明白过来时，也没办法可想。反正丑都出了，她干脆一不做二不休，就……就将顾影帝扑倒了吧……

于是陆蔓蔓主动压了上去，将顾清晨压到了床上，吻了下去。

方才，李导就和两人打了招呼，不用借位，采取真吻，不然不够真实，阿玉与王震的情感表达也不够炽烈。

躲在门后偷窥的闻乐哇的一声，猛地捂住了眼睛，可双手又留出了几条指缝。这得多露骨呀！闻乐的两只眼睛瞪得大大的，她看得正起劲儿……咦，画风不对，蔓蔓怎么解顾男神的皮带了？太露骨了太露骨了……闻乐看不下去了……

因为先前有沟通与预热，这先后的两场激情戏很快就拍完了。到了凌晨四点，他们终于可以收工了。

陆蔓蔓很快收拾好自己，跑到了李导身边。他正在看回放：监视器里，阿玉与王震爱得是山崩地裂，仿佛明天就是世界末日。看着里面的自己，陆蔓蔓的脑子有一刹那的空白。里面人的真的是她自己吗？

"不知道的，还以为你和顾清晨是一对真正的情侣。"李导点了点头，然后看向她，"有什么事儿吗？"

"我的戏份可不可以全部提前拍，一次性拍完？"陆蔓蔓回过神来，说起正题。

"不是不可以，这样对电影的进度也好，只是辛苦的会是你。"李导其实是求之不得。

"没关系，我不辛苦。"陆蔓蔓答道。

她很快就要离开剧组了。

再见了，顾清晨，等到再见时，我们只会是朋友。

之淳，等我！我来了！

五

一个星期后。

153

陆蔓蔓所搭乘的飞机在纽约市降落。一下飞机，她就给宋珍珍打了个电话。

她原以为宋珍珍那么忙，会过段时间再理会她，可宋珍珍的电话马上就接通了："蔓小姐，你有什么急事儿吗？"

对方相当殷勤，弄得陆蔓蔓有些不好意思，连忙说道："没急事儿，就是我现在在曼哈顿，想给之淳一个惊喜，是不是不方便？"

其实，安之淳有多么忙，她是见识过的。他几乎每天只睡四五个小时，除了陪她的那段日子，他是每天工作至少十四个小时的。所以，考虑到他现在也是忙得不得了，她选择了给宋珍珍打电话。

"你还在机场吗？那千万别走，我马上过来接你。安先生还在开会，他无法过来。"宋珍珍说。

陆蔓蔓答复了宋珍珍以后，就坐在那儿乖乖地等着。

可让陆蔓蔓没想到的是，这宋助理居然如此神速，不用一个小时就到了机场，还带了一个男助理来替她拿行李。

"珍珍姐，你也太神速了吧？"陆蔓蔓笑了笑，将一个小背包交给了男助理，"唉，早知道我就多带些行李过来。"

做好了准备来做苦力的男助理看她只有一个小背包，于是面无表情地接过，心想：这行李怎么这么少哇？说好的来做苦力呢？

"呵呵，一听到你来了，我就驱车过来了。"宋珍珍笑嘻嘻的，与她一同上了一辆黑色的卡宴，"坐了那么久飞机，你也累了吧，先在车里休息一下。"

"不累，我想快一点见到他！"陆蔓蔓一向是个急性子。

宋珍珍笑得十分开心："呀！这恩爱要不要秀得这么频繁哪！好好好，马上去我们银行的总部。"

男助理马上将车驶进了城市主干道。

纽约市非常繁华，尤其是以上流社会闻名的曼哈顿上东区。一路车水马龙，人流、车辆川流不息，各大商铺、摩天大厦与广告牌林立，整个城市现代而摩登，充满着蓬勃的朝气。

见陆蔓蔓瞪大了眼睛看着各处，宋珍珍叹：年轻真是好，坐了十个小时飞机还那么精神。于是，她与陆蔓蔓聊天："你是第二次来曼哈顿了哦，上次是为了《怒海》而来。我偷偷告诉你呀，自安先生陷入了恋爱后，智商已跌至负数！他刚才还问我，你会喜欢去哪里吃晚餐，是有灯火璀璨夜景的酒店好，还是靠海的酒店好？还叫我不要对你说，要绝对保密，他要给你惊喜。你说，我该怎样告诉安先生呢？请问蔓小姐，你喜欢哪一种浪漫？"

陆蔓蔓听了，止不住笑意。这阿宝还真是可爱！

"我不挑，只要是他准备的，我都喜欢。"陆蔓蔓大眼睛弯起，可爱极了，脸上的笑窝闪现，她感到了由衷的快乐。

她还要说些什么，电话突然响了，看了一眼来电显示，居然是阿宝！"喂，之淳，你不是在开会吗？"陆蔓蔓语调软软地说着话。

电话那头很安静，安之淳低笑了一声，醇厚的嗓音隔着手机传了过来："有几分钟开小差的时间。蔓蔓，我很想你。"

"我也很想你。"毕竟还有外人在，陆蔓蔓说话的声音压得更小了，可她还是被宋珍珍笑得红了脸。

"你以前来过曼哈顿，有什么想去玩的地方吗？"安之淳问，声音里充满了期待。

陆蔓蔓在那儿对着手指。说真的，自己还真的哪儿也没玩过。"我只在《绯闻女孩》里面知道过曼哈顿……"

手机里传来安之淳的一声大笑，然后是他调侃的话语："所以，你眼中的曼哈顿等同于《绯闻女孩》？嗯，该剧组应该给你颁发个真爱粉丝奖。"顿了顿，他止住了笑，道："蔓蔓，我会带你把所有的地方都玩一遍的。"

等到车子停在了曼哈顿银行总行的广场时，看着雄伟而颇具现代感的高大建筑，陆蔓蔓倒是有些担心，于是问了宋珍珍一句："珍珍姐，我一个外行人，真的进得去？"

宋珍珍微笑着回答："就凭你是咱们董事的夫人，别说请，抬也要把你抬进去。"

这一句话倒是把陆蔓蔓说得十分不好意思，嘀咕："我还没有嫁给你们安先生！"

"对对对，安先生一直在追求我们蔓小姐。"宋珍珍说得她更不好意思了。

宋珍珍引她从会议室的后门进入。

"你直接走进去就是了。我与你一同进去，放心。"然后，她将一份文件递给了陆蔓蔓，"进去坐在后面。桌子上放着这份文件，没有人会怀疑你的。我要坐到前面去帮安先生记录相关内容。如果你有什么问题，马上给我打电话，我会第一时间过来。"

等大门被推开时，她只见一个椭圆形的巨大木桌置于正中，木桌上镶嵌有云纹的、光可鉴人的玉石板。头顶是一盏巨大的水晶吊灯，水晶晶莹剔透，折射出美丽璀璨的光芒，四壁都是灯，一同倒映在玉石板的桌面上，彰显出一室的辉煌。

巨大的投影幕布上是一行行的数据，陆蔓蔓虽看不懂，却依旧感到心安，因为她看到了安之淳。他正站在投影仪前，光与影的交界处。他西装革履，高大挺拔，尽管眉眼笼在了投影幕布的暗处，可他的轮廓早已被她在心中描摹了一千遍、一万遍。

看见蔓蔓后，安之淳向前走了一步，走出了暗处，他的眉眼在水晶灯的辉映下，亮得不可思议。隔了那么多的人，他注视着她，眸中跃起一丝炙热的火苗，原本严肃的面容柔和了下来，嘴角微微扬起。

他在告诉她，他看见她了。即使隔了芸芸众生，他总能第一时间认出她来，因为她就在这里，他的心也在这里。

第八章　都怪月色这样美

一

陆蔓蔓在后面一堆单独的小木桌中挑了一张坐下，刚放下文件抬头朝前方看去，就见安之淳与一边的何庭低声说着什么，然后何庭就出去了。

安之淳离开了巨大的幕布，回到了他的座位上。他没有坐下，只是举起水杯喝了一口润润嗓子，然后继续讲话："欧洲持续动荡，现在就断定黄金牛市即将结束，就是不够谨慎了。现在年关将至，很多大事都会对黄金市场造成冲击，首当其冲的就是贵金市场。市场的不确定性太多，不宜太早做决定。"

"美国的经济数据平稳，呈上升走势。美联储加息预期升温，需要我们对资产市场做出相应的调整。据我组成员预测，美元走强，贵金属会有相应的降跌，黄金的热度稍减，利于黄金量的储备；对黄金的需求下跌，故相应金矿的期货买卖，有需要的可大量入市，无需要的可将资金另投。"

安之淳的嗓音很沙哑，但他还是继续发言："据欧洲央行那边传来的消息，欧元区出现通胀回升，加上美国的贸易政策可能会导致在未来的一段时间内出现通货膨胀，我们认为，美国针对经济的政策具有不稳定性，因此，我建议要加快收紧货币政策，来应对市场会出现的各种风险。"

他就那样站于人群之中，说出的话陆蔓蔓完全听不懂，可她就爱看他认真工作的样子。他是那样迷人。

陆蔓蔓的邻桌是一个古板的英国绅士乔治。乔治看了她许久，觉得她的身上有许多有趣的特质，与宋珍珍这样的女性有很大的不同。于是，他将桌凳都拉过来一些，在介绍了自己后，与她聊起天来。

"你与《罗马假日》里的公主一样清纯可爱，都有一双迷人的大眼睛。"乔治对着她展露微笑。

陆蔓蔓发现他有一个深深的酒窝，十分可爱。"乔治先生，你真会开玩笑。"她敷衍道。

"不是玩笑，是真的。你有一种小女孩，哦，不，是介于小女孩和小男孩之间的特质，十分俏皮。眼睛又那么大，那么美丽，与我工作时遇到的中国女性有很大的不同。"乔治收起了微笑，样子还挺认真。

陆蔓蔓没忍住，问道："有什么不同？"

"她们多是单眼皮的，虽然我的同事都觉得单眼皮更具东方韵味，可我觉得你这样的才算漂亮。"乔治说道。

果然，在外国人眼里，单眼皮的东方姑娘都是美女……陆蔓蔓感到无奈，又腹诽：这英国先生如此会调情，不知道的，还以为他是法国人呢……

忽然，她感觉到手机振了一下。她跟乔治说了句抱歉，就开始翻看手机。

是安之淳发过来的微信：我想吻你。我要吻你。

陆蔓蔓的心跳漏了半拍，她一抬头却发现安之淳依旧在讲话，表情严肃，在对一行行晦涩难懂的数据做出分析。真是很难想象他前一秒居然还在发微信跟她调情……

安之淳感受到了她的目光，可没有看她，他正讲到美联储（FED）加息将会产生的深远影响。

陆蔓蔓拿着一支笔在文件上装模作样地画呀画的，忽然听见耳边传来一声轻笑："听得这么仔细认真，说说看法？例如QE的影响。"她一抬头就看见何庭站在旁边。

何庭将一杯热牛奶和两块曲奇放在了她的手边："安先生说，让你先吃点东西。"

蔓蔓那个窘啊！她被QE难住了，哪儿还有心情吃东西！

何庭努力忍住笑意，彬彬有礼地开始了忽悠之路："QE，Quantitative Easing（量化宽松）。"

"嗯……"一向觉得自己很聪明的陆蔓蔓卡壳了，很想问一句"什么是

158

QE……Quantitative Easing又是什么？……"

陆蔓蔓张大了嘴，却一个字也吐不出来。她真是够"炯炯"有神的了！她心道：嗯哼，居然连何大帅哥都学会调侃她了！

坐在陆蔓蔓旁边的，还有一位日裔的美日联合投资银行的行长高桥颖川，他看见何助理都要恭敬地询问这位女士，以为她也是位了不起的银行家，于是他也微微探身过来询问："对的，这位美丽的女士，你对加息有什么看法？还有，未来的QE有何变化？"

陆蔓蔓的微笑变得尴尬。天哪，谁能告诉她QE是什么，QE是什么呀？啊啊啊……

何庭见她那"炯炯"有神的模样，还真是非常可爱，于是用中文回答："就是量化宽松。"

"何大助理，就算你说中文，我也不知道什么是量化宽松好吧？你可不可以复述一遍，不然我就要让中国同胞在日本人面前出丑了……"陆蔓蔓的嘴角抽了抽。

可是在高桥的眼里，这位表情丰富的女士怎么看怎么美丽，于是他的话题从非农经济与尴尬的QE跳跃到了私人事宜上："美丽的女士，今晚我可以请你吃饭吗？"

"呃……"陆蔓蔓感到无奈，看了一眼不远处的安之淳，发现他也正注视着她，于是，她更"炯炯"有神了。

她正想着该怎么回绝时，安之淳的声音忽然通过麦克风传了过来，非常具有磁性。啧啧，即使嗓子哑了，声音还这么迷人哪……正被他的声音迷倒了的陆蔓蔓忽然听到他用中文说道："蔓蔓小姐，请你坐到我身边来。你太美丽，会影响到其他董事的。"

陆蔓蔓真的是窘了一把，他这分明就是故意的！

在众人的注视下，她红着脸坐到了安之淳身边的空位上。宋珍珍已经笑得嘴角的弧度都扬起来了。其他的男士都对她感到好奇，偏偏想看又不敢看，只好继续埋头于眼前的数据。

而陆蔓蔓才刚坐下，就感觉到手机振动了。她悄悄地取出手机看了一眼，一瞬间，她连颈项下的锁骨都红透了。

微信里，安之淳给她发了一句话：我吃醋，后果很严重，会想当众吻你。他居然还附了一个火辣辣的红唇过来。

陆蔓蔓："……"阿宝，你能更无耻些吗？

像是接收到了她的脑电波一般，安之淳秒回：不能！再和别的男人聊天，我就要吻了。

然后，她一抬头，他……他居然就侧了头过来。他的眼眸深深地锁定了她，然后他将唇瓣贴了过来，眼看就要触碰到了……

他的声音通过麦克风轻飘飘地传了过来。该死的，他居然还是用英文说的。

"你能说说QE的变化吗？"

陆蔓蔓心想：该死的何庭，刚才干吗不把话一次说清楚呢？她看了一眼底下的人，居然都将目光齐刷刷地投向她，她觉得自己的脸肯定僵了。

"呃……呃……我只能无中生有……"她本来应该用中文答的，好歹能拖一拖，可他用了英文问，她一脱线居然也用了英文回答。

真是糗死了。她正想钻地缝，只听安之淳用英文继续说道："是的，量化宽松将会推迟结束的时间。这项政策就在于'无中生有'造出指定金额的货币，亦即'间接增印钞票'。中央银行通过公开市场操作、购入证券等，使各分行在央行开设的结算户口内的资金增加，为银行体系注入新的流通性。"

底下鼓掌声响起，安之淳点了点头，坐回了原位。

陆蔓蔓："……"还真是无中生有……

忽然，她的手机又振了！她都不敢再看了，就怕他还有什么"无中生有"的陷阱等着她跳。可是她的手机振个不停，她唯有苦哈哈地把它拿了出来。

她低头一看，他居然发了一段文字：为了你，我会做到无中生有。只要是你所想的，我都会给你。句末，他还附了一颗闪亮亮的红心给她。

超长的会议终于结束了。高桥行长大着胆子走了过来，与安之淳寒暄了几句，就走到了陆蔓蔓面前，用英语问道："这位美丽的女士，今晚可否赏脸与我共进晚餐？"

陆蔓蔓正要回绝，却听见安之淳说："抱歉，高桥先生，今晚我的未婚妻恐怕不能作陪。她刚从中国赶过来与我团聚，今晚的时光是属于我们的。"说完话，安之淳上前了一步，手自然地圈在了她的腰上，将她圈进了他的怀里。

高桥先生哈哈笑道："误会误会。下次，下次我宴请两位一起到我家里做客，我给你们做最地道的和式大餐。"

"好的，谢谢高桥先生的美意了。届时我会带上好酒与美人一起过来。"说到美人时，安之淳侧头看她，然后低下头轻吻她的头发。

安之淳虽喜静，却也是好客的，见高桥先生如此热情，微微一笑道："我知道高桥先生喜欢罗曼尼·康帝园出产的黑皮诺红葡萄酒，我家窖藏里正好有一箱，到时，带去与您一起畅饮。"他看了一眼行程表后，与高桥约定了时间。

高桥先生很高兴，也立即让秘书去为陆蔓蔓准备回礼。

两位银行家就金融圈又聊了一会儿，就互相告辞了。

一路上，陆蔓蔓频频侧目打量安之淳，被他的优雅气度所折服。

接下来是两人的私人时间，所以宋珍珍与何庭都没有跟过来，等那辆车头、底座经过加高的黑色宾利出现在两人面前时，安之淳问道："怎么了？"并替她将前车门打开，他一手扶着她的细腰，一手挡在了她的头顶上。

她微微一笑："谢谢你的绅士风度。"然后她踮起了脚，头稍低，提着裙摆，轻盈地坐了上去。等两人坐定了，她才说："你方才的风度真是让我着迷，怎么办？"

安之淳那双凤眼一挑，他侧过头来斜睨了她一眼，嘴角的弧度微微扬起："那你沦陷了吗？"

陆蔓蔓只是轻笑，却不告诉他。

"去哪儿？"

"去一个特别的地方。"安之淳将车子启动。

二

车子在曼哈顿中城慢慢驶过，摩天大厦林立，幢幢直插云霄，那种气势是只有真正见过的人才能感受到的强烈的震撼感。

见她看着建筑出神，安之淳忽然说："在这样的钢铁丛林里，如果没有了你，我该多么寂寞。"

陆蔓蔓侧过头来看他："没想到你快要成游吟诗人了。"

安之淳低笑，打转了方向盘，路慢慢变得不同。

他们居然来到了百老汇大街。

"知道你喜欢歌剧，离晚餐还有些时间，不如我们进剧院坐一会儿吧。"安之淳说。

"好呀！"陆蔓蔓很开心。

一走进剧院雄伟的大厅，陆蔓蔓就感觉到了一丝神秘的气氛。

指引座位的男侍者穿着黑色燕尾服，戴着金色的面具，只露出殷红的嘴唇与轮廓刚毅的下巴，他的肤色很白。

"你在闹哪样？"陆蔓蔓扯了扯安之淳的尾指，压低了声音。

可安之淳偏偏笑而不语。

等两人进了大剧场，陆蔓蔓才发现，金碧辉煌的奢华剧场里，除了黑压压的几排座位，只有二人——这是一个安静到极点的世界。

英俊挺拔的男侍者引他俩上了二楼包间，那里是对着舞台的最好的位置。

等侍者退去，陆蔓蔓才说："要安先生破费了。"他居然还包了全场！

"你刚从飞机上下来，一定很累的，这样安静些，就你我二人，也不用拘束，你爱怎样坐、卧都可以呀！"安之淳眨了眨眼睛。

陆蔓蔓已经发现了靠在厢壁一边的西洋式贵妃榻。

也是累坏了，她走了过去，斜靠到了榻上，黑色的连衣纱裙随着她的动作，无意间被撩开了一点，露出她纤细修长的小腿来，洁白的皮肤如玉一般，在灯下泛出淡淡的珍珠般的光泽。安之淳看得燥热，于是连忙松开了衬衣上的黑色领结。

他将西服除下，轻搭在蔓蔓身上："别冷着了，这里的暖气虽足，但还是要注意保暖的。"

忽然传来一阵强有力的音乐声，然后音乐盒的声音紧随而上，原本还在打哈哈的陆蔓蔓呀了一声，甜甜的笑靥显了出来："原来是《歌剧魅影》。"她又坐起来一些，将头往楼下探了探，只见猩红的巨大幕布已经拉开，一张黑色的高木桌缓缓升起，身穿礼服的男人手里拿着一个金色的锥子，在他面前的是一只红色的音乐盒。

魅影出现时，那熟悉的主旋律萦绕剧院，震慑着人的心。

见她看得入迷，安之淳将嵌有软缎的木椅子端到了榻边，安静地坐了下来。他一手执酒杯，喂到了她的唇边让她喝一点暖身。他一直握着她的手，和她一同欣赏歌剧。

"多一些人看就好了，这样多可惜，好的东西应该一起分享。"陆蔓蔓一边看一边说道。

"我还以为你希望可以过二人世界。"安之淳目含深情。

陆蔓蔓如何听不出他的撩拨,笑他:"多的是二人世界的机会呀。"顿了顿,她又说:"而且与大家一同看戏,感受平民的热闹,是一种快乐的情趣。"她松开了他的手,改为用两只手挽着他的胳膊,头也靠了过来倚着他。安之淳很满意她这样做。

他取出手机,迅速地打字。

"大银行家还真忙,连看戏时都要照顾工作呀!"陆蔓蔓打趣道。

安之淳笑而不语。

"喊,有什么需要那么神秘的。"她嘟囔道。

不过十几分钟的时间,居然陆陆续续地有人来了。大多是戴着面具的,不论男女。他们安静地进入剧场,然后安静地坐下,不过二十分钟,无论是下面的座位还是六层楼的包厢,满满的全是人影,座无虚席!

"呃……"陆蔓蔓瞠目结舌,"你想把全纽约的人都请来看戏呀?"

安之淳抿了抿嘴,带着笑意,点了点头:"如果可能的话,我真的想把全纽约的人都请来,见证我俩的爱情。"

原来,谈情时的大银行家是那么地迷人,那张性感的嘴真甜!陆蔓蔓看着他,见他低下头来也正注视着自己,于是忽然仰起头来,一张嘴就衔住了他性感的嘴唇。

安之淳没有防备,被她忽然吻住,一动情,就嗯了一声,声音低哑,极为迷人。陆蔓蔓有些害羞,就不吻了,惹得他又是一阵低低的笑。

"看戏!"她撇开了脸。本是她调戏他,最后怎么反而是自己被他给撩了呢?可恶!

安之淳看了一眼时间,快到晚上八点了。

案几上虽然铺满了美食甜点,但一向嗜甜的她居然也没有怎么动。

舞台上,戏正进入高潮,飘满雪花的墓地中,魅影与子爵为了克里斯丁娜展开了决斗。而陆蔓蔓看得津津有味。

魅影的歌声高亢中带着杀气,远不及深夜里单独教授克里斯丁娜唱歌时的歌喉婉转动听了。在克里斯丁娜不知道真相前,都叫他天使。

其实这还是一部浪漫得过分的爱情故事,所以深得女士们的欢心,经久不衰。

"你喜欢英俊的子爵，还是才华横溢的魅影？"安之淳忽然问道。

陆蔓蔓眉心一皱，看向他时可怜巴巴的："都喜欢，怎么办？"

可惜只可以选一人终老，世界上的事情都是这样。安之淳不动声色地看着她，忽然又问："你的戏，都结束了吧？"

她是突然来的纽约，他相信她是真的想他的，为他不远万里而来，可另一个原因呢？

陆蔓蔓身子蓦地一震，然后看向他。

他问她喜欢子爵还是魅影，其实是另有原因——他在试探她。

接触到她的目光，安之淳深邃漆黑的眼睛有些失神，他握起她的手放于脸上，说："对不起，我只是不自信。"

"之淳，你的脸有些冰冷。不如我们不看了，去吃饭吧！"陆蔓蔓看着他，原来一向高傲的他也会变得不自信。

"好。"他牵了她的手，安静地离开。

先安排到百老汇看歌剧，跟着又安排在哪儿吃晚餐呢？陆蔓蔓一边看着灯火辉煌的夜景，一边开着小差。

不甘心被冷落的安之淳忽然问："在想什么？"

陆蔓蔓还在开着小差，于是顺便把开小差想到的内容脱口而出："在想你接下来会安排怎样的约会呀！"

"如果可以的话，我希望可以直接安排到床上。"安之淳看了她一眼，又将视线转到了窗外。前方有一抹红色于黑夜中十分招摇。

陆蔓蔓："……"这人怎么越来越口无遮拦了！

看着她爆红的脸，安之淳一声轻笑，将车停在了路边，然后开门下了车。

等到她回过神来时，看到的却是他走到了路边卖花的小女孩身边，要了一整篮子的红玫瑰。

她将车窗摇了下来。纽约的冬季，风十分寒冷，虽然没有雪，天空也格外晴朗，圆月高挂，可就是冷。

她听见他醇厚动听的声音隔了夜色与寒风传了过来："晚上太冷，早些回家吃晚饭吧！"然后，他从公文包里取出了一小沓美元递给了小女孩。

安之淳很绅士，见小女孩的鼻头都冻红冻僵了，连忙将呢绒大衣脱了下来，披到了小女孩身上，然后提着一篮红玫瑰转过身来。对上车里蔓蔓的视线，他微笑道："快把窗关上，冷。"

他上了车，身上带有一股凛冽的风的味道。

陆蔓蔓怕他冷，将车里的暖气开大了些。

"好美的玫瑰。"她接过了他递过来的花。

"是野玫瑰，并非名贵品种，但有天然的美。"安之淳笑着启动了车子。

"那位小女孩也很美。"陆蔓蔓故意逗他。

安之淳一怔，以为她是吃醋，连忙开口解释："我刚才看见她时，第一个念头就是：如果我们的孩子在这么冷的天，卖花给路人，该怎么办？于是心里就一阵不好受，所以才会上前买花。"

陆蔓蔓莞尔：自己猜对了。她嘴角上扬，忍不住大笑了起来："之淳，你不会以为我在吃一个只有十岁的小女孩的醋吧？"

安之淳也在笑，轻声道："而且，我看见她时，其实还想起了你。三年前，你为一个国际品牌站台，穿得少，后来得了肺炎。我是想起了那一次我的难受与你的艰辛。"

陆蔓蔓十分感动，转过头去不让他看见自己眼底的泪光，等那种酸楚的感觉过去了，她才转过头来看他，调皮地眨了眨眼睛："你就那么确定，我们的孩子一定是女孩？"

"嗯，是女孩。像你一样美丽，有大眼睛、小酒窝。我喜欢女孩。"安之淳回视她。她的脸腾地红了。这都什么跟什么哦，八字都还没有一撇！

三

如陆蔓蔓所料，黑色宾利停在了帝国大厦门前。

"俗！"陆蔓蔓笑他。

有人来替他们把车停好。她双手一伸，挽住了他的胳膊，紧紧地依偎着他，一副小鸟依人的样子。他伸出另一只手来，刮了刮她挺翘的小鼻头。

步入帝国大厦的接待大厅，安之淳低声问她："第一次来帝国大厦吗？"

"嗯，"陆蔓蔓答，"除了十二岁那年与你同游地中海小岛，后来我都再没出国游玩过了。"自然是因为她用钱紧张。

"没关系，以后多的是机会。我承诺过，会带你游遍全世界。"安之淳指着前面墙上的一座金色浮雕道，"银行家说过的话，永远作数。"

165

陆蔓蔓笑他："臭美！"然后她提了提纱裙的裙摆，踮了踮脚："知道了，我的大银行家。"她顺着他指的方向看去，那边是一个帝国大厦外形的金属浮雕。

帝国大厦里面的墙壁上的装饰很有特色，有来自意大利、法国、比利时、德国的不同颜色的大理石。浮雕表现出的是帝国大厦楼顶的灯光，像太阳一样金光四射。

帝国大厦的内部复杂，还有数不清的电梯，就像迷宫。安之淳没有带她到观光层，而是直接上了西餐厅。

电梯的数字到底跳转了多少，陆蔓蔓根本数不清。等她到了时，才发现西餐厅里空得厉害。一看就是富人才能进的VIP（会员）私人会所。

"土豪！"陆蔓蔓摇了摇头。

安之淳有些无奈："那我们的蔓蔓小姐，赏不赏脸呢？"

钢琴声忽然响起，琴声优美，使人沉醉，并不是古典名曲，是那首耳熟能详的《梦中的婚礼》。

一位穿着白西服的英俊男人不知从哪里走了过来，他一边拉响肩膀上的小提琴，一边与钢琴师的节奏交相辉映。

小提琴师走到了陆蔓蔓的身边，为她演奏美妙的音乐。

陆蔓蔓朝小提琴师点头微笑，然后与安之淳一起，随小提琴师走，来到了安之淳之前预订的座位上。

他们并没有进包间，但这里的景色最美。呈现在陆蔓蔓面前的是一条空中走廊，脚底下是透明的玻璃，映衬着曼哈顿美妙的灯光夜景，璀璨得不可思议。

一张铺了雪白桌布的桌子上，红烛点点，还有一个青花小瓷碗，里面装有清水，与一整朵的粉色的玫瑰。

带玫瑰香味的香薰蜡烛燃着，盛开出一簇橘黄的火苗。

眼前是三百六十度旋转式的空中夜景，曼哈顿的夜景尽收眼底。比起在八十六层观景层上，与密集的人流共"挤"美景，果然还是这里来得美妙。

安之淳已经为她拉开了椅子，她根据从前学过的礼仪，十分优雅地坐了下来，这是对别人的尊重。她坐下后，仰起仿佛会发光的小脸，对着他说："大银行家，你的安排，我很满意。"

他笑了，将手放于胸前，微微躬了躬身："这是我的荣幸。"

这里是由透明玻璃做的封闭区，所以并不寒冷。四周由绿植隔开，自成一个相对密闭的空间。

"你想吃什么？"安之淳将酒递到她面前，"先喝一杯，暖一暖身。"

见他尚未坐下就喝了一小杯，陆蔓蔓笑他："你是嗜酒成性吗？"

"因为高兴。"安之淳向她举起了酒杯，"敬你，我可爱的蔓蔓。"然后他挥一挥手，让小提琴师退下了，空间中只剩下了他们二人。

抿了一口酒，陆蔓蔓觉得自己的脸一定很红。

先上来的是一道甜品，是让她先垫肚子的。

陆蔓蔓嗜甜，看见精致得如艺术品一样的甜点就食欲大增，她一边拿着小勺努力地挖着，一边说："嗯，太好吃了，如果有雪糕就更好了，香蕉船、草莓森林、巧克力酱蓝莓覆盆子，呀呀呀呀呀！"

安之淳听了，笑得直摇头，忽然伸出食指抹上了她的嘴唇，她一惊讶，刚要说话，他的指尖正好被她含进了嘴里，他看着她，拿指尖与她的舌头追逐。

这是一个带有性暗示的动作，陆蔓蔓一怔，想要闭嘴，可他的指尖依旧不放过她。她被逗急了，有苦难言，见他的眸色变得更深了，她忽然动了动嘴，用牙齿轻轻咬住了他的手指，又微微地用了点力。

安之淳看着她，眸色深不见底，如夜里的大海般深不可测。他的手指忽然就不动了。

陆蔓蔓松了口气，试探着微微张开了嘴。

他将手指抽出，含进了自己的口中，然后说："好甜。"

陆蔓蔓觉得自己要自燃了。今晚，他撩她撩得还不够吗？

用餐时间刚过半。陆蔓蔓将琥珀牛扒含进口中，牛扒特有的香醇肉香被核桃末的果木香所牵引，令人回味无穷。

吃货陆蔓蔓又大声地嗯了一声。

安之淳莞尔："不要你的小礼仪了？"他见她爱吃，将生蚝也推到了她面前。

陆蔓蔓伸出舌尖，在唇际灵活地舔了一圈，笑道："美食当前，谁还顾得上礼仪。"她指了指面前的生蚝，又说："法国生蚝，体大、肉细、汁多，以生吃为佳，但空运冷藏时很困难。我就不跟你多说了哦，吃货的宗旨就是吃吃吃！"

说虽然是这样说，但她的吃相很美。她吃得快，没有一点声音，像一只

167

小猫似的。看她吃东西，十分赏心悦目。

安之淳放下了刀叉，执起酒杯浅尝。只见她红唇微启，小巧灵活的舌头嗖的一下伸出，舔了舔唇边的生蚝。他眼睛眨了一下，又抿下了一口酒。

她用刀叉很灵活，沿着生蚝根部轻轻一刮，肉就下来了。含进口里时，她感叹：真是肥大鲜美汁又多！在嘴里轻轻吸了一口肉汁，陆蔓蔓只觉人生圆满了。见对面的安之淳只是安静坐着，单手托腮，指腹按压在唇瓣上，不动声色地看着她，她的耳垂一下就烫了起来："干吗这样看我？"

难道她的吃相很丑？

"忽然想到了一句话，古人诚不欺我。"安之淳微笑。

见她眼睛一眨不眨地看着他，安之淳将杯中的酒递给了她："喝一点，配上口感偏干的白酒，生蚝的味道会更佳更鲜美。"

陆蔓蔓伸手要拿，他却不给。他将酒杯倾斜，又递高了些。陆蔓蔓会意地仰起头来，就着他手的高度，抿了一小口酒，果然，她的味蕾感受到了一个新的层次的美味。

见她还在回味，他嘴唇覆着她印下的红唇印，将杯中美酒一饮而尽。"古人说的'秀色可餐'诚不欺我。"他说着，将空了的酒杯放在桌面上，酒杯上那原本殷红的唇印淡了些。

陆蔓蔓眨了眨眼睛，没有说话，心里却是波澜起伏：他再这样撩下去，估计今晚就不受控了……毕竟，异国他乡，今夜的月亮又那么美，没有点什么，还真是对不起这良辰美景……

忽然听见他轻笑了一声，陆蔓蔓抬眸瞧他，而他也正注视着她，说："今晚，你想吗？"然后他又将目光投向了天边："今晚的月亮这样美，你想吗？"

陆蔓蔓伸手摸了摸脸，还真是烫啊！是的，她的想法明明白白地写在了脸上，他还有什么是看不懂的。沉默了一会儿，陆蔓蔓决定接下来还是不要说话好了，说多错多呀……

接下来的气氛有些微妙，两人都没有再说话。陆蔓蔓是脸皮薄，她想，他这人就不能安静地学何庭一会儿吗？追女孩子是要脸皮厚的呀，你是怎么想的，去做就好了，干吗要问出来呢？

一时之间，两人各怀心思，于是都不爱说话了。

在与沉默搏斗的间隙，陆蔓蔓还是忍不住看了对面那个男人一眼，然后问道："我的饭后甜点呢？"

安之淳看了她一眼，又轻笑了起来："不是说女明星都不需要吃饭的吗？你倒是不忌口。"

"我这个人没什么大志，就爱吃呀。其实还好啦，吃过大餐后，我吃一周素，就将热量平衡掉了。"陆蔓蔓又抿了抿嘴，一看就是没有吃够的样子，酒窝忽然浮了出来。嗯，我明天绝食好了，今晚得管饱。

安之淳抬起手来，将拇指指腹压在了她的酒窝上，摇了摇头，严肃地说道："不行，跟我一起，得每天都享受美食，不准吃素，不准饿肚子！"

"这不得变成小肥猪了？"这次轮到陆蔓蔓吃惊了，她不自觉地摸了摸肚子，还好是平的，"会有小肚腩的，不好，不好！"她好歹还自觉，知道吃了一餐大的，就得喝好几天白开水了。可他倒好，还不准她节食了。

安之淳瞥了她一眼，视线在她漂亮的脸上稍作停顿，又微微下移至锁骨以下："没关系，你的肉都长到别的地方去了，不往肚子上跑的。"

"之淳！"陆蔓蔓恼了。他这人怎么如此爱占她的小便宜呀！

夜色真是惑人，又撩人。他的视线扫过她玲珑曼妙的身体曲线，他只觉得她什么也没有做，就已经蛊惑了他。他浑身燥热。

安之淳站了起来："我去看看甜品好了没有。"

陆蔓蔓不明所以，看着他离开的背影，喃喃道："问服务员就好了呀，还要亲自去看？"等她想明白过来，她脸红得要命，真是羞都羞死了！

还是一旁好心的侍者走了过来，充满担忧地问道："这位女士，你的脸很红，是有哪里不舒服吗，还是会对酒精过敏？"

"没事儿，就是酒喝多了。我到廊上醒醒酒就好。"说完，陆蔓蔓踩着高跟鞋，迈着小碎步，逃似的走到了没有玻璃幕墙的廊上去吹风。

还是有风好，可以吹散那该死的会蛊惑人的酒气！

四

在廊上待了许久，酒气已经散得差不多了。陆蔓蔓捂了捂脸颊，脸颊的热度也已经降下来了。嗯，终于可以见人了。

她抱着双肩，被风吹得冷死了。她一想到连大衣也不穿就出来了，觉得自己也是够了。"脑袋被猪啃了吗？"她喃喃自语，担心再待下去就要感冒了。

她正要转身往回走，只觉得有一个毛茸茸的东西蹭着她的腿，像在逗自己一般。"之淳，别捉弄我了！"陆蔓蔓笑骂着回头，可一看，就僵住了。

169

一只威武的爱斯基摩犬正用它粗壮的爪子搭在她的膝盖上……

陆蔓蔓极力忍耐才压下了尖叫的冲动。倒退了一步，她整个人被迫靠在了走廊的围栏处。

威武的狗狗很委屈，歪着脑袋拿黑不溜秋的眼睛瞧她。

陆蔓蔓镇定了一下，与狗狗大眼对起了小眼。咦，这条狗狗有点眼熟啊！它的额头上有一个橘红色的十字架花纹，她惊呼："跟巴顿将军一样哎！"

"汪！"狗狗用不大的声音轻哼了一声。

"你真的是巴顿？"陆蔓蔓觉得不可思议……在这里都可以遇见老熟人，这概率还真是……哦，不对，是老熟狗……

"汪。"巴顿再次回应了她。

其实在《怒海》剧组时，通过与几只超友好的爱斯基摩犬相处，陆蔓蔓对狗没有恐惧症了。此刻，在曼哈顿美丽的夜景下，再次与巴顿相遇，在最初的惊吓感过去后，她已经不害怕了。

"你好哇，巴顿。"陆蔓蔓对着它摇了摇手。

巴顿哼了一声，忽然就用嘴轻轻叼起了她的裙摆，朝一边走去。

"巴顿，你是要带我去哪里？"陆蔓蔓跟着它走。拐过了一道弯，一盆巨大而碧绿的芭蕉出现在她眼前。

天上星光点点，廊道一壁雪白，呈水波状的弧线起伏，只在人口处摆了一盆绿油油的芭蕉。而安之淳居然就在被芭蕉叶挡着的一边。

陆蔓蔓已经听见了他低醇好听的声音。再上前一步，她看到他正与一个英俊的男人在聊天，那人是中英混血——是安东尼。

安之淳与安东尼都听到了声响，同时转过头来。

那一瞬间，陆蔓蔓觉得自己的呼吸都要停止了。两个那么英俊的男人站在一起，美得真像一幅画。她在心里默默点了个赞：你俩不去组CP，真是浪费这颜了……

安之淳猜到了她的那些小九九，不赞同地皱了皱眉。

巴顿已经放开了她的裙摆，冲向了主人。

"蔓蔓，你没事儿吧？"安之淳快步走向她，摸了摸她的脸——十分冰凉，于是他连忙脱了西服盖到她的身上。

"没事儿呀，我很好，巴顿将军和我是好朋友。"陆蔓蔓笑着摇了摇头，然后十分好奇地看向安东尼，"安东尼，你是巴顿的主人吗？在片场时，你没有说过。"

安东尼也走了过来，迷人的大眼睛注视着她，那对眼睛如大海一般，蓝中透出绿来，真是美丽又深情。他眨了眨眼道："珍珠，你还记得我。"

陆蔓蔓一时之间有些尴尬，偷看了安之淳一眼，然后低声回答："当然记得你，你教会了我那么多。"

安东尼忽然一笑，露出洁白的牙齿："之前听说，蔓蔓小姐是新人，演《怒海》时不单是第一次拍亲热戏，还是第一次拍吻戏。我很高兴能获得你的银幕初吻。好久不见了，我很想你。"

陆蔓蔓的内心几乎是崩溃的。大影帝，你一定是故意的吧……

一直没有说话的安之淳笑了笑，淡然道："不好意思，安东尼，她的初吻早已经给了我。"

陆蔓蔓："……"她怎么记得是这次重遇后，初吻才给他夺去的？真要算起来，她的初吻还真的是给了安东尼呀，在他以前的可都是借位的……

安之淳忽然俯下身来，将她圈在怀里，轻轻含住了她的耳垂，和她耳语："你忘记了吗？你出世时，第一个亲吻你的人就是我。当时，我就吻在你嘴唇上……"怕她记不住，他低头将嘴唇压在了她的嘴唇上。

一旁的安东尼早已笑得止不住了，笑得肩膀都在颤动："好了，表弟，别再逗我们的小蔓蔓了。"

表弟？什么？陆蔓蔓一脸呆掉的可爱样子，很好地取悦了安之淳。

他伸出食指，点在了她被吻得通红的嘴唇上，一本正经地宣布："好了，满足你的好奇心。他是我出了三代的表、哥。""表哥"二字被他刻意分开来说，像是对她的挑逗。

"还有什么疑问吗？"安之淳笑着问。

陆蔓蔓摇头，顺势用手捂住了嘴，省得他一言不合又吻她……

一位服务员推着餐车过来，餐车上是三层的并列两幢的巧克力蛋糕房子，做成红色的圣诞屋的样子。

屋顶上铺着白色的奶油，是奶油做成的雪花。每道门都是黑色的巧克力板，每层铺满"雪"的屋檐上都有一排的红色草莓，与红色的巧克力屋面相映成趣。屋子的周围还有梅花鹿、兔子、雪人等充满圣诞氛围的点缀。

"哇，是一座能吃的房子呀！"陆蔓蔓两眼发光，一副恨不得把整个屋子都塞进肚子的吃货样。就连坐在她的脚边一直淡定沉稳的巴顿将军此刻也不淡定了。

刚好有两位美女路过，一看到蛋糕也是发出了惊叹。其中一个金发的美女说："我猜这蛋糕一定是求婚用的，这么大一个蛋糕，可以藏一个十克拉以上的大钻戒呀！真够浪漫！"

陆蔓蔓嘀咕："美国妞单纯，真是好骗。"

果然，金发美国妞的同伴是位深棕色头发的法国人，这位法国美女说："蛋糕里放求婚戒指，这也太土了吧！"

安东尼听了，只差没笑出声。他风度好，站于一旁欣赏着窗外的美景。对于别人的心意，他是不好评价的，也就以微笑作为应答了。

可安之淳却很紧张，见陆蔓蔓一直看着蛋糕，他握了握她的手："你喜欢吗？"

"当然喜欢啊，那个蛋糕一看就很美味呀。"陆蔓蔓笑着摇了摇他的手，"不过，如果真的藏了钻戒，我还真是替那位女主人无奈啊。"

"为什么？"安之淳更紧张了。

"就像那棕发美女说的，土啊！"陆蔓蔓说得头头是道，"你看啊，这么大的蛋糕，万一女主人吃得太开心了，也没细嚼，真的把戒指吞了怎么办？想想都替那位美女感到揪心……"见他一脸迷惘，她酒窝一现，笑得十分狡黠，"嘿嘿，你懂得！"

一旁的安东尼真是忍不住了，笑出声来："表弟，你的小蔓蔓真的是与众不同。"

红彤彤的圣诞屋被推了出去，可过了一会儿，转了一圈居然又被推了过来，侍者上前一步，对着安之淳恭敬地说道："安先生，这是你的蛋糕，需要我们把餐桌放这儿来，让你们在这边品尝吗？这里对着东河，夜景也是相当不错的。"

陆蔓蔓暗叫了一句：不好！刚才说了那么多坏话……

安之淳有些无奈地看了她一眼，站在那儿也是有些手足无措的样子，最后还是问她："蔓蔓，你想试一试蛋糕吗？这……这是我亲手做的。"

"What（什么)？"陆蔓蔓简直不敢相信自己的耳朵了。

安之淳的脸红了起来，他笔直地站在那儿，可轮廓深刻的一张脸却低着，避开了她的视线。"嗯，是我做的。这个短时间内是可以冷冻保存的。我原本打算今天空运到国内给你的，但你已经过来了。"他牵了她的手，将她的手放到蛋糕底层那一片奶油做的雪上，说，"要不，就尝尝吧……"

172

"当然要尝！"陆蔓蔓笑得很灿烂，"一定很好吃。"

那么漂亮的蛋糕，怎么也得拍照留念啊！陆蔓蔓连忙取出手机对着蛋糕一轮狂拍，嘴里全是赞不绝口的美妙词汇，她再不敢对此蛋糕抱有半点怠慢的心态了。

一边站着的安东尼眨了眨眼睛。这姑娘变脸真是比翻书还快！"出息！"他哼哼道。

"说我蛋糕的坏话，待会儿我可不给吃呀！"一秒不停地，陆蔓蔓把蛋糕的美图发到了微信与微博小号上。

微信朋友圈：瞧，我的曼哈顿意外之旅。上甜品图。是不是超赞？是一位帅哥师傅做的哟！

微博：真是美味的夜啊！我吃得很饱，可餐后甜点太诱人了，好想吃！不多说了，直接上图。@金小小枝：别打我啊！我会控制食量的。@小天@闻乐：嘻嘻，有美男师傅附送美妙蛋糕一座哦！你们不要太羡慕！

陆蔓蔓才刚放下手机，想要来一块蛋糕，手机却振了起来，有要振到崩溃的趋势。她拿起来一看，吃瓜群众纷纷要求爆出美貌的糕点师傅的照片。

闻乐@一只蔓越莓：还吃什么蛋糕，直接把美貌的糕点师吃掉好了！

不明群众X小姐：我比较想吃糕点师！博主快上图，让我舔下屏也好。

我是颜控：楼上的，你都没有看过图就敢舔屏？万一糕点师很丑……

一只螃蟹爬过@一只蔓越莓：博主，你吃掉美貌糕点师了吗？咦，怎么没有回复？难道是反被糕点师给吃掉了？那我就弱弱问一句：被吃干抹净了吗？

小天@闻乐@一只蔓越莓：求真相。

下面的一群人，同求真相……

陆蔓蔓看得想笑又不敢笑。现在的网友啊，真是想象力太丰富了！

她想捉弄一下两位大帅哥，忽然举起了手机，坏笑道："应群众要求，你们也来一张呗！"

巴顿首先站好了位，蹲在了两位帅哥的中间，居然还咧开嘴笑了……

嗯，巴顿，你已经不酷了，说好的威风凛凛呢？

安之淳的嘴角抽了抽，表情十分微妙。他退后了两步，摆了摆手："我就不入镜了。蔓蔓，要不我帮你和蛋糕拍一张吧！"

"才不要呢！你好看，我给你拍，我不传上网，自己保存着，时不时欣

173

赏一下呗。"陆蔓蔓的痴汉属性忽然发作。

一旁的安东尼挤对她："我就这么不受欢迎啊?你俩居然都忽略我的存在!"

对于某人的抗议,陆蔓蔓想到了更绝妙的法子:"那我给你们照。你们两兄弟没有过合照吧?"

安之淳蹙眉思索,自己还真是没有与安东尼的合影,再看向她时,招了招手:"要不我们三人来一张合照吧,异国他乡重逢也算是一种缘分。"

侍者会意,已经取来了专门的照相机。

陆蔓蔓吐了吐舌头:"我觉得群众会更喜欢看你俩合照的。你们的合照是会'靓爆镜'的哟!我也站在照片里,估计会被群众给抠掉的。所以……"她一摊手,笑嘻嘻地说:"我还是不要妨碍你们的好。"

"Bingo(正确)!"那个金发美国妞刚好走了过来,听见蔓蔓的自我调侃,居然说了句"对"的话。

两位男士太英俊了,高挑挺拔,西装革履,站在那里品酒聊天,早吸引了过往的女客的注意。此时,已经有人认出了安东尼来,纷纷上前要与他合影,索要签名。

陆蔓蔓与安之淳退到了一边,不抢大影帝的风头。

"那位美丽的法国小姐,似乎对你很感兴趣。"陆蔓蔓下巴一点,妩媚地斜睨了安之淳一眼。

那位法国美女还在顾盼,可安之淳并不看她,只注视着眼前的可人,眼睛里可人那一双红唇在动,像是招摇地勾引他。"我的眼里只有你就够了。"他看着那张殷红的嘴唇说道。

陆蔓蔓一怔,正想说些什么,他的嘴唇已经压了下来。他的舌头舔过她红唇的每一个细微的起伏,忽然低低地说:"我们逃吧!"

"可蛋糕……"她的话被安之淳全数吞了下去,他将那个绵长的吻加深了。"嗯……"陆蔓蔓被他吻得招架不住了。

"侍者会送到我们住的地方的,蔓蔓,我们逃吧!"安之淳在她的唇瓣上咬了咬。有些痛,可对陆蔓蔓来说,却分外刺激。

"好!"陆蔓蔓笑得开心,拉起他的手,忽然就冲出了人群。

五

两人手拉着手,大笑着狂奔起来。在月色溶溶的夜里,他们跑过喧嚣繁华的大街，跑过灯火璀璨的大桥，跑过水色苍茫的湖，最后在静谧的湖边停了下来。

"东湖真美。"陆蔓蔓忽然感叹。

夜已深了，可湖边居然还有三两只鸟在停栖。

安之淳拉着她的手，走到了围栏边上，她看着湖，而他看着她："对于我来说，这世上一切的美景，都不及你。"

他又靠前了一步。"你的头发是美的。"他吻了吻她的头发，"你的眼睛是美的。"接着，他又吻她的眼睛，"鼻子、嘴是美的。"他的吻已经落到了她的嘴唇上，在她以为他会继续加深这个吻时，他忽然抬头看她，"你的身体是美的。"然后他俯下身去，嘴唇贴着她的锁骨，慢慢地吻了下去。

她的裙子是前扣式的，因为跑动时脱了两粒扣子，露出了胸前一片雪白的若隐若现的风光，他的吻落在了那里。

身体颤了颤，她想逃，可他不允许。他用双手将她的腰身固定，将她用力地压到了围栏上。

陆蔓蔓不敢动了，只任由他抱着。他的嘴唇沿着锁骨又吻了上来，他在她耳鬓摩挲："蔓蔓，我的私人游艇就在这附近，你和我一起上去吧……"他的话似诱似哄。被他如此注视着，她的脸早红透了。月亮的光辉全融进了他深邃的眼里，像披了一层朦胧的纱，他的眼神更加深邃起来。

被美色所惑，她只是本能地答了一句"好"。

游艇的门一被关上，安之淳就将她抵在了门上，他的动作有些粗暴，一把扯去了她的大衣。可大衣扣子还扣着，他用力一扯，扣子全部掉到了木板上，叮叮咚咚的声音像一首变调的曲子。

那曲子一如陆蔓蔓此刻的心情，紧张、害怕、期待，兼而有之。

他的手已经探了进来，沿着她的身体曲线抚摸，力道有些重，指腹的薄茧更带起了她的战栗。

这条黑裙看起来简洁，实际却烦琐，单是前面的扣子就有二十几颗，从领口一直扣到脚踝。安之淳无法忍耐，用手抓起她的裙摆用力一扯，裙子裂成了两半，她几乎裸露在他面前。

他压了上来，覆盖住了她雪白的身体，将她往上一抱，让她用双腿圈住他的腰，他和她都倒到了身后的大床上。

"你的身体真白。"安之淳赞叹。

陆蔓蔓羞极了，将脸埋进了他的怀里。

一声低笑，他将她扳了过去，她脸朝下被压到了绵软的床褥里，他的嘴唇吻在了她光洁的背脊上，吻在了她凸出的蝴蝶骨上。"你真性感。"他叹道。

"嗯……"陆蔓蔓溢出了一声很轻的叫唤，像小猫叫一样。他的牙齿已经咬住了她胸衣的扣子，陆蔓蔓只听见嗒的一声脆响，脑子里的那根弦与胸衣上那个细细的扣子一起断开了……

第二天一早，还是八点多的光景，陆蔓蔓就在手机的强烈振动中醒来。

揉了揉散乱的头发，陆蔓蔓刚想睁眼，就觉得有什么湿润润的东西在舔自己。嗯，安之淳的这个早安吻要不要这么准时啊，银行家都是掐着时间的吗？"之淳，别闹！"她懒懒地撒娇。

"噢——汪！"巴顿的声音贯穿她的耳膜，陆蔓蔓猛地坐了起来。呀，居然是巴顿在亲她！

刚好安之淳捧了热牛奶进来，看见一人一狗在对视，陆蔓蔓裹着他的白衬衣，而她自己的裙子……昨晚就被他给撕碎了，现在正被巴顿裹到了身上……他的脸颊微红："醒了就喝杯热牛奶。"

见他神情古怪，陆蔓蔓也马上想起了昨晚的一切……自己的脸也腾地烧了起来。

手机还在振动，陆蔓蔓刚要看，手机却被安之淳从床头拿了起来。他一脸的不认同："先喝牛奶，低头一族。"他说完，自己却翻看了起来。

闻乐给她发了微信：小色鬼，是不是把安家大哥给吃掉了？

依旧是闻乐：咦，这么久不回，难道是纵欲过度起不来了？小心我把你挂墙头，虽然你的是小号。嗯哼……

还是闻乐：都过去十几个小时了，你不会是反被剥皮拆骨了吧？可怜哟，你那小身板，还不够你安大哥塞牙缝。快上线，说说昨晚战绩如何，他有没有在你身上种上一排草莓啊？啊啊啊，强烈要求上图！

安之淳看了，眸色深沉，垂眸看她，她的头更低了。其实陆蔓蔓已经能想到，闻乐那家伙绝对没有好话说。早知道她就不发酒疯，发什么蛋糕照片了。众人的注意力都不在蛋糕上，而在……

陆蔓蔓都不敢去看他的表情，手攥着被单，十分无辜，最后还是决定破罐子破摔好了："那个……闻乐就是这么色眯眯的，你不用理会。"

"快喝牛奶吧，都凉了。"安之淳倒是没有什么表情，将一套衣裙放在了床边上，"待会儿穿多点，我带你到中央公园走走。"走了两步，他微侧了脸道，"巴顿，找你主人去。"他顺势一扯，把巴顿身上的碎裙子给扯了下来。

咝的一声，把陆蔓蔓的神经也给扯下来了似的，她的心跳漏了半拍，她偷偷去瞧他，发现他的耳后根也红了。一时之间，陆蔓蔓又觉得很有趣。他这个人就是"闷骚"！

等一人一狗离开后，陆蔓蔓才敢放肆地倒在了床上。

世界终于安静了！可闻乐的电话却不依不挠地打了过来，虽然隔了一个太平洋。

陆蔓蔓懒懒地接起，喂了一声，就听见闻乐贼兮兮的声音："纵欲过度了？有没有拜倒在安先生的西装裤下啊？还是他拜倒在你的石榴裙下了？"

"去你的！一大早就荤素不忌的，告诉你，昨晚什么事儿都没有！"

"哦，难道是安先生不行？"闻乐笑哈哈的。

"滚。"

挂了电话，陆蔓蔓没有起床，依旧抱着被子发呆，昨晚……

两个人都是第一次，可想而知情况多么惨烈，她紧张过度，害得他也好不到哪儿去，同样惊慌失措。

他居然……居然还让她放松些……陆蔓蔓羞得猛地捂住了脸……

其实，都怪罪魁祸首安东尼，他居然……居然在她人生中本该甜蜜、最难忘的那一刻，带着他的狗来敲门！

回想起昨晚的一切，陆蔓蔓觉得自己真够倒霉的。

昨晚，她与安之淳都喝多了，可月色那么美，气氛那么好，他亲吻她，说着数不尽的甜言蜜语，让她感到快乐与安稳，可最后却是安东尼的那一脚，把两人的鸳鸯梦给搅醒了。

当时，两人相当狼狈。她说："是安东尼过来了。"

"别管他，再过一会儿，他觉得没人就走了。"安之淳慌忙中取过被子裹紧了她。

陆蔓蔓忍不住，扑哧一声笑了："你还怕他会撞进来吗？"

安之淳的脸色微变："我不确定……刚才有没有记得锁门……"

陆蔓蔓："……"

"安之淳，我知道你在里面。跑得那么快，把那么大一个蛋糕扔给我负责。我说不要了，侍者说里面有二十克拉的钻戒，你是要求婚吗？求婚戒指

177

都不要了？"安东尼还在嚷。

　　跟着是巴顿的汪汪声，它十分兴奋，证明屋里面有人……

　　陆蔓蔓笑得嘴都合不拢了："呀，还真有大钻戒啊？"

　　安之淳："……"

第九章 试水好莱坞

那边已经传来巴顿刨门的声音了。

陆蔓蔓沉默了一会儿："你还是给他俩开门吧，不然，就算你反锁了，以巴顿的能力，我觉得你这小门也危险了……"

见他已经起来了，她羞得呀的一声捂住了眼睛："你……你居然不穿衣服就……"

安之淳揉了揉眉心，也十分无奈，可他倒是不慌不忙地捡起了地上的西裤穿了起来。

拨开一点被子，她偷瞄了几眼：安之淳真是连穿衣服都那么优雅呀！

"看够了吗？"他低醇的声音穿过她的被子透了过来。

被抓包了！陆蔓蔓脸红红的，她扯过被子包紧了自己，只露出一对黑溜溜的大眼睛，只见他正在扣皮带，那动作还真是……性感又潇洒……

安之淳还不忘将她的裙子用脚一撩，塞到了沙发底下。

见他捡起了地上的衬衣正要去开门，陆蔓蔓抗议，嘟囔起来："之淳，我的裙子被你撕碎了……"

安之淳的脸马上烧了起来，可他还是做出镇定的样子："哦，你先穿着我的衬衣。"然后，他把手上的衣服递了过去。

陆蔓蔓抱着他的衣服跑进了浴室。

镜子里的自己脸那么红，眼睛那么亮，一笑就显出了那个酒窝来。"蔓蔓，你很开心，你知道吗？你看，你笑得那么甜。"陆蔓蔓打开了水龙头，洗了把脸，脸上的高温才退却。

"幸好内衣没扯坏。"陆蔓蔓吐了吐舌头，想起刚才那一幕，脸又红了，"不行不行，别再脑补了！"她将衣领扣紧后才发现他的衬衣很长，都盖到膝盖以下了。嗯，正好。

陆蔓蔓把大衣也披上后就出去了。

一开门就受到了巴顿热烈的欢迎，它一下子扑到她的怀里，给了她一个热辣辣的吻。然后，此将军还打了一个饱饱的酒嗝。

"巴顿喝酒了？"陆蔓蔓只觉得这世界都要疯掉了。

安东尼脸上的笑容很浅，他将她从头到脚打量了一遍才说："你们那桌的红酒很好，不喝浪费，巴顿就偷了一点来喝。"说着，他挪开了身子，靠到了玄关处，背后露出了那个大蛋糕。

床上还是很凌乱。陆蔓蔓的脸又红了，倒是安之淳将地上的枕头捡起扔到了床上。他只穿了一件西服，连扣子都没扣上，露出里面线条流畅的肌肉。他的皮肤真白，像白瓷一般。陆蔓蔓听到他的一声轻咳，连忙移开了视线，才注意到玄关边上的那个异常漂亮的蛋糕。

"看来，是我来得不是时候。"安东尼长腿一伸，在门边靠着，姿态随意，并不觉得尴尬。

也是，他从小在国外长大，行为西化，所以并不觉得有什么。陆蔓蔓撇了撇嘴，在一边的沙发上坐下了："来，靠我这里睡。"巴顿将军已经不威武了，摇摇摆摆的，眼睛都睁不开了，听到了她的招呼，一头倒在了她的脚边。

她抚摸着它的毛发，觉得狗狗其实并不可怕，她多年的心理阴影被彻彻底底地治好了。

"你说呢？"安之淳在床边坐下，回了安东尼一句。

安东尼耸了耸肩："老弟，别吓着蔓蔓。在这种事儿上，你别太心急了……"

"打住！"见他越说越不靠谱，陆蔓蔓连忙阻止了两人的对话。

"好了，蛋糕与钻戒你都送到了，可以离开了。"安之淳下了逐客令。

"我与蔓蔓好久没见面了，安。"安东尼微笑着看向她。

安之淳沉默了一下，站了起来："我这里有茶，我给你泡壶好茶吧。"

"我喜欢太平猴魁。"安东尼忽然说。

陆蔓蔓眨了眨眼睛。那茶也是安之淳喜欢的。

"有的,太平猴魁都是珍藏品,敬贵客。"安之淳从茶水间转了出来,拿出了一套工夫茶具,开始泡茶。

大家一边喝茶一边聊天。陆蔓蔓知道了,原来不仅安东尼是安之淳出了三代的远房表亲,两人的妈妈还是手帕之交。只是因为双方家族一直没有过多来往,所以之前两人也不认识。

"还是你参演了《怒海》后,我才认识了安。回家一提,妈妈说起旧情,才知道他还是我的表亲。"安东尼微笑道,"安对你很好,当初他特意拜托我要照顾好你。"

难怪在她刚进剧组,与众演员都不熟时,安东尼这个大咖居然对她那么和颜悦色的。她的目光投向安之淳时,变得十分温柔。这个老派的绅士就是这样,为她做了那么多,却从来不提。

"安,你是银行家,华尔街金融大鳄。从根本上来说,你是一个精于计算的人,你的城府无人能比。所以,你从来不做无用功。你是一早就知道,我昨晚是会到帝国大厦酒店吃饭的,因为我约了卡梅伦导演。"安东尼直视着他的眼睛说道。

安之淳没有什么表情,只是安静地等待他继续说下去,而陆蔓蔓蓦地瞪大了眼睛,她已经猜到了一些什么。

安东尼正色道:"安,昨晚你已经让卡梅伦见识到了陆蔓蔓的生动活泼,与普罗大众相同的那一面。那接下来,陆蔓蔓,你还要展示出多少面给卡梅伦看?嗯?或者我该这样问,安,你又是怎么想的?"

英俊成熟的男人和年轻灵动的女孩坐在草地上,阳光刚好照在他们的身上、脸上,画面美丽得不可思议。

女孩穿着白色的针织长裙,腰部以下的裙摆呈波浪状一层一层垂下去,显得她十分灵动,且身材更为纤长。

女孩子还披着一件驼色的呢子长大衣,戴了遮阳的粉色帽子,雪白的肌肤、精致的脸庞,灵动的眼睛黑漆漆的,一头长发没有扎起,垂到了草地上。她正靠在男人的身上看书。

这是情侣间爱做的事情了:带着精致好吃的美食出来野餐。草地绿油油的,一直延伸至女孩白皙的脚踝,她将棕色的皮鞋脱掉了,露出白色的蕾丝袜子。

她还在看书，而男人在日光下闭着眼休憩。忽然间，他问了她一句什么，然后从一边取出了饭盒，拿出了一块草莓蛋糕喂进了她的嘴里。

她对着他俏皮地笑，回眸顾盼间，那对眼睛黑到了极点，那么亮，那么美。她唇边带着奶油，将奶油抹到了男人的脸上。英俊的男人笑得一脸宠溺。

阳光正好，两张年轻的脸上都是灿烂的笑容。那种笑容非常生动，表现出的是青年人才有的纯粹的快乐。

所以，这种笑容十分有感染力。

过往的行人都停下了脚步，看着草地上那从油画走出来一般的美丽情侣。

"姐姐，我要看海狮表演，快走吧！"金发小男孩在催促了。

可十五六岁的少女却移不开眼睛："弟弟，你不觉得他们很美吗？就像《暮光之城》里的男女主角坐在草地上聊天，太有画面感了！"

附近草坪上的人都笑了。

正在看书的陆蔓蔓的脸已经红了。她想要起来，却被安之淳的大手按住了脑袋。她一抬眸，就对上了他带笑的眼眸。他附在她耳边，轻轻地吐气，用鼻尖轻蹭她的颈项："我们是最搭配的一对，不好吗？"

陆蔓蔓仰起小小的脸蛋看着他，他的眼里是难以言说的深情。阳光温暖，却也有些刺眼，她微微眯起眼睛。

她的侧脸真美。安之淳侧卧在草地上仰望着她，她的脸庞沐浴在阳光中，她是会发光的，即使在人群里，她依旧是最美的那一个。

看着她的侧脸时，安之淳发现了他的猎物，眼眸中的柔情瞬间退去，他的眸色变得深沉起来，低醇的嗓音又低了几个度："他来了。"他指的自然是大导演卡梅伦。

"你现在就很好，阳光刚好打在你的脸上，就像有了天然打光板。"安之淳说。

陆蔓蔓依旧笑得灿烂，还是刚才的那个邻家女孩，她伸了个懒腰，微微侧一侧脸看他，眼中的笑意依旧是最纯粹、干净的。

他的女孩，美丽、贞静得如同一幅经典的油画。安之淳看着她，几不可察地扬起了嘴角的弧度："你使我想起了《戴珍珠耳环的少女》，那部影片拍得很美，你也很美。"

陆蔓蔓已经看见卡梅伦在朝他们走过来了。她低头，眼眸注视着他："其实斯嘉丽演不出少女的纯粹，她的眼睛里流露出了过多的欲望与野心，相反，原画作里的少女眼睛很干净，不染一丝尘杂。"

"但你不能否认斯嘉丽成功了，她凭此片一举成名，现在在好莱坞红透了，而且她的戏路也广，她成了新一代的玛丽莲·梦露。"安之淳给出了中肯实在的评价。

"你让我展示给卡梅伦看的，就是我纯真的一面，清纯少女的模样，还是希望我也能成为斯嘉丽？"陆蔓蔓看向他的眼神变得犀利。

安之淳装作没有看见卡梅伦的样子，一手撑头，一手玩着她的头发，轻笑道："只有这样，你最后要展示给他的那一面才足够震撼。蔓蔓，我相信你的实力！"

一片树叶飘落下来，沾在了女孩的发间。安之淳微笑着替她拨开叶子，她朝他甜甜地微笑。

女孩站了起来，刚好起风了，风吹起她洁白的裙摆。她的脸微微仰着，像在接受阳光的亲吻，一切皆美到了极致。

"爸爸，那位姐姐好美！"英俊羞涩的小男孩和爸爸悄悄说道。小男孩的妈妈在一旁微笑："确实是位美丽的亚裔小姐。那位男士有些眼熟啊，阿伦。"

卡梅伦牵着儿子与妻子的手，朝着陆蔓蔓、安之淳二人走去："那位是有名的银行家安先生，不过他现在已是声名显赫的影业新贵了。"

卡梅伦并不傻，自然明白安之淳的一番铺垫。那个亚裔的女孩真的很美，身上有油画一样的文艺气质，可是，这仅仅是她想要表现出来的，尽管她很纯粹，可她只是在表演，并不是真正的她。

其实，昨晚的她更真实。但这样一来，反而勾起了卡梅伦的兴致。安之淳要打什么牌他是知道的，他只是好奇，这个亚裔的女孩能给他带来怎样的惊喜或是失望。如果她不行，她是没有资格出现在他的新片里的，哪怕投资商是安之淳与安东尼都不可以。

"你好哇，安，什么风把你这大忙人吹这儿来了？你们这些银行家，最宝贵的不都是时间吗？你们的时间比生命还宝贵，你每天只睡五个小时吧？"卡梅伦一走近，话就像连珠炮似的说了出来。

陆蔓蔓微笑，用中文对安之淳说道："很好，他这人精，已经把你我给看得透透的了。他知道我想要什么。"

安之淳只是微笑着不语，侧过脸来看她，这迷人的小女人已经进入了战斗状态。等卡梅伦在他们身边站好，安之淳才用中文回道："你已经成功地引起了他的注意。"

二

"安，欺负我不懂中文，这就是你的不对了！"卡梅伦不谈公事时十分健谈爽快，也是个标准的大嗓门。他将羞涩的儿子一把推到陆蔓蔓面前，说道："亚历修斯，想看美女就大大方方地看，别扭扭捏捏的，像个娘儿们。"然后他牵了妻子的手，再说话时，就温柔了起来："这是我妻子，你们叫她琪琪就好。"

陆蔓蔓与安之淳对视了一眼。这导演说起儿子时，分明就是话里有话，故意说给他俩听的。

安之淳先一步做出反应："你好，美丽的琪琪夫人。"然后，他从自己带来的地毯上取过了插在汽水瓶里的鲜花递给了琪琪。

"谢谢。"琪琪的微笑也是恰到好处，对他的绅士举动，她也回足了礼仪。

"下午好，美丽的琪琪夫人与英俊的亚历修斯先生。"陆蔓蔓知道，这个年龄段的小男孩都很叛逆，所以没有将他当小孩看。果然，亚历修斯给了她一个真诚的笑容。

卡梅伦的笑意又深了些，这个小女孩果然不像表面看起来的那么简单。

大家坐了下来，一起聊天。

安之淳知道，卡梅伦有每个周末都带上家人到中央公园来的习惯。许多美国家庭有这个习惯——家庭乐。所以他才会算准了时机，带陆蔓蔓来这里。

卡梅伦健谈，许多时候是他在说，安之淳微笑着倾听。

"昨晚安东尼那小子还跟我提起这位蔓蔓小姐来着，说她在《怒海》里的表现可圈可点。"卡梅伦顿了顿，看了陆蔓蔓一眼。

陆蔓蔓知道，此刻卡梅伦的目光非常犀利，可她并不紧张，甚至感受到了一股火在身体里熊熊燃烧。其实，她就是喜欢这种不被信任，被挑战的感觉，因为开头越是这样，结果就越是大逆转。那种感觉很爽。

微微一笑，安之淳垂下了眼眸。李费铭导演的话是对的，陆蔓蔓与白梦

184

最根本的区别就在于陆蔓蔓是那种遇强则强的人。

"小姑娘，你还真是……毫不遮掩，很有想法啊！"卡梅伦忽然就卡住了话头。安东尼极少赞人，他从骨子里就是个挑剔的人。能让安东尼极力称赞，这个陆蔓蔓并非只是徒有其表而已。

陆蔓蔓并不打算掩饰，毕竟从一开始，卡梅伦就看透了她："那我合格了吗？"此刻的陆蔓蔓锋芒毕露，眼里是无须掩饰的勃勃野心。

这样的画面十分奇异，卡梅伦看到了。陆蔓蔓的脸庞依旧是清纯甜美的，她像一个学生，没有丝毫攻击性，可她的眼睛是不同的，里面有许多值得去深挖的东西，也充满了攻击性与一种无与伦比的……魅力。

在卡梅伦说话之前，安之淳适时地打住了他："蔓蔓，今天是周末，是美国人的家庭聚会日，不该谈公事。"他看向她，眼神颇为严厉，一如从前的邻家大哥哥。

陆蔓蔓忽然就不说话了，对着他眨了眨眼睛，然后挽住了他的手臂撒娇："阿宝。"她用的是中文，语声软绵。他是怪她太进取了吗？可卡梅伦吃这一套啊！再说了，安东尼已经事先给她透露了，卡梅伦这次要找的是一个打手，而绝非温婉的小女人。

"蔓蔓，乖。"安之淳对她是宠溺的，抚了抚她的头发。

"好好好，不谈公事。"卡梅伦笑笑，"不过我的秘书已经通知我了，陆蔓蔓小姐已经决定参加明天的试镜。所以我们明天见吧！"说完，他就带上家人先离开了。

等回到游艇里时，陆蔓蔓累得伸了个懒腰，就直接将自己扔到宽阔的沙发上去了。

"还是这里好呀，自由自在的。"她嘟囔。在这里，她才可以做自己。

安之淳在她身边坐下，抚了抚她的头发。她的头发真长，都散到沙发上去了。他说："蔓蔓，你不怪我吧？"

瞪大了眼睛，陆蔓蔓像发现了新大陆，好奇地看着他："干吗要怪你呀？"

安之淳垂眸，注视着脚下花团锦簇的暗红色地毯，唇边的笑意有些淡。

她透过船舱顶上那盏橘黄色的暖融融的灯，瞧见了他唇边的淡淡的纹路，是细纹。想来这些年他也过得很辛苦。她心头一紧，觉得心中有个地方蓦地软了起来。

"之淳。"她轻轻伏在他的背上呢喃。

他们的身后有一扇窗，夕阳的余晖透过窗渗了进来，与湖的波纹一同漫上了他的后背，他整个人有些不真实起来。她看到了他的疲惫："夕阳很美，像咸蛋黄。我们到甲板上看呗。"她的语气十分轻快。

"你不累吗？"安之淳回头，见她已经懒懒地靠回到沙发里。

她啧啧笑道："你抱我上去，我就不累咯。"

"好！"他说完已经将她打横抱了起来。

公主抱啊！陆蔓蔓的少女心瞬间爆棚。

安之淳抱着她，坐于甲板上，看着快要落到湖里面的夕阳。湖水渐渐变成了橘黄色，鸟从湖面飞过，也被染上了暖暖的色泽。

"真是安逸啊，难怪那么多人想要移民。"陆蔓蔓嘟了嘟嘴。

"如果你愿意，等你能退下来的时候，我和你在这里过一辈子。"安之淳点了点她挺翘的鼻尖，然后将指尖滑至她的嘴唇。

"喊，大忙人，这句话该我对你说吧！你自己数数你有多久没睡过觉了。"陆蔓蔓抓住了他作恶的手。

"昨晚就睡了……"安之淳的声音低了下去，"和你一起睡的。"

"别说了！"她羞得去捂他的嘴。可他却在她的掌心上亲了亲，害得她痒痒的。他又抱紧了她一些。

"我起初还担心你会怪我，怪我没有问一下你的意见，就帮你把一切安排好了。"安之淳再亲了亲她的小手。

陆蔓蔓眼睛闪了闪，然后说道："我的自尊心没有那么脆弱。而且，你是我的男朋友、未婚夫，未来将会是我的丈夫。一个丈夫对于妻子的帮助，我没有理由拒绝。"

"对的，蔓蔓。"安之淳终于恢复了一点自信，亲了亲她软软的嘴唇，说道，"蔓蔓，不要拒绝我的帮助。而且，我只是给你提供了一个可选的机会而已，如果你本身没有实力，无论我怎样替你铺路都是没有用的，关键还在你自己。所以我并没有帮到你什么。蔓蔓，你记住了，一切靠你自己！"

"我只是好奇，刚才你为什么打断我与卡梅伦的谈话。"陆蔓蔓对着他呵气。

安之淳的眸色深了些，他注视着她越靠越近的红红的嘴唇，再开口时声音已经哑了："你想知道，那得看你拿什么贿赂我了，嗯？"

他的吻深情又霸道，吻得十分深，她要呼吸不畅了。

186

抗议没有用，挣扎也不管用。他的手顺着她宽松的针织长裙探了进去，然后背部的拉链被他拉了下来。"嗯……"陆蔓蔓再次抗议，可他将她压到了甲板上，又加深了这个吻。他本就高大，怕她受不住，翻身一滚将她抱到了他身上趴着，继续这个绵长又深情的吻。

陆蔓蔓被吻得软成了一团，就那样乖巧地伏在他身上。她身体修长，大腿压到了他的双腿之中，露出洁白的小腿，就像柔软的藤蔓，与他紧紧相缠。他的手探入了她的头发中，用力地将她按向自己，他的舌尖就那样轻舔过她口腔里的每一个轮廓，追逐她的小舌头，吻得她晕头转向，而另一只手握住了她纤细的腰，将她的腰更贴近他的身体。

"热。"陆蔓蔓嘟哝，眼睛里是一片迷离的水光。

他探起身来，她随他的姿势起伏，裙子肩线处一松，就滑了一小半下来，露出雪白的香肩与香艳的那抹胸前春光。他的眸色更深了，吻落在了她的肩头上，用了一点力噬咬，她的肌肤泛起浅浅的红。

"热。"她小声抗议。

"这就是你给我的贿赂，嗯？"安之淳紧盯着她的眼睛逼问她。

陆蔓蔓咬了咬嘴唇，声音更小了："那你还想要怎样的贿赂嘛！"

他的头抵着她的头，鼻尖贴着她的鼻尖，柔软的嘴唇点在了她的嘴唇上："你知道，蔓蔓，我想要你。"

"那我给你。"她的声音细得像小猫。

两人头抵着头，相视而笑。夕阳的最后一点余晖坠下，染红了半边湖水，染上他们的眉眼，是暖暖的色泽。

"真温柔。"陆蔓蔓亲了亲他的眉眼。他有一副温柔的眉眼。

"可以告诉我了吗？"陆蔓蔓狡黠地笑，又在他的嘴唇上点了点。

安之淳一把将她抱起："无非四个字：吊高来卖！"

陆蔓蔓呀了一声。就为这四个字，她还真是把自己给卖了。

两人正要进舱，一阵狂风忽然自身后扫来。陆蔓蔓一回头，咦了一声，看见巴顿已经停在了两人面前，咬着安之淳的鞋子。

低头看了巴顿一眼，安之淳无奈地叹气："看来我和它八字不合。"

陆蔓蔓哧哧地笑。

他顺势将她放了下来，温柔地替她拉上了背部的拉链。"安东尼一直在看好戏。"他的声音里有不满与懊恼。

三

她一回头，果然看见安东尼站在船尾，他一只手提着一桶鱼，另一只手握着鱼竿。对上陆蔓蔓羞涩尴尬的目光时，安东尼微笑道："不怪我，我一直就在船上，要怪只能怪安太饥渴。"

安之淳听了，回头瞪了他一眼。这人说话真是生冷不忌。

陆蔓蔓脸红红的，她心道：不就是嘛！嗯，守身如玉二十八年的好青年，给你点个赞。

触到陆蔓蔓揶揄的目光时，安之淳有些狼狈，牵了她就进了舱里，给她找了件大衣将她裹得严严实实。

"安说得没错，今天下午你已经成功引起了卡梅伦的注意，确实值得吊高来卖，一味地表现自己，反而过了。不过是个女二号，抵不上你的身价。"安东尼也跟着进舱了，熟门熟路地给自己倒了杯红酒。

原来，卡梅伦在筹备的是一部未来感十足的科幻类特工片。女二号十分抢镜，以两种装扮出场，一种是美艳的造型，另一种是十足的英姿。因为是一个打女，所以要求女演员的眉眼要有一股英气。戏里面女二号是个反派角色，用美艳姿容勾引男主，又要能打，扛起场面，这比起女一号一味的正气凛然，反而更有看头。

"明天的试镜需要吊威亚。"安东尼提醒道。

"没问题，我很早前就已经能熟练运用了。"陆蔓蔓一副志在必得的样子。

安东尼倒是笑了："我深信你没问题，你连在冰天雪地里泡水都可以泡十个钟头，有什么事儿能难倒你呢？"他的手托在下巴上，拇指就放于下巴上那道美人窝上，他一边晃动着酒杯，一边似笑非笑地看着她："勾引我，也没有问题吧？"

见她挑了挑眉，他补充道："忘了说，我是那部影片的男主角。"

"相信我，我依旧不会令你失望。"陆蔓蔓笑了笑，目光充满挑衅。可当她将目光落在他按压在酒窝上的手的时候，忽觉这俩表兄弟的某些习惯还真是相似。

"哦？"安东尼碧绿的眼睛对她眨了眨。"其实，这几天以来，安之淳功不可没，"见她不明所以，他又笑笑说，"他教会了你各种调情与勾引的艺术。"说着他又转过了脸去，看着安之淳道："言传身教，安，你也很拼嘛！"

安之淳斜睨了他一眼："别口无遮拦，拿出你在《怒海》时的风度来。"

湖边有许多各有特色的饭店。

知道她爱吃，安之淳让饭店送了一大桌时鲜的菜肴到游艇上来。晚餐非常丰盛。

"你是怕我明天没有力气吊威亚啊？居然搞了这么一大桌菜来犒劳我！"陆蔓蔓一看到吃的，心情就很好。

巴顿在一旁狂摇尾巴。

安之淳看着第一手的剧本，拿着笔，在本子上做满了各种标注。

他很认真，甚至忘了吃饭。陆蔓蔓拿起勺子，舀了一大勺香喷喷的海鲜烩饭递到了他唇边，他只是本能地张嘴，吞咽，然后继续专注于剧本。

安东尼看得摇了摇头。

陆蔓蔓不气馁，一勺一勺地喂他吃了小半碗烩饭，间或自己尝一口："嗯，饭好软好香。"她又舀了一勺递至他嘴边，他张嘴吃进去了，正要吞咽，忽然听见她说："有我的口水哦。"

安之淳抬起眸来，对上她灵慧的笑靥时，也笑了起来："很香。"

"你俩继续，我出去抽支烟。"安东尼忍无可忍。这简直就是要气死"单身狗"嘛！

等他走了，陆蔓蔓才说："你比我还投入。"

安之淳将写满了批注的剧本还给她："因为我希望你可以一炮而红，这是你走向国际的一个很好的机会。"

安之淳与她聊起了电影："还记得邦德系列吗？苏菲·玛索的'邦女郎'，我认为她是最美'邦女郎'，她看向人时的目光是桀骜不驯的，又很坚毅，偏偏这样一个谜一样的女人又美如蛇蝎。"

"当然记得，那还是我俩瞒着家长偷偷看的第一部电影。苏菲在里面好美！"陆蔓蔓感叹，"她被邦德杀死的那一刻，我的心都要停止跳动了，明明她演的是个坏女人。"

"亦正亦邪，这就是反派角色往往比正派角色来得更迷人的地方所在。"安之淳总结道，"片子播出时，凡是看过的人无不为苏菲的死而惋惜，这是影史里极少出现过的。"

可陆蔓蔓的着重点有些跑偏，她居然在那里回味："那还是我第一次看这么出格的电影啊，妈妈一向管得严，连有爱情内容的片子都不给看，更不要说像邦德这样风流的男人和全世界的美女上床的电影了。这哪儿是什么特工片嘛，简直就是在讲述邦德先生的风流韵事嘛！难怪男人们都那么爱看。可以一亲很多美女芳泽，啧啧，他真是艳福不浅。"

安之淳的嘴角沉了沉，他忽然用轻飘飘的声音说道："你又没有问过我喜不喜欢看。"见她终于将目光移向了他，他说："我只喜欢和你上床。"

陆蔓蔓的脸腾地一下红了。这人真是拐着弯来讨她的便宜啊！她垂下了头，连忙去叉东西吃，可手抖了抖，肉掉了……

安之淳看着她快要埋进饭碗里的脑袋，低低地笑了一声，又发现她的耳根子全红了。

"我没想到，你还记得和我看的第一部影片。"安之淳举起手来，揉了揉她的头发。他的脑海里又出现了那个眉眼娇怯，笑起来甜甜的邻家小妹。

那时的她才十二岁，其实已经变得敏感早熟了，他能感觉到她对他的喜欢，可是她还那么小。

那是她十二岁生日，又碰巧电影院有以前的经典老电影回放展，于是她约了他去看电影。

票是她订的，跟他说起时，她一副神神秘秘的样子。后来进了场，他才知道是情侣座。

本来两家住得近，他说好了接她一起上街逛逛，再去看电影。可她倒是闹别扭，非要让他在电影院等。

那时是下午四点的光景，安之淳记得很清楚。他站在灯光璀璨的商场里，电影院就在他的身后。

他早就到了，等得有些不耐烦，频频看表，忽然一抬眸就见到了陆蔓蔓。

她自人群里走来，她长得高，当时就有一米六五，又刻意打扮得成熟些，站在那里长发飘飘，亭亭玉立的，他才惊觉他的小女孩已经是个漂亮的少女了。她看起来根本就与十五六岁的动人少女无异。

刹那间他就明白了她的用意，她希望给他惊喜，所以才不要他接她。

少女有着白皙的肌肤、粉润的嘴唇与动人的黑葡萄似的大眼睛，她看向他时，有些羞涩与脉脉含情，隔了人群对他微笑。

他还记得，那一天她穿了一条火红的连衣裙，不再是平常的白裙子，她

190

本就清纯，可穿了红色时，却变得不一样起来，居然有了些天然的妩媚。

那一刻，所有的不耐烦被他抛在了脑后。他快步走向她，牵起了她的手，自然而然地走进了电影院。

只是没想到她挑的是那么成熟的一部影片。

当她看到女主角挑逗、勾引男主角的时候，居然呀的一声捂上了眼睛。

这部电影他早看过了，反而觉得她的反应真是可爱，决定逗一逗她："别装了，我知道你想看。"

陆蔓蔓放下手来，可脸蛋红扑扑的，她看向他时，倒是语出惊人："我连初吻的感觉都没尝试过，那个……那个那么直接，我没有心理准备嘛！"连她自己都没有察觉到，她的脸已经与他的脸靠得那么近了。

电影的画面切换了，现在呈现的是光亮的场景，白炽灯的光线透出，映亮了她美丽生动的眼睛。她的嘴唇离他只有一厘米，那么红润，看起来那么软，尝起来一定很香甜。这个念头一起，吓得他连忙靠后，避开了她有些不确定的眼神。

那一刻他觉得她是有些失望的。他马上后悔了，后悔自己没有吻下去。她身体上淡淡的清香传来，是甜橘子味的，与她一般俏皮明丽，还带了一丝淡淡的玫瑰花香的诱惑，一起向他袭来。

他想吻她，只是吻她的脸庞，可已经错过了最佳的时机，因为前面的那对情侣已经弄出了不小的动静，一看就是激情过了头。电影里是女主角勾引男主角的热辣场面，眼前又有一对那么激烈热吻的情侣，陆蔓蔓被吓着了，猛地捂住了嘴巴。

后来，直到出了电影院，她还是不敢看他的眼睛。她竟然那么大胆，和他看那种影片。他笑她没出息："看这种片就成这样了，看《本能》岂不是……"

"什么是《本能》？"无知少女陆蔓蔓问道。她的声音有些大，过往的小情侣看了看两人，都暧昧地笑。她一下子就明白过来……

"你……你讨厌！"当时的陆蔓蔓红着脸嗔他，可眉眼娇媚，说出的话柔软婉转，在他听来心里却是痒的。他许久没说话，她马上又说："我要被你带坏的。"她的俏模样幽怨，真是小小年纪就十分能蛊惑人了。

两人都想到了从前。

当回过神来后，他们相视一笑。

191

"之淳，其实当时在电影院里，你是想吻我的，对吗？"陆蔓蔓柔声问道。

安之淳正视着她的眼睛回答："是，当时我很想吻你。"

"可你后来在地中海小岛时还和外国女郎接吻。"陆蔓蔓开始翻旧账了。

安之淳有些无奈："我只是和她打了个招呼，没想到她会突然吻我。那是意外，我马上推开她了，可落在你眼里，你却觉得我想和她进房间里继续再喝一杯。"他尽量将话说得委婉些。

"所以，你的初吻没有了！"陆蔓蔓表示很懊恼。

过了许久，她才听得他的一声轻笑。他将她抱到了腿上，嘴唇点在了她的嘴唇上："告诉你一个秘密。"

陆蔓蔓脑中警铃大作："不需要贿赂的我才听！"

"真是个磨人的小妖精，不需要你贿赂。"安之淳说了下去，"在你十四岁生日的那晚，你喝醉了，我送你回家的，然后我没忍住，偷偷吻了你。"

"你，你……你坏！"陆蔓蔓在他的怀里扭了扭。

"你的贿赂，我还没有验收，所以下次你得一起补回来！"

"什么？"陆蔓蔓惊得跳了起来。

"方才你的贿赂，不是被安东尼给打断了吗？"安之淳笑着，十分地气定神闲。

陆蔓蔓："……"

四

夜深时，陆蔓蔓与安之淳聊戏却是越聊越精神。

因为明天要同去试镜的地方，所以安东尼带着他的巴顿将军都睡在了游艇上。游艇很大，有三间客房，安之淳没有理由赶他走，只好无奈认命。

抱着心上人的某银行家心生不满："他一定是故意的。"

陆蔓蔓扑哧一声就笑了。他的手掐到了她腰后的痒痒肉上，她被他逗得哈哈大笑，最后变为哭着求饶。

然后，墙壁上传来很不合时宜的敲打声，紧接着安东尼的声音透过墙壁传了过来，引起嗡嗡的回音："墙壁不隔音的，我不介意听活春宫，你们不介意的话可以继续。"

陆蔓蔓羞急了，在安之淳的肩头上重重咬了一口，可那一口却一直痒到了他的心眼儿里。他闷闷地叹道："所以我说了，他就是故意的。"

安之淳给她选了几部影片，倒也不急着看，可她却是上瘾了。正在放《碟中谍4》，她一边看一边说："你累了，就先去睡。"

"不累。"安之淳揉了揉眉心，又戴上了眼镜。看见他满眼红血丝，陆蔓蔓心疼了，她凑近了脸来，给他吹了吹眼睛："还说不累。"然后她像想到了什么，眼珠一转，拍了他一记："你最近都不用上班吗？"

安之淳抓住了她挥舞着的小手，放到唇边亲了亲："我把四年没休过的假集中到一起来休了。我将会有为期半年的小假期，你去哪儿，我就去哪儿。蔓蔓，到时你别嫌我烦。"

陆蔓蔓沉默了，心中感动得要死要活的，可嘴上的话却不饶人："我发现你越来越像……"

见他专注地看着她、等着她的话，她憋不住了，笑道："像巴顿了。"她见他不明白地眨了眨眼睛，用指尖调皮地点了点他高挺的鼻尖："你已经被驯化成忠犬了。"

安之淳笑了笑，看着她的目光十分揶揄又犀利。反倒是她先招架不住，看了他一眼，开始心虚地对起了手指：他还是不说话……呃……难道说他是忠犬，他生气了？……

观摩了她的整个心路历程，他笑笑说："忠犬不好吗？"

"好好好！"陆蔓蔓十分狗腿地回答道。后来她才知道，有个忠犬男友，要付出什么样的惨重代价。被扑倒是常有的事情，而且某人还十分不餍足，不过这是后话了。

"而且，蔓蔓，明天无论怎样，都会有一个好消息等着你。"安之淳忽然露出了神秘的微笑。

"真的？"陆蔓蔓觉得有惊喜是最好玩的事情了。

"真的。"他与她拉起了钩。

电影里正放到蕾雅演的金发女杀手出场的片段，虽是简单的几个场面，不过她一路走来，连句台词都没有，就已经足够惊艳。

"她那个眼神实在是太迷人了。"陆蔓蔓说，"这部影片其实我看过四遍了，就是为了蕾雅的颜。她是气质好，最新的'邦女郎'也是她，抢足了邦德的戏，不过我最爱的还是苏菲。"

安之淳有些受伤地眨了眨眼："你最爱的，不是我吗？"他一副十足的

193

委屈模样。嗯，真像一条大型忠犬！

陆蔓蔓哈哈大笑。

电影播放到金发女杀手被踢下了迪拜塔，就被陆蔓蔓按了结束键："手动拜拜！"

她是站着的，居高临下地俯视着他，见他不明所以地抬高了头看她，她将双手放到了他的肩上，然后说："蕾雅领盒饭后，后面都没法看了。果然啊，在法国女人面前，美国女人都还在上幼儿园呢！那个女主角显得又蠢又没有魅力，实在无趣。"

她跪坐到了他的腿上，双手依旧撑在他的肩头，他还打着领带，她举起尾指一钩，他的领带结松了，她又轻轻一抽，领带就离开了他的颈项。他觉得自己连魂都被勾掉了，而她还是那样直勾勾地看着他，手往下一点，解开了他的第三颗扣子。她的目光一直胶着在他身上，大胆、撩人，然后她伏下了身来，眼尾上挑，慢慢地咬在了他上下滑动的喉结上。

这样的挑逗已是他的极限。

他正要去制止她，她却轻轻一跃，离开了他的身体："你全身臭臭的，去洗澡吧。明天还要试镜，我先睡了！"

她很坏，她知道那已是他的极限。

安之淳站了起来，背对着她，忽然问："刚才那一幕是剧本里的，你与安东尼试对手戏时也是这样演的？"

"当然，"陆蔓蔓答得十分自信，"你有感觉了，不是吗？我的勾引成功了。"

"嗯，你会成功的。"安之淳答道。

某条大型忠犬在浴室里，只好一直洗冷水澡。虽然有暖气，可到底还是寒冷的时节。安之淳想：真正的陆蔓蔓果然很坏。可是一想到她，他的嘴角就不自觉地扬了起来。这世上能牵动他喜乐的，也只有一个她！

试镜是在选角导演的独立工作室里进行。

好莱坞代表的是全球最高水平的电影工业，他们有他们的游戏规则。选角导演首先要阅读剧本，确定角色，并为主要角色列出所需要的演员特质和要求。

陆蔓蔓得到的是名导Eyde的推荐。Eyde阅人无数，独具慧眼，能看出每个人的独特气质，她为好莱坞培养了大量的明日之星。她曾在去年获得了专门肯定选角工作成就的Artios Award大奖。是Eyde向卡梅伦推荐了陆蔓蔓。

整个过程，安之淳全程陪同她。安之淳为她提供了独立化妆间，她也没有拒绝。Eyde一直在观察陆蔓蔓，她盯着陆蔓蔓看了许久。

陆蔓蔓安静地坐在那儿看剧本，感知到E的目光注视她至少有十分钟了。她忽然抬头，目光冷静，坦然地说："你看到了什么？"

"坚忍。你有一股执着的劲头儿，这使得你与别人不同。"Eyde直言不讳，"你的心像一个男人的心。我觉得没有什么是能打倒你的，这与你的外貌有着本质的不同。"

陆蔓蔓挑了挑眉，嘴角带了一丝若有似无的笑意。这导演的眼睛真毒。

安之淳听了却皱了皱眉。一个人的气质是与她后天的经历分不开的，他不知道她过去究竟还受了多少苦，才会磨炼出一个男人才有的心智。

Eyde走了过来，示意化妆师用那管暗黑色的口红。"待会儿你给她化一个美艳、毒辣的妆容，我想看看效果。"她又转头对陆蔓蔓说："蔓，你试试压低一点嗓音说话，要特别沙哑的感觉，吐字可以尝试慢些，你要使你的语言都透出一股魅惑来，要带上挑逗的感觉。"

陆蔓蔓清了清嗓子，然后压低了声音，正要吐字时却又沉默了起来。她垂眸，视线触及桌面上的一大堆装饰品。她忽然站了起来，身体微微前倾，然后将腰背压向了桌面，那里刚好是一面化妆镜，透过化妆镜，她看到了出现在门边的安东尼与导演卡梅伦。

她的目光透过镜面看向安东尼，她眼尾上挑，连长眉也挑了起来，显得她的眉眼狭长而魅惑。她先是轻轻一笑，取过手边的一条造型像蛇的钻石项链，当着男人的面自己戴了起来。她嘴角往下一压，说出的话却是挑衅的："你不明白亚里斯有多可怕。"

她还是半伏在镜台上的，裙子的领口低，吊坠在她胸前的沟壑前摇摇欲坠，闪着迷离的璀璨光芒。在男人想看一看她的身体时，她又站直了，转过身来。

视线对上视线，一时之间，火花四射。

她的嗓音沙哑，声带像被砂纸刮过，语调又轻又慢，使人听了心痒。

安东尼走了过来，对起了台词："哦，有多可怕？"说着，他忽然将她拦腰一抱就要吻她，却在她嫣红的唇前停下，"有你那么可怕吗？"这是一句挑逗的台词。

陆蔓蔓的声音依旧是轻盈的，明明沙哑，却不粗糙，反而有一种带着张力的轻盈，像上下跳动的音符。"你还是不明白，"她的红唇凑近了他的鼻尖，而后慢慢下滑，她嘴唇微启，吐出的气息拂过他的鼻尖、人中、嘴唇，然后是喉结，她的脸太近了，他甚至能感受到她长长的睫毛在他的唇瓣上扫了一下。

知道他感觉到了，她忽然轻声笑了，像喟叹一般。但她的脸已经离开了他的喉结，没有吻他。

见她要走，安东尼反手来拉她，陆蔓蔓忽然发难，将颈中的项链一抽一甩，变成了一件武器挥向安东尼。那一瞬间，她的眼神一变，十分凌厉，仿佛刚才的魅惑根本没有出现过。

因为陆蔓蔓拉开的是安全距离，所以她只是做了一个动作。蛇形项链坠落，那尖尖的尾巴没有刮到安东尼。

剧本里只写了她要向男主角发起进攻，但没有明示使用什么武器，可以是锋利的匕首，也可以是手枪，但陆蔓蔓选择了一出美人计。

啪啪啪！卡梅伦首先鼓起掌来。

"眼神里英气中带有妩媚，杀机隐藏于轻佻里，说话的语速控制得有张有弛，难得的是与男主角能产生异样的化学反应，让人在一秒内入戏，觉得已经进入了角色的环境中，而非在看人演戏。"卡梅伦做出了点评，然后点一点头道，"恭喜你，已经通过'化学测试'了。"

陆蔓蔓连眼皮都没有抬一下，一副懒洋洋、毫不在意的样子。她不过是取得了入场的资格，真正的考验还在后面。

卡梅伦先行离开了。

卡梅伦的助理将试镜的号码牌给了她，她是第19位。这女二号的竞争有多么激烈可想而知。

"为什么不高兴？"安东尼站在她旁边，把玩起她随意扔在桌面上的蛇形项链。

陆蔓蔓斜睨了他一眼："有什么值得高兴的？我和你能产生所谓的'化学反应'，是因为熟悉。我们合作过《怒海》，也尝试了亲热戏，更是朋友，当然会有一定的默契。我不过是赚了这个便宜，并非全是我的演技突出。"

"你要求太高了。"安东尼正色，"我没有放水，能和你产生化学反应，是因为你的演技有张力，调动了我所有的飙戏细胞。"

见陆蔓蔓动了动唇，又没有说话，安之淳拍了拍安东尼的肩膀："没关系，我和她说会儿话。"

点了点头，安东尼也离开了。

"给她照着Eyde的想法把妆弄好。"安之淳对化妆师吩咐道。

<h1 style="text-align:center">五</h1>

"烟熏妆。"Eyde说，"东方人五官不够立体，要用化妆弥补这个缺陷。不过黑发倒是挺好的，有神秘感。把她的头发打湿，全拢到脑后。"

Eyde一边说一边在衣服架子那里挑选，最后选中了一套黑色的紧身礼服裙。

陆蔓蔓换好了裙子，开始化妆。

当她穿了黑色紧身裙出来，安之淳的呼吸在一瞬间屏住了。

黑色的丝绸缎面拼黑纱的裙子，又是半胸的，显得她的身材十分诱人。她转过身去，整个背部被一袭黑纱包着，黑纱上有简单的植物纹刺绣。她的两边腰侧与大腿处都是黑纱拼的，肩头与双手也被黑纱包裹，那种性感是从骨子里透出来的。

而她的眼神也十分阴郁，突显了一种无法言说的神秘感。

小烟熏与暗黑色的口红，一个蛇蝎美人从屏幕里走了出来。

"是的，就是这种眼神，你要保持。"Eyde点了点头。

安之淳看入了迷，直到陆蔓蔓走到了他面前，手轻轻搭在了他的肩头，他才回过神来。而她靠近了一步，另一手放到了他的腰部，用力一压，将他压向了自己。"还欠缺些什么吗，嗯？"她忽然问。

安之淳怔了怔，目光一沉，已经开始思考。片刻后，他对工作人员说："有烟吗？女士烟。"

Eyde从助理那里接过了自己的百宝箱，翻翻找找，找出了一支女士烟。

烟很特别，细而长，像曼妙的女郎，引人遐想。

陆蔓蔓接过了烟，夹在手里把玩，显然还是心不在焉。

安之淳握着她的手，连同烟一起放在唇边流连，他轻嗅时，甚至能闻到她淡淡的体香。他原本半眯着的眼睛忽然睁大，直白大胆地看着她，那种目光十分火辣。她感到了一阵莫名的兴奋，血液都在沸腾。

很好，她找到感觉了。安之淳依然是用那种带了勾引与挑衅的眼神看着她："你不单单要辣，还要够味，又辣又够味才符合蛇蝎美人的标准。"

陆蔓蔓没有做出吸一口烟的动作，只是一手夹着烟，走到了一边的道具围栏上。她是背对着Eyde与安之淳的，臀部抬高一点靠着围栏，然后微微露出半边侧脸，头微微低着，一手撑在围栏上，夹着烟的手随意举着。她的眼神从烟身上随意掠过。

她的站姿非常美，而且身体语言很能突出人物的性格。

她没有露正脸，却将性感的若隐若现的背部曲线展示给人看，这是十分正确的举动。从这点就可以看出，她对人物的性格塑造很准确，拿捏得很到位，这让Eyde对她的打戏更期待了。

安之淳取出手机调整到最佳的角度，给她拍了好几张特写。她实在是太有魅力了，说美反而是轻视了她。一个女人的魅力，被她很好地诠释了出来，她像个完美的女人。

有助手过来提醒，下一个该到她了。安之淳走了过去，轻轻拥抱了她一下："去吧。"

"你不过去看看吗？"陆蔓蔓说话的嗓音还是沙哑低沉的，穿过耳膜直达他隐秘的内心世界，连一句问话都像勾引。

安之淳轻轻地摇了摇头，看着她微笑："不过去了，我不想影响你发挥。"

可最后他还是去看了。他没有进入房间里，只是站在门边安静地观看。他隐藏得好，没有让她看见。

她的表演很到位。

陆蔓蔓试的是打戏。她已经换了一套衣服，是一套黑色的紧身皮衣，皮衣能突出硬朗这一特质。手枪就握在她的手中，她慢慢举起，置于脸的右侧，右半边脸隐在了阴影里。她的眼神冷静、锐利，杀机闪现，又隐没于眼底，快得让人捕捉不住。

本来是静的画面忽然发生了改变，搭戏的特技演员已经从幕后腾空翻了出来。导演的监视器里，那个身影极快地一闪，向陆蔓蔓冲来。

她忽然举枪向前，扣动扳机，握枪的动作十分标准，然后一个侧翻，避开了致命一击。她用力一跃，威亚将她吊起，她跳到了一个布景高台上，动作利索干净，没有半点滞涩与脂粉味。

安之淳听见了卡梅伦的评语："她的表演很有弹性。"

陆蔓蔓已经让所有人信服她就是那个女杀手。

因为正式拍片时，编剧会根据需要对角色不断地进行重新塑造和修改，这种情况下，就要求演员具备弹性。卡梅伦给了陆蔓蔓临时剧本，就是要测试她的弹性。

"蔓，你接下来表演被对手抓住后的那种心理状态。"卡梅伦将新的剧本给了她。

这是一种考验与挑战。

导演一般很少要求演员准备独白戏，但现在看来，他对陆蔓蔓似乎有更高要求。

剧本里，男主角所在的组织是正义的一方，但不代表他们的审讯手段就是温和的。这一幕戏里，男主角也会出场参与审讯，而且最后的结果是出人意料的：男主角放了女二号，并协助她逃跑。

这是大致的剧情，卡梅伦没有给出影片里细致的剧情走向，也就是说，让陆蔓蔓自己做出合理的发挥。

这有些强人所难了。安之淳蹙了蹙眉。

"我可以要求取消这个测试吗？"安之淳走了进去。作为该片最大的投资商，没有他砸钱，这部影片的拍摄将会陷入停滞，起码剧组要另外找投资商赞助了。

"当然可以，安先生的这个要求很合理。"卡梅伦的话也同样出人意料。

安之淳见惯了风浪，并没有什么表情，连一丝惊讶也没有，但他看到了陆蔓蔓在对他摇头，表示了她的不赞同。

"蔓蔓，并不是我不信任你。"安之淳先安抚了她，然后对卡梅伦说，"你是因为女演员并非西方人而有所保留吗？"安之淳的话已经十分委婉，但也直指导演是不是对华裔演员持有偏见，所以刁难她。

近些年，尽管业内认为好莱坞电影有强烈的东方化倾向，但不难看出，欧美电影在迎合东方影迷口味的同时，也要考虑其本土口碑，所以他们并不敢放手去赌——起用中国女星，而是经常性地选择东西方都喜爱的女演员，例如一些中西混血，或者是已经有一定口碑的"新鲜"的熟面孔。

正因此，安之淳才会有这个疑问。

不过老奸巨猾的卡梅伦将这个问题抛给了陆蔓蔓："蔓，你是怎么想的？安是投资商，他的意见能起到决定性作用。我本人对你也很满意，所以即使不试这场戏，我也会用你。"

众人都抱着看好戏的心，看着试镜片场里这位唯一的华裔女性。

安之淳的太阳穴跳了跳。导演这样做根本就是在逼陆蔓蔓表态。他极力压下愤怒，取下了眼镜，揉了揉太阳穴。

当他再次睁开眼时，陆蔓蔓已经向他走了过来。

她握住了他的手，并不向众人隐瞒他和她的关系。她并不在乎外人说她靠安之淳上位，她已经全部不在乎了，她只是温柔地说："之淳，相信我。"

"嗯，你是最好的。"他温柔地笑了笑，给了她一个鼓励的吻。

镁光灯下，所有的光线都集中到了两人身上。陆蔓蔓的眼妆依旧是深棕偏灰的烟熏妆，可她的眼睛清亮无比，包含了一个女人对她所爱的男人的所有温柔与爱恋。明明是那么妖冶的妆容，却在一个女人的身上，在一双不染世故的小女孩的眼睛上。

所有人都看见了她对他毫无保留的爱恋。可下一秒，她的眼神就变了。她的手抚在安之淳的脸上，笑得很浅，可眼神却无比勾人。她的声音又变回了角色Viper该有的味道："我也觉得我是最好的。"她的嗓音沙哑而撩人。

第十章　烟熏妆与铁手枪

一

剧组重新做了准备，摄像机也随时待命。

灯光师在调度光线。审讯给人的感觉都是阴冷的、残酷的。灯光的颜色变得冷了起来，给人阴森森的感觉。

安东尼沉默了一会儿，走到了陆蔓蔓身边，然后对导演说："给我们十分钟。"

"好。"卡梅伦十分大方地同意了。

"你想怎么做？"安东尼询问她的意见。

陆蔓蔓想了想，飞快地回答："一味使用美人计来对付同一个男人，我觉得很俗。"

"我也是这样认为，但同时也无可否认，美人计有时却是最直接有效的，更何况男主和女二号还发生过关系。"安东尼先是肯定她，却又马上觉得并不好发挥。

陆蔓蔓咬了咬嘴唇，说道："我觉得这世上还是没有任何一个美人，是可以真的在重要时刻用美色来逃生的，那样很难。所以，我想表达不一样的东西。"

"那你想怎样做？我会全力配合你。"安东尼握了握她的手，在她手心捏了一下，又放开了。

陆蔓蔓看了看他，忽然一笑，倒是问了个无关紧要的问题："如果是你，以你的立场，作为正义的一方，你会放过我吗？"

　　安东尼怔了一下，看着她唇边调皮的笑意，忽然脱口而出："你那么美，我会放过你的。我心软，不舍得。"

　　他们的对话通过监视器传了出来，卡梅伦觉得十分有趣。安东尼居然动心了！不过按真正的剧本，陆蔓蔓饰演的Viper这个角色，确实是用美人计令男主心软并以此逃脱的。只不过，男主心软的那几分钟，只是给了她开锁逃生的时机，男主是间接放了她，并非直接。

　　并不是编剧写得俗，而是这样才合理。二战时，各国政府都使用美人计，可见美色的影响巨大，即使是这世上最铁骨铮铮的硬汉英雄也不能免俗，抵不过绵软诱惑的肉体。更何况这部影片对男主的塑造本来就更人性化一些，会有许多挣扎在里面。

　　陆蔓蔓已经看透了本质，她只是侧面向导演宣示了她的挑衅和她的反叛。

　　这样的女人很有抗争的天然冲突性。她的眼神里，有一种敢拼，敢赌的豪情壮志，这使得她很符合Viper这个爱冒险的女性的心理。

　　导演说了一声："Action！"好戏上演了。

　　镜头里，Viper被捆绑在凳子上。

　　刚才，随着导演的那一声"开始"，陆蔓蔓将衣服的下摆猛地扯开了一个口子，装成被虐打过的样子，使自己显得更凄惨。

　　审讯过程中，陆蔓蔓饰演的Viper一直是冷静的，她的害怕从眼底一闪而过，因为极度疼痛，肩膀在抽搐。但她是对着逼供的人轻蔑地笑着的，眼神飘忽而嘲讽。

　　直到男主角出现，Viper的眼神变了。如果说Viper刚才表现出了一丝害怕，那么在见到男主角的那一刻，她则表现出了极度的恐慌。没有明显的表情，她只是用眼神表达。她的嘴角很轻微地抽搐了一下，眼神僵住了。

　　"极度恐慌"，这一个发挥点引起了卡梅伦的兴趣，他甚至坐不住了，站了起来，拳头握紧，十分紧张。

　　安之淳笑了。陆蔓蔓是不会让人失望的。到了今天，他终于发现，即使没有了他，蔓蔓也会过得非常好。可她愿意留在他的身边，只是因为她爱他，而不是她需要他。

Viper的眼神又恢复了平静，甚至比起刚才还要心如止水的样子。

安东尼饰演的Phantom对手下的人挥了挥手，让他们出去了。临时演员退出了镜头。

镜头里，是男主角Phantom与女二号Viper之间的单独厮杀。

片场里的每个人都仿佛闻到了血腥味。

两人对视的时候感情非常有张力。Viper平静的表象下，是极度的不平静。

陆蔓蔓的眉梢、眼角都是戏，她眼角的细纹跳了跳，暴露了她内心的挣扎。

陆蔓蔓做到了。

"你来了。"Viper说出的话令人惊心动魄。

男人的话也令观众的心狠狠地揪了一下。"你不希望我来。"Phantom用的是平淡至极的陈述语气。

这时陆蔓蔓开始使用肢体语言。

Viper的身上到处都是伤痕，惨不忍睹。而她的衣服被撕破了，露出了腰部的肌肤，在腰侧有一道浅浅的印记。

Viper在Phantom的注视下，不安地动了动身体。

他没有开始审讯，反而说："我喜欢那个花纹，你还记得。"

Viper的腰侧文有一朵颠茄花，紫色的，闪动着迷离勾人的色泽。那是一种催情的花，神秘、妖冶，也是她常抽的烟上的花纹。这也是化妆师应陆蔓蔓的要求，后来给她添加上的。

Viper在那一瞬间像是捕捉到了什么。她想靠近他，却被绳子束缚着，无法动弹。她只能微微向前，露出了领子里那条若隐若现的沟："记不记得，你在乎？"她的声音沙哑，充满了无限的魅惑。可她的眼睛里并无乞求，也没有要勾引他的欲望，是完全的冷漠，只是冷漠里又隐藏了一些不一样的东西。

她的嘴唇在说完的下一刻颤了颤。

男人没有回答，只是低头把玩手上的一支烟——印有颠茄花的女士烟。

"放了我。"她又说。她的眼睛没有看他，而是注视着那一支烟。

男人的目光投回到了她的脸上。她看着那支烟出神，不知道想起了什么……

有没有想起他们的初次见面呢？男人的目光变得温柔起来。初次见面

203

时，她主动走过来问："你想不想抽一支烟？"然后她摊开素净的手，将那支印有她暗红色唇印的烟递给了他。

两人之间要对的戏的大体内容，陆蔓蔓刚才已经在剧本上写好了，但她让安之淳在她表演到成功逃脱时，再交给卡梅伦看。

"不可能的。"男人忽然说道。

Viper的眼神闪了闪，一种隐忍的感觉通过眼睛被传神地演绎了出来。她再开口时，嗓音更哑了，几乎使人无法听清："我知道你一直想知道的秘密。"

只要你放了我……

她的潜台词没有出口，可大家都屏住了呼吸。

大家都听明白了。

美人计只能使被美色所惑、头脑发昏的男人一时心软，却不足以成为他放过她的理由。

除非她拥有一个足够重磅的交换条件。

演到此刻，连卡梅伦都叫了声好。这个陆蔓蔓还真是敢想，敢赌！

被她抛出的条件所吸引，男人的鼻翼张了张，身体已经本能地靠向了她，将耳朵移到了她艳丽得有如毒药一般色泽的唇边。

她将嘴唇靠近了他，微微开启。那种感觉非常致命。

甚至有人开始担心，下一秒她会不会用锋利的牙齿咬破男人喉咙的血管。

可她只是在他的耳边做了个嘴型，说了一句话。

所有的人屏住了呼吸，可是没有一个人听见她到底说了什么。

安东尼微微一笑，陆蔓蔓很狡猾。她说的是什么已经不重要了。

适当的留白，更给足了大家想象的空间。这句台词本就不应该出现。

"对，就是她！"卡梅伦导演与Eyde还有制片人，甚至是编剧，都同时爆发出了同一句话。

安之淳走到了卡梅伦面前，将陆蔓蔓自己加的剧本递给了他。

后面演的无非就是Viper逃脱的情节，与之前的情节相比，就没那么重要了。

"Cut。"卡梅伦在看了她修改的剧本后，激动得叫了停。

"不用演了，就是你！你就是Viper！"卡梅伦几乎是吼了出来。

陆蔓蔓猛地松了一口气：自己过关了！

在所有的人都在称赞她，将恭喜的话说给她听时，陆蔓蔓却猛地冲下了舞台，一把扑进了安之淳的怀里。

当她抬头仰望他的那一瞬间，安之淳看见了她眼中璀璨的星光，那是无数的镁光灯的投影。而这闪耀璀璨中，他在她的眼里看见了自己。

"之淳，没有你，我永远也无法走到这一步。"陆蔓蔓注视着他说，"我是因为你才能走到这里的。"

其实她说的，安之淳都懂得。

"因为你，我才变得更好。"陆蔓蔓踮起脚，在他的下巴上印下了一吻。

在他就要吻下来的那一瞬间，她咯咯地笑了："你真高，我总是亲不到你。"

"那以后让我来亲你。"安之淳说完，猛地低下头来，攫住了她甜美的嘴唇，深深地吻了起来。

二

嘘嘘……滴滴滴……嗒！在两人忘情拥吻的时候，不和谐的声音响了起来。

陆蔓蔓微微睁眼，却被他用牙齿轻轻咬了咬下唇。他的声音非常低："专心点。"

呃……陆蔓蔓的眼珠转了转，看见他依旧闭着的眼睛。他的眼睛狭长，闭着时眼尾上扬，竟十分迷人。而他那浓密的眼睫毛长而翘，当他睁开眼睛时，投映在他的眼眸里似倒映在他心湖的冷杉。

"之淳，巴顿在你裤脚嘘嘘了……"她无辜地眨了眨眼道。

"巴顿！"安东尼已经发现了不妙的情况，猛地跑了过来要喝止它。

片场的人想笑又不敢笑，毕竟安先生可是最大的投资商，轻易不能得罪。

安之淳目光垂下，看了巴顿一眼，终于察觉到了不好的味道。

巴顿被他瞪着，一副无所谓的样子，翻了个白眼，摇摇晃晃地走到了陆蔓蔓跟前，拿头轻轻地拱了拱她的小腿肚，动作十分温柔。

陆蔓蔓觉得这巴顿也太厉害了，尿了安之淳一身，可他和她靠得近，巴顿竟然没有尿到她一星半点。

"巴顿不喜欢我。"安之淳的眸色沉了沉，他将目光投向了安东尼，轻轻一笑，道，"我知道了。"

"知道什么？"陆蔓蔓不明所以，看了看他的裤脚，觉得这大资本家的风度真好，都这样了，还面不改色的……连举止都还是那么得体……

安之淳放开了她，道："我先去换一身衣裤，你等一等我。"然后他就先行离去了。

看见安之淳离开后，卡梅伦走了过来，他看了看这位倔强的小姑娘，她正把被扯坏的衣服下摆在腹部打了个结，遮挡好露出的那截雪白的腰身。

"蔓，你有武术功底吗？"卡梅伦在她跟前停下。

陆蔓蔓刚折腾好衣服，一抬头就看见大导演又要来考验她了，看来亚裔女演员在好莱坞还真是受歧视啊……她咬了咬牙，回答得颇为咬牙切齿："不是所有的东方人都像好莱坞大片里的李小龙一样会功夫哦！"

卡梅伦没想到她也会露出伶牙俐齿的那一面，笑笑说："你误会了，我没有任何歧视的成分，只是想加入些东方武术元素。你知道的，"他忽然用中文说了，"'歪果仁'嘛……"然后又换回了英文，"都喜欢那些东西。我见你吊威亚时，身体轻盈，像我看过的中国轻功一样，所以有此一问。"

陆蔓蔓看了看他——他目光真诚，没有半分闪烁的虚假，就知道是自己误会了他，她抱歉地一笑，道："不好意思，是我敏感了。我小时候学过几年芭蕾，后来一直有练高级瑜伽减肥，所以下腰、劈一字马、翻筋斗什么的，都没问题。"

她忽然又傲然一笑："而且，大导演你真是捡到宝了，我还真练过几年太极。"说完，她就做了个功架，沉腰收腹纳气，然后举起双手，慢慢挥舞起来，步子一点点地变化，动作开始变慢，而后越来越快，她的姿势标准，脚步轻盈，可落下的每一步又极为踏实。

她的眉宇之间有股肃穆之感，脸上神情认真，眼睛里透出一股清逸的英气，若是换上道袍，绝对有一种道骨仙风的气质。卡梅伦十分惊讶：这个亚裔小姑娘居然有千变万化的面孔与神情。"好，好！"卡梅伦笑着鼓了鼓掌。

"你可以为我空出多少时间？"卡梅伦问得直接。

陆蔓蔓想了想，答道："我之前和经纪人大致商定了一个时间，未来半年的时间都是自由的，您需要我什么时候进组？"

"尽快，你的戏份，安先生说了要集中拍，我希望你十天后可以进组。

你的拍摄周期，大概二十天。"卡梅伦翻了翻手机的文件记录，然后点了点头，以表示最后的决定时间。

"好，我没问题。"陆蔓蔓长眉一挑，回答时神情严肃，是认真工作的态度。卡梅伦心里十分满意。

卡梅伦拿着刚才安之淳给他的剧本，问道："你怎么会有此想法，以一个重要秘密做交换，而不是直接使用美人计？"

"凡事都要讲究逻辑的吧，"陆蔓蔓挑了挑眉，"难道欧美男人都喜欢和认可赤裸裸的勾引，或者性交易？其实是在试镜前，之淳和我说的，拍戏时，经常会根据剧情需要而使得剧本有所改变，需要随时对角色再塑造。这不单单是编剧的任务，作为一个好的演员，也必须会做出思考。他还说，如果您提出什么奇怪的想法，让我尽管去发挥，只要合乎情理，大胆一些去想象，最后小心谨慎地去验证就可以了。"

紧接着，她调皮一笑，直接道破："而且之淳还说了，你最吃这一套。你不是墨守成规的导演，所以最讨厌没有想象力的演员。"

卡梅伦听了微微一笑，回答道："这个安先生还真是完完全全地摸透了我的心思。看得出，他为了成就你花费了许多心思。"

"那是自然！"陆蔓蔓回答得十分骄傲。

大致的签约情况、剧本的分发、对角色的一些了解和后续时间的安排，卡梅伦的助理S先生都和陆蔓蔓谈了谈，双方达成基本意向后，S说道："我拟好合同后，会第一时间发给你看的。"

"好的。"陆蔓蔓微笑着回答。

卡梅伦很忙，已经收拾好东西准备离开。他人已经走到了门口，忽然又折回，走到她跟前，说："今晚我在'缪斯号'游艇上搞鸡尾酒会，你和安先生赏个脸，一起过来。"他也不等她回答就先行离开了。

他还真是风风火火的一个人啊！

陆蔓蔓还在心里默默吐槽，忽然看见自己跟前多了双深蓝色尖头皮鞋，顺着皮鞋往上看，是米白色的修身西装裤，同色的西服上只扣了一个扣子，深蓝色的领带衬着一对大海一般深邃的眼睛，接触到她的目光时，那平静的碧色大海忽然起了一丝波澜。

是安东尼换下了戏服过来了。

"我很好奇，制片方打算给你多少片酬。"安东尼嘴角噙笑，和她说起悄悄话。

陆蔓蔓用一根手指比了比，带着点好奇地看向他。

"一百万美元？"安东尼挑了挑眉。

"折合成人民币的话，一千万。"陆蔓蔓说。忽然，她眨了眨生动的大眼睛，直勾勾地看着他问道："大影帝，我好奇你的片酬。"

安东尼看了她十来秒，面无表情地说了句："我的片酬一般维持在两亿左右。"

陆蔓蔓："……"果然是大影帝！

"嘿嘿，你真有钱……"陆蔓蔓掰着手指数，"老实说，我还没有数过那么多的钱。一千万呢，我可以做好多事了。"她默默算着：妈妈的病有希望治好了呢。见安东尼还在注视着她，她吐了吐舌头："这是我头一次赚那么多钱啦！上次接《怒海》只得了二十万美元。"

安东尼笑了笑："没关系，慢慢来，会有出头的一天的。其实在好莱坞，一线的男女演员片酬都在一亿以上，我的不算多。"

"那像我们这些华裔演员岂不是根本不入流……"陆蔓蔓沉默了。

安东尼目光闪了一下，没有回答。

"果然啊，我是连好莱坞的大门都没有摸到，更别说走进去了。"陆蔓蔓故意做忧伤状。见大影帝欲言又止的模样，她忽然大笑起来，踮起脚拍了拍他的肩头，"别担心我，我其实很满足。我没有什么雄心壮志的，只想演好每一个角色而已。"

安东尼微微笑了，唇角上挑，眼睛里有一种温情闪过："嗯，这样挺好的。"

"其实，巴顿不是我养的。"安东尼蹲了下来，温柔地抚摸巴顿的大脑袋。

"啊？"陆蔓蔓不明所以。

安东尼说："我们到化妆间坐坐吧，我的助理泡了一壶好茶。"

三

茶是上好的玫瑰花茶。一走进大影帝的独立化妆间，陆蔓蔓就闻到了茶与花混合的十分曼妙的香气。

茶色的玻璃壶里泡着浓浓的一壶茶，一朵朵粉色的娇艳玫瑰漂浮在水中。安东尼替她斟了一杯："趁热喝，这个女孩子喝了，可以明目养颜。"

陆蔓蔓小小地抿了一口，玫瑰的清香缭绕在唇齿之间，真是香极了，她再抿了一口，舌尖上卷了一朵玫瑰，含在嘴里微苦。她最怕苦，吐了吐舌头，又想到是人家的一片好意，不好当面吐掉花，也就将舌头一卷，将玫瑰卷进了口腔深处，吞了下去。

她一抬头就见到安东尼一直在注视着她，他的眼睛褪去了碧绿，变得深浓了起来。他目光一沉，错开了她的视线，可脑海里全是她刚才吃花的画面……

见她不明所以地看着他，安东尼轻咳了一声，说："巴顿的原主人突然因车祸离世了。因为走得非常突然，巴顿一直守在医院里，后来还上了电视新闻，记者提到这曾是一条明星犬，还提到了它的名字。巴顿的主人没有亲人，它成了流浪犬。

"后来我就收养了它。它有很严重的抑郁症，去到哪儿都要跟着我，不然它就会绝食。这段时间以来，它才好些，能接受我到外国拍片时分离的日子。但在国内，或者我出国度假时，都会带上它。"

原来还有这样一段缘由，难怪安东尼去到哪里，她都能看见巴顿紧紧跟随他。

陆蔓蔓低下头去，摸了摸它的大脑门："巴顿，你真是一条忠犬。"

她伏下的姿势有些低，戏服还在身上，领口在刚才试镜时就被她拉得低，现在她一动，他就看见了她若隐若现的雪白肌肤。他觉得嗓子很干渴，连忙低头猛喝了一大口茶。

"小心烫。"陆蔓蔓看了他一眼，"你很渴吗？居然喝那么烫的茶。"然后她取过一个杯子，将玻璃壶里的茶倒了一些出来，晾凉了来，"你渴就别泡茶喝嘛，小心喉咙不舒服。"

碰巧安东尼的助理进来了，递给他最新最全的剧本，恭敬地说道："这是导演给您的，因为男主角一早就定下来是您来演，所以您的最终剧本已经出来了。"

"好，知道了。"安东尼淡淡地说。助理看了陆蔓蔓一眼，便先行离开了。

"其实我很好奇，你的中文名叫啥。"陆蔓蔓看了一眼他的剧本。毕竟他也是半个中国人。

安东尼见她的视线完全胶着在剧本上，知道她好奇，便将剧本给她："你有兴趣？"他的话一语双关。

"嗯，因为多方位了解每个角色，在我塑造自己的角色时可以作为参考，尽量将自己的角色塑造得更贴近剧本。"陆蔓蔓点了点头，眼睛在他的剧本上扫过，她惊讶地发现上面有许多安东尼亲自批注的内容，再快速翻了一遍，原来一次本、二次本、三次本的总剧本都被装订成了一册。

可以想见安东尼是多么用功。

安东尼想了想，然后说："那我让助理把大家的剧本收集好整理一下，发到你的邮箱里。"

"好，谢谢你啦，大影帝！"对于他的帮助，陆蔓蔓欣然接受，大家既然是朋友，就没必要那么讲究了。

刚好翻看到男主角与Viper的对手戏部分，陆蔓蔓看得认真，却听见他说："我的中文名叫易思念。"

"啊？"陆蔓蔓抬头，一时没有反应过来。

安东尼眸色深沉地看着她："我是安东尼的养子，我妈妈是改嫁的，养父是和安之淳一样的银行家。我妈妈是养父的秘书，也是从事金融业，她一直思念着我的父亲，所以替我起名叫思念。"

陆蔓蔓的眼珠动了动，她觉得接下来听到的会是不好的消息。

"我的爸爸在我出世没多久就出了车祸离世了，我对他甚至是连一点记忆也没有。"安东尼忽然说道，声音很轻。

陆蔓蔓的微笑有些僵硬，她也不懂该怎样安慰他。难怪他对巴顿有特殊的情感，都是车祸……

"易思念，"她一字一顿地说，"你不要难过。"

安东尼听了，猛地抬头看她，已经有很多年没人叫他的中文名字了，除了他妈妈。他居然将心事讲给了一个小女孩听！

陆蔓蔓看见他眼底泛起的泪光，怔了怔，有点不敢相信："你……你哭了啊？"要不要这么真性情啊，大影帝……

门外传来很轻微的脚步声，陆蔓蔓是背对着大门的，没有发现什么。安东尼已经听出是谁了，忽然露出邪气的一笑，声音压得很低："蔓蔓，我心情不好时，会有一个很不好的嗜好。"见她瞪大了眼看他，他说："就是会亲人。"然后他探过头来，猛地攫住了她的嘴唇。刚才他在和她搭戏时，他就想这样做了。

安之淳在门边忽然停下了脚步，看着化妆间里的一切，脸色变得很难看，但还是转身离开了。

陆蔓蔓被吓了一跳，他的舌头已经伸了进来，在纠缠她的舌头。她反

210

应过来了，本能地就咬了他一口，他的舌头被她的牙齿剐破，他猛地松开了她。

他的眼神里有汹涌的情绪，她看不懂，只能怔怔地抚着自己的唇瓣。而他的舌尖破了，嘴唇也渗出了血来。他是白人混血，肌肤白得如雪，黑棕色的头发、碧色的眼睛衬着嘴唇上的那抹猩红，他整个人俊美得妖异，而此时他沉默地看着她，让她感到了一丝不安。

"对不起。"安东尼忽然开口，嗓子沙哑。正巧他的助理过来了，在门边敲了两声门，见到他嘴上的伤，没有多问，但接收到了他的眼神。助理走到他们身边时，才说："陆小姐，十分抱歉，我家少爷心情不好时会亲人，家里的用人都被亲过。"顿了顿，他还说了句俏皮话："当然，亲的都是女用人，有时也会发疯亲女演员，你下次回敬他一拳，他就清醒了。"

陆蔓蔓嘀咕道："还有下次？……"

原来他只是有特殊癖好。陆蔓蔓在嘴唇上抹了抹，然后说："易思念，我建议你下次去亲巴顿吧，它最了解你了。"

安东尼："……"

巴顿马上凑了上来要求亲亲："汪汪汪！"它仿佛在说：好呀好呀，来亲啊！

"你不生我的气，我就放心了。"他笑笑，轻轻推开巴顿一点。巴顿就立刻委屈了，趴在地上怏怏的。

"你呀，真是戏精！"陆蔓蔓摸了摸它的大脑门。

"算啦，每个人都会有些特殊癖好的，理解理解。凭你的尊容，我想女明星们还是很吃你那一套的。幸好你还不算变态，没有那些什么内衣裤恋物癖。"陆蔓蔓摊了摊手。

安东尼："……"

她低头翻着剧本，助理走到了安东尼身边，在他的耳边低语："安先生刚才来过。"

"知道了。"安东尼回答得漫不经心。

陆蔓蔓接到安之淳的电话，才知道他一直在大楼下面的广场等她。

等她跑出大楼时，外面开始下雪了。而安之淳听见她的脚步声，慢慢地回过头来，对着她展露微笑。他很想问一问她，可是话到嘴边又咽了回去。

"你的手好冷！"陆蔓蔓握了握他的手，然后踮起脚来，手已经捧住了

211

他的脸，"你的脸也冷。站很久了吗？怎么不早点打电话给我？"

他回握她的手，放进了自己的大衣口袋里，与她十指紧扣："估计你与制片方会聊得久一些，所以没有打扰你。站在这里，等着等着就忘了时间。"

两人沿着街边，漫步雪中，四处已经开始充斥着浓浓的圣诞气氛了。

安之淳带她回了他在曼哈顿的家。

他的家在摩天大楼的顶层，是豪华的复式公寓，酒店式公寓的服务，一切设施尽善尽美。

当陆蔓蔓掀开红丝绒裁成的厚重窗帘，一整面从天花板到地面的落地窗外，整个曼哈顿的美妙夜景尽收眼底，夜晚的曼哈顿灯火通明，璀璨得如同水晶宫。而东湖就在不远处，甚至能在这里看到布鲁克林大桥。

大桥闪烁起点点金光，是灯亮了，如同天上的碎星洒落，落进水里化作了粒粒洁白的霜糖，半轮月亮挂在了大桥的一侧。

曼哈顿价值亿万美元的180度美景就在她的脚下，繁华得如同一场精心布置的电影，透出不真实的美来。"多像上帝不小心洒落的星光啊！"陆蔓蔓忍不住赞叹，"之淳，看，雪变大了。"

雪花飘落，蒙住了月亮，布鲁克林大桥也迷蒙起来。她指着桥与东湖说道："就像挂在你家窗外的一幅油画。"

安之淳走了过来，从后面抱着她："我知道你会喜欢的。以后你就是这里的女主人了，蔓蔓。"

见她调皮地眨了眨眼睛，他轻笑了一声："好了，先去洗澡，累了的话可以睡一会儿。卡梅伦的游艇派对在晚上九点，那里有许多好吃的。不过，如果你饿了，就先吃了晚餐再过去。我让管家提前做好了海鲜烩饭，还有你最爱的潮汕老火靓粥与鸡汤。"然后他指了指他的主卧："浴室在主卧里。"

陆蔓蔓捧着他的脸，他已默契地俯下身来，她踮起脚在他的嘴唇上重重地亲了一记："之淳，你对蔓蔓真是太好太好了！"然后，她在他的耳边又加了一句："等我吃饱了，也会让你吃饱的哈！"

还没等他反应过来，她就飞快地转过身去，躲进了主卧里。

安之淳一愣，然后举起手来，摸了摸滚烫的嘴唇，笑了。

他已经等不及了！

212

四

陆蔓蔓跑进了安之淳的房间，却忽然一惊，几乎以为自己走错了房间。

但下一秒她就明白过来，这里是她十五岁离开爸爸的家前，她童年的卧室的模样。安之淳将属于她的一切东西都保留了下来，那张法式的公主大床，有雪白的帷幔垂下，床褥是淡金色的，还是她十四岁生日时，妈妈给她新换的那一套。

她的梳妆台，是他送给她的十四岁生日礼物，也是白色的法式风格，搭配她的公主床。衣柜是老物件了，是外婆留给妈妈的德式衣橱，用核桃木做成，民国时期的老东西，相当古典。

一边还有书桌与沙发，都是她童年时代的老东西。

那张沙发，她还记得以前他每次来她的房间里，都赖在那里不动；有时他被家长打了，来她这儿避避风头，就窝在她的沙发上睡。

一念及从前，她的心就软得一塌糊涂。

她没有衣服换洗，但她笃定，他一定是为她准备好了的。

走到衣橱前，她打开了衣橱，如同打开了过往尘封的记忆。

衣橱里全是她从小到大最钟爱的那些衣服，连刚出生时的都有，叠好放在相应的格子里。那条火红的裙子用透明衣袋套着，就挂在穿衣镜前，是她十二岁生日那年约他去看电影时穿的那一条。

陆蔓蔓又想起了他那个没有落下的吻，心头又是一阵甜蜜涌现。她摸了摸那条裙子，镜子露出了一点，她看见了镜子里自己甜甜的笑容。"真好！"她喃喃道。

她挑了挑，陆续找到了许多新的，她没有见过的衣裙，但从码数上可以看出，应该是两人分离后，她从十五岁到二十二岁的不同阶段的新衣裙，里面有一条湖水绿的连衣裙。

公寓里暖气很足，她脱掉了大衣，顺势将大衣扔到了地上，把软软的拖鞋也脱了。她拿上裙子，翻了翻下面的私人抽屉，果然找到了内衣裤。

呀，全是她的码数……脸红了一下，她抱起换洗衣物进了浴室。

她有些饿，所以只想快些洗好了去吃饭，于是放弃了泡一个泡泡浴的机会，直接打开了莲蓬头。不一会儿，热水喷洒而出，浇湿了她身上的裙子。

旁边就是洗手台与镜子，热气蒸腾，整个浴室里白雾弥漫，看不清了。她脱掉了黏在皮肤上的裙子，裸着走到了莲蓬头下。乌黑的头发全湿透了，

213

她将头发全数拨到了脑后，头发一直铺散开来，遮住了她光洁的背部。

热水有些烫了，她的皮肤开始泛红。

门外传来了转动门把的声音。陆蔓蔓怔了怔，没有转过身来，只是双手拍了拍脸，抹去那些恼人的水雾。

她知道是安之淳进来了。她没有作声，他也没有。

他穿过水雾，走到了她身边，抬脚进入了浴缸里。他从后面环住了她，低低地说："你忘记拿东西了。"他的肌肤贴着她的身体，严丝合缝，一样的滚烫。

"我拿了换洗的衣服。"再开口，她的声音也哑了，性感得一塌糊涂。他举起了右手，先是将花洒关掉，然后手按到了她的颈项上，一道银白的光在她的眼前闪了闪——一条白金链子，一枚二十克拉的钻石戒指坠在链子上。

"你忘了拿戒指，一直都在那个蛋糕里。"安之淳吻了吻她的颈项，察觉到她的身体颤了颤，他低笑一声，将项链戴在了她的脖子上。钻戒很沉，坠于她的心间，他的手沿着链坠抚摸了上去，在她的胸前流连。

"你没有穿衣服。"她的声音发颤。

"有什么关系呢？"他轻笑，吻了吻她的肩膀，然后将她扳了过来，正面对着他。她看着他，他也深深地注视着她。

陆蔓蔓想要错开目光，却被他的手扳住了下巴："看着我，一直看着我。"然后，他的吻落到了她的嘴唇上。他的手用力将她的身体压到了他的身上。

"这一次，不会再有人来打扰……"他的唇贴在她的耳根，呼吸都喷到了她的脸上，她的身体再次颤了颤。他将她一把抱起，让她坐到了旁边的洗手台上，分开了她的双腿，让她圈住他的腰身，而他一直看着她。

她的背贴着镜子，镜子是凉的，可身上又滚烫到不可思议的地步，她止不住地哆嗦了一下，他的身体马上贴了上来，温暖她。

她已足够湿润，安之淳没有再等，直接进入了她的身体。

"痛。"陆蔓蔓轻呼。

他直视她的眼睛，不容她抗拒。她的脸泛着潮红，眼睛水亮得不可思议，而柔软的唇瓣更嫣红了。他吻住了她，呢喃道："只有疼痛才能让你记住我，一辈子记住我。"

他没有忘记顾清晨看她时的那种目光，也没有忘记下午安东尼的那个吻。等她的疼痛过去后，他开始用力，而他看着她的眼神一点一点地变得炙热。他的眼睛漆黑、湿润，化作了一片夜海，深不见底，可她还是从他的眼底看见了自己，那么明亮。

她根本无法直视他如此炙热的目光，她想要逃避，他却不允许，最后，她在他的热情里融化，彻底地沦陷，再不属于自己。

"说，蔓蔓是属于安之淳的。"他猛地加大了力度。

她已溃不成军，可他还不放过她，她既疼痛又快乐，哭泣着求饶。可他只要她那一句话。

"蔓蔓是之淳的，是之淳的。"她抽抽搭搭地叫了出来。

安之淳一叹，手抚上了她的脸庞，抹去了她的泪水，将额头抵着她的额头，低低地说道："蔓蔓，我爱你，我爱你！"

"我知道，我一直知道！"陆蔓蔓哽咽道。她哭泣，是因为她快乐。

她说："之淳，我很快乐。"他得到了她，而她也得到了他，所以，她很快乐。

陆蔓蔓永远没有想到的是，自己想象里唯美的第一次，不是发生在床上，而是在浴室的洗手台上，还要被他如此注视，简直就是怨念啊，怨念……

"还在生气？"安之淳看着她，并无尴尬的神情，可她连忙将头埋进了粥碗里，却忽然叫了一声，然后连忙捂住了嘴。真衰，她居然被粥烫到了……无比怨念……

此刻的陆蔓蔓已经半点力气也没有了，想起某人的不餍足，居然反反复复地折腾了她三次……

怨念很深，她说："我不想吃了，容本宫去躺一会儿。"她站了起来。真是连走路都打战，是真疼！

他拉开椅子，飞快地走到她身边，一把抱起了她。她抗议，他却说："乖，我抱你到床上。"

将她放到公主床里，他坐在床边看她。

她猛地将头埋进了被子里，声音闷闷的，她是生了气的："不许再看我！"

他听了，低低地笑，又想起刚才的一幕幕……身体蓦地又燥热了。"该死的！"他低声骂了一句。

隔着被子，陆蔓蔓的话忽然变得软绵绵的："真没想到，你平时西装革

215

履的，看起来温柔、温文尔雅的，现在却那么猛烈……"她自己都觉得说不下去了……

安之淳的脸红了红，他干脆不回答，省得她更羞涩。他拍了拍她的被子，说："蔓蔓，让我看看，你的嘴唇有没有烫伤。"

等了一会儿，她终于从被子里探出了头，小脸红红的，唇瓣也是鲜红欲滴，饱满而性感。她的眼睛像盛着曼哈顿天穹上最亮的那一片星海，使得整个曼哈顿的夜景也黯然失色。他忍不住俯下身来，吻了下去。

"嗯！"陆蔓蔓扭着身子抗议。他的呼吸一凝，但还是离开了她的嘴唇。她的脸红得能滴出血来了，她双手捂住嘴唇，严声抗议："不准再吻了。"

"好好好，不吻。"他好脾气地笑着回答。

"你保证！"陆蔓蔓嘀咕道，"再吻下去，会出事儿的。"

他听到了她的后半句话，低笑了一声，道："我保证。"

陆蔓蔓抬眸看他，他的眉眼英俊，眉心因笑意结起了一个小疙瘩，其实是细纹。他的唇边也带着笑意，眼睛温柔得如同月下安宁的湖泊，只安静地等待着她走近他。

两人同时伸出了手来，她抚摸他浓密的鬓发，而他抚摸她红肿的嘴唇。他说："嘴角有点红，估计真的是烫到了，你等一等。"然后他拉开床头柜的抽屉，取出了一管像药膏一样的东西，挤出一点，轻轻地点在了她的唇角上："这管药很好，治嘴唇脱皮、嘴角起泡能管用，而且有润唇的功效，当润唇膏用也可以。"

陆蔓蔓很乖，任他帮她涂抹。她闻到了淡淡的玫瑰香。玫瑰一向是她钟爱的。

见她注视他，安之淳的眼睛闪烁了一下，他有些欲言又止。

"怎么了？"陆蔓蔓问他。

"刚才那几次，我都没有用……用套……"他的脸红了红。

陆蔓蔓听了先是一怔，然后脸也跟着变得滚烫起来，她张了张嘴，没有说话。

"我去给你买药。"安之淳有些局促，站起来披上大衣就要出门。

陆蔓蔓却坐起来，一把握住了他的手："之淳，顺其自然，我也希望拥有我们的孩子。难道你不想吗？"

安之淳坐了下来，反握住了她的手，看了看她说道："我不可以这么

216

自私，蔓蔓。你的演艺生涯刚刚开始，我希望你能走到最远、最高的那个地方，而不是为了我束缚自己的翅膀。"

她听了一怔，没想到他的爱如此深沉，他为她做好了一切的打算。

笑了笑，她说："那你去吧，我等你。"

五

安之淳下了楼，走出了大厦。

这里的设施配套齐全，不远处就有一家大型超市和药店。没有丝毫犹豫，安之淳走进了药店。可出乎意料的是，打工的是个女学生，看起来也就十八、九的年纪，而且还是一位亚裔的黑发女孩。

安之淳的耳根微微红了。这种事情，他还真的是第一次做。

药店门口挂了一串精致的风铃，看得出是中国的传统饰物，这个女孩应该是同胞。他一踏进大门，风铃就响了，店员抬起头，见是一位英俊的亚裔青年，她两眼一弯微笑着问好，用标准的英语发音说道："先生您好，请问有什么需要吗？"说罢，她已经从柜台后转了出来。

安之淳一怔，走到了柜台跟前，大致浏览了一眼，一抬眸就瞧见了女孩红红的脸蛋。

原来，女员工见这位客人过于英俊，有心亲近可又有些害羞。安之淳沉默了一会儿，自然了解小女孩的心思，他装作一副淡定从容的样子，用英语回答："我需要一盒事后避孕药，要对身体伤害最小的那一种。"他自然懂得直接回答能更快地打消她心底的那些不切实际的幻想。

女店员猛地睁大了眼睛，再看向他时，脸更红了。安之淳只当没看见，走到了一边，低头看避孕类商品。

女店员的脸红得几乎要滴出血来，她一下子没了声音，躲回了柜台后面，迅速地从玻璃柜台里取出一盒药，说话时有些结巴："这是……是您的药，是副作用最……最……最小的。"

出于礼貌，安之淳侧了侧脸，对她微笑道："谢谢。"其实站在那里看了许久，安之淳表面上风平浪静，内心也是有些尴尬，但他的腼腆从来只有蔓蔓看得出。想到她，他不自觉地笑了。

女店员偷偷看了他一眼，正好看见他出神微笑的模样，那眉眼温柔如水，眼睛清亮，竟然英俊得叫人挪不开眼睛。她十分羡慕，心里想：究竟是哪个女人如此幸运？

想起蔓蔓，安之淳不自觉地拿出手机，翻到今天试镜时偷偷给她拍的几张样片。虽然她英气勃勃的剧照更有味道，可他还是喜欢她妩媚的那一面，尤其是她美如蛇蝎的那个造型。她第一次尝试这样的造型，艳冶妖娆，却又极度性感……样片里，她涂着毒浆果一般的黑褐色红唇，那是她的首次尝试，也是他第一次看到她的另一面，让他觉得惊艳无比。

知道她爱玩微博微信，安之淳在很早前就注册了小号。他登录账号"蔓蔓与阿宝"，然后发了几张她的照片到微博：我的女神的最新剧照，美得不要不要的！他将她背对着他时，露出背后隐约风情，微侧着脸，垂眸看烟的那一张作为主题，设置了大图发送，并作为他微博的背景图。

蔓蔓与阿宝：女神太美！

他配了另一张她勾引男主角时的照片，照片里，她被铐在凳子上，褴褛的黑色紧身皮衣却依旧遮挡不住她的美艳容貌。她与安东尼对戏时，那种微笑美得惊心动魄，使看的人不由得赞叹。

因为是小号，他关注的人为零。他想了想，又翻出手机里的照片库，将一张她与他童年时的合照翻了出来，是在地中海小岛时拍的照片。穿着红色比基尼的十二岁少女，肌肤胜雪，眉眼清纯得一塌糊涂，一笑起来，露出一个小小的星星酒窝，甜得能醉人。照片是他抱着她从海面走向岸上时被拍到的，他正低下头垂眸看她，所以照片里他没有露正脸。

蔓蔓与阿宝：女神在我怀里，大家不要太羡慕！

配好图与文字，他再次按下了发送键，他还做了专门的设置，只有好友圈可见。

那是他第一次做如此幼稚的事情，可心里却十分满足。

放下手机后，他又将目光移到了避孕套上来——全是齐刷刷的英文……可他没有心思去细看，有些烦躁，将手机随手搁到裤袋里，一转身就走到了另一栏前，这里还有……他转身时，不慎碰到了货架，那些避孕套掉了一地，他脸一红，连忙蹲下要捡，什么东西掉了出来也没在意。他用脚后跟一碰，那东西就被撞进了货架底部。

"先生，我来就好。您……您去忙您的吧……"女店员小跑了过来。

"不好意思。"安之淳感到抱歉，然后走回了原来的那边。

安之淳对于品种繁多、花式百出的避孕套，心里十分纠结，可表面上却

218

越发地镇定。在女店员收拾好手上的货品，犹豫着要不要上前服务之时，他看也不看，随手将不同的品种各拿了几盒出来，摆在了一旁的柜台上。

等他走过来说结账时，女店员惊呆了，说话时更加结巴："先……先生，您……您确定要这，这……些？"

"有问题吗？"安之淳抬眸，那对好看的眼睛透过金丝眼镜看向她时，瞬间变得冰冷。

"这可以用一年以上了……"女店员这次倒是没有结巴。

安之淳："……"他的内心是崩溃的，其实他对于这些完全没有概念，以至于闹了笑话。

"没关系，都装起来。"安之淳想了想，又说，"分开两个袋子装，避孕药用小一点的袋子就行。"

等风铃再响起时，那位英俊优雅的顾客已经离开了。女店员对着他的背影看入了神，恍恍惚惚的。

帘子后走出来一个异常妖艳的金发男人，他很年轻，有着极白的肌肤，是个好看的白人青年。乔森看了她一眼，说："小苹果，别看啦！唉，其实我也觉得可惜，这么帅的男人……啧啧，那身材，很棒！啧啧，功夫应该不错，可惜你没机会了。"

"苹果"是她的英文名。李萍看了乔森一眼，有些无奈，可语气也是酸溜溜的："对呀，这么好看的男人……"

"咦？这又是什么？"乔森在货架底部捡起了一部手机。

手机屏幕的左上角处，镶嵌有一粒拇指盖大小的蓝宝石，一时之间，光华流转，璀璨夺目，是那种所谓的低调的奢华。

乔森与李萍都惊呆了。

"一定是刚才那位先生的。"李萍想将手机收进柜桶里，等贵客回头来拿，可乔森按住了她的手，用极为诱惑的语气说道："难道你不好奇那位先生的一些私人情况吗？例如他的手机号，再例如他的那位心上人，嗯？"

"这种私人手机，一定是要密码的。"李萍心动了。

乔森微微一笑："放心，我是黑客高手。"

陆蔓蔓小睡了一会儿，就又精力充沛，元气满满了。

她微微睁开眼睛，首先跃进眼帘的，是一盏旋转木马的台灯，漂亮的白色木马上，马鞍是鲜艳的色泽，五光十色，而木马在慢慢地旋转着，周而复始。顶端的白色扇蓬带有灯，随着木马的旋转，射出不同颜色的光，也在旋转。卧室的天花板被闪动的灯光打出一圈一圈的光，如同扩散开来的温柔的涟漪。

灯光很温柔。

她微笑着伸出指尖，摸了摸那盏台灯，台灯是她十岁时不小心打破的那一盏，也是安之淳送她的，她很喜欢，所以记得很清楚。那盏灯她太喜欢，以至于碎了时，她哭了整整一天，眼睛肿成了两个小核桃，无论她的阿宝怎么哄，她还是哭。

只是没有想到十二年后，她还会看见一盏一模一样的。她知道安之淳很有钱，可也要他有这份心，他一定是花了许多心思，才找到一模一样的一盏灯。

她细细抚摸灯座，然后在粉蓝色的围栏上摸到了一点凸起。出于好奇，她把天花板上的巨型水晶灯打亮了，顿时，一室的宝光流转，璀璨通明如白昼，细细一看，上面的那点居然不是凸起，而是刻着的一个人的名字。

陆蔓蔓仔细地看了许久，才认清楚了是一个名字——顾晓梦。台灯应该是一个女子的物件，她吐了吐舌头。这个之淳，不知道是在哪里找到的老古董，想必也曾是那个女子的心爱之物。

当初打碎的那盏灯是民国时期的舶来品，是有批号的，代表着那个年代的记忆。陆蔓蔓把灯顶翻了翻，果然在灯罩里找到了那个编号，编号是一模一样的，可见是同批次的货品。小时候的她对金钱没有概念，但后来懂了，这件古董货要两千美元，不算顶贵，可在十二年前，也是轻奢品。

当安之淳打开门时，看见她正在抚摸那盏灯。

灯五彩的光芒倒映在她的眼里，美丽得不可思议。

"还喜欢吗？"他将那个大袋子放在门边的五斗柜旁，然后拿了那个小袋与一杯热水走了过来，"我趁你睡着时放上去的。我想，你醒来了看见时，一定会欢喜的。"

他将药拆好，递给她。陆蔓蔓的脸有些红，她只是低低地答了一句"喜欢"，却不敢看他，飞快地接过了药和水杯，将药吞进了肚子里。

他低笑了一声。

知道他根本就是故意的，她飞快地抬眸瞪了他一眼，又垂下了眼眸。她趴在床头柜前，下巴搁在手臂上，抬起右手抚摸扇蓬坠下的一串串晶莹剔透的水晶。

她的肌肤白如牛奶，十指纤细，指甲透出健康明亮的粉红，触到那挂水

220

晶时，水晶碰撞，发出叮的一声，她听了咯咯地笑，声音清脆，也如同水晶一般剔透玲珑。他握住了她的指尖："你把深红色的指甲油洗了？"

"嗯，那个太妖冶了，还是这样顺眼。"她将干净的双手摊开，放到他面前来晃了晃，有些得意地问，"你说是不是？"

"是。"他抓住了那双手，然后嘴唇贴了上来，吻住了她其中的一段指尖，轻柔地舔舐着，他眼眸垂下，看着她的眸色变得深了起来。陆蔓蔓的心一跳，她连忙收回了手，这人……如果他再来一次……她不敢想象……

她的眼睛已经扫到了他放在五斗柜的黑色超大袋子上，她好奇心一起，跳下了床，光着脚丫跑了过去："那是什么？"

没等他回答，她的手已经触到了袋子。由于装得太满，里面的东西撒出了好些到地上。

全是避孕套！陆蔓蔓的脸色瞬间变得不好了，她转过身来看他，表情古怪。"安之淳！"她几乎是吼的。

她很少连名带姓地叫他。

"怎么了？"安之淳面不改色，可心底也不平静，慢慢走到她身边，她却惊得跳到了另一边，指着他说："你……你这个超级大色狼！你……你无耻！"

安之淳顿了顿，看了一眼自己脚下的袋子与满地的避孕套，抬眸看她时，却是带了一点笑意："我怎么了？"

"这些可以用好几年了！"陆蔓蔓气得一张俏脸变成了猪肝色。他居然一次性买了可以用好几年的……

"哦，可以用好几年吗？我怎么不知道。"他顿了顿，看向她时，目光十分戏谑，"我觉得，顶多也就可以用上大半年！"

陆蔓蔓："……"

触上她哀怨的目光时，他笑了，走过去将她一把抱起，坐到了沙发上，将她搁在了他的腿上："你干吗这种表情？情到浓时，这种事情自然而然就会发生了，没什么好奇怪的。"

陆蔓蔓欲哭无泪："我觉得，我会死在床上的。"

安之淳亲了亲她的嘴唇："我觉得，你这个提议很好。"

陆蔓蔓："……"

第十一章　为她开启另一扇门

一

吃过了简单的晚饭，陆蔓蔓开始梳妆打扮。

安之淳很快就换好了衣服——一套纯白的西装，里面是暗绿的柳条纹衬衣，没有系领带，显了几分随性出来。他从衣柜里取了一件驼色的大衣，搭在了臂弯上。

她已经挑好了衣裙，衣服就挂在穿衣镜那里，是一条湖水绿的礼服裙，显得那么轻盈，如一段梦。安之淳将裙子取下，走到了她的身边："你穿一定很美。"

陆蔓蔓正在与化妆刷、一堆的瓶瓶罐罐做着斗争。她有些痛苦地皱了皱小鼻子，连声音都变得跳脚："真讨厌化妆。"

"你不化妆也很美。"安之淳坐到了一边，欣赏她上妆。

她透过巨大的镜子斜睨了他一眼："你在说冷笑话吗？"目光在他身上溜了一圈，她有些挪不开眼睛。不可否认，此刻的他，眼底有宝光流转，唇边是优雅得体的微笑，如此俊的眉目，叫她如何能不爱？她笑嘻嘻地对他挤眉弄眼："阿宝，你真好看。"

安之淳的眸色变了变："脱掉衣服也好看吗？"

陆蔓蔓马上恢复了正色，转回头认真化妆，然后就听见他悠闲的声音传来："我还是喜欢你叫我的名字——之淳，你的之淳。"

陆蔓蔓脸红了，依旧认真化着妆，心想：我绝对不再看他！

她好不容易将妆化好，拿起裙子，飞快地看了他一眼，他依旧坐在那儿，没有要走的意思。

以前他不是这样的啊……以前，他多有风度啊……陆蔓蔓将声音尽量放平稳："你可以出去一下吗？"

"为什么？"

这不是明知故问吗？陆蔓蔓有些恼了："我要换衣服！"

安之淳忽然一笑："蔓蔓，以后你要习惯当着我的面换衣服。"

"不要！"陆蔓蔓撒起娇来，"你出去嘛！"

安之淳看着她，忽然一叹道："蔓蔓，以后我们会成为夫妻。难道你要一辈子都躲着我换衣服吗？"

陆蔓蔓一时无话可说。

他用手揉了揉太阳穴，知道她脸皮薄，笑着对她挥了挥手："去试衣间那里换吧，有玄关挡着，我不会偷看。但我会在这里，不会离开。"

陆蔓蔓看了看他，只好退了一步，到试衣间那里换了。忽然，她又从玄关那儿探出了头来："你绝对不准偷看哦！"

"不看。"安之淳好脾气地笑着回应。

当她穿了一袭绿色的裙子走了出来时，见他低着头在闭目养神。"之淳。"她低唤了一句。

安之淳猛地抬眸，她的美丽就那样猝不及防地撞进了他的眼眸。

露肩的小裹胸礼服裙，但在肩膀下来一点的地方设计的是一对轻盈小巧的泡泡袖，裙子修身，衬得她的细腰如同柳枝，曼妙无比。绿色的裙子、白色的脸，那对眼睛明亮乌黑，期待地看着他。他说："很美。"

她向着他走来，身姿曼妙，他感叹道："真是美极了。"

"哪儿有那么夸张。"陆蔓蔓笑得有些羞赧。

"你从不知道你在我心里究竟有多美。"他俯下身来，亲了亲她如云的鬓发。发间有玫瑰的芬芳。"你好香啊！"他又嗅了嗅。

他与她站在镜子前，顾影自怜，真是一对漂亮的人。他对着镜子里的她微笑："你看，多美。"

陆蔓蔓对着镜子上前了一步，却忽然发觉胸前与颈项上有点点红印，很浅，可光线足时，还是看得见的。她不明所以，摸了摸："难道吃了什么过敏了？"

安之淳看了那些红印一眼，脸色瞬间变得古怪，欲言又止。却见她转过了身来看他，忽然她就明白了，他居然在她身上种！草！莓！

"安之淳！"她气得肩膀颤了颤。他居然敢……

安之淳看着她，眼神很受伤："我也不是故意的，只是一时情难自禁……"

"你住嘴！"陆蔓蔓恼羞成怒。她对着某条大型忠犬就是一脚，直接踹到了他的小腿上。

"蔓蔓，要不换一件？"

"当然要换，我这样没法见人！"陆蔓蔓气呼呼的，两个腮帮子鼓起来，可爱极了。他想笑，又不敢。

她气呼呼地跑到了试衣间去，打开衣橱翻找起来。

安之淳走到她身边，打开了另一扇衣橱，然后从里面取出了一条裙子来。

它被包裹得十分好，用黑色的防潮衣袋套着，他拆开时，也是十分地轻柔仔细。陆蔓蔓的好奇心被猛地勾起，她踮起脚往他的怀里靠了靠："是什么？"

衣袋被他打开，一条高贵典雅的纯黑色小黑裙出现在她的眼前，成了她眼中唯一的色彩。那是一条古着裙，是纪梵希为《蒂凡尼的早餐》里的赫本精心设计的那一条裙子的衍生系列，虽然不是赫本穿的那一条，却有和那一条同样的年龄。

它那么美丽，在那里展示着它绝世的风华。

陆蔓蔓不敢相信地捂住了嘴巴："这个系列的裙子仅有两件，不是被欧洲一个不肯透露名字的神秘人买走了吗？"

"只要你喜欢，我想尽办法也会为你买来。"安之淳将裙子递给了她，"试试。"

一掷千金也只是为了博美人一笑而已。安之淳抚了抚她的头发："蔓蔓，喜欢吗？"

"当然！"她郑重地点了点头，可眼底已经有了泪花。

安之淳倒是笑了："你居然哭了？"

她嘟了嘟嘴："不许笑我！"

"好，不笑。"他点了点头，"蔓蔓，乖，不哭，我要你每天都是欢声笑语的。"

"傻瓜，"她温柔地凝视他，"你没听说过一句话叫'喜极而泣'吗？"

安之淳看了看她，唇边的笑意渐深，他将嘴唇贴到了她的耳朵上，说出了这世上最令人脸红心跳的情话："傍晚时，在浴室的洗手台上，也是如此吗？"

小黑裙是紧紧裹住她的颈项的，显得她的脖子更加细长优美。安之淳看着镜子里的她——美得令人无法呼吸。

接触到他炙热万分的目光，陆蔓蔓那对小巧圆润的耳垂红了，她嗔他："干吗这样看着我。"

他一声轻笑，转过身去，走到了衣橱的对面。那里挂有一幅画，是莫奈的《睡莲》。房间里的每一样东西都是她喜欢的。他了解她的所有喜好，比她还要了解她自己，所以，他都一一替她搜罗了来。

陆蔓蔓红着脸，看着他将画拨开——墙里居然有机关。

正如她所料，那里是保险柜。

他将保险柜打开，从里面取出了一个厚重的紫檀木箱子。

其实是个明代的女子妆奁。陆蔓蔓调侃："这是杜十娘的百宝箱吗？"

他温柔地注视着她，对她招了招手："蔓蔓，过来。"

她听话地走到他身边，他将妆奁打开，里面满满的全是珠宝。珠光宝气，流光溢彩，不过就是如此了。

红宝石、蓝宝石、祖母绿、全美钻、各色碧玺、粉钻、粉宝石、黄宝石……这世上所有瑰丽的珠宝都呈现在她面前了，只随她心意挑选。

"我不知道你到底喜欢哪种珠宝，只好全搜罗了来。"他有些不自信，举起了一个有麻将牌那么大的钻戒，递到了她面前。

也是，他和她分开时，她还是个小女孩，对珠宝这类东西还不感兴趣，他自然不知道她喜欢什么。

她眼带笑意："那么大，戴'麻将牌'上街吗？"

他也笑了，将硕大的钻戒放回了妆奁里。

她的目光落在了那挂样式繁复却精美异常的祖母绿上，它如同碧色的叶子层层叠叠，是不规则网状的项链，如同一波一波的绿浪。安之淳的指尖掠过祖母绿时，停下了，然后将它拿起。

他亲自替她戴上，项链衬着她乌黑的头发、乌黑的眼睛，她美得如同夜里的精灵。

225

怕她太累，他劝她穿平底鞋，可她不愿意。他拗不过她，也就随她了。两人正要出门，他家里的座机电话响起，他看了一眼，便说了句抱歉，去了书房。

当房门关上后，他说："卡梅伦，您好。"

"那位陈启导演，您约到了吗？"得到肯定的答复后，安之淳微微地笑了，"阿伦，谢谢你！"

怕她穿高跟鞋站久了会难受，他走到了大厅的鞋柜处，在那里找出了一双菲拉格慕的银白色平底女鞋，将它放进了他装零散东西用的提包里。

一回头，发现卧室里的她还在镜子那儿照啊照的，他就止不住嘴角上扬的弧度——她真是个爱美的小姑娘。

"蔓蔓，好了吗？"

"来啦来啦！"她如一只美丽的小鸟朝他而来，投入了他的怀中。

安之淳刚才接的是家里的内线电话，等携了蔓蔓要出门时，才忽然想起没有拿手机，可到处找都找不见。见他颇为着急的样子，蔓蔓问他："你刚才就去了药店，会不会落在那儿了？"

他忽然想起他在药店撞到货架，跌了一地的避孕套，估计手机是那时掉了……一想到药店，他的脸几不可察地红了。

陆蔓蔓微眯起了眼睛，突然问："刚才的是个女店员？"

"嗯。"安之淳答得心不在焉。

"一定是个年轻漂亮的女孩子咯。"陆蔓蔓说。不然，他干吗一副尴尬得要命的样子。

回过神来，安之淳有些无奈，揉了揉太阳穴，说："蔓蔓，我也是第一次买……那种东西，所以才会把手机搞丢了。"

这是什么逻辑……她知道他是外表平静，内心其实纯情得可以，所以说话都颠三倒四的。

"走吧，去把手机拿回来。"她挽了他的手，往大门外走。

风铃响时，那女店员已经瞧见了熟悉的男士身影，正要问好，就看见一个俏丽的女郎从他身后走出来，与他微笑着说话，而他俯下身来迁就她，看着她时一脸的宠溺。

真是一对璧人。

"两位好，有什么需要的吗？"女店员保持着得体的微笑招呼道。是他手机里的那个女郎，李萍一眼就认出来了，也是个在好莱坞还不红，没有名气的小演员，不过她真人确实很漂亮，也比手机里的剧照显小。

买了那么大一袋避孕套，难道还不够啊？……这两人还真缠绵。李萍的表情有些微妙。

陆蔓蔓看了他一眼，满脸揶揄，安之淳知道她在想什么，好脾气地笑了笑，乌黑深邃的眼睛里透出一股无奈来："蔓蔓，别捉弄我了。"

于是她就放过他了。陆蔓蔓微笑着说道："是这样的，他的手机可能落这儿了，我们过来找找。"

陆蔓蔓问他："你的手机在哪边掉的呀？"安之淳沉默了一下，然后指了指一边的几排架子，说道："撞了那里，估计掉在那儿了吧。"她眼尖，已经看清了那里满架子放的都是避孕套，脸红了。这人真是……

安之淳知道她脸皮薄，低声说："你在这里等，我去找找。"他走了过去，正要蹲下来找时，突然看见帘子后走出来了一个白人青年。

乔森看了一眼安之淳英俊的脸，视线顺着安之淳的宽肩窄腰一直往下，目光胶着在他被包裹在修身西裤下的结实有力的长腿上。他说："手机是吧？我帮你捡起来了。"然后他把一边的杂物柜打开，从里面取出了一部镶了宝石的手机："给你。"

"谢谢！"陆蔓蔓飞快地接过安之淳的手机，对着乔森抛个媚眼，然后拉着安之淳跑了出去。风铃声响起，门外传来她银铃般的大笑声。

"阿宝，你被调戏了，"陆蔓蔓靠着他哈哈大笑，用一只手捂着笑疼了的肚子，站都站不直。

安之淳当然明白："我被狠狠伤害了，你说，你该怎么补偿我？"他一把将她抱住，贴近他的身体，向上一压，将她压到了街道旁的墙壁上。

这这这……她被"壁咚"了？陆蔓蔓感觉到他的大手从她裙子背后的镂空处伸了进去，开始肆无忌惮地抚摸她……"嗯。"她死死地咬住了嘴唇，瞪大了眼睛可怜巴巴地看着他，可他的头抵着她的头，身体贴着她的身体，两人都被身上厚重的大衣挡着，很好地将她护得严严实实。

"这里可是大街……"她抗议道，他则趁机探了舌头进去，追逐纠缠她的舌头，手也越来越放肆，他低低地叹道："我先收回一点利息……"然后他狠狠地吻了起来……

陆蔓蔓被吻得身体发软，几乎是挂在他身上的，过了一会儿才后知后觉地明白过来，这个吻只是利息……

二

卡梅伦的游艇上，宾客如云。

有侍应生迎了安之淳与陆蔓蔓上船，安之淳接过侍应生递上来的酒杯给她："喝点酒，这里风大。"

她套了一件白色的大衣，毛茸茸的领子几乎挡住了她的下巴，暖乎乎的，她笑着说不冷，但也就着他的手，喝了小半杯酒，是雷司令，酸酸甜甜的十分爽口。

见有贵客到了，卡梅伦已经迎了上来："安，多谢赏脸啊！"

安之淳微笑着点了点头。

"大导演，你好哇！"陆蔓蔓与之寒暄。

"蔓，在这里放松些，今晚就当出来玩玩，散散心。那边有许多影视行业的老大在，待会儿过去聊聊。"卡梅伦指了指船的另一边，那里有一小支乐队在演奏曲目，演奏的是欢快的圆舞曲。各位影业老大手执酒杯在聊天，里面还有一位女士，特别引人注目。她穿着伊夫圣洛朗经典吸烟装，倚靠在船围栏上吸长烟，那姿态十分迷人。

感觉到有人注视自己，那位美丽的女士看了过来。

美丽的女士与陆蔓蔓隔得不远。夜色朦胧，当头顶炸开美丽的烟火时，璀璨的光影笼在那女士的眉眼上——她的轮廓深邃立体，黑色的眼睛里充满了故事，而艳丽的复古红唇又将她的轮廓衬托得相当惊艳。那女士朝着陆蔓蔓点了点头。

陆蔓蔓出于礼貌也微笑着回应，举起酒杯，隔空敬了她一杯。

"那位是来自中国台湾的陈启女士，著名的华裔大导演。"卡梅伦介绍道。

"呀！居然连陈导也来了！"陆蔓蔓十分惊讶，"没想到陈导竟然如此年轻美丽。"

陈启出生于中国香港，成长于中国台湾，祖父辈都是老一代的电影人。她从小热爱电影，于英国皇家艺术学院修读过文学、艺术，在纽约史丹佛大学戏剧学院修读过戏剧，后修读伊利诺伊大学戏剧导演专业，并于纽约大学电影制作专业取得硕士学位。她在二十世纪九十年代初期以一部《杜拉斯与她的〈情人〉》轰动国际影坛，拿下了柏林电影节最佳故事奖，与戛纳的最

228

佳导演奖。

《杜拉斯与她的〈情人〉》一片获得了奥斯卡金像奖的七项提名，确立了她在好莱坞A级导演行列的地位。她后来拍摄的女性同性恋题材的《画家黛儿》更是获得了多项国际顶级电影奖项，获得金像奖、金球奖、金狮奖、金熊奖等多座奖杯，她还是第二位获得奥斯卡最佳外语片奖的导演，也是唯一的女导演。

安之淳见她对陈启露出倾慕的眼神，觉得有必要彰显一下自己的存在感了，于是揽过她的迷人细腰，将自己的身体贴近了她，低醇的声音漫过她的耳际："陈启不年轻了，她五十岁了，你对她感兴趣，嗯？"

她的耳朵发烫，被他喷在她耳根和颈项的呼吸撩得十分麻痒，她微微推开了他一些："乖，别欺负我了嘛，我对你最感兴趣了。"说完，她在他的唇角上印下了一个吻。她红唇轻启，舌尖调皮地在他的唇角点了点，然后离开了他。

见他笑得愉悦，陆蔓蔓想，适当给他点甜头还是很有必要的，于是又瞧了他一眼，微微笑了笑。他的唇角沾上了一点她火红的唇膏，她在他洁白的肌肤上留下了一抹猩红。她调皮，决定捉弄他，不告诉他。

卡梅伦去招待其他的宾客了。河岸上张灯结彩，一直延伸进水里的廊道上挂了无数的灯泡，亮如璀璨星光，又像是无数金的、银的蝶跃动着耀眼的蝶翼从天上落到了水里。水里也是光影翩跹、精美绝伦的。

远远地，陆蔓蔓就看见了安东尼。

站在廊道的尽头，安东尼也看见了她。

"安东尼，怎么不走了？"风投银行的投资家霍因先生拍了拍他的肩膀，顺着他视线驻足的地方看了过去，霍因先是见到了老朋友安之淳，然后看见了安之淳揽着的那位漂亮女子。霍因十分好奇："咦，安之淳不是一向不近女色吗？从不见他带女性出来应酬交际，想必这位很特别。"

"我们过去吧。"安东尼朝前走了一步。

陆蔓蔓嘴角抽了抽，还是觉得有些事情要坦白。于是，她拉了安之淳的手，走到了游艇的另一边。这里人少，很安静。两人面朝平静的河水，岸边是五光十色的摩天大厦，耸立天际，倒映在河里，如一幅迷幻的印象派画卷。

"有事情要和我说？"安之淳挑了挑眉，方才他已经看见了安东尼，

"冷吗？不如我们进舱里。"

"还好啦。"陆蔓蔓挽着他的手臂，将头靠在他的怀里，"跟你说个事儿啊，你别生气。"

"嗯，我不生气。"安之淳看着湖面，眸色沉了沉。

"就是今天在片场时，安东尼突然亲了我。"陆蔓蔓飞快地看了一眼安之淳，见他没有表情，以为他是不高兴了，连忙解释，"不是你想的那样。他是和我聊天时，一不小心被我触及了他的伤心往事。然后，他又有点不良嗜好，心情不好时会亲人。他没别的意思。他连家里的用人都亲，所以……"

安之淳的眼角跳了跳。这个理由吗？亏安东尼想得出来！

"喂！"陆蔓蔓小声地叫了一句。

"乖，我在听。"安之淳在她的嘴唇上点了点，以示安抚，"我知道了，我没生气。"他就算是气，也是气某人！

他抚了抚她的鬓发，目光胶着在她的脸上。她的眼睛那么亮，如同天边的星辰。他宠溺地亲了亲她的眼睛："蔓蔓，我只是没想到，你会那么认真地告诉我这些，还专门为此解释。"她是如此地信任他，这使得他满心欢喜。

陆蔓蔓努力地踮起脚，他会意地低下头来，她学着他的样子也亲了亲他的眼睛，再亲了亲他浓密的乌黑鬓角："因为我不喜欢我们之间有任何的秘密，所以我会把一切事情都告诉你。这样，无论存在何种情况，我们之间都不会有误会，只有绝对的信任。我信任你，如同信任我自己。"

"是，我们之间没有秘密。"他本来认真端肃的表情忽然一变，带了笑意地看着她，嘴唇快要碰到她的嘴唇，他低低地说道，"只有更加亲密，没有丝毫距离。"

陆蔓蔓的脸红了，她自然知道他在暗指什么。轻哼了一声，她转过了脸去。

中途，陆蔓蔓给经纪人金枝打了个电话，说起了她最新的片约意向，而金枝提及陈赫拉天后的经纪人已经联系了她两次。

"你的决定是什么？我会亲自回复陈天后。"金枝问道。

贵客都到齐了，卡梅伦的游艇开动起来，溯流而上。陆蔓蔓极目远眺，已经看见了那幢举世闻名的自由女神像矗立在夜色里，独自绽放万丈光明。整个曼哈顿的美景就在这里，触手可及，将她包围。

"真是太美，太壮观了！"陆蔓蔓发出了一声感慨，发现自己爱上这里的一切了，包括远在洛杉矶的好莱坞的大门，但国内的一切也是不能丢的。她对金枝说："我大概四十天后有空档，替我告诉陈赫拉，我很期待与她合作。"

方才她肚子饿，安之淳去给她找吃的了。她放下手机后，正要去找他，还没转过身来，就听见了一声沙哑低沉而迷人的嗓音在身后响起："陆小姐似乎颇有野心。"

陆蔓蔓换上了最赏心悦目的微笑，才慢慢转过身来："嘿。"原来是陈启。

"陈导演，你好。"

"导演前导演后的，多别扭，叫我'阿曼达'就好。"陈启用国语和她交流。

"陆小姐有小孩了吗？"陈启忽然问道。

陆蔓蔓美丽的大眼睛一闪，一丝羞赧从眼底滑过，她的耳根子已经红透了。"我还没有结婚，自然没有小孩。"她说话的声音小了下去。

纯真而羞赧，这真是与她在电影里的形象很不同。陈启仔细地打量她，然后说道："没关系，我只是有个题材，说的是单亲妈妈的故事，所以问一下你们年轻女郎的想法是怎样的，你别紧张。"

陆蔓蔓听了，倒是笑了："原来是这样。我虽然没有孩子，不过我带过孩子，对孩子们的心理还是很了解的。"

"哦？"陈启的眼眉挑了挑，执着烟的手微微一颤，蓄着的烟灰掉了下来，她又将烟放进了嘴里，深深地吸了一口。

陆蔓蔓的眼底有异样的光彩闪过，转瞬即逝。这个陈导似乎对自己挺有兴趣的？

她一抬眸，就看见不远处的安之淳端了一盘子意大利面正要过来，却在半途碰上了安东尼，与他走到了另一边。

"年轻女孩子都喜欢恋爱的感觉。"陈启也看到了那两个英俊的男人，道，"去吧，去找你的心上人去。"

"真没想到，小蔓蔓什么事都跟你说。"安东尼揶揄道，看了安之淳一眼，又轻笑了一声。安东尼再抬眸时，看见了安之淳嘴角上的那抹猩红，是

231

口红。

安东尼嘴角的笑意浅了些，他也不打算提醒安之淳。

刚才他俩的对话，安东尼偷听到了一点。

"我们之间没有秘密，只有亲密无间。"安之淳淡淡地说。

"哦，亲密无间……"安东尼玩味起他的话来。自己并不年轻，也是过来人，自然明白他指的是什么意思。"你无须向我暗示你已经得到她了，我没有追求她，你大可放心。"安东尼又说，"我只是好奇，难道你要一直这样下去吗？紧跟着她，看着她，即使她拍片你也跟着？如果她要拍亲热戏呢？你这样做对她来说真的好吗？"

不等他回答，安东尼又说："安，你是如此害怕失去她，这样会将她捆绑，你会毁掉她的灵气与天赋。"

安之淳的手指发颤，脸色有些苍白。他将盛了意大利面的盘子放到了一边的桌子上，从衣袋里取出烟来，点燃，狠狠地吸了两口。他的手依旧在颤抖。

三

"之淳？"陆蔓蔓小跑了过来，高跟鞋发出清脆的嗒嗒声，她如某种动物一样，时刻都黏在他的身上。她抱住了他的腰，将头贴在他的背上："怎么了？你有烦心事儿吗？平常很少见你抽烟。"她有些担忧地问道："是工作上的事儿吗？"

"没有，我只是一时烟瘾发作。蔓蔓，这是你爱吃的红酒烩小牛排意面，趁热吃。"他将烟熄灭，扔进了垃圾桶里，然后将盘子递给她，"小心盘子烫，到那边沙发上坐着吃。"

游艇已经驶向了一片璀璨中，坐在沙发里的陆蔓蔓忽然抬头，就看见了一串串漂亮的灯光弧线，一段一段地连接，起伏不断，横跨而来，勾勒出曼哈顿美丽的天际线。

"呀！是布鲁克林大桥！"陆蔓蔓惊喜地叫了一声。而桥的另一边，是古老的、坚如磐石的巨型建筑群构成的既复古又摩登的纽约城；河的另一边，那无比璀璨的灯光，无时无刻不在证实着自己被世人仰望的地位。这个美丽的不夜城，使得人像陷入了热恋，人们仿佛在与这座城恋爱。

安东尼轻笑了一声，举起酒杯与安之淳的酒杯碰了一下："我们的小蔓蔓很喜欢纽约，很喜欢曼哈顿。"

见自己的惊叹居然得不到回应，陆蔓蔓侧过头来看这两个碰杯的男人。也是，他们长期居住在这里，自己觉得美得不可思议的景致，他们早已视作平常。

"喂，是要我看你们的兄弟情吗？"她说。

安之淳被酒呛了一下。

安东尼大笑起来，拍了拍他的肩膀："安，你还真是纯情。"

"蔓蔓，我们进舱吧。这里风太大，你再吹下去会头痛的。"安之淳无视他，揽了蔓蔓进舱里说话。

找了个靠窗的地方坐下后，陆蔓蔓斜睨了他一眼："刚才安东尼没有和你说什么古怪的话吧？"

安之淳怔了怔，神色有些古怪，反问道："你觉得他会和我说什么古怪的话？"

陆蔓蔓耸了耸肩，嘟起嘴道："我觉得他肯定是说了些挑拨离间的话，好把我赶走，和你在一起。"

安之淳的嘴角一压，他一手托腮，颇有深意地看着她，拇指指腹刚好按压在下唇瓣中间那道竖着的凹陷上。

她马上想起了安东尼的习惯——他托腮时，也喜欢将拇指指腹按在下巴的那道凹陷上。"不许想其他男人！"安之淳扳过她的头，忽然就狠狠地吻了起来，吻得非常深。

她的口红又白涂了……

安之淳看到了一位眼熟的贵客。

卡梅伦的影响果然很大，他连那个人也请到了。

"蔓蔓，你在这里等一下，我去会会一个朋友。"安之淳怕她无聊，又说，"安东尼就在甲板上赏月，你无聊就去找他玩。"

蔓蔓对他招招手，让他快去。

音乐声传了过来，有人欢笑，有人在跳舞，这样的环境真是既热闹又让人平静。她坐在窗边，窗户很大，可以看见天上的月亮。雪停后，外面的景致更加清晰了。

她从坤包里取出卡梅伦新片《暗影重重》的剧本，仔细地看了起来。陆蔓蔓翻开第一页时，整颗心就已经安静了下来。

一个简单的分镜头剧本吸引了她的注意。

在茂密的原始森林里，正在悬崖边上攀岩的Viper听见了一声尖锐的哨声，哨声是召唤她的。Viper迅速地爬了上去，镜头切换，她已经来到了一小块空地上。烈日正猛，汗不停地滑落过脸庞，滴落下来，Viper的面容冷漠，板寸头在烈日下渗出了点点晶莹的汗珠，乌黑的短发反而衬得她的眉眼更加精致——她不施脂粉，却白脸红唇，透着健康的色泽，英俊得像个小男孩。

忽然，一道黑影从后面猛地扑来，Viper一个转身与之格斗，她身手利落，很快将黑影制服了。头顶忽然闪过大片阴影，巨大的噪声响起，一架直升机压顶而来，一个穿着迷彩服的男人从天而降，与她搏斗。她虽不敌，却也绝不放弃，狠狠地反击。那个迷彩男人突然放开了她，一声厉喝："Viper！"

Viper猛地立正，大声回答："到！"

阳光照射在穿一身迷彩服的Viper身上，她冰冷的目光、刚毅的轮廓下却藏了一颗不为人知的柔软的心。

"为什么不干掉他？"穿迷彩服的男人的声音冷冰冰的。

Viper没有看那个男人，也没有看穿着迷彩服的上司，她的目光锐利似箭，只注视着前方茂密的森林。那个男人是她的同伴，两人从小一起学习各种格斗，互相扶持。那个男人没有对她下杀手，她也不可能那样做。

沉默了许久，Viper忽然说："我不杀同伴。"

"对敌人心慈手软，死的就会是你。"上司蓦地转身，"若不是看在你那张脸的分上，今天我就毙了你。"

这一幕戏控制在八分钟，到这儿已经结束。

这幕戏需要演员反映的东西很多，Viper的真性情也要全部体现出来，关于"那张脸"的台词，又很好地吸引住了大家的目光，吊起了大家的好奇，又合乎情理地引出下文。

她的手不自觉地轻敲起桌面，陆蔓蔓笑了，摸了摸自己的头，忽然发现自己还真是非常喜欢这个板寸头的梗，她甚至开始期待了。

"卡梅伦的戏，一向值得期待。"陈启坐到了她的身边，与她的身体紧挨着。陆蔓蔓忽然想起了陈启拍过的《画家黛儿》那部欧洲文艺片，心道：这次不会是我被调戏了吧？

她的内心戏太过于丰富，举着烟的陈启忽然笑了起来，凤眼横了过来斜睨她，模样十分妩媚："乖乖牌，放心好了，我是真真正正的、百分之百的异性恋，所以只喜欢男人。"

陆蔓蔓心里咯噔了一下，惨了，没有把自己的小尾巴藏好，被人一眼看穿了。

她再看了陈启一眼——这位美丽的女导演虽然年已五十，可因保养得好，看起来绝不超过四十，眼角、眉梢都是风情，再兼穿着以"女权"为标签的、不辨雌雄的伊夫圣洛朗吸烟装，她整个人既英气又妩媚，复杂且迷人。

"你再看下去，该轮到我以为你喜欢女人了。"陈启笑笑说。

陆蔓蔓马上端正了自己的心态，出口却是："能让女人也喜欢的女人，那种魅力是无法用言语赞美的。你让我想起了东方不败！"

陈启一口烟喷了出来，只差没被噎着。东方不败……

"那个人妖？"她无奈地说道。

"有没有兴趣来看看我的新片《夜幕下的那双手》的女主角试镜，我想，或许你可以提供些意见。"陈启顿了顿，又说，"就是我刚才和你提起的关于单亲妈妈的电影。"

然后，陈启自然而然地拿过了陆蔓蔓手上的剧本，她的手像似无意地摩挲了一下陆蔓蔓的手。陆蔓蔓："……"陈大导演，你还是直说你喜欢女人吧……我绝对不歧视的……

"单是这个简洁有力的开头，就足够吸引人，卡梅伦一向善于拍战争题材，"陈启看了她一眼，"我也很期待你的板寸头，穿迷彩裤紧身黑上衣的造型。"然后她用手指点了点烟杆，又说，"记得十年前卡梅伦拍的《太阳下的阴影》，真的很棒，很感人，折射出深刻的人性，切入点很好。"

"一开场就是猛烈的阳光与阳光背后的阴影，然后一个美丽的女人在大屏幕上出现，先从她的颈部、锁骨开始特写，然后往上是她逐渐变大的脸，当她的脸定格在整个屏幕中间时，在灰暗的丛林背景下，她的脸上落下了一滴泪。

"然后镜头又从她的脸往下，一直到她的手上——一个刚出世的非洲婴孩，被她紧紧地抱在怀里。"陆蔓蔓开始叙述，"字幕跟着出现，然后响起了悲壮的电影音乐。不得不说，一个男性导演能将片子拍得那么细腻，非常难得。"

陆蔓蔓的眼前又展现出了那个大气蓬勃，却又有几分英雄末路的意味的故事。

故事发生在非洲的中部，一个饱受战火蹂躏的地方。有时生死只在一瞬间，比死更难受的是遭到叛军的迫害凌辱。一位美国公民——美丽的无国界

235

女医生为了当地的民众不愿离开，困在了战火之中。上尉要救出她，却牺牲了许多手足，而她更拒绝离去。

面对叛军惨无人道的行为、景况凄惨的难民，上尉与士兵留了下来。士兵们保护难民，将他们护送到边界的安全地带。最后，很可惜，上尉没有活下来。他选择断后，让他的士兵带着难民与女医生逃离。

"片子展现了面对人性冲突的严酷现实时，各人所要做出的困难选择，确实很有深度，值得反思。"陆蔓蔓吸了吸鼻子，"不瞒你说，当时我看哭了。"

"蔓，你是真性情。"卡梅伦与安东尼一同下了楼梯，走了进来，说道，"没有想到的是，你居然是我的影迷。"

陆蔓蔓因为太入戏，居然眼泛泪光，不好意思地朝众人笑笑，按了按眼角，幸好没有泪水落下，不然妆都得花了。

安东尼看着她眼里的泪光默默出神。

陆蔓蔓乌黑的眼珠一转，她又道："十年前，我才十二岁。那部片子是我和之淳一起去看的，他说不适合我看，我偏要跟着他去，结果在电影院里哭惨了，害得他没能好好观看电影。不好意思啦，卡梅伦导演，浪费了你的一番苦心。"

她说得十分俏皮，使得大家都笑了起来。

陆蔓蔓心下计较：陈启到底是什么意思？让她去片场看试镜，却不提邀请她参加女主角试镜的事情，对她没兴趣，又干吗来邀请她呢？"阿曼达，你的戏打算什么时候开拍？"她好似无意地问道。

安东尼对着她点了点头，暧昧地笑。她自然知道，他指的是自己捉弄安之淳的事情。她故意对他做了个鬼脸，不着痕迹地掩饰了她问问题的真正目的。

"在一年后吧，不急。"陈启也回答得颇为巧妙。

四

"咦，之淳哪儿去了？会哪个朋友，要去这么久？"陆蔓蔓转了转狡黠的黑眼睛。

安东尼说："他去会见北美区的电影局里的人，在为《怒海》的上映努力。他希望《怒海》能尽快在北美区上映。欧洲与亚洲的上映时间初步定下来了，就在两个月后。到时你会有些通告要跑了。"顿了顿，他又说："安

236

很为你着想。"

是的，安之淳做的一切无非就是在为她铺路，这些她都知道。没有安之淳的面子，卡梅伦又岂会邀请她出席游艇派对，她又岂能结识陈启大导演，结识更多的影业老大？为了她，他还纡尊降贵地去求电影局的人，这些他虽不说，她却都懂。

安之淳很爱她，正如她很爱他一样。

卡梅伦看了看陆蔓蔓，又从陈启那儿拿过《暗影重重》的剧本，大致翻看了起来。陆蔓蔓很用功，才短短的一个下午加晚上，就已经开始琢磨剧本和她自己的角色了。《暗影之V》的剧本里有许多批注，有她的字迹，也有安之淳的。

"蔓，我希望你能适当增肥，最好去速练一个星期泰拳，将胳膊练结实些，有些肌肉好。"卡梅伦提出建议，"好莱坞不同于亚洲国家，我们欧美人喜欢健康的性感，而不是过分的纤细，太瘦弱没有魅力，我们不欣赏这些。你个子高挑，这是个好的方向，是老天赏的骨架，就是太瘦了，那腰我看一握就得断了。"

安东尼看了她的腰一眼，心里闪过的却是试戏时触到她时的触感。她的腰纤细得惹人犯罪，而她的肌肤又那么细腻诱人……见她神情古怪地看了过来，对上她的视线时，他轻笑一声，将手搭在了她的腰间："阿伦，这是安之淳的嗜好，他就喜欢这样的。"

"呸！"陆蔓蔓拍开了他的手，说起中文来，"不许这样调侃我和之淳。"他的话题还真是不健康……

"是你自己想歪了，小蔓蔓。"安东尼笑了，神采飞扬，迷人得不可思议。

陆蔓蔓偏不看他，对着卡梅伦说："好的，我会去练拳的，也会增肥。"卡梅伦已经在指点她如何演戏了，她怎么会不明白。

坐久了有些热，陆蔓蔓一向身体好，于是将大衣脱了，只穿了露出部分肩膀和背部的黑裙子，就要上甲板上去跳舞。

安东尼见她站起来了，也就取过自己的包，跟了上去。

"这安东尼倒是对安先生的小女友感兴趣。"陈启又抽了一口烟。她却遭到了卡梅伦的调侃："整天烟不离手，小心得肺癌。"

"去你的，这样诅咒我！"陈启有些恼怒，但还是用一副看好戏的神情看着安东尼的背影。

卡梅伦比陈启还要小一两岁，所以对她十分尊敬。"你对蔓有何看法？"他忽然问。

"不够美，但有灵魂。"

"哈哈哈哈，你真会说笑，"卡梅伦哈哈大笑，"我多怕你套用你们那儿的话说'美则美矣，没有灵魂'，那还真是打我的脸了，人还真是我自己挑出来的。"

陈启又吐了一口烟："不是安先生推荐给你的吗？"顿了顿，她对一切事情了然于胸："你极力邀请我来这个派对，也是安先生的安排，他要捧那个亚裔演员。"

"可你没有马上答应让她去试镜《夜幕下的那双手》。"卡梅伦说。

陈启想了想，回答说："因为她太年轻，一个母亲的辛酸她如何真能了解。"

"但你也没有立刻回绝，"卡梅伦说，"而且，你也不是一位母亲，你连孩子都没有。"他说得一针见血。

孩子吗？陈启陷入了沉思。也不是没有过，只是那时正值她事业的起步期，她刚崭露头角，样样需要亲力亲为，操劳过度，所以才会流产……她也曾是，也曾渴望是一位母亲。

她握着手机的手越发地紧。

忽然，陈启拿起了手机，编辑了一条短信发了出去：如果在你事业的最紧要阶段，却发现怀孕了，你会怎样做？

其实，这是一道考题，她有些期待陆蔓蔓的回答。

陆蔓蔓是活泼的性格，之前在国内，因为是被黑成了"惯三"女星，所以一直没有人缘，去到哪儿都惹人讨厌，也就养成了谨小慎微的性情。

如今，她被安之淳宠惯了，以前的小性子又跑了出来，再加上是在国外，她更是无拘无束了。她一上了甲板，就跟着一小群人一起跳舞去了。

欢快的音乐里，小提琴师们突然炫技，拉得更加快。人群里掀起了小高潮，大家都笑着、跳着，十分热闹。陆蔓蔓谁也不认识，却也玩得开心，踏脚、转圈，高跟鞋蹬在甲板上嘀嘀嗒嗒的，宣示着她的愉快。

一条温暖的羊毛围巾忽然搭在了她的肩上，火红色的，在夜里艳丽无比，衬着她的小黑裙，二者形成了强烈的对比。她一回头，猝不及防地就撞到了安东尼的怀里。

安东尼适时地退开了一步，手也离开了她的香肩："风大，披着。"

"哟，哪儿来的围巾？不会是你哪位女友的吧？这也好意思拿来？"

忍无可忍，安东尼冷笑道："你喝多了吧？这是安之淳带来的，他忘了给你，落在船舱里，我就做个顺水人情。"

"呀！之淳真好！"陆蔓蔓双手将围巾拢紧了，笑得一脸甜蜜。

一想到他，她就不想跳舞了——他谈公事也谈了好久了。于是她决定去找找他，转身下了楼梯。

她背对着安东尼，安东尼只看到她对他摆了摆手。

最里面的那个房间是间书房。陆蔓蔓走了过去，廊道上铺了地毯，她的高跟鞋声被地毯掩盖住。走近了，她听到安之淳醇厚低沉如大提琴的嗓音传来："这里？哦，是我未婚妻的恶作剧。不用擦了，这样挺好，她看见了会心生快乐。"

门是虚掩的，陆蔓蔓看见了商谈正欢的两人，那个电影局的官员左手微抬，指了指安之淳的嘴角。

呀！安之淳居然一直不擦去她留下的口红！她心下大窘，正想开溜，鞋跟却不小心踢到了门板，还真是……

五

因为商谈的都是公事，有些信息是不能对外界透露的，那个官员有些紧张，低斥了一声："谁？"

陆蔓蔓只好硬着头皮走了进去，一抬眸就看见安之淳正将身体转过来。他两腿交叠，一手倚着沙发扶手，一手放在膝上，举止优雅，面容端正，嘴唇紧抿，眸光沉静，是工作时的状态，分外地迷人。在触上她目光时，他的眼睛蓦然一亮，唇边绽开温柔的笑意，他对她招了招手："蔓蔓，来这里。"

她有些不好意思地对那个官员点了点头，十分腼腆，然后脚步不停，飞快地投进了他的怀里。安之淳揽了她，让她坐在他身边的沙发上。"这位是麦克考先生。"他介绍道，"这是我的未婚妻，蔓蔓。"

"你好，麦克考先生。"陆蔓蔓热情地伸出了手。麦克考接过她的手，放于唇边亲了亲，道："你好，蔓小姐。"

安之淳忽然一笑，对他道："其实，我更喜欢你称呼她安太太。"

麦克考听了，哈哈大笑起来。

陆蔓蔓脸一红，用中文啐了他一句："没个正经！我还没有嫁给你，何来安太太一说。"

安之淳握着她的手，对麦克考开起了玩笑："她在说，我尚处于追求她的阶段。"

两个男人都笑了起来。

陆蔓蔓的眼珠转了转，她知道两人的公事应该谈得还不错。

果然，安之淳的下一句就是："蔓蔓，麦克考已经定出了《怒海》在北美区上映的时间，在一个月后。"

这比欧洲与亚洲区提前了一个月。

陆蔓蔓先是对麦克考表示了感谢，紧跟着用中文悄声问他："你为此做出了多少让步？"因为靠得近，她顺手用指腹抹去了他唇角的口红印，他对上她的目光时，眼神戏谑，却也不点破她的小动作。

安之淳微微一笑，手指点在了她殷红的嘴唇上："只是告诉了他哪种稀有金属会涨价而已，顺便资助了电影局一栋新的办公大楼。"

还是得贿赂啊！

摸到她的手有些冰凉，安之淳发现她的大衣不见了，也才注意到她的火红围巾衬得她明眸皓齿，非常动人。"这……"他的手抚上她尖尖的下巴，碰了碰那火红的围巾。

陆蔓蔓笑得甜蜜："你真细心，居然还记得给我带上围巾，不过干吗不自己送来，让安东尼送啊？"

安之淳的脸色不可察觉地沉了沉，他又恢复了笑容："你喜欢就好。"

游艇忽然停下了。

窗外的景色很美，可以看见一架不知名的大桥——游艇已到了一个港湾。

"怎么不走了呢？"陆蔓蔓对着窗外四处张望。

"从这里上岸，有个公园，景致很美，又能看到整个繁华的曼哈顿，所以卡梅伦在这里靠岸，让宾客可以上岸观景。"安之淳回答说。

陆蔓蔓看了他一眼，又看了看麦克考，想去观景，又怕他还有事要和麦克考谈，有些犹豫。

她那对传神的大眼睛那么生动，还狡黠，安之淳如何不懂她的心思，于是笑道："我也在这里待闷了，要不你陪我上去走走？"

"好嘞！"陆蔓蔓高兴地站了起来。

安之淳无奈地摇头：真是小女孩心性，喜欢玩。与麦克考道别后，他牵了她的手离开。

他问："你不累？"他有些意外，走到供宾客休息的地方，顺手取过她的大衣给她穿上。

"累什么啊，我可是打不死的小强，精神着呢！"陆蔓蔓的大衣扣子都没系好，她就急着拖了他，快步小跑了起来。

"哦，那看来傍晚时我还不够卖力。"安之淳忽然说了一句。

陆蔓蔓只听得心惊胆战……

她刚踏上甲板，忽然脚崴了一下，高跟鞋的鞋跟断了。

甲板上跳舞的人很多，可她呀的一声，将注意力都吸引了过来。幸好安之淳及时扶住了她，她才没出丑。

"我没事儿，大家都看着呢，我们走吧。"陆蔓蔓低声说道。

"我看看你的脚，别乱动！"他忽然将她打横抱起，走到了一边的沙发上才将她放下，然后温柔地替她脱掉了高跟鞋。幸好，她的脚没有红肿。

"以后要多注意。"安之淳说着，要去脱她的另一只高跟鞋。

"之淳。"她的声音更低了，手按在了他的手背上。

安之淳目不斜视，亲自替她脱掉了那双鞋，然后从包里取出了一双新的平底鞋来。他的手握着她的脚踝，月色下，她的一双脚洁白无瑕，细腻得如同上等的脂玉。抚摸着她丝绸般的肌肤时，他情难自禁，忽然低下头来，亲吻了她的脚背。

全场的宾客都注视着这一幕，连呼吸都像停止了一样。陆蔓蔓的脸红得要滴血，可他一抬眸，对着她却是温柔地一笑，然后替她换上了舒适的平底鞋。"走吧，蔓蔓。"他说。他弯了弯腰，对她伸出了手，如同这世上最温柔、最深情的绅士。

陆蔓蔓握住了他的手，挽着他，不顾众人的注视，红着脸离开。

而他的手上提着她那双断了跟的高跟鞋。

漫步在午夜的街头，因为有心上人的陪伴，陆蔓蔓觉得分外温暖："真是一点也不冷啊！"她笑嘻嘻的。

"把衣服扣好，不要回头受凉肚子疼。"安之淳有些无可奈何——她真是被他宠坏了。

她牵着他的手甩啊甩的，老是笑，害得他也笑了起来，但他还是停下了

241

脚步，替她将大衣扣上。

“阿宝，我想吃夜宵！”再美的夜景，看多了也只是灯火辉煌，亮过星辰罢了，贪玩的陆蔓蔓早腻了。咕噜一声，她刚说完，肚子就抗议了。

一辆黑色加长版林肯一直不紧不慢地跟在他们身后。

安之淳皱了皱眉，问道：“在游艇上没吃饱吗？”

“喊，那里的人个个都是上流社会的精英、名媛，都像是神仙一样不用吃饭的，我一个人猛吃，多难看。”

笑意止不住地浮现，他的眉眼在月下染上了淡淡清辉，宁静温柔。他看向她时，犹如远山般空逸，又满含温柔。他们的身旁就是安静的河，河流环绕了整个曼哈顿。楼宇辉煌，相伴左右，既迷幻又奢华，陆蔓蔓止不住地叹气：“这样的城市，这样的夜，我陷入热恋了！”

安之淳笑了。

“切，笑什么，我是说我和这座城市恋爱了，又不是和你。”陆蔓蔓眨了眨眼睛。

“不是和我？”他神情变得危险起来，眼睛微眯，看得陆蔓蔓开始为自己的命运担心了。忽然，他将她打横抱起，一辆车猛地停在了他的身边，车门一开，他就将陆蔓蔓塞了进去——正是那辆黑色林肯。

隔音板是放下的，安静又隔绝了前面人的所有视线，后座密闭的车厢里只有他和她。安之淳毫不犹豫地将她压在一米五长的真皮座椅上，狠狠地吻了起来。

他的吻无比撩人，手已经探进了她的裙子里，抚摸着那滑如丝绸的细腻皮肤，沿着大腿一直抚上了小腹，直至胸前那团绵软。“嗯。”陆蔓蔓臊得不行，可已经抵不住他热情如火的攻势。他整个身体压了上来，身体紧贴着她……

陆蔓蔓一动也不敢动了。知道她已经发现了，安之淳笑了笑，学会了厚脸皮：“蔓蔓，让我靠一下，我需要些时间。”

他一直安静地抱着她，许久才放开。她白净的脸上红了一大片，安之淳见了，俯下身来，在她的脸颊上亲了亲。“我爱你。”他低低地说。他的脸贴着她的脸，卷翘的眼睫毛刷到了她的鼻梁上，让她觉得痒得慌。

“阿宝，蔓蔓饿了。”她被“车咚”完后，更饿了。

车子停在了一家西餐厅前。

下了车，陆蔓蔓看见餐厅前有一个美丽精致的花园，里面开满了粉色的娇艳玫瑰，玫瑰花群中间，是一座小小的水池，里面有天使喷泉。水喷出，浇湿了附近的玫瑰，玫瑰吐露着水珠的芬芳，吸饱了水，更显艳丽。

"这是永生花。"安之淳说，"因为它们经过特殊培育，花期比一般花长，所以得名'永生花'。"

"真特别。"陆蔓蔓深深吸了一口气，鼻腔里弥漫着玫瑰的芬芳。

看着高级的西餐厅、英俊的门童与优雅的侍者，陆蔓蔓忽然睁着无辜的眼睛看着安之淳说："阿宝，我们逃吧！"

安之淳不明白了："你不是饿了吗？蔓蔓，乖，别任性。"见她一副委屈的样子，他不忍心，又说："好吧，那我们回去吧。我下面给你吃，面里有培根，我拿鸡汤熬面。可好，公主？"

"嗯，不好，蔓蔓刚吃了意大利面，不想吃面！"她故意愁苦着一张小脸。

安之淳有些犯难："都这个时间了，超市也没什么菜卖了呀！蔓蔓，你想吃什么？"

"我想吃……"陆蔓蔓拖了他的手，忽然就往回跑，离开了西餐厅与那有着永生花的美丽花园。

"我想撸串！"陆蔓蔓停在路边，一手叉着腰，一手指着不远处的"中国城"，"中国城"就是唐人街。"吃了好几天西餐了，嘴巴淡，我要撸串串！"

说得还真是豪气干云！安之淳眉头一蹙，委屈地说："我还以为，你想说，要吃……"他看了她一眼，微笑道："我。"

陆蔓蔓被他调戏了，狠狠地瞪了他一眼："你讨厌！"

因为穿的是平底鞋，陆蔓蔓跑得特别快，扯着高大的安之淳穿过马路，一路飞奔，将黑色林肯甩在了身后。

安之淳已经许多年没有这样奔跑了，还是被一个小丫头片子拽着跑，那种感觉真是刺激又好玩。

"哈哈哈哈哈！"一进了中国城，陆蔓蔓就仰天大笑。

一回头，对上他带笑的眼睛——那么明亮，蔓蔓开口时，嗓子都有些沙哑了："刺激吗？"

安之淳点了点头，眼睛里似乎跃动着火光，是满城的红灯笼倒映在了他温和的眼眸中。

"还想来点更刺激的吗？"陆蔓蔓逼近了他一点，身体贴着他，在他胸膛上轻轻地摩挲，她一用力，将他压到了一根造型独特古朴的中式灯柱上。嗯哼，让他也试试被"壁咚"的感觉！

安之淳的眸色深了些，嘴唇动了动，没有说话，可脸已经低了下来，迁就她的高度。陆蔓蔓红唇微张，看着他的眼神分外撩人，她呵气如兰，喷在他的下巴、锁骨，让他期待如果她咬他，又是怎样的感觉……"我们这样，这样……"她在他的下巴处顿了顿，低低地说，近似耳语。他听了身体一僵，然后蓦地露出了微笑。

嗯，这主意挺好。他看了她一眼，陆蔓蔓已经转身走了："让我们先去填饱肚子吧！"

第十二章　占据他的心

一

最后，陆蔓蔓挑了一个丝毫不讲究的露天大排档坐了下来。

安之淳手疾眼快，已经脱下了大衣垫在了她的凳子上——凳子、桌子太油腻。陆蔓蔓笑了笑，坐了下来："你也坐啊！"她看了一眼他身上的白色西服，笑意更深了。这个安大少爷，老牌的绅士，估计是从没来过这种地方吧！

她的故意，安之淳如何不懂。笑了笑，他优雅地坐了下来，随意得如同在自己家里吃饭。

陆蔓蔓与安之淳穿着黑色晚礼服与白西装，坐在街头吃小吃。唐人街美丽的红灯笼照亮了两人的眉眼，他与她对视，觉得一切都不可思议，如置身于十分有情怀的午夜电影里。

陆蔓蔓先笑了，笑得肆无忌惮，嗓音沙哑却妩媚性感。而他看着她神采飞扬的美艳脸庞，笑得十分克制，其实是对她深深的宠溺。

四周的人都穿得太随意，有些人打着边炉，喝着小酒，热了，就把大衣、中衣都脱了，只剩一件里衣坐在那儿吃。

他们与这里格格不入——西装革履、礼服裙，所有人的目光都齐刷刷地投了过来，甚至有几个粗鄙的男人一直盯着艳如桃李的陆蔓蔓看。

那种眼神过于赤裸，陆蔓蔓有些不爽了："真想不到唐人街的素质下降了，各吃各的，菜好吃就是了，居然还有这样的人。"这点还真是她没想到的。

"算了，看在这里很有名的分上，我们吃完就闪人！"陆蔓蔓开始取过热茶壶给安之淳洗碗洗筷。

她的手却被他按住了："我来。"

她揶揄道："哟，大银行家，你的一双手可是拿来数钞票的！"

安之淳抿了抿嘴唇，决定给这伶牙俐齿的小东西一点教训才行，于是把她搂了过来，轻咬她的耳垂，低声道："我的一双手还可以抚慰你……"他看了看她的脸，紧接着视线又滑了下去，"……的身体，抚慰你的灵魂。"

"你！"陆蔓蔓真是有苦说不出，挖坑给自己跳了！这人的脸皮已经厚成了一堵墙了，无耻的话随口就来。

笑了笑，安之淳替她点了好几样招牌菜，然后接过她手中的碗筷洗了起来。

"你怎么知道招牌菜的？"这次轮到陆蔓蔓惊讶了。安之淳那么优雅得体的人，也会来这种地方？简直不可思议……

他想了想道："还记得我和你去地中海小岛度假时，你吃了几天西餐就腻了，嚷嚷着找中菜馆吗？所以，我知道你是吃不惯的。你到纽约的那一天，我就在查地图和旅游资料了，知道这一带的招牌菜就那几样，只是没想到你要撸串。"然后，他对下单的服务生小哥说："要多加蜜和加辣。"

服务小哥说："先生真会吃。"

安之淳宠溺地看着她，说："是她会吃。"

"你俩都那么甜蜜了，还要加什么蜜呀！"服务小哥笑眯眯地说。

陆蔓蔓的脸又红了，她瞪了安之淳一眼。

撸串撸得很开心，蔓蔓吃得火热，脱了大衣，半靠在他的怀里，居然哼起了歌来。真是容易满足的小丫头！安之淳抚了抚她的头发："还饿吗？"他将从附近粥店点的鸡粥推到了她面前。

鸡粥很香，陆蔓蔓嘴又馋，就着他的手吃了小半碗。因为太烫，他时不时换一只手拿，却不作声，看着她吃得香，他的眼睛里闪动着笑意。

"蔓蔓好饱，吃不下了！可不吃又浪费，那么香甜的粥。"她开始撒娇。

"我吃吧！"安之淳笑了笑，将她吃剩的那半碗粥全部吃完了。

"香吗？"她故意逗他。

安之淳看了她一眼，她明亮的大眼睛眨了眨，比天上的星星还调皮。他说："香。"

"我尝尝有多香？"然后她闭上眼睛，吻上了他的嘴角，将沾在他嘴角的粥粒一舔，卷进了嘴里，"嗯，是香。"她睁开了眼睛，一眨不眨地看着他。

这……还真是赤裸裸的勾引啊！安之淳觉得自己浑身燥热，也不管其他人的目光，猛地拉着她，从尾指脱下一枚镶了钻的铂金戒指放在柜台上，就拉着她跑出了烧烤店。

旁边就是一条小巷，他拉着她进了巷里，将她压到墙壁上就是一通热吻。

这里是暗处，深夜安静，连人影也没有。他的吻火辣，似啃似咬，唇齿落在了她光洁的肩膀上，手沿着她背脊凸出的蝴蝶骨一路抚了下去，指尖从她腰侧滑下，带起她的一阵战栗。她有些不安地动了动身体，却被他贴得更紧，他的长腿伸进了她的双腿之中，将她固定在墙壁上，他与她的灵魂紧贴。

她的嘴里溢出了一声呻吟，连自己听了都觉得脸红心跳。他看着她的眼睛，笑了笑，然后攫住了她甜美的嘴唇。

"之淳。"她叹道，头微微仰起。他的吻落到了她的锁骨上，又移了上来，他的嘴贴着她的耳朵，然后含住她的耳垂。他一直注视着她的眼睛。"嗯？"他低声地回应。

"你……你可不可以停下来……要在这里？"陆蔓蔓有些心闷气促了。这人对她还真是狂野，她居然被他安静斯文的假象给欺骗了二十二年！

安之淳喘息着停了下来："我没想在这儿……我只是收一点利息。"

"为什么又收利息？"陆蔓蔓苦笑。他的身体还贴着她，手抚摸着她的后背。这么冷的天，她的汗珠却沿着鬓角滑了下来，她的后背也香汗淋漓，落在他眼睛里是那么性感。他的喉结滑动了一下，声音哑了："谁让你刚才那么出格地挑逗我，嗯？"

直到自己平复下来，安之淳才放开了她。

他走在前面，伸手去牵她的手，她磨磨蹭蹭地走得很慢。

他回头看了她一眼，说："不想回家？"

"我害怕回家会被饿狼吃掉！"陆蔓蔓如实回答。

安之淳听了，先是一怔，然后低低地笑了起来，低醇的嗓音如大提琴音，听了使人迷醉。她被他牵着，小步跟着他，仰头时他正好也回过头来看她。他们的视线胶着，眼里是彼此的身影，她笑了。

她微笑时的样子真美。安之淳伸出食指，点了点她嫣红饱满的唇瓣，也笑了。

"这位小姐这么漂亮，不如陪我喝几杯吧！"不合时宜的声音打断了两人的深情对视。陆蔓蔓一看，却是方才那一群粗鄙的人中，一直赤裸裸地盯着她看的人，应该是那群人中的小头目。

安之淳将她护在了身后。

"怎么办？"陆蔓蔓抓紧了他的手，开始后悔自己的任性莽撞，甩掉了司机兼保镖，害得两人现在陷入了危险中。

"我可以给你钱。"安之淳依旧镇定，伸长了手臂将她拢到了他的身后，回头对着她低声说："别怕，蔓蔓。"

不知道为什么，对上他冷静而带了柔情的眼睛时，她就觉得自己什么都不怕了。"嗯，阿宝在，蔓蔓什么都不怕。"她点了点头。

"我不要钱，我只要这小美人。"那人忽然亮出了插在腰间的锐利的小刀。

安之淳的眼睛眯起，神色彻底地冷了下来，看着那人时，居然有种极强的压迫感。那人被他的目光震得退了一步，又不甘心，居然猛地拔出刀来："你还是乖乖地留下这个小美人吧！"

"如果我说不呢？"安之淳将她推离了自己一些，一步一步地向前走去。

他人高大，虽然看起来瘦，可宽肩窄腰又挺拔，即使是平时也是给人压迫感的。此刻，他在夜色里行走，身穿一套白西装，月亮的清辉落在他身上，他整个人焕发出了淡淡的月色光芒，英俊得不可思议，他像笼罩了一层神秘的迷雾，让陆蔓蔓再看不清他。

安之淳忽然就出手了，如一道白色闪电，猛地扑向了那人。刀光霎时亮起，陆蔓蔓吓得捂住了嘴，声音卡在了喉咙。

巷子里没有路灯，只靠一点月光照亮。陆蔓蔓的一颗心提到了嗓子眼，她只怕安之淳会出事儿。

"之淳！"陆蔓蔓喊他，快要哭了。刀子的冷光跃动，安之淳一侧身避了过去："你先走。"他刚说完就闷哼了一声，怕她听见，他把声音压得极低。

乌云忽然挡住了月亮，陆蔓蔓看不见那一身一尘不染的洁白西装了。她的之淳，她看不见了。"不走，我不走！"她哭了起来，鼻端已然闻到了血的腥味，尽管很淡。

忽然，啊的一声，一阵男人的尖叫传了过来，十分凄惨。

陆蔓蔓就要跑过去，脚步声嗒嗒的，她完全慌乱了。

"别过来！"安之淳低吼，"我没事儿，你先走。"

月亮出来了，月色下，陆蔓蔓看清了他。他用力一脚，将那男人踢飞在地，刀子掉到了地上。咔嚓一声，那男人的一根肋骨断了，他在地上翻滚求饶。

陆蔓蔓猛地跑了过去，搂着安之淳。他却说："快走。"

那个男人是有一小群混混的。

于是，两人飞快地跑了起来，当跑出了唐人街时，整个曼哈顿扑面而来，他们又回到了光亮如白昼的世界。

他的白西装染了鲜血。陆蔓蔓哭了，泪水稀里哗啦的像下起了小雨。安之淳笑了，伸出手指来，揩去了她眼角的泪："是那个倒霉蛋的血，不是我的，我没事儿。"

"真的？"陆蔓蔓又不相信了。

"真的。"他笑道。

他牵着她走在街头，他已经看见了那辆黑色林肯："还要吗？"

陆蔓蔓摇头："我想回家。""可是我来了兴致，怎么办？"安之淳笑着说，神色如常。

陆蔓蔓看了他许久："那我们就行动吧！"

二

黑色林肯前座的司机一边刷着手机一边打盹。他是看着安先生与陆小姐躲进了唐人街的，估计也是去找吃的，于是紧跟着到了唐人街大门后，也就知趣地停在一边的街道上等候了。

两个人一定是谈恋爱去了。司机看了一眼时间，有些打瞌睡了，头开始一点一点的。

车门忽然被打开，正在打瞌睡的司机感觉到一股劲风扑面而来，本能要反击，头却被什么蒙住了，什么也看不见。心下一顿，只道：糟糕，遇到打劫的了，这可是一辆名贵的房车！

司机被束缚住手，扔出了车外。

两个人影嗖的一下就钻进了车里，车子马上发动起来，奔出了老远。

等从后视镜里看到那个司机挣脱了手上打活结的绳子，摘下了头套，一脸愤恨地看着车子远离时，陆蔓蔓忽然就哈哈大笑起来："我们这样做真的好吗？"求司机的心理阴影面积。

安之淳斜睨了她一眼，嘴角上挑，硬朗的五官更加立体："不是你提议的吗！现在又不想玩了？"

"今晚已经够刺激了，本来就想放过这小哥，不搞恶作剧了。"陆蔓蔓一脸坏笑，带了一股魅人的小邪恶。

这才是真正的陆蔓蔓，任性、骄纵、胡作非为，一肚子坏水。从前，安之淳没少吃过这类苦。

"作为保镖，他保护不力，害得我们的小公主险些遭非礼，本就该罚他，这只是他给付的利息。"安之淳面无表情。

陆蔓蔓怎么觉得最近他很喜欢提利息啊……这绝对是针对她来的！资本家，就知道索要利息！

车子停在了公寓楼下。

不知道为什么，陆蔓蔓觉得他有些急切与躁动。她正要去开车门，他却按住了她的手："我来。"然后他下了车，替她打开了车门，她脚刚下地，就被他一把抱起，往直达电梯大步走去。

"之淳，你是不是哪里受伤了，很疼吗？"陆蔓蔓十分担忧，不然他不会那么急着往家里赶。

可一开了房门，陆蔓蔓就知道自己错了。

他的体力完全可以再放倒十个混混。他一把将她放到了玄关处的一米高的柜子上，吻就压了下来，他十分急切，用上了啃咬的动作，让她觉得肌肤都微微疼痛了。

她推了推他，却推不开，他一口咬在了她的颈项上，其实并没有真的用力。一股电流蹿过她的身体，酥酥麻麻的感觉开始堆积。他的手已经找到了裙子的扣子，嗒的一声，裙子与胸衣同时开了，他用巧力一拽，她的裙子滑落下来，掉到了地上。

冷与热交替，她颤了颤，他的身体已经贴了上来——依旧是那套白西装，衣服的面料摩擦着她光裸的皮肤，既疼痛又麻痒，他在向她索求更多。

250

"蔓蔓，帮我把它解了……"他的声音低哑，她红着脸，闭着眼睛摸到了扣子，皮带扣解开了。他抓着她的手探了进去，她脸红得要滴血，手才碰到那里，就猛地缩了回来。

"阿宝……"她有些无措。

"蔓蔓，叫我的名字。我不是那个邻家大哥哥，我与你，只是男人与女人。"安之淳吻住了她的红唇，反复辗转，一点一点地加深，舌尖扫过她的每一个轮廓。她的声音闷闷的，她哼了一声，像小猫叫。他的手已经探了下来，握住了她的大腿。"嗯……"她扭了扭身体，他冰凉的指尖已经探了进去。

安之淳才明白，她早已柔软湿润，为他准备好了自己。

他停了下来。陆蔓蔓有些难受地攀着他，脸贴着他的脸轻轻地摩挲："之淳，进来。"

他举起手就要去够什么，陆蔓蔓一下明白了过来，正要去阻止他，玄关处的灯亮了起来——一盏橘黄的壁灯，光线笼在两人身上。她暴露于他面前。

没有丝毫的犹豫，他进入了她。进入的那一刻，他一直看着她的眼睛，陆蔓蔓的眼睛闪了闪，她有些无助地咬了咬嘴唇。

"蔓蔓。"他低声叹道。

陆蔓蔓侧过了身要去关上灯，却被他压制住，他说："你很美，我想看着你。"

"我们属于彼此，别害羞，蔓蔓。"他依旧在引诱着她，并顺势将她的腿提高了一些，从侧面再次占有了她。

陆蔓蔓一直咬着嘴唇，不发出一点声音。这样的姿势，这样毫无遮拦，她实在是没脸了……

安之淳将她抱起，回到了卧室，将她放倒在柔软的床褥里，从后面进入她。他太渴望她了，使得她都痛了，她连脚趾都蜷缩了起来，然后一种她从未感受过的奇异而强烈的快乐感觉占据了她的全部感官。

"蔓蔓，叫出来。"他的汗滴在了她的背上。她的手几乎抠进了床褥里。他的爱太强烈、太狂野、太炙热，让她害怕。

安之淳用了力，陆蔓蔓已经达到了极限，声音再也憋不住，从嗓子里喊了出来。

"你欺负我！你欺负我！"她的身体在哆嗦，她早已到达了极点，可他

251

还是一次一次地让她面临崩溃、失控的边缘。他在用别的方式宣告她是属于他的，他比她更了解她的身体。他一次一次地掌控她，让她臣服，而她在他面前，早已一败涂地。她知道自己是多么强烈地渴望他。

她再度哭了。安之淳慌了，将她的脸扳了过来，哄她："蔓蔓，弄疼你了吗？我……我只是太想要你了。我有多想就有多爱，你……你能明白吗？"

"分开的那七年是你抛弃了我，蔓蔓。"安之淳将脸埋进了她的颈项里，眼睛湿润了，"蔓蔓，你总以为是你自卑，所以执意离开我，抛下我。其实分开的这七年里，我有多渴望就有多自卑，真正自卑的那个人是我，我总是害怕会再次失去你……"

陆蔓蔓猛地瞪大了眼睛——他竟然那么自卑……搂着他的身体，她有些愧疚："之淳，当年我不辞而别，是我不对，我以后不会了。我很爱你，很爱很爱你，我的心里一直没有别人。"

"顾清晨……"安之淳还是没忍住，说了出来。这段时间，他和她相守，她那么急着跑来这里，其实还是有一部分原因是为了躲开那个男人吧……

"你急着交给我，是怕会为了他而犹豫吗？蔓蔓，更多时候我只是担心将来你会后悔……"

陆蔓蔓顿了顿，说："没有。"她的声音很轻。顾清晨的脸从她脑海里一闪而过："没有，之淳，我想念的、心系的，始终只有你。"她的眼睛闪了闪。

陆蔓蔓看着他——黑暗里，他的脸庞在抽搐，他在忍耐。

她爬了起来。

"蔓蔓？"安之淳唤她。她没有回答，但已跪坐到了他的身上，她的眼睛努力看着他，手撑到了他的胸膛："之淳，我不会，你教教我。"她的声音很低，尽管强烈的羞耻感袭来，她从来没有这样放浪过，可为了他，她愿意去尝试。

安之淳的声音很沙哑，他用双手握住了她的腰，用力一沉，让她占据了他的身心……

当他全然发泄出来，陆蔓蔓才发觉了他的不对劲儿。

他的身体很冰冷。陆蔓蔓慌了，连忙打开了台灯。

那盏旋转的木马灯照在了两人身上，他从容地看着她时，目光里充满了对她的欣赏。五彩的淡色光照在她洁白无瑕的身体上，她美得如同文艺复兴时期的油画。

她的脸红了——她不着片缕，而他依旧衣冠楚楚。她连忙扯过一边的睡袍包裹好自己，才开始检查他。原来，他的肩膀被砍了一刀，伤口颇深，得缝针了。他流了好多血，床上都沾上了。白色的西服，鲜艳的血，他英俊的面孔苍白，却如此地妖冶。他无时无刻不在勾引她。

"为什么不说出来？"她恼了，"我们去医院！"她不再给他任何反驳的机会。

"说出来，你就不会让我得到了。"

"你都这样了，刚才居然满脑子都是那件事情？"陆蔓蔓十分害臊。都这样了，他还那么狂野……

知道她想到了什么，他笑道："那我的表现，你还满意吗？"

"你给我去死！"陆蔓蔓火大了也彻底地无奈了。

最后还是让私人医生过来的。果然，他被缝了三针。缝针时，他疼得一句话都不想说。陆蔓蔓斜睨了他一眼："活该！"

三

司机回来后，有些灰头土脸的，但还是到公寓来找了安之淳。

按了自动开锁后，门开了，司机阿成走了进来："安先生。"

安之淳平常为人虽然严肃，但绝不是刻薄寡恩的人，所以阿成对着他并不感到战战兢兢的，但到底是丢了车，阿成垂头丧气的，好不到哪里去。

"知道现在几点了吗？"安之淳躺在卧室的床上，有些无奈地看了一眼床边的手表，已经凌晨五点了。

陆蔓蔓从试衣间走了出来，换上了休闲家居服，从头包到脚。安之淳看见她时，怔了怔，眉头蹙起："我喜欢看你穿真丝睡裙的样子。"

这样一来，不只陆蔓蔓红了脸，连阿成也红透了耳根，他站在那儿十分不安，他知道自己挑错了时间。

陆蔓蔓在他身边坐了下来，瞪了他一眼，手轻按在他肩上的伤口处："你还想伤得更重些是吗？"然后，她看了一眼战战兢兢的司机小哥，知道是被自己一时的恶作剧给祸害的，于是道："阿成哥，你没什么事儿吧？"

见女主人和颜悦色的，阿成更是抱歉："我……我把安先生的车子搞丢了……安……安先生，要不要报警？"

安之淳回头看她，一脸揶揄："你看怎么办？"

陆蔓蔓带笑的眼睛里满是戏谑，她凑到了他的耳边悄声说："放过人家小哥呗。"

阿成刚才还不知道自己闯了大祸，车没了，顶多是报警，可现在才发现，安之淳居然受伤了！他害怕极了，可下一秒却听见了令他如蒙大赦的恩令："知道了，你先回吧。"

到了六点多，陆蔓蔓发现了安之淳的不对劲儿，一摸他，才知道他居然发起烧来，而且体温不低，有近40度。她马上给阿成拨了内线电话："阿成哥，你快些过来，之淳发高烧了。"

安之淳意识非常清醒，只是身体乏力而已。

陆蔓蔓要扶他下床，他伸了伸手拦住她，拒绝了。还真是死要面子！"你不要我扶，难道想阿成哥抱你去医院吗？"她挽着双手俯视着他。

阿成抱他？画面从脑海里闪过，阿成与安之淳都打了个冷战。

当阿成在车库要取备用车阿斯顿·马丁的时候，却看见那辆黑色的加长林肯安静地停在一边的角落里。

阿成的脸抽了抽，他想问又不敢问。

大家坐进林肯里，陆蔓蔓扶着他，让他躺到车座上。

他太高大了，一躺下，原本宽落的车座就变得有点挤，陆蔓蔓蹲在地毯上，仰起小脸来，担忧地看着他："你还好吗？肩膀很痛吗？"她的手摸了摸他的脸，他的脸很冰冷。

"没事。"安之淳淡淡地微笑，"对了，刚才你的手机一直在振。"

"管他呢！你重要一点。"陆蔓蔓狗腿地讨好他。

安之淳笑得无奈。她的坤包就扔在车中的地毯上，他伸手一捞拿过包，将手机取了出来，不小心按到了键盘，一条未读的短信弹了出来，居然是昨晚十点钟发的。

手机有自动显示功能，他已看到了短信的全部内容，短信是陈启发过来的。"我想，你还是考虑一下怎么回复吧。是陈启发来的，她说话做事一向极有目的，从不废话。"

陆蔓蔓的表情有些微妙，嘴角动了动，她看向他时面带疑惑，但还是坐到他身边来，取过了手机。

陈启：如果在你事业最紧要的阶段，却发现自己怀孕了，你会怎样做？

"这是一道考题，她在考虑邀请你参演《夜幕下的双手》的可行性，可是你又太年轻。"安之淳一语道破陈启的目的，"如果是你，你会怎么选？"

陆蔓蔓看着他，根本无须思考。"之淳，因为是你，我根本不用选择。你知道我的答案，没有任何事情比你和我们的宝宝更重要。"顿了顿，她又说，"但是，现在我没有怀孕，那怎样回答才能令陈启满意，则是个问题。"

直接回答自己的真实想法？那过于坦白，而且缺乏对事业、对成功的追逐与野心，给人一种对工作热忱不足的感觉；如果毫不犹豫地回答会选择事业，不要孩子，可陈启要挑出来的是一位称职的、有血有肉的母亲；《夜幕》中的母亲绝对是会挣扎的，体现的不仅仅是毫无保留的母性，还有更深层次的东西，这种情况下，一个口口声声说要事业的女人，又如何能演绎出一个母亲伟大而饱含沧桑的心呢？

陈启给她出了道难题。

她看着窗外的景色——曼哈顿在苏醒。

车沿着湖一路开去，美丽的太阳从河里缓缓升起，是不刺眼的金黄色，湖面像蒙上了一层朦胧的金纱。不知名的湖鸟不时飞过，像从湖里跃出的精灵。

车子开向了更安静的地方，陆蔓蔓猜想，他们去的应该是隐秘性很好的高级私家医院。也是，安之淳的动向是会影响到曼哈顿的经济动向的，如果他病倒了的事情传出去，后果不堪设想，这也是车子疑似被盗，阿成却没有第一时间报警的重要原因。

"想什么呢？"安之淳问她。

已经到医院了，这是一家沿湖而居，十分美丽、恬静的私家医院。从外表看，这里根本不像是医院，而像是一座有些古老的庄园。

庄园里有一座十分大的花园，里面种满了各色玫瑰，修剪得十分美丽。一道一道的绿屏阻隔了视线，这里像一座迷宫。

这样美丽的庄园，陆蔓蔓只在电影里见到过。

见她没有回答，安之淳又说："你喜欢母亲这个题材。"

陆蔓蔓没有隐瞒："嗯，我希望演技能得到不断的提高与挑战。"

她扶他下了车，两人沿着花径慢慢走。早晨的空气非常清新，医院大楼就在前方二十米处。不知道是不是陆蔓蔓眼花了，好像看见了一个有些熟悉的身影。

一定是自己眼花看错了。

"关于《禁岛》，"安之淳忽然提起了那部电影，"你还有想法吗？"

两人再次重逢时，就是因《禁岛》那部影片而联系在了一起。

那电影极需演技，一旦上映也绝对是卖座的电影，所以陆蔓蔓为此付出了许多。但现在回头再看，不过短短数月，她想要那个角色的迫切心情就已经淡了。"我好像已经接演过类似的角色了——造型性感，需要适当裸露，有一定程度的武打动作。"她回答得漫不经心。

她是个放得下，也明白自己要什么的年轻女孩子。陆蔓蔓一向很有想法和主见。

"是呀，都是相似的角色。"安之淳叹，"你要放弃了吧？那我要重新公开选角了。"

他可是这部影片的投资商啊！意识到这一点，陆蔓蔓有些不好意思："不是说电影不好啦。这里面涉及伦理、禁忌，其实主题思想很好，有深度，这也是我当初很想接这部电影的初衷。但是，现在的我已经有了新的想法，拍多了动作片，想换一换文艺片了。"毕竟，《暗影重重》也是一部动作片。

两人一边聊着，一边走进了医院大楼。

门道有穿堂风，风十分猛烈，吹乱了她的头发。安之淳抚了抚她的头发："蔓蔓，无论你想要做什么，尽管放手去做，我永远支持你！"他笑了笑，停在了一扇纯白色的木门前："到了，我们进去吧！"

医生是在单独的套房里为安之淳诊治的。

本来安之淳的家庭医生已经将伤口处理得很好了，只是出于一些其他原因，安之淳才发起了高烧。

医生皱了皱眉，示意护士把安之淳肩头的纱布剪开。一看，伤口居然都发炎了，难怪他会烧起来。询问他之前用过什么药后，医生沉思了一会儿道："不应该啊！安家用的家庭医生是顶级的，从用药来看，这些药物完全可以压制发炎的情况。你是不是在受伤后做了什么别的事儿，牵动了伤口？"

医生仔细检查了一遍："都造成二次撕裂了，难怪要缝三针，本来也就一两针的事儿。"

陆蔓蔓听了，已经羞得脸都要埋进锁骨里去了。知道她的小脾气，安之淳笑了笑，道："我们昨晚遇到了劫匪，受了刀伤后一路狂奔，估计是那时造成了二次撕裂。"

医生给他开了点滴："你的身体一向好，如果不想住院，输完液休息两个小时，退烧后就回家养着吧！我给你按原来的药再配几次，定时更换药和纱布就行。"

陆蔓蔓听见他没事儿，松了一口气，又听得医生说："安，你把衣服都脱了，护士要重新给你清洗伤口，因为有脓，会有些痛。"

安之淳听了，眸子闪了闪，看了陆蔓蔓一眼，脸上的神情有些古怪。但怔了一下，他还是把衣服脱了，露出了精瘦的胸膛。

太阳升高了，阳光洒在窗前，那里有一盆水仙，开得正艳，大概是室内温暖如春的缘故。太阳的光晕在花蕊上，透过飘飞的窗纱洒在了安之淳的眉间与脸庞上，而他正抬头含笑看她，眼睛里有明亮璀璨的光："没事儿，我一向不怕疼。"他牵起她的手，捏了捏她的手心。

她还真是头一次在大白天看见他裸露的上半身，不可否认，他的身材很好，是那种穿衣显瘦脱衣有肉的模特身形。她看了他一眼，脸红红的，低低地嗯了一声。

这时，做清洗的护士忽然呀了一声，声音不大，可再抬头时眼神挺暧昧的。

"怎么了？"陆蔓蔓有些紧张，怕他的伤很严重。

医生也看到了，再看向安之淳时，一脸揶揄："安，年轻人冲动些没什么，可特殊时期就该节制了。"

陆蔓蔓这才醒悟过来医生指的是什么，也想起了昨晚……自己把指甲抠进了他的背里……她的脸更红了，已经看到了他两边肩膀下的十个手指印。

"我……我出去一下……"陆蔓蔓正想逃，却被他拉住了。"我怕疼，你坐下来陪着我，嗯？"

刚才分明说不怕痛的……陆蔓蔓十分无奈。

一旁的护士已经笑得合不拢嘴了。

中午时分，陆蔓蔓担心他饿了，于是从飘窗处站了起来，将剧本搁在水仙花旁，说道："我去给你打饭吧！"

安之淳微笑道："这种事情，让阿成去跑就好了。"

陆蔓蔓走到他身边，摸了摸他乌黑浓密的鬓发："你嘴挑得很，阿成哥哪知道你爱吃什么，可是我知道呀！"

看她笑得一脸得意的样子，安之淳心情很好，肩头上的痛也去了一半："好，你去吧！别买那么多，提着重，或者你让阿成帮你拿。"

"知道啦！"陆蔓蔓如一阵风一般跑出了病房。

这一层楼里，住的都是一些特别有身份的人，所以保密性要比其他几栋楼更强。在顶楼就有单独的食堂，所以陆蔓蔓无须走远，搭直达电梯过去就好。

当电梯忽然停住时，陆蔓蔓一抬头——只到了十楼，顶层在二十一楼呢！正想着，门开了，一脚踏进来的，是个穿着香奈儿黑色裙子，挂了好几匹珍珠项链，戴着黑色大墨镜的女士。

虽然她戴了墨镜，但由于昨晚才刚见过，所以陆蔓蔓第一时间就认出了她来——正是大导演陈启。

而且，电梯所停的十楼，"妇产科"三个字赫然出现在对面，诡异地停留在陆蔓蔓的视线里。陆蔓蔓的笑容有些僵硬，但她还是硬着头皮打了个招呼："嘿，阿曼达！"

陈启优雅地取下墨镜，举止翩翩，风度还是那么地好，虽然她嘴角的弧度不是那么从容，她点头："好巧。"

四

"我去给之淳打饭。"只是一瞬间，陆蔓蔓就恢复了正常，微笑着按下了关门键。

陈导玩着手上的墨镜，忽然说："你就不好奇，我为什么会在这一层？"

陆蔓蔓不想刺探别人的私事儿，也就说起了别的话题："昨晚我和之淳遇到了些意外，后来他就病倒了。所以你的短信我也是刚看见，还没来得及回复。"

"哦？"陈启饶有兴致地看着她。

刚好，叮的一声，顶层到了。

258

门一开，里面就是一个小型的儿童乐园：有滑梯，有小木马、秋千，玩具车与积木堆了一地。金发碧眼的小孩，与有着乌黑头发的小孩玩作了一团，小小的脸蛋红扑扑的，可爱极了。

一个棕发的小男孩玩得太野，拿着玩具枪追着一个小女孩，不小心撞到了陈启怀里，水枪打湿了她套裙的前襟。"小心些，小可爱。"陈启也不恼，微笑着把他扶了起来，"你喜欢那个女孩子对吗？所以故意逗人家，就是要引起人家注意。可是这样是不对的哦！"

小男孩被说中了心事，脸都憋红了，白里透红的小脸蛋上一对湛蓝的大眼睛里有些委屈。他真是像天使一样。

陆蔓蔓笑了："小帅哥，打起精神来。你喜欢人家就不要欺负人家嘛！要绅士，女孩子都喜欢绅士的！"

小帅哥突然就笑了，小脸笑成了一朵花。然后他把玩具枪放好，从玩具筐里找了一朵好看的绢花，回头又找小女孩玩儿去了。

"你对小孩子挺有一套的。"陈启说。

"我学过儿童心理学。"陆蔓蔓知道她有话要对自己说，给阿成打了个电话，说了几样安之淳喜欢的菜色，就让他送饭给安之淳。

"你也很喜欢小孩啊！"陆蔓蔓回视她，眼神里有笃定。

两人在客人休息区里坐下，陆蔓蔓给她取了一杯热牛奶："喝点吧，你脸色不是很好。"

陈启抚摸着热度刚好的杯身。"你倒会照顾人。"顿了顿，她又说，"其实我怀孕了。"

陆蔓蔓没想到她会将如此私人的事情告诉自己，难怪她昨晚说，她的片子还在筹备阶段，不急。

话匣子像一下子就被打开了，陈启说起了自己的过往："其实我在事业的上升阶段，也有过一个孩子，可惜……"

陆蔓蔓并不安慰她，只是安静地倾听。

陈启说："年轻时，我也曾经对爱情充满过幻想，可最后该走的、该散的都离开了。我最爱的那一个人，也因为孩子的失去，对我彻底失望，转身离去了。现在这个……是从精子库里找的，用的也是我早年的冷冻卵子。我只是想要一个孩子。过去几年，我一直在努力，直到最近才成功怀上。"

然后她又看向了陆蔓蔓："所以，你很幸运，找到了那个最爱你的人。安先生为你付出良多，他知道你对这个角色充满渴望，在刚才我没有碰见你

259

时，就给我打了电话，希望我能认真考虑。"

陆蔓蔓眼睛里的光闪了闪。"我现在就告诉你我的真实的想法吧！"她看着陈启的眼睛说，"或许在你看来，我的选择显得对事业没什么野心，恰恰相反，我很喜欢当一个演员。最开始时，确实是为了钱，我并非科班出身，学历也不高，但认真学习演戏以后，我发现我真正爱上了当一个演员，我希望可以演绎好每一个角色。"

"但如果真的遇到你所说的那种情况，我根本无须思考，我会要这个宝宝，即使会错过绝好的角色和机会。"

"你还真是……"陈启看着她的眼睛——黑白分明，那么认真。她因为激动，俏丽的小鼻头微微泛红。陆蔓蔓不是在说假话，陈启凭借阅人无数的经验还是看得出来的："你还真是坦诚。"

陈启没有多说其他的事儿，又说回了自己身上："没有人知道这条路有多苦，除了自己。我是高龄产妇，又是靠人工受孕怀上的，要打许多的保胎针，那种痛苦……算了，也是痛并快乐着！"

陆蔓蔓看了一眼她还没有显怀的平坦小腹，忽然笑了："阿曼达，你很棒！你是一个真正的母亲！"

《怒海》马上就要全北美上映了，宣传活动也随之而来。

安之淳的公寓里来了好几位客人。陆蔓蔓认得何庭与宋珍珍，但剩下的几位就不认得了。

何庭正在打趣："安，为了你能有假期，我和珍可是在一个星期内连续飞了不同的国家，都算是环游世界了。你该怎么感谢我啊？"他又叹："今天这场金融会议又不知道要开到几点才能结束了。我干脆搬来你这里算了，省得我来回跑。"

陆蔓蔓听了，抿着嘴笑——这个何庭还真是个活宝一样的人物。知道安之淳谈事情时喜欢喝壶好茶，于是她到厨房里找起茶叶来。

安之淳虽然请了半年的假期，但有些工作他还需要亲自处理。他也定了下个月飞去德国开会的行程。

"哟，居然还有珍藏的大红袍。"陆蔓蔓扶着头顶的柜子门，在那儿看包装。这居然还是武夷山仅剩的那两棵古树出产的茶叶。她撇了撇嘴："这之淳还真会享受。"刚要关上门，她没有看见上面的一个茶海掉了出来。感到一阵风经过，她本能地伸手去挡，却被一个男人护着头，扯到了另一边。

他抱得那么紧，她的脸被他用手护着按在了他的怀中。她虽看不见他，但是她知道他不是安之淳——他们的味道不同。

"你没事吧？"带着磁性的嗓音掠过她的耳朵，因为离得太近，她闻到了熟悉的檀木香。他的气息包裹着她，她微微抬头，额头不小心碰到了他的嘴唇，她感觉到他的身体僵了一下。

"我没事，安东尼。"陆蔓蔓轻轻推开了他。"易思念"这个名字过于私人化，她选择了他广为人知的那个名字。

安东尼没有作声，只是看了她一眼。这时，陆蔓蔓发现他的手臂被划出了一道深长的口子，血正往外冒，而那个陶瓷茶海碎了一地。

"你别动。"陆蔓蔓有些紧张，跑出客厅去找止血的东西，等拿了一大堆东西回来，发现他正在水龙头下冲洗血迹，洗手池已经被鲜血染红了。

陆蔓蔓尖叫："呀！你这样会感染的！"

听见她的叫声，安之淳快速跑了过来，巴顿紧跟其后。安之淳看见她用双手挽着安东尼的半边手臂。

"没事，看着吓人，其实伤口没那么深。"安东尼很安静，乖乖地跟着她到客厅里来。陆蔓蔓扶着他走到客厅时，看见站在楼梯处的安之淳，于是说道："之淳，快点过来帮忙。"

安之淳走了过去，从她手上接过了他，扶好了。

安东尼扑哧一声："怎么搞得像我要残废了似的，都要来扶我。"

连伤口都是安之淳替他处理的。

"咦，之淳，你处理伤口和裹纱布做得真好。"陆蔓蔓一脸崇拜。

安东尼说得没错，虽然那些血看着吓人，但是伤口不深。

"我学过简单的急救处理。"安之淳说道。巴顿将军趴在一边，可怜巴巴地看着自己的主人。安之淳看了它一眼，说："放心，他死不了。"巴顿似乎听懂了安之淳的话，仿佛咧开嘴笑了一般。它头一次向安之淳表示了亲近，将头在他的裤脚上揩了揩。看着它的一脸口水与自己湿答答的裤脚，安之淳沉默了。

咦，安之淳的好风度哪儿去了？他怎么对他的表哥大影帝那么冲？陆蔓蔓眨了眨眼睛，以为他是讨厌巴顿，于是替巴顿、安东尼辩解："之淳，是安东尼救了我，不然受伤的就是我啦！"她顺手扯了扯他的衣袖。

安之淳看了安东尼一眼，觉得他真是讨厌。

"大影帝，你怎么会来这里？"陆蔓蔓十分好奇。

261

安东尼站了起来，转进厨房里，在那儿折腾了十来分钟，再出来时托着茶盘，上面茶香远溢。连宋珍珍都闻香跑了出来，赞道："嗯，好香。原来中国茶的香味各有各的不同。"

安东尼笑了，将茶盘放在桌子上，摸了摸巴顿的大脑袋："这是大红袍。"

陆蔓蔓觉得安之淳的嘴角抽了抽。然后，她听见安东尼补充："就是那两三棵古树的叶子。安还真是知道我的喜好。除了太平猴魁，我也喜欢大红袍。"

怎么空气中都是浓浓的火药味啊？陆蔓蔓摸了摸鼻子，看向安之淳时有些无奈："我看见你在工作，所以想泡壶好茶给你。茶叶是我拿出来的……"

"没关系，我很喜欢。从前，每次去你家玩，都是你给我泡茶的，所以我才会喜欢喝茶。"安之淳摸了摸她的头。

"安东尼来了。"还是何庭出面打破了这微妙的氛围。

对着何庭点一点头，安东尼将手提包打开，从里面取出了一份印有红色重要标签的文件递给何庭："这是有关欧洲区经济发展走向的重要文件。爸爸有急事，临时飞了瑞士，让我把文件送过来。"

然后，他看向陆蔓蔓："小蔓蔓，《怒海》的宣传马上就要开始了，接下来你会有许多通告。你在这边有经纪人了吗？可以专门打理你在好莱坞的相关事宜的那种？"安东尼姿态慵懒，靠在沙发上，长腿伸直，一手搭在扶手上撑着半边脸，若有所思地看着她。

陆蔓蔓脸一红，有些支支吾吾。关于这一点，她还真是从来没有想过。最近，她只顾得和安之淳黏在一起了。想到因为恋爱而荒废了事业，她有些赧然。

"这一点，我已经安排好了。"安之淳正说着，就听见了门铃响起。何庭按下开门的按钮，一个黑头发的亚裔混血女人走了进来。

当看见大家时，她微微一笑，道："大家好，我是詹妮·芬迪，蔓蔓小姐的一切事宜由我来负责。"她大方干练，还透出一股不易察觉的霸气。

听到詹妮·芬迪这个名字，陆蔓蔓猛地睁大了眼睛。这可是好莱坞最抢手的一线金牌经纪人，她历来只收天王巨星与影后级别的耀眼明星。如今，安之淳为了捧她，竟然花了那么多心思，把詹妮挖了来。

安东尼见到这个美日法三国混血时一怔，知道她就是詹妮。他抿唇笑了笑，喝了杯茶，心道：有意思，真是有意思。

五

关于《怒海》中他与陆蔓蔓的通告基本规划好了，安东尼的经纪人意思是，让他与陆蔓蔓以情侣的身份一同出席活动，其间互动可以亲密一些。尽管在圈内，大家都知道陆蔓蔓是安之淳的人，但广大观众与影迷却不知道。而且，他们也只是需要做个样子而已。

想起之前经纪人本对他说的话，安东尼微微蹙起了眉头。

"安东尼，你最好还是与一位女主演炒一炒绯闻，好使外界的传言不攻自破。已经好几年，你身边都没有女性出现了，这对你的观众来说并非好事。不好的传闻很多还能一路顺利的影星能有几个？这一点你比我清楚！"本说道。

"可以是《怒海》的女主演，也可以是那个女二号中国蔓。"本想了想，又说，"还是中国蔓吧，我看过你的母带，你与她最来电。不知道的还以为你看上了她。既然如此，你们不妨试一下'假戏真做'。而且她是亚裔新面孔，这一点也相当有噱头，毕竟大家都看厌烦了金发碧眼。"

安东尼还在想着自己的事情，只听见詹妮说道："我的建议就是，由安东尼与蔓搭档银幕情侣。我看过你俩在《怒海》时的母带与《暗影》的试镜片段，安东尼对蔓温柔绅士，像个体贴的情人。这一点，可以作为噱头来宣传。"

屋子里十分安静。大家看了看陆蔓蔓，又看了看安东尼。

安东尼眼睛微眯，没想到安之淳请来的人居然帮他。一抹微笑从他的唇边绽开。

詹妮又说："蔓，你和安东尼既然是朋友，就应该适当亲密些。有他支持你，你的名气能更快升高。"

一直不说话的安东尼坐直了身体，忽然对着陆蔓蔓勾了勾尾指，展露出动人的微笑。陆蔓蔓以为他要和自己商量什么事情，就走了过去："怎么了？"他受伤的那只手，忽然伸了过来将她一拉。陆蔓蔓失了重心，直接跌坐到他怀中。他的声音低沉性感："是这样的亲密吗？"然后他就吻住了她，大手一按她的脑袋，吻得更深了。

一切发生得太快，大家都愣住了。最后还是陆蔓蔓咬了他，他才松开。他耸了耸肩，笑得"人畜无害"："我只是找一下亲密的感觉，毕竟我已经许久没有和女人亲密过了。"他抚了抚嘴上的伤口，闻到了血腥味："小蔓蔓，你怎么这么狠啊！"

陆蔓蔓已经躲到了安之淳身边，手抓着他的西装下摆，探了探头，目光不善地瞪了安东尼一眼，嘀咕道："被巴顿那样的狗咬了，当然要咬回来。"

原来是指她被狗咬了一下，而他就是那只"汪汪"咯。安东尼忍俊不禁，并没有生气，拇指指腹压在了被她咬过的地方，颇为揶揄地看向了安之淳。

安之淳脸色未变，只是淡淡道："你要演，还是留到观众面前演吧！"陆蔓蔓靠在安之淳的身边，腹诽：这安东尼吃错什么药了哦，一副要拿安之淳寻开心的样子，害自己受牵连！

安之淳顿了顿，说："何庭，你们晚一个小时再来开会，我有些私事要处理。蔓蔓，你到书房里来。"他看了一眼其余的人，又道："大家自便。"

安东尼心下了然，忽然开口道："小蔓蔓，要不要将巴顿留下，不然我怕你被吃得骨头都不剩了！"巴顿听到自己被点名，立马冲到了陆蔓蔓面前狂摇尾巴。

站在书房门边的安之淳看了他一眼，安东尼笑了笑，和众人离开了公寓。陆蔓蔓满脸通红地进了书房，门被安之淳猛地关上了，发出嘭的一声，吓了她一跳。

"过来！"安之淳走到了宽大的办公桌后。陆蔓蔓越走脚越打战。见她那样子，安之淳温和地笑了笑："坐到桌上来。"

"不要了吧？"她站在他面前，脸都红透了。

"乖，坐上去。"他哄道。

陆蔓蔓只好乖乖地坐了上去，而他在椅子上坐了下来，然后打开电脑处理各种事情。

接下来并没有出现她自己脑补的各种情节，他只是在安静地处理文件。

墙壁上，挂在那儿的数十台平板电脑的屏幕忽然亮了起来，夹杂着无数的声音，不同的人的脸孔浮现。里面的人西装革履或穿着晚礼服，说着不同的语言，都在询问他："安，这次的走势怎样？""安，你在听吗？""安，非农经济……"

可是他一概不回答，只是埋头在电脑前。

陆蔓蔓知道了，他很不高兴。

陆蔓蔓只好提醒了他一下，可是他依旧不理会她。她伸出小脚来，在他结实的小腹上点了点，说："嘿，别不高兴了。"

安之淳才肯抬起头来，看了她一眼，然后开始回答屏幕上各大银行家的问题。

这次小型会议是突然召开的，安之淳一开就是四十分钟。等屏幕全黑下来，他才揉了揉眉心。见她想从办公桌上下来，他忽然说："不准动。"

"你要我一直坐你办公桌上啊？"她小声抗议。

"嗯。"他又开始工作。

"这样多不雅呀？"她又说。

他呵了一声，一抬眸，沉声说："我们更不雅的事情都做过了，坐办公桌还有问题吗？"

"没问题，没问题！"她狗腿地笑。

叹了一声，安之淳还是把她抱了下来，搂在自己怀里。电脑已经关了，房间里很安静，安静极了。安静得连彼此的心跳声都听得见。因为家里有暖气，所以她只穿了一件白衬衣，可以看见里面若隐若现的两条白色的细细的肩带。

他轻吻她的头发，说："傻孩子，我刚才没有生气。"他嗅着她的头发，低低地说道："真想要你。"

陆蔓蔓的脸全红了，似乎连纱质白衬衣下的曼妙身体都红了起来。他低笑道："不过，我在工作时，还不至于那么色令智昏。"

他抱着她叹气，忽然说起了从前："蔓蔓，可能你不知道。当你还是少女时，我就想过了。我想拥有你，想和你做这世间只有情侣才能做的，那些最甜蜜又最炽热的事。那时你还小，我只能压抑自己。本来想等你十八岁生日那天向你表白的……可是你这小坏蛋却提前跑了……"

多少次了，他在梦中想的都是她。她撩拨她，他占有她，但每次醒来，他都告诉自己，那样是不对的，她还小，他不能吓到她。所以每次和她在一起，尤其是独处时，他都是心浮气躁的。他教她做数学题时，明明她那么认真，伏在书桌上奋笔疾书，他却觉得她是在故意挑逗他。

那时是夏天，十四岁的少女刚刚开始发育。她白色的衬衣底下，是白色的棉质内衣，背后那两条细细的内衣带，细得如此危险。而她低着头，露出了后颈上一片雪白细腻的肌肤。她身上的少女香萦绕在他的鼻端，让他那么

265

想靠近她，一亲芳泽。

"你不知道，那时候你那么认真地在做习题，而我只想着……"他贴着她耳朵说出了那些令她脸红耳赤的情话。

听了他的话，陆蔓蔓终于抬起头来，用亮晶晶的眼睛注视着他。她的脸很红，没有说话，可那对眼睛已经道尽了万语千言。许久，她才在他的耳边低低地问："以前，你会梦见跟我？……"她脸红了，没有说下去，却依旧直视着他的眼睛。

安之淳亲了亲她的眼睛、鼻子，最后是嘴唇，他的动作很温柔。他说："当然，我的梦里只有你，也只梦到和你……虽然……"那句带有罪恶感的话卡在了喉咙里，他没有说出来，只是叹道："那时我就那样想了。"

他说得直白，而她笑了笑，十分调皮。见他专注地看着她，她不好意思地将脸又埋进了他的怀里，声音闷闷的："我的春闺梦里人一直是你啊！我和你是一样的。"

"詹妮和我说，已经给你精心挑选出了几份广告代言，一份是欧洲贵族级纯净水的代言，一份是波兰一个很古老的，曾为皇室贵族提供服务的珠宝品牌的代言，还有一份是意大利一家全手工高定服装品牌的代言。但詹妮说，你一直没有回复她。"安之淳忽然问道。

这两天，陆蔓蔓都把自己关在家里通读剧本，她自己的、《暗影》里几个比较重要的人物的分剧本，和《暗影》的总剧本，她都在看。

只有傍晚时分，她才会上顶楼的健身房里，对着沙包练拳，但总觉得不得要领，打不出力气，还害得自己手痛，只能一拳一拳地先练着。现下，她的心情也是有些烦躁，见他问起，她将剧本轻轻一扔，问道："那你的看法呢？"

"国际一线品牌的代言代表的是身价，无论如何都要接一个的，具体的随你自己的喜好。我知道你不喜欢这些，你更愿意去做公益，对吗？"安之淳的脸移了移，从电脑后转了出来。他戴着深蓝边框的眼镜，镜片后的一对眸子犀利而冷静。

他总是能在第一时间将她的内心剖析。

"是，我更情愿去做公益广告的代言。"陆蔓蔓忽然一下子跃上了他的书桌，晃动着细白修长的双腿，坐在那儿想事情。

"大冬天的，你又不穿鞋子！"他一把握住了她"荡秋千"似的脚。她的脚踝细细的，肌肤滑腻，暗藏性感。他的喉头滑动了一下，眼光暗淡了

266

几分。

　　"家里暖气开得足啊！不怕不怕！"陆蔓蔓笑眯眯地抬起脸蛋来瞧他，却发现他的神色有些古怪与……

　　他似乎在忍耐。

　　他轻咳了一下，才道："快下来！"他的声音哑得厉害。

　　陆蔓蔓脸一红，知道他想要什么……她像兔子一样，噌的一下就跳下来了，像在怕他会吃掉她似的。

　　轻笑了一声，安之淳嗤笑她："兔子！"

　　"好吧，公益的事，以后我会替你安排。目前还是选一个吧！"

　　"服装呗！服装设计更贴合生活，而且华服美衣也比珠宝要有实际的用途。"她思考了一下，说。

　　"怎么不选水？"

　　陆蔓蔓撇了撇嘴："水是地球给全人类的资源，不应该是所有生灵共享的吗？搞垄断，嗯哼……"她似乎在用鼻子说话。

　　安之淳看见她的可爱模样，忍不住摇了摇头："好吧，我可爱的兔子女郎。"

亲爱的，银行家

林小珑 著

[下册]

青岛出版社
QINGDAO PUBLISHING HOUSE

第十三章　封面照风波

一

通告下来了，经过双方经纪人的协商，陆蔓蔓与安东尼果然是以情侣形象出场的。

他们一起上节目、做访谈，提起在片场里的趣事时，彼此相视一笑，十分有默契。他们参加了一场又一场的节目，两人的人气都在飙升。再通过詹妮极其高明的炒作手法，与安东尼对她的公然维护，陆蔓蔓在短时间内，毅然跃升到了好莱坞二线重量级女星的行列，已经有几家国际大品牌邀请她做形象代言人，给她的报酬是七位数以上了。

两人再次同台，是在一档真人秀节目上。安东尼穿得很随意，白衬衣配深色西服裤，这身搭配衬得他眉眼俊朗，年轻得像个大男孩，只有那对深邃的蓝绿色眼睛透出一股超越年龄的睿智。

而陆蔓蔓则穿了一身湖水蓝的裹胸长裙，长裙将她柔软的性情气质衬托了出来，突出了东方女性的温柔似水。当安东尼来接她去片场时，陆蔓蔓令他眼前一亮。她笑着对他说："你瞧，我们还算有默契哦，我的裙子多衬你的那对蓝绿色的眼睛。"

安东尼笑了一声，没有回答。

片场里，当主持人问道："听说戏里，你们还有一场很唯美的激情戏哦？"

陆蔓蔓吐了吐舌头，红着脸没有回答，手摸着脚边的巴顿，头微微垂着，露出尖尖的下巴，十分具有东方女孩的含蓄风情。

她的侧脸非常美。

她不答话，将主动权交到了安东尼手上。

这是在洛杉矶好莱坞的一家摄影棚里做的节目。摄影棚里的背景摆设简洁硬朗，具有浓浓的美剧风，与国内的偏温馨或浪漫的背景不同。

会场里大多数是安东尼的铁杆粉丝。安东尼十六岁就出道拍戏，成名很早。到现在十五年过去了，他已从当初青涩的英俊少年变成了如今十分抢手的一线大牌，影帝奖杯拿了一箩筐。喜欢他的人，年龄跨度也很大。

会场里坐满了人。

此刻，大家都从这个英俊迷人的影帝身上，发现了微妙的变化。他赫然成了跨越东西方的大众情人，脸上显出了东方人特有的那种含蓄。他正侧着头，认真地注视着她。她低垂着眼眸没有看见他眼里的深情。

安东尼说："我只记得，在那场戏里，蔓很美很美，是我心头的李珍珠。她是那么美，让我无法忘怀。"

他连声音都充满了深情，不像在演戏。陆蔓蔓蓦地抬起了头，看着他时，眼睛闪了闪，欲言又止。安东尼也回望她，等待她的话。两人坐得近，几乎是肩膀挨着肩膀的。他微侧了身体对着她，将手抬了起来，轻轻地触了触她的脸，又放下了。

现场哗的一下沸腾了。观众里面不乏十七八岁的少女粉丝，她们此刻脑洞大开，已经自行组成了"蔓尼CP"，并且把那段录像视频转发到了facebook（脸书）、推特等社交网络上。

主持人妙语连珠，也说了些赞美陆蔓蔓的话，主题又回到了电影上来："按你的说法，蔓在《怒海》一片里的演技应该是很好了。"

安东尼往沙发上一靠，将左腿搭到了右腿上，姿态十分优雅。他看了她一眼，道："蔓蔓的演技不容置疑。如果这个世上真的存在过李珍珠的话，就应该是她这个样子的。"

主持人十分配合地提到了电影里，安东尼与陆蔓蔓的几场对手戏，其中一场就是那场作为噱头的所谓的激情戏。然后他们背后的屏幕亮了，那一场戏第一次在大众与媒体前曝光，同时这也是《怒海》的片段第一次向观众展示。

主持人幽默的声音响起："在未来大家能看到的预告片里，这一场戏也有哦！"

大家的注意力都集中到了屏幕上来。

光影交错，陆蔓蔓穿着那条黑色的裙子，走过铺着繁复美丽地毯的安静廊道。摄影师捕捉到她最美的一面，使得她的美浑然天成，她走来的每一步都是戏，画面充满了复古的年代感。镜头一开始就没有露出她的正脸，只有她曼妙的背影。但是她的美，超越了时间与空间的界限。

李珍珠停在了菲茨杰拉德套房的门前，然后门开了，她被安东尼演的霍华德按压在了门板上亲吻。

"哇！"现场又传来了一声惊叹。陆蔓蔓的脸红透了，明明只是做戏，可她还记得安东尼肌肤的触感，他呼吸的温度，还有他身上淡淡的檀木香。就如此刻，他就坐在她的身边，他的手时不时地触碰到她的手……

她感觉到了安东尼看她的眼神，感到十分不自在，脸上红一阵白一阵的。她甚至记起了几天前，在安之淳的公寓里，他抱着她避开了一劫，然后又吻了她。他的唇瓣真柔软……

两人之间的微妙气氛被主持人注意到了，他笑了笑，觉得这对很有意思，并不仅仅是演戏了，两人之间似乎产生了恋爱男女才有的化学反应。他暗暗向摄影师打了个眼色，摄影师哪还不会意，给安东尼与陆蔓蔓做了特写镜头。两人在屏幕里的对视，简直可圈可点。

画面已经切换进了卧房里，然后传来了两人动情的呻吟，陆蔓蔓坐不住了，带点求乞意味地看向安东尼。安东尼笑了笑，开口打破了现场的沉默："拍这场戏时，蔓有些紧张，也有些害怕，那是她第一次演激情戏，而之前，她连亲热戏都没有拍过。我就和她开玩笑，分开她的心神。"

主持人有些好奇，问："咦，大影帝和蔓说了什么笑话？"

面对众人的好奇，陆蔓蔓只觉得自己可以去钻地缝了。

安东尼换了一只脚，身体靠向了沙发一侧的扶手，手从衣袋里取出了一支烟，打火机被他啪的一声打开，他透过火光看向她，叼着烟的嘴唇凑近了火苗，烟着了，他吸了一口，才微笑起来："我问她，知不知道海明威的那句至理名言。"

台下忽然传来了一阵爆笑，将气氛推到了高潮。主持人很满意，安东尼一向是个有头脑的艺人，十分懂得说话的艺术。

"巴黎等同于快乐？"主持人配合地问了一句，假装不知。

安东尼带了一点深意地看向主持人："她也是这样回答的。"顿了顿，他含了一点笑，凝视她，那对绿眼睛如平静而多情的湖，几乎要绿成了蓝色，唇瓣开合，他一字一句地说道："'巴黎等同于快乐''令人只想到吃、喝、写作和做爱'。"

现场又爆发出了一阵响亮的笑声。

陆蔓蔓的表情有些呆，她看着他时，眼神开始逃避。安东尼在她耳边轻笑了声："做戏而已，这样你都怕安之淳吃醋？"见她脸容稍霁，他又笑道："别忘了，我们在炒绯闻，我现在嘛，可是你的绯闻男友。你说对不对啊，巴顿？"

"汪汪汪！"巴顿说：对的对的对的！

陆蔓蔓看着这一人一狗的对答与配合，很无语……

安东尼摩挲着指腹，见她放松下来了，他又靠近了她一些，说："小蔓蔓，我觉得你可爱，一直逗你玩的。我很喜欢你——朋友间的喜欢。我有爱的人，所以，你别一看见我就绷着张脸。"他的手搭在了她的肩膀上，捏了捏她的肩窝，马上又放开了她。

见她瞪他，他心情极好地伸过手来捏了捏她的小鼻头。

心情一下子放松了下来，陆蔓蔓腹诽：这大影帝的演技要不要那么好哦！真是的！还当众忽悠我！

主持人见这两人公开秀恩爱，轻咳了一声，又道："所以说，你俩是因戏结缘从而在一起的咯？"

陆蔓蔓被噎了一下，觉得真是古今中外都一样……八卦……自动组"CP"的魂，跟祖国人民是一样的！

安东尼笑了，笑声朗朗，连胸腔都在震动，十分大方地回答了："我们没在一起，可是如果蔓允许的话……"他又看向她，眨了眨眼睛，玩笑道："我可以追你吗？"

听出了他话里的玩笑意味，大家又笑了。

安东尼补充道："其实大家可能真的有些误会了。我与蔓蔓是很好的朋友，我们非常聊得来。她很可爱，然后巴顿也很喜欢她——对了，忘了介绍，这是片里的主角犬，巴顿大将军！"他说着将巴顿的大脸对着镜头扯了扯，一副十足的顽皮的大男孩模样，哪还有半分从前那冷酷的影帝范儿。

底下一片狂叫，粉丝们都觉得是这个中国蔓改变了她们的冷酷影帝，而且……影帝似乎更有爱了！一众女粉丝尖叫起来。

男助理忽然跑到了主持人身边，与他低语。主持人哦了一声，露出一副听了好戏的神情，然后对着助理吩咐了几句。助理马上跑回到导播那里交代了一番。

然后，主持人忽然问："安东尼，你俩真的没在恋爱吗？"为了节目收视率，别怪我没提前说了，毕竟真人秀就是要够"真"才刺激嘛！

安东尼与陆蔓蔓已经达成了统一战线，他俩相视一笑，并没有回答，这反而更引人遐想。

可这时主持人却说："可是我们的粉丝有看到蔓与一个亚裔男人一同进入了一家药店哦。"他拖长了声音，更是将"药店"两个字说得引人遐想。

大屏幕里，画面猛地切换——在一家药店里，陆蔓蔓与安之淳模糊的身影露了出来。安之淳人太高，又一直低着头看她，所以药店角落里的监控录像只是拍到了他轮廓刚毅的小半边脸，观众只能模糊地辨析出他高挺的鼻子与下巴，根本看不清他的模样。但两人站的位置……是在放避孕套的几排货架中间。

陆蔓蔓听见安东尼轻笑了一声后抬眸看他。这是她的丑闻，可不知道为什么，她的内心一片平静，她根本不怕这会使得自己沾上"放荡"的名声。

"安之淳对你还真是够饥渴的。"他看着她，眨了眨眼睛。

可下一句，安东尼又说："蔓蔓，你相信我吗？"这一次，他表现得很认真和严肃。

陆蔓蔓本想说些什么，可她还是点了点头。

她听见他说："没关系，我会保护好你的名声。"顿了顿，他又说："我知道，为了安之淳，你可以不在乎，可一个女人的声誉同样是很重要的。"

二

现场的气氛有些奇怪，主持人抛出这么个重磅炸弹，但当事人倒好像不怎么上心。

主持人看了一眼安东尼，只见他始终微笑着，而那个亚裔女孩也一脸不着急的样子。

安东尼的声音很轻，但陆蔓蔓听得见。他说："你给安打个电话吧！这个时候，你最需要的是他，由他出面保护你。"顿了顿，他又说："也许他已经在来的路上了，他对你的事从来都是最在意的。"

273

陆蔓蔓都明白，安之淳说过无论什么事都应该彼此分享与分担。她没有再犹豫，微笑着对安东尼说了声谢谢，然后拨通了安之淳的电话。

安之淳在接到电话的那一刻是欣喜的，她能第一个想到他，能信任他，这令他一颗不安的心稳定了下来。

摄影棚里，安东尼轻笑了一声，面向主持人说道："那家药店啊，我记得。我也有去啊，就站在两人边上，亲爱的粉丝们，你们居然没看见我啊？嗯，那天在表弟家BBQ（烧烤），结果有人因为吃了不熟的东西拉肚子了，我们一起下来找药的。"

主持人看了安东尼一眼，发现安东尼的视线也扫了过来，虽然安东尼是笑着的，可那笑容很冰冷，他的眼神里也没有温度。主持人知道，自己惹到他了。

轻咳了一声，主持人打圆场："原来是这样啊！没有发现大影帝，那位粉丝也真是够没有眼力的。"主持人不可能公然和安东尼作对，说他们是去买套套的。

而安东尼竟不惜把自己搭进来。

主持人也知道，自己得罪不该得罪的人了。

摄影棚搭出的房间里，墙壁上的滚频里还在播放着那个所谓粉丝发来的照片。居然有几张是陆蔓蔓在《暗影》试镜时的单独照片和她与安东尼演对手戏的合照，照片里，他们的身上满满的都是戏。

现场的观众又惊叹了一声，觉得这剧情看着特有感觉。安东尼的眸色沉了沉，这已是泄露商业机密了。

最后一张，是一个大男孩模样的青年，抱着一位美丽的小女孩站在海里的合影，拍得十分唯美，还配有一行中文。

安东尼见了，笑了笑，若有所思地看向陆蔓蔓。

现场有华裔的粉丝在，他们激动地用英文翻译给周围的群众听："女神在我怀里，不要太羡慕！"一个块头挺大的美国女孩激动地抢了一边观众席前排的副主持人的麦克风，大声问道："蔓，那是你的中国情人吗？"

这话一出口，底下更是沸腾了起来。

正在此时，演播室的大门开了，安之淳走了进来。

他穿着一套三件式的白西服，暗蓝的领带，一丝不苟。他瘦削而挺拔，直直地站在那里。他的头顶上有一盏灯，柔和的光笼罩在他的周围，照亮了他英俊的容颜。他的皮肤白皙，眼睛乌黑深邃，远远注视着现场唯一的女主角。

"这位是？"主持人知道好戏上演了，非但没有让工作人员拦住安之淳，还专门请他上台。

安东尼大笑道："欢迎你，我的表弟！"他已经张开了怀抱上前，将安之淳揽住，用力抱了一下。

现场观众恍然大悟，原来这就是大影帝的表弟，也是一名大帅哥啊！现场的女粉丝们更激动了。

"蔓蔓。"安之淳走了过去，抱住了她。

她乖巧地让他抱着，然后挽了他的手，与他一同坐到了沙发上。

安之淳此刻才看向主持人，说道："蔓是我的'小青梅'，我们在一起度过了整个少年时代。"说着，他满是溺爱地揉了揉她的头发。

"那你们现在的关系是？"主持人装出一副很八卦的样子。

安之淳看了她一眼，然后又将视线移到了安东尼身上，玩笑着说道："我与表哥一样，都想追求她啊！"他又学着安东尼方才的语气说："蔓蔓，我可以追你吗？"

安东尼连忙打断："我是开玩笑，玩笑的！正主在这儿呢，哪轮得到我啊！"

底下又是一阵大笑。

安之淳拍了拍安东尼的肩膀，说："大家可能有些误会。其实，我们三个是很好的朋友，不是大家想的那样。"顿了顿，他又说："我还是半个电影人，对电影业充满热忱。我希望我所投资的不只是一部电影，还是一件艺术品。而我相信，表哥与蔓蔓会为我达成这个梦想，他们是很出色、很棒的演员！"

节目一结束，安之淳携了陆蔓蔓先行离开。

坐在密闭的车厢里，安之淳摘下眼镜揉了揉眼睛。陆蔓蔓已经看到了他眼底的红血丝。她心疼他，却只能静静地依靠着他坐着。

"对不起，没有保护好你。"安之淳非常自责。简易的桌子上，笔记本电脑还在亮着，里面全是陆蔓蔓看不懂的各国经济走势图。

"我没关系，反而是你，之淳，你多久没睡觉了？"

这几天他一直在书房里，没日没夜地加班加点。何庭与宋珍珍，还有一个北美区的总裁，干脆就住在了安宅里，每天的工作时间都超过了十四个小时。

"之淳，你太忙了，还是别陪我了吧！"陆蔓蔓心疼得不得了。

忽然想起了什么，安之淳睁开了眼睛，说："蔓蔓，我带你去一个地方。"然后他拉开挡板，向阿成报了一个地址。

"去哪儿？"她倚在他的胸膛上，柔柔地问着。

"还记得你在《暗影》试镜前，我对你说过的话吗？无论如何，会有一个好消息等着你。之前太忙，我都忘了。"

"哦，是什么？"陆蔓蔓打起了一点精神来，"我很期待。"

车子开得有些快，四周的景色迅速转换。陆蔓蔓说："之淳，你怎么这么快就来到演播厅现场了？"

安之淳目光闪了闪，答道："我很想看见你，所以让司机送我过来。本来何庭也在的，与我一同处理一些文件。我开着网站的视频直播看着你，所以一发现你遇到了事情，我就马上来了。但你能给我打电话，确实让我很开心。"

风景变得熟悉起来——又是上次来的那家私家医院。

安之淳牵着她的手，一起上了顶层的套房。那间套房像公寓一般舒适，带着低调的奢华。

"这是？"站在那扇淡黄色的木门前，陆蔓蔓有些疑惑地抬头看他。

他微微一笑，在她嘴唇上印下一吻："你进去就知道了。"

陆蔓蔓轻轻地推开了门。

淡黄色的墙壁、一整扇落地的长窗，雪白的抽纱窗帘轻摇，她挑开了窗帘的一角，露出的是东河的全景。

很温暖的一间房间。

"过去吧！"安之淳微笑着指了指里面。

陆蔓蔓很听话地走了过去，脚步很轻，怕打扰了什么。

一扇小门虚掩着，她推开，进入了卧室。

那里有一台电视，在放着古典音乐。电视的对面坐着两个人，在低声聊天。被一个大花瓶挡着，陆蔓蔓看不清楚对面的人。

她再向前一步，听到了熟悉的声音。脚步猛地停住，她蓦地回头看向安之淳，他对着她点了点头。他的双眸深如大海，对上她的眼睛时那么亮，如同海面上倒映着的一轮明月。

陆蔓蔓猛地跑了过去，撒娇地喊："妈！"话音刚落，她就扑向病床，扑进了那个面带笑容的绝美妇人的怀里。

"妈妈，你怎么在这儿？"陆蔓蔓再抬头时，乌黑的眼睛湿漉漉的，她像个可怜的小东西。她的双手抱着妈妈的脖子，抱得那么紧。

安之淳走了过来，将手扶在蔓蔓的肩膀上，含笑喊道："费阿姨。"

"妈妈，"他转过头来，又和另一位美丽的女士说道，"你也过来了。"

这时，陆蔓蔓才窘得猛地坐好，发现那位与妈妈聊天的人居然是……安之淳的妈妈……

"嘻嘻，安妈妈好。"她的脸红红的。

费莉无奈地摇了摇头——这个女儿啊，总是那么莽莽撞撞的。她说："你瞧你那性子急的！"

安妈妈也是笑："别说小蔓蔓啦！她一向就是这样的，可爱得很。不像我家的，常年一张'扑克脸'。"

"阿姨，最近你过得还好吗？我们也好久没联系了，是蔓蔓不好。"陆蔓蔓觍着小脸嗫嚅道。从前，安妈妈可是顶疼她的！

安妈妈是真心喜欢这个从小看大的姑娘，一对好看的眼睛笑眯眯的。她牵了她的手，让她坐到身边来："我啊，还不是老样子，就是刚离婚了呗。"

"什么？"陆蔓蔓吓了一跳。

安妈妈的笑容淡了些，然后又加深起来："他那老头子就那样，古板得很，不许这不许那的。我想回到热爱的舞台，可是他不允许，所以我就离婚了。"

看了蔓蔓一眼，安妈妈抚了抚蔓蔓的头发："蔓蔓，阿姨永远支持你。你的事业是你的，要好好经营。不要像我这样，为那个家付出，最后不得不放弃最爱的歌剧。可到了某一天，终于想找回曾经丢失的东西时，却不得不付出代价。"

可能觉得气氛有些伤感，她拉开了自己的坤包，从里面取出了两张票："喏，等你有空和阿宝一起来听歌剧，我会在巴黎歌剧院登台。"

艺术是安妈妈的生命。

安妈妈是一个美妇人。她与费莉曾是大学好友，是最亲密的舍友与闺密。她们两一个学歌剧，一个学小提琴与钢琴演奏，都是为艺术而生的人。

面对陆蔓蔓的一脸茫然，安之淳握了握她的手，说道："蔓蔓，我已经为费阿姨找到了合适的心源。下周就可以做手术了！主刀的是全球闻名的心外科专家。他说了，这个手术的成功率很高，在百分之九十以上。"

陆蔓蔓看着他，红了眼眶。安之淳就是这样，默默做着一切，却能不说就不说。他默默安排下这一切，还让安妈妈过来陪伴费莉，只是因为他看重她，他爱她！

"阿宝，蔓蔓爱你！很爱很爱你！"陆蔓蔓忽然站了起来，一下子扑进了他的怀里。她的动作太突然，安之淳根本没反应过来，她一扑，两个人都摔到了地上去。

房间里忽然爆发出了一阵大笑声。性格开朗的安妈妈笑得是嘴巴都合不上了。

小蔓蔓很乖，一到了饭点，就主动请缨去为大家服务。

安之淳想陪着她，倒是安妈妈说："我去吧！"

电梯没到，陆蔓蔓站在那儿有些发呆。

"小蔓蔓。"安妈妈走了过来。

陆蔓蔓一怔，回过头来："安妈妈。"

阳光正好照在安妈妈的脸上。她的脸上几乎看不见岁月的痕迹。她穿着一袭墨绿色的长裙，头发绾起，露出好看的饱满额头。她有一管很美的鼻子，肤色白皙，无疑，安之淳的好容貌来自妈妈。

相反，陆蔓蔓觉得自己逊色多了。妈妈那么美，自己却没有遗传到她绝美的容貌，顶多也就清秀俏丽些而已。

察觉到陆蔓蔓在打量自己，安妈妈嘴角噙笑，说道："不用看了，我没有莉莉的美貌。"

陆蔓蔓窘了，连忙补救："哪有，哪有，您很美。"

"与其他人比是很美，可与你妈妈比还差了一截。"安妈妈抿着嘴唇说道。

两人出了电梯，陆蔓蔓来过这里，熟门熟路，带着安妈妈到了打饭区。

点了几样小菜，安妈妈说道："我们到休息区等吧。"

陆蔓蔓知道安妈妈有话要说，不免有些紧张。

她陪同自己过来，就是想要单独相处的机会。安妈妈会和自己说什么？会反对她与之淳在一起吗？如果安妈妈反对，自己又该怎么办？

三

"妈妈和你说了什么？"安之淳从后揽着她，将下巴搁在了她的肩窝那里。

他还真是怕妈妈会为难她。

陆蔓蔓将酒杯搁在阳台的石砌围栏上，看着远处的东河出神。河面上亮光点点，十分璀璨，像天空的星辰坠到了河里。

其实，安妈妈还真没有为难她。安妈妈只是提起了费莉，并告诉陆蔓蔓一些她不曾知道的事情。

原来，年轻时的费莉很美丽，有很多人追求。费家并非大富大贵，但也是书香门第，费莉也是好人家的女儿。只是费莉的双亲去逝得早，所以一切只有靠她自己。她勤工俭学，教小朋友弹琴，勉强能提供自己的学费。直至她遇到了陆蔓蔓的父亲，一切发生了改变。

曾经那么骄傲的女孩，为了爱孤注一掷，她明知道齐大非偶，却依旧要嫁给那个男人。当时为了骨气，她签订了婚前协议，没有要男方一分钱。她想证明她的爱单纯而执着。可最后她输了，一败涂地。她的骄傲不允许她失败，她躲了起来，连最好的闺密也不再联系。

安妈妈说："以前，我样样不如莉莉。我没有她美，没有她的才华，连找的丈夫也没有她的帅，没有她的懂情趣。那时年轻，我到底是会在暗地里互相比较的，可到了最后，莉莉受的打击太大……

"莉莉对你爸爸有多爱，就有多恨。所以她才会彻底地失望，不争一分钱，带着你逃了。毕竟，莉莉那么要强啊！而且，当初所有的人都不看好她和你爸爸。她赌了一口气，想过得好，可是没有赌赢。"

安妈妈接着说："蔓蔓，你与之淳不容易。你失踪的那几年，之淳是怎么熬过来的，只有我这个做妈的看得清楚。他找你的第一年，找不到你，他急疯了，借酒消愁，结果喝到胃出血。所以，蔓蔓，请你一定不要离开之淳，无论遇到了什么难题……"

安妈妈说到这儿，有些欲言又止，最后加了一句："无论怎样，我都是站在你们这边的。遇到困难，你可以第一时间找之淳，或者找我。"

陆蔓蔓觉得安妈妈的话里包含了某种信息。回过神来，见安之淳还在等她回答，她换上了妩媚的笑容搂住了他："安妈妈那么好，怎么可能为难我。你是不是有受虐倾向啊？还是你偶像剧看多了中毒了？"

他对她那么好，陆蔓蔓决定好好报答他！

黑色的眼珠一转，她已经将双手搭到了他的颈项上，慢慢抚摸，沿着他的锁骨摩挲。她一抬眸，就看到他正在用深不见底的眼睛注视着她，而他额间的太阳穴正突突地跳着。她笑道："怎么？这样就受不了了？"

　　他低笑了一声，不说话，看着她。

　　他居然看着她表演？陆蔓蔓恼了，可笑得越发妩媚，刻意压低了嗓音，发出的声音沙沙的，性感撩人："我们回房间，嗯？"

　　她的腰被他的双手猛地箍住，箍得那么紧，贴着他的身体。他有了反应，他确实是这样就受不了了，因为那个人是她。

　　"何必麻烦呢，不如在这里更刺激。"他低醇的嗓音拂过她敏感的耳朵。

　　陆蔓蔓身体发软，却还要逞强："回房间去。"

　　可他不安分的手已经从她的裙底滑了进去，他笑了："知道我为什么喜欢你穿裙子吗？"

　　陆蔓蔓："……"他果然是不安好心啊！难怪她一打开衣橱就觉得有些奇怪，当时她说不上来，现在全明白了，那么大的衣橱里，居然没有一！条！裤！子！

　　她冷漠地看着他，可身体的敏感使得她不得不屈服，嗯了一声，她的脸红得要滴血。她按住了他作恶的手，低低地恳求他："这里不好。"

　　"怎么不好，嗯？"他加大了手上的动作，另一只手用力一提，已经将她抱到了一米多高的阳台上，透明的玻璃就在她身后，窗户底下是万丈的红尘——她与整个璀璨的夜空共舞。将她的裙子褪了上去，他进入了她。

　　"幕天席地的，多不好。"她几乎是咬着嘴唇说的，一字一顿，难受极了。他深深浅浅，没动真格的，根本就是在调戏她。

　　他笑了笑，亲了亲她湿漉漉的眼睛："蔓蔓，别怕，这里整面都是河，没有人看得到我们。不如……好好享受。"

　　他的吻肆无忌惮，他勾引着她小小的舌头，吻得有些重，可手上的动作却温柔，抚摸着她胸前的柔软。一轻一重间，她的一声嘤咛，让她自己都觉得羞耻。她那微闪的大眼睛睁了睁，对上了他深如夜色的双眸。他嘴唇红润潮湿，笑了笑："没关系，我喜欢听你叫。"

　　陆蔓蔓羞得猛地闭上了眼睛，可他已经将她上半身放平在了阳台上，再次进入了她，那种感觉很难受。她想要得更多，于是她不安分地扭了扭身子。

安之淳的声音十分低哑，笑声充满魅惑："蔓蔓，满足你！"然后他将她抱起，压到了一边的墙上，迅猛地，一次一次地占有她……

陆蔓蔓起了个大早，给自己敷了个深度补水的面膜后，涂好护肤品，连妆也不化，就赶到了预约好的摄影棚拍大片去了。

她是要为一家全球知名的一线品牌杂志*SHE*做封面女郎。

当初，安之淳花了好些功夫才为她搭上这条线。

为此，陆蔓蔓还取笑他来着，说："咦，这么积极？就不怕人家要我拍全裸写真？毕竟老外都兴这个！"

安之淳合上笔记本，暂时放下手头的工作，举起手来敲了敲她的脑袋，道："谁敢让你脱？"

陆蔓蔓笑嘻嘻的，开始数落他："全裸算什么，当初精灵王子的前妻米兰达·可儿来中国，为一本著名的杂志拍封面时，艺术总监建议她全裸，她都大方答应了。人家还是一个孩子的母亲呢！"

安之淳看了看她，忽然说："你想裸？"

觉得他眼睛里的内容很危险，陆蔓蔓很狗腿地讨好他："不裸，不裸，就算裸也只裸给你一个人看，金主大人。"

"你叫我什么？"人前衣冠楚楚的大银行家，开始露出狼性的真面目来。

"金主——"陆蔓蔓红着脸低声唤他，见他神色不好，她试探着说，"大人？"

最后，她只好撒娇："主人？我的主人……"

见他的脸色稍好了些，她来劲儿了，笑嘻嘻地说："Master（主人），my master……"

再然后她被主人扒光了，好好地欣赏了个够……

一想到这儿，陆蔓蔓的脸就烧了起来。

化妆师正在为她上妆。在安之淳特意为她安排的独立化妆间里。这里一切都是最好的——明亮宽敞的房间、闪闪发亮的巨大梳妆镜与梳妆台，瓶瓶罐罐一应俱全，各大品牌的一线奢华护肤品、化妆品都有。

五光十色的香水瓶子一溜铺开，任她选择。巨大的落地花瓶里插满了明亮鲜艳的向日葵，落地窗外是一汪莹蓝的湖水，上面浮着几朵白睡莲。看着窗外的美景，陆蔓蔓心情大好。

美术指导推了好几排衣架过来，里面满满当当的都是衣裤、裙子，还有美到仿佛能亮瞎眼睛的满柜的高跟鞋，这让热爱高跟鞋的陆蔓蔓惊叹不已。

　　化妆师笑了："蔓，你的脸红得都不用打胭脂了。"

　　陆蔓蔓看向镜子中的自己——果然脸很红，眼睛却亮，水润润的。她整个人都像会发光一样。因为安之淳，她变得更加美丽。

　　化妆师很懂讨好："安先生对你真好。你想到他了吧！"

　　陆蔓蔓觍着脸点了点头。

　　其实化妆师不讨厌她，虽然她是关系户，所以能得到天后巨星的行头服务，哪怕她还当不上这个行头，可她也不惹人讨厌。因为她没有架子，对每个工作人员都很认真友好。在她还没有进入摄影棚时，化妆师还以为她会是个爱耍大牌的人。没想到她很准时，还早到了五分钟，十分懂礼貌。

　　"安先生很宠你。这个摄影棚是最好的，很难预约。本来这个档期的上下浮动时间有人预订了，就在中午一点的时间段，听说也是位华裔女星。"化妆师和她聊了起来。

　　陆蔓蔓听了一怔，十分不好意思："那我们还是快些吧！临时插队已经很不好了，我尽量快些完工，把摄影室还给人家。"

　　化好妆，美术指导替她拿了衣服，她就去摄影室了。

　　中途她接到了安之淳的电话。

　　他低醇的声音透过话筒传到了她耳朵里，他说："蔓蔓，有什么事，第一时间给我打电话。吻你。"

　　陆蔓蔓脸红红地应了一声，怕耽误大家时间，于是马上进入了状态。

　　其实，陆蔓蔓还真是头一次拍硬照。

　　虽然出道以来她拍过了几部电影、一部电视剧，但到底没有真正红起来。没想到此次曼哈顿一行，安之淳却将她推向了国际。所以提及拍大片，她还真是没经验，有些赧然。

　　摄影大师名叫伊娃，是个四十多岁的女士，模样十分男性化。她虽穿着女士西装，行为举止却像个男人。她在国际上享誉盛名，只有安之淳才请得动她。她对陆蔓蔓冷冰冰的，但也尽职尽责。

　　陆蔓蔓直接和伊娃说了自己没经验，请她多指教。

　　伊娃只是淡淡地嗯了一声。

　　伊娃让她站在幕布前，并且教她摆了几个动作。

然后，伊娃站到她的身边亲自示范。伊娃以背面示人，一手揽着她的腰，对她说道："你的侧脸立体，这一面最美，你先来一系列侧面照。你看向我这边来，将侧脸往照相机那边移一点。"说着她又举起了一只手，将陆蔓蔓的下巴抬高了一点："你的眼神强势些。"

　　陆蔓蔓闭上眼，思索了一秒，再睁开眼时是俯视伊娃的，她的眼睛里有种高傲冷艳，但又突出了一股野性的不羁。

　　伊娃与她对视了几秒钟，忽然说："很好。"然后伊娃放开了她，来到照相机前调整了一番，又回到了陆蔓蔓身边，依旧做出刚才背对着镜头，一手揽住她的腰的姿势。而陆蔓蔓是身体是正面对着相机的，她一手叉腰，而脸是侧着俯视伊娃的。

　　三秒后闪光灯一闪，哗的一声，相机已经自动拍了起来。陆蔓蔓根据伊娃说的，变换了几个姿势，也有陆蔓蔓自己单独的照片，拍了十来张。

　　门外面传来了隐约的说话声，陆蔓蔓工作时百分之百投入专注，没有听见门外的声音。

　　"到底是谁那么大牌啊？敢抢我的档期！"年轻女子的声音很不爽。穿着一套黑色高定西装的男人沉默寡言，尽量安抚那性子火暴的女子，他的声音温润："没关系，我们就等等吧！"

　　"你就是脾气太好，一点大牌的架子都没有，明明你的身份地位不比那个安之淳差。"

　　"好了，赫拉，我们先过去候着吧！"男人走了过去，想带她先到化妆间准备，可路过门口时，却定住了，视线胶着在了里面的人身上，是她，是陆蔓蔓！

　　许久不见，她变得更美了。

四

　　"你的身材很不错，有没有想过拍一组全裸的？"一个男人从摄影室的独立办公室里走了出来。

　　伊娃看了男人一眼，淡淡地说："史密斯总监。"

　　他是*SHE*的艺术总监加总经理，是SHE集团的第二把手，一人之下，万人之上，管理全球24个国家的*SHE*杂志。

　　此时，伊娃正拿了一把道具枪给陆蔓蔓。"放在你的脸右边，遮住右边的眼睛，左边的眼睛给力些，要有内容。你和他一边说一边拍，不要耽误时间。"

史密斯听了，脸抽了抽。无奈伊娃一向是这样的性格，油盐不进。她有独立的工作室，他也忌惮她几分。

陆蔓蔓已经换了另一套服装，是性感的黑色皮衣、牛仔长裤，衬得她腰细，腿长，臀翘，而她胸部的形状很美，不大不小，饱满而高挺，虽然没有西方女郎的大，但线条十分迷人，有种来自东方的含蓄诱惑。她右手持枪放于右脸旁，做出了瞄准的姿势。她的身姿曼妙迷人，可眼神却不同，她的眼神是冷的，带了一股杀气。

英挺的气质一下中和了她五官的柔媚。

顿了顿，等闪光灯熄灭，估摸着有好几帧底片出来了，陆蔓蔓才用礼貌得体的声音回答道："不好意思，我暂时没有这个打算。我觉得我想要一些更硬朗的东西。"

正因此，她才会推掉了《禁岛》一片的邀约。就这点，她和安之淳谈过，她不希望被标签化，被固定。她已经尝试过了性感的造型与角色，她要开拓戏路，挑战不一样的东西。她不希望被定型为"性感"。

伊娃怔了一下，那一刻，她在这个亚裔女孩的身上读到了一种名为"坚毅不凡"的东西。

没有几个人敢公然挑战史密斯，自己还要让他几分。史密斯是整个北美区的时尚教主，他说的话就是时尚圣经，是宝典，是真理。他想要一个人消失，哪怕是天王巨星的日子都未必好过，更何况是一个新人。

伊娃很明白，安先生虽然有身份地位，可到底是时尚界和电影圈时日尚浅，不一定撼动得了这位时尚教主的地位。

史密斯的脸色一下子沉了下来："不知名的小东西，你很有胆量！"

摄影室里传来嘭的一声巨响。

史密斯将一只大花瓶推倒在地，花瓶碎了一地。史密斯的脾气很不好，他有轻度狂躁症。

陆蔓蔓却不怕，一副十分镇定的模样，说出的话也很有礼数、教养："史密斯总监，十分抱歉。我并非故意与你作对。拍裸照，我是真的没兴趣。而且，我是个中国人，我的国度比较保守，我个人的思想也是如此，所以请您体谅中西方文化的不同。我明白，在西方人体是美的，是值得赞颂的，它一点都不色情，相反是艺术；但请您原谅我，知道是一回事儿，从国情出发，能不能接受又是另一回事儿了。"

史密斯嗤笑了一声："中国人很了不起吗？"

这是赤裸裸的不尊重了！而且是对一个国家的不尊重！陆蔓蔓的脸色沉了下来，她直直地看着他说道："请您道歉。而且，这个封面我不拍了。"她的话掷地有声。

史密斯的面容扭曲："你知不知道在和谁说话。而且，你跩什么，你不过就是个婊子，傍上了男人才来得了这里，不然你以为你够格？"

陆蔓蔓上前了一步，一点也不惧怕他："首先，我够不够格轮不到你下评论；再者，你对我的国家不尊重，这点很重要，你要为此道歉！"

摄影棚里面的危机一触即发。

外面的男人很担心，正要走进去，却被陈赫拉猛地拉住了："顾清晨，你要为那个女人疯癫到什么时候？她身边已经有了安之淳！"

顾清晨沉默了，但他还是取出了手机，给安之淳拨了过去。电话接通时，顾清晨的声音有些冷："安先生，你就是这样保护你的女人的？"

伊娃走了上来，拉住了陆蔓蔓："走吧，我也不在这里拍了，另找摄影棚。"她看也不看史密斯，当他是透明的。在伊娃的眼里，一切都不重要了，陆蔓蔓是块可塑的好料，这一点就足够了。

而且，一个为了国家脸面坚持的女孩子，她本身就足够吸引人。

两个女人刚走到大门口处，暴躁的史密斯就猛地撞了上来，怒道："我今天就非要你脱了！"

他来势很猛，但陆蔓蔓也不是吃素的，她在人前柔柔弱弱的，但不代表她真的好欺负。她又练过太极，有些武术底子，踩了几个步子，轻松避开了笨如铁牛的史密斯。

但她也不宜与他正面冲突，毕竟他是个高大强壮的白种人。

陆蔓蔓朝着门口快步走去，谁料那个史密斯又撞了过来。陆蔓蔓横眉一挑，大喝了声："你是不是嗑药嗑出毛病来了！"

伊娃知道两个女人势单力薄，拉了她就要跑。

忽然身后一股暴烈的风袭来，随风而来的人长腿一伸，一脚直接把健壮的史密斯踹翻在地。但史密斯很快站了起来，与对面白衬衣、西装裤的亚裔男人打了起来。

陆蔓蔓见了他，吓得一颗心提到了嗓子眼，扶着墙站在那儿，根本不敢看，怕他会出事。

这一回，他倒是没有叫她跑了。他回头看了她一眼，黑色的眼睛动了动，他知道她是不会撇下自己跑了的，也就速战速决，专门挑史密斯的关节处打，下的是猛力。

虽然花了些功夫，但好歹是把健壮如牛的史密斯给彻底打趴下了。

安之淳的脸色很沉，他长腿一伸，两步迈到了陆蔓蔓面前，责备道："你不要命了吗？和他正面起什么冲突，你不会跑吗？"他举起了拳头，真想狠敲她的脑袋一下，可手敲下去了，却改为了按揉，一把揉乱了她的长发。

转角处的顾清晨看着她——她的脸红红的，她看见安之淳时眼睛那么亮，眼神中充满了惊喜。他苦笑了一声，转身离去。

陆蔓蔓是那种得了便宜还卖乖的家伙，一下子跃上去，对着晕倒的史密斯狠踹了两脚，再开口时声音沙哑，估计是被吓的："他满嘴的不干净，辱骂我的国家哎！我当然要据理力争！而且，我好歹是学过几年太极的练家子好不好！打是打不过他的，但绝对跑得过。若不是你忽然冲过来挡住了我的路，我绝对逃了！"她举出两根手指，做了个"开十一路"的手势。

安之淳十分无奈，只好再揉了一把她柔软的头发："下次，你别这样了。最重要的是你的安全。"

陆蔓蔓做出惊恐状："还有下一次……"

伊娃依旧是冷冷的："蔓，我们约下次好了，地点时间你定。再见，安先生。"她说完就抱着自己带来的唯一一架相机走了。

"国际大牌就是不同，真酷！"陆蔓蔓比了个大拇指。

安之淳："……"她还真是个打不死的小强。

"走吧！"安之淳牵起她的小手。他一直握着她的手，握得很紧，再没有松开过。

"去哪儿？"陆蔓蔓歪着头看她。

"去吃些好的，给你压压惊！"

知道她最喜欢的还是中餐，安之淳挑了另一处的中国城。这里跟上次的地方不同，治安很好。

他选的是一家靠河的酒家。酒店名也很有意思，就叫"河上人家"，颇有几分江南小镇的那种味道。

他和她皆是江南人。相视一笑，他们找了靠窗的位置坐下。

中餐馆很有情怀，布置得也怀旧，里面的红灯笼成排摆放，里面还有当摆设的鸟笼——全手工做的酸枝木笼，里面住有青色的鸟，是有着好嗓音的青丝鸟。

檀木香很浓郁，但闻着颇为舒服，有静心的禅意。有穿着旗袍的女子在弹琵琶，时而低缓而歌。

"真是个好地方，"陆蔓蔓伸了个懒腰，"能让人的心平静下来。"

安之淳点的菜都是她爱吃的，他还给她泡了壶好茶。

她一边吃着粤式的精致点心，一边感叹："嗯，太好吃了！"见他只看着她，不动筷子，她拿起一只香甜的小巧叉烧包递到了他面前："你不吃吗？"

他看了看她，目光能将她溺毙，她脸一红，垂下了视线。他笑了一声，就着她的小手，将叉烧包吞进了嘴里。

不知道是不是她的错觉，她怎么觉得他舔了她的指尖一下啊，再看了他一眼，他嘴角噙笑，依旧是一副淡定从容的样子。见他在做"凤凰三点头"，她嘟囔道："让服务员泡茶就好了啊！"不过他泡茶的样子，啧啧，还真是迷人。

"以前都是你替我泡茶，"他将茶杯递给她，"以后换我给你泡茶。"

她按着喝茶的礼仪，接过茶杯，置于鼻端嗅了嗅，才将香茶喝下。把杯子放下后，她忽然又问："你怎么那么快就出现哦！就像天神一样，居然随时都能搭救我！"

安之淳的目光闪了闪，顾清晨的名字到了嘴边，还是被他压了下去。他看着她若有所思，爱情总是自私的，他只能自私。

"怎么了？"她举起小手，在他眼前挥了挥。

"我送你到了摄影棚后就离开了，本来是要回一趟总行交代些事情，但是一直不心安，也就转了回来。"他答道。当时，他一直坐在车子里吸烟，看着摄影棚高耸的大楼出神。然后他就接到了顾清晨的电话……

喝过了老火靓汤，作为一个吃货，陆蔓蔓觉得人生圆满了。

五

"想要吃点什么水果吗？"安之淳指了指一边街道上的水果摊，他知道她有吃饭后吃水果的习惯，"你在这里等着，我去买。"

这里刚好可以看见水果摊那一边的环境，有些脏乱。水果摊开在唐人街贫民区那一带，地面是黑的，烂了的水果蔬菜到处都是。陆蔓蔓看了一眼他修身笔挺的西裤和一尘不染的棕色皮鞋，顿了顿，说："我吃得好饱，吃不下了。"

安之淳隔了桌子，伸过手来摸了摸她的头发，笑意温润："没关系，我不怕脏。"

"我的那些小心思有那么明显吗？"陆蔓蔓不满地噘嘴。

他笑着摇了摇头，出去了。

陆蔓蔓看了过去，目光一直追随着他的身影。

曼哈顿是个纸醉金迷的地方，拥有无上的财富。但再富丽堂皇的地方，都会有它不堪的另一面——充斥着贫穷、肮脏、落后、疾病、死亡，甚至是邪恶。

在唐人街里，就有贫穷的另一面，与它一邻之隔的曼哈顿相比，一个在地狱，一个在天堂。

洁白的白衬衣，雪白的羊毛衫，深棕色的呢子大衣，他站在那儿，就像一道温暖的光。但他不是属于那里的，陆蔓蔓连忙跑了出去。

安之淳听见嗒嗒嗒的脚步声，他一回眸，就见到她朝他而来。他张开手，搂住了她："外面冷，怎么就过来了。"说着，他把围巾解了下来，围在了她的纤细修长的颈项上。

他要了两斤黑加仑与几个蛇果。老板装好了袋子给他，他接过，说了声谢谢。

碰巧不远处的另一边摊位上走出来一个妇女。

也是水果摊，但是那边的潦倒多了，连个摊位都付不起，只是在一张防水塑料布上加了板子，将水果摆好放在那儿。妇女瘦弱、憔悴，脸孔也有种病态的蜡黄，但她还是尽量把自己弄得整洁干净。她的头发梳得一丝不苟，她的一双手是干净的，而她的水果也很干净，摆放得十分仔细。

"哎，你的水果到啦！"一声吆喝，一辆车子停了下来，司机卸下了三大筐水果，也不愿帮一下忙，就急急地开走了。

妇女正要弯腰去端起水果筐，一个瘦瘦小小的白人混血小孩拉住了妇人。"妈妈，"小孩说的是中文，"我帮你吧！"

那位妇女原本麻木的脸上闪现出了不一样的东西，慈祥的笑意漫过她

288

的眼底，有些失神的眼睛一下子变得明亮起来，那么美丽。她摸了摸孩子的头："乖，妈妈来就好。你到后面去做作业，好吗？"

陆蔓蔓顺着妇人的话，看了一眼距离她身后一米远的地方，那儿有一个当桌子的简单的塑料凳，而两块砖垫上厚些的毛巾就是凳子了。"桌子"上放有作业本。

"来，穿厚一点，这里冷。"妇女将外衣脱了下来，盖到了孩子身上。

"妈妈，你不冷吗？"

"妈妈要搬东西，不冷。"

一个母亲独自带着孩子，还要维持生计。一个弱女子要扛那么重的东西。她放下水果筐后，背对着孩子，偷偷地捏了捏后腰。

陆蔓蔓的嘴唇抿得紧，她一直看着那对母子。安之淳看着她的眸色深了些："何庭第一次找你给你《禁岛》的试镜地址时，其实我一直跟着你。你帮助了一个小孩，很巧，她的妈妈也是卖水果的单亲妈妈。"顿了顿，他说："你想到了什么，尽管放手去做，我知道你找到了拍杂志封面的灵感。"

陆蔓蔓的身体猛地一震，她抬起小脸，目光注视着他。他始终是最懂她的那一个。忽然她莞尔一笑，拉起了他的手说："走，我知道该怎么做了。"

两人走到了那对母子身边。陆蔓蔓露出了友善的微笑，用最真诚的话语说道："这位女士，你可不可以帮我一个忙？我想在这里拍一组照片。我想聘用你们当模特！"

金钱是这对母子最需要的，但尊严也同样是他们需要的。安之淳微笑着看向她——她一向是个善良柔软的好姑娘。

陆蔓蔓与安之淳的灵感是一致的：要突出贫民区和母亲，而陆蔓蔓与孩子是唯一亮点的构图。贫民区是灰暗的、模糊的，而地面肮脏乌黑，沟水横流，浮着腐烂的蔬菜水果。旁边的水果摊是鲜艳的，瘦弱的贫民小孩是苍白脆弱的，而陆蔓蔓是明亮的，她对小孩伸出了手。

考虑到一张照片里，人物不宜过多的因素，安之淳与伊娃进行协商。伊娃也喜欢他俩的这个构思，但不得不面对更现实一些的问题，她说："蔓，杂志封面突出的是一个人的主题，往往都是特写的，而这个人只能是你。"

连安之淳给出的"两个人的身影的构思"都被否决掉了，更何况是陆蔓蔓提议的三个人一起出镜的想法。

咬着嘴唇，陆蔓蔓沉思起来，她的脸上呈现出了一股倔强的劲儿。

风很大，尽管这几天的天气是好的，暖和、阳光充足，没有雨或雪。安之淳体贴，过来时特意买了一批厚衣服给母子俩穿着。

伊娃也考虑了许久，才说："蔓，我顶多只能用两个人，你在中间要突出特写，孩子可以在旁边一点的地方，不然那个水果筐更加占版面。"

"其实，杂志封面也出现过好几个人同框的时候吧！"安之淳忽然说。

顿了顿，伊娃道："有，但情况极少。"

安之淳点了点头，嘴角勾起一点弧度："伊娃，你上次拿奖是在两年前了。"

伊娃猛地抬头看他。这个有一双深邃睿智的眸子的亚裔男人眼神很犀利。

"其实，你何不尝试一下，挑战自己？"安之淳循循善诱，向她展示美好的前景，"人类的面孔背后是有关灵魂的东西，那一面很值得深挖。加上贫穷、无望，却又执着的眼神，与融合在一起的母与子的情感，你的作品就会超越一般的杂志封面。杂志是卖时尚的，但如果一个城市藏在时尚皮囊下的灵魂，已经开始溃烂了呢？"

"而且，我们真正要展示的正是美好的东西。陆蔓蔓放弃时尚的造型，选择了一种母性形象，与那两位模特相得益彰，再加入情感、技巧与一点后现代化的、融入既颓废又渴望光明的气息，那么这类作品就已经具备了'时尚'的前瞻性！"安之淳说出的话犹如美丽的诗篇，他的话从来都是具有说服力的。

第十四章　初初心动

一

"好吧！"伊娃被说服了。

"过来。"伊娃对着陆蔓蔓与那对母子招了招手。

伊娃先给那对母子讲解。那对母子并非专业模特，沟通起来有点费力，安之淳在一边耐心地解释。然后，伊娃让陆蔓蔓亲自示范动作给他们看。最后伊娃说："你们并非主角，不需要有太多压力。这样吧，除了我叫你们摆出的姿势，更多时候，你们自己去随意思考，或干脆就在心里想你们自己的事情。拍摄是我的事儿，由我来选择和捕捉镜头。"

在那个昏暗的环境里，地是灰色的、污秽的，沟水流出，烂菜叶漂散一地。陆蔓蔓赤着脚站在黑色的地上，她半仰着头，看着天，眼神迷惘，不知所措。她身上套的是一件像麻包袋一样的灰棕色的、松松垮垮的、有点脏的大衣，大衣遮到膝盖上，露出她一双笔直修长的洁白的腿。那件看似破破烂烂的大衣，其实是华伦天奴的最新款。

伊娃举起相机构图，捕捉最引人的东西，调整光圈，使得灰暗的背景变得更加虚幻，陆蔓蔓的背后，黑色的污水地里，在盛着烂了的水果的筐子顶上，伏着一只很脏的流浪猫。

伊娃猛地按下了相机快门。

忽然，起了一点雾，在镜头里呈现出来的效果很好，雾气就萦绕在陆蔓蔓的四周，若隐若现地透出她的衣服轮廓与细节。她的脸经过特殊的化妆处理，显出的并非她原本通透、健康、水润的粉白，而是一股透着油画质感的苍白，白得很细腻干净，但很憔悴。她的一双洁白的腿，也被伊娃拍出了那种失尽了血色的苍白感来。

在伊娃的指示下，那对母子进入画面。母亲站在最遥远的地方，卡在陆蔓蔓与孩子的中间，刚好可以被捕捉到一个虚化的身影，她身体半侧，转过来了一张脸，伊娃做了特殊的镜头调整，母亲的眉眼渐渐清晰。孩子站在最右边的角落，半只脚没有被摄进镜头里，他是动态的举止，一只手想要去拉那个装满了鲜艳颜色的水果的筐子。

陆蔓蔓转过身来，还是想要前进的姿势，动态的感觉，然后一只脚停了下来，朝孩子伸出了手。她的身体是灰暗的，但脸与手是白净光亮的，伊娃调动了光晕。

伊娃按下快门，咔咔咔咔咔！一连拍了几十幅。

换了许多种效果，她又拍下了几个系列的组图。

一个下午就这样过去了。太阳下山，寒冷再度袭来。照片完成了。安之淳扶陆蔓蔓在搭起的温暖帐篷里坐下，他取来热水，替她仔细洗干净双脚，再换了一盆热水给她烫脚。

安之淳低着头，只顾看着她的脚，他的手握着她的脚踝一同泡在水里。他嘴唇抿得紧，一直没有说话。

"之淳，你生气啦？"陆蔓蔓有些担心。

"没关系的啦！我的身体好得很。我这算什么哦，好多拍摄大片的，有时寒冬泡冷水里，还要做出出水芙蓉的漂亮样子，风一吹，那才叫抖落一地鸡皮疙瘩。"她说的是英文。伊娃听见了，笑了一声。

见那么冷那么酷的伊娃都笑了，陆蔓蔓很得意："看吧！我这真不算什么！"

"是的，她这不算什么。我替当红天后拍过一组。她在大冬天里什么都不穿，连比基尼也没穿，就那样滚泥浆。过后她洗掉了几层皮。嗯，洗了一个星期才彻底干净。"

陆蔓蔓无言以对。安之淳看了两人一眼，也是一副"无言以对"的表情。

安之淳替她按摩双脚，陆蔓蔓忽然又说："之淳，你就说句话呗。别憋着啊！不然你是高兴呢，开心呢，兴奋呢，还是生气了呢？我都捉摸不透哦。男人心啊，海底针。"

他看了她一眼，低醇的嗓音温柔地漫过她的耳郭，可说出来的话，却是带了鼻音的："生气了。"她那么拼，可他却什么忙也帮不上。

"工作时就该这样啊！要敬业啊，阿宝！"陆蔓蔓装出一脸严肃的样子来，终于逗得他扑哧一笑。然后，陆蔓蔓趁热打铁，"而且你也很辛苦啊！一直扛着个电暖扇不停变换着角度来温暖我、迁就我。你一个堂堂贵公子，却要做这些，蔓蔓心疼，蔓蔓也不开心！"

安之淳看了她一眼，伸出手来刮了刮她的鼻子："没有什么贵不贵的，你最贵！"这句话，怎么听着这么暧昧啊……

陆蔓蔓眼睛眨了眨，果然，他下一句就是："你觉得良心不安的话……"忽然他附在她耳边低低地说，"就好好补偿我。"

陆蔓蔓红着脸，瞪了他一眼："想得美。"

他看着她，忽然笑了："我是很想……狠狠地爱你。"

给那对母子的酬金是一张二十万美元的支票，由陆蔓蔓开出。安之淳想替她支付，但被她按下了手："之淳，让我给吧，也当是我的一点心意。"

看到支票的面额时，尽管很想要，但母亲还是一直推辞："无功不受禄。"

安之淳弹了弹烟灰，走了过来，从陆蔓蔓手上取过支票，双手递到了妇人面前："大姐，没关系，你拿着，就当是为了孩子，这本就是你们应得的酬劳。拿这笔钱租一个铺位，那他写作业时就不用那么辛苦了。"说着，他用手摸了摸那孩子的头顶，"你要好好学习。"

"嗯。我以后要养妈妈的！"小孩子用力点了点头。

"很好。"安之淳微笑。他坚持举着那双手，把支票一直递在妇人面前。

最后，妇人接过支票，说了一句谢谢。

伊娃舍弃了有先进器材的摄影棚，选择了用她高超的摄影技术，与陆蔓蔓的感情来拍这组户外照片，给人的感觉真实、震撼！

后来，陆蔓蔓还为 *SUNSHINE*（晴天）杂志做了一期专访，提到了拍《怒海》的点滴，也简单说了一下新戏《暗影重重》，最后还提到了唐人街、贫民区与那对坚强的母子，呼吁大家对弱势群体有更多的关注。

她从伊娃拍的那几组照片精选了几张出来，自己掏腰包多要了几个版面，把那对母子的合照放了出来。

陆蔓蔓解除了与史密斯的杂志约合同，接受名为*SUNSHINE*的杂志的专访与封面照的拍摄。

*SUNSHINE*杂志是属于**SUNSHINE**森夏恩集团旗下的公司。森夏恩集团是个传媒王国，旗下数百本著名杂志横扫各大洲，是以该传媒大亨的名字"森夏恩"命名。森夏恩先生本人非常低调，是个隐形富豪，还没有人见过他什么样子，他也从不接受一切形式的采访。

这次是森夏恩先生的助理主动联系詹妮的，所以才促成了此次的合作。

这本杂志的发行量巨大，这等同于是在捧陆蔓蔓了。已经是北美区翘楚的*SHE*在*SUNSHINE*面前，也只是个"万年老二"而已。

当新一期的*SUNSHINE*发行时，杂志被抢购一空，创下了*SUNSHINE*二十年来的新销量纪录。

虽然*SUNSHINE*发行量很大，能捧红人，但从来没有出现过脱销、加印的情况。它之所以会大热，业内人士一致认为，是封面劲爆吸引眼球的缘故。

封面女郎没有靠裸露就博得了所有人的眼球。动人的地方在于女郎的眼神，里面充满了故事，更不要提她伸出手来，想要握住那个瘦弱苍白到了极点的男孩的动作，那种冲击感太强烈。

环境是灰暗的、肮脏的、没有希望的，陆蔓蔓的眼神是悲悯的、迷惘的、富有善意的同情心的；但她又尊重了那个男孩，没有帮他提起水果筐，却选择了握住他小小的、脏脏的手。两人视线交会的那一刻，母性的光芒闪耀其中，而那个小男孩的眼睛里充满了渴望与生机。

陆蔓蔓爆红了。许多"歪果仁"也认识了她，知道这个年轻的小姑娘来自古老的东方，叫"中国蔓"。在詹妮后续安排的街头随机采访中，她手持十几个亚裔女星（包括陆蔓蔓）的照片，其中两个是在好莱坞早早成名的中国女星。访问时，一个激动的"歪果仁"指着陆蔓蔓，激动地说："我认得这个人，中国蔓！"

安之淳将这段视频调给陆蔓蔓看，他处理完本行投资的尼日利亚开矿事务后，终于看向了她，眼里带着欣赏的光。

"爆红的滋味如何？"坐在办公椅后，安之淳微笑着点了点手中的钢笔，笔碰到桌面时发出了嗒嗒声。

陆蔓蔓抿了抿嘴，没有作声，但眼睛里的光芒是藏也藏不住的。

其实陆蔓蔓也是嘚瑟的，不过不想在他面前露了底而已，但见他比她沉得住气，她只好放弃伪装了。她一向伶牙俐齿，但开口时，却是对他说了声谢谢。

他怔了怔。

她又说："你还真是我的缪斯。没有你，我想不出那个封面图。是你一而再，再而三地提到了水果篮、母亲、强烈的冲突，这比装模作样的性感妩媚或假的英气真实得多。一直都是你在引导我。"

"你是我的缪斯！"她再次说道。

安之淳看着她，嘴角勾了勾，微微笑了："哦，在床上也是吗？"

陆蔓蔓的脸噌的一下就红了，她憋了半天，再憋不出半个字来。

"好了，不逗你了。"他深邃的眼眸闪了闪，移开了视线。

"你又多了五个广告找上门，还有两部电影，都是好莱坞的大制作。"安之淳丢下了那些金融数据走势图，取出平板，调出了她的时间表，然后笑了一下，看向她时，嘴角挑了挑，"可惜，你都得推掉了。因为你接下来的时间都应该是属于我的！"

二

"出拳要快，要狠。别想太多，就集中在一个点上。"安之淳抬起手来，忽然一把将她的背往下压了压，"再低点。试想一下一头蓄势待发的豹，全身的肌肉应该是紧绷的，出拳的那一瞬，眼神应该是冷静狠厉的！"

她被他一压，背脊的线条更充满了张力，全身的肌肉也调动了起来，但挥拳出去的那一刹那还是不对。但陆蔓蔓总算找到了感觉。

她举起拳头对着他虚张声势。"打拳而已，还要眼神配合？"她揶揄道。

安之淳笑了一下，走到一边摘下眼镜，再取过拳套戴好，又回到了她身边："卡梅伦为什么要你练拳，不仅仅是练拳那么简单，还要你的眼神里有股狠劲儿。他在考验你的领悟能力，他要的是你的眼神。"将摇晃的沙包固定好，他声音低沉地说："你站开些。"

等她走开了，他静了一会儿，忽然出拳，出拳的那一瞬，他的眼神冷厉，下颌的线条是紧绷的。他身上的肌肉结实而有力，拳头挥出的力道很猛。劲风扫过，他整个人都变得不同。

其实他的肌肤是柔软的、白皙的，触摸起来十分令人沉醉，那是男人的身体。他肌肤柔软，但他的骨骼是坚硬的、坚不可摧的。无论是哪一个样子的安之淳都使她着迷。

感受到她炙热与专注的目光，他的眼神沉了沉，再开口时，他又恢复了寻常的样子："你再这样看下去，这拳就没法练了。我会想将你直接拐上床去的。"

是的，他的肌肤是柔软的，他的眼睛是柔软的，他的嘴唇也是柔软的；他抚摸她时，也是柔软的，但他那里，却是强有力的……

陆蔓蔓头一次在白天里对他有了幻想。她的脸有些烧，只怪他散发出了太强烈的荷尔蒙。

陆蔓蔓匆忙将视线从他身上移开。她看着那只被打飞了的沙包出神，如果她还站在那个地方，估计得被打飞了。安之淳再次出拳，嘭的一声，震动过后，沙包再次被打出很高。

强而有力，他出拳快速狠厉而果决。

"之淳，你以前只是喜欢打篮球，是后来去练的拳吗？"她走过去，贴了上来，身体贴着他宽阔的背，手在他的背上摩挲，因为暖气开得足，他只穿了一件练拳穿的白色背心与黑色短裤。她的手攀到了他的肩背，摩挲起那里柔软的肌肤来，然后滑下去，手隔了衣服摩挲他的背脊和笔挺而有力的腰身。

安之淳静静地站着，让她靠着他的背，在她的手掐他腰眼的痒痒肉时，他反手握住了她的手。"打篮球……已经是很遥远的事儿了。蔓蔓，你的记忆停留在童年时代了。"他的唇边溢出一丝笑意，"后来上大学后，我专门去练了自由搏击、跆拳道。一练就是许多年，一直到现在。"

陆蔓蔓咂舌道："难怪有八块腹肌。"

"哦，"他忽然笑得暧昧，"你也有75C啊！所以，你还受得住！"

他微微侧头看她，她也正抬头看向他。她的小脸红得能滴出血来，小嘴气鼓鼓地嘟着，可那对眼睛却水润明亮，那么水汪汪的，被她这么一瞧，真是心硬如铁石的人也会软下心肠的。

他忽然也记起了从前的事："小蛮，去把毛巾拿来。"

他也许久不曾这样叫她的小名了。

"哎！"陆蔓蔓欢快地一跳一跳的，把被扔在一边充气围栏上的干净毛巾拿了过来。

他先是替她擦了额头上亮晶晶的汗珠，而后擦去了她鼻尖上的那一层薄薄的汗，她忽然就抬高了小脸，笑嘻嘻地注视着他，嘴唇微微噘着，他哪还不懂她的意思，头也低了下来，在他的嘴唇触碰到她的嘴唇时，两人都闭上了眼睛。

令陆蔓蔓惊讶的是，一向狂暴的他，此时却很温柔。他轻轻亲吻她的唇瓣，舌尖扫过她的，直到她主动与他的舌头追逐纠缠，他才深入些吻了起来，那么温柔，那么柔软，像轻软的鹅毛扫过她的唇齿。

她的眼睫毛轻颤，扫到了他的鼻梁上，他忽然睁开了眼，注视她。感受到了他的注视，她也睁开了眼睛，四目相对，身体的热度噌地就升了上去。她微微地呼出了一口气，安之淳笑了笑，感觉得到她是有些期待的。

"你很想？"他双手箍住她的腰，箍得很紧很紧，脸贴着她的耳朵，他低低地问她。

陆蔓蔓的眼睛闪了闪，脸红了，唇色也因为紧张变得更加水润嫣红。哪有这样问一个女孩子的……

安之淳将她抱起，跨出了擂台，走到一边的沙发上坐了下来。因为她是跨坐在他身上的，自然能感觉到他身体的变化，但是他没有接下来的动作，只是注视着她。这让陆蔓蔓既期待又别扭地害羞起来，感到十分煎熬。

"蔓蔓，我是不是太粗鲁了，不够温柔？"他抚了抚她的头发，手贴着她的脸庞，细细摩挲。

他的双手很温柔，她将脸贴到了他宽大的掌心中，嗫嚅道："没有，我很喜欢。"

"可是我每次都让你感到疼痛。"

"开始的时候是有一些，可……我很……喜欢。"她的声音又低了下去。天哪，她都说了些什么……肯定是打拳打得脑子一时短路了，她一把捂住了眼睛。

反而是安之淳怔了怔，没想到一向脸皮薄的她会这样说。每次做，都好像是他在强迫她一样，他也想慢下来照顾她的感受，可是一想到分离的那七年，他就忍不住，要她要得更狠。

分开的时光，其实两人都有了很大的改变，不再只是童年时的玩伴了。

安之淳抱着她，拿开了她的双手，他用头贴着她的额角说："你小时候一肚子坏水。叫你小蛮真的没错，睚眦必报。我捉弄你一次，你必定十倍地报复回来。还记得我上大学的第一年吗？我从美国回来，有高中同学约我打球。我推掉了你的约会，结果你气得跑来了球场，二话不说，就把篮球全砸到了我身上。"

陆蔓蔓一听，脸比刚才还红，声音弱弱的："以前的我，是不是很不懂事啊？"然后她一把将脸埋进了他的胸膛。

"没有，我很喜欢。"他亲了亲她的头发。

陆蔓蔓也笑了："后来有一次，家里举行圣诞节派对，你请了同班同学与一些发小去，我也厚着脸皮跟了过去，结果就看到校花姐姐向你献殷勤。"

"你还真是……记仇……"他也笑了。

那次是高中毕业后的第一次聚会。那叫林达的校花与安之淳的家庭有些联系。两人的爸爸都是在银行系统工作的，家庭聚会什么的，林达都会出席，为的自然是亲近安之淳。而且安之淳去了美国读大学，她也跟了去，他读哈佛商学院，她也是。

后来，在圣诞派对上，陆蔓蔓几乎都是黏着他的。她知道他的同学都在，个个都是十七八岁的大人了，只有她一个小不点儿。所以那次，十二岁半的陆蔓蔓穿了一条偏成熟、淑女风的黑色连衣裙，裙子比较俏皮，裙摆是伞形的，刚到膝盖。她戴了一对珍珠耳环，头发绾起，露出白皙修长的颈项。

她穿上了银色的高跟鞋，化了淡妆，描眉抹粉，没打胭脂眼影但涂上了复古的烈焰红唇，甚至还喷上了不符合她年龄的香奈儿五号香水。

她是第一个到安之淳家里的。

一听用人说"蔓蔓小姐来了"，安之淳都没有发觉自己是那么地欣喜，居然第一时间就离开了电脑的K线图，直接奔出了房间，噔噔噔地跑下了楼梯。在见到她时，他才蓦然停止了动作，在旋转楼梯的第三级台阶上站好。

室外有风雪，江南地区的雪虽不会太大，但雪花却沾上了她的发鬓。她已经进来了，就在玄关处，脱掉了纯白的大衣，露出内里的精致衣裳来。

她很美，像个十五六岁的少女。如果她不说，没有人觉得她只有十三岁。本就高挑的她，高跟鞋有七厘米，她站在那儿，亭亭玉立的，微微仰起脸来，展露出美丽的容颜。

安之淳过了那么多年还记得，当时她是戴了一顶驼色的复古女帽的。

她脱下帽子，乌黑柔顺的发绾了起来，只在两侧脸颊垂下几缕发丝，俏皮又美丽。她只要向他一笑，他就已经忘记了时间，忘记了地点，忘记了一切。

安之淳向她走了过去，牵起了她的手。

陆蔓蔓就像从前一般，主动挽着他的臂弯，倚在他身旁。她眉眼生动，看向他时，脉脉含情。

然后，其他同学也陆续到了。

当时，安之淳与陆蔓蔓正在宽大的客厅里，跳着一支慢舞。头顶上是巨大的水晶灯，璀璨的光华落在两人的眼睛里。一棵巨大的圣诞树上挂满了五彩缤纷的糖果、娃娃、雪人、圣诞鹿、小小的圣诞老人、红包与彩灯。

两人翩翩起舞，忘乎所以。直到安之淳的死党吹了一声响亮的口哨，他俩才反应过来。

李蒙再吹了一声口哨："咦，我们家的安安居然也交女朋友了？不等你那养成系的小妹妹长大了？啊，宝哥哥！"

另一个也是笑："就是呀，今天怎么不见陆蔓蔓来？她就是头小母豹，护食得很！"笑完后他又说："说起来，我也有一年多没见过她啦！"

陆蔓蔓的脸皮薄，涂了薄粉，还透出羞涩的粉红来，在灯下诱人极了。安之淳觉得很燥热，真想亲一亲她烈火般耀眼的红唇。

"李蒙，别乱说话！"安之淳斥责他。

"安安，怕小女友生气啊！"李蒙走了过来，而安之淳与陆蔓蔓也停止了跳舞。

陆蔓蔓有些紧张，但安之淳牵了她的手，站在那盏巨大的水晶灯下。李蒙看了陆蔓蔓好几眼，赞道："还是我家安安有魅力，去到哪儿都有美丽女孩喜欢。这个不错，比林达漂亮多了，那女的靓是靓，就是太作，倒胃口。而且，眼睛没有这位小美女的好看。"

顿了顿，他又看了她一眼，咦了一声，说："可是我怎么瞧着这妹子眼熟啊。哎，妹子，你叫什么？看好你的小情人咯，人家在美国，那林达经常去他的公寓里串门的！"

"李蒙，你给我闭嘴！"这一次安之淳是真的生气了，说出的话没留半分余地。

李蒙撇了撇嘴。

倒是陆蔓蔓的脸色有些苍白，揪住他的手很用力。她仰起小脸看着他时的眼神有些受伤。

"蔓蔓，别听他胡说，没有的事儿。林达敲门，我从来不开的。"安之淳说的都是实话。

陆蔓蔓的眼睛眨了眨，脸上的苍白褪下，一丝红晕漫了上来，大眼睛里还有水光，眼睛一弯，甜甜地笑了："哎。"

这一下，轮到李蒙惊住了。他蓦地深呼吸了一下，完全不敢相信眼前的事实，愣怔了许久才说："这是陆蔓蔓？"

"不然你以为是谁？"安之淳斜睨了他一眼。

<h1 style="text-align:center">三</h1>

一想起旧事，两人都笑了。安之淳最先回过神来，他捏了捏她的小鼻子："你这小东西从不知道，只要你一慌，一不高兴，我的心就全乱了。应该说一见到你，我的心就乱了。那一次，我站在楼梯上看着你，直到现在，我都还记得我是站在第三级台阶上。当你仰起脸来，向我微笑时，我忘记了时间，忘记了世间一切。"

陆蔓蔓咯咯地笑："那时我还那么小，你说，你究竟是什么时候爱上我的？"

安之淳想了想，感叹道："那时你确实还小，我都十八岁了。"

听到这儿，陆蔓蔓啐了他一口。

然后他又说："你十二岁之前，我对你没有男女之间的想法。我相信当时的你喜欢黏着我，应该也是我俩从小玩到大，你依恋我如同亲哥哥而已。"

"NO，NO，NO！"陆蔓蔓挥舞着小手，"我一直喜欢你。因为你长得好看，我从小就立志要嫁给你！"

安之淳听了，被噎了一下："你还真是……早熟。"顿了顿，他又说："你八岁那年，为了摘玫瑰给我，被马犬咬了，我就很心疼，从此以后再放不下你。当时对你没什么想法，也真的从来没有想过让其他女孩子走近我。奇怪的是，在懵懂的年纪，我也确实没有对同龄的异性有任何的感觉。

"直到后来，你十二岁生日那天，在电影院里，你出现在我面前。你的模样与我那个年龄段的异性其实也相差无几。而我忽然发现，我居然在那一瞬间为你心动了。"

"蔓蔓，"他抚着她的头发，"那一次，是我第一次为你心动。你出现在我圣诞派对的那一天，你向我看来、朝我微笑的那一刻，我忘记了时间，却独独记住了你，更记住了爱情是怎样的一种感觉与体验。"

"从此之后，我走过再多的地方，见过再多的风景，哪怕见过更美的人，我都无法再心动。我根本无法忘记你。我爱上你，只在一瞬间，但这份爱却在我整个的生命里延续。"

陆蔓蔓怔了怔，安之淳比她爱得要深，他始终坚定不移；而她……她曾为顾清晨犹豫不决。

察觉到她眼里一闪而过的躲闪与愧疚，安之淳心下了然，微笑着说："蔓蔓，我都明白。没关系，我爱你多一点，就可以更宠你一点，女孩子就应该被宠着的！"

陆蔓蔓带了些鼻音："我情愿你爱我更少一点。"

"傻话！"他亲了亲她红润的嘴唇。

"其实，那一次，你为什么闹得那么大？就因为李蒙提及了林达？"安之淳问，"你一向任性，可你心软，不会做那种事儿。林达真的是你推下楼梯的？"

陆蔓蔓怔了怔，苦笑道："是，还真是我！"

在那场派对上，安之淳的同学越来越多。大厅里，每个人都在起舞，鸡尾酒倒了一杯又一杯，华衣美服，动人的旋律，一切都令人陶醉。

派对是有主题的。安之淳刚从美国回来，又因为陆蔓蔓迷恋菲茨杰拉德，所以为了讨好她让她高兴，他将主题定为"爵士年代"。

所以，每位来的客人都打扮得像二十世纪二三十年代的绅士淑女。

看见他的同学个个都像花枝招展的孔雀，陆蔓蔓调侃："哟，黛西和盖茨比来了一拨又一拨。"

两人站在书房的阳台上，一边看着进进出出的淑女绅士一边聊天。

安之淳晃动着面前的酒杯，酒红的液体轻晃，他有些无奈，看着她那一张一合的红唇，无端地就觉得心浮气躁。她靠他靠得近，身上浓郁的五号香水味向他袭来，连他牵过她手的指端都是她的味道。明明那么浓的香味，她用着却也很合适。

"还不是为着你喜欢，偏偏你还那么难伺候！"他抿了一口酒。他居然说出了近乎表白的话，连自己都觉得诧异，他的颈项红了，自己都知道耳根肯定也是烫的。

偏偏某只不安分的小生物不解风情，踮起脚摸他的下巴："咦，你喝多了吗？耳垂都红了。"蔓蔓不解，又摸了摸他的下巴，刚好他低下头来迁就她，她一个不小心摸到了他因酒意而殷红的唇瓣。

陆蔓蔓眨了眨眼睛，猛地缩回了手。他的嘴唇真柔软啊，看起来那么润泽，尝起来一定味道更好。被自己的想法吓了一跳，她猛地跑了出去，只剩了安之淳一个人站在书房的窗边，觉得既好气又好笑。

等跑出去了一会儿，她又噔噔噔地跑回来，靠在书房门后，偷偷探出小半张脸来看他。真是个小人精！

"过来。"他对她招了招手。

"不，我自己找乐子去！"她又噔噔噔地跑了。

真是……很难伺候！

安之淳来到大厅迎客。他穿了一套三件式的复古烟金色西装，笔直英挺，又带着古典的气质，尤其是他那对狭长的丹凤眼，慵懒地扫过来人时，谁被他瞧上一眼，人就要醉倒了。许多女孩子的视线胶着在他身上，可他心不在焉的。

而他的小美女趁着大人不在，居然敢贪杯。她央求了许久，他才给她一小杯。可她趁着他和同学玩桥牌时，自己偷偷去斟了一大杯来喝，结果她就有点醉了，走路时摇摇晃晃的，十分娇憨妩媚。

如果说当林达到场时，男孩子们的目光都胶着在林达身上，惊艳一时，那陆蔓蔓的出现就完全抢过了她的风头，盖住了她的光芒。

陆蔓蔓是从二楼下来的，摇摇晃晃，迷迷糊糊的，但眼睛却很明亮又湿润，像被泉水浸润过一般。她看见盛在剔透明亮的水晶壶里的蜜糖色液体，眼睛就更亮了，她像只黑蝴蝶一下子就扑到了桌面上，抱住了那只水晶酒壶。

当时一身金色礼服裙的林达就站在她旁边的不远处。本来许多男孩子围在林达身边，忽然听见动静，纷纷转过头来，就看见一个黑裙子少女居然抱着酒壶在那儿娇娇地笑。她说："酒，好酒！嗯，好香，好甜！"

一看就是喝醉了！但男孩子们的目光一下子被定格。那个少女小脸蛋红红的，嫩得能掐出水来，眉眼风流，肌肤胜雪，黑色典雅的小礼服裙一衬，肌肤更是雪白到近乎透明，整个人美丽得不可思议。尤其是她爱笑，一笑时，大眼睛弯弯的，红唇边还有一个淡淡的酒窝，很甜。

于是就有男孩子借故亲近她了。

"小妹妹，怎么没见过你呀？你不是我们班上的，是安之淳的妹妹吗？"

另一个又问："小姑娘，你叫什么名字？"

林达的身边一下子就空了下来。

林达一向心高气傲，但也不把她放在眼里。毕竟又有新的一批男孩子来向她献殷勤了。

安之淳玩桥牌心不在焉的，一发现她不见了，就找了出去。当看见她倒在沙发上，还抱着个酒壶，身边围了好几个男同学时，他就不爽到了极点。

他走到她面前，抢走了她的酒壶："酒鬼！"

"阿宝，给我嘛！甜甜的，好喝！好了嘛，我最喜欢阿宝了！"说着她一下子跃了起来，抱着他，踮起脚，啵的一声，亲了亲他的下巴。

整个房间的人都看了过来，那几个献殷勤的男同学有些尴尬，居然调戏到安之淳女朋友头上来了。

林达看过来时的脸色很不好。难怪她每次到他公寓找他，他不是装不在家，就是说太晚了，不方便接见异性，一直将她拒之门外。

她再看了一眼陆蔓蔓，觉得她太嫩了。笑了笑，林达已经有了决定。这样的小姑娘，使些手段，就可以狠狠地碾压她。

林达没有等，发现安之淳不在她身边时，便主动去找她。

她知道陆蔓蔓在三楼阁楼那里，于是走了上去。

陆蔓蔓刚睡醒。阁楼是安之淳的私人小基地，里面有许多他收藏的东西。那个房间他连父母都不让进的，唯独让她自由进出。就连安妈妈都笑他，说他特别偏爱陆蔓蔓。

阁楼里有个小床，平常安之淳搭模型累了，就在这里休息。安之淳爱车，所以有许多车的模型就摆在阁楼各处。其他人是绝不允许碰的，但陆蔓蔓可以。

陆蔓蔓拿起一架黄色的法拉利模型，发现一边的车灯掉了，知道他又要心疼了。于是她找出了工具，开始摆弄那架模型，想将螺丝按进去一点。她拿起螺丝刀小心地将螺丝扭进去，她还有些酒意，手有些抖，但还是想努力完成它。

门是虚掩的，林达推开时，就看见她散乱着头发，盘腿坐在地上扭螺丝的画面。

嗤笑了一声，林达冷讥道："以为这样就可以讨好男人了？"

陆蔓蔓愣了愣，看向她时，有些莫名其妙："这位姐姐，你在和我说话吗？"

303

"林达。"见她脸色变了，林达知道自己的事情她也知道些，于是走近陆蔓蔓，十分挑衅，"想必你也知道吧，我和之淳，我们在美国是一起的。"

陆蔓蔓恼了，猛地站了起来，一张雪白的脸憋红了，她走过去，忽然就推了林达一把："你骗人！阿宝和我说了，你半夜敲他的门，他根本不开。"

林达的脸色一瞬间变得难看，但也只是一瞬间，然后她目露嘲讽："哦，他说你就信了？我告诉你，男人嘛，其实都是一样的！"见陆蔓蔓的眼睛透出迷惘，她又说："你看起来真小，只有十五吧？真想不明白，之淳怎么会对你感兴趣。不过嘛，男人都怕寂寞，他玩玩也无可厚非。在美国，我在他公寓里过夜。他对你说没有你就信？你还真是可爱！告诉你，男人都是用下半身思考的。而且，你哪一样比得上我呢？我劝你还是乖乖地离开，别等他玩腻了你时，你连脸面都没有。"

"我不信！阿宝不是这种人！"陆蔓蔓揪住她的手，将她往门外推，"你有什么资格进来阿宝的私人空间，你给我滚！"

林达没想到这个小女孩看起来小，却非常泼辣，力气也出奇地大，推得她站都站不稳。她也恼了，决定下猛药："哦，你不信？他身上有一样东西，你见过吗？"

陆蔓蔓嘴巴一张，没有说话，定定地看着她，眼神很冷。

"之淳的左胸下有一颗痣，后腰的地方也有一颗。"林达笑了笑，"我们见过彼此的身体，还要我往下说吗？"

林达心想：和我斗，你还嫩了一点！

四

在地中海的小岛上游泳时，她是见过安之淳身体上的痣的，所以林达说的并非假的。陆蔓蔓很火大，一把将她推出了门外："你滚！你滚！我不信你说的任何一句话！"

两人扭作了一团，不知不觉离台阶近了。喝了酒后的陆蔓蔓有些发疯，一个错手将林达推下了楼梯。

林达发出了一声尖叫。

阁楼的楼梯不长，所以林达的伤势不算太重：右脚小腿轻度骨折。

安之淳跑来时，看见了这一切——陆蔓蔓愣愣地站在阁楼顶看着他，眼神慌乱，不知所措。但他叹了一声，第一时间不是扶起林达，而是跑上了阁楼，牵着她的手，问她："怎么了？"

其他人也过来了，林达被爱慕者扶起，她咬紧牙关说："是她。她嫉妒我，是她将我推下楼的。"

陆蔓蔓张了张嘴，无从辩驳。人确实是她推的。

但出乎陆蔓蔓意料的是，安之淳说话了："我相信蔓蔓。即使是她推的，也有她不得不推的理由。"

言外之意就是林达主动挑衅陆蔓蔓的，甚至搞不好是林达自己往下跳的苦肉计！林达的脸色苍白如死灰。她不相信自己会一败涂地。她花了那么多心思去接近他，她的心意他都懂得，他却在众人面前毫不犹豫地让她难堪！

后来，安之淳再没有问过陆蔓蔓这件事情。他从来没有问一句人是不是她推的。

安之淳有些不敢相信："还真是你推的啊？我还以为是她自己跳的！"

听了他的话，陆蔓蔓哈哈大笑。

"谁让她说你和她上床了！她连你身体上有几颗痣都给我数了！"

"哦，这样啊！"安之淳顿了顿，然后看着她也笑了，"推得好！"

陆蔓蔓："……"

"谁让她诬陷我。我说过了，我只喜欢也只想要你一个女人。"他的食指点了点她的唇瓣。

她又让他给调戏了……

他还向她解释了，原来是安之淳去林达家找她爸爸谈生意时，林达借倒茶的机会弄湿了他的衬衣。他去换衫时，她又故意撞了进来，所以才会看到他身体上的痣。

陆蔓蔓听了，只是轻笑："无须解释，我一直相信你。"

"我们继续练拳。"安之淳想将她抱起来，却被她一把按住。

她看了他一眼，手拨了拨头发，她的头发如瀑布般垂下。目光流转，她对他耳语道："不如我们玩些有趣的。"

"比如？"他的眸色更深了，他如一头猎豹似的盯着她，全身的肌肉都紧绷了起来。她这样撩拨他，他也不想忍耐。

陆蔓蔓的眼珠转了转："你先把衣服脱了。"

安之淳盯着她看，再开口时声音低了几个度："你来。"

陆蔓蔓的耳根子红了，这人今天怎么这么不主动啊！她伸出手揪住了他的衣服下摆想脱掉，却被他盯得害臊了，忽然就扯过了一边的毛巾。

"嗯？"安之淳挑了挑眉。

她用毛巾蒙住了他的眼睛，在他脑后打了一个结。

当他握住她的腰时才发现，她已经把练拳的红色背心与短裤都脱了。他的呼吸蓦地重了，他的手往上移去……

"我来。"她的声音很小，手很烫，他甚至能想象到她全身都是粉红色的。她猛地一掀，将他的上衣脱了下来，他甚至能听见衣服被扔到地上的声音。

她的呼吸喷在他的胸膛处，他虽看不见，但感觉更加灵敏。她柔软的嘴唇贴在了他胃部的那个刀疤上。"你都知道了？"他的嗓音喑哑得不成样。

她舔了舔那道刀疤。他的身体猛地一震。

其实，他们第一次做的时候，她再次看见了他的身体和那道触目惊心的疤。她始终觉得这不是意外那么简单，想好好问一问他，但因为极度羞涩，她都不敢看他的身体，所以没有机会问出口。后来，她也忘了问。

她的声音有些哽咽："你因为找不见我，喝酒喝到胃出血。第一次问你时你还欺骗我，说是意外，都不肯让我多问一句。"

顿了顿，他低低地笑了："没关系，你现在补偿我是一样的。"

陆蔓蔓顺从地嗯了一声，与他肌肤相贴，水乳交融。

他的动作也很温柔，与平常不同。

"让我来。"她按住了他，嘴唇贴到了他的嘴唇上，与他唇齿相依。她在他的身上起舞，轻柔地扭动，可这对他来说却更是煎熬。他的双手握住了她纤细的腰，猛地一沉，用力起来。

这一次，她大声叫了出来，这让他十分愉悦。

其实，还是他在掌控主导权。他刺激得她连声求饶，却又在关键时刻停下来，在她难耐之时又温柔地给她。

那种感觉让她尝到了被照顾、被爱护、被需要的感觉。

忽然，他用力地按住她的腰不动了。那一刻，她感到强烈的失落，紧接着是敏感到了极点的快乐。当那种无法抑制的快感一波一波袭来，他才加快了动作。

她再也忍不住，尖叫出声。

他贴着她的嘴唇，低低地问她："蔓蔓，快乐吗？你快乐吗？"

"快乐！"那一句话她几乎是叫出来的，她紧紧地勾着他的腰，与他一起达到了顶峰。

他们一次又一次欢好，从健身房到浴室，最后回到了床上。倒在床上那一刹那，两人都觉得精疲力竭，但很快乐。

不知何时，他的毛巾已经掉了。他赤裸地拥着她，欣赏她美好年轻的身体。这一次，她没有闪躲，她伏在他的身上，手指摩挲着他的肌肤，声音沙哑："我堕落了……"

她想到刚才的欢爱，肌肤又泛起了迷人的粉红。安之淳亲了亲她的脸庞，按下了那些燥热。今天不能再放纵了，她已经那么疲倦了。

她的手又按在了他的刀疤上，细细摩挲，最后她郑重地亲了上去。当仰起头来时，她明亮的眼睛看着他的眼睛，她说："我爱你，之淳。从今天开始，我对你的爱不会比你对我的爱少。"

很快他就要离开她。他要去瑞士、德国和亚洲几个国家开年度会议了。他们将有十天的时间见不到面。一想到这儿，陆蔓蔓就觉得心头煎熬，只恨不得一天也不要和他分开。

似有感应般，他揉了揉她的头发，说："没关系，我会尽快回到你身边。"

《怒海》还有二十天就要上映，一切已进入了倒计时。其实连陆蔓蔓自己都没有想到的是，随着长达六分钟的官方预告片出炉，她忽然就爆红了。

当詹妮来到公寓里，将意大利高定服装的代言合同拿给她时，意味深长地笑道："爆红的感觉怎样？现在许多家媒体争着想找你做专访了。"她坐在陆蔓蔓对面，正玩着自己新做的贴钻美甲，每一个都闪闪的，几乎要亮瞎陆蔓蔓的眼睛。

陆蔓蔓没什么表情，只是倒了一杯茶递到了她面前，说了句"还好吧"就开始看合同。这让詹妮多看了她一眼。其实从进来，詹妮就开始打量她了。

"意大利的V品牌服饰需要你拍第一个广告，会在摩纳哥拍摄。"

"好哇！又有美丽的服装高跟鞋和名牌手袋轮流换着拍照，又能化美美的妆，挺好的。"陆蔓蔓打了个哈欠。

詹妮从带来的大袋子里取出了好几套衣裙和几个坤包。

"就知道你眼尖，从一进门就看到了。喏，作为一个合格的代言人，你得把自己按V的要求打扮好。趁着你现在大热，我请了人明天给你搞

307

街拍。"

陆蔓蔓终于有了点表情。她的目光一凝，人已经站了起来，走到詹妮那一边，从沙发上拿过那些衣服，细细摩挲。詹妮知道她是进入了工作状态。

"衣服的料子很好，手工也是一流的。这些刺绣珠花，至少得花匠人好几个月的工夫。"陆蔓蔓说道。

现在还是冬季，陆蔓蔓取过了剪裁极为修身，但用料厚实的大衣贴在了脸上，大衣柔软舒服。

詹妮满意地点了点头："不错，你一向都有做足准备功课，已经基本了解了V的品牌文化。"然后她又用带了警告的语气说道："你现在在和安东尼炒绯闻，而且许多老外记住了你的面孔，不要再发生上次与安先生一起买避孕套的事情了。虽然在这里大家都很开放，但解释起来，毕竟也麻烦。"

陆蔓蔓的嘴角抽了抽，和安之淳去买套套这件事情简直就成了她人生的"污点"，那标签标得……

詹妮打量着陆蔓蔓，忽然又问她："你身高多少，胸围有D吗？"

她的目光还在那儿上下打量，如一台扫描仪。陆蔓蔓扑闪的大眼睛眨了眨，她回答道："我有一米七三，没有D，只是75C。"

"是差了些啊！"詹妮自言自语，见陆蔓蔓不明所以地看着自己，笑了笑解释道，"是这样的。维多利亚的秘密这一季走秀有兴趣邀请一位华裔明星来走秀助演，搞一下气氛。他们对你有兴趣。你的胸形很美，但与欧美女人比，还是小了些。不过也没关系，我会帮你搞到合同的。但是就看你有没有这个合作意向。"

陆蔓蔓眼睛一闪，笑嘻嘻地说："当然有啊！可以插上翅膀当天使啊！维密的天使哎！"

五

这一瞬间她笑得那么甜蜜，像个偷吃了蜜糖的小孩子一样，让詹妮都多看了两眼。其实这个中国蔓，还是极具东方风情的。而且还有一点就是，她身上有米兰达·可儿那种美得很舒服的甜美特质，这使得她极具辨识度。

见詹妮还在不停地用眼睛扫视自己，陆蔓蔓的嘴角抽了抽——她的注视让人不怎么舒服。但想到这个女人的厉害，陆蔓蔓还是昧着良心去赞美她："詹妮，你真了不起。你是最棒的，任何合同到了你手上都绝对没问题。不说远的，就这维密的合同，想必亚裔女星们的经纪人都为此打破了头了，你

308

却依旧淡定。"

忽略掉她话里的揶揄，詹妮笑了笑："我不否认，我是个做事为达目的不择手段的人。你心软，所以安先生特意找了我来弥补你身上的不足。而且不用你说，我也是最棒的，我是金牌经纪人。"

"好了，长话短说，你把裙子脱了，只穿内衣裤，我要看一看你的身材。"詹妮直接命令道。

陆蔓蔓怔了怔，心想这西方女郎还真直接。

见她还在犹豫，詹妮揶揄："你脱给安先生看也是这么犹犹豫豫的？男人们都喜欢刺激的，无论是西方还是东方。来，姑娘，现在就开始脱吧！"

陆蔓蔓："……"

陆蔓蔓身上穿着的刚好就是一套维密的内衣。詹妮啧啧道："安先生真舍得下本，你身上这一套可是要一万美元。人家是床上当情趣内衣穿的，你居然就当居家内衣穿。"

"啊？这么贵！我不知道啊！就是觉得穿着特别舒服，所以在家里穿。"

詹妮："……"

"那些红宝石是真的。"詹妮的手攀了上去，按在了她的胸脯上。

陆蔓蔓说："我以为是代用品，假的。"她被一个女人按揉的感觉……十分不好。

詹妮在心里无奈道：陆蔓蔓竟然以为那些珠宝是假的……

"你的胸是真的，不是隆胸。"詹妮说，"上面有二十几颗红宝石，点缀得如同天上的星辰，用黑色网纱相衬很美丽，也很衬你雪白的肌肤。你的肌肤好，有些十七八岁的白人姑娘的皮肤都没有你的白。"

我的胸当然是真的……陆蔓蔓瞬间不知道说什么了……

詹妮又蹲下身来，捏了捏她的腰和屁股。陆蔓蔓憋红了一张脸，觉得这比中学读书时的体检还难受……

詹妮见她两条修长笔直的雪白大腿抖了抖，居然有些坏心眼地打了一掌她挺翘的屁股，啪的一声，陆蔓蔓觉得更别扭了。

"你的屁股很翘，也很好看，大腿的肌肉紧致。上'维密'的资格是有的，就是胸小了一点。"詹妮的手又摸了上来，在她的bra（胸罩）的杯底托了托——意外地有弹性，而且十分丰满，比看到的要丰满。

忽然，门的玄关处传来了咚的一声，是盒子掉到地上的声音。

"你俩在做什么？"一个十分严厉的声音传来。

陆蔓蔓那红润润的小嘴张得老大，她看向门口处。是安之淳回来了。他不会是误会什么了吧？

"你们在干什么，嗯？"把詹妮赶走后，安之淳开始对她"严刑逼供"。

陆蔓蔓被他直接压在了墙壁上，他周围的气压很低，她狗腿地笑："阿宝，你先让我穿上衣服好不好，有点冷哎……"

"冷是吧，"安之淳微眯起了狭长的眼睛，无视她一点一点的头和眨呀眨的眼睛，直接道，"放心，接下来我会让你热的。"

结果，大白兔就被压在墙上，被某巨型忠犬吃干抹净，连渣都没剩下一点。

陆蔓蔓连连求饶："之淳，不要了，不要了。"她全身软软的，就连挂在他身上也觉得挂不住了。

餍足了的某人将她抱回了床上，看了一眼她胸前那套性感得碍眼的bra，他的声音十分低哑："你就是存了心勾引我。"

怕他再来一次，陆蔓蔓连忙举起手来捂住了胸部："就是穿着舒服才穿的嘛！你就是欺负我！呜呜呜，以后我都不穿了，我穿回我自己的！"

他一想起她惯常喜欢的纯白棉质内衣裤，再出格一些的顶多就是纯白棉质内衣上多了些白色蕾丝……

安之淳沉默了一瞬，才说："算了，你还是穿我买的吧……"

陆蔓蔓舒服地枕着他的手臂，与他絮絮地说起了话："詹妮答应给我弄到维密的合同哎！维密哎，拥有世界上最美好的肉体啊！很快我就要插上翅膀，成为维密的一分子了，万岁！我也拥有世界上最美好的肉体咯，万岁！"她也顺便解释了一下刚才发生的事情，其实就是个误会。

听了她孩子气的话，安之淳笑了，抚摸着她的脸颊，只觉得心满意足，他的声音低低的，在她耳边响起："你不加入维密，在我心中也拥有最美好的肉体。"

陆蔓蔓看着他，闹了个大红脸。

即使两人已经熟悉了对方的身体，但她还是会羞涩。

其实，安之淳最喜欢她羞涩时的样子，所以才会整天故意逗她。

"你接下来的通告安排，詹妮给我看了，我刚收到了她发给我的邮件。"安之淳揉了揉眉心，"你的行程好满。我后天就要飞瑞士。唉，有时

310

真想把你娶回家，生一堆娃，束缚住你，让你哪儿也走不了、去不了。"

陆蔓蔓怔了怔，支起上半身看了看他，然后趴到了他宽阔的胸膛上。他将身体躺平，好让她趴得舒服些。她看着他时眼睛亮晶晶的，一笑时脸蛋笑成了一朵花。她说："这是我这辈子听过的最动人的情话。

"其实，之淳，只要那个人是你，我就是愿意的。我愿意嫁给你，给你生一堆娃，我要绑住自己，也绑住你。你去到哪儿，我跟到哪儿，我们一辈子不分离。"

冬日的曼哈顿街头虽然冷，但对于陆蔓蔓来说，这冷其实微不足道。

因为她要工作——街拍。她穿了V品牌的很保暖的时装式大衣，加上针织衫和到膝盖的皮靴，看起来随性。但她的这身装扮其实是经过了精心雕琢的。为了能被捕捉到最好的一面，她在时代广场的繁华街头走了一遍又一遍，都微微出汗了。

她已经赶了好几场了，从东河一路拍过来，要取最好的街景，最好的人。从第五大道、百老汇、帝国大厦到整个的上东区，几乎都留下了她的身影。她不断地补妆、换衣服、搞头发，整个人都在发热。所以说，她一点儿也不冷。

当天空落下细细的雪花时，她甚至还欢呼了起来。

她十分雀跃，还企图在地上挖个雪球出来扔一扔，无奈雪太小。

"弄个假雪球吧！"詹妮对艺术总监A说道。

A想了想，搞了好几个假的雪球。A是V集团特意派来跟着陆蔓蔓的人。这次街拍的主题其实很明显还是为V集团服务的。

A拿过一条围巾绕在陆蔓蔓白得几乎要透明的细长脖颈上，再看了一眼她的脸。她的脸因为玩得兴奋而红扑扑的，果真是白里透红，美丽极了。于是A对着走过来的化妆师摆了摆手："就这样，显得更自然。"

她的头发有些乱，但更带了几分少年的味道。

她姿态随意地走来，然后捡起几个雪球，对着天空扔了出去。摄影师抓拍了好几张照片，有静有动，都十分满意。因此站在一旁的A看了效果图，便道："好了，大家休息一会儿。"

陆蔓蔓十分开心，于是向一边的安之淳跑了过去："喂，要你陪我一整天，是不是特无聊啊！你看你，中午都没法休息。"

她的鼻尖有薄薄的一层汗，在太阳底下亮晶晶的。她的模样俏皮，长长

311

的围巾已经垂了下来，一头落到了地上；她也不怎么在意仪容，时尚的贝雷帽盖在她头上有点歪掉了，配上她调皮的笑时，嘴边那淡淡的酒窝一现，她还真像一个小男孩。

安之淳从西服袋子里取出折叠好的淡蓝色丝帕，替她擦去了鼻尖与额上的汗珠，带点宠溺的口吻轻声说道："没关系，陪着你很愉快。"一想到从明天开始，他们就要分离十天，他就会觉得从现在开始的每一分每一秒都是折磨。从明天开始，每一分每一秒都是度日如年。

五个小时后，一天的工作终于完成了。陆蔓蔓几乎是累倒在了安之淳提供的保姆车上。她揉了揉酸掉了的大腿，说道："还是有你好！不然换作从前，辛苦了一整天，最后还是只能开自己的小破车回家，重点是还要自！己！开！"

见她这么辛苦，安之淳很心疼，但也无可奈何，只好说："我带你去吃好吃的吧！"

车子启动，往热闹繁华的地方开去。两人相互依偎，甜蜜非常，谁都没有注意到后面有一辆车子已经跟了他们好几条街道了……

第十五章　爱的指引

一

夜风拂来，像情人的呢喃，温柔极了。

灯在一瞬间被点亮，整个曼哈顿活了起来。看着这些琼楼玉宇，陆蔓蔓有些感叹："很难想象这座美丽的城没有了你，会是什么样子……"

她的话十分惆怅。

安之淳握着她的手又紧了几分。然后他又听见她说："我终于能明白你为什么会喝酒喝到胃出血了。之前我们没有在一起时，我还可以骗骗自己，没有你，我勉强还能熬下去，过好每一天。可现在我们在一起了，尝试过了那种感觉，并且上了瘾。我根本没有办法想象那种分别的苦楚。"

"是的，我在曼哈顿七年，你不在我身旁，再美的景色对于我来说都是灰色的。"安之淳看着灯光璀璨的城市出神。

两人刚吃完饭，方才坐在中菜馆里，居然有几个中国青年认出了陆蔓蔓，要求和她合影。她的影迷十分热情，都直言喜欢她喜欢得不得了。一顿饭吃下来，来了三四拨人要求合影，还有许多是金发碧眼的老外。

想起方才的经历，安之淳笑了："蔓蔓，看来以后我们出去吃饭，只能去私人会所吃了。"

陆蔓蔓的眉头蹙了蹙，她叹了一声。

他们站在河边，看着倒映在水里的水晶宫，无论是天上还是水里，都明亮如白昼，那种郁郁的心情瞬间一扫而空了。

陆蔓蔓忽然踮起脚，在他的嘴唇上亲了一下："没关系啊，会所的菜虽然不够味，可是有你在身边，什么都好呀！"

安之淳拥着她坐在长椅上，他们背对着河，河水的清新气息浮动，洗刷着两人心中的倦意，而眼前就是灯光做的巍峨的宫殿。两人静静相依，这个夜分外美妙。

他一边与她有一搭没一搭地说着话，一边看了看平板里的记录簿。

"你的工作，很繁重呀！"她说得俏皮，意指他不专心陪她。

无奈地笑了笑，安之淳说："我是在看你的行程。"

陆蔓蔓已经结束了刚来曼哈顿时的轻松休闲时光了。她每天一大早就要起床，有詹妮特意为她安排的健身师过来指导她锻炼。用詹妮的话说就是：维密的超模们的身材都那么好了，她们还每天都在锻炼。你要对自己狠一点，要将你身上的肌肤与肌肉练到紧密得没有一丝空隙，要使你的胸形轮廓更美，大小腿更结实，手臂更纤细，腰部更紧致，不能有一丝的不完美。

"我觉得，詹妮简直就是魔鬼！"陆蔓蔓开启了背后说人坏话的模式。

安之淳笑了笑，没有回答，只是摸了摸她的头以示安慰。她有多忙多累他都懂。到了傍晚，他还要指导她练拳。而白天的时间她又要拿来为V集团工作，到了晚上她就要背《暗影》的台词……

对面有一家很美丽的花店，安之淳是忽然看见的。

方才，就在他抬眸的一瞬间，花店的灯一下子亮起，他就看见了橱窗里摆放着的美丽的花。他按了按她的手说："蔓蔓，你等我一下。"

看着他走远了，陆蔓蔓的心情有些微妙，她笑着自嘲道："嘿，才刚分开，就想念他了。陆蔓蔓，你也真是出息了！"

话才刚说完，她的面前就突然多出了一双男士皮鞋。她一抬头，看见是个不认识的亚裔青年。那青年有些腼腆，问了一句："你是陆蔓蔓？"

陆蔓蔓有些尴尬，觉得在这里都会遇到粉丝。见她神情微妙，那青年就知道她是真的陆蔓蔓了。青年很开心，扯开了大嗓门喊："哎，真的是我们的中国蔓啊！"

于是一堆小青年忽然就从后面的绿化带里冲了出来。他们都是十八九岁的青年，有男有女，热情得很，纷纷要求合影、签名。

陆蔓蔓不是有架子的人，一直保持着微笑，她一一点头回应："好的好的，可以的。"

她与几个小姑娘合照了几张，又和男孩子们合照。他们都是中国来的留学生，其实陆蔓蔓也觉得很亲切。

其中一个小姑娘说道："蔓蔓，我挺喜欢你的。真的！"她竖起了大拇指，"我看了你为*SUNSHINE*做的专访中提到的，你首先是一个中国人，其次才是演员。如果谁不尊重你的国家，你是会第一个站出来说NO的！多帅气啊！"

另一个女孩子把一个带有五星红旗图案的胸针递给她："送给你。"

"谢谢。"陆蔓蔓用最真诚的语气说道。

"我们看了《怒海》的预告片啦，你真的演得很好。"一个男同学说道，"你简直就是我们男人们的梦中情人，我们的初恋啊！"

陆蔓蔓的脸又不可抑制地红了。

他们看着这个女孩，她脂粉未施却那么美丽，白皙的脸蛋红扑扑的，眼睛又亮，整个人简直就是青涩得可以，像个邻家小妹，居然一点都不像影片里那个美丽到了极致的女人。

大家趁着合影的机会，你一句我一句地问她问题，被问到安东尼和她是什么关系时，陆蔓蔓怔了怔，只好打太极说："当然是好朋友的关系啦！"

陆蔓蔓也知道她会那么受欢迎的原因。准确地说，她其实是在华人圈里爆红的，"歪果仁"认识她的，有，但还不到那个程度。因为她爱国的行为，加上她又成功打进了好莱坞，所以北美区的整个华人圈沸腾了，大家都认她做了偶像。所以，她才会如此受身边这群青年的喜爱。

可现在已是饭后散步的好时间了，这里又是在河边，方才还冷冷清清的，现下人已经多了起来，且越来越热闹。

路过的行人本来也没在意这边的情况，后来听见什么"中国蔓""影帝安东尼"，忽然都明白了过来，人群亢奋了，居然还有几个安东尼的铁粉围了过来，她们一见到陆蔓蔓就尖叫："呀！中国蔓！安东尼的最爱啊！"

陆蔓蔓："……"

她正要辩解，让大家不要误会，可是现场开始失控了。又有几个金发男青年加入了进来，用英语大喊道："中国蔓，我爱你，我爱你。给我一个吻吧！"因为他们都长得人高马大的，已经挤开了人群冲向了陆蔓蔓。

然后不知道是谁被挤倒了，还被踩到了，又有几个女孩子倒在了地上，黑压压的十几个人眼看着就朝陆蔓蔓压了下来……

刚才一直跟踪安之淳车子的那辆车也停在了不远处，对着陆蔓蔓那边一直拍照！

安之淳本来在挑花，他付了钱，取了两枝开得很美的白睡莲，就往河边走来，可他远远就看见了黑压压的人群向瘦弱单薄的她压了下来。

"蔓蔓！"他大叫了一句，冲她飞奔而去。

可当他用尽全力推开那些人时，却没看见他的蔓蔓。

那一刻他很自责，怪自己不应该带她来这种人流量大的地方。他跑了起来，一边沿路寻找她，一边打她的电话。

等到电话嘟的一声终于通了，他才觉得自己的心没那么痛了。他的脸色很苍白，他轻声问她："蔓蔓，你在哪儿？"

"之淳，"她的声音轻轻的，显然是受了委屈，"我躲在你前面三十米左转弯的那个巷子里。"

等到安之淳找到她时，她就像一只小小的流浪猫缩在角落里，大衣不知何时掉了，里面的那条印花裙子被扯开了，露出了大腿根，几乎连内裤都挡不住了。她的膝盖磕破了皮，正在流血，她的脸上花了，是一块一块的灰，真是够可怜的。

他轻轻走了过去，取下大衣将她整个地包裹好，然后拍着她的后背，一下一下的："别怕，蔓蔓。我在这儿。"

"嗯，我不怕。其实没什么的，我身手好，早跑了。就是……衣服掉了，裙子破了，这个样子太糟糕，只好躲起来。蔓蔓不怕，你别难过。"

他一直摸着她的手，她的手心也破了皮。

"你当时，一定很痛……都怪我，没有保护好你。"然后他将她抱了起来，往停车子的地方走去。

一路上，他出奇地沉默。陆蔓蔓正想说两句话，却感觉到有凉凉的水滴落到了她的脸上和头发上。她身体僵了一瞬间，居然连头也不敢抬了。没有人想让别人看到自己掉眼泪的难堪样子，尤其是一向骄傲的安之淳。

他知道她所想的，忽然叹了一声气，然后说："算了，我是哭了。你想笑就笑吧！"

陆蔓蔓听了，还真是扑哧一声就笑了。气氛瞬间变得轻松了起来。她搂紧了他，说："之淳，蔓蔓好爱好爱你哦！真的好爱好爱你哦，怎么办？"

这次轮到他轻哼了一声，也笑了。

回到家，安之淳抱着陆蔓蔓进了玄关。

玄关处的那盏灯亮着，灯光暖暖的，照亮了回家的路。不知道为什么，安之淳忽然就想到了"照亮回家的路"那句话。

他让她坐在一米高的柜面上，她的脸一下子就红了……他也看了她一眼，居然笑得十分调侃，见她已经羞得不行了，倒是没有出口调戏她，而是把心中对家的感受说了出来。

照亮回家的路吗？她也很喜欢。她红着脸点了点头："嗯，家！"

安之淳替她把已经断了跟的皮靴子脱掉。那个靴子包着她的膝盖，有些难弄，而且他已经看见她小腿一侧的肌肤被皮靴的拉链划出了一道红痕，虽然没出血，可也破了皮，情况十分糟糕。

二

"你俩不是打算在这里什么什么吧？"一个男人的声音突然传来。

陆蔓蔓晚上受了惊，本就有些胆怯，现在忽然听见有人在家里说话，她呀的一声就尖叫起来："进贼了！"

"不怕，来多少个我都会把他们打趴下，扔出去喂狗！"安之淳恼了，声音里有一股与平常不同的凶狠劲儿。

安东尼没有说话，反倒是巴顿屁颠屁颠地跑了过来，它举起前爪，居然在卖萌求握手了。

"呀！是巴顿！"陆蔓蔓一下子变得高兴起来，就准备要跳下来，还是安之淳疾眼快地扶稳了她。他将她放到地上时，厉喝了一声："多大了还不知道轻重！伤了自己怎么办？"

詹妮也转了出来："安先生，你也知道轻重吗？你们上网络新闻头条了！如果不是我央求森夏恩先生的特助，让*SUNSHINE*的公关部帮忙拦截住这条消息，整个网络都要沸腾了，尤其是华人圈！不过幸好只是有人摔倒受了点轻伤，不是什么严重的踩踏事件。不然，陆蔓蔓就完了！你花再多的金钱，也摔不起来她了！"

安之淳看着詹妮，他的脸色有些吓人。他的轮廓本就是深刻刚毅的那一类，再加上眼窝也深，板着脸看人时十分威严，他又是银行业的老大，出入时从来都是前呼后拥的，他是为了陆蔓蔓才会压下了气势，但不代表一个小小的经纪人就可以跟自己叫板。

詹妮见他脸色一沉，也知道自己犯了忌讳。气氛一时有些糟糕。

看着他的嘴唇抿得紧，出于礼貌才没有发脾气，安东尼笑了笑，走了过来，拍了拍他肩膀："表弟，算了。我们也是紧张你们，所以詹妮才会说了重话。"

然后他将桌面上的笔记本电脑移向了安之淳，按下了播放键："要不是詹妮的危机公关做得好，只怕蔓蔓会很麻烦。安，得空了你去拜访一下SUNSHINE集团的森夏恩先生吧！他也可谓是蔓蔓的贵人了。这条视频已经在网络上被删除了，全网禁播。现在是信息大爆炸的时代，也只有传媒大亨森夏恩先生能做到这一点了。即使是你，也不一定有办法用金钱买回她的名声。"

安之淳看到已经被禁止播放的非访问版视频里，陆蔓蔓衣衫褴褛，甚至还露出了内裤，她就蹲在暗巷的角落里，然后是他跑了过去……安之淳的眼睛微微眯起，透出森冷的寒光。

"你们被狗仔跟踪了。"安东尼很有经验，一看就知道是怎么一回事儿，"连同刚才的疑似'踩踏'事件，加这个露内裤的爆点，放到网络上，还是很能博人眼球的。幸亏詹妮的危机公关处理得快，而森夏恩先生又肯帮忙。"

安之淳紧抿的嘴唇渐渐放松下来，他嗯了一声，然后说："以后我会注意的。等忙过了这一阵，我会带着蔓蔓亲自去拜访森夏恩先生的。"

忽然他挑了挑眉，有些不悦地说道："你俩怎么进来的？"

"哦，"安东尼有些小得意，"我来时就看见詹妮打电话找你们找得急，可是你们都没有消息。她坐在地板上等得要猝死了，而我曾经不小心看到了蔓蔓输入的密码，就让她进来等咯。"

詹妮瞪了他一眼："你才要猝死了。"

陆蔓蔓：这个安东尼能再无耻些吗？

安东尼从衣袋里取了一样东西出来递给安之淳。

"这是什么？"安之淳看着那个印有一朵粉色花的古朴的小瓶子有些无奈，这画风怎么这么不对啊……

"我是第一时间接到詹妮电话的，她找不到你们，给我打了电话，我也看到了那个视频，所以估计蔓蔓身上会有伤。她就要进《暗影》剧组了，身上有疤不好。我常年拍戏，也经常磕磕碰碰的，所以备有家庭医生特制的药。它消炎去肿的效果很好，有特效，而且绝对不留疤。你们拿着吧！"

那一瞬间，陆蔓蔓感动得两眼泪汪汪。安东尼见了她这模样，哈哈大笑起来："小蔓蔓，要不要那么感动啊？真要感谢的话，亲下呗！"

陆蔓蔓："……"

她小心地偷看了安之淳一眼，只盼望他不要晚上又来惩罚她，她身上已经够伤痕累累的了……

安之淳的眼神温和，他轻声说："他没什么坏心眼儿。你就亲亲他的脸当作感谢！外国有面吻的礼仪。"他看向她时隐约含笑，十分温柔。

"嗯。"陆蔓蔓知道他也是喜欢这个表哥的。他这个表哥，其实有一副热心肠。陆蔓蔓裹紧了安之淳的大衣以防自己走光，一下子蹦到了安东尼的跟前，飞快地在他脸上吻了吻，然后弯下腰来也吻了吻巴顿的大脑门："好了，我感谢二位了！"

安东尼："……"

巴顿："汪汪汪汪汪汪汪汪……"意思是：我好开心好开心好开心，居然得到了美女的香吻哎……

看着一人一狗的样子，安之淳没忍住，挑了挑嘴角，笑了。

离别在即，两人可谓是难舍难分。

送走了二人一狗后，安之淳与陆蔓蔓恨不得黏在一起，长在一起。

她的膝盖有伤，是他替她小心仔细地缠上了纱布再包裹上了塑料袋，等包扎好了，也是他替她洗的澡。他很温柔，怕她害羞，他替她除去衣服时，真的没有看她，只看着她的衣服。知道她的脸红透了，他也不敢笑，只是说："我不看。"

他将她抱进了浴缸，声音有些沙哑："把双脚并拢垫高一点吧，省得膝盖沾了水，发炎了会更麻烦。主要是你还要赶戏。"其实，他的双手舍不得离开她白润细腻的肌肤。

"嗯。"她红着脸点了点头，也不敢看他。尽管他俩有过许多激情的时刻，可她到底还是脸皮薄。

他取来毛巾温柔地替她擦拭肌肤，他的力度很轻很柔，生怕弄疼了她娇嫩的肌肤。水很烫，又因他轻如鸿毛的抚摸，她的身体变得更烫，还泛起了诱人的粉红，尤其是胸前那一块，白皙娇嫩得不可思议，点染着一小片的粉

319

红。他只看了一眼，声音就变得更加低哑："好了，我抱你起来。"

怕她受凉，他动作迅速地取过大毛巾将她裹紧抱回了卧室，然后替她擦去身上的水珠。等一切弄好了，他迅速地离开了她，站在床边说："你把睡裙穿上吧！"而自己走到了一边取过遥控器把空调温度再调高了几度。

等她穿好了裙子，他才敢看她。而她也正好抬起头来，碰到他的目光时，她的眼睛很亮，扑闪扑闪的，十分动人，她的声音又柔又软："谢谢。"

她穿的是橘黄色的真丝泡泡袖连身睡裙，露出精致美丽的锁骨与一点点肩膀，宽松的泡泡袖卡在肩膀下一点点的地方，真是俏皮极了。

她从枕头旁取过了一条项链戴到脖子上。

此刻，他一抬眸就看见了那枚求婚戒指，戒指闪耀着动人的光芒，如星光点点，衬得她的明眸更加莹润闪亮，顾盼生辉。他坐到了她的身旁，手按在了那颗钻石上，钻石紧贴着她的心房，他说："蔓蔓，答应我，永远也别把它摘下来。这里面装有全球定位卫星系统，它会指引我找到你。无论你身在何方……"

陆蔓蔓的眼睛扑闪了一下，她忽然就贴了过来，吻住了他的嘴唇："好的，我会一直戴着。"

她离他如此近，身体贴着身体，他已经看到了她身上被弄出来的那些伤。

"你等等！"他马上冲出了客厅，再回来时，手里拿着安东尼给的药膏。

他替她一处一处地涂抹药膏，涂得十分认真。"很清凉，估计能消肿。"安之淳觉得自己的指腹都是清凉清凉的，"难得的是味道好，有一股玫瑰花香。"笑了笑，他感叹道："安东尼对你真好。"

"你吃醋啦？"陆蔓蔓看着他笑，她的嘴角扬起，露出左边的小小尖尖的虎牙。

他也笑了："嗯，我吃醋了。"

"你不用吃醋！"陆蔓蔓又靠近了他一些，将他给她揉肩膀瘀青的手直接按在了自己的胸脯上，她的声音低低的，"因为我们可以做这世上最亲密的事儿。"

安之淳的喉结滑动了一下，手上的温度猛地升高，压抑了许久，他才说："你一身伤……"

陆蔓蔓坐到了他的怀里，头贴着他说："可是我们要分别那么久，难道你就不想吗？"她连声音都是可怜巴巴的和委屈的。

见他额间的青筋猛跳，可还是一副无动于衷的样子，她离开了他一些，直直地看着他。被她如此火热的视线盯着，他连忙移开了脸，只顾看着地板："蔓蔓，别这样。我的自控力没你想的那么好，很差的。"

陆蔓蔓抬起双手，背到了身后，安之淳只听见咝的一声，她背后的拉链拉开了，如拉断了他心底最后一根弦。

裙子褪到了她的腰上，她是裸露在他面前的，她的身体那么完美，他的眸色变得乌黑而潮湿，他看着她时十分渴望得到她。她的脸红了，她不习惯被他如此注视，刚才的动作已超过了她保守的底线。

"之淳，快来。"她不敢看他，只能看着床单低低地说。

那一夜，他极尽温柔，而她只恨不得将自己全给了他。她一直叫着他的名字……

等激情退去，陆蔓蔓累得趴在床上再也不想动了。安之淳怜惜她到了心疼的地步，俯下身来亲了亲她的背："快穿上裙子，不然会感冒的。"

她像一只懒懒的猫，眼睛都闭起来了。仿佛快睡着了，她嘴巴嘟着，嘟囔道："我要睡觉嘛！蔓蔓好困，蔓蔓要睡觉觉了。"

一瞬间，她又变回了那个没心没肺的小孩。安之淳无奈地摇了摇头，只好取过被子将她包得更紧些。想起她没有调闹钟，他替她调好了，接着看了她一眼——这小猫已经睡着了。

安之淳笑了笑，下了床，进了厨房熬起粥来。她喜欢吃粤式的粥，那种需要用文火慢慢煲的，还要有高汤吊着的粥。食材是公寓的人买好的，他选择亲自动手，而不是假手于人。他仿佛已经看见她明天醒来，发现一锅香甜的粥时露出的甜美笑容。他希望她能有一份好心情。

等陆蔓蔓被闹钟吵醒时，已经是早上六点半了。闹钟旁边还压着一朵鲜红的玫瑰。玫瑰的花枝上绑着一条丝带，上面有字。她用手指摩挲着那句话：进组一切顺利，爱你的之淳。

是的，她今天要进《暗影》的剧组了。

她摸了摸枕边，安之淳早已提前离去。

她苦笑了一声，这还真是他的风格。取出挂在颈项上的戒指，她想起了他的话，这个钻戒他让她时刻佩戴着，这样他就能第一时间找到她了。

一想到他，陆蔓蔓就满血复活了，开始准备一天的工作。然后她居然闻到了粥香，还以为自己是饿到出现了幻觉，可跑进厨房一看，看到了粤式的老火靓粥。那一刻，陆蔓蔓真想给他打个电话，可他已经在飞机上了。

三

吃过早餐，陆蔓蔓瞬间变得元气满满，忍不住笑了。她知道之淳最喜欢她笑了。深呼了一口气，她挥舞着小拳头说："加油！"正说着，詹妮给她安排的健身师就到了。唉，真是连一刻也不能放松啊！

到了上午九点，安东尼准时到了。一开门，他就笑道："我们的公主，准备好了吗？表弟临飞前打电话给我，让我多照顾你。"

陆蔓蔓微笑，伸出了手来，安东尼将她的手搭在自己的臂弯上。一切礼仪堪称完美。就连上车时，都是大影帝亲自替她开的车门，他的手扶在车门顶上，请她进去。最后，连陆蔓蔓都忍不住笑了："还真像那么一回事儿。感觉自己真的当了一次公主啊！"

出乎她意料的是，车子一直往一条熟悉的路开去，路是通往机场的。见她挑眉，安东尼说："我与演女主角的演员早就开始拍戏了，只不过戏份一直集中在纽约，所以待在这边挺久了。你进组后，全组都要飞往摩纳哥取景。我和你的第一场戏，就是在那里——你走过来问我要不要抽一支烟。"

一说起戏，安东尼的脸色就变得很严肃，眼睛里透出的是严谨锐利的光，那对绿眼睛中的多情消失不见。

陆蔓蔓取过他给的最新的行程表，行程表排得非常满：在北非一天，在摩纳哥两天，在亚马孙丛林一天，还有要飞埃及，越南，中国的安徽、江南小镇与德国，挪威的行程，还要在两个月内跑完所有的地方。

"嗯，我又可以环游世界一周了。"

安东尼笑了笑，可表情依旧严肃："我很期待你的Viper，你是个比男人还要能吃苦的家伙，跑完全世界也不过是点头的事儿。我知道你一点儿都不觉得辛苦。"

"是呀，陆蔓蔓是打不死的小强嘛！其实我更期待的是可以穿上埃及的神秘丝袍、摩纳哥的印花长裙时的样子，肯定很美。"陆蔓蔓哈哈大笑，"还有就是剃成板寸头的模样。天哪，我都期待极了！这反差也太大了。"

安东尼一直微微笑着，听到最后，居然觉得有点可惜："你的头发很

322

美，一下子剪那么短……"他执起了她垂在背后的一缕发，忽然就想起了拍《怒海》时，她虽然剪了个半长的bobo（波波）头，可当演激情戏时，她的头发还是沾到了他的脸上、颈项上，带着大马士革玫瑰的芬芳，那种触觉与香味，他一直记得。

"没关系啊！偶尔换个形象嘛！"陆蔓蔓笑嘻嘻的。

一直到登上了飞机，安东尼才忽然说道："其实你是个心肠硬的女人。外人看来，在你与安的关系中是安在主导；其实，一直掌握着关系的那个人是你。你会令安上天堂，也可以令他下地狱。说真的，你这样的女人很可怕。"

飞机已经飞进了平流层，十分平稳舒适。陆蔓蔓说是女二号，但其实这部电影可以说是双女主角，她的戏份只比女一号少那么一点而已，所以她的待遇与女一号是完全一样的。因此，她就坐在安东尼的旁边，听他这样说，她有些诧异地转过脸来看着他，眉心蹙了蹙。

"我说对了，是吧。"安东尼完全放松下来，也放下了剧本，"你爱笑，你长相甜美，不代表你真的就是个大甜妞。你的心志可比得上男人，相反，在感情上安很软弱和被动。你从一开始就明白自己的目标，你知道自己要什么和要什么样的男人。"

陆蔓蔓挑了挑眉，再说话时，声音有些低沉："自己被一个人这样剖析，这种感觉还真是……不好。"

安东尼也学着她的样子挑了挑眉，然后就不说话了。

这个剧组里，就陆蔓蔓一个亚裔。整个剧组从工作人员到演员，无不对这个神秘的东方女孩子感兴趣，老找各种由头来看看她，与她聊上几句。

陆蔓蔓性情好，对人又真诚，不是那种装出来的敷衍式的友好，所以很快就和大家打成一片，就连女主角薇薇安都很喜欢她。两个女主演分坐大影帝的两边，隔着他在那儿聊天。

薇薇安饰演的角色也是特工，但她是属于技术型的，就是负责做生化研究，保管数据库秘密的那一类。但她为了自保，也要有些防身功夫在身，她就自己的剧本与武术功夫的部分说了一下，没想到陆蔓蔓懂得很多，还能给她指点一二，这让薇薇安喜出望外。

一般情况下，谁都想自己独占鳌头，独领风骚。而且陆蔓蔓是重要的女二号，如果她演得好，力压女主角，抢尽女主角的风头，那对她而言，是极为有利的，搞不好她就成功跃升为好莱坞一线女星了。但薇薇安没想到陆蔓蔓居然十分热心，给自己说得十分清楚明晰，绝非夸夸其谈和敷衍，更不是忽悠她。

聊了许久，她又听得陆蔓蔓叹道："卡梅伦导演的这部电影真的很好。看剧本我都看哭了。每个人都有自己的信仰，这样的一部好作品、大制作，我希望能达到样样完美。"

陆蔓蔓所做的一切，都是为了力求完美，而不是搞明争暗斗那一套。薇薇安由一开始的有点喜欢她到现在很欣赏她。

安东尼忽然插嘴："你的这一套对付她管用，但在国内就不一定行了。"

"是，在国内同性演员之间的争斗很严重，甚至不惜靠被潜上位。在国内要想人家认同你，就要用演技狠狠地碾压对方。但是国内也不乏真正的人民艺术家，很乐意指点后辈。我就遇到过这样的前辈，那位女前辈教了我许多。所以基本上，我会抱着一颗感恩的心。"

大家都聊得热火朝天的，因为陆蔓蔓十分健谈，许多人争着和她说话："蔓，你们的中国结好好看。"

"蔓，中国人是不是个个都会功夫啊？你会吗？"

"蔓，中国和日本那些亚裔国家是不是有差不多的习俗风情啊？"

"蔓……"

陆蔓蔓不厌其烦地一一解释了。又因长时间的飞行无聊，她还真的从背包里取出了一大堆花花绿绿的线条来，编起了中国结，编好了以后一一分发给大家。

她笑眯眯地说："送中国结就是送最好的祝福。祝愿大家新的一年里，万事如意，心想事成哦！"圣诞就是老外们的新年了。

"我真是服了你了，你连这个都准备好了？"安东尼有些无奈——这女人也太懂得收买人心这一套了吧？

她改用国语压低了声音说："我从詹妮那儿知道了这个剧组的副导演娶了个中国媳妇，而且他还痴迷中国文化，其中有一个爱好就是收藏中国的东西——中国年味很足的邮票、中国结、山水画什么的。我来不及准备那么多，而且那样也显得太刻意，但是备些中国结用的绳子倒不会显得那么刻意，毕竟绳子还可以有其他用途。"

安东尼会心一笑。

果然，她的一番举动成功引起了副导艾力的注意。艾力携了编剧与武术指导一起走了过来。武术指导有八分之一的中国血统，但是他的模样完全是个西方人，比安东尼长得还要欧洲化。

艾力在她身边坐下，忽然问道："你对武术部分有什么想法？也可以和我们的武术指导S聊聊，S也很喜欢中国文化。"

"导演，你想听真话？"陆蔓蔓开启安之淳教授她的"吊高来卖"模式，还调皮地眨了眨眼睛，一副"我不敢说真话"的表情。

安东尼哼笑了一声。

"说吧。"艾力拿出剧本大纲翻了翻，定在安徽的那一栏剧本处，"在这里，你的打戏会有些不同。其他时候你是实战派，会格斗、自由搏击、用刀、用枪，反正就是会使用现代化的打斗方式；但在安徽这里，你会有一段类似'飞檐走壁'的中国功夫的展示。"

"飞檐走壁"是个汉语词汇，艾力也是用中文说这个成语的——果然是个"中国痴"。可安之淳替她从唐人街里请来的咏春师父也不是盖的，咏春师父给她特训、恶补了一个星期的中国武术体系与门派的相关知识，还教了她一些简单招式，别说，这还挺能唬老外的。

于是，她将咏春师父教的一些大体的东西笼统地说了一遍，唬得艾力目瞪口呆。他还以为她真的就是个功夫大师，是从《卧虎藏龙》里出来的玉娇龙。

薇薇安都笑了："艾力，你别被蔓蔓唬着了。她就是个千变女郎，有万张面孔，演什么就是什么。我像她这个年纪时根本没这演技，生活上也是白痴一个。"

陆蔓蔓有些不好意思地摸了摸头，嘿嘿笑了两声。

艾力还在那儿研究着中国的武术。之前陆蔓蔓与薇薇安说中国功夫时，他坐在后面几排，听得不算太清楚，但陆蔓蔓是个大嗓门，他倒是多少听到了点，以为陆蔓蔓相当专业而且有一定的造诣，所以还念念不忘，要陆蔓蔓再说说。

"你确定要听真话？导演……"陆蔓蔓又问了一次。

"你说。"艾力相当坚持。

陆蔓蔓敛去了笑容，说话声变得低沉却铿锵有力："如果是我，我会把你认为最好的、很有看头的，所谓重中之重的'飞檐走壁'的戏份弱化，甚至是删掉！"

此话一出连安东尼都变了脸色。这陆蔓蔓还真大胆，这是在公然顶撞艾利导演了。艾力虽然只是个副导演，但他在好莱坞也是有地位的。

难道这是安之淳教她的？看着陆蔓蔓气定神闲而艾力一瞬间气得连话都说不出来的样子，安东尼忽然觉得这场戏还真是值得期待！

四

陆蔓蔓说得干脆明白："其实好莱坞根本不了解中国功夫，只想看自己想看到的。就算请来了中国国宝级的武术师父，就算师父说得再详细，到最后拍板时，导演还是会说'别跟我提那些，我们想看的不是这些'，然后又按自己的理解来拍所谓的中国武术了。"

艾力的脸色很不好看，而S若有所思的样子。

安东尼的手托着腮，拇指指腹还是按压在下巴那道迷人的美人窝上，他懒懒地说："好莱坞确实就是这个样子的。"他的语气十分嘲讽。

陆蔓蔓见艾力面色不虞，决定下"猛药"："'飞檐走壁'，真的有这个必要吗？又不是真的拍中国古时候的功夫片。因为正常的人又怎么会飞呢，又不是鸟！还不如融入咏春拳术里真正有内涵的东西，哪怕只是三分钟的打戏，也应该拍出深度来。"

艾力嗯了一声以作回答，然后站了起来，回到了自己的座位上。S倒很有兴趣，跟陆蔓蔓就各武功门派聊了起来，还不时地在平板上做记录。

看见艾力坐了回来，卡梅伦笑笑："这个中国蔓有点意思，是不是？"

"嗯。"艾力似乎还是闷闷不乐的样子，一坐下来就闭起了眼睛谁也不理。但卡梅伦知道他其实是在思考斟酌该怎样拍好这一部分的功夫戏。

下了飞机，导演只给大家两个小时的休息时间，然后就要全体集合。

陆蔓蔓回到酒店里，很想给安之淳打个电话，可是又怕他在忙。她正犹豫不决时，他的电话就打来了。

她几乎是第一时间就按了接听键："喂……"她说出第一个字时，嘴唇是颤抖的。

听出了她的激动，安之淳笑了一声："这么想我，嗯？"

陆蔓蔓红着脸，声音低低的，却很坚定和温柔："想，蔓蔓很想很想你！"

安之淳怔了一下，忽然说："快开电脑！"

她一下子就明白过来了，把手提电脑打开，连上网络，打开视频，安之淳的影像一点一点地清晰起来。他依旧穿着一套三件式的白西服，戴着金丝眼镜，模样清贵又英俊。陆蔓蔓的眼睛蓦地就瞪大了。

他依旧是笑："又不是没见过。"

这话怎么听着这么暧昧啊？

陆蔓蔓嘟了嘟嘴："你怎么这么坏啊！"

陆蔓蔓刚下飞机，洗了澡出来就有些乏累，趴在桌子上和他视频，两人聊着天。他看见她的头发还是半湿的，于是温柔地说："蔓蔓听话，把头发吹干。"

"不嘛，我要看着你，一步都不想走开。而且这里很热的，我们在靠沙漠的那一边，在北非呢！给你看看这里的景色呗，美极了。"

她拿起电脑走到窗边，把摄像头对着窗外——附近高低不一的、极具当地风情的、回民式半圆穹顶的房子一栋连着一栋。土黄土黄的屋子在太阳下泛出淡金的光芒，整座城市十分古朴，似乎沐浴在金纱之中，晕着一层淡淡的金黄。

这里没有什么绿植，大地都泛着米黄的色泽，连弯弯绕绕的小巷都是笼罩在淡金色中的，有种低调奢华的陈旧美感。

"是不是很美，极具异域风情啊！"

"嗯，是很美，可你更美。"安之淳只顾得看她，眼睛一秒钟也舍不得离开她，哪知道景色美不美。

陆蔓蔓和他聊着天，不知不觉又聊回到电影上来。

"其实我很喜欢这部电影。《暗影》丝毫没有落俗套，没有男女主角与女二号的三角狗血恋。女主角只是男主角最好的朋友与工作搭档，她从一开篇就已经有了家庭，有爱她的丈夫与可爱聪明的孩子。

"而且女主角与女二号的对手戏也特来劲儿。我马上就要跟天后飙戏了哦，太激动了！Viper本有机会干掉女主角尤安，但当她举起枪的那一刻，尤安的口袋里掉出了一张照片，Viper因为这张照片而犹豫了，她想到了自己是个孤儿，然后很没有缘由地，甚至可以说是任性地转身就走，居然就放过了尤安。"

"酷吧？"陆蔓蔓喋喋不休。

安之淳笑着点头："很酷，蔓蔓很酷。"

"其实你与Viper很相似，都是那么地喜欢小孩子。"安之淳轻叹。其实他也很想拥有属于两人的孩子，可……现在还不是时候。

"重点是，你对着那张照片里的那个孩子做出的表情，比你对着尤安做的表情还要吸引人一百倍。因为你想起了曾经的自己，如果你杀了尤安，那尤安的孩子就成了孤儿。重点在于你同情那个孩子，等同于同情你自己。你对尤安是没有感情的，所以你不可能因为同情尤安而放弃杀她。"安之淳把重点跟她说了。

陆蔓蔓惊呼："之淳，你太棒了！我太爱太爱你了，么么！"

视频里，安之淳的脸居然红了。然后她看见宋珍珍捧了文件进来，知道他还要工作，她很乖地不再打搅他，说了声再见。可到底还是不舍得，她又多看了他一眼，声音闷闷的："阿宝，你要照顾好自己，要记得多睡觉。你瞧你的眼睛多红，那么多条红血丝，蔓蔓数都数不过来，蔓蔓会心痛的。"

"好！蔓蔓，你也是，多保重！"安之淳的声音几乎沙哑了。他很想多看她一眼，可是会议马上要开始了。于是他只好让她先关掉视频。

她知道他是不愿意让她做等待的那一个，所以让她先关。即使再不舍，可她也不能再打搅他了，于是她乖乖地关掉了视频。

视频关掉的那一刻，蔓蔓摸到了脸上的泪水。曾经再苦再难，她都是笑着面对的。可是现在只因他的一句话，她就哭了……

几乎是同一时间，安之淳的信息到了：蔓蔓，你在哭吗？你别哭，你等我……

"你等我"？那么没头没脑的一句话！

她捧着手机自言自语道："阿宝，我再怎么等你，也要十天以后啊！"

另一边，宋珍珍有些不忍，给安之淳泡了杯咖啡送过来，劝道："安先生，你为什么不和蔓蔓说呢？你为了能抽出时间去看她，一直没有好好睡觉。"

"说了，她更要哭死了。她明晚就飞往摩纳哥，会在摩纳哥待三天，我争取过去陪一陪她，哪怕只有几个小时也是好的。"

何庭已经准备好了，他与总裁一同走了进来，然后一群人也跟着陆续进入了安之淳的办公室。何庭太了解自己这个老同学了，调侃道："珍珍，他就是有受虐倾向，你就别同情他啦！这家伙就是闲得慌，为了一个陆蔓蔓，还专程跑去纽约戏剧学院花了一年多的时间学习编剧，还拿到了资格证。可以毫不夸张地说，他是好莱坞的黄金编剧，是大腕。不然他一个电影投资商凭什么指导陆小姐怎么演戏？"

安之淳不动声色地斜睨了他一眼，那气势把何庭唬住了。这个俊俏的中法混血眼皮跳了跳，闭嘴了。

"那么爱说会演，不如我介绍你入行，你绝对可以超越安东尼，成为新一代影帝。"安之淳冷冷地说道。

"还是陆小姐有能力，我们的安先生越来越幽默了。嘿嘿！"何庭飞快地跑到了总裁那边，借商量公事的理由避开了安之淳。

宋珍珍看着这两个大男孩，抿着嘴唇笑了。

卡梅伦对着陆蔓蔓与安东尼讲戏："蔓，待会儿你要表现的诱惑是其次的，首要的是要演出Viper的独特的神秘性，这才是你吸引Phantom的目光的理由。"

陆蔓蔓点了点头，她的眼神有些冷，化了浓妆的脸上一丝表情也没有，那暗红色的嘴唇近乎是紫黑色的，她抿一抿嘴唇，嘴角的纹路几不可察地颤了颤，她对着卡梅伦与安东尼笑了笑，带了点恶毒的挑衅。

她已经入戏了。卡梅伦说了一声"准备"，两人各就各位，在镜头旁边等候。

监视器里，一个美丽妖冶的女人走进了人们的视野。

她穿着拼纱设计的黑色裙子，倚在棕黄色的旅馆门前抽烟。她的肌肤雪白，而唇色是妖冶的暗红，几乎接近黑色，如有毒的浆果诱人去品尝。

安东尼饰演的Phantom看了过去，目光流连在她的身上。

她的腰线很美，纤细修长，使他想到了蛇。他轻笑了一下，性感的唇瓣吐出了一个单词："水蛇腰。"她的腰侧被透明的黑纱遮着，露出若隐若现的图案。那里文有一朵代表情欲的紫色颠茄花，既邪恶又神秘。

她的目光斜睨了过来，看向他时，她忽然一笑，真是魅惑到了极点。她举着烟吸了一口，吸烟的姿势令人着迷。

她对着他喷出一口烟，笑了笑，走过来用沙哑的声音问："你想不想抽一支烟？"

Phantom接过了她的烟，烟身上也印有一朵颠茄。烟滤嘴那儿有一道暗红色的唇印，飘着淡淡的香。Phantom看着她，没有说话，将烟含进了嘴里，学着她的样子也吸了一口。

他的眼睛微微眯起，像一只慵懒的大猫。他也对着她喷了一口烟，然后舌头一伸舔了舔唇瓣，那个动作很快，快到不注意看几乎不会察觉到他的动作——他是在品尝她口红的味道。

"Cut！"卡梅伦说，"很好，下一条！"

一行人直接进入了陆蔓蔓刚才站在门口的那家旅店里。

旅店很有风情，帷幔垂下，每个房间里都挂有带着民族风图案的壁画。陆蔓蔓抚摸帷幔上那些美妙的花纹，只觉这些花纹也是十分神秘的。

卡梅伦说："你俩的这场戏挺简单的，镜头也就是一晃而过，肢体语言到位了就行。控制在两分钟之内，到时后期剪辑只有三十多秒，所以很考验你们的张力，要把握好。"

镜头没有拍到陆蔓蔓的脸。她伸出一只脚搭在了Phantom的大腿上，她抬脚的动作演绎得很好，十分夺人眼球。这时主要是拍Phantom的脸部特写镜头。Phantom面露隐忍，目光一直注视着她，他的眼神里面有很多复杂的情感。明明只是第一次见，他却有与Viper十分熟悉的感觉。

Viper将黑色的性感丝袜脱了下来。镜头一切换，镜头不再只拍到Viper的一只脚，而是连她的背面与小半张侧脸一起拍到了。她对着Phantom翘了翘嘴角，然后动作迅猛地将他的双手反剪压到了木凳椅背后。Phantom目光一冷，正要动作，却见她妩媚一笑。她将丝袜连着椅背绑在了他的手上。

这一绑，剧本里是没有的，是陆蔓蔓灵感一闪自己加上去的。她要表达的是这一刹那Viper是对Phantom露出了杀机的。这个动作既有情欲，里面又夹杂了杀机，使得这段激情戏更加充满了张力。

Phantom看着Viper眼里一闪而过的杀机，与她给予的感官刺激，其实已经沉沦到了情欲中。且Phantom认为以他的身手当然可以马上脱身，但如果这是她的情趣，他现在翻脸，岂不是白白错过了……忽然，他仰起了脸来，带着一丝期待地看她。

陆蔓蔓忽然想起她就这样对待过安之淳，耳朵居然就红了，目光触到安东尼的目光时，发现他的眼神里期待中又带点揶揄。

卡梅伦聚精会神地看着监视器。副导艾力有些疑惑：陆蔓蔓的加戏效果很好，可以不用理会，但剧本不是这样的。安东尼干吗要表现出揶揄？

"揶揄可以很好地彰显大男子主义的性格。因为在Phantom看来，就算主动的是她，但实际掌控着一切的还是他，这样发挥挺好。"卡梅伦说，

"而且Viper也是第一次执行勾引的任务，耳根红也挺有趣的。"

Viper替他解开了皮带，而后脱了裙子，穿着火红的性感蕾丝内裤，露出两条光溜溜的白皙到近乎透明的大腿，跨坐到了他的身上。

Phantom配合地发出沉重的喘息，然后动了几下。他看着她的目光变得深沉，充满了欲望与情潮。

"Cut！"卡梅伦叫了停，"这条过了。"

卡梅伦很满意，一个活生生的Viper诞生了。

其实陆蔓蔓是做了全副武装的，穿的是那种会露出后背但挡着前身的防走光短打底衣。国外拍片比较放得开，不过陆蔓蔓还是不习惯。安东尼将一早准备好的大浴袍盖到了她身上，与两位导演和灯光师迅速地离开了片场，让她换衣服。

"我们在外面等。快一些，我们要立刻坐车去沙漠取景，拍你和女主角的重头戏。"卡梅伦说。

这戏也真是够赶的。陆蔓蔓撇了撇嘴。

忽然，门外又传来了安东尼的一声笑："蔓小姐，蔓公主，拜托你下次可不可以不要脸红，这样会搞得我出戏的！"

"安东尼！"陆蔓蔓气得直跺脚！

五

陆蔓蔓坐在沙漠里，烈日当空，她感到很热，很难受。

她是头一次到沙漠拍戏，还真是不适应。

安东尼要赶好几场戏，没有过来。卡梅伦在紧跟男主角的戏份，所以沙漠里的这场戏是副导演艾力跟的。

"导演的眼光真准。女主角尤安的角色设定是个母亲，所以他放弃了找新人，让你来演。在现实中，你是一个拥有三个孩子的母亲了。"陆蔓蔓和薇薇安对台词时，闲聊了两句。

"是的，卡梅伦的要求高。那些年轻的一线明星或许很美丽，却多少缺乏母性，不过嘛……"薇薇安调皮地眨了眨眼，"你自己都还是个孩子，却拥有母性。"

呃……陆蔓蔓面露惊恐："不会吧？"

薇薇安哈哈大笑。

见两个女演员已经有了默契，艾力喊了声"准备"。

前面一系列的动作格斗，陆蔓蔓完成得利落潇洒，她眼神很到位，狠辣果决。而她出的拳，一拳比一拳狠。

Viper打得兴奋，伸出舌头来舔了舔有些发干的嘴唇，露出了嗜血的本性。然后她将插在腰间的枪拔出，扔到了地上，用低哑的、沙沙的嗓音嘲弄道："再来呀！"

不得不说，薇薇安的扮相很好看：一件代表科学家身份的白大褂，半长的头发显得她知性美丽。她的容貌很美，三十岁又是一个女人最好的年纪，风华绝代。

薇薇安是法国人，拥有法国女郎的一切优点：纤细苗条，风情万种，十分有气质。她和Viper对打时，明明力不从心，可眼神却很执拗坚定，那一瞬间，她纯真得像个二十多岁的女孩子，那对眼睛还露出了一股莫名的楚楚可怜感。

在对戏时，有那么一瞬间，陆蔓蔓看入迷了。

"Cut！"艾力有些无奈，他是对着监视器的，看得出这个中国蔓居然对一代影后展露出倾慕的眼神了。

"你和安东尼有不少戏份的，你能这样看着他，我想我会感激你的！"

全场大笑，就连薇薇安都忍不住扑哧笑了一声，她的声音清脆，十分悦耳动听。陆蔓蔓不好意思地摸了摸头。

"蔓，你懂得欣赏每个年龄段的美，你是个有内涵的人。"薇薇安微笑道。

"你们法国人不是有句话嘛，'四十岁人生才刚开始呢'，所以你还年轻着呢，别用一种'老油条'的语气啊！"陆蔓蔓顺便给她普及了一下中国话里"老油条"的英文意思。

现场又是一阵大笑。

戏重新开始拍。

Viper在戏耍尤安，Viper明明可以干掉她，却要玩弄她。Viper把尤安多次打趴在地，可尤安仍执拗地不愿放弃，再怎么惨，她还是要爬起来，不肯在Viper面前倒地。薇薇安的眼神与演技十分到位。

最后，Viper将她踩在沙里，尤安的脸被埋进了金黄的沙子，她只露出淡黄色的有些枯槁的头发。

"还不说出密码是多少吗？"Viper冷漠地说着话，却笑得十分冷艳，如一条真正的色彩斑斓的毒蛇。

她踢了尤安几脚，把尤安踢到了一边。

"你杀了我吧！"尤安匍匐在地，喷出了一口血。

"这就想求死了，嗯？"陆蔓蔓忽然灵光一现，想起了安之淳那句调侃的话，"可是我的手段才刚开始啊！"

这句话显得Viper恶毒又性感，还十分……有个性！

"一个字，酷！"艾力低声叫好。

尤安面如死灰，手紧攥着上衣的口袋。这个动作被Viper注意到，再度踢向她时，她身上的一张照片掉了出来。Viper刚要去踩那张照片，却看见了照片上尤安抱着孩子，母子两人微笑的温馨画面。

Viper怔住了，身体也僵了。她的脸上发生了很细微的抽动，她闭了闭眼，再睁开时，语气更是恶毒："这是你的孩子，嗯？"她也不看尤安，一直注视着照片里的孩子，露出古怪的、难以捉摸的笑意。可看似恐怖的毒辣笑意里，居然有一丝自怜与莫名的同情？薇薇安看着她，只觉得她更可怕了。

尤安听到她提及自己的孩子，极度惊恐。但出乎意料的是，Viper居然一个转身就走了。

陆蔓蔓是背对着镜头的。她的背影十分曼妙，走路的姿势也美，配合她穿的一条枣红色的摩纳哥风情的刺绣长裙，真是飘逸得很，十分夺人眼球。忽然，陆蔓蔓停下了，优雅地弯下了腰，取过地上的手枪，然后点燃一支烟，拿在手上。

镜头里的特写画面都是她的背影，不摄录正面，但她的肢体语言全是戏。

柔与刚，性感与乖张，毒辣与任性张狂，还有一点仅存的良心，就通过那个背影展示了出来。寥寥一个背影，透露的却是Viper庞大而复杂的内心世界。

"Cut！很好！这一条过！"艾力对两位实力派女演员十分满意。

因为薇薇安最后那个镜头也表现得超出了水平。她看了Viper远去的背影一眼，眼神里的情感太复杂、太强烈、太震撼，可下一秒她的眼神却变得空洞了，好像里面什么东西也没有了。但她一想起Viper提到了自己的孩子，又露出了恐惧的表情，并无半点逃生后的喜悦，只有恐惧与迷惘……

当陆蔓蔓从回放里看了薇薇安的表演后，摸了摸鼻子："和影后比，我真是差远了，唉！"

艾力看了她一眼，忽然说："你演的Viper很好，活灵活现。为了保持这股势头，请你大喊三遍'我就是Viper！'"

陆蔓蔓还真的用低沉沙哑的声音，站在镜头前很投入地喊了出来："我就是Viper！"

她是俯视镜头的，别说，还真就有那种睥睨众生的出格的劲儿。但艾力与一众员工呆了三秒后，都爆发出了一阵大笑声。

薇薇安走了过来，拍了拍她的肩膀："导演和你开玩笑呢！"

陆蔓蔓："……"

晚上是飞行时间。一众主演都在飞机上抓紧时间睡觉，因为飞机一到摩纳哥，他们就要马上进入拍戏阶段，时间非常赶。

到了第二天中午时分，一行人又在紧锣密鼓地赶进度。

詹妮却突然出现了，陆蔓蔓趁着休息的时间问她："你怎么来了？"

"维密的合同有些问题。"詹妮出奇地愤怒。但她越是愤怒就越是显得冷静，甚至连表情也没有，"有一个华裔新人，听说还在读电影学院，在短短几个月的时间内就接了一部好莱坞大片准备开拍，同时还有意抢你的维密秀的那个嘉宾合同。"

"而且维密那边已经在考虑了，因为她有雄厚的靠山，一直在拿钱开路。"看了陆蔓蔓一眼后，她又说，"放心，最后还没有定。从维密那边给我的答复来看，他们还是看重你多一些。主要是她肯带资进维密，所以才会造成维密高层的摇摆不定。"

第十六章　万千爱宠

一

安东尼已经在陆蔓蔓身边坐下了，带点笑意地懒懒地道："比身家，有谁比得过我们的安！"

陆蔓蔓的眼皮跳了跳，她伸出手来按着眼角，道："算了，不要麻烦之淳。我会让维密为他们所做出的决定后悔的，因为我会红！"

詹妮笑了笑："对，要的就是这个韧性和拗劲儿。而且，最后的胜负还未定呢！敢从我这儿抢饭吃，真是活得不耐烦了！"

顿了顿，詹妮又说："明天早上V品牌集团的摄影师就到了，你要好好拍几张大片！到时V集团的所有店面与官网都会放你的海报。"

詹妮在片场里充当起了陆蔓蔓的助手，使得陆蔓蔓轻松不少。她一直在赶戏，这两天的戏太密集，她累到就算是在吃着饭都可以睡着的程度。

剧组在摩纳哥虽只待两天，今晚还要赶个通宵拍戏，到了凌晨三点剧组就全部打包走人，搭飞机赶下一个目的地越南。不过，因为陆蔓蔓要拍V集团的服装广告，所以可以迟一两天再动身前往越南。

陆蔓蔓今天的戏已经全部结束了，接下来的都是安东尼和女主角的戏份。陆蔓蔓结束了工作一看时间，吓了一跳，居然已经是晚上九点了。

她还在化妆间里扒着盒饭。妆已经卸好了，衣服也换过了。吃饱后，她就打算回酒店睡大觉去了。

可一帮女员工在门口叽叽喳喳的，你看看我，我看看你，都想说话，又不敢的样子。

已经吃饱了，陆蔓蔓擦了嘴，走过来问："怎么了？"

"大影帝在拍激情戏哎！要不要一起去看？"化妆师A说道。

陆蔓蔓无奈地想：谁要看他激情哦！真是的！

不过她已经明白过来，这群小姑娘是影帝的死忠粉，但因为在片场里人微言轻，所以想她出面……

美术指导小助理B说："蔓，重点是影帝全裸出镜啊！会拍到他性感的翘屁股啊！"

C说："姐，去嘛！我们都不敢过去，怕会被扔出来。我们就躲门外看，好吗？"

最后，陆蔓蔓是被一群色女郎推着去摄影棚的。

摄影棚里是临时布置出来的一家酒吧。里面的灯光昏暗，已经没有顾客了，很明显老板娘已经打烊了。

按剧本，这里的剧情是：男主角Phantom在执行任务，有一段令人热血沸腾的格斗场面，而且还是在直升机上进行的。这个格斗场面气势恢宏，十分精彩，也是整部电影的开场片段。Phantom顺利完成了任务，除掉了大坏蛋，但因为不慎中了毒镖，从直升机上掉了下来，掉进了海里。

镜头切换，就来到了这个酒吧。原来是美艳的老板娘救了他，并与他有了一夕情缘。演老板娘的演员是个二十五岁、第一次演戏的新人，十分美丽，容貌有几分《西西里的美丽传说》中莫妮卡·贝鲁奇的味道，也是个高挑性感的意大利美女。

两人都是全裸出镜。情节是：坐在吧台边的Phantom在喝酒，然后说了一句："我要走了，你有什么是需要我为你做的，就当作报答。"

老板娘给他调了一杯烈酒："你知道的，我喜欢你的身体。"

然后两个人就顺理成章地做爱了。

酒吧里已经传来了性感销魂的呻吟声，听得人骨头都酥麻了。一群色女低声说："呀，影帝的声音居然那么性感。"

陆蔓蔓："……"

都是假的好不好……

336

门是虚掩的，被色女一号拉开了一点，然后大家安静地进去，站在最后面。外国的风气开放，并不会刻意清场，他们又坚持以人体为美的理念，所以并不会羞于向人展示。虽然是全裸，但灯光调得好，两人的身体充满了朦胧的美感。大家看得并不真切，因为实在太暗了。

陆蔓蔓只看到了安东尼性感的背部曲线……嗯，与很翘的屁股。

老板娘被他按在巨大的镜子前，两个人都是站着的，他猛地将老板娘抱起，撞向了玻璃镜面，发出了暧昧的声音。

一群色女又沸腾了。

陆蔓蔓觉得脸好烫。她正要错开视线，转身走人，就听到卡梅伦大喊了一声："Cut。好，这条过了。"还真一次过了……

然后安东尼将女演员放了下来，一个转身就去捞浴袍。因为已经拍完了，那群色女全部发出了哇的一声尖叫。

女演员也不害羞，取过一边的浴袍将自己围好。因为安东尼转身背对她取衣服时，一直将她挡住，把她保护得很好，所以大家也看不见她。

但重点是，大家全把安东尼的正面与背面都看光了！虽然安东尼的正面那里也做了打底措施……陆蔓蔓只模糊看到一点，就已经啊了一声，本能地要闭眼，眼睛却被一双大手猛地捂住。

"很好看是吧！"那熟悉的声音一点一点地传进陆蔓蔓的耳膜，他的嘴唇贴着她的耳朵摩挲，"今晚想我怎么惩罚你呢，宝贝？"

陆蔓蔓："之淳，之淳，是你？你怎么来了！"她太高兴了，已经忘了他说的要惩罚的事情。

安之淳将她扳了过来，那张脸有些憔悴，可在她眼里还是那么英俊。他含笑看着她，眼睛越发乌黑湿润："蔓蔓，你说，我要怎么惩罚你好呢？"说完，也不等她反应，他一把将她扛到了肩上，像扛沙袋一样将她扛回了房间……

"说，想我怎么惩罚你，嗯？"安之淳推开她的房门，往卧室里那面巨大的穿衣镜走去。镜子里，已经映出了两人的身影。

陆蔓蔓脸红了……她的声音软了下去："我知错了，蔓蔓真的知错了，求放过！"

啪的一声，他的手打在了她的翘臀上："男人的屁股好看吗？"

"不好看，不好看！"

又是啪的一掌，他嗯了一声。

看来此回答还不令他满意啊！

"主人，真的不看了！"她继续求饶，可怜的屁股又挨了一记！

这一次，陆蔓蔓顿悟了："主人的屁股最好看！我只看主人的屁股！"

安之淳静了一瞬，忽然笑了："哦，你那么想看？"

陆蔓蔓吓得死死地捂住了嘴，再不敢乱说话。镜子里，他站在那儿，依旧扛着她。见他举手，她以为还要挨打，他却一个转身，离开了镜子，将她放到了床上。

"干吗不作声了？看来你还是挺期待的嘛！"安之淳双手撑在床边，将她圈住，俯视着她。

陆蔓蔓脸一红，她捂着嘴，还是摇头。

轻笑一声，安之淳离开了床。

其实，他就是嘴上说得厉害，他到底是怜惜她，知道她已经很累了。他倚在窗边，看着不远处辽阔的海平面，说话的声音带了几分倦意："洗了澡，早点休息吧！"

他很温柔，陆蔓蔓就知道他不舍得惩罚她。在他脸上亲了一记，她就跑去洗澡了。

那一晚，他搂着她睡的，他一直抱着她，抱得很紧。他睡得很沉，一口气睡了八个小时。陆蔓蔓醒后拔他长长的眼睫毛玩儿，他都没醒来。

"之淳，好好睡，有个好梦。"陆蔓蔓打点好自己的行装，就往海滩上赶了。

摩纳哥很美，这个小巧的欧洲国家有属于它的独特而精致的美。

她身后是高高的崖壁，上面是一群巍峨的古代宫殿建筑，而脚下就是蓝得发亮的海水。摩纳哥的气候很好，没有了北非的炎热、干燥，海风拂面，十分宜人。

摄影师已经打好板。上午八点多，一切都清新得似乎是透明的，就连陆蔓蔓扬起的纱裙裙摆都是透明的。

她半仰着头，鹅蛋脸很上镜。艺术总监在教她眼神和姿势："你的目光要神秘一些，要那种低调的性感。不露身体的任何一个地方，但要性感，性感得神秘，要有种高贵的味道。

"嗯，眼睛可以往这边再斜一点，好像你有话要和我说，说什么呢，说一个神秘的故事，《蓝胡子》杀妻的故事怎样？或者是深海里，住着的会唱歌的美人鱼？嗯，很好，就是这种神秘的眼神。

"下巴再抬高十五度，但下巴尖要往下压。对，脸部就是这样。身体放松，随意摆姿势，摆你觉得舒服的，我们会抓拍。"

陆蔓蔓对着早晨的太阳仰起了小脸，太阳照着她的眉眼，她的眼睛部分被光影挡着有点看不真切，但很神秘迷人。她动了动脚，踢起了一堆沙。她的脚踝纤细，洁白得近乎透明，像人鱼见到太阳化作了泡沫的那种通透。

印花纱裙是带着朦胧透视感的，明明镜头里已经捕捉到了她修长笔直的双腿，可又不甚分明，若隐若现，美妙得很。她又挥了挥纱裙，那一瞬间，她低下头来，像个调皮的小女孩。

一连拍了好几张，都美丽极了。

陆蔓蔓换了好几套裙子了，都是带印花的或手工刺绣的传统裙子，裙子有点西西里岛的海岛植物的那种风格，飘逸得很。

她在摆着造型。

不远处，一辆装了加厚防弹装甲的悍马驶了过来，停在陆蔓蔓拍摄的地方。

车窗摇了下来。

"先生，这样危险。"保镖提醒道。

"有什么关系？我来这边检查矿区，事先没有任何通知，根本没人知道。"戴着墨镜的男人对着一边的正在计算挖井深度的秘书说道："这个女人是谁？我要得到她。"

秘书显然对他的要求见怪不怪，看了一眼窗外的女人，然后把她的脸谱放到了电脑里，启用了特殊的软件进行搜索，十秒钟后回答："这是新晋华裔女星陆蔓蔓，已经在好莱坞成名。实力派，也足够年轻貌美，二十三岁不到。"

"嗯，年轻好，我就喜欢嫩的。"男人取下了墨镜。

那是一张冷酷到了极点的脸，东方面孔，有一半的中国血统，他是中国和以色列的混血。

"谢先生，你确定要她吗？"秘书恭敬地问道。

"我像是开玩笑吗？我今晚要她。"谢墨脱对着秘书再次强调道，"告诉她，我富可敌国。她要红，我可以全力捧红她；她要钱，我可以给她一座金屋，或者一座金矿也可以。"

"是的，先生。"

二

陆蔓蔓正在拍最后一组照片。太阳已经升得很高了，她微微出汗，有点难受。幸好她年轻，皮肤很好，所以妆容还是很服帖的。拍完这一组，大家也要回去了。

摄影师正要拍，却有一帮人闯了进来。摄影师和艺术总监似乎想要说什么，却被那四个穿黑衣的高大健硕的保镖拦住了。

然后那个秘书说："不好意思，我们是蔓小姐的朋友，就跟她说五分钟话。"

看似头目的那个人说话还算礼貌。总监虽然心里的疑问不断，也只好选择稍等片刻。

陆蔓蔓蹙眉说："我不认识你们。"

"蔓小姐，我们家谢先生想请你到车上一聚。"陈秘书用中文说。

居然是中国人。难道又是碰上了什么狂热影迷吗？陆蔓蔓一时不明所以，也用中文回答："有什么话在这里说是一样的，我们并不熟。"

陈秘书笑了一声，将谢墨脱的话一字不漏地复述了一遍，然后说："谢先生想买你一晚春宵。"

陆蔓蔓忍住了要将此人按进海水里泡一泡好让他脑袋清醒的欲望，冷冷地说："告诉你家主人，我不缺钱，也不想红，更不会陪他睡觉。滚！"

陈秘书冷笑了一声，然后真的就转身走了。

回到车里，他将陆蔓蔓的话原封不动地说了一遍。

谢墨脱把玩着手中墨镜，笑时邪气尽显："这妞真辣！我一定要得到她！"

感受到那种被注视的恶心感，陆蔓蔓朝车的方向看了过去。那个男人，她看清楚了。阳光正好，金光洒落，男人的脸部线条冷酷到了极点，鼻子如高山隆起，而深邃的眼睛如鹰隼般盯着她，她觉得背后都渗出了冷汗。

她微微地倒退了两步。

这个男人很可怕，不好惹！这是陆蔓蔓的本能认知。

男人的左眼下有一道浅浅的疤痕，是刀疤，一直延伸至左耳。陆蔓蔓身体蓦地一震，只觉得要站不住了。她从来是天不怕地不怕的，可这一次她怕了。

340

"怎么了？"安之淳从后一把抱住了她。

"之淳！"她猛地投进他的怀里，身体一直在抖。

"别怕，别怕，蔓蔓。"安之淳看了一眼停在海边不远处的悍马，一直将她护住。

"哦，原来是有了这么俊的小情人，难怪那么清高。"谢墨脱笑得十分灿烂。他斜睨了陈秘书一眼，然后不轻不重地说了一句，"找个机会绑了她。嗯，绑到我床上来，无论多晚都没关系，我要把她弄到手。"

想了想，他又说："先让她拍完这部大作，我也很期待和她一起看看她自己拍的好戏。"

陈秘书垂着头，恭恭敬敬地答道："是，我会盯着她接下来的行程。"

"可是她身边的那个人是国际上有名的银行家，又有安氏家族做后盾，这件事情可能会有麻烦。"陈秘书第一次说出了犹豫的话。

"她是谁的女人？"谢墨脱并不在乎会得罪人。

"是安氏家族的安之淳。"陈秘书迅速地回答。

"睡一个晚上，玩玩而已。那妞身材不错，又不是要娶回家当老婆。搞不好，睡过一次以后，她还求着我睡她呢！安氏吗？听说他家在非洲的矿产非常丰富。"谢墨脱露出玩味的笑容，关上了车窗，说道，"走。"

"是。"陈秘书答。

"先睡了再说，至于放不放她走，就看这位安先生舍得拿几座矿藏来和我换人了。"谢墨脱觉得接下来的这个游戏有趣极了。现在说不要吗？女人都是口是心非的，等他试过了，哪个女人不是求着他再睡她一次的！

"哦，宝贝，我会让你爱上那种感觉的！"他伸出鲜红的舌头来，舔了舔虎口上的盐分，然后喝了一口龙舌兰酒，发出了极为享受的叹气声。

在海边走着，陆蔓蔓很沉默。

"已经三月了呢。"陆蔓蔓叹道。

安之淳忽然说："蔓蔓，你想参加今年的玫瑰舞会吗？就在今晚。"

她忽然又变得活泼起来："好哇！反正我明天才飞越南。"

化妆间里，陆蔓蔓正在快乐地换着裙子打扮着。而安之淳走到了窗边，将窗户打开，海浪声盖过了他说话的声音。

"对，给我找三个顶级的保镖过来，马上。"挂了电话，他依旧看着手

341

机出神。

极为迅速地，他又拨了一个号码："今天在海滩出现的装甲悍马车的主人背景，查到了吗？"

何庭吸一口气，说："私家侦探方面没办法。我已经联系了黑客，找到了那段路的监控，可惜由于视线角度问题，只拍到了车，拍不到人。而且对方有军方的背景，自带雇佣军，我查不到太多，不过我会继续跟进的。"

"好，辛苦你了。"安之淳的脸色变得很难看。

陆蔓蔓踩着高跟鞋走了过来，婀娜曼妙，真是美极了。他看着她时，几乎忘了呼吸。

"怎么了？你的脸色真难看。"陆蔓蔓上前挽起了他的手臂。他闻到了她身上淡淡的玫瑰香。

陆蔓蔓身上是玫瑰粉色的轻纱裙子，裙子充满仙气，飘逸灵动。她戴了一对珍珠耳环与绕成四匝的镶珍珠的玫瑰金手镯，长长的头发编了一条小辫子固定在脑后，其余的头发都铺散开来，垂在腰际。

她的妆容是很素净的裸妆，眼窝用了淡粉的玫瑰红眼影加深了轮廓，眼窝中间点了一点粉色的闪粉，显得眼眸更加水润明媚，闪烁着动人的光芒。

她美得如同晨曦下的粉色玫瑰。

"你真美。"安之淳由衷地赞叹道。

当两人进入星空大厅时，所有的人都看了过来。陆蔓蔓身材高挑自然不必说，加了一双细跟的银色绑丝带高跟鞋，整个人显得更加轻盈灵动。

她一身V品牌的高定时装，竟然比穿香奈儿与纪梵希等老牌时装的一众名媛还要抢眼。

摩纳哥王子已经走了过来，先是与陆蔓蔓问好，然后对安之淳说道："终于把你给请动了，不容易啊！"

两人居然就"欧洲加紧量化宽松政策对各国家的影响"这个问题聊了起来。

陆蔓蔓站在他身旁，听得是一头雾水。安之淳轻笑一声，说道："那边有好吃的。"

哎了一声，陆蔓蔓就跑了过去。

她是练过许多年芭蕾的，走路小跑的姿势都像在跳舞。她身段柔软纤细，姿态优美又轻盈，连王子都多看了她一眼说："蔓小姐的姿态非常优美。"

"她学过芭蕾。"安之淳微笑着抿了一口酒，目光一直在她身上流连。

"她像电影版的茜茜公主一样活泼。"王子也笑了，"她就是《怒海》里的那位女明星吧！我有幸已经提前一睹该片。她在里面很美，但真人原来如此年轻。不过她这么吃，不怕胖吗？"王子脸上的笑意更深了。

安之淳看着她——这小东西吃甜点时就像一只猫咪一样，吃得又快又安静，还很优雅……

"真是少有的美丽吃相。"王子感叹道，"我可以请她跳一支舞吗？"

"当然。"安之淳说，"我看到你们幽默风趣的外交官阁下了。让先生又要来啰唆我开矿的事儿了。"

王子颔首："安，看在我的面子上，你就签了这个摩纳哥与美国方面的双边协议吧！"

安之淳过来摩纳哥，一是为了看蔓蔓，二也是为了工作上的事情。曼哈顿总行已通过了这项合作开发矿藏的项目，所以他才会做出松口的模棱两可的态度，但适当地吊高来卖，也是为了好杀价而已。

见他沉默良久，王子说："你与让好好谈谈，我先请美丽的蔓小姐跳一支舞。"

陆蔓蔓受到邀请挺开心的，她与王子翩翩起舞。在此期间，两人一边跳舞一边聊天。她说："摩纳哥王室每年都会举办一次慈善舞会，其实很好，可以做许多实事。"

王子微笑："难得蔓小姐赏光。"

陆蔓蔓似乎听出了一丝揶揄，忽然说："我记起了，有一年的玫瑰舞会主题是中国年，邀请了某位中国女明星。王子想请她跳开场舞，其实挺有面子的一件事情，女明星也不是摆谱的人，可惜经纪人太贪钱，生生给驳了回去，结果搞得大家难堪。"

王子听出了她的意思是问题不是出在女明星身上，而是经纪人那里——真是个聪慧的女孩子。

一曲舞罢，两人走到一边让媒体拍照。王子轻轻拥着她，看向她时脸带笑意。他的一对深邃迷人的眼睛看着她时十分专注。她也大方地回视，报以微笑。

两人的默契，足以谋杀一切菲林。

陆蔓蔓并不蠢，离开镜头前，低声说道："谢谢王子殿下。不过，安的公事，我不便参与，你还是直接和他说更好。"

与王子共舞、合影，确实不是什么新鲜事儿了，许多明星名媛都有此殊荣。可是这样做，既能增加她的曝光率，又能抬高她的身价，这确实是事实，也是安之淳刻意为之安排的目的。

玫瑰会场布置得十分唯美。此次会场以粉色作为装饰主题，用粉色的玫瑰装点，现场处处可见玫瑰花，真是浪漫到了极点。

灯饰的光变幻无穷，时而是温馨的粉，像柔软的云雾，时而是冷色调的蓝，似星空一般。而水晶般缤纷的酒杯餐具，银质的刀叉、托盏，更是闪亮一片，走进会场就像进入了水晶宫。餐盘中放置的绘有玫瑰花的小画册，更是整个宴会餐桌上的亮点。

陆蔓蔓落座后，看着现场，只觉得一切如梦似幻，居然使她沉醉了。

"真的是太浪漫了！"她叹道。

安之淳握着她的手，放在唇边轻吻："你喜欢就好。"

"你的生意谈妥了吗？"

安之淳微笑："谈妥了，而且杀价杀得我很爽！"

陆蔓蔓此刻真想哈哈大笑，可忍了忍，嘴角微微扬起，只露出轻微的一点笑意，十分淑女。

"这样的场合，忍得真辛苦，其实我不介意你当众大笑。"安之淳揶揄，但说的也是实话。他无须她在意任何人的目光。她就是她，只做她自己。

她飞了他一记"眼刀"。

安之淳忽然敛去了笑容，很认真地看着她，说："蔓蔓，从今晚开始，所有人都会认识你。你就是新一任的中国名媛，是这场舞会里最耀眼的那一个姑娘！"

陆蔓蔓笑得调皮："那些花了大价钱进来舞会的中国名媛要不高兴了。"

"管他呢！"安之淳懒懒道来。

是的，管他的！她，陆蔓蔓，就是最耀眼的那一位名媛。她，将成为焦点，全场瞩目！

可是她知道，那是因为安之淳将她宠成了公主。

三

陆蔓蔓黑溜溜的大眼睛转了一圈，她盯着他嘿嘿地笑。

知道她就是一肚子坏水的，他优雅地取出手帕抿了抿嘴角，笑道："又打什么坏主意了？"餐桌上的水晶杯里插着一朵粉色玫瑰，与她的裙子很衬。他取来，掰掉了多余的花枝，又从公文包里拿出别针，将花朵别到了她的发间。

她坐在那儿，安静地微笑时顾盼生辉，美得像幅油画。可是那只是她的假象，他看着她的眼神别有深意。

果然最懂她的就是他啊！"想来点出格的事儿吗？"陆蔓蔓又转了转黑眼珠。

"哦，你想把桌子掀翻在地，水晶碗碟碎一地，好来个'大珠小珠落玉盘'，嗯？"安之淳居然对着她调皮地眨了眨眼睛，"去吧！我还赔得起。而且这个玩笑王子不会在意的。"

如同听到了最好笑的笑话，陆蔓蔓再也忍不住了，保持四十五度角看他的姿势，仰起小脸来哈哈大笑。她笑得恣意，笑声轻朗又欢快，听来甜美悦耳，圆润如黄莺在唱歌。

全场的人安静了，连乐队都停顿了几秒，大家都看了过来，跳舞的人舞步也慢了……

中国蔓笑得花枝乱颤，十分活泼生动，抛去了那些淑女的规规矩矩，这才是年轻女孩该有的天然可爱，返璞归真。

"哈哈哈哈哈哈！"她笑得鬓发微乱，腮边的酒窝一隐一现的，非但不难看，相反她这样笑还真是生动好看。

这真是一个有趣的、怕闷的小姑娘。王子忽然也哈哈大笑起来。大家也跟着配合地笑了。

会场里爆发出了一阵又一阵的欢笑声。

趁着大家笑得忘形，陆蔓蔓忽然牵起了安之淳的手就跑了出去，逃离了那个象征高贵与威严的皇家星空大厅。

"够出格吗？"陆蔓蔓仰起小脸来问他，漫天的星星都倒映在了她的眼睛里。

在这种场合里她只会出格，不会来刺激的，她懂这个分寸。

"够！"安之淳忽然吻住了她的嘴唇，"你很够味！"

唇齿相依，她的声音被他吻得乱了："那你喜欢吗？"

"喜欢，喜欢你够味！"他加重了一点力度，捧住她的头，加深了这个吻……

天气忽然变得炎热而潮湿，就像是呼吸间都弥漫了水的气味，被吸进了肺腑。

丛林杂草乱生，都是很原始古朴的感觉。听说这里古木多，原来真不是假的传闻。陆蔓蔓伸了个懒腰，准备开始一天的工作。

她与安之淳是搭了深夜十二点的飞机飞往越南的。

他们唯一的休息睡觉时间也是在飞机上度过的。

陆蔓蔓还自嘲："没想到，我居然也和你一样成了个'空中飞人'。"

越南给人的感觉像二十世纪七八十年代的老广州，落后、陈旧，但又原始、喧闹、生生不息。这里的气候没有四季之分，人永远活在一个季节里，炎热、单调。

今天有丛林里的追逐与打斗戏。

吊威亚，用力奔跑，在丛林里追逐厮杀，Viper被Phantom组织的人追杀。不得不说，丛林战很有看头，动作片是艾力导演的强项。艾力设计的丛林格斗加入了东瀛的忍术在里面，Viper很善于伪装和隐藏，善于在静谧中突然出击。

在这场戏里，男主角Phantom护送拿着生化样本的女主角尤安离开。他没有和Viper打照面。但三个人其实是在同一个地方交叉而过，加入有些凄楚的音乐与突然出现的震动人心的鼓点节奏，预示了三人的命运早已注定。

Viper的脸上涂了灰色的粉，掩盖住了雪白的肌肤，她穿着深墨绿色的披风，双手置于胸前，静立于一棵参天古树的枝干上。她的披风将她整个人包裹住，使她与巨树融为了一体。她闭着眼睛，靠其余四感观察对手的动向。

监视器旁，卡梅伦仿佛也静止了，成了一棵树。他默默地观察着，忽然低声自语道："这个中国蔓到底是怎么做到的？居然连呼吸也没有了。"

安之淳听了，抬起头来看了陆蔓蔓一眼："她在静思，进入了冥想状态，调整了自己的呼吸。蔓蔓一直练瑜伽与太极，吐息纳气有自己的一套方法。东瀛忍术在于'忍'与'隐'，给人的感觉本来就是声息全无。"

突然，监视器里的画面出现了变化。Viper的一双眼睛猛地睁开，她以极为迅速的动作跃了起来，跑到了对方身后，手执利刃，捂住对手的嘴，手腕上一转动，对手被KO（打败）。

"Cut！"卡梅伦很高兴，"这条过了。好了，接下来是男女主角的戏。"

卡梅伦没有直接称赞陆蔓蔓，但那一声"Cut"显得他情绪激动和饱满，他显然是很满意了。

已经是傍晚时分了，瑰丽的晚霞染红了半边天际，笼罩在丛林上，有一种血色的浪漫。

"不知道为什么，丛林给我的感觉就是充满了杀戮感。"陆蔓蔓已经卸了妆，牵着安之淳的手，两人在丛林里漫无目的地走着。

她今天的戏已经拍完了。毕竟她并非女主角。安东尼与薇薇安的通告很多，一直排到了凌晨三点倒是真的。

"真想去堤岸看看。在那个地方，'她'遇见了她的中国情人。"陆蔓蔓露出有些向往的神情。

安之淳替她打开越野车的门，笑道："那就过去吧。"

车子沿着湄公河走，一直到了堤岸。

湄公河滚滚而来，滚滚而去，将会在不远处汇入大海。河里有漩涡，可以将一切东西卷走。

潮湿的空气，水腥味、泥土味，全都扑面而来。泥黄的河流滚滚，浩荡而开阔。

坐在车里，陆蔓蔓叹道："想必电影《情人》里那种可以载上好几辆大车的渡轮现在都没有了。"

安之淳沉默了一会儿，笑道："你还真是个电影痴。"

"下来吧。"他替她打开了车门。牵着她的手，他带她往另一条小道走。

小道很难走，林木枝叶实在太茂密，树枝不断抽打到身上来，是安之淳用身体护着她，她才不至于被树枝剐到。"你带我去哪儿啊？这么神秘。"

"到了。"他答道。

出现在陆蔓蔓面前的，是一个废弃了的港口码头，十分破败残旧，但还保持了二十世纪七八十年代的痕迹，还贴有抹了国产香粉、涂着大红胭脂、抱着琵琶的月份牌小姐的海报，甚至还有一顶男式呢帽挂在了渡轮的一侧。呢帽已经变成了灰黑色，原来的颜色早已无法辨别。

那艘渡轮十分庞大，可以载上好几辆大车渡河。

陆蔓蔓哇的一声，猛地捂住了嘴巴。

就知道她会喜欢，安之淳抿了抿嘴唇，笑意涌现："这是废弃的渡轮，不能开了。但很结实，又是靠在河边的，可以走上去。"

"真的？"陆蔓蔓高兴极了，甩了他的手，就飞快地往渡轮上跑。

安之淳无奈地摇了摇头——她还真是个急性子。

陆蔓蔓跑得快，早到了渡轮上。

她站在栏杆处，看着脚下颜色深沉的河流发怔。她是侧身对着安之淳的，他只看到她对着远方的河出神，也不知道她想到了什么。

然后他就看到，她双手搭在围栏上，一直在眺望。他走了过去，安静地站到她身边。

从衣袋里取出一支烟，安之淳问她："要来一支烟吗？"

陆蔓蔓没有看他，却忽然笑了，笑声沙哑，不复清朗："电影《情人》里，男主角也是这样问女主角的。看见她的第一眼，他就喜欢上了她，却因黄种人与白种人的身份差别而胆怯、害怕。"

"是，我知道。他还说，'你到我这里来，是为了我的钱'。"安之淳看过那部电影。

"怎么那么多的电影桥段，都喜欢用'要抽烟吗'来搭讪啊？真是的！"陆蔓蔓笑笑，"Viper也是这样问Phantom的。"

"嗯，烟使人快乐，性爱同样令人沉溺与快乐。或许烟与性爱在某种程度上也是相通的，都包含了逃避、沉溺、快乐、怯弱等情感。有了烟做媒介，接下来男人与女人也就顺理成章地纠缠在了一起，在性与爱里沉沦。"

陆蔓蔓侧过脸来，斜睨了他一眼："我发现，你说出来的话还真是句句经典。"

安之淳被噎了一下，眼睛闪了闪，没有说什么。

四

两人相互依偎，欣赏着有些悲怆的残阳。瑰丽的红色淡了，夜色漫上了这条伤感而浪漫的河。

夜里很安静，只有浊黄的水流在响动。那艘渡船，永远地停泊在了这个废弃的港口码头。

安之淳带她回了一处别墅。

拥有殖民地风格的建筑，半中式半西式，在遥远的年代里或许新潮得有些怪异，但随着时光的磨砺，这栋房子也透出了味道来。

这是那种电影里的，拥有蓝瓷栏杆平台的富人住的别墅，就坐落在河岸边，住在里面的人能听见滚滚而去的湄公河的水声。

安之淳带她进了卧室："里面有衣服，都是新的。要洗澡吗？我去给你放温水，有浴缸的。"他看了一眼她身上没有洗净的迷彩涂料。两人的身上现在都是汗涔涔的。

陆蔓蔓倒不着急，先把衣橱打开，拿出了一条越南真丝的亚麻色居家裙子："喂，你到底还有几处房产是我不知道的呀？"

安之淳听了，笑了一声："还不是为了让你喜欢。我知道你迷恋那种怀旧的东西，所以满足一下你的'恶趣味'。"

站在窗前，吹进来的风也是热的。陆蔓蔓开始刷微博："唉，忙了一整天，昨晚又赶飞机，我都没时间玩手机。"

然后，她咦了一声。

"怎么了？"安之淳走了过来。

陆蔓蔓一脸惊奇："呀！薇薇安居然把和我的合照放Facebook（脸书）上了。"

"影后太有爱了嘛！"陆蔓蔓翻看得津津有味。薇薇安将两人在《暗影》的对手照适当地放出来了一些，里面不乏她与陆蔓蔓搂在一起的搞怪照，照片中两人的表情夸张。薇薇安配字：Viper太邪恶了，你们看，我身上都是伤了……她又配了一个大笑的动态图。

下面许多粉丝留言说尤安和Viper就别再虐来虐去了，干脆在一起好了。尤安和Viper的CP（情侣）一夜之间形成，拥护者还很多。

"好多'腐女'……"陆蔓蔓无奈道。

再刷刷，她居然刷到了最新的玫瑰舞会的照片，里面有她大笑的图片。"呀！真的被偷拍了呀！"陆蔓蔓吐了吐舌头。

安之淳看了，咦了一声，道："拍得很不错，你笑得很好看。"

"都是套路！套路好不好！"陆蔓蔓学着昨晚的动作，微微仰起头，保持四十五度角，"看见了吗？我是故意大笑的，但是也是有技巧地笑。当初演《聊斋》里的大笑姑婆婴宁时，老师有教我怎样大笑，非但不丑，还很娇憨可爱。"

"贵圈果然套路深。"安之淳摇了摇头。

349

毕竟是老别墅了，电灯吱了一声，忽然灭了。

月光透过窗户洒了进来。

陆蔓蔓抬头看他，而他也正好垂眸，两人的视线相碰，只觉得呼吸一下子就乱了。

到底是怎样开始的，陆蔓蔓都不记得了，只记得自己有些迫切，她开始脱他的衣服，然后他冲了进来，强有力地冲撞，一下一下，将两人带进了天堂。

窗边放有一把竹制的摇椅，很大很宽。他将她压了上去，摇晃、撞击、失控、尖叫、潮湿与炎热混在一起。两人的汗滴了下来，所有所有的感觉，随着他强有力的动作，如潮水一般席卷而来……

他的汗滴在了她光洁白皙的背上，沿着她动人的背部曲线一直往下，引人遐想。他的吻沿着她的脊背游移。他与她一次又一次地碰撞，不舍得分离。

"蔓蔓。"他低声叫她，声音有些哑。

"嗯？"她像一只慵懒的猫。

"明天我就要走了，飞新加坡。"

"我知道。"陆蔓蔓动了动，他退了出来，她转过身面朝着他，"我都知道。"她又缠了上来，与他相融，正因为知道他明天就要走了，所以她才会那么疯狂地要了他一次又一次。

埃及的天气是炎热的，而且干燥。《暗影》剧组在沙漠与尼罗河上取景。

在尼罗河上的打戏也很经典，男主甚至还为了抢夺那件代表最高机密的"武器"而潜入尼罗河里。可以想象加上后期的特效处理后，镜头将会十分精彩。

女主角主要是文戏多，就连陆蔓蔓也笑道："薇薇安负责貌美如花就行了"。

薇薇安把这个段子配上她与陆蔓蔓各自的照片，放到Facebook上。这对"安蔓CP"还真是越炒越热。

烈日下，陆蔓蔓刚下了戏，就穿着颜色斑斓的鲜红埃及袍坐在帐篷里刷微博、刷Facebook。"真是……这日头要不要这么毒！"陆蔓蔓不停地对着风扇吹风。

别说，安东尼帮她与薇薇安拍的照片还真美。

微信朋友圈里，她穿着鲜红的刺绣花卉埃及袍，眼睛化的也是埃及女人的那种猫眼妆，还真有点异域风情。配好图，她发了出去：终于穿上梦寐以求的埃及袍啦！像艳后吗？嘿嘿，还是安东尼帮我和薇薇安影后拍的照哦！你们不要太羡慕。

因为她正在和安东尼炒CP，所以把他给加上去，能吸引到人气，也是两家经纪人默许了的。

她刚发出去没多久，就有新留言：你在埃及，我在新加坡，痛苦的十万八千里。我想咬你。

陆蔓蔓看得脸红，这是安之淳的小号。她给他回了个飞吻。

在埃及的行程也是极为有限的。不过三天不到的工夫，剧组就又飞去了挪威。

陆蔓蔓的工作态度一向很好，导演本来很满意。可是这两天，她却有些心不在焉的，虽然不至于影响她的戏份的质量，但老外一向是实干派，因此导演就有些不高兴了。

安东尼心细，下了戏后单独找她谈，这才知道陆蔓蔓在担心后天妈妈的换心手术。

知道她爱吃，安东尼开车载她去了城里，给她要了许多海鲜，两人边吃边聊。

"咦，你怎么知道我爱吃三文鱼。"陆蔓蔓一边吃着，一边发出满足的叹息，"好不容易来到挪威，可惜啊，没有时间去看极光。"

她伸出舌头舔了舔嘴唇，红润润的三文鱼片被她卷进了同样红润润的嘴里。安东尼忍不住，迅速地按下了拍照键。

"你真像一只猫。"他哼了一句。

"谢谢赞美。"

"你还真是自恋。"安东尼忍不住笑了，"你通知安了吗？"

一说回正事，陆蔓蔓有些烦躁："他忙得连睡觉的时间都没有，我心疼他。"

安东尼嘴角抽了抽：真是的，秀恩爱也不带这样的。

"你回去请假吧。你的戏份不算多，我想卡梅伦会批假的。毕竟，母亲的换心手术是大事儿。"

"嗯。"陆蔓蔓烦躁地揉了揉头发，"那如果他不允许呢？"

"别揉了，头发都掉我碗里了。"安东尼无奈地道，"偷偷告诉你一个秘密。"

"嗯？"

"跟着剧组飞的那架飞机不是剧组包的，是安提供的安氏集团私家飞机。换言之，那架飞机是属于你的，机长只听你的话，你直接坐上飞机就可以走了。"安东尼的笑容顽劣。

陆蔓蔓："……"

最后，在安东尼的帮忙劝说下，卡梅伦还是同意了。卡梅伦无可奈何地道："蔓，你回来后，不睡觉也要给我补回来你请的两天假内的所有戏份。"

陆蔓蔓：原来跟安之淳比，这才是真真正正"吃人不吐骨头"的资本家！

一路风尘仆仆，陆蔓蔓下了飞机后直奔医院。

可是妈妈已经进手术室了。陆蔓蔓感到很自责，她甚至连一句鼓励的话也没来得及亲自对妈妈说。

前一晚她已经给妈妈打了电话说一定会赶回来的。妈妈还安慰她，让她不要来了，安心拍戏，由自己签字同意手术就行了。

疲倦与自责感袭来，陆蔓蔓靠在了冰冷的贴砖墙壁上，脸贴着砖面，闭上了眼睛。冷的感觉直钻心扉。

忽然，她闻到了一股熟悉的味道，带着海风的湿冷扑面而来。他的呼吸就贴在她的耳后，甚至不需要言语，她就知道一定是他。她猛地转身投进了他的怀抱。

"蔓蔓，别担心，有我在。"安之淳低醇的声音安抚了她那颗狂躁不安的心。

"嗯，有你真好。"她已经累得不想再伪装了。

安妈妈也过来陪着陆蔓蔓等候，一直等到手术室转了绿灯。蔓蔓妈妈的手术很成功。

安妈妈握着她的手，哄道："蔓蔓乖，先去睡一觉。麻药没有几个钟头过不了，还不如你先去休息。"

安之淳也是劝她去休息。

蔓蔓只好一再交代："安妈妈，我妈醒了你一定要第一时间通知我。"

"会的会的，去吧！"

安之淳先带她离开了。

"要吃些东西吗？"他发动车子，往中餐馆开去。

"不了，我想回家。"

"好。"安之淳把车往公寓开去。

进了家门，陆蔓蔓就缠了上来，用力地啃咬他、吻他。方才她有多担忧和慌张，现在就有多急切。她又累又乏，可有些东西，她需要宣泄。

"蔓蔓，你听我说，你需要进食！"安之淳被缠得紧，无法推开她。她整个身子挂到了他的身上，双脚缠住他的腰身，缠得那么紧。她已经解开了他的衣扣，用柔软但干燥到开裂的嘴唇吻住了他的胸膛。

安之淳颤了颤，无法逃脱她带给他的肉体上的欢愉，便沉沦了下去。两人推推搡搡直接滚到了地板上。

原木的地板上面铺有厚厚的地毯。她跨坐到他身上，疯了一般地撕扯他的西服与衬衣。他一个翻身将她压制住，已经进入了她。

"让我来。"他的声音低哑。他的吻一路向下，惹得她战栗、尖叫。

她的双手抠进了他后背的肉里，十分用力，使得他撞击得更为猛烈。

最后的意识里，她觉得整个曼哈顿都在与她一同飞舞……

"之淳，抱抱我。"

"乖，你需要进食。"他还是那句话。

陆蔓蔓侧过身来，与他面对面。她终于肯讲真话了："你不知道进到医院却见不到妈妈的那一刻我有多害怕！我在想，去他的电影，去他的演戏！我到底在干什么蠢事？如果妈妈在手术室里出不来了，我即便拥有了全世界又有什么用，都是假的！哪有手术是能说百分之百成功的，说是有九成的成功率，那一成的风险呢？谁又真的能为那一成去买单？"

"我知道，我都知道。"他轻抚她的背。

"幸好你来了。你来得比我早，明明你比我还忙。想来，我做人还真是失败。"

"没有，你很好，你一直很好。"安之淳吻了吻她的眼睛。

"可是手术合同上的字却是你签的，而不是我这个女儿。我很自私。"

"一样的。你就是我，我就是你。你与我不分彼此。"他吻了吻她的嘴唇。

是的，她与他其实是一体的。

"之淳……"

"嗯？"

"要我！"

她的手抚摸着他的身体。他是诱人的。他有一对温柔的、脉脉含情的眼睛，只肯对她抱有一丝温存；他的身体是温暖的，可以温暖她的人生；他的双手是强有力的，可以给她拥抱、安全感，与无上的快乐……

她要求他再来一次，一次又一次。只有这样她才能体会到久违的安全感。

月光照了下来，已经是晚上了。可整个曼哈顿还是沸腾的，喧嚣的声音如海浪，一浪一浪地袭来。他将她放到了床上，过程中，她一直看着他的眼睛，这次她没有躲闪与逃避。她咬了咬嘴唇，这个动作那么性感，于他而言是致命的诱惑。

越南的那个夜又回来了，弥漫在空气中的是潮湿、炎热、高潮、快乐、沉醉，所有的感觉皆席卷而来。他觉得自己忍不了了，将她的一条大腿挂到了他的颈项上，用力地进入了她，所有的感觉都如海浪一般向她袭来。

整个曼哈顿的喧嚣远远退去。

他又猛地如浪般涌向了她，她忽然看着他，说："之淳，我永远忘不了你。不如我们结婚吧！"

他撞向她的那一下那么猛烈，她再次进入了高潮，这一次没有再跌下来。他伏在她身上，说："好。"

五

妈妈一醒来，陆蔓蔓就把要结婚的好消息第一个告诉了她。

费莉高兴得落泪了："你这孩子从小就倔得很，现在好了，终于有人来管你了。好，你们很好。"

陆蔓蔓正陪着陆妈妈说话，安之淳的电话响了。他接听完后，脸色有些阴沉。

"怎么了？"陆蔓蔓以为他是工作上有急事。

"我知道是谁在和你抢夺维密的合同了。"她从安之淳的一双眼睛里难辨他的喜怒，但是她知道，他因极力控制才没有发飙。

"你听我说。"他知道她会说"不在乎"，安之淳的声音稳了稳才接

354

着说了下去，"这段时间你我都忙，所以国内发生的一些事情，我们都没有注意。"

顿了顿，他又说："阿姨，你也累了，要不先休息？我和蔓蔓在外面房间的沙发上聊一会儿。"

知道他有事儿不方便说，陆蔓蔓便掩了卧室门，随他走到了外面的大厅。

"是你的同父异母的妹妹陆笙歌在抢你的合同。其实这个还算是小事儿，但是她暗中对媒体放出消息说你并非陆征的亲生女儿，说你妈妈背着陆征……才导致你们被扫地出门，这我就不能容忍了。

"因为我们都在赶飞机，所以没办法接听电话。何庭已经第一时间去处理了。网络舆论与媒体那边我都打点好了，但是因为那个人始终是你的爸爸，何庭又不能第一时间联系上我，所以处理起来不敢太过，以至于有些不怕死的媒体一直在火上浇油。"

"偷汉"那两个字他没说出来，但陆蔓蔓已经听懂了。她阴下了脸，道："陆征就不管管她那张破嘴吗？"

"我觉得，整件事情其实是陆征在推波助澜。"安之淳说。

"他就不怕别人笑他戴绿帽子？"他居然这样污蔑妈妈，陆蔓蔓将手攥得死死的。

"这件事情有些复杂。总的来说他是为了利益。

"费阿姨可以为了骨气不要一分钱，带着你离开。但是何庭这几天查到的一些情况是，你爷爷陆猛曾在你出世前，为你设立了一个'蔓'基金，里面有陆氏百分之十八的集团股份，还存有一笔三个亿的资金。

"因为是交给律师与职业经理人打点的，所以这二十三年来，三个亿的资金翻倍增长，保守估计已经超过七个亿。"安之淳有些不忍，但还是说了，"如果你不是陆征的亲生女儿，那这笔钱，将会回到陆征与他的现任妻子与女儿手里。"

陆蔓蔓感到全身发寒，这个被她叫作父亲的人居然为了钱，那么冷血……

"蔓蔓，"安之淳抱着她，"你别这样，我会害怕。"

"我要抢回来。属于我的，我要一分不让地抢回来。从今天起，陆征不再是我的爸爸。七个亿吗？这于我而言只是一堆废纸，可他们一家欺人太甚！要对付我可以，可是侮辱我妈妈，我要他们付出代价！"陆蔓蔓咬紧了牙关，眼中全是戾气。

"好，我帮你！"他看着她的眼睛，郑重许诺。

陆蔓蔓的眼睛闪了闪。突然而来的变数使得她那颗心摇摆不定："之淳，我想我们的婚事可能要缓缓了，我想专心对付他们。"

安之淳沉默了一下，说："没关系。他们的倒台，就是我送给你的结婚大礼。"

因为要处理一些私事，陆蔓蔓向卡梅伦多请了两天假。面对电话里导演的大吼，她只好赔足了笑脸。

出乎安之淳意料的是，一觉醒来，陆蔓蔓又变回了那个活泼爱笑的人。见他看着自己的眼神有点担忧，陆蔓蔓拍了拍他的肩膀，做出一副语重心长的样子："人嘛，开不开心都要过的嘛！我真的挺好的。妈妈的手术很成功，你又肯帮我，我只要继续做好我的工作就行了。"

"维密的合同我已经帮你拿到了。"安之淳将合同递给她。

不过短短一个上午而已……他居然就搞到手了？陆蔓蔓不由得多看了他一眼，一把抢过合同，也不看细节条款，直接签上了她的大名。

她那样子就像一条护食的小狗狗，看得他心情大好。

"你好好准备一下，晚上我们请森夏恩先生吃饭。"安之淳将煎好的牛扒端了出来，放到餐桌上，然后就开始解围裙。

陆蔓蔓从餐桌前蹦了起来，一把抱住了他的腰："我来我来。"

低笑了一声，安之淳也就随她了："你吃完午饭还有什么工作上的事儿要处理吗？我现在要出去一趟。我约了森夏恩先生，在他的集团见个面。"

陆蔓蔓笑嘻嘻的，伸出小手一扯，就把他围裙上的结打开了。

她在那儿拉拉扯扯，说是帮他脱围裙，其实更像是故意挑逗他。他一把按住了她的手，声音也颇为暧昧："昨晚还没要够，嗯？"

她闹了个大红脸，从他的身上跳了下来，乖乖回到餐桌前："我想要拿到陈启新剧的角色，所以要主动出击了！不然回了《暗影》剧组更没时间联系她了。"

"去吧，我给你配了三个保镖。记住了，不要单独甩开他们。摩纳哥海边那个男人……"见她脸色变了，安之淳马上停住了话头。

陆蔓蔓将脸埋在他的怀里蹭了蹭，乖顺地答道："好的。"

森夏恩集团位于曼哈顿上东区最繁华的地带。

站在顶层，可以俯瞰整个东河。

集团下的子公司很多，控制着各个领域。而森夏恩的办公室在顶层，一整层楼面都是属于森夏恩一个人的。

等安之淳搭了直达电梯上到顶层时，有特助出来迎他："安先生，您好。我们的主席在等着您。"

森夏恩集团由其家族打理，森夏恩是董事会主席，身份十分尊贵。

这一层楼面里，还是有几个分隔开来的办公室的。安之淳眼尖，看到了其中一间办公室里贴了许多明星海报，其中有几幅是陆蔓蔓的，是她为森夏恩集团拍的杂志封面照的其中一组海报照。

见他目光流连在那位华裔女星身上，特助含笑介绍道："我们森夏恩先生很看好这位女星，想签下她的独家专访权。"

独家专访权的合约是死约，一签就是三年。这三年里，所有的专访都必须经过森夏恩同意。这个人确实很会做生意，难怪上次的粉丝踩踏事件，他愿意出面解决，原来打的是这么一个算盘。他已经卖了一个人情给陆蔓蔓与詹妮，如果待会儿他提出了这份合约的事而自己不答应的话，他可以随时黑掉陆蔓蔓。

安之淳的大脑一直在飞快地思考，连特助推开了门他也没有注意。

"请！"还是特助提醒了他。

安之淳道了声谢谢，走了进去。

那是由一道厚实的红木门隔开的单独的办公室。

当特助离开，木门被关上时，整个世界都像安静下来了一样。

走了好几步，转过了玄关，安之淳看到一个男人站在落地的玻璃幕墙前。男人背对着他，显然是在看楼下的车水马龙。

森夏恩高大挺拔，他穿了一身设计简洁、线条流畅的纯黑色西服，看得出是个保守的人。

他办公台上的电脑屏幕显然是在播放着视频，因为屏幕是半转过来的，安之淳已经看了一点内容。电脑在放的是自己与陆蔓蔓在公寓楼下那家药店里的视频，甚至连他们出了药店，自己将蔓蔓压在路边墙上的亲吻视频都被调了出来。

不是不尴尬，只是安之淳将自己的尴尬很好地掩饰了过去，他用英语问候道："您好，森夏恩先生。"

"安先生，陆蔓蔓在和安东尼炒CP，你这样做对她没有半点好处。我花了许多精力才让人全面截停这些视频，从推特、Facebook等社交网络上清除干净，使它没有流回国内。"森夏恩讲的是一口标准的东部口音的美语。

　　"谢谢您为此付出的宝贵时间，我想我可以补偿您的。"安之淳诚恳地说道。

　　这时，森夏恩转了过来："不是每样东西都可以补偿的，安先生。"他依旧是一口流利的美语，脸上依稀是一抹极淡的笑意，略带嘲讽。

第十七章　你来得刚刚好

一

正是午后的时光，太阳的光很强烈，金光透过幕墙倾泻下来，笼在了森夏恩的脸上。安之淳忽然看不清他的眼睛了。

"你好，安先生，我们又见面了。"森夏恩说。

安之淳微微笑了笑："你好，顾先生。"

正在此时，安之淳的电话响了。

安之淳怔了怔，没接。顾清晨说："你随意。"

安之淳接了电话："蔓蔓，什么事儿？"

顾清晨的笑容僵了一下。

"你在附近吗？我逛着逛着就到这边来了。"陆蔓蔓问道。

陆蔓蔓的大嗓门透过话筒传到了顾清晨的耳朵里，他只听她软软地撒娇："蔓蔓很想你嘛！我现在上来找你好不好？"

安之淳的表情有些微妙："蔓蔓，我还有些事情，待会儿好吗？你就在森夏恩广场等我，可以吗？"

"哦。"她的语气有些小失落。

挂了电话后，安之淳微笑着说："我这次来是专门拜访你的，顺便致以感谢。今晚，我和蔓蔓会一起过来请你吃饭，定在'天际会所'里，想必你的特助已经和你说了。"

顾清晨玩着手中钢笔，颔首道："我记得时间。那晚上八时，我们再见面了。"

　　这已经是送客的意思了。

　　安之淳略一点头，便站了起来，离开了。

　　顾清晨按下了内线电话："爱丽丝，请送一送安先生。"

　　当安之淳走到门边时，顾清晨的特助已经替他推开了那道厚重的红木门。

　　安之淳不疾不徐地走了出去，往外面的大厅走。

　　这时，侧边的员工电梯门忽然开了，一道火红的身影猛地扑了过来，安之淳还没有反应过来，就已经被陆蔓蔓抱住了。

　　她笑嘻嘻的："惊喜吗？"见他脸色古怪，她又笑道："我和前台说我是跟着你来的，她们居然真的放行了呢！"

　　"干吗？不高兴？"见他不说话，陆蔓蔓眼珠咕噜转了一圈，殷红的嘴唇忽然就贴了上来吻住了他的嘴唇。

　　任性、骄纵……你不让她干的事儿她偏要干，这就是陆蔓蔓。

　　安之淳低笑了一声，用力地加深了这个吻，吻得她娇喘连连。

　　外国的风气开放，崇尚浪漫，大家见两人甜蜜地相拥相吻，都笑着起哄。顾清晨本要一起送安之淳出去，人已走到了那道红木门前，却忽然停了下来。他的秘书从里间出来，经过他的身边时也是笑的："这两人还真浪漫。"顾清晨沉默了。

　　那道大门已经关上了。

　　安之淳笑笑地说："怎么可能不高兴。你给的惊喜，我一向照单全收。"

　　牵了她一同进入了电梯，他又问："你不是说要去找陈启吗？"

　　陆蔓蔓吐了吐舌头："她在妈妈住院的那家医院，我正要过去。你呢，还有事儿要忙吗？"

　　"没有了，我们一起过去吧！"

　　"哦耶！万岁！"陆蔓蔓高兴得跳了起来，电梯都被震到摇晃。安之淳无奈地摇了摇头。

　　陈启在住院观察。

　　陆蔓蔓先去探望了妈妈，然后直接去了陈启的房间。

"你来啦。"陈启放下手中的导演剧本。陆蔓蔓眼尖，发现那正是《夜幕下的双手》的剧本。

将黄玫瑰递了过去，陆蔓蔓笑着说："送给你的。你今天看起来气色还不错。"

接过玫瑰，陈启闻了闻，花香淡淡的："谢谢，你有心了。"

"我可以看看吗？"陆蔓蔓指了指她的剧本。

"当然可以。"陈启将剧本递给她并下了床，将黄玫瑰插到了白瓷花瓶里。花瓶靠着床头，一抬眸就可以看见，挺赏心悦目的。

原来，导演的剧本与演员的剧本是有着本质上的不同的。导演的剧本十分枯燥乏味，专业术语又多，但大致走向陆蔓蔓是看出来了。这个电影确实很吸引人。其实这是以一个单亲妈妈的故事为题材的影片，两个女主角的戏份一样重，还加入了一个女二号，演另一位单亲妈妈，戏份少些。这三个妈妈构成了一个群体。

三个妈妈，每人有每人的境遇。

"两个角色里，你喜欢哪个？"陈启忽然问她。

"我吗？"陆蔓蔓略加思索，说，"肯定是小韦。她的戏份里有和男主角的对手戏，这样更精彩。其实也是我比较喜欢细腻的感情戏啦！小韦的小孩也很喜欢男主角。三人的对手戏可圈可点。"

"而且，重点是小韦不自怨自艾，反而积极乐观，而另一位女主角阿莫却有些过分悲情了。不过，阿莫的戏份比较煽情、催泪倒是真的。女二号的角色也挺活泼的，而且她泼辣，也相当出彩。"陆蔓蔓补充道。

不过短短十多分钟，她就将三个人物的特点总结出来了。这种天分，常人身上十分少有。陈启用犀利的眼神打量着她，专注而严苛地审视她。

"我妈妈就是小韦一样的女性。无论生活多苦，路多难走，她都笑着对我说'总会过去的'。我爱笑，是因为妈妈说'爱笑的女孩运气不会太差'。"

陆蔓蔓像打开了话匣子，一直说个不停："其实今天来，我是想毛遂自荐的。我想演这部电影，我很喜欢这个题材。"

陈启忽然开口："确实，爱笑的女孩运气不会太差。恭喜你，我特别邀请你参加这部电影的演出，无须试镜。我觉得，小韦这个角色很适合你。"

陆蔓蔓："……"

居然这么容易就成了？连试镜都不用？自己还准备了一百个理由想说服

陈启让她参加试镜的啊，这也太容易了吧？……

陈启哈哈笑道："怎么，不乐意了？更想去试镜？"

"怎么会！"陆蔓蔓马上反应过来，"不过，阿曼达，你不会是在忽悠我吧？"

陈启："……"

正好这时护士进来："阿曼达，你去小手术室准备一下。"

陆蔓蔓听了，蹙了蹙眉："阿曼达，你没事儿吧？"

"没事，就是去打保胎针。"陈启倒是连眉头都没皱一下，指了指自己的肚子，"喏，就在这里打，两边打一排。"

陆蔓蔓："……"

陈启的肚子已经微微隆起了，因为她是那种很瘦的身材，所以不觉得肚子会太突出。

"我陪你进去吧，多个人，也可以聊聊天，转移一下注意力。"陆蔓蔓说。

陈启一怔，微笑道："好。"

看见那一支支粗粗的针管时，陆蔓蔓心里惊了一下，可表面上还是假装镇定，她问："打针时痛吗？"

陆蔓蔓就坐在陈启的身旁。

陈启躺在小手术室的病床上，一室冰凉的白炽灯亮着。她平常都是自己来面对这一切的，怕不怕，疼不疼，也不会有人过问一句。

见她不说话，以为她还是害怕，陆蔓蔓也没多说，忽然就握住了陈启的手。陈启的身体一震，然后她笑了："针头上有麻醉的。其实还好，就是看着吓人而已。"

针头戳进陈启微微凸起的肚子里时，陆蔓蔓根本不敢看，但是一直紧握着陈启的手。

"喂，你这个样子陪我，害得我都紧张了。聊天聊天！"陈启毕竟不年轻了，什么大场面没见过，今天也不过是有人陪着，才一时引发了感触而已，并不是真的害怕和担忧什么。

陆蔓蔓摸了摸自己的头，觉得也真是，好像是自己把人家给吓的……

"那天我第一次见你的时候，你干吗还抽烟！"陆蔓蔓一开口，就带着满满的愤愤不平。哪有这样不负责任的妈妈啊！

陈启扑哧笑了一声，眉眼弯起。陆蔓蔓看向她，她的面容虽然有些憔悴，可眼睛却亮，仿佛她一瞬间年轻了二十岁，又变回了当年那个窈窕天真的女孩。

"以前工作压力大，我抽烟抽得非常狠。甚至都有人'诅咒'我迟早要得肺癌，抽烟抽到死。"陈启打趣起自己来，"所以我的烟瘾很大。不过那天你见的，其实是戒烟用的替代品，对人体没有危害，也不会上瘾。它没有什么副作用，对宝宝也没问题。我从做了人工受孕后，也不怎么用它。如果能坚持，我都是不吸的。不过那天烟瘾真的太厉害了，我就吸了两口戒烟用的替代品。"

原来是这样。

"做母亲真不容易。"陆蔓蔓忽然叹气。

"是不容易。等以后你当了妈妈，你就明白了。"陈启也感叹道。

等到陆蔓蔓回到妈妈的病房时，忽然就呆住了。

站在安之淳身边的是一个同样出色的年轻男孩子。男孩子又长高了，才大半年时间不见，现在都有一米八了吧！

陆蔓蔓的眼睛有些发涩。

还是男孩先反应过来："姐！"他快步走了过来，一把将她搂进了怀里，搂得很紧很紧："姐姐，我很想你。"

"小河，姐姐也很想你。"陆蔓蔓用力地回抱他，十分感慨，"半年前，你还只到我这里，你看你现在都比姐姐高了！"说着，她在自己的耳边比了比。

慕星河不高兴了："姐，哪有这样说自己弟弟的。"

费莉见两人斗嘴，笑得十分开心，脸都笑成了一朵花。

"姐，姐夫替我安排了这边的大学。"小河忽然说道。

正在喝水的陆蔓蔓被呛了一口。"姐夫"这个词……

安之淳连忙拍她的背："多大的人了还被水呛。"

"姐是不好意思了。"小河笑嘻嘻道。

"喀喀。"陆蔓蔓瞪了小河一眼。安之淳也是笑，嘴角扬起，眼睛里有掩饰不住的愉悦："'姐夫'这个词，不错！"

因为晚上还有饭局，所以陆蔓蔓提前打了饭，在妈妈那儿先陪她吃了晚餐。

傍晚时分，太阳刚刚落下，漫天的霞光透过白色纱帘落了下来，照得一

363

室温暖。

陆蔓蔓给妈妈盛了饭，又忙着给弟弟夹菜："来，小河，多吃些，你瘦得像只猴子。"

安之淳看了一眼小河碗里堆满了的菜，心里不是滋味，感觉自己被人无视了……

"我爱吃那个。"见她夹起豆芽就要往小河碗里塞，他忽然说道。

陆蔓蔓怔了怔："你不是最讨厌吃豆芽的吗？"

"我现在就喜欢吃了。"安之淳再看了一眼她筷子里夹着的菜。

陆蔓蔓：原来，某人是吃醋了。

"喏，你爱吃是吧，一盘子都是你的。要全部吃完啊，阿宝哥。"陆蔓蔓把豆芽菜全放到了他面前，对着他眨了眨眼睛。

安之淳看着眼前的碟子，脸抽了抽。

费莉忍俊不禁。

"姐夫，那个菜吃太多会消化不良的。"

我现在就已经消化不良了……安之淳忽然笑了一声："我好久没尝过红烧肉了，好吃吗？"他的眼睛一眨不眨地盯着陆蔓蔓快要夹到嘴边的肉。

陆蔓蔓：他这个样子怎么这么像巴顿盯着肉看的样子啊！

陆蔓蔓把红烧肉递到了他嘴边，他优雅地张口，把肉含进了嘴里，眼睛却一直盯着她看，仿佛吃的不是肉，而是……她。

气氛瞬间变得暧昧起来。

还是费莉开口了："之淳，你们忙就先走吧，这里有小河陪着我。"

于是，陆蔓蔓被某人飞快地拐走了。

二

才出了大门，陆蔓蔓在走廊里就被他给"壁咚"了。

她的鼻子被他撞痛了，她咬了他一口，他趁机把舌头探了进去。"嗯……"见陆蔓蔓被他吻得快要缺氧了，他才肯放过她。

"小孩子的醋你也吃，你真是出息了！"陆蔓蔓红着脸，一副生气了的样子。

路过的人见了都笑了——这对小情侣还真是，居然旁若无人地接吻。

"十八岁都是大人了！我十八岁时都谈成第一笔生意了。"安之淳不满地咬了咬她的嘴唇，带了一点笑意看向她，又说，"你十二岁时，都会穿比

364

基尼诱惑我了。"

听他提起她十二岁那次在海边出的糗事，陆蔓蔓羞极了，上前去咬他的喉结。

他将她压进了自己怀里，低低地笑了起来，声音闷闷的，像电流通过了她的身体。

天际会所里面十分有格调。

大堂富丽堂皇，设置有一个圆形的金色喷水池——天使站在水池中间洒出快乐的水花。大堂的整个布局复古而时髦。

"呀，这个会所采用的颜色太有味道了，深棕红色搭配古典的铜鎏金，横与竖的线条构建也极具电影感，真像是在拍电影。这种有质感的搭配非但一点不沉闷，还精致又活泼，有股浓浓的舒服感，像回到了家里一样。当然，是那种奢华有格调的公寓式的家。"陆蔓蔓在原地转了一圈，把整个会所都欣赏够了才停止转动。

她转晕了，脑袋摇晃了两下。安之淳扶住了她的肩膀，笑她："你不晕吗？"

接着，安之淳又耐心地讲解给她听："这家会所本来就是隶属全球小型豪华酒店集团（SLH）的，有'上帝给纽约的眼睛'的美誉，因为会所顶层是天际酒店，每间套房都配有全360度旋转的立地玻璃，所以整个曼哈顿尽在眼底。"

"哇，《蒂凡尼的早餐》！"显然陆蔓蔓没有听见他的描述，她整个人扑到了一个橱窗前。

这是天际会所最有名的橱窗设计。它把赫本演的《蒂凡尼的早餐》里，赫本站在第五大道上那家蒂芙尼珠宝的橱窗前，借吃早点与照镜子来掩饰自己，实则欣赏那些珠宝的画面复制了出来。此刻并没有美丽的赫本在吃早点，但那家蒂芙尼立在了这里，供游人观赏。

简洁的时尚、古典的纯真与现代的热情相融合，让每个站在橱窗前看的女孩，仿佛都成了那个勇于寻找爱、追求爱的赫本。

"想要珠宝吗？橱窗里的珠宝都是可出售的。"安之淳揽着她的腰。镜子里映出了他与她的影子，亲密无间。

一道灰白的高挑影子在橱窗倒映出的一角顿了顿，然后转身走进了廊道。

安之淳眸光一闪，低下头来看她，发现她正抬起头来笑嘻嘻地看着他。她红唇一动，低声骂他一句："土豪！"

他又想起了她说过的不想两人之间有秘密的话。安之淳沉默了一下，终于说道："蔓蔓，其实今天中午，我见过了森夏恩先生。"他揽了她的腰，带她往通往会所另一端的廊道走去。

"我知道。"陆蔓蔓一脸好奇。他干吗要重复她知道的事情啊！

"其实，森夏恩是你与我都认识的一位故人。"

"嗯？"陆蔓蔓看着他，挑了挑眉。

"我不想骗你，也不想不说，本想等你们见面了，以此来窥探你最真实的反应，虽然我很想这样做。"顿了顿，他又说，"顾清晨就是森夏恩。"

尽管伪装得很好，但陆蔓蔓脸上原本甜蜜的微笑淡了些。她只是说："这样啊……"

可安之淳太了解她了，已经感觉到了她的呼吸与心率比平常快了许多。

"没关系，就当去见我们的一位朋友。"陆蔓蔓主动挽起了他的手，"走吧，我们进去了。"她已经想起来，中午去见安之淳时，顾清晨在办公室里一定是看见了她的。尽量挥走脑海里那些不该想的，陆蔓蔓又恢复了原本的微笑。

虽然是在大厅，但因是私人会所，能进来的人极少，而且大厅也是被各种绿植隔开，所以并不见太多的人影。

大厅里流淌着淡淡的钢琴乐，唯美而有些伤感。整个曼哈顿灯火辉煌，美景透过360度环绕的玻璃窗一览无余，这儿果然是上帝给纽约的最明亮的眼睛。

一排翠竹下，有一块黑色的石壁呈"一"字铺开，潺潺的流水落下，十分有意境。一个穿着灰白色西服的男人坐在那儿，只是低着头看文件，也足以引人注目。

他就是顾清晨，也是那位神秘的森夏恩。

"顾先生，你好。"安之淳含笑打起了招呼。

顾清晨抬起头来，脸上是恰到好处的得体微笑："安先生好。"然后他的视线下移，在她脸上停留了几秒便移开了："蔓蔓，好久不见。"

"清晨，真没想到会是你。"陆蔓蔓微笑道。她并无芥蒂，表现出的也是恰到好处的熟络与热情，就如对待一位久未见面的老友。

他看得出来，她一早就知道他就是森夏恩了。顾清晨依旧微笑："见到我，不高兴吗？"当然这只是一句俏皮的玩笑话。

陆蔓蔓听了，摆了摆手："怎么会呢？我很开心，真的。"她的另一只手依旧挽着安之淳。

顾清晨的目光在两人相挽的手上停留了一下，又移开了："两位坐吧。这里的西餐真的不错。我们点餐，边吃边聊。"

"这一顿是我与蔓蔓请客，菜单就由我做主吧！顾先生，你看行吗？"安之淳问道。

"当然，我不挑食，你们请随意点餐。"顾清晨淡淡地说。

当侍者上来时，安之淳给大家都点了时令菜色。考虑到陆蔓蔓喜欢吃辣的，他低声询问："蔓蔓，你要吃墨西哥魔鬼椒炒蟹吗？"

陆蔓蔓问侍者："我记得是辣椒与葱蒜姜丝一起焖炒的，对吗？"

侍者答道："是的。这道菜是我们秘制的。里面的姜丝是特制的，所以炒出来的蟹特别香辣爽口，口味特别不同。"

陆蔓蔓抿了抿嘴唇，道："我最近有些上火，就不要姜丝了吧。"

"好的。"侍者再确定了一次菜单就退下了。安之淳把玩着手中的橡木酒塞，没有作声。

陆蔓蔓不忌姜。她虽没有明说，但安之淳知道，她这样做想必是因为顾清晨不吃姜。气氛一时有些微妙。

"我们谈谈合同。"顾清晨的眼睛里闪过一丝晦暗不明。他温润的脸庞在灯下也跟着变得阴晴不定，如暴雨前夕宁静的海。

"想必詹妮已经和你们说了吧，森夏恩集团想蔓蔓签一份为期三年的合约。"顾清晨虽说着工作的事儿，可脑海里翻过的却是那次《夺目》的试镜时，陆蔓蔓喂他吃面条的情景。他笑她以后别再太实诚，可以假装吃了，而不是真的这样喂他；他还说了他不吃姜丝，但是那一次，他却把面里混的姜葱给一起吞了下去……

他看着陆蔓蔓的眼神变得更加复杂。

安之淳适时打破了他的回忆："可是据我所知，那是一份死约。"

陆蔓蔓一直没有作声，看了安之淳一眼，取过桌面的咖啡杯低头喝咖啡。

可安之淳忽然俯下脸来，在她耳边低声说："那是我的杯子。"

她几乎是被噎了一下，憋红一张小脸看他。安之淳看着她，笑了笑，取过手帕拭去她嘴角的一点棕色咖啡渍，然后说："没关系，错了也就错了。喝我的也是一样的。"

错了也就错了……顾清晨终于明白过来，有些事情，一旦错过了便永远无法回到过去了。

"嗯。"陆蔓蔓红着脸回答，看向安之淳的眼神里有一种坚定与对过去的告别之意。

要告别了吗？顾清晨笑了笑，他看懂了。

这样也好，简单明了，他从不喜欢太复杂的东西，不喜欢太复杂的关系与太复杂的情感。他相信陆蔓蔓也是一样的人。那就只做朋友吧！

"合同的事情，我们迟些再说。"顾清晨忽然说，"陈启已经给我打了电话，说《夜幕》一片的女主角已经定了。陈启是我的恩师，提携我出道，手把手教我怎样演戏。所以，我早在两年前就已答应了她客串小韦的初恋一角，也就是影片中小韦的孩子的爸爸。"

安之淳沉默了一下，然后对蔓蔓说："我烟瘾起了，出去抽支烟。蔓蔓，工作上的事情，你与顾先生慢慢聊。"

陆蔓蔓抬眸，对上他的视线时，睫毛颤了颤，她用手按住了他的手背："之淳……"

"没关系，你们慢慢聊。"安之淳笑着说道。他对顾清晨点了点头，先离开了。

顾清晨抿了一口酒，见她有些局促不安，弓起食指在她那一侧的桌面上敲了敲，咚咚两声："要不，你也来一杯？"

见她点了点头，顾清晨替她倒了小半杯。

陆蔓蔓喝了几口，咬着杯沿小心翼翼地偷看了他两眼。顾清晨轻笑了一声："那部电影我一早就接下来了，你不需要有顾虑。"

"没有没有！"陆蔓蔓连忙摇头。

"好吧，我们说回合同。"顾清晨在商言商，"蔓蔓，你的商业价值是很高的，只是你自己还不了解。*SUNSHINE*有你专访和封面的那一期，卖出了从业以来的最高价。虽然你的几次负面新闻是我出于私心一力替你压下，但董事局已经被我说服了，他们接下来都会捧你。只是需要你为*SUNSHINE*提供便利，比如你是*SUNSHINE*的独家模特，不能再为其他杂志拍硬照。

"其实，这个人是我，你不必害怕我会害你。我知道你有很要好的记者朋友，闻小姐对吧？如果你想接受她的采访也不是不可以，我也可以授权给你的，以森夏恩的名义。我只能授权你接一两个比较特殊的外面的专访。而这三年，森夏恩集团会力捧你。"

陆蔓蔓吸了一口气："那么好的惠利条件，我不答应的话不是很傻吗？"

顾清晨看了她一眼，微笑着点了点头。

"不过我想问问之淳的意见，可以吗？"陆蔓蔓还是咬着杯沿，小心翼翼地看着他。她担心自己做得太多使彼此难堪。顾清晨值得更好的人，她要做的是彻底地放手，而不是有了之淳还抓着他不放。

"可以，蔓蔓。"顾清晨依旧微笑。

两人之间又变得沉默起来，相对无言。

顾清晨突然问道："蔓蔓，你可以诚实地回答我一个问题吗？"

"嗯？"陆蔓蔓抬头，有些警觉地看着他。

"别紧张，我没别的意思，我只是想要一个答案而已。"顾清晨顿了顿，又说，"如果他没有回来，你会答应我吗？"

这个问题，其实陆蔓蔓已经想过了。安之淳一向比她爱得深沉，这一点上，她自愧不如，也一直愧疚。其实她很清楚，顾清晨这一次也是来道别的，与她的一切道别。顾清晨想要的只是一个答案，或者说，是一个解脱、一份释然。

"会的，顾清晨。"这一次，她叫了他的全名，她以最诚恳的方式告诉了他想知道的一切，"可是，一切没有如果。"

原来，并非只是自己一厢情愿，虽有遗憾，但他释然了。顾清晨看着她，微微一笑："蔓蔓，给我一个拥抱吧，当作与昨天道别。"

陆蔓蔓站了起来，而顾清晨也站了起来，她抱着他，最后一次感受他的温柔与他的体温。

顾清晨贴着她的脸颊，在她耳边低语："再见了，蔓蔓。"

"再见，清晨。"她低声回应。

两人只是抱了抱，就分开了。安之淳站于重重阻隔的绿植后看着两人发怔，连被烟烫到了也没有察觉。当他感到痛时，手一抖，烟掉了下来。

三

安之淳再次回到座位上时，顾清晨已经走了。

"之淳，森夏恩的合约，你怎么看？"陆蔓蔓认真专注地看着他，怕他误会什么，又说，"其实，不签也没关系的。"

安之淳摸了摸她的头发："傻孩子。我相信顾清晨给你的一定是最好最有利的条件。蔓蔓，别和自己作对。你想要什么，就去争取。这才是我认识的陆蔓蔓。"他看了看她，又说："蔓蔓，永远别为了别人改变自己。"

"可是你不是别人啊！之淳……"她看着他，小脸一低，整个人靠进了他的怀里，"你是蔓蔓心上的人，是蔓蔓此生最爱的人。你不是别人！而且……"她忽然又仰起了小脸，一对亮晶晶的眼睛深深地注视着他，"你一直在为我改变。"

"那是因为那个人是你啊，傻孩子。我爱你多一点，所以我一直在为你改变。以前的我不够好，我太迟找到你了……"安之淳点了点她的鼻头。

"不，你很好，而且你没有迟。真的，之淳，一点也不迟。你来得刚刚好！"陆蔓蔓微笑着回答，最后闭上了眼睛，将嘴唇印到了他的嘴唇上，与他缠绵，她贴着他的嘴唇低低地道，"你来得刚刚好。"

那一晚，两人没有回到公寓。

安之淳带她去了天际顶层的奢华酒店。

那种感觉很新鲜，也很特别。要说刺激，他与陆蔓蔓碰在一起的化学反应太过强烈，以至于她对他而言，任何时刻、任何地点、任何时间都是刺激的。

当酒店房门关上的那一刻，他就吻了她，吻得十分激烈。而她的回应也是从未有过的激烈，抛掉了往常的那些乖顺，她对他又吻又咬，她撕扯他的衣服，仿佛在撕扯他的灵魂。

曼哈顿的夜从不寂寞，高楼大厦五光十色，水晶宫一样辉煌。落地的360度环绕的玻璃外面就是天然的景观。卧室的屋顶是透明的，可以看见天上的璀璨群星。

即使没有开灯，天上星辰的光芒、地上琼楼玉宇的光芒也已足够明亮。他可以看清她，毫不保留，也无须保留。

他猛地除下了她的裙子，她本来绾起的一头长发松了，顷刻间散落下来，遮挡住了她雪白的身体，那种视觉的冲击无法言喻。本来是他将她压在墙上的，那里是一面镜子，咚的一声，她的背撞向了镜面，是冰冷的触觉；而她被迫让他进入，却是炙热的感受，那里还有些涩，她疼得蹙起了眉头，脚趾也蜷了起来。

他再次让她感到疼痛，同时也让她铭记了这一刻。爱她、要她的那一个

370

人是他，始终是他。

她开始感到了强烈的欢愉。

那一刻，她忽然将他扑向了地面，两人滚作一团。最后，她跨坐在他的身上，要他要得更深。因为太用力，她痛了，然后又猝不及防地到达了顶峰。

她软软地趴在他的身上，小手在他的心口画着圈圈，有些难过地说："之淳，很快我们又要分别了。"

"是。我要飞去德国，你要去往亚马孙。我们总在不断地分离，然后重逢，如此反复。"安之淳抓住她的小手，放在唇边亲了亲，"可是又有什么关系呢？地球是圆的，我们总会重逢，永远地在一起。"

陆蔓蔓坐的是后天凌晨一点的飞机。

因为只有一个白天的时间，所以她的行程十分紧张。既然人已经回到了纽约，就要把急需处理的事情办好。

顾清晨没有私下联系她，而是通过秘书和詹妮确定了时间，约好了一个独家的专访。与森夏恩集团的合约，陆蔓蔓已经签了。

把签好的文件递给詹妮时，顾清晨的电话也到了，陆蔓蔓接起："喂，清晨吗？"

"是我。"顾清晨顿了顿，说道，"蔓蔓，待会儿的采访是录制电视节目的形式。你让安先生陪着你一起上节目吧，这对你有好处。国内已经有人在暗中宣传对你不利的传闻了。这一点，上午时安先生已和我通过电话，我也大致了解了情况，森夏恩集团接下来要做的，就是要力保你健康的形象，再做出相应的反击。"

演播室里，陆蔓蔓还是有些紧张。

安之淳握了握她的手，将保温杯递给她："喝牛奶吧！"

陆蔓蔓仰起小脸来看他，忽然就笑了。

她一向嗜甜，心情好时、不好时、紧张时都会想吃些甜的。记得有一次，是十四岁那年的期末考试。因为是考她最差的数学，她很紧张，安之淳提前回国就为了给她鼓励。

送她去学校时，他给她一杯热牛奶："考试时不能吃东西的，甜点我准备好了，等你考完再吃。现在先喝甜牛奶吧！"

"之淳，还记得我十四岁那次的数学期末考试吗？"

"当然。"安之淳忽然也忍不住笑了起来，笑声朗朗。

陆蔓蔓咬了咬牙："就是因为你的牛奶，害我一直想上厕所，结果根本没法考试，我只写了一半就逃了，一直蹲厕所。"

安之淳眨了眨眼睛："我怎么知道，那天你是空腹喝牛奶的啊！"

陆蔓蔓："……"

"心情没那么紧张了吧？"安之淳替她拢了拢有些乱了的鬓发。

"好了。"陆蔓蔓看着他，四目相对，他们的眼睛里映着彼此的身影，演播室里所有的光都映在了他们的眼睛里，熠熠生辉。"谢谢你，之淳。"她在他的嘴角轻轻印下一吻。

陆蔓蔓永远记得当时的情景。等到她考完试出来了，才发现安之淳没有离开，一直站在校门口等她。那时的天气很寒冷，下了雪，他没有坐在车里等，而是一直站在那里，看着她出来的方向。

顾清晨过来了，就站在演播室的大厅门边。

导演和他打招呼，他大致说了些什么，导演点头答应。

室内暖气很足，又是快四月份的温暖天气了。陆蔓蔓将粉色的夹克脱了下来，露出内里精致优雅的白色真丝衬衣。

她穿得随意，只穿了白衬衣，搭配一条浅蓝色的九分修身牛仔裤，她安静乖巧得如同一个女大学生。真丝衬衣很贴身，又将她纤细曼妙的身体曲线勾勒了出来，有种羸弱的美感。

"很好。你的穿着干净简练，而且与你在电影里有反差。"顾清晨走了过来，将待会儿的问题单子给她看。

"你只需要诚实回答就可以了，其余的我们集团会安排好。"顾清晨说，"没问题我们就可以开始了。"

这次的专访围绕的是她的成长，所以请来了安之淳——他参与了她的整个童年。因为陆蔓蔓在与安东尼捆绑炒CP，所以安之淳的定位只是她的邻家哥哥，而非男友的身份。

陆蔓蔓很健谈，妙语连珠。当主持人问到她的英语为什么如此出色时，陆蔓蔓笑着拍了拍安之淳的肩膀："因为阿宝一直在督促我学好外语啊！我的英语也是他教的。哼，从我三岁开始，他就逼我学了，全是用英语和我对话，如果我说不上英语单词或对话，那一天就别指望他再和我说话了。"

全场观众都笑了，安之淳也是微笑地看着她。

"所以，他是你的好玩伴咯？"主持人八卦道。

"她是我的小青梅。"安之淳适时地揽了揽她的肩膀。

问题开始深入，问到了她的家庭和她为什么会辍学。

她开始谈起她的第一支广告，她终于入了行，赚到了第一笔钱。她还提到了一个人，她的父亲——一个并非生父，却胜似生父的人。

"我的爸爸是一个很好很好的人。当时，妈妈带着我回到家乡——一个江南小镇，我们在那里有间老宅，明清时留下的。那种古宅子，特别有味道。不过宅子很小，自带的花园也就十平方米吧，不够豪气是不是？"陆蔓蔓一说完，全场都笑了。

台下的人都是经过顾清晨精心挑选出来的观众，他们配合地大笑，对她十分友好。

四

安之淳安静地听着她说起两人分别以后的往事。

原来，最开始那一年多的时光里母女两人还是过得不错的。逃离了那个虚伪的家后，蔓蔓在当地的重点高中上学，并且得到了大学的保送资格。费莉在中学里当了音乐老师，附近的许多孩子也来蔓蔓家里跟着费莉学琴，所以她们的生活不成问题。一开始时还挺富足的，因为费莉钢琴课的工资很高。

而且，费莉遇到了她的初恋情人——慕星河的爸爸慕格。慕格一直深爱着费莉，终身未娶，小河是他从同族那里过继的孩子。

慕格对母女两人非常照顾。开始时，费莉是拒绝的，不愿耽误了他。后来，她被查出得了心脏病，身体一天比一天弱下去。慕格只说了一句话：这一辈子非她不娶。他把自己的房子卖了，给她交医药费。他咬着牙，拼了命地干活儿赚钱，担负起一个家庭的重任。

后来，费莉用了昂贵的进口药，病情一度好转，得到了控制。那时，本来英俊的慕格因为耗尽心力，头发已经花白。两人都决定了从今往后要一起走下去，无论多难。

慕格有一家小型的运输公司。但为了多赚点钱，他都亲自去跑，一连跑了半个月，不知疲倦，只为了下个月费莉的二十万进口药费与两个孩子的教育费。

可是，那天下着很大很大的雨，一辆大卡车违规行驶，撞向了慕格的车。轰的一声，慕格连句道别的话也没有说，就离开了他们……

373

说到这里，那个漫长的雨夜仿佛又回来了，陆蔓蔓甚至能闻到血腥味、泥土味与潮湿、死亡相夹杂的味道。她的眼泪猛地掉了下来，止也止不住。

　　"蔓蔓，别哭。"安之淳抱住了她，给她安慰。他正要向顾清晨示意停止录影，可蔓蔓握住了他的手说："我没事儿。让我说出来吧，我已经憋了太久。"

　　"好。"安之淳替她拭去了眼泪。

　　"我永远记得爸爸对我那么好。我以前是顶任性的一个人，有时很想吃隔壁村的馄饨，嘴上不敢说，可爸爸心细知道了，多晚都要出去给我买来。那时妈妈还嗔他太宠着我。爸爸笑得特别慈祥，他说'蔓蔓在长身体，又要熬夜复习功课，总要吃点夜宵的'。"陆蔓蔓笑了，"你们看，他是多好的爸爸啊！"

　　顾清晨对着安之淳点了点头，两人早已商议好下一步棋该怎么走。安之淳按了按陆蔓蔓的手背，她一下子会意了。

　　主持人得了导演的指示，问了一个问题："那么你的亲生爸爸呢？这么久了，你从没有提过他。"

　　明知道是一早就预谋好的，可到了这一刻，陆蔓蔓的双眼还是红了，她如一头受了伤的小兽，攥紧了双拳，一字一句地说道："他不配！"

　　安之淳的办公室里，何庭带进来了一个人。

　　那个男人油头粉面，虽然模样清秀，但给人的感觉很恶心。

　　何庭直接说道："安，这个就是陆笙歌的亲生父亲。"

　　安之淳看向他时没有表情，冷讥道："哦，你确定？"

　　那个男人讨好似的对着安之淳点头："是的，是的。于倩跟着我时就有了两个月的身孕了——当然是瞒着陆征的。"

　　安之淳笑了一下，玩味道："不错，替人家养女儿，却糟蹋自己的亲生女儿。"

　　陈斌讨好似的说道："安先生，我还知道当时陆征送上去的DNA验证，其实是于倩做了手脚的。她暗中把笙歌和陆小姐的DNA样本给对换了。"

　　"说吧，你想要多少钱。"安之淳拿出了支票本，手里握着钢笔，等他回答。

　　陈斌本来就不是个好人，当初把于倩拱手送给他人，为的是金钱。但于倩富贵了后，一心要和他撇清关系，只想做自己的"陆太太"，也不管他为她做了多少——甚至替她把陆蔓蔓的DNA样本换了，在外面散播费莉偷汉的消息等等。好吧，反正当时他就拍了照，留了证据的。现在既然有人舍得出大钱，他就这样做了。

"先生，看着给吧！"他点头哈腰的。

"很好。你拿着你那些所谓的证据，去陆征面前说出真相。"安之淳大手一挥，把支票填好，指尖一动，支票被推到了陈斌面前。

"一定一定！"陈斌拿了支票，兴冲冲地走了。

安之淳看着他的背影，露出一抹笑意：陆征，我真想看到你后悔的样子。

陆蔓蔓的电视访谈经过森夏恩集团的操作，已经在国内同步上线。国内各大互联网站上都可以看到那场访谈。

经过多方位包装，她的健康形象塑造得很成功。以前强加在她身上的污点已经被洗清了，没有人再会提起她是"惯三"女星。

看着视频里的她，安之淳拨通了她的电话："蔓蔓，还在忙吗？"

"是呀！陈赫拉的MV有一部分是在唐人街拍摄。我趁着还有半天时间就先弄完了，刚好也是要夜景的。"陆蔓蔓的声音十分欢快。

安之淳受了感染，也十分愉悦："蔓蔓。"

"嗯？"

"我们的结婚大礼，我已经为你准备好了。"

陆蔓蔓怔了怔，说："之淳，你真好。"

"那你就等着成为我的新娘子吧！"安之淳一笑，说道，"蔓蔓，我要去德国了，下午六点的飞机。我就不过来了。"

"我等你回来。"陆蔓蔓说，忽然又道，"之淳，我爱你。"不等他回答，她先挂掉了电话。

曼哈顿中城，唐人街。

"嘿。"陈赫拉见到她，十分热情，"我之前就发了剧本给你了。因为太忙，我们一向是通过电话沟通的。还有什么问题吗？没有就可以开始拍MV了。"

要拍摄MV的一共有两首歌，现在要录制的是主打歌《谜题》的MV。

这首歌的故事背景就如一场华丽的微电影。全场的布景都是黑白色调，相当奢华靡丽，营造出了一种复古的伤感气氛。陈赫拉以一个陌生人的眼光来看待这一个故事，她在一边低低地吟唱。画面中呈现出的却是别人的影像与人生。

这个MV还会在上海外滩与老洋房取景，不过得等到陆蔓蔓回国再补拍这个部分了。

陆蔓蔓饰演的是一个帮派大哥的情人，一只被养在笼中的金丝雀。她拥有锦衣华服、青春与美貌，但她尤其不满足，不想坐以待毙，虚耗了青春。她背叛了她的情人，最后以一声枪响作为这个故事的终结。男主角是从百老汇挑选出来的一位中美混血，是个英俊的大叔。

之前詹妮和陆蔓蔓说过他，那个叫莫尼的男人已经四十六岁了。

陆蔓蔓说："我知道，我一直是他的歌迷。"

但当莫尼出现在她面前，对她说"你好，我是莫尼，我将与你合作这个MV"时，陆蔓蔓蓦地屏住了呼吸。她从没有见过这么英俊的男人——一头浓密的黑发，浅灰色的眼睛，高挺的鼻子，俊朗的轮廓。他十分挺拔高大，头发微卷坠在耳边，十分有文艺气质。她不敢相信真人居然看上去这么年轻。

看到她的反应时，莫尼苦笑着叹了口气。

陈赫拉哧哧地笑道："是不是看见了英俊的他，你都要忘记怎么呼吸了？连你的安家大哥都忘记了？"她又来揶揄莫尼："喂，你要不要这么讨小女孩喜欢啊！全世界的小女孩都被你骗回家了。真想不明白你一个老男人怎么就这么吃香呢？"

陆蔓蔓有些不好意思，对着莫尼摆了摆手："莫叔叔不好意思，我从小就听你的歌剧了，我很喜欢你。真的，我是听你的歌长大的。"

陈赫拉："……"

"莫叔叔"……

莫尼轻笑了一声："没关系。我这个年纪了，你叫我莫伯伯也是应该。"

陆蔓蔓：伯伯？呵呵呵呵……

"和伯伯同床共枕的感觉不太好哦……"陈赫拉笑得很坏。

"赫拉！"顾清晨从后走了过来，"不许胡说。"

"哎，清晨来啦！"陈赫拉小鸟依人一般跑进了他的怀里，仰头看着他时，笑得一脸甜蜜。

陆蔓蔓怔了怔，然后说："恭喜你们。"原来，陈赫拉一直喜欢着顾清晨。

陈赫拉的嘴唇微动，她正要解释，却被顾清晨拉了一把。

他道："媒体不知道。"

"放心，我嘴严，会保密的！"陆蔓蔓做了个封嘴的手势。

是来探女友班的吧！陆蔓蔓想，但心底又有一丝微妙的感觉掠过，可下一秒，她就将所有的情感都收拾好了。

"我是赫拉唱片的投资人，所以我会过来看一下进展。"顾清晨说道。

五

"这个剧本是我写的。"顾清晨忽然说道。

陆蔓蔓的睫毛颤了颤，她并没有表达出更多的情感。

"清晨写时就和我说过，这个角色只有你演起来最有感觉。你有一种二十世纪三十年代的复古感，所以这次的服装都是请名师设计的，为的也是凸显你的气质。别小看这十五分钟哦！"陈赫拉说着从保姆车里拖了一排衣架出来，一字排开，上面居然挂了十几件礼服裙与皮草。

"知道你是动物保护者，这些都是仿皮草，在片头里会特别标识出来的。"顾清晨挑了一件雪白的假狐裘出来，披到了她的身上，衣服衬着她一对灵动的眼睛，十分美丽。顾清晨手一颤，连忙退后了一步，不动声色地与她拉开距离。

音乐已经响起，陈赫拉沙哑的嗓音在夜里透了出来，真的是十分性感。

"所有谜题，是欺骗，是虚无，是眼睛里的幻觉，还是真实？瞳孔、唇齿，哪里不可耻？你的手指，触摸；唇齿，碰撞；都是虚无。身体，颤抖；她走，她留；她无端疯狂。都是谜题。

"有些话，一出口就是虚无。诺言？真实？瞳孔、唇齿，哪里不真实？双眼，摇摆不定，是一道呼之欲出的谜。终结，到来，夜雨下的谎言。……男人、女人，发肤、唇齿、眼目，哪里都是真实。碰在一起，哪里都是可耻，可不可耻……"

这首歌就叫《谜题》，讲的其实就是一对眼睛出卖了自己——当那个女人看到了另外一个男人的时候，她就已经背叛了一切。

"这就是清晨写这首歌的灵感啦！"陈赫拉又发表感言了。

陆蔓蔓沉默，看向顾清晨时有点无奈。那个女人看到另一个男人时，就已经背叛了一切！这样的一个主题里，女人是很勇敢，但只能是孤勇，注定了难逃命运的掌控。

"哎，干吗，你这么快入戏啦！你的眼睛看到哪个男人了啊？"陈赫拉哧哧地笑。

好脾气的莫尼早察觉了那些暧昧而诡异的气氛。他轻咳一声，说："陆小姐，我们准备吧。"

陆蔓蔓红着脸收回了眼神，然后说："莫叔叔，你叫我蔓蔓就好。"

陈赫拉听见"叔叔"两个字，几乎是笑得嘴都合不拢了，一把搂住了顾清晨的肩膀，说："你大我六年哎，要不我也叫你叔叔？"

等陆蔓蔓进入了镜头里后，导演开始工作。

陈赫拉扯了扯顾清晨的衣袖："干吗拿我来耍她，我可是你的正牌小侄女，你是我的小叔。不要忘了，陈赫拉是艺名，我可是跟你一个姓氏的。你居然还拿我当挡箭牌，过分了啊！"

"这样很好，让大家没那么尴尬。"顾清晨说，"我在学着放下，但是总需要些时间。"

"人家可是黄花大闺女，你这样乱说，以后我怎么嫁人？"陈赫拉装出一副要哭的样子。

顾清晨："……"

"到时就说分手了不就完了。而且，你永远也不会亮出自己的身份，那还怕什么！"顾清晨不理会她，走到了导演面前。

镜头里，陆蔓蔓穿着二十世纪三十年代的真丝黑色紧身礼服裙，妆容是那种化得很厚的爵士年代的眼唇妆。眼尾的棕色眼影拖得很长很长，将整个眼睛都勾勒了一遍，她的眉又细又弯。她的嘴唇是暗黑系红唇，口红涂出了唇界，将她的唇部勾勒得更为丰满性感。她的头发绾起，刘海烫了波浪式的形状。她看向男主角时带着倾倒众生的魅惑，果然是"唇齿、瞳孔，哪里不可耻？"。

陆蔓蔓深知，这个角色就是要演出风情万种的那种年代感来，还要带着不甘心的小幽怨。

歌声还在继续，重复着那句"可不可耻"，而她躺在华丽的床里，男主角侧拥着她，吻她的耳朵、颈项，她却始终背对他，眼睛一直看着门口……

"很好，叛逆、对自由的渴望、挣扎都表现出来了。"导演很满意，这一条过了。歌声依旧在重复那句"瞳孔、唇齿，哪里不可耻？"。

"这个国际蔓，演技真是太到位了。如果换了我做女主角，这个MV不知道要拍到猴年马月才能结束了。"陈赫拉调侃起来。

忽然，她又低低地说了一句："顾清晨，你这歌词是写得很有味道，可我怎么觉得，全是你在意淫她啊！我觉得，你就是盼望着她来勾引你吧！她的眼睛、唇齿、发肤，你都意淫了一遍……"

"喀喀！"顾清晨被呛着了，剧烈地咳嗽起来。

陈赫拉："……"

这段时间陆蔓蔓变得很奇怪。

安之淳每次要和她视频，她都支支吾吾，推三阻四。但是越洋的电话她倒是热情，一有空就给他打。

不给他看看样子吗？安之淳坐不住了，看了一下行程。他来德国快一个星期了，该处理的也处理得差不多了，于是决定当晚飞巴西，转机去亚马孙丛林。

从昨晚挂了电话开始，陆蔓蔓就觉得心里特别不安。昨晚之淳居然不缠着她视频了？

"想什么呢，刺猬头！"安东尼大手一拨，在她的板寸头上揉来揉去，"真刺手！感觉不爽！"

陆蔓蔓抬头，一脸哀怨地看着他，不作声。

"我们的小蔓蔓俊俏得像个小男孩，那眉眼，多漂亮啊！别理会他！"薇薇安也摸了摸她的刺猬头，一脸笑嘻嘻的。陆蔓蔓觉得，自己像一条小狗狗正被主人撸着毛……

"真有那么丑吗？"陆蔓蔓拿出小镜子照了照，里面映出一张更加显小的脸，眼睛大而清亮，因为头发短，刘海几乎没有了，使得眼睛更加突出，又带了几分顽劣的意味，确实像个小男孩。

"不丑啊！我觉得挺漂亮的！"陆蔓蔓嘟了嘟嘴。

安东尼哈哈笑道："小狗狗，真的那么漂亮，干吗不敢接老表哥的视频。"他的手又揉起了她的头发来。

陆蔓蔓拍了拍自己的脑袋……还真是刺手……

安之淳赶到剧组时，看到的就是这样一个奇异到说不出来的画面……

特意开拓出来的一小块空地上站着一个身影纤瘦的人。她头发短，脸庞却是最上镜的那种，十分精致，她一身迷彩，短上衣——她的俊俏里有股英气与狠劲儿。烈日当头，汗不停从她的脸庞滑落，滴进泥土里。

　　站在那里的不再是陆蔓蔓，而是Viper。Viper的脸容冷漠，板寸头在烈日下渗出了点点晶莹的汗珠，透过特写镜头被清楚地反映出来。乌黑的短发衬得她的眉眼更加生动。她不施脂粉，却有白脸红唇，透出健康的色泽，英俊得像个小男孩。

　　这个镜头，她是真的没有化妆。

　　连卡梅伦都赞只有一个陆蔓蔓有这个勇气，也有这个资本。

　　Viper的敌人出手了——很厉害的招式，却被Viper徒手挡开。Viper一个转身，用一记侧踢将对手制服。她的脚踩在男人的心口，只要上移一点，卡住他的喉咙，用力一踹，对手就会一命呜呼。

　　可是Viper犹豫了。直升机呼啸而来，顶头上司从天而降，出手更是快准狠。Viper虽不敌，却也狠狠地反击了。她眉心一蹙，那对灵动的眼睛猛地睁开，她如最迅猛的猫科动物。即使她被反手束缚住，被上司用脚踹，也决不跪下。

　　一段对话过后，Viper沉默了一下，忽然说："我不杀同伴。"

　　"对敌人心慈手软，死的是你。"上司蓦地转过身，"不是看在你那张脸的分上，今天我就毙了你。"

　　然后是她脸部的特写——很美，一种隐忍的美。英挺、冷厉、软弱，属于女孩的柔、妩媚与孩子般的纯真——涌现，只通过一对传神的眼睛表达了出来。她没什么脸部表情，只有唇边很细微的抽动，不仔细看，根本发现不了，然后是一抹很淡的笑，含着嘲讽。

　　"Cut！这条过了。接下来到安东尼与女主角的戏。"卡梅伦不再表扬陆蔓蔓了。因为她演得太好，他赞多了也就麻木了。

　　陆蔓蔓已经看见安之淳。她蓦地站定，犹犹豫豫，不敢走过去，眼珠转得飞快——今晚她的小命还有吗？

　　"过来。"安之淳的声音不大，可她听得心惊胆战。

　　"过来。"他又大声了一点。

　　陆蔓蔓继续"乌龟爬"。

　　最后，还是安之淳走了过去，在她面前站定。

　　她几乎不敢抬头看他。"再低，头都要低到尘埃里去了。"他无奈地说。

听了他的话，陆蔓蔓忽然抬头，看着他时，她的眼睛那么亮："没关系，就像张爱玲说的，低到尘埃也能开出花来。你懂得蔓蔓有多爱你了吗？"说完，她眨了眨眼，一直注视着他。她的眼珠极黑，看得专注时如一潭水，又黑又润，还真像狗狗的眼睛。

他忽然就伸出了手来，摸了摸她的头："狗狗乖。"

陆蔓蔓："……"

"你的头发……太刺手了。"安之淳摸着她的头，觉得哭笑不得。

陆蔓蔓："……"

为什么个个都要说同一句话，可不可以有点新意？"难道你就不会说'你很帅，你酷毙了'吗？"她嘟起了红润润的小嘴。

安之淳看着她一张一合的红唇极为诱人，于是喉结滑动了一下，忽然就俯下身来，吻住了她的嘴唇。

嗯了一声，她发出了小狗狗般的抗议，而身体已经被他拦腰抱起，塞进车里。车一路风驰电掣。

第十八章　爱的《谜题》

一

四处都是茂密的森林，很快，安之淳就迷路了。

一阵雷鸣，这里忽然就下起了急雨，整个森林变得漆黑无比。他们本就是坐在贴了膜的车厢里，这下更似跌进了夜色里。

车子停在了林木最茂密的深处。"蔓蔓，坐过来。"他的声音隐忍，夹杂了太多压抑的情感。

"迷路了……"她颤了颤，其实她也渴望得到他。

"管他呢！"他的声音、呼吸都喷到了她的脸上、嘴唇上，徘徊流连。

陆蔓蔓怔了一下，不料他整个人探过身来将她的腰一扯，她就已经往他这边跌来了。他按了座椅的调动键，整个司机座椅斜靠了下去。她被他用力一按，猛地趴到了他的身上。

"之淳……"她的声音低低的，弱弱的。可他已经吻住了她，他不顾一切地撬开了她的唇齿，狠狠地搜刮一切属于她的气息，钩住了她的舌根，狠狠地吮吸。她的身体战栗，头皮渗出了薄薄的汗。她的一切都被他勾了起来。她知道，自己也想要他。

他捧住她的头，忽然就亲在了她刺刺的发心上。

酥、麻、痒、难耐全涌了上来。

她的脸贴着他的颈项。她的头发刺刺的，对于他是酥麻的、难耐的、燥热的刺激。她动了动，碎发划过了他的嘴唇，一直痒到了他的心里去。

他的手已经探了进去，解开了那颗扣子，揉捏起她的柔软来。

"嗯……"陆蔓蔓惊呼了一声，她的舌头再次被他吸住。他已经解开了她迷彩的长裤，用力一扯，哗的一声，长裤落到了地上。

她闭了闭眼睛，裤子已经被他用脚撩到了一边。"坐上来。"他低低地说道。

她跨坐了上去，"呜……"她低喘，嘴唇被他再次含住。他的每次移动，都使她发狂、沉沦，从此万劫不复。

她的腰撞到了方向盘——车里还是狭窄。她动弹不得，身体越发燥热，进退两难。而他将她的腿抬高了一些，双手拥抱她，护着她的背，更加凶狠。她蜷缩起了脚趾。

"蔓蔓，蔓蔓。"他呼唤她。

她紧咬的嘴唇已经渗出血来。

淡淡的血腥味、森林的泥土味、雨的味道、风的味道，还有他的体味一齐袭来，他给了她极大的欢愉。啊的一声，她尖叫出来。

他看着她——她急速的呼吸，粉红的脸颊，水般柔情的眼睛，不断起伏的胸脯，他的难耐她都懂得。他慢慢掀开了她的那件黑色短背心。

轰的一声，雷电闪过，照亮了她雪白到了极点的身体。

"蔓蔓。"他低低地呼唤她，手抚上了那如玉的凝脂。他摩挲着，含弄着。她的身体比水还软，还润泽。她的指尖也摩挲过他的身体，他猛地战栗，用力地将她揉进了自己身体的最深处。

"蔓蔓，蔓蔓……"他一直叫着她的名字。她的脸贴着他的胸膛——最靠近心脏的位置。她的头发在他心间摩挲，又短又碎，那么刺痒，使得他激动不已，无法停止。他从来没有想过，她只是换了一个发型，改变了原来的乖顺气质，就会给他带来如此强烈的吸引与刺激。只要是她，他总是不够，永远也要不够。

最后，她只记得茂密的森林、黑色的天际、彼此的汗味、极致的欢愉与他的呼唤。

他有多爱，便有多想。她有多想，便有多爱。他们彼此要得太深，到达了灵魂最深处。

陆蔓蔓的戏还差安徽与江南小镇的那两段就全部结束了。她在亚马孙的戏份也已经完成，所以她先随副导演艾力直接飞回中国。

安之淳为期十天的会议也已结束。他照样是随她一起回国。

陆蔓蔓的状态很好，不过两天的工夫，江南小镇的戏她就已经拍完了，还差安徽的那几场武戏。关于在安徽古城的那一轮追逐的武戏，最后艾力还是采取了陆蔓蔓的建议，取消了有些雷人的"飞檐走壁"。

她吊威亚，摔得一身的伤，还真是成了家常便饭。

每晚下了戏，都是安之淳替她按揉瘀青，替她热敷，好让她快些消肿。他总是很细心、很耐心又很贴心，无论她怎么耍赖，他都坚持。他会说："乖，蔓蔓，你累了，躺着就好。我帮你消肿。不管不行的，老了会全身骨头痛。"

而她总是嚷嚷着太疼，可他依旧是一板一眼地用力按揉。

对付他的招数，已经没有新意。

"太麻烦啦，蔓蔓要睡觉！"陆蔓蔓扭着身体，像个小蝌蚪。

安之淳笑她："你就是一个大大的、可以移动的问号。"

陆蔓蔓："……"

又过了两天，安东尼也飞到了安徽。

有一场他与蔓蔓的对手戏。Viper蒙着脸，与他对打。他近身搏斗时，触碰到了她的身体，那种熟悉的感觉传来，他发现了是她！是他沉迷的那一朵危险神秘的颠茄花！

因为两人需要碰触，且只有情人才懂彼此身体间的语言，所以这一场戏的感觉十分微妙，难以演绎。

她与安东尼已经被"Cut"了数十遍！两个人总是找不对感觉。

当天晚上，陆蔓蔓失眠了。白天被"Cut"了太多次，她的自信心快消失殆尽了。

她翻来覆去，睡不着。

"怎么了？"安之淳把灯点亮。

"只是碰触了一下对方的身体，就知道是她，这感觉很难以把握。"陆蔓蔓那个怨念啊，"太难捉摸了吧！"

安之淳轻笑了一声。她听出了他的暧昧，踢了他一脚："你给我认真点。"

"我很认真，蔓蔓。"安之淳说，"其实，两个人上过床，又是有感觉的，怎么会认不出彼此的身体。"他闭上眼睛，伸出手来，很自然地就抚摸到了她的头发、她的眼睛、她的嘴唇、她的锁骨……

"之淳！"陆蔓蔓按住了他作恶的手，"我懂了，不用教了。"

"真的不用教，嗯？"他闭着眼睛，准确地含住了她的耳垂。她的身体猛地一震。

"不用教！我懂！"陆蔓蔓恼极了。明天还要继续吊威亚，这几天白天要工作，晚上要陪他……她已经散架了。

"哦，不用教吗？原来，我已经将你调教得这么好了吗……"

陆蔓蔓："……"

她又被他调戏了。

对于陆蔓蔓来说，这是她在安徽，或者说是她在《暗影》剧组的最后一场戏了。

陆蔓蔓全力以赴。她的眼中有一股不服输的劲儿。

连艾力都连连称奇：这样高强度的动作片，陆蔓蔓坚持到了现在，非但没有出现疲态，还越战越勇。

这一幕戏是在安徽的古城里，在一栋一栋的老宅上，在粉墙黛瓦间展开的一场惊心动魄的大逃亡。昨天陆蔓蔓成了"NG王"，所以今天她要一雪前耻！

Viper蒙着脸，沿着墙檐飞快地奔跑。她身体轻，脚法灵敏，踩着墙架跑得很快，但急了也偶尔会踢落几片黛瓦。

安之淳站在监视器前，看着镜头里面的她，猛地屏住了呼吸。她一袭黑色的长袖衣衫，将身体包裹住，里面穿了黑色的短裤，露出一截雪白的小腿。她的头发上蒙了一块黑纱，一直缠绕而下盖住了上半身，也挡住了她的脸与修长的颈项，只露出一对美丽的眼睛。

她的眼里流露出了一刹那的惊慌，然后执拗的劲儿再度浮现，杀机从她的眼底一闪而过。

安东尼演的Phantom从另一边的黛色屋檐下跳了过来，手执匕首向她挥来。Phantom没有因为知道了她是女人而留情，招招致命。

在屋檐上，陆蔓蔓用先前沟通好的步伐来演。她练过太极，所以与武术指导S沟通后，S根据她的太极步伐长短、她呼吸的频率，给她设计了一套新的"步子"。

放弃飞檐走壁，这里改为更为有意思的"步子"。陆蔓蔓一路走来，飘逸灵动，头纱在颈项后打了一个结，拖着一段轻纱，轻纱随着她的身姿飞舞——真是拍出了意想不到的效果。

她时而用咏春招式，时而又是其他拳法，打得十分漂亮。三分钟的打戏，真的是打出了深度，也会让全世界见识到真正的中国功夫。

她的上衣因打斗在腰际那里卷了一点起来。这时Phantom下了狠招，手已经抓到了她的腰侧，另一只手只要把匕首轻轻一送，她就要被制服。可是他贴到了她的肌肤，手上传来的触感柔软，这种感觉曾经像蛇一样在他的身上盘旋、起舞……Phantom的眼神一滞，身体猛地一僵，他的呼吸蓦地乱了，鼻翼微微张开，他怔住了。他已经认出她来！

艾力猛地叫了声好，正要喊停，安东尼忽然扑哧一声，笑场了……

陆蔓蔓十分无奈。

安东尼看着她，还是忍不住地笑，肩膀一直颤动："谁让你刚才和我谈论怎么演这一场时，一直在念叨'我和你上过床，你熟知我身体的秘密。你知道我腰上的秘密，那里很柔软，是你口中说的水蛇腰'，蔓蔓，你让我很出戏。"带了一点揶揄，他转过头来对着安之淳说："安，你就是这样言传身教你的小徒弟的，嗯？"

陆蔓蔓："……"

对不起，是我太入戏的错，你不用说不出话来的……

二

陆蔓蔓在《暗影》里的戏份全部结束。

拍完的那一瞬间，陆蔓蔓激动得跳了起来。

她那一颗刺刺的头，在烈日下看，真的只差会反光了。安之淳每次摸她的头，都有种十分无奈的感觉。

不过陆蔓蔓却很喜欢这颗刺猬头。她坐在他的车上，车一路往家里开去，陆蔓蔓伸了个懒腰："终于可以好好睡一觉了。我要睡个天昏地暗，外面翻天覆地也不关我的事儿了。"见他还是一张扑克脸，她嗤笑了一声，摸了摸自己的头，道："其实我觉得真的还不错啊！看着精神又英挺，没发现原来我还有这么'俊俏'的另一面。"

安之淳："……"

"想想我的好嘛！我总是长发，我自己都觉得看腻了，你不厌倦吗？换个造型，不是更有新鲜感？"陆蔓蔓往他的肩膀上蹭了蹭，讨好他。

386

不料正在开车的某人斜睨了她一眼，淡淡地道："你需要些新鲜感是吧？没关系，晚上多的是时间让你体验不同的新鲜感。"

陆蔓蔓闹了个大红脸——这人就是会曲解她的意思！

回国后，她考虑到好莱坞的事宜——除了要在十天后与安东尼一起去为新上映的《怒海》做全球的巡回宣传之外，暂时都没有什么事情了。而《夺目》已经上映了半个月，票房十分不错，已经破了八亿，所以《夺目》剧组的宣传发布会也会在一个星期后开始。

陈启的电影《夜幕》定在了十二月开机，拍摄周期两个月。在这期间，她要飞一趟纽约为维密最新季当嘉宾，走秀。而自己将会在六月进组，奔赴横店拍大型历史电视连续剧《秦姝》，为期三个月。现在是五月。还有一个月的时间，在这段时间里，她要为陈赫拉新唱片里的两首主打歌拍完MV。

看着她满满的行程，安之淳只觉得，她留给他的时间是零！

他摘下了眼镜，轻轻放到一边，手摁揉着眉心不说话。陆蔓蔓知道他又不高兴了。

"主人，主人？我的主人？"陆蔓蔓软软地叫他，"Master，my master……"

她蹲在他的脚边，一只手撑着桌面，一只手抓着他的裤脚，仰着小脸蛋看着他，可怜兮兮地叫着："My master……"

她就是一条小狗狗！安之淳心里发软，将她抱起，让她坐在他的怀里。他的下巴贴着她的刺猬头，喉结一动，无奈地笑道："你这刺猬头！怎么抱怎么扎手！"说完，他的嘴唇贴了下来，在她的发心上印下了一吻。

"其实，过了今年，我从明年开始时间就空下来了。今年除了一部电影与电视剧外，我把所有的片约都推掉了，之淳。"陆蔓蔓抬起小脸来，看着他，然后亲了亲他的嘴唇，"嗯，好甜，好软。"她眨了眨眼睛。

她长长的眼睫毛刷到了他的下巴上，痒痒的。他笑了笑，说道："蔓蔓，那你明年有什么打算？"

"我在《夜幕》的电影戏份是在明年二月前结束。明年我只想安心做好一件事情，就是成为你的新娘。"陆蔓蔓摸着他浓密的鬓发，"明年，蔓蔓就二十四岁了。我想在最美好的年华里嫁给你。"

安之淳的呼吸蓦地停顿了，他的眼睛有些发涩，他吻了吻她的眉心："二十四岁，你还那么年轻，而我都老了。"

387

"三十岁就叫老？"陆蔓蔓嗤笑他，伸出手来在他腰上掐他的痒痒肉。其实，他也很怕痒，被她挠得有些着急，想躲又无处可逃，背重重地往后一靠——一把办公椅固定着他高大的身体，而她更加来劲儿，整个人爬了起来，跪在他的大腿上狂挠他的痒痒肉。她咯咯咯地笑，声音又脆又响。

他也是笑得缓不过劲儿来，气喘吁吁的："你们这些小姑娘，不是都爱管过了三十岁的男人叫大叔吗？"

"哈哈哈哈！"陆蔓蔓笑得岔气了，"你都喘不过气来了，确实老了！"

安之淳："……"

见他脸色不虞，陆蔓蔓停止了作恶的手，分开腿坐在他的身上，脸伏低了点，在他的耳边低低地说："可是老得依旧让我受不了……"

安之淳听了，眸色一沉，将她抱起，往卧室走去。

这几天他都没有碰她，知道她赶戏累坏了，确实是让她睡了个昏天暗地。可现在，这小人儿睡够了来劲儿了，他怎能不领了小美人的情！

他给了她无边的爱抚，如在对待这世上最尊贵的女人，仿佛他只是她的奴仆。他一心只想取悦她、讨好她。他只是她脚下的一颗尘埃……

他十分温柔，动作轻缓。她轻哼了一声，如小猫叫。

他低笑了一声，寻到了她甜美的嘴唇，轻轻地、轻轻地吻着。"蔓蔓。"他低声唤道。

"嗯？"她如小猫哼哼似的回答道。

"蔓蔓。"他执着于属于她的那个名字。那个名字也是属于他的，很快，她将冠以他的姓氏。

"蔓蔓……蔓蔓……"

他的嗓音低醇动听，如暗夜里缓缓奏响的大提琴，充满了情感，充满了渴望与热切，使得她沉醉于这一个美妙的夜。

陆蔓蔓没有想到的是，她会在自己的大本营接到高桥先生的邀请束。

"还记得美日联合投资银行的行长，高桥颖川先生吗？"安之淳看着她梳妆打扮，含笑问道。

当然记得！安之淳居然还因为这个人吃醋，当众提问自己经济类问题，害自己差点出丑……

"嗯嗯，记得。"陆蔓蔓看着镜子里的他，眉眼带笑。

她的头发长了些，告别了刺刺的板寸，现在是像小学生那种简单到极点的发型，刚到耳边，只是在刘海上做了些巧处理，剪得十分时尚，看着参差不齐，实则剪得十分精细雅致，衬着她精致的五官十分美丽，有一种精灵的味道。

短发、修长的颈项、修长婀娜的体态，显得她更加高挑出众。她一袭简约的红色礼服裙，露出后背大片雪白细腻的风情，因为没有长发遮掩，那种美十分招摇，不再含蓄，美丽得张狂。

"我喜欢你现在这个样子，美丽得肆无忌惮，任性张扬。"安之淳俯下身来，含住了她的耳垂，细细吮吸着。

"别……"她推了推他，"我可不想再化一次妆。"

他低低地笑。

见面地点是在靠海的别墅区。说来，离安之淳的"滨海别墅"其实挺近的，开车过去也就半个小时的路程。

安之淳给高桥带了一整箱的罗曼尼康帝园出产的黑皮诺红葡萄酒。

高桥十分有礼貌，知道他到了，特意携了女伴在别墅门口等着。

"恭贺你的乔迁之喜了。"安之淳将一箱美酒递给了高桥身边的助理。助理恭敬地接过。

"谢谢了。安先生赏脸，人来了就好。"高桥笑着介绍，"这位是我的新婚妻子陈俏。"他一脸宠溺地看着妻子，说话的声音都低柔了下去："小俏，这位是我生意上的合作伙伴与朋友安之淳先生，这位美丽的女士是大名鼎鼎的国际蔓，你不是一直想要她的签名吗？那就要赶紧抓住机会了。"

高桥一向幽默，陆蔓蔓也只当他是随口恭维的。不过没想到这高桥先生娶了中国媳妇后，居然在这么短的时间内就学会了中文。嗯，爱情的魔力真是大啊！她配合着开起了玩笑："合照也行啊！我最喜欢拍照了。"

安之淳摇了摇头，对高桥说："她们这些年轻女孩就是爱玩，爱疯。"

"啧啧，说得自己多老似的。"陆蔓蔓轻嘲道，调皮地眨了眨眼。

安之淳自然就想起了那一晚，她捉弄他，说他老得依旧让她受不了，他的脸忽然就红了。陆蔓蔓看得玩心大起，也不顾众人都在，忽然就踮起脚钩着他的头，亲了亲他的嘴唇，一触就分开了。她看起来乖巧得很，其实一肚子的坏水，她根本就是在勾引他。

大家看到这一幕，都笑了起来。

389

另一边，一个身着纪梵希小黑裙的年轻女郎正往这边走来，正好看见了当众亲吻的安之淳与陆蔓蔓。

"咦，可可，这个就是你那爽了约的未婚夫安之淳？"穿金色裙子的女人是梁可的好闺密，所以说起话来毫无顾忌，"那个就是国际蔓吧？原来这么轻佻放荡，当众就跟男人亲吻，一点儿规矩也没有。想来，你放弃那个男人是对的，他的眼光和品位真差。"

梁可看着英俊潇洒的安之淳，眉心跳了跳，咬了咬牙。

对外人，她一向是摆出她抛弃了安之淳的姿态，但其实只有自己知道，那个男人和自己说过的话没超过五句。连她是什么样子的，想必他也没看清。就因为那个轻佻的女人？自己哪点比不上她呢？

梁可对着闺密笑了笑，拿了一杯香槟酒喝了一口，说："小橙，我们进去吧。"

黄橙啧啧两声："不过，那安之淳是挺英俊的，难怪那么多名媛喜欢他。他倒好，挑了个戏子。"

黄橙的目光一直胶着在安之淳身上。

安之淳当然是个美男子，不然梁可不会答应家族的联姻。其实当梁可在家里举行的商业派对舞会上第一次见到安之淳时，她的目光就再也移不开了。可是，他连一眼都吝啬于给她。

"小橙，你先进去玩，我去趟洗手间补妆。"梁可说完，打发走了闺密，自己躲到了偏僻的地方打起电话来。

电话接通，她的声音尽量地放委婉，用最乖顺、淑女的方式说话："喂，安伯父吗？高桥先生在开派对，您也过来玩吗？对了，我看见之淳了。"她轻笑了一声，又道："他吗？年轻气盛，难免有些招摇。"

他与她当众亲吻，那么招摇，刺激到了梁可。而那个幸运的女人，更是让梁可妒忌。她美得那么招摇，时刻吸引着所有人的目光……

妒忌是一种很可怕的东西，像潘多拉的盒子。梁可心里只有一个疯狂的念头，那就是报复！

三

众人热热闹闹地转进了别墅里。

已经是五月了，天气渐热，所以有好些人下了泳池玩水。

旁边有乐队在演奏欢快的歌曲，场面十分热闹。

赴宴的大多是银行界的人，或者一些商场上的贵客。来往的人衣香鬓影、西装革履，像在拍摄一场华丽的电影。

那些女伴或是贵妇名媛，或是男士们带来的明星。美人很多，但没有一个美得如陆蔓蔓般张扬夺目。

安之淳都不舍得让她离开他半秒钟，不管去到哪儿他都带着她。她挽着他的手，踩着尖细的高跟鞋，一对黑漆漆的眼睛顾盼生辉，笑时倾倒众生。

"蔓蔓很无聊啊！你们说的我都听不懂。你就让我去吃甜点嘛！"陆蔓蔓摇了摇他的手臂，"你看，那边的马卡龙多好看，五颜六色的，一定好吃。"

"五颜六色跟好不好吃没有半点关系。"安之淳不准。

陆蔓蔓："……"

"卖相好，一定好吃嘛！"她继续摇。

"看着好吃的，一定不好吃。金玉其表，没听过吗？"

陆蔓蔓：想吃口东西，怎么这么难……

于是她转移视线，趁着安之淳在与一个意大利人说话时，陆蔓蔓和懂中文的高桥聊天："高桥先生，真没想到，上次见面你还是单身，这么快就有娇妻相伴了。"

陈俏人如其名，长得十分俏丽，一笑时有个小酒窝，她的眼睛大大的，一笑就弯起来，整个人十分甜美可爱。

安之淳忽然俯下身来，在她耳边低声说："我怎么觉得，她跟你是一个类型的。"

陆蔓蔓窘了一下——幸好别人听不见。她决定惩罚他一下，转了转眼珠，娇媚地睨了他一眼，声音也是低低的："怎么就和我一个类型了，她有我辣吗？"

安之淳被酒给呛了一下，咳了两声，耳根红了。而陆蔓蔓咯咯地笑，声音清脆，飘出很远。

高桥搂住了小娇妻，也笑着说道："你们这样秀恩爱，真是太刺眼了。幸好，我有了小俏。"然后他转过脸来对陆蔓蔓说："那次在曼哈顿见了你，我忽然就开窍了。想着自己从来只顾工作，也该有一段美妙的爱情，这一生才不辜负。然后，我真的就遇见了她。

"我们是在中央公园邂逅的，一见钟情，我根本忘不了她。看见她的第一眼，我就知道，我爱上了她。所以，我们很快就结婚了。"

陈俏被他说得脸红了，有些害羞地垂下了眼睛。陈俏其实很安静，话不多，人也容易脸红，但熟悉了也是热情的那一类人。她与陆蔓蔓混熟后，还真的拉着陆蔓蔓到花园的一边拍起了合照。

"你不会是为了客套才说喜欢我吧？"陆蔓蔓笑笑地说，"没关系啦！现在也玩熟了，不用客套啦。哈哈哈，其实，你是不是没看过我的电影啊，连我是谁都不知道吧！"

"不是这样子的。"陈俏被她逗得脸红了，"你拍的第一支广告我还记得，是茉莉花茶的广告。说来，你比我还小，干吗一副小姐姐的样子啊！"然后陈俏上前拉了她一把："来来来，为了表示我是你的铁杆粉丝，我们多来几张合照，我好发微博上晒去！"

陆蔓蔓：小姐姐看着不爱说话，原来是这么热情的啊……

两个小女人在那儿叽叽咕咕地聊天、拍照。陆蔓蔓说起拍电影的趣事，尤其是说到看到了安东尼大影帝的翘屁股时的情景。陈俏听了，红着脸呀了一声，眼睛亮亮的，显然是一副色色的样子。陆蔓蔓嘟了嘟嘴："难不成你还是安东尼的死忠粉。"

"当然！"陈俏猛地点头。

陆蔓蔓真是不知道说什么了，她感觉安东尼有点阴魂不散。

忽然，陈俏来了句："你不是说全裸的吗，有看到大影帝正面吗？"

陆蔓蔓："……"原来，小姐姐还挺色的。

安之淳忽然贴了上来，牵住了她的手，跟大家说了句抱歉，然后拉着她一路小跑。两人穿过了廊道，她被他扯着跑，有些蒙。

等她反应过来时，已经到了别人家的后花园，花影婆娑，人影……不是稀疏，而是没有——怎么看都像是"犯罪"的好地方。

还在做着各种脑补的陆蔓蔓，被他压在了一树碧绿的芭蕉树上恶狠狠地吻了一通。

"嗯……"陆蔓蔓极力反抗，却被他压制得更死。

"安东尼的……就那么好看是吧！"他终于放开了她的嘴唇，眼睛盯着她。

好疼，嘴唇一定是肿了，搞不好都破皮了！

"是陈俏问的嘛！而且，那天我都没有看到，你不是及时捂住我的眼睛了嘛！"陆蔓蔓委屈加嘴硬。其实她还真是看到了那么……一点点。嘿嘿，不过是看到了贴着的黑布……

"你还想看到是吧！"安之淳又咬住了她殷红的嘴唇。

她被吻得气喘吁吁，娇声嗲气地回应："没有嘛！我当时不是都被吓着了吗，我都已经自觉地闭上眼睛了，只不过你刚好来搭救了，我就不提了嘛！"

这回答，他还算满意。他的吻变得温柔，而手已经不自觉地从她腰上移开，在背后那片雪白的风情处徘徊。她的肌肤那么细腻又润泽，他一触碰就觉得热。他的指尖沿着她背脊那道优美性感的曲线上下滑动。

"嗯，热……"陆蔓蔓低声抗议，"这里有人的。"

安之淳亲了亲她的眼睛："乖，没人，让我抱一抱你。"他将下巴搁在了她的肩膀上，那双温柔的手老实了下来，安分地按在了她的腰侧。他真的只是想抱一抱她。

嗒的一声响，是谁踢到了石子。

陆蔓蔓正要挣开他，他低低地笑道："管他！"可她羞呀，探了探头，没看见人，只看到拐角处飘过的一点黑色。

唉，糗大了！还真是被人家看见了。估计那人也是不好意思，赶紧跑了。

"阿宝，我的一世英名就这样被你毁了。"

而始作俑者，还是在那儿低低地笑。

一边的梁可气得咬紧了牙。她从来没有想过，那个出色而冷漠的男人，原来也会有那么热情的一面。明明她才是他名正言顺的未婚妻！

梁可再次踢动了脚边的碎石子。石子沿着三两级楼梯滚了下去，嗒嗒两声响，滚到了安之淳脚边。

安之淳只是想安静地抱抱陆蔓蔓，与她享受片刻的独处时光，却一再被人破坏，当下也是十分恼火，抱她抱得更紧。

"我们出去吧，估计人家也看不下去这样虐'单身狗'的了。"陆蔓蔓举起两根手指，弹了弹他的额头。

太阳开始下山了，日影刚好斜到了这边——一边是海棠，一边是芍药，都盛开得正艳。而她身后是碧绿的芭蕉叶，正好笼在太阳的阴影下，那一汪浓翠就变成了一片黛色，黛色沉沉，全然地吸进了他的眼底，显得他的眼睛更为乌黑，漆黑中又透出一点黛色来。

他的眉眼是如此出色。陆蔓蔓看得怔住了，一时忘了说话。许久，她才回过神来，发现他也只是静静地注视着她。她踮起脚，而他配合地低下头来，她在他的眉眼上吻了吻，声音低低的："我们出去吧。"

"好。"他的嘴唇在她眉心流连，最后只是印下了一吻，然后他牵着她的手，离开了那株颜色浓碧的芭蕉树。

安之淳出席高桥的派对，其实也是为了应酬。许多银行家也在，谈论起全球经济格局来，一时半会儿也是走不开的。他怕她真的饿了，便让她到外边去等："我已经让厨师做了蛤蜊烩意大利面，吃那个才能饱。别吃那么多甜点，会积食。"

"嗯，那我找吃的去咯！"陆蔓蔓答了一句，欢快地跑了出去。

安之淳就站在二楼的窗户边，可以随时看见花园里的她。别人问他话，他也只是略略回答几句，他的一颗心都紧系在了她身上。

吃过了好吃的面条，陆蔓蔓就继续和陈俏站在花园里品酒、听音乐、胡侃。

碰巧听见旁边一位女士咦了一声，陆蔓蔓看了过去，是最近蹿红的影星——以拍偶像剧为主的宁陵，因为偶像剧最吸粉，所以宁陵飙红得迅速。宁陵与身边一同来的小影星说道："那边那个女的，看起来真不错。那身好像是纪梵希的最新款小黑裙吧！"

小影星附和："是呀，最新款的。有钱人家的女孩真好，不用像我俩那么辛苦，还有大把的东西可以挥霍享受。"等那位纪梵希小姐走近了，小影星又道："还真漂亮呢！"

宁陵说："关键是人家气质好。听我亲爱的说，她就是曼哈顿上东区最有名的名媛梁氏千金，以高学历、善经营、好品位出名，是时尚界的宠儿。我们比不了的。"

陆蔓蔓觉得自己的眼皮猛地跳了跳。

"喊，原来是她啊！有什么不能比的，她还不是被未婚夫抛弃了。她未婚夫叫什么来着？"小影星的话酸酸的。

陈俏是聪明人，早从高桥那里听到了只言片语，当即咳嗽了两声。宁陵蓦地转过身来，见到了陆蔓蔓，脸色一变，然后拉着女伴就走了。

"蔓蔓，不好意思啊。其实，高桥请的是她父亲，真没有请她来。毕竟，她父亲也是银行界的人。"陈俏感到十分抱歉。

"没关系，我无所谓。"陆蔓蔓摆了摆手。不过她也真的不想看见那位纪梵希小姐，碍眼，于是道："我到那边看看还有什么吃的。"然后，她就先离开了。

只是陆蔓蔓没想到的是，自己都避到安静的廊道去了，那位纪梵希小姐居然也走了过来。

陆蔓蔓正坐在廊道的木椅上赏花，就看见梁可款款走来。

正面碰上的话其实十分无趣，陆蔓蔓又不是受虐狂，实在不想与她说什么话。于是陆蔓蔓站了起来，正要离开，却听见梁可清冷的声音响起："陆小姐，何必那么急着走。"

陆蔓蔓转过身来，正面与她对视，笑了笑说："不好意思，我们不认识，没什么话可聊。"

陆蔓蔓就那么落落大方地站在那儿，因为她比自己高了半头，那明媚的笑意里带了些揶揄；而她又是俯视自己的，并没有半分的躲避姿态，甚至她娇艳的容颜里渗出了一种叫作张狂的东西，而她也有这个资本。

这让梁可一下就恼了——这陆蔓蔓凭什么轻视自己！

"好大的口气。"梁可冷笑了一声，"我们是无话可聊，可围绕那个共同认识的男人……"

"不好意思。"陆蔓蔓打断了她，冷讥道，"之淳从来没有说过他认识你。当初他在媒体上说与你和平分手了，是给你面子，其实……"顿了顿，她的笑意更为嘲讽，"他根本就不认识你。"

"你——"梁可被她的话噎住。是的，安之淳根本就是当她透明的，可下一秒她就冷静了下来，依旧是名门淑女的矜持模样，"他也不过是一时心血来潮，戏子而已，玩玩未尝不可。我是他名正言顺的未婚妻。"

陆蔓蔓笑了一声："算了吧，梁小姐，你觉得在我这里搬弄这些有用吗？其实你想用力的话，还不如将力气用在之淳身上，在我这里下功夫没用啊！"

她说得十分轻巧，也丝毫不怕自己去找安之淳，她就是看透了自己！梁可的脸色变得很难看。

可下一秒，一个男声传了过来："陆小姐，多年不见，你的教养就只剩这些了？"

陆蔓蔓转过身，见到了安之淳的父亲。

她见梁可有些得意的神情，转念一想，也就明白是怎么回事儿了。陆蔓蔓敛容，十分平静："安伯父好。"

"你倒还记得我是谁！"安明哼了一声。话里的意思十分明显，他就是安之淳的父亲，可以做安之淳一切的主。

陆蔓蔓也从容地说："当然记得，之淳时常牵挂你。"

"他牵挂我？"又是一声冷笑，安明的话里是明明白白的不悦，"他被你迷住了，还记得什么？"

然后他又说："几年不见，陆小姐的教养已经全部还回去了吗？梁小姐也是你可以当面顶撞的？"

这一次轮到陆蔓蔓笑了一声，然后说道："安伯父，我怎么就不可以顶撞她。她是女王吗？还是全身镶了金，金贵得不得了？我看未必吧！我没有教养，那她背着大家给你打电话，一心要挑拨离间，最好能因为我，让你和之淳吵起来，捧她这个所谓的安家媳妇，就是有教养？

"恕我坦白一句，她的手段有些不堪了，还不如明着来，直接对我说'你给我滚'，这样我可能还会高看你一眼，梁小姐。"她的眼珠一转，目光从梁可身上掠过，带着不屑。

"你！"梁可气疯了，如果不是顾着那些淑女的规矩，她真恨不得狠狠给陆蔓蔓一巴掌。

"陆蔓蔓，你放肆！"安明叱责道，"梁可才是我认可的媳妇。"他走到了梁可的那一边。

到了此刻，陆蔓蔓已经不想再装什么了，直接说道："安伯父，我之所以站在这里陪你说话，是因为我尊重你是之淳的爸爸。你觉得我配不上之淳是吧，不就是因为我现在的身份吗！

"我没有钱，又无权势。你看中的只是上流社会那些虚伪的东西而已，例如金钱财富，例如身家地位，可这些不过是我抛弃了的。当年我还是千金小姐时，怎么不见你阻拦我们。"

安明额间的青筋跳了跳，他呵斥道："我没有那么势利，是你的问题。你不觉得你正在一步步毁了之淳吗？你又知不知道他前后在你身上花了多少金钱与不可追回的时间？他为了对付陆笙歌母女，又花了多少手段与心思？他好好一个银行家，因为你而变得声名狼藉。说白了，我不会允许一个戏子进入我们安家。"

陆蔓蔓眨了眨眼睛，说："我明白了。"

梁可心中一喜，以为她会知难而退，却听见她明明白白地说："我终于明白为什么安妈妈要和你离婚了，你根本不懂得尊重人。安妈妈对艺术的追求大于生命，你所谓的好名声让她的才华被桎梏。所以她宁愿鱼死网破都要和你离婚。你真可怜。"

"你真是伶牙俐齿。"安明气得嘴唇哆嗦了两下。他本以为自己以安之淳父亲的身份来压她，她一个弱女子绝对会知难而退，可没想到她是如此刁钻与冥顽不灵。

"你不过就是仗着自己年轻貌美和之淳宠你。你以为你们会真的长久？等到他明白过来，发现对你只是一时迷恋，新鲜劲儿过了，他还会为了一个戏子和家族闹翻吗？"

"这点就不劳你费心了。"安之淳从廊后走了出来，牵起了陆蔓蔓的手，在她手背上捏了捏以示安抚，又说，"我就喜欢伶牙俐齿的。而且她说的，我深表同意。"

他的脸低了下来，眼睛看着她，里面有深浓的情意："我爱她。不是一时心血来潮，更不是贪图新鲜。她将会是我这一生唯一的妻子。所以，父亲，我们的事情就不劳你操心了。"

安之淳说完，牵着她直接离开了。

虽然他是决定了要直接面对父亲的，但毕竟不是现在。而且他并不愿意在这样的情况下，让蔓蔓一个人去承担这一切。父亲却将蔓蔓逼成了这样。

忽然，他站住了。

陆蔓蔓抬眸看他，笑了笑说："没关系，我还好，只是伯父估计被我呛着了。"

最懂他的始终是她。怕他会内疚，她总是挡在他前面，那么勇敢。安之淳笑了，伸出手来揉了揉她短短的头发："蔓蔓，你真勇敢，我为你着迷，因你疯狂，我为你骄傲！"

四

因为是周末，两人的公事都可以延后。在吃过晚饭后，安之淳给陆蔓蔓泡了壶好茶。"不如我们看电影吧。"他看着她亮晶晶的眼睛说道。

"真的？"陆蔓蔓十分兴奋。其实她很享受两人安静独处的时光。她取过杯子，先闻了闻香气，然后仔细地抿了一口，说："你泡茶的技艺比我好太多了。"她盘着两条腿，抱着绿海龟造型的抱枕，舒服地靠在沙发上。

安之淳轻笑了一声："你就是懒，不肯下点功夫。"然后，他将投影仪与巨型屏幕打开，从影碟架子上找了一部电影出来。

见他正将碟片放进DVD里，她笑得十分顽皮："什么片啊？首先说明哦，我只看爱情片，不看别的哈！"

安之淳被呛了一下，回头看她："真不明白你一个女孩子家怎么满脑子都是这些。"

"喊，我就不信你从不看……"

安之淳："……"

"别说话，好好看电影。"安之淳已经走了回来，在她身边坐下，顺势给她切了一块蛋糕递给她，"喝点茶，可以尝尝蛋糕，不然半夜就饿了。"

真是的，看个电影而已，他居然还那么认真了！陆蔓蔓嘟了嘟嘴，然后也开始全神贯注地看起了戏来。

依旧是一部老片子，不过这次不是爱情片，而是悬疑惊悚片《开膛手杰克》。

"这部影片老有名了，我知道，我知道！"陆蔓蔓叽叽喳喳的，十分欢快，"根据真人真事改编，全片充满哥特风的暗黑感，又拍得很有味道。尤其是午夜杳无人烟的伦敦街头，一切都是雾蒙蒙的。古老的气息扑面而来，街道漆黑，白雾缭绕，有种阴森森的美感。"

安之淳看了她一眼，继续安静地看电影。

他两指拿起白底的青花瓷杯抿了一口茶，金丝眼镜下是一对深邃的眼睛，映着屏幕的光，在黑暗中变得神秘起来。他就如走在空寂的伦敦街道的男主角，那对眼睛透出迷离、忧郁的气息。

真是好看啊！陆蔓蔓低叹了一声。

"专心看电影，不是看我。"他没有转过脸来看她，可就是笃定她看的是他。陆蔓蔓吐了吐舌头。

看了一会儿，她就往他的身上倒，一脸笑嘻嘻的："这影片有点沉寂，我又怕怕。那种氛围渲染得太压抑、太可怕了，真不知道明天早上又是哪个妓女被开膛扔在伦敦的街道上了。"她挽着他的胳膊："要不你抱抱我呗，蔓蔓怕怕。"

安之淳低笑了一声，将她圈住，让她半躺在他怀里，两人继续看电影。当电影里闪过一个诡异到极点的画面时，陆蔓蔓有些看不懂，嚷嚷着要他解释。

他耐心解答道："在古时，葡萄是皇宫贵族才吃得起的。因为量少，即使皇族也不是常有的吃，不像现在随处可见又不贵。那时的葡萄仅一串就价值连城。杀手以葡萄引诱年轻女子跟他走，然后捕杀她们，其实也暗示了杀手的皇族身份。"

"啧啧，为了一串葡萄送命！"陆蔓蔓马上明白了电影里那一幕的意思。

陆蔓蔓取过遥控器，将那一幕重温了一遍——一辆低调但奢华的马车行驶在空无一人的伦敦街头，其实是杀手在寻找猎物。

阴森而美丽古朴的街道、深黛色的路砖因为夜的颜色也染成了浓郁的黑色。地砖是黑的，街道被夜所吞没，也是黑色的，镜头后的一切建筑全是黑色的，就连马车也像是黑色的。

然后一个年轻的女子出现在画面里。马车停住了，车帘被撩开，里面伸出了一只男人的手，手上有一串闪着妖冶的紫色光的葡萄，那串葡萄在夜色里异常美丽，泛出迷离的紫色光泽，像紫碧玺一般迷人，但也昭示着死亡。太美丽的东西总是容易消逝的，如青春、美貌、朝气蓬勃的生命。

年轻女子因为那串葡萄上了男人的马车，然后第二天暴尸街头……

"让我猜一猜你与我想的是不是一样。"安之淳单手托腮缓缓说道，拇指在唇瓣上摩挲，一对深邃的眼睛别有深意地看着她。

那种姿态真是赤裸裸的引诱。原本看电影看得目不转睛的陆蔓蔓被他的一举一动所吸引，视线又回到了他的身上来，她笑道："如果递葡萄给我的那个人是你，你那么迷人，明知道会一去不回，我也会上你的马车的。"

其实，安之淳早已为她解开了爱情的谜题。这首歌本是顾清晨创作的，但能解开她谜题的那个人不是顾清晨，而是安之淳，从始至终只是他。

安之淳轻笑了一声："小花痴。"

"我已经看过陈赫拉《谜题》的第一个版本了，很不错。从歌词到背景年代，到服装，再到你的演绎，你与莫尼的合作，都很经典。"安之淳看着她，认真分析道，"有一幕是你在曼哈顿的唐人街，踏着夜色忽然奔跑的画面，效果十分震撼。当时有特意营造出来的白雾缭绕在你的周围，那种情景十分迷离，是各种的暗示，暗示女主角的命运是香消玉殒，就如那一道暗淡而诡异的奔跑的剪影，如那一缕白雾；它也象征了女主渴望自由的心，里面有许多隐喻。"

"这和十九世纪淡雾下的伦敦的那种场景与感觉有十分微妙的相似。这个MV拍出了那种质感。不过我觉得还可以更戏剧化一些。"

"例如，也加入一串紫色的葡萄？"陆蔓蔓笑嘻嘻的，她已经想到了。

紫色葡萄只是一个媒介而已。

安之淳将自己一早就写好的剧本递给她看："我已经和陈赫拉与顾清晨沟通好了，他们也觉得加入了这个开场的话，整部微电影会更加连贯。"

陆蔓蔓忽然感叹道："之淳，为了我，你真是……付出了太多。你殚精竭虑，为的只是成就一个我。"

安之淳忽然沉默了许久，然后才笑道："蔓蔓，其实我只是希望你快乐。我知道，你对艺术是有追求的。"

陆蔓蔓与安之淳抵达了伦敦。

《谜题》这首歌曲就是走凄美、迷幻、复古的风格和路线的，所以与导演沟通后，他们将伦敦这一站加入了背景地点。

"比起另一首同等重要的主打歌，你更专注于打造这一首《谜题》。"陆蔓蔓在化妆。她身上是一袭暗红色的裙子，有华丽的裙摆，面料昂贵而精致，贴着身上的肌肤时，柔滑如水，细腻熨帖。那种真丝缎面非常美丽，在没有月色的夜里，仅仅靠着马车灯笼上的一点光，也能焕发出如水的光亮，如暗红的流淌的鲜血。

只是这袭美丽的裙子已经破烂不堪，露出了她一边的大腿。

经过化妆师处理后，她的头发凌乱，身上有着各种污迹灰尘。她的脸色是苍白到骇人的，不是那种如水般轻灵通透的白，而是透出病态的灰白。

"因为陈赫拉的这两首主打曲是要打进欧美歌曲金榜的，以我的专业眼光，老外会更喜欢和在意这首《谜题》。"安之淳拨了拨挡着她眼睛的头发，又说，"华丽却破烂的衣裙象征的是女主角的美好与悲惨，并不是简单地影射她的贫穷。所以伦敦的街道上不会出现一串紫葡萄，而是会出现能让女主角有所依靠的男人。只不过他并非良人。"

导演叫了一声："Action！"

镜头里，马车停在了陆蔓蔓的面前。

浓雾弥漫的伦敦街道，没有一丝光亮，照不亮她苍白的脸庞。她的眼睛是无神的，明明那么美丽的一对眼睛，空洞、迷惘、不知所措，却又执拗地燃着希望的光芒。

车帘被拨开。导演的监视器里露出一张足以倾倒众生的英俊脸庞来。陈赫拉苍凉而又性感的磁性声音犹在低低地吟唱。莫尼那张在夜里英俊得近乎妖孽的脸，被挂在马车上的灯光笼照着，泛出幽暗的蓝色的光，衬得他愈加冷酷、迷幻且迷人。

他给人一种到达了极致的迷离感觉，能使人为见他一面而甘愿赴死。他浅淡而又冷酷的一颦一笑，真的是震撼到了每一个观看的人。

莫尼是百老汇的常青树，是歌剧界的王子，他的绝代风华根本无须任何言语就能攥住观众的心。他戏剧般的演绎张力用在微电影里，表现得简洁而有力。

他对着陆蔓蔓展露出倾城的微笑，向她伸出了手。他的手也是苍白的，但异常地干净且有力，那是一双美丽的男人的手。

她仰起头，目光痴迷，深情地注视着他，然后伸出了自己颤抖的手，握住了他的手。他用力一提，将她拉进了马车里。从此以后，她成了他的"金丝雀"，衣食无忧，不再体会饥寒交迫的感觉，无须流浪街头，流离失所，却也永远地失去了自由，造成了后面的悲剧。

"Cut！"导演很满意，"好了，要表达的就是这样的情感。"

大家开始收拾东西离开。陆蔓蔓轻声哼着小曲，心情十分好。

"啦，啦啦啦，啦啦啦，啦……初次见你，你有一双爱笑的眼睛。可是你捉弄我，叫我一声Darling（亲爱的）。多欢乐的声音，像一首叫《友情》的歌，从此徘徊在我耳边。哦哦……"陆蔓蔓的歌声欢快，十分有感染力。

这就是另一首主打歌《Darling》，讲的是两个女孩子之间难以描述的奇妙的友情。MV将会在浪漫之都巴黎取景，还要去威尼斯寻找忧郁、宁静的气氛，来烘托歌词里关于成长、失恋的部分。

莫尼走了过来："我之前教你的练气方式，你一直在练习。"他很欣慰——陆蔓蔓确实是个用功的女孩。

光明璀璨的世界在她面前触手可及。可她依旧沉得住气，没有被那些五光十色的虚幻的东西迷住了眼睛。她依旧虔诚地学习与体会，披荆斩棘，勇往直前。莫尼很欣赏她。

陆蔓蔓摸了摸自己茸茸的短发，笑嘻嘻地说："赫拉可是邀请了我也要唱一小段的，我总不能拖她的后腿，影响她唱片的质量啊！我每天早上都会起来吊嗓子。师父，你听出来了呀！"

莫尼微笑道："有没有用功，一听就知道了。你很努力，而且你本来就有歌唱的底子。原本你说喜欢歌剧，我并不相信。一个年轻女孩子怎么可能会喜欢那些沉闷的东西。直到你开腔，我才知道我是错的。"

"不沉闷啊！歌剧可是真正的艺术。"陆蔓蔓回答得很认真，"之淳的妈妈是歌剧女高音名伶，我小时候跟她学过。"

"难怪你高音部分的唱腔那么正统，甜美圆润。"莫尼很开心，一说起歌剧，他可以聊个没完没了。

陈赫拉适时地跑了过来："嘿嘿，蔓蔓，我劝你最好不要和他聊歌剧。他这个人平常很闷，一天可以不说一句话，也没几个朋友。但一旦发现了聊得来的人，那个人会很惨的。"

陆蔓蔓挑了挑眉，开启"认真听陈赫拉吐槽"的模式。

陈赫拉见她那搞怪样，扑哧一声笑道："会听他一直说歌剧，一直说一直说，然后就被他烦死了。"

陆蔓蔓："……"

莫尼："……"

第十九章　威尼斯夜未眠

一

繁星点点，水城的夜十分宁静。已经是凌晨三点的光景了，游人几乎散尽了。

"真没想到，我的梦想之一居然这么快就实现了。"陆蔓蔓枕着安之淳的腿，发出感叹。

安之淳垂眸，只见她满足地闭上了眼睛，脸上是一点甜蜜的笑容。月色溶溶，水声潺潺，她长长的睫毛一颤一颤的，像纤薄的蝶翼。

"你的梦想之一是什么？"他抚着她的短发，一遍又一遍。到底是有些可惜，她的头发太短了。

"就是和你环游世界啊！现在已经在游威尼斯了啊！"陆蔓蔓笑道。

两人又不说话了。

贡多拉在不同的小巷中穿梭，船人不说话，他俩也不说话。一排排的贡多拉拴在岸边，只有他俩的船还在不知疲倦地行驶。

四周万籁俱静。那种感觉其实十分美好——天边的月亮、璀璨的星辰倒映在水里，一晃一晃的；星星融成了一片白色的霜糖。

船又驶出了一条水巷。

"看，叹息桥。"安之淳指着前面的一座封闭的拱桥说道。

原来那就是举世闻名的叹息桥。

"你要吻一吻我吗？"陆蔓蔓抬起手来，抚摸他英俊的脸庞。

"当然。"他低下头来，将嘴唇与她的嘴唇贴在了一起。

叹息桥的传说：情侣在桥下接吻，爱情将会永恒。

所以，坐贡多拉的情侣一定要经过叹息桥，且在桥下拥吻。船人是特意载着两人来此的。见到这一对深情的恋人，见到两人眼里那藏也藏不住的深浓爱意，船人微笑着发出了一声极低的叹息。

这叹息是幸福，是美好，是快乐，是憧憬，是祝愿。

船上还放有一把小竖琴，安之淳说："夜色温柔。蔓蔓，我给你唱首歌吧。"

她乖巧地坐了起来，紧紧地依靠着他，像一只总黏在他身上的小动物。安之淳笑了笑，揉了揉她的头发，然后拿起了小竖琴，弹响了柔美而恬淡的音符。他唱的是一首根据拜伦的《她在美中行》而改编的游吟诗歌："她以绝美之姿行来，犹如夜晚，晴空无云，繁星灿烂；那最绝妙的光明与黑暗，均汇聚于她的丰姿与眼底，交织成如许温柔光辉，浓艳的白昼所无缘得见。

"增加或减少一份明与暗，就会损害这难言的美，美波动在她乌黑的头发上，或者散布淡淡的光辉；在那脸庞，恬静的思绪，指明她的来处纯洁而珍贵。

"在那脸颊，在那眉宇间，柔和宁静，却情态万千的动人微笑，焕然光彩，诉说美好温良的华年；那心灵安详而含蓄蕴藉，那爱恋真挚而无辜纯洁！"

他用英文与中文反复地低声吟唱，声音动听犹如天籁。

陆蔓蔓听得如痴如醉。

一直没有说话的船人轻声说道："他是在赞美你。"

陆蔓蔓脸一红，抬头看向安之淳，而他正含笑点头："是的，你很美。"

这样的夜，和心爱的情人一起，即使什么也不做也是好的。

朝阳升起，阳光洒在床畔，安之淳翻了一个身，摸不到她，然后就醒了。

他看到他的小女孩正穿着他的白衬衣坐在阳台上，看着楼下的河水发呆。

阳光照在她的脸上、身上，她白皙得几乎透明，这使他想起了安徒生童

404

话里的海的女儿。

陆蔓蔓的心情很好，她伸了一个懒腰，做了一个深呼吸。鼻子闻到的是带了水汽的新鲜空气，她觉得爽极了。

从桌子上取过一沓稿纸，她清了清嗓子，试着唱了起来："初见你，你有一双爱笑的眼睛，可是你捉弄我，叫我一声'Darling'；多欢乐的声音，像一首叫《友情》的歌，从此徘徊在我的耳边……"

她的音色好，清脆又悦耳，很符合这首歌欢快的旋律。

"这首歌的词是陈赫拉自己填的吧？"安之淳站了起来。

陆蔓蔓一转身，就看见他全身赤裸地站在床边，她呀地叫了一声，连忙捂住眼睛转过身去。

他低笑了一声，已经取过地上的浴袍穿好了，在腰间打了一个结后才走出阳台："早安。"他的唇齿在她的耳根、颈项处流连，他的气息痒痒地贴着她的肌肤。果然，她的肌肤变红了。

"你……你……"陆蔓蔓半天除了"你"字，说不出一个多余的字来，惹得他放肆地笑，笑得那么性感迷人。

最后，陆蔓蔓只好投降："你可不可以不要那么坏……"

"哦，你是指现在呢？"他吻了吻她的锁骨，嘴唇已经往下移去，"还是指昨晚，嗯？"他抱起了她，让她坐到了他的腿上。太阳又升高了一些，照得两人的身上暖暖的。两个人头抵着头，身上像是披上了同一件金色的纱衣。

他与她相拥而吻的画面太美好，左侧一座拱桥上的游人举起相机拍下了那一幕。

陆蔓蔓扭捏了一下，手指在他肩膀上画圈圈，声音低低的，又娇又软："什么时候你都是那么坏。"

"哦，那你现在要不要尝试更坏一些的？"他又抱紧了她一些。

陆蔓蔓笑着捶了他一下："阿宝，乖一点，不要老想那些。给点意见嘛，我唱歌唱得怎样？下午就要拍MV和录音了，我还真有些紧张。"

"想听真话？"安之淳开始撒诱饵。

某条笨笨的小狗狗狂点头。

"那就先贿赂贿赂我，嗯？"他猛地将她扛起，回到了房间。

陆蔓蔓被他往床上一扔，只来得及啊了一声，最后连抗议声也没有了……

威尼斯之行其实还是为了工作。

《Darling》这首歌的上海与巴黎部分已经拍好了，只差最后的威尼斯部分。

美丽的桥上，两个年轻活泼的中国女孩在嘻嘻哈哈，打打闹闹的。她们的歌声那么愉快，感染了过往的游人。

为了达到更好更真实的效果，这里几乎没怎么清场，而是让游人适当地入镜，参与其中。

一大群鲜艳的气球挡住了女孩们。陈赫拉忽然从气球里冒出了头，顶着一张搞怪的脸，眼睛鼻子嘴巴几乎都挤到了一起。

陈赫拉用力拨开挡在面前的四五个大大的、鲜艳的红气球，然后看到一张巧笑嫣然的脸露了出来——陆蔓蔓那张充满蓬勃朝气的脸。

"哈哈哈哈哈哈！"陆蔓蔓发出了欢快的大笑，声音清脆，如银铃一般。她在笑陈赫拉的鬼脸。一旁的录音师将陆蔓蔓十分具有感染力的笑声一并收录了，没有刻意去掉。

陈赫拉也大笑起来，举起双手去揉陆蔓蔓的脸。

两个女孩在十几个鲜艳的气球里玩得兴高采烈。

"好，下一条。"导演很满意。

陈赫拉是"人来疯"，与陆蔓蔓玩忘了形，不小心扯到了她的衣领。陆蔓蔓的衣领松开一些，居然被陈赫拉看到了某些可疑的印记。

"咦，这就是传说中的'种草莓'？"陈赫拉像发现了新大陆，对着安之淳大呼："帅哥，你的草莓种得不错哦。看起来真新鲜，今天新种的吧？"

安之淳面无表情，其实心里早已波澜起伏。他猛地转过脸去，不理会那个"人来疯"，可是早已被眼尖的小天后看见了他红了一片的耳根。她的嗓门更大了，她对着陆蔓蔓笑道："哈哈哈哈，你的情哥哥脸红了哦，他居然那么纯情。原来他是个纯情boy（男孩）啊！"

一众工作人员都在笑。陆蔓蔓捂着红红的脸，跑到一边躲着去了。

录音师也在笑，用手肘撞了撞陈赫拉："小天后，你就别再说啦。看他俩整天发糖已经够甜腻了，都要虐死单身狗了。能不提他俩就别提了吧！太甜是要掉牙的！"

场景搬回到了室内。

浮在水面上的房子，室内陈设很温馨，因为已是傍晚时分，夕阳的余晖与水的波光一起投射到了印有淡黄花纹的墙壁上，一切都唯美清新得不可思议。

地上铺有雪白的毯子，桌面上放有透明的花瓶——盛着清水与两枝黄色的郁金香。牛皮书摊开，洁白的书页里是密密麻麻的心事文字，一笔一画都是手写的。碧绿的叶子静置其中，是美好的书签。

两个穿着同款蓝白相间格纹长衬衣的女孩，在上演疯狂的"枕头大战"。

不是只有情侣之间才能做这项游戏。两个好闺密玩起来更有情趣。打光师调整了最好的角度，使得充足的光线落在两个年轻女孩的脸上，显得画面十分美好。

房间内充满了陈赫拉的声音。碟机里，她动听的歌声娓娓道来："那一天，我在海边，哭得像个孩子。你说没关系，他走了，还会有下一位来到。等待你的Mr. Right（对的人），我会陪你一起等。哦哦哦……"

忽然，在雪白的棉絮飘飞里，枕头被扔到了一边，两个女孩倒在了地上，头对着头，陈赫拉先念起了整首歌曲中间段的对白："亲爱的，如果下一次轮到我，你会陪我等吗？"

陆蔓蔓笑着回答："当然，当然，我会陪你，哪怕海枯石烂！"

两人一起念，一起大笑："友谊万岁。"然后，歌曲的中断里变戏法似的穿插了一段《友情天长地久》的间奏，以此连接后半部分的歌曲。

MV一直拍到晚上十点，终于完成了这首《Darling》的MV，大家都可以收工了。

安之淳怕陆蔓蔓会饿，早早备好了夜宵。

见她有些疲倦地打了个哈欠，他将饭菜热好，放到桌面上："蔓蔓，先吃了我们再回水屋吧。"

"好咯，我都饿死了。"陆蔓蔓猛地从沙发上跳了下来，坐好，开始吃饭。

见她真像只打不死的小强，安之淳好脾气地笑了笑，指了指她的嘴角："沾了饭。"顿了顿他又说："慢点吃，太热了，会烫着舌头。"

"太好吃了嘛！"陆蔓蔓一边吃，一边含含糊糊地说话。

"连血粑鸭、老火冬瓜排骨汤都被你找到了，你真是太厉害了！"她比了个大拇指。

安之淳脸红了红，笑道："我去城里的中菜馆里买回来的，知道你根本吃不惯西餐。"

"你对蔓蔓真好！"她往他的肩上蹭了蹭。

一众工作人员沉默了，他们决定迅速离开这里，永远不要再看到这两个人了。

陆蔓蔓发现了"吃瓜群众"的愤怒，有些不好意思："大家都吃呀！之淳买了一大桌的菜啊，十人份的哎，难道你们都不爱吃吗？"

灯光师说："我们可不可以拿走吃啊？"

"可以啊！都是买给你们的，你们爱吃就行，在哪儿吃都可以啊！"陆蔓蔓答道。觉得不甘心，她又补了一句："其实何必麻烦呢，坐下一起吃就好了啦。"

众人沉默。

然后，导演开起了玩笑："我们牙痛，不想再吃糖了。"

陆蔓蔓："……"

等众人都走了，安之淳低低地笑出声来："他们嫌我俩发太多糖了。"

陆蔓蔓："……"

"这样不更好吗，就我们两个，可以当作烛光晚餐。"正说着，安之淳就变戏法似的从一个深色的袋子里取出了一对红蜡烛。他取来打火机，从容优雅地点上蜡烛，将蜡烛插进银制的烛台里，然后放到了她面前："蔓蔓，用餐愉快。"

"嗯！"陆蔓蔓点了点头，笑得十分灿烂。

二

安之淳又从深色的袋子里取出了一瓶好酒，开好，给她倒了小半杯。

陆蔓蔓笑嘻嘻的，咬着杯壁，喝了好大一口红酒，居然是黑皮诺红葡萄酒。

"真好喝。"她发出了满足的一声感叹，咂吧着小嘴，不忘舔了舔唇瓣上的红色酒液。

他看着她，眸色深了些，眼睛黑而湿润。他很快地移开了视线。

取来遥控器，安之淳按了一个按键后，大厅的顶层就忽然变得漆黑一片。紧跟着，整栋房子都漆黑无比，只有月光、水光与餐桌上不停跳动的橘

408

黄色火光。

陆蔓蔓咦了一声，然后看见无数的萤火虫从屋顶里振动双翼飞了出来，慢慢地飞翔。她如置身星海之中。

"喜欢吗？"安之淳微笑着问道。

"喜欢，喜欢，蔓蔓喜欢！"她高兴得手舞足蹈，忽然觉得鼻头痒痒的，于是吸了吸鼻子。真是要命！她居然要被感动哭了！

她已经吃饱了。安之淳取出手帕替她拭去唇边的饭粒，然后俯下身来吻了吻她的嘴唇："真甜。"

陆蔓蔓的脸红了。

"蔓蔓，赏脸跳支舞吗？"

"好。"她牵着他的手，与他在一片"星海"里起舞。

她的头贴着他的下巴，她软软地说着话："原来你一个下午就是在忙给我的惊喜。"

他吻了吻她茸茸的短发："那我辛苦了一下午，你有什么表示吗？"

陆蔓蔓：这人怎么老想占她便宜啊！

安之淳垂下视线，就看见她后颈项的肌肤红了一大片，其实他只是想说"你给我一个吻吧"。可看到娇羞可爱的她，他忍不住身体的躁动不安，只想要得更多了。他笑了一声，选择实话实说："本来，我只是想要一个吻。可你的反应实在太可爱，太性感了，我改变了主意……"说着，他将她一提，已经把她压到了沙发上。

陆蔓蔓表现得柔顺乖巧，顺从地亲吻了他的眼睛、鼻子与嘴唇，手已经替他除去了领带，解开了他颈项上的第一粒扣子，那里是他的锁骨。她闭上眼，把嘴唇贴了上去："之淳，要我……"

两人情意正浓时，门口忽然传来了门锁转动的声音。陆蔓蔓吓了一跳，安之淳也反应了过来，本能地用身体挡着她。

进来的人看见了，呀的一声，猛地捂住了眼睛。

陆蔓蔓没好气地说："都穿着衣服呢，你捂什么眼睛，赫拉小姐姐！"

陈赫拉知道她不介意，嘿嘿笑了两声，走了进来："我忘记拿自个儿水屋的房卡了。"

陆蔓蔓："……"

安之淳："……"

房间里没有亮灯，依旧是一个烛台与漫天闪烁的绿色萤火，阳台外水光激滟，一波一波温柔地漫了上来，影子在墙上堆积。真是好情调，好气氛。

已经拿了钥匙的陈天后好像没有要走的意思，居然还在那儿欣赏夜色，露出一脸玩味的表情来。

陈赫拉说："你们能不能不要整天这么亲昵？难道就不厌倦吗？唉，真是每天都污污污的！"

陆蔓蔓说："你才污！"

两个女孩在漫天的萤火星光中斗起了嘴来。

其实，那个场面也挺唯美的，完全可以拍进MV里。

安之淳看了一眼脸色绯红、眼睛水汪汪的陆蔓蔓，十分无奈，只好默默地去收拾残局。

咕噜。陈赫拉的肚子抗议了。

陆蔓蔓忍住了笑，故意板起脸来："肚子饿就吃饭啊！都买了你的份了。"

陈赫拉摸了摸平坦的小腹，见安之淳走进厨房清理垃圾了，才不情不愿地撇撇嘴："我要减肥的。"

拍MV时，陆蔓蔓就发觉她不怎么对劲儿了，后来中途她还跑厕所，这怎么能不了解？于是她说："没关系，吃吧。多吃些，女孩子来那个是吃不胖的。"

"真的？"吃货陈赫拉眼睛变得亮晶晶的。

陆蔓蔓笑了笑，将没有动过的饭菜拿去微波炉那儿热了热，再拿出客厅时，饭菜香气四溢："吃吧，中餐馆的美食哦！现在吃多少都不胖哦！"

陈赫拉一把抢过饭盒，生怕陆蔓蔓会吃了似的，然后坐进沙发就是一阵狼吞虎咽。

看得陆蔓蔓目瞪口呆。

"陆蔓蔓，你有点意思。我很喜欢你。你这个朋友我交定了！"尝到了美食，不用饿肚子的小天后口气变得狂妄起来了。

陆蔓蔓：果然，人是不能饿的。

吃得太饱，陈赫拉要她陪着自己出去走走，消消食。

陆蔓蔓嘟嘴，表示不愿意，她只想与安之淳享受二人时光。趁着安之淳还在厨房忙碌时，陈赫拉把门打开，一把将她推了出去，只差没把她推进河里。

"你真的是来'大姨妈'了吗？我怎么觉得，你是来了大力士。"陆蔓

410

蔓无奈道。

陈赫拉："……"

　　两个女孩沿着水巷漫无目的地走着。四周都很安静，游人陆续上岸，回房间里休息去了。月亮倒映在水里，摇啊摇的，一排排拴起来的贡多拉也摇啊摇的，十分温柔。

　　"《夺目》一片已经提交今年的威尼斯电影了。听说获奖的概率很大。业内几个评委看了样片后，给出的评价很高。"陈赫拉忽然说。

　　"嗯，清晨演得那么好，我觉得他会再度拿下金狮奖。"陆蔓蔓眉眼带笑，在夜色下看，十分恬静，而当她提及顾清晨时，眉眼里透出一片柔情。陈赫拉忽然明白了为什么顾清晨对她如此难以放下。其实她很好，只是她自己并不知道。

　　"国际影帝啊！真好。"陆蔓蔓一回头就见陈赫拉看她的眼神十分古怪，才想起陈赫拉现在是他的正牌女友。然后，她就猛地闭了嘴。

　　陈赫拉觉得她挺好的，不是拿城府来对待朋友的那种人，她是敢爱敢恨的。

　　"你倒是不关心自己，只关心他。"

　　陆蔓蔓被噎了一下。

　　"好了，我到了。"陈赫拉说，"今晚，谢谢你请我吃饭。"然后她跑回了自己的房间。

　　水光潋滟，景色还真是好。

　　一只鸽子停了下来，在她的脚边兜兜转转，似乎是想找吃的。

　　陆蔓蔓看见旁边半掩着门的面包铺还亮着灯，于是走进去买了一袋面包，掰碎后撒给了鸽子："你白天没有找到吃的吗？这么笨，以后你要找老婆时怎么办哦？"

　　忽然，她听到了一阵轻笑。

　　是她熟悉的声音。她回头时，那种心情十分微妙，她眼睫毛轻颤，一触碰到他的目光就移开了视线。"嘿。"她轻声说。

　　顾清晨见她只看着那只鸽子，心思也是飘忽不定的——她没有回头就知道是他了。

　　"一起走走吧。"顾清晨说。

怎么今晚，每个人都想走走呢？

她跟在他身旁，像个安静的小影子。

顾清晨往一边走去："记得以前你很爱笑爱说，和我也算是无话不谈，蔓蔓。"

怕她有所顾忌，他又说："我过来，是威尼斯电影节的评委邀请的，他们想听听我对《夺目》的认知和感受。"

"你为那部影片付出了许多。"陆蔓蔓仰起头来看他，目光恬淡如水，"我觉得你会再度夺下金狮奖的，不爱从商的国际影帝先生。"她莞尔一笑，笑容十分狡黠："我现在也很爱笑爱说啊！"

顾清晨轻笑了一声，又不说话了。

"其实我觉得你变了许多，"陆蔓蔓斟酌了一下，还是决定跟他坦白，"我觉得你不快乐，清晨。"

路边有椅子，顾清晨坐了下来，然后抬头看她："坐一坐吧。"

陆蔓蔓坐到了他的身边。虽然他只要伸手就能触碰到她，但他感觉他们隔了一个世界的距离。"我是森夏恩的私生子。"他感叹道。

陆蔓蔓蹙了蹙眉。

顾清晨知道她会厌恶这些，笑意苦涩："我妈妈是卖花女，在曼哈顿的郊外拥有大片的花田。她生长于乡野间，有种返璞归真的美。当然，她的容貌很美丽。真的，她的风华倾城绝代。只不过一个女子，年轻、异常美貌却又贫穷，就注定了她的不幸。

"她认识我爸爸时，爸爸还没有结婚，也没有女朋友。不是你想的那种第三者，但也差不多吧。她生性软弱又过分天真，年轻不懂事时，又碰上了英俊风流的富家公子，往后的事情也就顺其自然地发生了，然后就有了我。

"爸爸拥有三个法定继承人，不过都是女孩，而且她们无意接管家族生意，只要求分他的财产。爸爸早几年中风了，是他求我念在血脉相承的分上，让我帮他打理家族生意。这些都不是我想要的。我很苦闷，却也无法排解，只能继续下去。"

陆蔓蔓的眼睫毛颤了颤，然后她说："清晨，出身不是我们能控制的。我没别的意思，我只是希望你能快乐起来。"

"好了，话说出来了，风也吹了，苦闷也去得差不多了，我们走走吧。"顾清晨已经站了起来。他人高腿长，步子大，走得快，她要小跑着才能跟上。

"等等我。"她气喘吁吁的。

顾清晨于月下回头，只见她一张清秀的脸上卸了妆容，十分干净美好。她比他小许多，亦步亦趋地跟在他后头，就像他的妹妹。

他确实是想起了他的三个妹妹，她们与他有三四分的相像，却连三四分的淡薄亲情也没有。忽然他伸出了手来，揉了揉她短短的头发："你真是……"

陆蔓蔓猛地捂住了自己的刺猬脑袋："不要再说刺手啦！你们一个两个都笑我，就连一向标新立异，自己的着装打扮都古里古怪的赫拉都笑我。"

顾清晨胸腔一震，止不住地笑了出来，是那种由衷的快乐："没有，你挺好的。这个发型……嗯，挺适合你的。"

陆蔓蔓：这真的适合吗？

顾清晨看着她，其实想说她很美，可话到嘴边又咽了回去。他不是安之淳，他没有这个资格。

走着走着，一家水上旅馆出现在两人面前——水巷走到了尽头。

这是一家带有意式风情的华丽而舒适的旅馆。

陆蔓蔓问他："你是住在这儿吗？"

"嗯。不过，我是想去找一个人。"顾清晨看着她，"你能陪陪我吗？"

"好。"陆蔓蔓点了点头。

在大厅一层其实还有一家商店，店铺显得十分神秘，挂满了五颜六色、形态各异、神秘莫测的面具。起初，陆蔓蔓以为这是一家面具店，进去以后她才发现还有许多古董小玩意儿，有古董唱片机、古董水晶台灯、烟灰缸、八音盒等。

八音盒正开着——一个红裙短发的小女孩在跳芭蕾，盒子里流淌出一曲动听的音乐。陆蔓蔓看入了迷，也听入了迷。这个小女孩与她有点像呢，都是短头发。她伸出手指，戳了戳女孩的脑袋。

"喜欢这个？我送你吧。"顾清晨已经拿了起来，递给了店老板——一个笑眯眯的红脸意大利人。

陆蔓蔓摇手说："不用了，我只是觉得很好听，听一会儿就好。"

"我知道你很喜欢。"顾清晨的唇边是淡淡的纹路，温柔的笑意从他的眼底掠过，"老板说全世界仅此一只，错过了或许就找不到了。蔓蔓，拿着吧。"

说罢，他刷了卡，将那只八音盒合上，递给了她。

<h2 style="text-align:center">三</h2>

盒子表面是精致的红绒面，在灯下闪烁着动人的光泽，十分耀眼，璀璨迷离。

"谢谢你。"陆蔓蔓将八音盒攒在了手心里。

顾清晨与老板用意大利语交流了许久，他显得很着急又沮丧。最后，他对她点了点头，二话不说就走了出去："夜深了，我先送你回去。"

"怎么了？你要找什么？要不我帮你一起找吧。"陆蔓蔓有些担心他。他极少会出现如此低迷的情绪。

"我在找一盏古董台灯，蔓蔓。"顾清晨忽而一叹，"是我妈妈生前最爱的那一盏，是爸爸送给她的定情信物，上面刻有我妈妈的名字。可惜老板说早在一年前就卖出去了。"

"对不起，我不知道……"

"没关系，伊人早逝，我只是想完成她最后一个心愿而已。"顾清晨突然举起了双手，猛地捂住了脸。

他承受了太大的压力，来自家族、亲人。陆蔓蔓按了按他的臂弯，轻声说道："你妈妈叫什么名字，我帮你一起找。"她的声音虽轻，但语气十分坚定。

顾清晨的手被她拿开，她看见他的眼眶红了。

苦笑了一声，他说："我跟她姓，她的芳名叫晓梦。"

陆蔓蔓的心颤了颤，她觉得这真的是梦一场。

再说话时，她的声音有些颤抖："是一盏民国初制造的旋转木马水晶台灯吗？"

顾清晨猛地垂眸看向她，眼神里充斥着不可思议。

当陆蔓蔓回到水屋时，房子里一片漆黑。

她走进卧室，看见安之淳在阳台上吸烟。烟头跃动着暗淡的火光，很微弱，似乎被风一吹就灭了。

她走到了阳台，那里正对着另一条水巷小街。顾清晨的背影在夜色里渐渐远去。安之淳已经看到是顾清晨送她回来的了。

"之淳……"她的声音弱弱的。

安之淳没有回答,过了许久,他才慢慢地回转身体。

她就那样局促不安地站在那儿,手里还攥着一个红丝绒盒子,因为紧张,她攥得很紧。

她离开了将近两个小时。

他蓦地站了起来,走到了她面前,俯视着她,问:"顾清晨送给你的?"

"之……之淳,不是你想的那样……"她急着想辩解什么。

安之淳猛地抢过了那个盒子,往地上扔去。

咚的一声,八音盒裂成两半,穿着红裙子的短发小女孩跌了出来,刺痛了他们的眼睛……

陆蔓蔓有些受伤:"之淳,你不信任我吗?"她蹲下身来,捡起那个小女孩。玻璃碎了,掉了一地。音乐声变得断断续续,有些凄楚,但依旧能听得出来这是一首动听抒情的曲子,曲子的名字是《水边的阿狄丽娜》。她依旧蹲着,仰起小脸,眼睛那么亮,里面仿佛有水光。

安之淳的脸色变了。"小心!"他快步走上去,一把按住了她的手,"我来捡。"他替她捡起一粒粒细小的零件。

他的声音透过夜色传来,有些疲惫:"我只是嫉妒他,对不起,蔓蔓。"他轻咳了一声,接着是第二声。

他坐在河边太久,着凉了。

他将零件都放进了那个红丝绒盒子里,说:"我帮你修好。"

"之淳,其实我只是单纯地喜欢那个八音盒。"陆蔓蔓的心里也不好受,"顾清晨看起来不快乐,我很怕那是因为我,我会负担不起的。我也希望大家都能得到幸福,这样我心里会好受一些,仅此而已。"

安之淳深吸了一口气,笑了笑道:"蔓蔓,我只是一时鬼迷心窍,你别在意。你还要和他合作拍电影,不可能和他再无往来。我一早就知道的,对不起。"

只是在一瞬间,陆蔓蔓就下定了决心,她有话想说出口,但最后还是咽了回去。既然要做,那就等真做成了再和他说吧!

然而下一秒,安之淳就用食指抵住了她的嘴唇:"别说出赌气的话来。我知道《夜幕》一片对你很重要,你不要为了我辞演,也不要为了我改变你自己,一切让我承担就好。"

陆蔓蔓的眼眸转了转，她点了点头。其实，她决定了，等这几部电影与电视剧拍完就息影，从此退出影坛。既是为了自己，也是为了之淳。她不想再与任何人捆绑"炒CP"，她只想此生只与他在一起，再不分离。

其实，她就是这么没出息。从很小的时候开始，她就只想黏着她的阿宝，这就是她一生最大的愿望。

笑了笑，她清脆的声音传进了他的耳膜，十分有感染力。她说："之淳，你知道我从小到大的梦想是什么吗？"

安之淳怔了怔，也笑了："就是嫁给我，对吗？"

"Bingo（正确）！"陆蔓蔓取过了八音盒，将它放在柜子上，然后抱住了他亲了亲，"答对了。要我怎么奖励你呢？"她的小手已经从他的衬衣底下探了进去，轻柔地爱抚他的肌肤。他的呼吸乱了。

她的手握住了他的领带轻轻一抽，他就站了起来，跟着她走。

她将他推倒在了床上。他想扳回主动权，却被她一次一次地推倒在床。然后，她坐了上来……

她与他紧密相连，她看着他，停止了扭动，然后一粒一粒地解开了胸前的扣子。那条裙子落到了床上，卡在了她的腰上，落在了他的胯间。那个画面太过于刺激，他没有忍住，双手固定住她的腰，毫不怜惜地用力起来。

他动作十分激烈，她吃不消，也只能随之任之。她的脸埋进了他的颈窝里，等他终于平静下来，她才低低地说："蔓蔓是之淳的，永远是之淳的。"

《怒海》剧组也来到了威尼斯。

《怒海》在北美首映后票房火爆，席卷北美，横扫欧洲。因为有中国演员参加，在亚洲，特别是中国，《怒海》也已有十一亿的票房，可见其火爆程度。这是大家都没有想到的，毕竟这部影片的风格偏沉闷。

只不过短短几日，陆蔓蔓就爆红了。在国外还好些，注意到她的人不多，尤其是她剪了头发，又不化妆，老外还不怎么能认得出她来。

但随着安东尼一行人的到来，连安之淳都感叹："看来你以后去到哪儿都会有狗仔跟着了。"

镁光灯下没有自由，这也是陆蔓蔓决定息影的一个重要原因。没错，她喜欢演戏，但与那些积极往上爬的影星不同，她对于演戏之外的任何东西都没有兴趣。

416

詹妮也专程为了陆蔓蔓过来了，并替陆蔓蔓拿来了许多晚礼服，其中以V集团品牌服饰为主。

　　陆蔓蔓左挑挑，右挑挑，不知道选哪件好。每一条裙子都那么美丽，是V集团为她量身定做的。

　　"摩纳哥玫瑰舞会上，你走的是甜美风。现在是为首映做宣传，可以有范儿一些。就穿这条吧。"安之淳取出了一条上身有点旗袍风格的，但从腰线下来依旧是西式风格的，红色丝绸缎面料的礼服裙。

　　旗领可以包裹住她纤长优美的颈项，但也可以露出背部风光。

　　"你皮肤白皙，穿红色很惊艳。"安之淳让她换上。

　　"太惊艳，抢了女主角的风头就不好啦！"她调皮地笑了笑，嗒嗒嗒地跑去了试衣间。

　　她还是不习惯当着他的面换衣服。安之淳无奈地摇了摇头。

　　活动场所在古老的威尼斯饭店里。

　　香槟美酒被一杯一杯地端了出来，托着酒盏的侍者在众人间翩翩起舞，美酒轮转了一杯又一杯。

　　在场的都是电影界里的人，美丽的女明星们个个夺人眼球。

　　陆蔓蔓踩着高跟鞋，走上了红地毯。有许多记者在争着拍照，还有记者想问她问题，可是都被她以调皮一笑就打发了。

　　她一个亮丽的转身，露出背后雪白性感的风情，站在一角与导演说话的安东尼见了，呼吸一顿，然后放下了酒杯，对导演说了句抱歉，就向着她走了过来。

　　"小蔓蔓。"他一套三件式白西装，衣冠楚楚，容貌英俊，那对绿色的眼睛看向人时，不笑也像在笑。

　　"嘿，安东。"陆蔓蔓简略地称呼他。

　　"过了今天，全世界的人都将认识你，你的日子想必会不好过了。"安东尼开起了玩笑。

　　其实陆蔓蔓已经感受到了，之前她来了一个星期，每天在水城里肆无忌惮地游玩，根本没人认出她来。可当《怒海》剧组过来的风声一起，她一走上街，就发现了总有人在注视她，所以闹得她连水屋的门都不敢迈出了。

　　"我们进去吧。"安东尼虚揽着她纤细的腰肢，手碰到了她腰上的冰凉的丝绸，他的手滚烫，使得她的身体颤了颤。

"不用去迎接女主角吗？你可是男主角！"陆蔓蔓斜睨了他一眼。

"你与我在戏中才是情人，我的小蔓蔓。"安东尼笑得漫不经心。

听了他的话，她装出被恶心到了的样子："不要这样叫我，我会翻脸的！"

安东尼轻笑了一声，揽了她走进去。

四

作为电影行业的人，安之淳出现在这里也很正常。再加上大家都知道他与陆蔓蔓是青梅竹马，又是有身份地位的人，那些记者反倒不敢乱拍乱写。

詹妮走到了陆蔓蔓面前，提醒道："这里的大牌导演很多，你要抓紧机会了。"

"我暂时不考虑接戏了。"陆蔓蔓说。安之淳本就站在她身旁，听得她说话，便替她回答了："没关系，蔓蔓。你只是明年不接戏，可以考虑明年十月份后的档期。"

陆蔓蔓看着安之淳，想了想，然后说："之淳，我这两三年内都不打算接戏了。我已经做好了决定，你不用再劝了。"

安之淳的眸色深了，他握着酒杯不说话，一对深邃的眼睛只注视着她。

"你疯了吗，中国蔓！"可詹妮已经忍不住了，"你现在处于上升期。等今年十月份你的《暗影重重》全球公映，你知道你在国际上会有多红吗？接下来会有许多好莱坞片商接洽你。那是多少亚裔女星的梦想！可你现在来和我撂挑子？"

陆蔓蔓并不怕她，盯着她的眼睛，一字一句道："詹妮，我说了，我的主意已定。"

詹妮气得直哆嗦。安东尼发现了不对劲儿，停止了与女主角弗莱西斯的谈话，走过来几步，站在安之淳身边，然后说："詹妮，这里是公众场合，注意措辞。"

正说着，那边的小小的舞台上，大家都已经落座了。

这次并非很正式的那种宣传发布会，相反是很轻松的，大家可以坐下来慢慢聊天。舞台上没有安置桌子讲台什么的，只是随意摆放着一张张圆形或长方形的沙发。

《怒海》的导演与制片人、女主角都坐好了。安东尼携了陆蔓蔓走了过去。

两人一出现，场面就有些沸腾，甚至有个别好事的记者与影评人吹起了口哨。安东尼不愧为大众情人，见到媒体喜欢这样的场面，忽然就俯下身来，亲吻了陆蔓蔓的脸颊。陆蔓蔓脸一红，暗暗地瞪了他一下，两人离得近，她用咬牙切齿的声音说道："拜托！我的正牌男友还在那里站着呢！"

安东尼无辜地眨了眨眼："不好意思，现在我才是你的正牌'绯闻'男友。"然后他绅士地替她将沙发拉开一点，将她按在了沙发上——那是张挺宽松的椭圆形的沙发。他也坐了下来，贴着她坐。

真是OMG（我的天）！陆蔓蔓不爽到了极点。可是底下的人吃这一套啊！他们全都沸腾了。

陆蔓蔓将目光投向安之淳时，却发现他持着酒杯站在那儿，十分忍俊不禁的样子，还对她眨了眨眼。

好吧，既然正主都不介意了，她又有什么放不开的。然后，她挽上了安东尼的手，巧笑嫣然地道："大情圣，这样可以了吗？"

安东尼笑了笑："你俩居然拿我做磨心。不就是想看他吃醋，至于吗！"

陆蔓蔓看见安之淳果然黑了脸，一时心情大好，不和安东尼计较了。

两人就电影聊了起来，陆蔓蔓妙语连珠，还说到拍完泡水的戏后她烧了好几天。大家都是笑，但也明白了她为这个角色付出了多少。

大家都很随意，导演也提起了当初大胆起用陆蔓蔓这个新人的原因，提及了女二号与女主角是相辅相成的两个面，也可以说是双女主电影的一个尝试。他们很幸运，电影成功了。

大家就更喜欢女主角还是女二号开始了争论。但私底下，弗莱西斯对陆蔓蔓很照顾，肯提点她，也与她聊得来。

见媒体对两个女主角争论不休，导演很满意，他的原意就是要两个女性角色互相辉映。弗莱西斯隐忍、敢爱敢恨、大度从容，而陆蔓蔓敏感、美丽、固执又为爱坚守。两个女性都是具有大爱的，但又兼顾了小爱。所以影片会使得观众动容。

有媒体又想到了新问题，开始发问："咦，怎么不见那些爱斯基摩犬。尤其是影帝的爱犬巴顿怎么没有一起来呢？"

陆蔓蔓听了，脸一仰，笑眯眯看着安东尼道："对呀！同好奇！"

但是安东尼的脸色猛地变了，变得阴晴不定，嘴唇抿得紧，他似乎是在极力忍耐什么。陆蔓蔓一怔，也有些心头发紧，低声问他："是不是巴顿出了什么事儿？它还好……"她的话还没有说完，却被他生硬地打断了："不是！"

他似乎是生气了？

陆蔓蔓忽然就沉默了。

"不好意思，我不是这个意思。"安东尼正要解释，门口却忽然传来了一声惊天动地的叫声："妈妈！"

众人看了过去。

一个小男孩逆着光，大家看不清楚他。他的身旁跟着一条爱斯基摩犬，正是巴顿。

陆蔓蔓并不知道怎么回事儿，却猛然看见安东尼的脸色铁青，手握成拳。他这是怎么了？

在陆蔓蔓还看着安东尼的时候，一个小小的身影猛地扑到了陆蔓蔓怀里。同时，巴顿也扑到了安东尼怀里。陆蔓蔓正一脸蒙，就已经被爬上了自己膝盖的小男孩抱住了颈项，小男孩叫道："妈妈！"

"我是摇摇，妈妈。你以前最爱叫我摇摇了。我是易摇摇啊，你为什么不要我了！"

看着这个五岁多的小男孩叫自己妈妈，陆蔓蔓内心是崩溃的。她才二十四岁不到啊！

底下已经开始窃窃私语。有人挖出了陆蔓蔓的过去，低声说："就是嘛，一般怎么会连高中都不读完嘛，估计就是去生娃的！"

有人好奇起来："不知道谁是孩子的爸爸。"

外国媒体倒不可怕，可怕的是因为知道有陆蔓蔓参与，所以国内很多媒体都到了，此时都在等着看她的笑话。

一场风暴开始了……

"易……易摇摇？"陆蔓蔓轻轻摸了摸小男孩的头，"易……易？"她喃喃道，纠结于这个姓氏。

易摇摇忽然抬起头，十分专注地看着她，然后声音小小的，却坚定地叫她："妈妈。我很想你，妈妈。"

陆蔓蔓的呼吸猛地顿住了。易摇摇有一张白皙到近乎透明的脸庞，唇边有一个极细的酒窝，因为紧张，用力抿嘴时，酒窝就显现出来了，与自己的酒窝还真像。最令人恐惧的是，他是黑发，是东方人的柔和面孔，却有一对碧绿的眼睛。

易姓吗？

"对不起。"陆蔓蔓忽然站了起来，拼命地将小男孩按进了自己的怀里，不让大家看见他的绿眼睛，然后抱起他，冲进了后台。

五

安之淳反应极快，已经和詹妮商量起了对策。

"就说是陈启导演新片的小演员，跟着过来的。"安之淳表示，"陈启那边，我会亲自和她说的。"

詹妮不愧是金牌经纪人，一直都是处变不惊的状态，她和《怒海》剧组说了几句后，就到一边开始接受简短的采访为陆蔓蔓澄清。

而剧组的活动依旧进行着，但安东尼明显心神不定。安之淳早发现了他的异样，这也是自己找来陈启当挡箭牌的原因。因为自己要保护的，可能不止蔓蔓一个人，而是需要保护三个人。

"本来不想说的，幸好我们蔓蔓也没签保密协议。我在这里就满足一下大家的好奇心。"詹妮笑着说道，"刚才那位小男孩是陈启导演为新戏找来的小演员，这期间都和陆蔓蔓在一起培养母子感情。

"没错，陈启导演的新片就是媒体大众一直在议论、猜测的关于单亲妈妈的题材。《夜幕》剧组需要找到和蔓蔓演母子最有感觉的那一个小演员。而我们的蔓蔓，这次是女主角！"

詹妮面带微笑，又露出志在必得的神情。媒体那边早已掀起了惊涛骇浪，尤其是中国方面派来的媒体。陈启导演的履历不用大家说都知道，那么响当当的名号啊！能出演她的女主角，不仅仅是在整个东南亚地区，恐怕在国际上，该女星的地位都无人可以撼动了。

中国记者们个个都倒吸了一口冷气，只觉得这个陆蔓蔓的路途真是平顺！

安之淳见大家的情绪都渐趋平静了，知道事情暂时是解决了，就走进了后台。

安之淳撩开演员休息间的帘子，首先跃入视线的，就是头顶上一盏橘黄的贝壳灯，光线淡淡地倾斜下来，就笼在陆蔓蔓的头顶，照得她的神情平静，十分温柔。

那个小男孩一直抱着她，抱得那么紧。安之淳在她身边坐下："这个是安东尼的私生子？"

陆蔓蔓也有些无奈："你也猜到了。"

"我站的位置刚好能看见他的绿色眼睛，再加上安东尼的神情那么古怪，想忽视都难。"安之淳叹了口气，"这个安东尼，也不知道去哪儿惹下的风流债。这个孩子，媒体从不知道他的存在。所以，你也是想保护好他吧！"安之淳想摸摸摇摇的头，却被摇摇侧脸躲开了。

真是一个……执着、奇怪的臭小孩！

陆蔓蔓摸了摸男孩子柔顺的黑发："不知道为什么，一看见他的绿眼睛，我的心头就莫名发紧，什么后果都没有想，只一心想要保护他。如果他在媒体前曝光，其实受伤害最大的是他，不是安东尼。"

"摇摇，"陆蔓蔓温柔地哄着他，"你先下来好不好？摇摇，你挺重的。"

"不下来。下来的话，妈妈就跑了！"易摇摇古灵精怪的，抬起头来飞快地扫了两人一眼，又像八爪鱼似的缠住了她。

这小孩……想问个话，怎么就这么难呢？

"摇摇，我是你蔓蔓姐，不是你的妈妈。"陆蔓蔓的内心极度崩溃。

易摇摇仰起小脸来看她，他的嘴唇抿得紧，那个酒窝又跑了出来。安之淳见了，伸出手指来戳了戳："跟你的挺像。"

易摇摇说："我是妈妈的宝贝，当然像妈妈！你是谁？你要和我抢妈妈吗？"

陆蔓蔓："……"

"易摇摇，你给我过来！"安东尼牵着巴顿走了进来，看着小孩时一脸的不耐烦。

安之淳见了，眸色深沉，但还是低声说道："别这样对小孩子说话，会吓着他的。"

易摇摇的眼睛滴溜溜地转，忽然发现这个叔叔原来对他挺好的，然后他从陆蔓蔓那儿下来，抱住了安之淳的大腿，躲在安之淳的后面以求庇护。

"哎，他抱你大腿哎！"陆蔓蔓笑着打趣道，整个人也伏到了他的肩膀上。一大一小都抱紧了他，安之淳无奈了，无视她的揶揄，拧了一把她的小鼻子，才看向安东尼："你倒好，孩子都这么大了，还藏着掖着。"

走近了两步，安东尼发现易摇摇抖了抖，就停下了，说："那个小家伙胆子大得很。我会吓着他？哼！"他顿了顿，终是放软了语气说："摇摇，她是蔓蔓姐，不是你的妈妈。"

"你骗小狗呢吧？"易摇摇那一对可怜兮兮的绿眼睛转了转，小嘴一嘟，他往安之淳身后又移了移，然后从衣领里取出了一条白金项链。

链子的链坠是个心形的白金锁，易摇摇把它打开，对着陆蔓蔓说："妈妈，你为什么不要我了呢？我是从电影里见到你的，我很想你，我是偷偷跑出来的。"

陆蔓蔓对他微笑，摸了摸他的头，取下了他的项链。

安之淳发现安东尼的脸色很难看。他眼睛往下一扫，已经看见了那个锁里的大头照片，是易摇摇的妈妈抱着只有一岁多的摇摇拍的。里面的女人很年轻，看起来不过二十四五岁，而且是大眼睛、白皮肤，一笑时有一个酒窝，乌黑的头发长而直顺，与陆蔓蔓有六七成相似。

看见照片上的女人，陆蔓蔓被噎了一下，看向安东尼时，她的表情那叫一个"丰富多彩"。

难怪，他对她与众不同……

"喀喀喀。"陆蔓蔓无奈地道，"安东，你能解释一下吗？"

"他睡着了？"安之淳走了过来。

月色温柔，与水光相融，影子都堆积在了墙上。每一件家具都像浸泡在了温柔的水里。安之淳将阳台的帘子放下——室内的风停了。

楼下有贡多拉划过，是手风琴的声音；船上有游吟诗人在歌唱，一如初到时，安之淳给她唱的那首歌一般美妙动听。

安之淳微微一笑，唱起了歌来。原本在梦中眉头紧锁的摇摇忽然甜甜一笑，眉心的褶皱舒展开来。陆蔓蔓揉了揉他碎碎的刘海："这孩子，不知道受了多少苦。"

"能偷偷黑进安东尼账户替自己买一张飞机票，还能找到这里来，把安东尼时刻带在身边的巴顿也拐走，我觉得这小家伙也是个天才。"安东尼看着摇摇，说，"今晚我到沙发上睡吧，你陪着他。"

"摇摇的智商180以上啊，当然是天才！"陆蔓蔓在摇摇娇嫩的脸上亲了亲，"真是越看越喜欢，他那么俊俏。"

安之淳想，如果摇摇是他俩的孩子就更完美了："智商是超标了，可情商没发育起来。这段时间，估计也是没有办法和他解释通了。他要跟着你，你要带着小尾巴了。"

陆蔓蔓眨了眨眼睛，走到他身边，被他忽然一扯，整个人跌坐到了他的怀里。她搂着他，笑嘻嘻地说："不过……你只能一直睡沙发了。"

安之淳："……"

"睡沙发睡多了，会背疼的，蔓蔓。"安之淳亲了亲她的小嘴唇。

陆蔓蔓还是油盐不进的样子，俏皮地嘟了嘟嘴："你腰不疼不就没问题了。"

"你……"安之淳马上明白过来，作势就要去吻她。两人拉拉扯扯的，居然就摔到了地上，而她还分开腿坐在他的身上，怎么看怎么暧昧。

安之淳的眸色深了，嘴唇动了动，他想说什么可没有说出来，双手就那样固定住她的腰，手上的温度几乎要灼伤她了。她的腰扭了扭，她想挣脱他的束缚，却听他倒吸一口凉气，她马上不敢动了，弱弱地说："摇摇还在……"

"我们到外面。"他撑起身，已经含住了她的洁白小巧的耳垂。

"嗯。"她捶他的胸膛，小手被他抓住。他的吻落到了她的嘴唇上，与她辗转缠绵。

"妈妈！"易摇摇忽然喊了起来。

陆蔓蔓一怔，从他的身上跳了起来，跑到床前握住了摇摇的手，轻声哄道："摇摇，睡吧。"摇摇那对茫然的绿眼睛微张，刷子似的眼睫毛颤了颤，他看见是她，又满足地闭上了眼睛。

安之淳哭笑不得："你也快睡吧。"然后他走出了卧室。

因为大批媒体都在，所以安之淳为陆蔓蔓换了隐秘性更好的水屋，两人也不能出双入对了，那种感觉也颇为痛苦。

而且陆蔓蔓还要为剧组拍几辑主题照，白天也很忙。

站在七八层楼高的酒店套房里，安之淳双手撑在阳台上，看着楼下波光粼粼的河水。

下午三点多的时候，太阳没有那么猛烈了。陆蔓蔓就在不远处的桥边拍硬照。安东尼搂着她，两人的合照也十分有感觉。那个聪明的小鬼就站在一边偷看，根本就是她的小尾巴，甩也甩不掉。

昨天，陆蔓蔓问了问题后，安东尼一言不发，连摇摇都扔下了，自己走了。想起安东尼，安之淳几不可察地蹙了蹙眉。

陆蔓蔓伏在安东尼的肩膀上，身体并没有贴近他，他也适当地拉开了距离。她一抬头，就看见了楼上的安之淳。

"你们两个亲密些啊！贴近些。"摄影师吼道。

这边是豪华的酒店，住的人都比较特殊，私密性好，所以游人与记者根本混不进来。陆蔓蔓也比较放松，她对着楼上的安之淳挥了挥手，然后又贴近了安东尼一些。

安东尼改为伸出一只手，揽住了她的腰。安东尼是正面向着摄影师的，他穿着亚麻色的衬衣、西装裤，衬衣的扣子没有全扣上，露出一点锁骨下的肌肤。而陆蔓蔓是侧着站的，伏在他肩头，露出半边脸。

根据摄影师的要求，她微微仰起脸，安东尼也低下头来，两人做出深情对望的样子。

"好！"摄影师很满意。

见他欲言又止的样子，陆蔓蔓低声说："怎么，还没想到怎么和我解释？"

摄影师打了个手势，安东尼的脸贴到了她的额间，等摄影师拍了几张样片，他才说："如果你有兴趣听的话，我会如实相告。"他看了躲在打光板边上的小男孩一眼。目光一相触，易摇摇就敏感地躲开了他的视线。

一声轻叹，安东尼说："摇摇就先麻烦你了。"

"好，没问题。这段时间，我和之淳可以带着他。不过，你总得给他解释清楚。"

425

第二十章　璀璨的星光

一

安之淳与蔓蔓飞抵了台湾。

台湾的气候很好，一下飞机陆蔓蔓就努力地吸了吸鼻子："难怪都说台湾出美女了。这样的气候真养人。"戴着墨镜与兜头帽的她四处张望，发现海岛美女个个都是高挑婀娜，肤白貌美。

"哇，之淳，真的好多美女啊！"她扯了扯安之淳。

安之淳高挑英俊，身上依旧是正装西服，因为天气偏热，他没有穿三件套式的西装，可衬衣的扣子依旧扣到最上面的那一颗，墨绿色的领带打得一丝不苟。

"啧啧，这男的帅哦。"路边的小美女招来同伴。

陆蔓蔓挽着他的手，挺了挺胸，大步向前走，一副"这是我的，我盖了印戳了章"的样子。安之淳低笑了一声。

"是哎，是哎，男的好帅。耶，有种'禁欲系'的feel（感觉）哦。"小美女的同伴叽叽喳喳道。

陆蔓蔓斜睨了身边的某人一眼："'禁欲系'？我看就是一匹饿狼。"安之淳低哼了一声，尾音带着笑意。

易摇摇从厕所里跑了出来，一把抱住了陆蔓蔓的腿："妈妈，抱抱。"

"我抱你，小可爱。你妈妈抱不动你了。"安之淳将摇摇举起，扛到了自己的肩膀上。小摇摇高兴得手舞足蹈。

旁边的小美女目瞪口呆："那个……他们的小孩是绿眼睛的？"

陆蔓蔓："……"

安之淳："……"

出了松山机场，他们看见了接安之淳的车。

安之淳让司机先回去，自己载了蔓蔓与摇摇，慢慢开出了机场线。

车沿着市郊走，一直往海边开去。

这是一辆敞篷跑车，台北今天是阴天，所以不冷不热，气温正好。陆蔓蔓按开了车顶棚，海风吹乱了她的头发，她咯咯咯地笑了起来。

摇摇依旧挂在她身上，与她一起坐在前面："妈妈，我们去哪儿玩？"

安之淳替她答道："我们去拜访一位美丽的女士。摇摇，待会儿见了她，直接称呼她阿曼达就好。别叫阿姨，懂吗？"

陆蔓蔓听了抿着嘴笑，脸上显现出一个酒窝。摇摇拿手戳了戳她的酒窝，又戳戳自己的，然后说："我懂。女人嘛，就是这么麻烦，巴不得个个都叫她们小姐姐，最怕被人叫阿姨，哪怕已经六十岁了。"

这下连安之淳都忍不住笑了。

陈启住在海边别墅里。她是回来台湾老家养胎的。

等陆蔓蔓见了她都惊讶一段时间不见，她的肚子居然这么大了。

安之淳将一捧玫瑰花递给了她，道："阿曼达，我是来负荆请罪的。"

陆蔓蔓却是自来熟，将手中包装精美的袋子往她面前一送，笑嘻嘻地说："不知道是男孩还是女孩，所以两种童装我都买了，希望你喜欢。"然后她瞄了一眼陈启的大肚子，又说："我可以摸摸吗？"

"摸吧。"陈启微笑着接过了花和童装。

手轻轻放到陈启的肚子上，陆蔓蔓忽然呀了一声，两只大眼睛闪着动人的水光："小宝宝踢我了！踢我了！"

陈启见她这个大小孩一脸惊喜的样子，止不住笑："你和安先生整天那么痴缠，我看也快有小宝宝了吧！"

"阿曼达！"陆蔓蔓羞红了脸，有些跳脚。

"嗯……"个男声从书房处传来，因为陈启的那句话，他的话忽然卡住了。

安之淳猛地看了过去，眼睛眯起，脸色瞬间变得阴晴不定。这位情敌先生真是阴魂不散啊！

"清晨，你怎么在这儿？"陆蔓蔓抬眸看去，只见顾清晨站在书房门边上。

顾清晨从愣怔中恢复过来，迈开步子走了过来："蔓蔓，你好。安先生，你好。"

摇摇一下子跃到了陆蔓蔓的身前，抱住了她的腰，瞪着顾清晨："你也是来和我抢妈妈的吗？"

陆蔓蔓："……"

众人转进了书房。

顾清晨在煮水泡茶，用的是最原始的茶炉子。陈启说道："清晨过来看看我。顺便聊一聊《夜幕》剧本的事儿。这部影片的编剧是清晨。"

见陆蔓蔓不可置信地瞪大了眼睛，陈启笑眯眯地说："干吗这么奇怪。当初你演的《开口说爱》就是他写的。"

"恩师。"顾清晨咳嗽了一声。

陈启惊讶了："清晨，别不好意思。你的剧本很好，蔓蔓又不会笑你。"

陆蔓蔓怔了怔，心情十分复杂。她觉得，顾清晨应该是在很早以前就已经关注她了。见陈启问她，她笑笑说："清晨一向有才华。我并不奇怪。"

安之淳打破了那些暧昧的气氛："阿曼达，我与蔓蔓在威尼斯时出了些小意外。所以当时用了你的名义，提前公布了蔓蔓是你钦点的女主角这件事儿。"

"是要保护这个小孩吧！"陈启早就听说了此事，看了一眼小孩的绿眼睛后，若有所思道，"这是安东尼的孩子？"

"嗯。"陆蔓蔓点了点头。

"你重情义，又一向喜欢小孩。事情发生得突然，你第一时间选择了保护他，我可以理解。"陈启看向陆蔓蔓时是十分欣赏的神情，"而且我与你是朋友，帮朋友忙是应该的，无须过分客气。"

"阿曼达，谢谢你。"陆蔓蔓很感动——她一个大导演居然当自己是朋友。

陈启给陆蔓蔓倒了一杯茶："是我要谢你才对。我在曼哈顿时，你知道我头次做母亲，就让费莉多关照我。那段时间，每次我打保胎针，费莉都来陪着我。你也是，无论飞去哪里，都不忘每个周末给我一个电话。这份情谊，十分难得。"

陈启将剧本递给了蔓蔓："清晨新修改的剧本。他将自己的戏份缩减了不少，给了男主角更大的发挥空间。对了，两位男主角都定下来了，与你搭档的男主角是莫尼。"

"小韦是个年轻的妈妈，我想由一个年纪偏大的男人来疼爱她，照顾她。男主角应该是个成熟的、懂包容的人。太年轻的男演员估计也很难理解那种情感。"顾清晨说。

陈启嗯了一声："我也赞同。"笑了笑，她又说，"你与清晨、莫尼都搭过戏，应该好找感觉，能立即进入戏里的状态。"

"莫尼最近有进军电影界的想法吗？"陆蔓蔓有些好奇。

"这部影片，我想有些不一样的东西，而且也是冲国际各大电影节去的。我想要一个既能担起商业片，又有文艺片气质的男人。最好还有一张外国人与中国人都熟悉的脸孔。莫尼是最佳人选。"陈启说出了自己的想法，"是我主动找的他，他犹豫了许久才肯答应。"

陆蔓蔓抿了抿嘴："但是歌剧表演太需要张力，所以会有一种戏剧性的夸张的表演成分在里面，用在舞台上是爆发力，但换成了电影，我怕莫尼不一定适应。"

"所以，需要你带他入戏，蔓蔓。"顾清晨说。

"阿曼达，演小韦孩子的小演员你有人选了吗？"陆蔓蔓又问。

沉吟片刻，陈启也是无奈："小演员是最难找的。我们需要三个小孩子，两个男孩，一个女孩。女孩子心思敏感一些，所以对戏的把握还好，已经确定下来了。可是小男孩晚熟，情商一般比女孩子低，试了十多个，没有一个令人满意的。更不要说找出其中一个来与你对戏，看有没有母子感情了。"

陆蔓蔓也沉默了。这也是这部影片迟迟无法开机的原因，各方面条件都很难迁就。

听见陆蔓蔓将会有别的小孩，半懂不懂的易摇摇不干了，他爬到了陆蔓蔓身上，八爪鱼一般抱住了她："不准你们抢我妈妈。"

陈启看了摇摇一眼："这孩子倒与你有几分相像，啧啧，你们很有母子相哦。而且，他也黏你，信任你。"

陆蔓蔓十分尴尬，在心里狠狠地骂了安东尼一遍。

陈启是个爱开玩笑的人，她单手托腮，摸了摸下巴，道："不会真的像外界传的那样，摇摇是你和安东尼的私生子吧？"

"喀喀喀喀。"陆蔓蔓被一口热茶给呛到。安之淳连忙拿出手帕替她拭去唇边的水迹："多大的人了，还毛手毛脚的。"

陈启看得别有兴味。陆蔓蔓红着脸，内心充满怨念：这大导演怎么这么恶趣味啊！

书房外面是一个漂亮的花园。顾清晨推开门，走进了花园。

陈启还有很多事情要和蔓蔓聊。安之淳看了花园里的顾清晨一眼，也离开了书房。

陆蔓蔓见两人都离开了，有些心不在焉。陈启说："要不就让摇摇试试看吧。他再怎么说身上流的也是安东尼的血，经过调教，应该能激发他的天分。"然后她转头哄起小孩来："摇摇，你想不想跟蔓蔓妈妈一起工作啊？"

"想！"摇摇想也不想就一口应承下来，"我就是妈妈的孩子，我演最像了。"

陆蔓蔓："……"

"阿曼达，你开玩笑的吗？我和顾清晨都是黑色眼睛！"陆蔓蔓几乎要崩溃了。

"这有什么难的？后期处理时，将摇摇的眼睛调成黑色的不就完了。"陈启随口答来。

陆蔓蔓："……"这世界已经疯掉了……

"顾先生，令堂的遗物我已经快递给你了。"安之淳几步走近了顾清晨。

顾清晨靠着白色的木栅栏，看着远处的海出神。他没有回头，只是嗯了一声："我已经收到了。"他从来没有想过，那也会是陆蔓蔓的心爱之物。

"那也曾是我送给蔓蔓的，当初，她的那一盏打碎了。她哭得很厉害，抱在怀里，就那么小小的一团，人没多大，肺活量却很大。我找遍了全世界才找到了另一盏。"想起从前的她，安之淳忽然笑了。

顾清晨是聪明人，知道他的意思："安先生请放心。我明白，她心中的那一盏灯是无可取代的。"

"那可否请你归还属于蔓蔓的那一把小提琴？就是那把古董琴。我知

430

道，当初是你花了三百万买下了它，我会按原价一分不差地给你。"安之淳的眸色一变，他说出的话十分犀利。

顾清晨怔了怔，倒是笑了："安先生，那已经是属于我的东西了，我凭什么要还给你？"

二

六月份，陆蔓蔓进了《秦姝》的剧组。安之淳则回到了曼哈顿，继续他的银行体系的日常工作。两人再度分隔两地。

《秦姝》一剧是大剧，也是国内近几年来难得一见的历史正剧。导演是国内电视剧著名导演郭恒平。郭恒平擅长历史剧，拍了《大汉王朝》《大唐盛世》《则天》等经典历史名剧。他拍的唐朝系列《大唐盛世》《则天》与《高阳秘史》等好剧，更是连续十年来每到寒暑假就会进行重播，人气、口碑、收视率都有保证。

且郭恒平是个难得的可以兼顾女性视角的细腻和男性权谋的恢宏大气的导演。《秦姝》的剧本，陆蔓蔓早看过了，手法还真是细腻。一面展现秦始皇时代的霸权霸术，各国的合纵连横；一面展现秦姝的那一条支线的细腻风情，而且秦姝不单是一个小女人，还是一个有大爱的女人，当她成长为一代女商业霸主时，那种场面规划也同样显得大气恢宏。

早前陆蔓蔓就听说了，最近电影咖回流，郭恒平有意请来重量级的电影大咖演男主角；而且郭恒平也在积极寻求改变，这一次想将历史正剧拍得更通俗和具有时代气息，所以考虑了商业视角。综合导演的意思，这个男主角的人选就有点意思了。

《秦姝》的保密工作做得太好。业内人士都不知道到底是谁出演男女主角。就连陆蔓蔓也是进组后才知道，男主角竟然是顾清晨和之前她在《夺目》中有过合作的小生陆英明。

见到正在拍定妆照的顾清晨时，陆蔓蔓的心情十分微妙。但她还是走过去打了招呼："清晨。"那天在陈启家里，顾清晨是先离去的。后来，安之淳一直隐忍不发，她察觉到了两人在花园里的聊天必定是不痛快的。

"蔓蔓。"顾清晨对她倒是一如往常。

陆蔓蔓见他一身飘逸的青色汉服，头束白玉冠，为了显得年轻，他特意敷上了偏白的妆粉。他的眼睛本就狭长，经过化妆，古典味十足，是古时最好看的那种凤眼，眼尾上挑。他的眉毛也经过了修饰，横入鬓发，与一对凤眼相呼应，淡雅中又透出一股英气来。

此时，顾清晨手持一卷书帛，长身鹤立，风过处，袍带翻飞，真是英俊得不可思议，就像一株傲立尘世的修竹。他真的就是从古时走出的翩翩公子，颇有汉魏晋的风骨。不得不说，郭恒平导演很有眼光。

察觉到她长时间的注视，下了照的顾清晨向她点了点头，长眉轻挑，以眼神示意，问她怎么了。

陆蔓蔓走到了他身边，说："清晨，你演的是公子丹？"公子丹是女主角秦清的初恋与丈夫。而且，在《秦姝》一剧中，因为公子丹早逝，由其弟弟公子云来守护秦清的产业，所以顾清晨是一人分饰两角，演清俊出尘、淡雅如竹的哥哥与仗剑侠义、英挺不凡的弟弟。哥哥与弟弟，一个淡，一个烈，是截然不同的两个人，有两种情感表达的方式。而且，两兄弟都爱着秦清。

"你看出来了。"顾清晨一笑，和她走到一边去聊天。

"陆英明演秦始皇。"他又说。

"秦始皇英俊挺拔又霸气，挺适合陆英明的。"陆蔓蔓打趣，"看来陆英明要爆红了。秦始皇不是谁都能演的。而他英俊、年轻、有演技，很适合十三岁就登基的嬴政这个角色。一个比我还小两岁的男演员，却时常能沉得住气，我觉得陆英明驾驭得了这个角色。"

伸了个懒腰，陆蔓蔓开起了玩笑："真想不到，《夺目》剧组直接搬到电视剧里来了。"

顾清晨沉默了一下，忽然说："蔓蔓，你看到我不高兴是吗？"

陆蔓蔓怔了怔，摇了摇头："没有，清晨，你多想了。"

跟进剧组的还有易摇摇。陆蔓蔓去到哪里，他都是要黏着的。不过这也不是什么大问题，毕竟她与摇摇要拍《夜幕》里的母子，本来就是要经过一段长时间的相处。那就带上他好了，顺便让他看看演戏是怎么一回事儿。

陆蔓蔓拍定妆照时，"嬴政"已经下照，走过来与女主角熟悉一下，毕竟在《夺目》剧组时，两人只会见面打个招呼，除此之外，十分生疏。

全剧里，陆蔓蔓的戏服都是很淡雅的，以白色居多，毕竟她是一个年轻守寡的寡妇。再者要突出她的清灵与仙气，白色是最好的颜色。其中还穿插有少女时期的淡鹅黄、淡绿色等。

陆英明远远走来时，就看见一个纤弱单薄的白衣少女坐在杨柳树下，她全身素白，头发束起，露出光洁饱满的额头，容貌淡雅，心性都是极静

432

的；她的头冠上有一段白锦缎垂下，堪堪笼住了她垂在身后的头发，显得她端庄无比。她正手握一个铁做的量器在称量丹砂。她的眼神干净纯粹而专注，嘴唇微抿，显示出了她的执着来。

陆英明仿佛看到了秦清。

因为《怒海》已经上映了，他自然看过她在里面的造型，无论是白大褂的中年妆容还是李珍珠时期的精致小女人的风情，甚至是《暗影重重》里蛇蝎美人黑红色的口红和性感的造型他都见过了。之前他根本没法想象她能饰演淡雅清秀的秦清。

秦清是一株空谷幽兰；也是一株清雅明丽的水仙。而此刻的陆蔓蔓就似一株清丽的水仙，连抬眸看向人时，眉眼间都像笼着一股轻愁。

造型师给陆蔓蔓化的是笼烟眉与古典的杏眼妆。

或坐或站，或手执诗书，或执笔写字，每个她，都是秦清。

等摄影师终于满意了，拍了几乎一整天硬照的陆蔓蔓身体都快要僵掉了。见已经完工了，她嗖的一下将毛笔往书案上一扔。

陆英明的眼睛动了动，又看见了活生生的陆蔓蔓："陆小姐，你好。"陆英明走了过去，在她身旁一米处站定。

他们处在一个安全距离。

陆蔓蔓笑了笑："同姓三分亲，你不介意的话，叫我'小蔓姐'就好。同一个剧组的，整天'陆小姐陆小姐'的，听着也怪异。"

见她十分爽快，陆英明英挺的长眉一扬，嘴唇动了动，说："好。"

还真是个惜字如金的小弟弟。陆蔓蔓笑眯眯地说："晚上就是我和你的第一场戏了吧！所以郭导让你过来跟我熟悉熟悉？"

陆蔓蔓长得俏丽，而在好莱坞的定位是"风情万种、百变女郎"的风格，现在她对着他一笑时，容貌明艳，又没有架子，倒是与他所接触到的平面照里的她不同。陆英明终于难得地笑了笑："是的。清太傅今晚要教我各国的风土人情。"

他又上前了一步，看清了她写的字——字迹娟秀，颇见风骨。从专业的角度来说，真的不能说太好，但也看得出绝对是长期练过的，并非一日两日可就的。

"岳飞的《满江红》，有点意思。"陆英明又说，"写毛笔字，笔画多的字反而容易，写得端正就很显大气。但字体越简单就越难，一点一横、一竖一撇，极为考验功力。"

陆蔓蔓拍了拍手掌："是的，所以我写的是长篇。字体复杂，你们就看不出我的字丑了。反正我刚才拍的是硬照，只是要个姿势，不用管我写什么。"

"小蔓姐，你太谦虚了，看得出来你练了许多年的字。"陆英明的笑容多了些，但一对眼睛依旧显得阴郁。

历史上的嬴政就是这样一个人，多疑、阴郁、外人难以理解。他只有十三岁时，他的一颗心就已经足够苍老了。陆英明一直在维持入戏的状态。

为了拍好这部影片，剧组是实地取景。导演放弃了横店，而选择在四川、重庆、陕西等多地取景。

现在要集中拍宫殿内的戏份，所以整个剧组都搬到了西安。

化妆间里，陆蔓蔓还在抓紧时间背台词。拍电视剧跟电影不同，台词极多又复杂。而电视剧的人物也多，需要厘清对待每一个角色该有的口吻、语气与心理。这部影片一方面要说秦清怎样做生意，发展自己的军队，守卫丈夫留给她的产业并发扬壮大；另一方面还要说到她对秦始皇的影响——她早年教年幼的嬴政，后来又出资捐助国家打造兵器、修长城，以及供嬴政炼丹和建地宫。陆蔓蔓的戏份很多，时间十分紧张。整个剧组里，她是压力最大，也是最辛苦的。

一进剧组，她就要先演秦清二十五岁时的戏份，回过头来再演十四岁的少女。那种心理年龄的跨度十分大，也十分微妙。

秦王宫里，高大的嬴政在灯下看书，十分专注。帷幔翻飞，一室空寂。只有一盏孤灯陪伴年幼的嬴政。

一门之隔的花园里，有吕不韦特意派来的异常美丽的歌姬在唱歌，唱的是一首邯郸的小曲。嬴政少年时代是在邯郸度过的。嬴政面露不悦，他与吕不韦的政见分歧越发地大。吕不韦多次想为他立后，也送来许多美貌的女子，但都被嬴政拒绝了。温柔乡即英雄冢。

监视器里，公子云跟着秦清一同进了高大的宫门，但公子云在宫门外停下。秦清的脚步一顿，对着这个与丈夫容貌肖似的小叔子柔声说道："云，你暂且等候。"她没有看他，只是看着地上他那道淡淡的影子，才发现自己的影子身形半侧，露出了依恋状。她一怔，连忙错开了目光，连他的那道影子也不敢看了。

这个时候，按剧本的发展，秦清已经守寡了长达七八年。她与小叔子公子云已经有了深厚的情感，但两人碍于礼教等各方面因素，一直没有在一起，连手都没有牵过。他们有最浓烈最炙热的情感，却是最平淡如水的相处。所以要求男女主演演起对手戏时，要将那种微妙的情感保持于最平衡的状态，不能打破。

陆蔓蔓已经听见一边的助理小天与金枝的对话了："叔嫂的禁忌之恋哎！好激动。"

陆蔓蔓："……"

三

秦王宫，那是天底下最危险的地方，更何况伴君如伴虎。公子云的眼底闪过挣扎的情绪，他蓦地看向她时，眼里的炙热几欲喷薄而出；秦清感受到了他的视线，身体一颤，退后了一步。

公子云一怔，身体僵住了。他的笑容十分苦涩，这一刻他也不看她，只看着高大宫墙投在地上的黑黝黝的阴影，一叹，才道："去吧，仔细些。"

本来到这里这一幕就结束了。可顾清晨忽然上前了一步，将她的暗红的披风拢起，挡住了她的小半张脸，又是一叹："都多大了，还不懂照顾自己，衣着如此单薄。"他又将她裹紧了一些，然后说，"去吧。"

剧情里，秦清这个时候已经成了一方的女霸主，拥有了自己的军队。她与公子云就是当地的首领，家族里已经没有人再敢公然与秦清作对。所以秦清与公子云的关系只差一个人去捅破这层窗户纸而已，两人之间都是心知肚明的；甚至家族里的人都同意了两人的事儿，反正丹砂穴与矿山都不会落入外人的手里。兄长死，弟娶之，在那个年代，又是少数民族地区，都是可以的。

所以顾清晨有了这一个动作的转变。

郭导暗叹了声："好！"演电影出来的大咖果然与一般的电视剧演员不同，他们知道那个高潮的点在哪里。

陆蔓蔓接戏，也接得微妙。

秦清名义上是公子云的嫂子，但其实年纪比公子云还要小上几岁。所以在他面前，她总是充满依恋的。监视器里，陆蔓蔓长长的睫毛颤得厉害，她的头一直低低的，却在听见他的话时，抬了起来。

她是最上镜的那种脸蛋，在二号特写镜头的监视器里，她的一对眼睛黑白分明，看向顾清晨时，隐藏了可以掀翻一切、毁灭一切的惊涛骇浪。因为

435

要守住丈夫的产业，她早已练就一身坚毅，却在这个男人面前全都崩塌了。她将脸贴向了他的掌心，然后说："好的。"

"Cut！这一条很好。准备下一条。"郭导猛地叫了停。这一场戏，他们对得太惊心动魄，太精彩了。

按照剧情发展，本来两人已经有了挣脱禁忌的决心，但二人的关系因嬴政宣秦清进宫为太傅而终止。因为嬴政对秦清产生了一种很微妙的情感。历史上，秦清是死在秦始皇怀里的。秦清又是一个美女。她死后，嬴政为她立了"巴寡妇清"这一历史上的第一座贞节牌坊，所以这极大地引发了后世人对两人关系的猜测。

顾清晨与陆蔓蔓的表演已经是将两人炙热的情感戏剧冲突化了，为后面的转折埋下了伏笔。比之先前剧本里的不温不火的相处要来得有爆发性。

等导演喊了停，陆蔓蔓的情绪才慢慢控制下来，她大口大口地喘气。她看着顾清晨陷入了一种不可名状的情感里，再次对戏时，她感受到了顾清晨的压抑，也想明白了陈赫拉的古怪，与安之淳的隐忍不发。

顾清晨怔了怔，说："你还好吧？"

陆蔓蔓嘴唇抿得紧，并不作声。

顾清晨看出了她的不对劲儿，想了想后对郭导说道："不好意思。我想，我需要二十分钟和蔓蔓单独谈谈。"

得到了导演的允许后，顾清晨已经走了出去："蔓蔓，过来。"

两人没有走远，就站在秦王宫的前殿，连接护城墙的拱桥上。秦王宫巍峨大气，城墙极高，所以飞檐拱桥一道连一道，一道比一道高。在夜色里，如同一道一道触目惊心的虹。

夜里风大，吹得帷幔翻飞，而红色的灯笼摇晃着，烛火明灭。顾清晨看着一身缟素、清丽脱尘的她，一时之间分不清这是在戏里，还是在戏外。

他替她拢紧了披风："风大，别着凉了。"

陆蔓蔓微微垂眸，视线滑过他苍白干净的指尖。他的手冰凉。

"清晨，我很好，只是你……"她长长的眼睫毛颤了颤，她看向他，"你究竟是怎么想的呢？"

"没有那么复杂。蔓蔓，"顾清晨决定摊开来说，不愿再把事情弄复杂，"我已经在学着放下了，但总得需要时间。感情的事情并不是说放就能马上放的，我是人，不是机器，蔓蔓。"

陆蔓蔓知道是自己任性，是自己要求每个人都能得到该有的幸福，这样她就没有负担了。后来那十年的时光里，肯对她好的人不多，所以她很感恩。也因此她才没有决绝地对待顾清晨。

　　"清晨，谢谢你。当初在我最艰难的时候，是你给了我戏拍。那部《开口说爱》使我得到了急需的一笔钱。"

　　"你后来被雪藏时接的护肤品广告，其实是属于安之淳集团下的子公司的。他为你付出的比我多。"顾清晨说道，"我没有别的意思。总有一天，我也能忘记你我的曾经。"顿了顿，他又说，"你是Rh阴性血型，对吗？"

　　"原来你知道了。"陆蔓蔓也是感慨，她与顾清晨都是熊猫血。

　　"是，我都知道了。"顾清晨举起手腕，看着血管里流动的血液，"五年前，你刚刚进入这个圈子，四处打杂，靠接一些广告过日子。而我却因一次车祸要做紧急手术，可血库里没有足够的Rh阴性血型的储备血。你是到医院看望住院的妈妈时，才知道我出了车祸。"

　　陆蔓蔓吸了吸鼻子，有些无奈地笑了："是，那时医院里乱哄哄的，来了好多媒体记者。他们都说顾影帝出车祸了。你是我的偶像，我当时看见推车从我身边经过，上面的你已经奄奄一息时，我就哭了。"

　　"蔓蔓，我一直记得你。那时你只有十七岁，那么美丽的一个少女，不过黑眼圈很黑，脸色也苍白，营养不良。但是你的眼睛那么明亮，你居然还为了一个不熟的人哭了。我看见你一直跟着我，一听医生说缺血，你就拼命地说'抽我的，抽我的，抽多少都可以！'。那一刻我就告诉自己，不能睡过去。"顾清晨抬高了手臂，"我的血液里有我的血液，也有你的血液。"血脉相连的那过于浓烈的情感，不是说忘就能忘的，但他会学着遗忘。

　　"所以，你别再自责。这并不是你的问题。如果我给你和安先生造成了困扰，我说声抱歉。"顾清晨轻叹，"演完这两部电视剧与电影后我会息影，所以我只想好好完成我的作品，也希望你我之间没有芥蒂。"

　　隔着点点红烛，陆蔓蔓看向他的眼神十分柔和，她点了点头，说："我和你一同完成这部作品。"

　　"好吧，说开了，你不难受了吧。"顾清晨揉了揉她的头发，"回去吧，大家都等着呢。"

　　陆蔓蔓觉得是自己十分小心眼，有些赧然："我们还是朋友，对吗？"

　　顾清晨笑得恣意开朗："一直都是。"

陆蔓蔓想，有些事情始终只能交给时间去解决。时间长了，顾清晨就会忘了她。

回到大殿上，陆英明的戏正好接她的戏。

见她与顾清晨一起过来，陆英明有些无奈，捧着书卷说道："我都二十了，还要演十五六岁的少年，真是……"

顾清晨笑了笑，劝他："这就为难了？那我一个三十五岁的人，还要演秦姝前半段爱的二十岁的丹，谁更苦闷？"

陆蔓蔓忍不住，捂着肚子笑了起来。

陆英明没好气："小蔓姐，你还要为人师表，严肃些吧！"

"你不知道，我入戏很快的吗？"陆蔓蔓与他斗了两句嘴，"我都二十三了，还要演十四岁的少女，我觉得怎么看都是我憋屈。"

众人哈哈大笑。

在这一幕戏里，嬴政第一次见到秦清。秦清比他大十岁，他本以为来的会是一个严谨老态的妇人，可当他抬头的那一瞬间却被陆蔓蔓扮演的秦清惊艳到了。

化妆师为陆蔓蔓整理了一下妆容，她的唇色是贴近自然色的极淡的红色，用了点唇蜜，十分润泽，配上她黑白分明、干净如水的一对眸子，与白皙的吹弹可破的肌肤，真是整个人都像透明了似的。

陆蔓蔓的确是千面女郎，她可以是魅惑众生的Viper，也可以是仙气十足的秦清。

造型师将她的头发再度拢好，让头发垂在背上，然后将她的白色高冠摆正，用白锦缎遮挡好她的头发，一切准备完毕。导演喊："Action！"

监视器里，一个白衣缟素的女子缓步而来，因为她的身份，她没有宫里女子那种刻意的婀娜多姿、步步生莲，却大方出尘，一步一步行来，竟不像人间的女子，她像莲，出淤泥而不染，濯清涟而不妖，可远观而不可亵玩。

嬴政抬眸看见她的那一刻，他的耳根红了。

顾清晨看着监视器里的两人，眼睛微微眯起。副导笑："陆英明还真是被她惊艳到了，看来这个版本的秦清让少年嬴政心动了。"

秦清的脸上是温暖的笑意，她对待他，是真正地视他为学生、弟弟，而不是一个君王。她是太傅，是他的老师。她没有行跪拜礼，只是微微鞠躬，不卑不亢。她命人取来沙盘，沙盘里面有各处关卡，她取来小旗子一一插

438

好，开始给嬴政讲述山川地理的知识，又借各处的地理险要、通塞关卡和边防危机一一点明中原与塞外各地的情况。

秦清不单是一个商人，还是一个探险家，为了寻找矿山、丹穴，她走遍了各个国家，对各国的情况与地理环境都相当熟悉。所以她给嬴政上课的内容很多，博杂丰富。也正因此，陆蔓蔓的台词需要一大段一大段地背、一大段一大段地说，还要说半文言的文字，这让陆蔓蔓觉得苦不堪言。

等她说完最后一句台词，只觉得整个人像是从水里捞上来一般了。

摄影机只拍她的背面，此时镜头回到了陆英明的身上来，她只要保持坐姿不变就好。她看见陆英明露出一副求贤若渴的"深情"模样，看着她时那么认真，那么炙热，陆蔓蔓真想笑。

她努力抿嘴，抿得辛苦，那个酒窝都跑出来了。偏偏小摇摇站在她旁边，还一直拿手指戳自己的酒窝，然后又指指她的酒窝。

拍电视剧没有拍电影那么严格，有时还会故意弄些搞笑的花絮留到片尾时播放，让观众乐一乐。所以导演并没有阻止众人的苦中作乐。

顾清晨走了过来，拍了拍易摇摇的肩膀，低声说："哥哥姐姐还在拍戏，你这样会影响他们的。乖。"

易摇摇不乐意了："她不是姐姐，她是我妈妈。"

陆蔓蔓："……"

四

陆英明努力保持状态，依旧用倾慕的眼光看着陆蔓蔓。他很好地演绎出了一个少年君王对名士的渴慕之情。

当郭导说："Cut。"知道自己过了，陆英明才松了一口气。

大家都太入戏了。陆蔓蔓演的太傅是绵里藏针的，她表面上笑容温暖，实则眼底冷漠如坚冰，她对嬴政的要求极高，所以容不得他有丝毫的差错。

导演见大家的状态如此好，马上拍了下一幕剧。

监视器里，两人在堂中休息。嬴政说起了邯郸，说起了那里有他想念的姑娘，在那里没有钩心斗角时，秦清的回答则是："没有权力，你到不了任何地方。没有权力，你会生不如死。秦皇宫本就是吃人不吐骨头的地方。没有权力，你见不到想念的姑娘。"

这个时候，嬴政的处境其实是危机四伏的。吕不韦视他为傀儡，若不顺

439

自己的意，随时可以废了他；而他的弟弟与一众秦国老臣都想推翻他，他身边没有一个是自己人，所以才会生出此等感慨。他的母亲赵姬并不了解他，只让他多让着吕不韦，而他也不理解他的母亲，他的心底话没有人可以倾诉，所以在如长姐般温柔又充满智慧的秦清面前，他露出了自己的软弱。但秦清却暗示他，如果没有权力，他的生命都堪忧。

陆蔓蔓的眼神，初看是平和的、柔顺的，有着长姐特有的温柔，但其实平和之意不达眼底。她说起宫闱之事时是冷酷的。只见她长眉一挑，肃杀之意滑过眼底，一闪又不见了："大王有统一六国的决心，但也要有防着外敌的警觉。"

"此话怎讲？"少年嬴政的眼睛一亮，里面有了种雀跃的兴奋。他磨刀霍霍，只想大干一场。

"秦的长城自古皆有，别国也有。大王应该将其一段一段地连起，修建新的长城。不过，这都是统一以后的事情了。"秦清为他展示了属于他的明日帝国的宏伟版图。

那一刻，一个新的霸王诞生了。

随着导演再次喊停，陆英明抹了把汗，说："小蔓姐，你真是压着我的戏来演了。你真严厉，我看着你时，有那么一瞬间真的是心生怯意，就像学生见到班主任似的。"

一连十天，陆蔓蔓都是在赶秦皇宫的戏份。

其中有一幕戏，陆蔓蔓觉得挺经典的，很能展现秦清的睿智与大气。

只是在戏要开拍的前一天晚上，顾清晨敲响了她的房门。

易摇摇困了，可还是搂着她不放。她开了门，又抱着摇摇坐回了床上，一边摇着他哄他睡觉，一边背台词。

"这小家伙这么黏人？"顾清晨有些不能理解。

"安东尼和我说，摇摇从小就是要被抱着摇着才能入睡，所以他妈妈才会叫他的小名为'摇摇'。"陆蔓蔓也颇为无奈。

"你很喜欢小孩。"顾清晨看着她温柔的脸庞，有一刹那的愣怔。

轻咳了一声，他又说："你对明天的戏有什么看法？或者说，你如何看待赵姬？"

陆蔓蔓抿了抿嘴唇，说："赵姬是一个很伟大的母亲。"

顾清晨的眼眸一亮，他笑了："你能这样想我就放心了。"

陆蔓蔓摸了摸头，十分不好意思："下午时我和导演说，对于剧本我还要再琢磨琢磨，请求他把这一幕戏压到明天再拍，被你听见了呀！"

"我还以为你有什么地方不明白，不过现在我放心了。"顾清晨说。

"我也想听听你的意见，毕竟从男性的角度来说，会认为赵姬放荡不堪。"陆蔓蔓很认真地做着笔记，一手抱着摇摇，一手在剧本上写写画画。

顾清晨说："我来吧。"然后他抱过了摇摇，接着说下去，"现在的年代不同了。更何况是出于那种情况下——危机四伏，还要保护孩子的母亲。赵姬与嬴政在赵国是人质，生命比黎民百姓的还要卑贱。"顿了顿，他又说，"你是从哪个角度，得出她是一个好母亲的结论的？"

陆蔓蔓说："我看了你为我搜集来的关于嬴政与赵姬，还有吕不韦、秦异人之间的书。你也列出了重点。其实单从前半段，就可以看出赵姬是个好母亲，她只是被男人当成了工具送来送去，她没有别的路可以走。她自身不能说成是放荡。后面的那一段与男宠的事儿，不过是一个女人为了追求自己的爱情，与为了找到下半辈子的依靠而已。"

"是的，你很聪明。你已经找准了演绎的方向。"顾清晨说，"秦清本身没有孩子，但是她是渴望有丹的孩子的，所以她能理解一个母亲的心。也正因此，她不仅没有看不起赵姬，还让嬴政去找回母亲。在秦清的演绎里，对赵姬'看不看得起'才是问题的重点所在。

"秦清已经看出嬴政也渴望母爱的心思，如果她只是为了讨好嬴政才出此建议，但秦清本身就是看不起赵姬的行为的，那你的演绎就缺乏说服力了，而且角色也失去了大爱的心。"

陆蔓蔓的眼睛一亮，她已经完全明白过来了。之前她是有犹豫过该不该这样演的，她摸到了那个轮廓，却还抓不住重点。但经顾清晨一点拨，她完全领悟了。

"谢谢你，清晨。你是我的良师益友。"她除了这句话，也说不出别的了。

"好了。时间不早了，我也回去了。早点休息。我希望我的徒弟明天能把这一幕戏演成经典。"顾清晨微微一笑，垂下了眼眸，掩去了所有的情感。

他轻轻地开了门，离开了陆蔓蔓的房间。

廊道尽头，一台照相机对准陆蔓蔓的房门与顾清晨，按动了一连串的快门，没有开闪光灯，只有隐隐约约的咔咔声……

监视器里，嬴政杀死了母亲赵姬与男宠嫪毐的私生子，更说了此生此世除非下到黄泉，否则与母亲永不相见的话。但其实，嬴政后悔了，只是碍于面子，又没有办法收回命令。这个时候，秦清出场了。

秦清说起了在赵国时赵姬为了保护他的性命付出了多少，也是为了保护他，赵姬才会与吕不韦周旋，这使得嬴政落下了泪来。知道时机成熟了，淡定从容的秦清说，只要修一条地道，不就是应了嬴政的命令吗——只在黄泉下相见！

陆蔓蔓演出了一个女商人与女政治家的威严与睿智大胆。她摸透了君王的心思，也敢冒着死罪进谏，她胆大心细，赌赢了，使得大王更尊敬和看重她。

整个过程，陆蔓蔓的表情都拿捏得十分到位，她演绎得平淡从容，只是当君王的杀机一起，从他的眼底下滑过时，她接收到了，她也只是轻挑眉黛，一对沉稳如水的眸子轻垂，掩去了所有的心思与城府，因为在一个君王面前，这些东西不管用。但陆蔓蔓琢磨秦清应该也并不惧怕。所以陆蔓蔓的眼睫毛没有颤动，只是保持冷静的姿容。可当她一扬眉，向君王建议修地道时，平静无波的眼底又露出了志在必得的神情。

"Cut！"郭导喊了停。

"就凭你刚才的眼神，就可以拿下一座奖杯了。"郭导看着陆蔓蔓认真地说道。

陆蔓蔓听了，脸上、眼底平静无波，依旧是右手轻按于胸间，保持请命的那个动作。她太入戏了，还没有出来，依旧在琢磨秦清此刻该有的心态与行动。

顾清晨很高兴，陆蔓蔓等于是他一手教出来的徒弟，从《开口说爱》到《夺目》，再到这部《秦姝》，她成长起来了。她等于是宣告了一个时代的开始。

"我去和她说。"对导演说了这句话后，顾清晨走到了她面前，用平淡的口吻道，"你已经具备了一代影后的风范了。恭喜你。"

她那么年轻，不过二十三岁，就已经达到了那个高度。她很勤奋，但天赋是流动在她血液里的，这并非只要勤奋就可以获得的。

陆蔓蔓的眼里有一点泪光："嗯，接这部剧是对的，这使我明白了许多。其实，我从前所受的苦都是值得的，没有那些挫折，我永远没办法成长起来，这和嬴政也是一样的。嬴政小时候，在赵国邯郸同样受尽了苦楚，包

442

括他的母亲。"

"清晨，谢谢你。真的要谢谢你！"陆蔓蔓过于激动，但依旧没有出戏。见她的情绪有些不对，顾清晨拍了拍她的肩膀，可她忽然觉得昏眩，腿脚发软。眼看着她就要跌下去了，顾清晨猛地抱住了她。

"蔓……"从廊道里走过来的安之淳正要给她一个惊喜，却忽然止住了声音。

五

"蔓蔓姐！"小天惊呼。

"妈妈！"摇摇也扑了过来，哭得稀里哗啦的。

安之淳才知道她病倒了，他再也顾不得那么多，连忙跑了过去，从顾清晨的怀里接过了她。

当她醒过来时，一室的人都围着她看。

这还真是……嗯，有些尴尬哎……

"之淳。"陆蔓蔓努力张了张嘴，发现自己的嗓子有些哑。安之淳见她醒了，十分高兴，一把握住了她的手。

此时，顾清晨默默地走了出去。

剧组里也有跟着的医生，此时急忙赶了过来，他拿听诊器听了听她的心跳，她除了心跳快些也暂时不见什么别的问题。想了想，他忽然问："你的月事来了吗？"

顾清晨正举着水杯站在门边，听到这句话怔了怔，走了过去。"先喝点葡萄糖。"他将水杯搁到了床头柜上。

金枝年纪大些，看了看一脸傻乎乎的陆蔓蔓，然后在她耳边低声说："这个月我记得你没来，平常你都是很准时的。而且前两天剧组点了大餐，你都没胃口，看见鱼还作呕。"

陆蔓蔓咬了咬嘴唇，看了看安之淳，感觉十分尴尬。她更心虚了，连忙拿起杯子来假装喝水。

可见他一脸的紧张，又夹杂了期待地看着她，她觉得水总会喝完的，还是要面对的。于是，陆蔓蔓只好硬着头皮说下去："我记得，好像是……是没来……上个月没来……"她越说声音越小。知道她是害羞，安之淳捏了捏她的手背，以示安抚。

金枝火大，见众人也散得差不多了，她就开骂了："你几岁了啊！不知

443

道要做那什么……措施吗？你的这部影片都还没拍完！这部影片还好说，难道你还打算大着个肚子去拍《夜幕》？我估计《夜幕》的导演和编剧都要被你气死了，直接让你在里面演二胎妈妈得了！"

陆蔓蔓的脸红一阵白一阵的，偏偏顾清晨还在这里。他不就是编剧吗，不过大家都不知道他就是编剧。陆蔓蔓估计他要抓狂了。这怎么改啊？二胎？是小韦已逝的初恋的，还是歌剧王子演的男主角的？

一屋的人都是好奇万分。

"那个……不是还没确定吗？"陆蔓蔓的声音越发地小。

金枝瞥了坐在那儿的始作俑者一眼，然后对着她翻白眼："有没有，难道你自己还不知道吗！"

陆蔓蔓的脸红得要滴血，她一头扎进了安之淳的怀里。安之淳闷笑了一声，搂着她的肩膀，一手抚着她柔顺的短发，劝道："没关系，你和孩子要紧。我想《夜幕》一片的导演和编剧会通融的。"

即使他们不通融，安之淳都会让他们通融的。

"喀喀喀喀，"医生也很无奈，"买个验孕纸，验一下就知道咯。"说完，他就先离开了，还有个当红演员拍打戏时割伤了手臂，需要他赶过去看看。

摇摇很受伤，爬到了床上，搂着陆蔓蔓的肩膀摇啊摇的："妈妈，你有小包子就不要摇摇了吗？我和安东尼都会很伤心的。"

安东尼……陆蔓蔓要崩溃了，她不是安东尼的老婆好不好，好不好？！

安之淳："……"

顾清晨走过来说："没关系，《夜幕》可以压后。*SUNSHINE*的中国区总编明日过来，要为你做一期专访，主要是说《夜幕》的。我和恩师谈过，你现在正红，十月份又会有《暗影重重》上映，所以可以借此机会炒一炒，为《夜幕》一片预热。到时也会拍一组照片，其中会有你和摇摇的合影——你在《秦姝》里的古装照，与一组现代风格的照片。"说完后，他就离开了。

屋子里的气氛有些沉闷。

陆蔓蔓想起来了……因为进了《秦姝》剧组太忙，背台词都背得她要死不活的，居然忘记跟安之淳说顾清晨是男主角的事儿。

嘴唇动了动，她说："之……之淳，那个……我真的是忘了说了……"

她原本红润的嘴唇此刻很苍白，还有些开裂。安之淳十分心疼，知道她是"连轴转"，根本就是忙坏了。刚才他居然还想会不会是她对顾清晨难以忘情……想来自己真是坏！他猛地抱紧了她："别说了，给我一个吻就好。"他的嘴唇压到了她的嘴唇上，与她辗转缠绵，最后若不是她拼命地推开他，他还要继续吻下去……

"摇摇还在！"陆蔓蔓羞得脸通红，眼睛那么亮，眼睛里面像蓄着一汪水。她嘟了嘟嘴，捶了他一拳："都怪你！都怪你！"

其实她已经想起来了，在威尼斯的那几晚……真是尴尬，她都没有脸出去见人了——估计整个剧组的人都知道她的窘事了。

易摇摇捂着眼睛不出声，可是他手指间的缝隙又宽又大。

低笑了一声，安之淳摸了摸摇摇的头："偷看！"

然后他俯身，用嘴唇贴着她敏感的耳朵吹气："谁让你那么性感，总能轻易让我激动。"她连耳朵都红了。他笑了起来，声音又低又沉，性感得要命。

"你……"陆蔓蔓揉了揉头发，实在是拿他没有办法。

考虑到陆蔓蔓的身份问题，验孕棒是金枝托人去买的。

"蔓蔓，好了吗？"安之淳在洗手间的门外坐立不安。他又走了几圈，再度敲了敲门，哄道："总要些时间的，要不你出来，我们一起等？"

洗手间里，陆蔓蔓靠在洗手台旁边，眼睛老往一边扫，也是紧张得不行。她咬了咬手指，心里五味杂陈。到底是有了好呢，还是没有好呢，还是有好呢？……

等十分钟，怎么就这么难呢？她看着按照"一"字排开的十个测试杯，内心十分抓狂。

十分钟后，陆蔓蔓看见验孕棒里出现了一道红杠杠，再看看其他几个，也是差不多的情况，她抽了抽鼻子，觉得很失落。不甘心地，她又拿起了其中听说是最贵最灵的那两支，在最亮的灯下左看右看，居然发现两根验孕棒又多了一道红杠杠。这条杠虽然很细，可加起来真是两道！

"天！"她倒吸了一口气，猛地捂住了嘴巴。

安之淳已经听见了她的声音，十分紧张，声音都变了："蔓蔓，你还好吗？"以为她是舍不得工作，他哄道，"没事的，一切都会好起来的。蔓蔓，你先出来。你这样我害怕……"

门猛地被打开了。

安之淳看见她眼睛红红地站在那里，她双手颤抖，显然情绪很不稳定。

"蔓蔓……"

"之淳，你很喜欢小孩，对吗？"陆蔓蔓站在那儿不动，并没有投进他的怀里。

"我……"安之淳犹豫了，很担心自己说得不对会刺激到她，再看了她一眼，低声说，"那是我们的孩子，我当然很喜欢。"

他点了点头："非常喜欢。"天知道，他是真的喜欢得要命！

他说了两遍很喜欢，而不仅仅是喜欢。陆蔓蔓的眼眶更红了，她猛地扑到了他的怀里，说："是两道，是两道！"

"真的？"安之淳高兴地将她举了起来，转了好大一圈，她都要飞起来了。她咯咯咯地笑，十分愉快。

安之淳所有的担心都不见了。

等放她下来后，他才说"我去看看"。然后他猛地跑进了洗手间里。

陆蔓蔓还是觉得不可思议，双手捂着脸在那儿发呆，只觉得脑子是一片空白的。等了半天也不见他的动静，于是她走了进去，发现他在看说明书。

"怎么了？"她很紧张，问时声音颤了颤。

"蔓蔓，你还真是……"安之淳走了过来，摸了摸她的头，"你还真是没长大的孩子，连说明书也不会看。"然后他将她特意摆出来的那两支给她看，"只有一道，蔓蔓。"

"怎么可能！刚才明明是两道！"她瞪大了眼睛，然后扑了过去，拿起最贵的那两支来看，可真的只有一道……那本就很浅淡的第二道红杠杠居然消失了！

她蓦地抬起头来看着他，眼里流露出的是十分委屈的神情。安之淳怔了怔，忽然笑了，抱着她亲了亲："我知道你的心意，我很高兴。其实这样不是更好吗？你可以专心地把片子拍好。"

"可是，那也是你的心愿……"陆蔓蔓搂着他的腰，搂得紧紧的。她居然"吃诈和"了！她抽了抽鼻子，只觉得自己要哭了……

"哦，没关系，我以后再卖力些就好。"他耐心而温柔地哄着她，"小包子嘛，总会有的。"

陆蔓蔓气不打一处来："你居然还敢想！"

他低低地笑："我不卖力，哪儿来的小包子。"

"你不要脸！我不想再跟你说话了！"她羞急了，在他的肩膀上狠狠地咬了一口。都怪他，害得她一整天都过得提心吊胆的，像坐了好几遍云霄飞车。

　　他闷闷地笑，在她的发间轻吻："没关系，我可以等。以后我也会更注意一些。这段时间……"他顿了顿，声音越发地暧昧，"……都不会让你怀孕的。"

　　陆蔓蔓气得咬他咬得更用力了！

第二十一章　惊艳了时光

一

安之淳是利用周末假期飞过来的，只能待一天半，周日晚上又要走了。其实两人能说上话的时间真不多。陆蔓蔓基本上都在赶戏，所以摇摇就由他接管了。

看着她与顾清晨在戏里眉来眼去，含情脉脉的样子，安之淳的内心十分不爽。于是，她刚一下戏，他就一下子奔了上去，比摇摇的动作还快，抱着她就是一顿深吻。在场的工作人员都惊呆了！

要不要这么"虐狗"啊？

摇摇不干了，也扑了上去，抱住了陆蔓蔓："妈妈是我的，是我的！"

安之淳的嘴角抽了抽，他十分不爽："这安东尼干吗还不告诉他真相。"

陆蔓蔓："……"

正说着，安东尼的电话却像是掐着点到的。陆蔓蔓牵着摇摇的手，走到一边的休息处接起了电话："喂，大情圣，你的日子过得太舒坦了是吗？之淳说他想修理你。"

那边传来一阵低笑，安东尼说："你往左边看。"

陆蔓蔓看了过去，那边居然站着安东尼。

他就站在一排柳树下，嫩绿的柳枝垂下，轻抚他的脸庞。他的一对绿眼睛正含笑注视着她，他又指了指电话。陆蔓蔓继续听电话，他说："我应该早些面对的，也应该和你解释清楚。"

"好。"陆蔓蔓点了点头。

巴顿是跟着过来的，在湖边狂玩了一阵，然后风一般地扑向了陆蔓蔓。

易摇摇："你这个'色狗'也配和我抢妈妈？一边去！"

巴顿很委屈，眼泪汪汪地看着小主人："汪汪汪汪汪。"它仿佛在说：美女嘛，当然个个（狗）都喜欢啊！

易摇摇撇嘴："看那边。"他指了指一边的一条可爱憨厚的黄色田园犬道，"那边有适合你的美女。"

陆蔓蔓沿着他指的地方看过去……

巴顿一脸厌弃："汪汪，汪汪汪？汪汪汪！"那是公狗好不好？

陆蔓蔓看了一眼这一人一狗："……"

安东尼又哼笑了一声。安之淳走了过去，和他说话。

"摇摇，这里人多眼杂，你待会儿千万别叫爸爸，知道吗？"陆蔓蔓摸了摸他的头，又摸了摸巴顿的大脑袋以示奖励。

"我不是巴顿，不要这样摸我。"摇摇吃醋了，然后又喊了一声，"我才不叫他呢！对于他那种人，叫声'喂'就够了。"

陆蔓蔓："……"敢情是她担心过度了。

安东尼走了过来："原来古代的风格是这个样子的。小蔓蔓，你真是变得我都快认不出来了。你白衣翩翩的，看起来像个仙女，哪里还有演Viper时的妖冶模样。"

陆蔓蔓翻白眼："你一个ABC，知道中国仙女是什么样的吗？"

"不就是你这样的？"安东尼挑了挑眉。

陆蔓蔓被噎住了。

安东尼毕竟也是演员，对拍戏本就很有兴趣，当下居然抛下了他们，跑去了导演那儿看样片回放。他看得专注而认真，看完了还猛地提了一口气，许久才呼出来。

"感觉怎么样？"陆蔓蔓有些紧张。

"是拍得很好。你简直就是一座活的贞节牌坊嘛！你的身上有一种'看多一眼都是犯罪'的感觉。"安东尼说。

陆蔓蔓："……"

"我看你就是一种活的、行走中的女性春药。"陆蔓蔓反唇相讥，还不忘用手指了指周围的一群看安东尼看呆了的"吃瓜女"。

"小蔓蔓，你说话怎么这么难听呢？你就这么不待见我？"安东尼笑了笑，然后视线又转回到了监视器里，他请求导演再播放几段。

郭导对于与一代国际影帝进行"学术交流"这件事情倍感激动，于是又选了几段他认为精彩的来放，有陆蔓蔓与陆英明的对手戏，也有她和顾清晨的。

安东尼看了一眼陆蔓蔓，语气有些怪："真搞不懂你们。眼里的情感那么炙热，好像就只差个理由去'滚床单'了，至于吗？"

安之淳正好牵着摇摇的手走了过来，听到他的话，沉默了。

她与顾清晨的对手戏他已经看过了，两人眼里的内容确实足以掀起惊天骇浪。那种禁忌般的恋情，那种发自内心的想冲破枷锁、突破那一层关系的感觉，比他们演绎《夺目》的激情戏时所表现出来的还要强烈与秘而不宣。安之淳站在她的身旁不说话。陆蔓蔓感觉到周围都是低气压……

对于安东尼直白的话，刚下戏走过来的顾清晨着实被呛了一下。他的助理连忙拿了水来给他喝。抿了一口水，顾清晨微笑道："安东，你不了解中国人的情感。尤其是在古时，多的是隐忍的、无可奈何的感情。不然也不会有那么多的"梁山伯与祝英台"。许多事情不是'滚床单'就可以解决的。"

陆蔓蔓："……"你可不可以不要围绕"滚床单"这个话题……

易摇摇："我知道什么是'滚床单'，那'梁山伯与祝英台'又是什么？"

陆蔓蔓气得直跺脚，见只有郭导在，其他人都被赶走了，于是压低了声音骂他："安东尼，你就是这样教摇摇的？滚……都知道，你……"

易摇摇眨了眨眼睛："我们那边的小孩都懂啊！幼儿园里的大卫还说，他妈妈最喜欢抓爸爸的背，他爸爸的背上都是手指印。你昨晚不就是和安叔叔滚床单了吗！"

陆蔓蔓猛地捂住了臭小孩的嘴。

安东尼忽然爆发出了大笑声："哈哈哈！"

碰巧*SUNSHINE*的总编过来了，安东尼也很给面子，与陆蔓蔓搭档拍了一组照片。

陆蔓蔓叹道："看来《暗影》上映之前，我都要和你捆绑在一起了。"

安东尼轻笑道："所以我很开心，《夜幕》不再是我和你搭戏了。如果陈启要来找我演，我一定拒绝。我们再绑下去，估计安要把我煎皮拆骨了，他看我不顺眼很久了。"

陆蔓蔓听了，哧哧地笑。

这一期的访谈将会在全球的*SUNSHINE*杂志上同步发行。

*SUNSHINE*的中国区总编自然知道顾清晨就是幕后的大老板小森夏恩先生。于是等采访完后，他只是和小森夏恩先生点了点头就离开了。

顾清晨走了过来，对正忙着上戏服、赶进度的陆蔓蔓说："有你抱着摇摇的'母子照'做封面，估计下一期的*SUNSHINE*又得脱销了。你的身上其实永远不缺话题，你也有老外的观众缘。"

陆蔓蔓放下老缠着自己的摇摇，说："那是因为你肯提携我啊，师父。"

顾清晨怔了怔。她重新定位了他们的关系——亦师亦友，没有其他的了。"好，很好，你是我带出来的最出色的徒弟。"她也是他唯一的徒弟。

当天下午，《秦姝》剧组赶赴了下一个目的地——四川的宜宾竹海取景，拍秦清与丈夫公子丹的戏份，也就是剧情的开篇部分。陆英明依旧留在西安拍秦始皇的戏份。剧组的先头部队昨天就带了一队人马与部分器材过去了。

因为要赶拍秦清与小叔子公子云的戏份，所以男女主演与主导演郭恒达才会留在秦王宫这边，没有一起过去。

众人坐的是安之淳的私人飞机，所以就连巴顿也轻易地过了检查，坐上了头等舱。安东尼坐在陆蔓蔓的身边，时不时训斥易摇摇几句。

易摇摇对于安东尼十分反感，根本与这个爸爸不对付。

安东尼十分头疼，摸了摸巴顿的大脑袋说："真是养条狗都好过养他。生个叉烧包出来也好过生他！"

巴顿与陆蔓蔓："……"

"我又不是你生出来的，你跩什么跩！"易摇摇鄙视他。安东尼气得几乎要咽气了。

"安东，你怎么会选这个时间段过来？"陆蔓蔓不明所以，"还要跟着我们剧组跑。其实你有话在电话里说也是一样的。"

"不一样，当面说才足够尊重你。"安东尼轻叹了一声。

安之淳握了握她的手，道："他的目的地就在宜宾，他是专程过来看小

451

包子的妈妈的。"

"包子妈在宜宾？"这次轮到陆蔓蔓惊讶了。

"包子妈"……安之淳感到无奈，轻咳了一声："蔓蔓，你说话就不可以走心些吗……"

安东尼笑了笑，可眼底尽是苦涩："安，没关系，她的脑子一向缺根弦。"他继而认真地看着她，忽叹："他的妈妈不在了。"

不在了？

二

宜宾，青空墓园。

陆蔓蔓下了戏才赶过来。

墓园里一片宁静，它隐藏在一片树林里面，遍植青松，鸟语花香，景致很好。

"之淳，我说话是不是特别不过大脑啊？"陆蔓蔓咬了咬嘴唇，十分懊恼。

他握着她的手，轻声说："没关系，安东尼不会怪我们。其实，就连我也没想到摇摇妈已经不在了。"

车子沿着开辟出来的山路一直走，终于驶进了墓园的最深处。

安之淳替她开了车门，按了按她的肩头："别难过。"

"我想安东尼心里一定是很苦闷的。"陆蔓蔓觉得心情有些沉重。

"是。"安之淳也叹气道，"不然他这么多年来也不会一直单身。而且他从出道到现在，绯闻传过不少，一副大众情人的样子，可我知道他身边从来没有过一个女人，可见他对摇摇妈有多么深的感情。"

"走吧。"安之淳揽了她的腰，向着不远处那座有着淡红色琉璃瓦的亭子走去。安东尼牵着摇摇的手，在那里不知站了多久。

等快到亭子时，安之淳忽然说："蔓蔓，我就不过去了，我想安东尼应该会有些话想跟你单独说。"他替她拨开耳侧的茸茸的刘海。

"好。"她点了点头，自己走了过去。

巴顿早闻到了她的气味，有些激动，但因察觉到一大一小两个主人的心情沉重不佳，于是低哼了一声，夹着半翘起的尾巴，跑到了陆蔓蔓身边。

"嘿，巴顿。"陆蔓蔓拍了拍它的大脑门，与它一起走到了安东尼身边。

"易思念。"这一次，陆蔓蔓叫了他的本名。

　　安东尼转过脸来看她。陆蔓蔓发现他的眼中没有焦点。

　　"妈——"易摇摇的话一下子卡住了。

　　陆蔓蔓在他身边蹲下："没关系，你若愿意，我可以当你干妈，也会像亲妈一样疼你的。你叫我蔓蔓妈是一样的。"

　　"蔓蔓妈！"易摇摇猛地抱住了她，"原来妈妈真的不在了。"

　　安东尼叹道："她就是摇摇的生母，也是我唯一的恋人。"

　　墓碑上，是一个明眸善睐的年轻女人的照片，她去世时的年纪与现在的自己差不多大。"她很早就做母亲了。"陆蔓蔓叹道。

　　"是的，我们是从小玩到大的青梅竹马。"见她瞪大了眼睛，安东尼笑了笑，"对，就跟你和安一样。不过你们比我们幸运。那时我还年轻，思想与行为很不成熟。所以，经常与她吵架。

　　"那时，我的事业刚起步，而她是个摄影师。我有时为了拍戏，四五天只有十个小时的时间睡觉，而她又满世界地飞，我与她无法同步。最重要的一点是，我的经纪公司为了捧红我，经常将我与不同的女星捆绑炒作，有时甚至还故意搞绯闻，她为此经常与我吵架。我们不断地争吵，和好，再争吵，再和好，不断重复。虽然很痛苦，但是我从来没有想过要和她分手。"

　　顿了顿，他又说："可是，我们都太年轻了。我没有安的包容与耐心，她对我也没有绝对的信任。随着我越来越红，身边的绯闻越来越多，她无法忍受，向我提出了分手。我甚至连息影的想法都有了，可她没给我机会，自己不动声色地走了。

　　"我也是气急了，以为她只是闹闹脾气，想着也就随她了，等她气消了就会回来的。可等来的结果却是她只给我留下了摇摇。她生下摇摇后，身体一直不好，后来又跑去了非洲采风，结果感染了埃博拉病毒，一直被隔离。等我找到她时，一切已经回天乏术了。

　　"虽然她从小在曼哈顿长大，但其实宜宾才是她出生的地方。这里有大片竹海，她说很美，见过一次就一辈子忘不了。她最后的心愿就是回到这里，所以，我把她带了回来，葬在了这里。"

　　"我怕摇摇伤心，一直不敢告诉他真相。"安东尼又说，"可他从小跟妈妈长大，对我很抗拒，又叛逆，认为是我不让他见妈妈。别看小孩子挺聪明，情商还真是不在线，我怎么解释也解释不通。"

　　陆蔓蔓上前了一步，拍了拍他的肩膀："易思念，没关系，总会好起来的。你想哭吗？我可以借肩膀给你。"安东尼猛地看向了她，她总是能轻易看透他的心思。他眼睛很红，就那么看着她，最后，他将头轻轻地靠到了她的肩膀上。

他喟叹道："这世上，只有她和我妈妈叫我易思念。"苦笑了一声，他又说："偏偏你也……"

陆蔓蔓顺势抱住了他。他那么高大的一个人，此刻却像是被完全抽干了力气，只能靠着她才能站立。

"当初你在《怒海》剧组时，是故意带巴顿进来的，对吗？"她轻声问。

"嗯。我对是谁与我搭档从来都没有兴趣，不过是为了工作而已。"安东尼说，"自从她走后，我的生活就彻底完了，我过得犹如行尸走肉，直到你出现。当我看了你的定妆照时，就急匆匆地要去找你，可又不知道该说什么，所以带了巴顿过去。"

"你早已经明白过来，这世上是没有谁可以替代谁的，哪怕长得再像也是不同的两个人，安东尼。"陆蔓蔓轻轻喟叹，抚了抚他颤抖的肩膀。

"你看出来了。"他哽咽道。

"你吻过我，安东尼。"陆蔓蔓又说，"那种感觉你也体会过了，你自己都无法投入，因为我并不是她。"

安东尼没有否认，但又笑了："不过，是你让我重新活了过来，蔓蔓。"

他离开了她的怀抱，泪水终于掉了下来。

陆蔓蔓取出纸巾给他："安东尼，过去的就让它过去吧。我觉得摇摇妈妈在天上看见你这么痛苦，也是会难受的。你要学会放下，你的幸福、你的缘分，或许就出现在下一次转身时。"

"爸爸，你别哭。以后我不故意气你了。等我大了，我养着你。"摇摇抱住了他的腿，用头贴着他的身体，并一直劝他。

"你看，她给你留下了多么宝贵的东西。摇摇是你与她的生命的延续。"陆蔓蔓看着照片里的女人，觉得人生十分奇妙。那是一个与她很相似的女人，其实这也是一种缘分。

"安东尼，其实我觉得是她看你过得太苦了，所以才安排了你我的相遇。她是想告诉你，要学会放下了。"

此刻的安东尼脆弱得如同一个孩子。他跪了下来，一手抱着摇摇，一手

454

抱着墓碑，失声痛哭。

陆蔓蔓终于舒了一口气。他只要肯大声哭出来，那么她就可以放心了。

在竹海拍摄的部分戏真的很美。

绿竹萧萧，吸入肺腑的都是翠青、清新、冷冽的味道。当陆蔓蔓一身白衣，在绿竹间行走时，就连安东尼都看得移不开视线，更不用说安之淳了，他的目光胶着在了陆蔓蔓的身上。

这里拍的是秦清与公子丹两小无猜，在野外游玩的片段。

顾清晨的妆容显得他十分年轻，即使他年纪偏大，但一对眼睛灵动传神。少年才有的那种神情被他演活了。公子丹温润如玉，唇边是一抹淡淡的微笑，眼睛那么明亮，他看着秦清时，就像个十七八岁的少年郎。

"公子，你看那是什么？"灵动的秦清从一排翠竹后走了过来，一张俏丽的小脸还带着点婴儿肥，十分可爱。她的头上是两个圆髻，各绑了一条鹅黄色的绸带，绸带随着她的走动而飘起，少女特有的娇憨透过监视器扑面而来。

这与她后来的"女商人""政治家"的身份有了极大的反差。

郭导很满意，正要喊停，准备拍下一条时，一个女人忽然直直地撞进镜头。女人戴着大墨镜，遮住了半张脸，头上围着的爱马仕的丝巾一直挡到了颈部，她的大半张脸几乎都要被挡住了。

"陆小姐，我有事情要和你谈谈。"那个女人一开口，语气就很不友善。

其他人不知道内情，但陆蔓蔓一听到她的声音就变了脸色。她曾趾高气扬地踏进自己的家，叫自己和妈妈滚出去。这些事，陆蔓蔓这辈子都记得。

安之淳的身体动了动。陆蔓蔓刚好看过来，用眼神示意他没事。

郭导非常不高兴，正要叫人来清场。陆蔓蔓走了过来，对郭导说了几句，郭导就先让大家休息了。

"有话快说。"陆蔓蔓表现出一副十分不耐烦的样子。方才在镜头里的纯真娇憨全然不见了，她一脸阴郁地看着面前这个女人。

"见好就收不行吗？"女人也是咬牙切齿的。

陆蔓蔓忽然就笑了："陆笙歌，你是个什么东西，敢在这里和我说这种话？哦，不对，你不应该叫陆笙歌，你是姓陈的。"

陈笙歌被她生生地侮辱了，当初自己就是叫她"野种"的。

"我在好莱坞的片约没有了，爸爸也抛弃了我们，你还想怎么样？赶尽杀绝吗？我在国内国外都接不到戏了！"

"真是好笑，陆征不是你爸爸，陈小姐。"陆蔓蔓个子高，此刻即使穿着平跟鞋，也是俯视她的，"而且你抢人家的戏约时，怎么不想想今天？你来找我，没意思。"

说完，也不看她，陆蔓蔓准备走开。

这边的陈笙歌已经完全是崩溃的状态了，想也没想就和陆蔓蔓拉扯起来。陆蔓蔓如果不松口，她在娱乐圈就完了，她会被彻底地封杀；而且陆征已经明确表示一分钱也不会给她们。如果陆蔓蔓那么绝情，她也就干脆鱼死网破好了。

安之淳见情况不对劲儿，连忙走了过去，突然看见癫狂的陈笙歌从袋子里拿了一个玻璃瓶出来。说时迟那时快，在陈笙歌拔开瓶盖的一瞬间，他就扑了过去，推开了陆蔓蔓，两人跌跌撞撞了好几步。然后，一股刺鼻的味道涌了过来。

安之淳猛地挡在了她的身前，啊的一声，倒在了地上。

三

一时之间场面全乱了。

陈笙歌泼了硫酸。

草丛发出吱吱的声音。保安把陈笙歌抓了起来。陆蔓蔓吓得尖叫，要去抱他，却被顾清晨拉开了。安东尼先蹲下检查安之淳的情况，然后大声说："蔓蔓，镇定。安只是被泼到了一点在背上，伤口不算太深。"

顾清晨放开了她。她一下子跃了过去，抱紧安之淳，眼泪一颗颗滚下，一直没有停。"之淳，之淳。"她一直叫着他的名字。

安之淳睁开了眼睛，笑着说道："小傻瓜，哭什么。我没事，只是背有些疼。"

他要转去市里的大医院治疗，而陆蔓蔓还在赶戏，根本无法脱身。最后还是安之淳劝她好好拍戏，由安东尼照顾他。

白天的时候，陆蔓蔓全力演戏，什么也不想，一直赶进度。晚上一下了戏，她就开车赶去市里，到医院陪安之淳。

有时，她去得晚，安之淳睡熟了。此时她就会坐在他的身边，一直看着他。她抚摸他的脸庞，感受他的温度。出事的那一刻，她觉得她的心跳都停止了。

安之淳的平板电脑还亮着。陆蔓蔓从他手中拿起它，网页的内容跃进她的视野：陆征因为被陈笙歌母女俩气得中风，身体开始走下坡路；陆氏集团的股票跌势很强，陆氏的好运也基本走到了尽头，多家公司在对其展开收购。

MSN突然有头像在动，对话框弹了出来，是何庭发过来的消息。陆蔓蔓看到何庭的信息说陈笙歌铁定坐牢，而安之淳已经收购成功了，陆氏现在是属于安氏的。不过安之淳没有对陆征赶尽杀绝，依旧保留了他董事会主席的名号，没有"逼宫"。"蔓"基金已经回到了自己的手中。何庭在对话框里还说了，只要自己去律师行办了确认手续，就可以收回那七亿的基金。

那七亿是属于陆蔓蔓的。她抚着他的脸庞，笑了："属于我的你都帮我拿回来了，你的大礼我收到了。那些坏人都身败名裂了，真是好得很！之淳，我明天就嫁给你好不好？"

"你说真的？"安之淳睁开了眼睛。在睡梦中，他就听见了陆蔓蔓的话，他笑了："你是在向我求婚吗？"

陆蔓蔓摸了摸他的手背："你忘了，在曼哈顿时你就拿戒指放在蛋糕里向我求婚了。现在怎么这么不要脸，反说是我向你求婚了？"

安之淳笑了，心情十分好，就连背部的疼痛都减轻了。

"这么晚了，你怎么还过来？"他心疼她两边跑。她天天晚上都过来，累了就在沙发上睡，他劝她下了戏别过来了，她就是不听。安之淳从不知道他的小女孩是这样执拗的，于是笑了笑，打趣道："嘿，你还真是一头牛。"

"我是你的牛王妹啊！"陆蔓蔓哈哈笑道。

他被逗笑了，动作太大扯动了伤口，咝的一声，他倒吸了一口凉气。

陆蔓蔓十分紧张："要不要叫医生看看？"然后她又埋怨起安东尼来，"安东尼还说你伤得不严重，合着你俩是在骗我。"

"其实真不疼。"安之淳笑笑，说，"你亲我一口，我就不疼了。"

陆蔓蔓瞪了他一眼："你都这样了，还是省省吧！"

"我是背受伤了，腰好得很。"

陆蔓蔓："……"

他见她被自己逗得脸都红了，他的心情真是大好了起来。伸出手来，摸了摸她的头发，安之淳忽然叹道："你的头发长了。"

"离上次剪发都快大半年了，当然长了啊！"陆蔓蔓啐他。她眼珠咕噜一转，忽然说："要不我再剪剪？我觉得我短发挺好看的，又帅又俏，不比你差。"

"你敢！"安之淳气结，猛地撑起上半身，咬住了她的嘴唇。

她嗯了一声想抗议，可他的舌头已经探了进来。她想反抗，又碍于他有伤，不敢乱动，最后只有任他"宰割"的份。他的手变得不安分起来，已经从她的上衣下摆那儿探了进去。

他的肌肤滚烫炙热，触碰到她时，她的身体不安地颤了颤。他的嘴唇还在她的唇瓣上流连，他低低地笑道："你的反应还真是可爱。"他的气息贴着她的肌肤、她的唇齿。她的脸红得要滴血了，她又听见他说："提起短发，我想起了我们在亚马孙丛林的那一次……很刺激……"

陆蔓蔓几乎不敢看他，猛地闭上了眼睛。而他手上一用力，已经将她抱上床，直接压到了床上。

"之淳，别这样。"她全身燥热，可还是坚持着。

"我很想要你，蔓蔓。"他叹道，用嘴唇触碰她的耳垂，然后在她的颈项处流连，似吻非吻。她颈项的肌肤全红了。

"喀喀喀。"门口处传来一声轻咳。

陆蔓蔓几乎要跳起来了，但身体还是被安之淳死死地压着。她听出来了，是安东尼的声音。

"快放开！"见她几乎要哭了，安之淳才松开了她。她是跳下床的，衣衫不整，连嘴唇都被吻肿了，样子还真是……她觉得自己没脸见人了，这就是她此刻的全部感受。

安东尼哼笑了一声，在门外等她整理好才进来。

"不会敲门，嗯？"安之淳不满道。这么点独处的时光都被打搅了。

"我还真敲了，不过嘛，你们太投入了。"安东尼拉了把木凳，在安之淳的床前坐下，"我看你还是悠着点吧！不然以后落下什么病根就不好了。你说对吗，小蔓蔓？"

"关我什么事儿！"陆蔓蔓羞死了，此刻真想揍人。

安东尼又是一阵笑。

"安，你还是回曼哈顿休养吧！蔓蔓的戏份还有两个月才能杀青。你在这里，她要两边跑，无法安心，会很累的。"安东尼说。

安之淳沉默了。其实他都明白，但他就是想离她近些，再近些。

安东尼又叹道："其实我很羡慕你俩，真的。如果小葵对我能多一分信任，我们就不会走到这一步。蔓蔓，你很幸运，安对你是绝对信任的。无论你与谁捆绑炒绯闻，他都对你百分百信任，这很不容易。"

"我知道。"陆蔓蔓看向安之淳，说，"之淳，回去吧！"

四

马上就要进入十月了。

陆蔓蔓在《秦姝》的戏份在八月底已经杀青了。陆蔓蔓趁着假期的时间，飞去了曼哈顿陪伴安之淳。而且，她也将提前半个月参加《暗影》的内部试映会。

当《暗影》剧组的众人坐在播放厅里时，陆蔓蔓有些紧张。代表好莱坞工业的各大人物都来了，还有著名的影评人。好莱坞的影评人是一个很特殊的职业，他们有自己的专属制度；不同国内的影评人那么分散，他们更为专业，说出的话极具分量，甚至能影响到奥斯卡奖项的评审。

"别紧张。"安之淳捏了捏她的手背。

说不紧张是假的，她一向对自己要求很高。

就连当初发掘她，向卡梅伦推荐她的选角导演Eyde也来了，就坐在她的身后。

"中国蔓。"Eyde拍了拍她的肩膀，和她打招呼。

"Eyde！"陆蔓蔓听到熟悉的声音，猛地扭转头。见到Eyde，她真是高兴。

"不用紧张，你并非第一次在好莱坞拍片了。你很有潜质，天分也是万里挑一的。"顿了顿，Eyde又说，"接下来，我这里有好几个本子，可以推荐你去试镜，有兴趣吗？"

陆蔓蔓吐了吐舌头："Eyde，这部影片都还没有上映，万一我演砸了呢？"

Eyde笑得更欢乐了，满满的揶揄："你都能演砸，那我的金字招牌岂不是也可以砸了。你可是我推荐给卡梅伦的。"

播放厅已经暗了下来，电影就要播放了。

陆蔓蔓说："Eyde，很感谢你。没有你，我走不到今天。不过接下来我会息影。"

她的话一说完，全场忽然就安静了。

安东尼与女主角薇薇安就坐在她旁边，而导演卡梅伦虽坐在和她隔了几个位置的中间的地方，但肯定能听见她说的话。

还有各大制片人、影评人就坐在她的前前后后。陆蔓蔓本来是一颗华裔的超新星，不单敲响了好莱坞的大门，还获得了欧洲电影人的青睐。九月中的威尼斯电影节，她凭《夺目》获得了金狮奖最佳女主角提名。再过几天，她就要去威尼斯走红毯。可现在，她却用一句"会息影"让大家都安静了下来。

而电影已经开始了。于是大家只好压下了所有的心思，认真观看电影。

安之淳握着她的手，低声问她："你真的决定了？"

"嗯。"她答道，十分肯定。

陆蔓蔓独立惯了，她做的决定一般都是经过深思熟虑的，所以从不会盲从别人的主张。于是，安之淳也不说话了。

见他一脸严肃的样子，连嘴唇都抿得紧，陆蔓蔓扑哧笑了一声，然后和他咬起了耳朵来："没关系啊！我息影不是问题。有你这个电影家在，即使我息影了十年，突发奇想又想复出了，你都是可以捧红我的。我觉得我们该进入人生的另一个阶段了。"

安之淳嘴角一扬，马上懂了她的意思。

作为影帝的爱犬，巴顿也有幸受邀前来，此刻正穿着一套黑色的狗西服，一本正经地坐在陆蔓蔓与安东尼的中间。它看着电影里的画面，眼睛都不带眨的，看得陆蔓蔓忍俊不禁。

电影里，陆蔓蔓饰演的Viper出场了，画面是Viper在攀岩，只有一个背影。然后是她顶着一头利落的短发，站在烈日底下的画面，是卡梅伦给她的特写镜头。底下的观影人发出了一片吸气的声音。

"看来，你成功了。"安之淳低声说，"他们都没有看到你一头波浪卷长发，穿礼服裙出场时的蛇蝎美人造型，那才叫惊艳全场。"

陆蔓蔓斜睨了他一眼："我真怀疑你这个最大的投资商是不是偷偷地给我加了许多戏。我这个女二号都比薇薇安还要抢眼了。"她说回了中文。

安之淳只是笑笑，并不表态，那就是意味着，他确实为了捧她向导演施了压，给她加戏了。

陆蔓蔓挪揄道："你给我加戏，万一这样都捧不红，你岂不是很失望？"

"不失望。捧不红，直接抱回家，锁在家里就行了。"安之淳十分厚颜无耻地答道。锁在家里，天天造人，嗯，真是很美妙的提议。

陆蔓蔓："……"

身边传来安东尼的一阵低笑。别人听不懂中文，这混血王子还是懂的，陆蔓蔓羞极了，狠狠地拧了一把安之淳的胳膊。

他闷哼一声，陆蔓蔓才收了手。

电影里，风情万种的毒蛇Viper出场了，她倚在北非的旅馆前，问安东尼演的Phantom要不要来一支烟。全场再次发出惊叹声，甚至有女性影评人低叹道："这个中国蔓真美，那嗓音性感至极。"

然后是Viper与Phantom的床戏。

这时候，安东尼又笑场了。然后陆蔓蔓不淡定了，毕竟自己的未婚夫还在旁边看着自己与别的男人亲热，那种感觉真是十分怪异……

当Phantom被捆绑在凳子上，配合着发出呻吟的声音时，巴顿忽然嗷呜了一声，声音虽不大，但全场忽然笑喷了。

陆蔓蔓："……"

电影里，还是两人性感地跨坐着。

安之淳心里极度不爽，忽然把脸凑近她，对着她勾了勾尾指。

"嗯？"陆蔓蔓装作不懂的样子，眨了眨眼睛。可下一秒，她经过精心描画的红唇就被他吻住了，是法式深吻。陆蔓蔓觉得自己面红耳赤、口干舌燥，却又被他的双手禁锢着，动弹不得，真是"杯具（悲剧）"了。

她又被他惩罚了……

于是，每到她与安东尼的调情片段时，某人都惩罚性地咬她的嘴唇。

安东尼十分无奈，侧过脸看了一眼美丽的法国女郎，忽然说："薇薇安，要不我俩也吻一个？省得被强喂'狗粮'。"

薇薇安笑着回应："滚。"

陆蔓蔓喷喷地笑，就连安之淳听了，也止不住地扬起了嘴角，他的一对深邃眼睛透出璀璨的光芒来。她一回头就看呆了，伸出手来抚了抚他的眼睛："之淳，你的眼睛真亮。"

"为你。"安之淳握起她的手，放于唇边吻了吻。

安东尼："……"

见他那副表情，安之淳调侃道："你可以去吻巴顿。"

安东尼："……"他被虐得体无完肤了。

电影里，Viper被Phantom抓住了。Viper压低了嗓音对Phantom说："我知道你一直想知道的秘密。"

Viper的眼神十分到位，魅惑、颠倒众生、狡猾、阴险、笃定与一丝微妙的恐慌，全被陆蔓蔓演绎了出来。全场再次惊叹，都被这位来自东方的年轻女孩细腻的演技所征服了。

后面的剧情跌宕起伏，就连陆蔓蔓也看入了迷。导演剪切得十分紧凑与具有艺术性。

"这部影片要拿下最佳动作片不难。"安之淳说。

"嗯。"陆蔓蔓点了点头，能不能拿下最佳女配角才是她所关心的。

Viper的戏份快接近尾声了。陆蔓蔓更加紧张了，手攥着黑色连体裤，真丝的裤子都被攥皱了。安之淳掰开了她的手指，与她十指相扣。他的嗓音低醇，使得她一颗狂烈跳动的心慢慢平静下来："相信我，你是最好的。"

电影里，Viper不愿被男主角杀死，也不愿让男主角做出抉择，在绝路下，Viper自杀了。

死前，Viper给男主角留下了她承诺过的秘密。但男主角被她耍了，他跟着地址找，但找到的只是一家孤儿院与一个募捐的银行密码。Viper并没有让他找到幕后的黑手。而男主角出于对她的感情，深入了解了Viper的内心：她是一个孤儿，她希望他将她存起来的钱捐给这家曾经让她得到温饱的孤儿院。男主帮她达成了最后的心愿。

影片到了这里，在放映厅里，激起了好大一片"水花"。哗的一声，惊醒了沉浸在戏里，热泪盈眶的陆蔓蔓。

底下的影评人窃窃私语，有的认为导演这样拍，让Viper与Phantom的角色这样演绎是好的；也有的说这样过于拖沓，刻意煽情；但更多的人都肯定了这部影片，认为这样一来，更注重了人性的闪亮点，尤其是Phantom手握Viper留给他的孤儿院地址，站在孤儿院空落的大院，然后忽然回望天际时的剪切。——Phantom一回头，Viper站在北非旅馆前的画面闪过，她微微地一笑。

两人的初见与结束，完成了一个轮回。

"有争议才是好现象。最怕的是连一个水花都激不起。"安之淳回视她，认真地说道，"蔓蔓，相信我。等到电影正式上映，你就会知道，你将造成怎样的轰动。"

当陆蔓蔓双手捧着结婚证出来时，还有些不敢相信。

"真没想到，我居然就嫁了啊！"站在高高的白色台阶上，她忽然回头，身后是那座小小的、简单朴素的教堂。曼哈顿很繁华，但他与她挑选的是最普通，最清静的小教堂。

安之淳调侃道："安太太，不敢相信这一切是真的？还是说你反悔了？"

陆蔓蔓看着无名指上的婚戒，是款式简洁的四爪镶钻的白金戒指。钻石不大，只有五十分，一克拉也不到，但戴在她手上小巧精致，十分动人，是她喜欢的款式。

钻石无所谓大小，她只要他的一颗真心就够了。

"为什么要反悔啊？嫁给你，是我从小到大的心愿啊，安先生！"她看着他，笑嘻嘻的。如今，她是得偿所愿。

安之淳一把将她打横抱起，一步一步，稳稳地走下了台阶。

"现在，我们去哪儿？"陆蔓蔓十分好奇。

"回家！"安之淳微笑着回答，将她放到了车子里。

"回家做大餐给我吃吗？"只想着吃的某人看了一眼手表。咦，还早，没到晚饭时间嘛！

安之淳一边开车，一边斜睨了她一眼："就算是吃，也是吃你。"

陆蔓蔓脸红了，连看他也不敢看，乖乖地垂下头。

他看见她的后颈都是红的。她这副小白兔"乖乖牌"的样子很好地取悦了他。他低笑了一声，她的头垂得更低了。

将车子在车库里停好，安之淳替她打开了车门，满眼戏谑，道："安太太，请吧！"

她才不要呢！下了车，岂不是要被他煎皮拆骨，吃光抹净了！

"嗯……"陆蔓蔓摇了摇头，还是坐在车里不肯下来。

"怎么，要我抱你上去，安太太？"安之淳说得暧昧。

陆蔓蔓红着一张脸，黑漆漆的眼珠却滚啊滚的，她忽然说："那你抱我上去。"

安之淳眯了眯眼：怎么觉得这其中有诈？但他还是绅士地将她抱起，走进了电梯里。

这是直达电梯。但陆蔓蔓手快，按了五十八楼。

一声低笑后，安之淳说："安太太，你是太紧张按错数了吗？"他正要按六十八楼，手却被她按住。

他垂眸看她，见她眼睛里掠过一抹顽皮的笑意。

"没错。不是说抱我回家吗？我是新娘，你总得抱着我脚踏实地走几层啊！我觉得'十'这个数字好，圆圆满满，又是双数。"

安之淳看着她沉默了一会儿，忽然嘴角一动，扬起了一抹笑意："我是没问题，但是你觉得你付得起这个代价吗，嗯？"

"安先生，你还是抱着我走够十层，再来和我说付不付得起代价这个问题吧！"陆蔓蔓挑衅道。

"好，安太太，你别食言！"

安之淳抱着她出了五十八层的电梯，默默地往上爬。

时间一分一分地过去。已经是盛夏时分，但为了教堂里的结婚仪式，他特意穿了一整套的白西服，暗红的领带此刻绑得他太紧，汗水已经湿透了他的衬衣与西服。

陆蔓蔓嗤笑道："怎么，这样就受不了了？"

"哦，"他闲闲地回答，"我怕待会儿是某人受不了。"

陆蔓蔓啐了他一记："只爬了五层楼哦，安先生，你得加油了。"然后她将小手按到了他的领带处，替他松开了领结，手一滑，将他的领带扯了下来，在手中把玩。

他性感的喉结露了出来。她替他解开了前面的两粒扣子，露出他弧度美好的锁骨，与锁骨下白皙的肌肤。

他的喉头滑动了一下，他只觉得她的手抚过时，每一分每一秒于他而言都是煎熬。他又加快了步伐往上爬。

陆蔓蔓很坏，小手从他第三颗衬衣扣子那里钻了进去，抚摸他的胸膛。安之淳怔了怔，再开口时，嗓音很沙哑："你想我在这里要了你？"

陆蔓蔓亲了亲他的嘴角，一字一顿地说："你！不！敢！"

安之淳的太阳穴狂跳，他几乎是咬牙切齿地说："安太太，待会儿要你好看！"

说完，他提了一口气，如一头豹子，抱着她猛地向上跑去。她没提防，呀了一声，三四层楼被他甩在了身后。

等她反应过来时，人已经被压在了家门前被他一阵狂吻。他的手伸进了她的衣服里，肆无忌惮地抚摸揉搓她，激起了她本能的反应，她的身体如过了电，她止不住发出了嗯的一声呻吟，在他听来，性感无比又极为销魂。

他的手按到了指纹锁上，嗒的一声，门开了。她被他的大手一夹，拐进了房里。

门嘭的一声，关上了。

五

她穿的是分体的裙子，白色的短上衣，露出一截雪白纤细的小腹和腰身，下身是柠檬黄的裙子，裙子偏短，十分俏皮，刚到膝盖上一点。

他太急切，将她压在门后，让她疼得蹙眉，一口咬在了他的颈项上。他动作更狠，要得太深，她的脚指头蜷曲了，她咬着嘴唇忍得十分痛苦，可慢慢地，她感到了一阵一阵的愉悦涌来，又要将她淹没。

安之淳看了她一眼，眸底情潮汹涌，她的身体颤了颤，她居然怕了。

他哼笑了一句："这样就受不了了，嗯？"

他就这样肆无忌惮地看着她，她咬了咬唇，那种感觉要将她逼疯了。卡在那一个点上，他就是故意的。报复她刚才要他爬楼梯！

"感觉如何？"他的吻在她的锁骨上流连，手从她的短上衣那儿探了进去，慢慢抚摸她。

陆蔓蔓咬牙切齿："不好。"

她居然还敢嘴硬不认错。安之淳轻笑了一声："说，你要我。"

"不要！"陆蔓蔓宁死不从，她的身体颤抖得厉害。他手上又加了把力。她一对水汪汪的眼睛看得他心软，于是他惩罚性地咬了咬她嫣红的唇瓣，低低地笑，人贴着她的肌肤颤动。

"不要是吗？"他再问了一句。

陆蔓蔓说不出话来，只好睁着水汪汪的大眼睛摇头。

他慢慢亲吻她，十分温柔，一改刚才的激烈。他的唇瓣柔软，一次次引诱着她张嘴，最后她弃甲投降，让他得逞了……

他依旧吻得细致而耐心。他与她调情，又将她抱了起来，坐到了客厅的沙发上。"以后还敢不敢不乖？"他用了些力咬她的嘴唇。

"蔓蔓不敢了……"她被他惩罚得几乎要哭了。其实她十分难受，她的小身体又扭了扭，这已经是十分诚实的反应了。

"你的反应真可爱。"安之淳看着她，她的脸红透了，他俯身含住了她的耳垂。"嗯。"她身体颤动得更为厉害。

"蔓蔓乖，以后不敢再要你抱着我爬楼梯了。"陆蔓蔓泪汪汪的。

"不要吗？"他戏谑道。

"不要。"她猛点头。

"哦，不要，那起来。"他一脸揶揄的样子。

陆蔓蔓咬了咬嘴唇，并不起来，依旧跨坐在他的身上，声音小小的："今天是新婚第一天……"她下面的话说不出来了。

"嗯？"他笑得暧昧。

"要……要洞房……才吉利……"陆蔓蔓羞死了，一头撞上了他的胸口。

安之淳低笑："不错，这种借口都用上了。"

她恼了，在他胸口处狠狠地咬了一口。

那种感觉，过于强烈与刺激，他的身体一颤，双手握住她纤细迷人的腰……陆蔓蔓的双手忽然按在了他的手腕上，见他挑眉，她双手用力地将他的手反剪在背后，又用他暗红的领带绑紧了他背后的双手。

他的眸色一深，他笑笑说："哦，原来你喜欢玩这样的。"

陆蔓蔓掌握了主动权，魅惑地笑了笑："让你也尝尝被绑的滋味。"

见她就要起来，安之淳急了眼："别走！"

见她不为所动，他有些无奈："新婚第一天……要洞房……才吉利……"他昧着良心把她的话说了一遍。

陆蔓蔓斜睨了他一眼，是颠倒众生的魅惑。

安之淳凤眼微眯，看到了Viper的影子。她变回了《暗影》里的Viper。

明白了她的意思，他低低地笑："好吧！也让我享受一下，电影里的经典桥段……"

陆蔓蔓俯下身，在他的嘴唇上点了点，笑得邪魅动人："好的，安先生，如你所愿。"

九月中旬，陆蔓蔓出现在威尼斯电影节上。

因为《夺目》一片进入了多项奖项的入围提名，所以导演、男主角、制片人，男配角，与一众工作人员都过来了。

走红毯时，陆蔓蔓将会和顾清晨一起。

为此，头天晚上，在水屋里与安之淳亲昵的某只小白兔咪咪地笑道："哎，安先生，你不吃醋？"

她会开玩笑，证明她是完全放下顾清晨了。安之淳看了她一眼，举起手来抚摸她柔顺的头发，她的头发又长了些，及肩了。"我对你是百分之百的信任，蔓蔓。一直都是！"他十分温柔而郑重地亲吻了她的额头。

陆蔓蔓一怔，然后一拳挥了出去，重重地捶在了他的胸口。他瞬间就后悔教会她打拳了。"真是的，干吗忽然那么煽情。"她嘟嘴道。

安之淳还真是……哭笑不得。

为了惩罚她的暴力行为，安之淳忽然说："既然你不喜欢煽情的，那不如来点别的。"见她一副受了惊的小白兔的样子，他笑了笑，"我觉得在你身上种一排'草莓'的提议不错。情敌先生看见了就会知难而退的。"

他的话还没说完，陆蔓蔓已经从沙发上跳了起来，躲进了卧房里，关门，反锁！然后她在房间里又叉着腰大喊："今晚你睡客厅！"

客厅里忽然安静了好几分钟。陆蔓蔓不放心，将耳朵贴到了门上仔细听，然后她听见了钥匙撞击的清脆声音。

安之淳低醇如大提琴的嗓音传了进来："忘了告诉你，水屋里所有房间的钥匙我都有。"

陆蔓蔓：她已经感觉到自己的双腿在打战了。

第二天，陆蔓蔓先去和《夺目》剧组的工作人员会合。

陆蔓蔓一反常态，并没有穿裙子，而是穿了一身帅气的军绿色连体裤，和一件浅米色套头衫打底，是V集团根据她的要求为她量身打造的时装。

她将头发全部盘到头顶，整个人一身军绿色，偏偏又穿着迷人的黑色细高跟鞋，站在一众浓妆艳抹的女性中显得帅气极了。一对银色的长流苏耳环点缀在她的脸旁，衬得她一对眸子更加熠熠生辉。她整个人气场全开。

"你有意改变路线吗？"顾清晨走了过来，将一杯香槟递给了她，微笑道，"我有预感，你会成为这一届威尼斯电影节的华人影后。"

"嗯，我不想再演类似Viper那种妖冶性感的角色了。不过，我喜欢Viper刚出场时英姿飒爽的那种感觉。"陆蔓蔓笑着点了点头，顺手接过了他递来的酒杯。

顾清晨的视线垂下，他看见了她握着香槟酒杯的无名指上简约的钻戒。

467

他怔了怔，明白过来，然后笑着说："恭喜你，蔓蔓。"

陆蔓蔓大方一笑，回答得十分俏皮："被你发现了。"见他微笑着等着她的话，她说了下去，"只是在曼哈顿找了牧师为我与之淳做了证婚人，举行了很简单的仪式。不过等一切安定下来，我们会在国外举行一场简单的婚礼，会邀请一些亲朋好友。"顿了顿，她又说，"清晨，你是我最好的朋友，也是我的老师，我希望你也能出席。"

"会的。"顾清晨牵起了她的手，将她的手搭到了自己的臂弯里，"那是你一生中最重要的时刻，我一定会去送上我最诚挚的祝福。"顿了顿，他垂下眸来，看着她的眼睛，说道："蔓蔓，你得到幸福，我很高兴。"

顾清晨携着她走过红地毯，在媒体前拍照留影，然后一起进了会场。

安之淳慢慢踱步，想等一会儿再进场。他开始觉得心里不平衡了，昨晚就应该在她身上种一排"草莓"的……

那一天，注定是不平静的一天。

《夺目》剧组太耀眼，即使是盛夏里威尼斯水城的璀璨阳光，都比不上剧组的光芒万丈。

《夺目》一片一举拿下了第74届金狮奖的最佳影片与最佳男女主角在内的多项大奖。

顾清晨再度成为国际影帝，心情并没有什么波澜，其实坐在他身边的陆蔓蔓比他还要激动。听到结果时，她猛地握住他的手，一遍一遍地说着恭喜，他就知道了她是有多么开心。

"谢谢你，蔓蔓。没有你的阿玉动情的演绎，我拿不到这个奖杯。"他依旧是微笑着对她说。

大屏幕里，是顾清晨看着她时眼底闪烁的点点泪光。他年少成名，许多年前就拿下了各大国际电影节的奖项了，却在今天因为她真诚的祝福而感动。

VIP观众席里，安东尼坐在安之淳身边，一脸玩味，调侃道："安，没想到你也会有今天，要和我这个'单身狗'坐在一起。"

安之淳不理会他的揶揄，挥了挥手中的戒指："不好意思，我已经告别单身了。"

安东尼再次被虐得体无完肤。

大屏幕再次滚动播放着入围提名的名单，几个候选人的名字在反复地滚动。

陆蔓蔓看见自己在《夺目》里的身影，觉得十分激动，其实她对自己能够拿奖这件事情没有什么信心。早年前，她的涉及禁忌与人伦的文艺片《开口说爱》入围了柏林电影节，当时她的呼声很高，所有人都觉得得奖的会是她，可最后她依旧与大奖失之交臂。

"怎么，没有信心了？"顾清晨侧过脸来看她，"你很好，相信自己。"

他说了和安之淳一样的话。陆蔓蔓怔了怔，看着他。

所有的声音都停止了，屏幕停止了滚动，接着传来了主持人的声音——获得第74届最佳女主角金狮奖的是她！是陆蔓蔓！

那一刻，陆蔓蔓猛地捂住了嘴巴，眼里有星光闪动，那么美丽，那么耀眼。

顾清晨轻轻拥抱了她一下，为她祝贺。他的声音透过她的耳膜，稳稳地传来："我说了，你会拿下这项殊荣的。你很好，这是你应得的。蔓蔓，我为你骄傲。"

当陆蔓蔓站在领奖台上时，她脑子还是一片空白的。她甚至忘了应该怎样说话。碰巧一只鸽子落在她的脚边觅食，使她想起了那天的那只笨鸽子。

她拿着麦克风，忽然说："你又饿了吗？你那么笨，以后怎么找老婆哦！"

她说的是中文，老外不明所以，以为她要感谢什么重要的人。而懂中文的都笑了起来，知道这是她一开口就说的冷笑话。

坐在台下看着她的顾清晨忍俊不禁，又想起了上次在威尼斯重遇时，她对着鸽子说的也是这句傻里傻气的话。就是这样一个娇憨又聪慧灵动的女孩，让他体会到了什么是心动。他不年轻了，很难再为什么人心动，直到遇到了她。

到了此刻，他终于完全地放下了，觉得十分轻松。这样很好，她让他懂得了什么是活着。敢爱，敢恨，敢大笑，敢大哭，敢说真心话，这就是活着。

大屏幕里，陆蔓蔓终于恢复了过来。她是真的没想到自己可以拿奖，说了一通获奖感言后，她的目光在人群里搜索，终于落在了某一点上。

隔了众人，陆蔓蔓看着安之淳说道："希望下一次获奖时，我可以坐在我人生中最重要的人的身边，握着他的手，第一时间与他分享我的喜悦。"说完了，她又幽默地补充了一句："如果还有下次的话！"

全场沸腾了。

安之淳安静地看着她，她微笑着回视。她的眼里是满满的深情与骄傲。

她急切地要向全世界宣布：她与他是属于彼此的！

第二十二章　温柔了岁月

一

知道陆蔓蔓爱吃，安之淳在水城里寻找好吃的餐馆。

电话响了，安之淳接起："睡够了？哦，我还没有找到吃的，要不你再多睡一会儿？"听她说了句什么，他低低地笑："乖，等我回来。"

挂断电话，安之淳沿着弯弯曲曲的水巷一路走去，脚边是波光粼粼的河水。一叶一叶的贡多拉经过他的身边，他漫步其中，感觉很美妙。水巷的尽头是一座历史悠久的饭店。安之淳记得上次顾清晨来时，住的就是这个地方。

他从衣袋里取出了那个红丝绒八音盒，走进了饭店里。既然这是蔓蔓的"心头好"，无论如何他也要为她修理好。

在饭店里如迷宫一般的廊道深处，他找到了那家店铺。老板看到破碎了的八音盒，很惊讶也很心疼。安之淳一看这架势就知道他找对了人。果然，这个红脸庞的意大利男人懂修理。他接过八音盒，嘀咕："以后可要爱惜了。"

"一定。"安之淳点了点头。

面具店铺对面是一家出售信笺、贺卡等小玩意儿的店面，布置得十分有情调，里面的商品看起来很适合小女生。安之淳记得，蔓蔓以前也是很迷这类小玩意儿的。于是他走了进去，随意看看，挑了一张水城的风景明信片，取出钢笔写下了一行字：安太太，新婚快乐！爱你的安先生。店里柜台旁边就有邮箱，真是周到极了。安之淳写下了曼哈顿公寓的地址，贴好了邮票，投了进去。

付了钱正要离开，安之淳看见店铺里挂有许多相片，其中一张看着眼熟。于是他走了进去。

一个抱着猫的慵懒的女人走了过来："需要什么？"

看来这就是店主了。安之淳微微颔首，走了过去，把随意垂下的窗纱拨到了一边，相框里的照片，居然真的是他和蔓蔓的合照，是上一次来时，他与蔓蔓坐在阳台拥抱亲吻的照片。

清晨时分，阳光温柔美好，摄影师取的光线很好，两人像沐浴在晨光中。阳台下是河，两人的身后是一架拱桥。自己穿着白色的浴袍，不修边幅，而蔓蔓穿着他的白衬衣，跪坐在他的膝上，低下头来与他亲吻。阳光模糊了两人的眉眼，只有唇边幸福的笑意。背景是两人所住的有着橘红色屋顶的三层楼高的水屋。

一切都唯美浪漫到了极点。安之淳知道，她一定会喜欢的。

"我想要这张照片。"他指着巨幅照片说道。他与蔓蔓都太忙，来不及拍婚纱照，这张照片取景天然，捕捉到的是他与她最自然最亲昵的时刻，没有刻意，全是偶然，所以才更加难能可贵。把它挂在卧室的墙上，一定合适。

"我们这里只负责冲洗，摄影师只是暂时放在这儿。"女人有些不耐烦。

正说着，后门传来声响，一个中年男人走了进来，看见安之淳先是一愣，然后就明白过来，开口道："看来你找到这儿也是一种缘分。"他走过来，解释道："那天，我看见你与照片里的女子，觉得那种感觉很好，所以就拍下来了。"

临时街拍在国外很流行，也不会刻意提及肖像权什么的。安之淳微微一笑："她现在已经成为我的太太了。我想把这个送给她，当作新婚礼物。您看看方不方便给个价。"

男人大手一挥，笑声爽朗："拿走拿走！就当是我送你们的结婚礼物。"女人斜睨了他一眼，用手肘碰了碰他的手肘，欲言又止。

安之淳自然明白"天底下没有免费午餐"的道理，男人是真性情，但这个女人明显另有想法。"有什么不方便的地方吗？"安之淳看了一眼女人，轻声问道。

那个意大利女人很精，皮笑肉不笑地说："这张照片可是有个女人出了大价钱要买，只是她今天还没有赶得及过来。"

"什么样的女人？"安之淳长眉一挑，觉得其中有些瓜葛。

"亚洲女人嘛，不都差不多的样子。我不认得她，只记得她右眼眼角上有一颗很小的黑痣。嗯，她的穿着也不简单，一身纪梵希。"女人斜着眼睛看他。

安之淳的眉心跳了跳，他如果没有记错的话，这个人应该是梁氏的千金。看来，她是打算做一些对蔓蔓不利的事情了。

"别扯这有的没的。"男人不耐烦了，一把将相框的一边扛起，"走吧，我给你送过去。年轻人，看你不像弱不禁风的样子，还扛得动吧？"

"当然！"安之淳扛起了另一边。走出了饭店后，他才说："我们到邮局去吧。我直接空运回曼哈顿。"

男人十分爽快："好。"

安之淳没有假期，所以等陆蔓蔓结束了威尼斯的工作事宜，两人便一同赶回了曼哈顿。

当回到家里，发现客厅的茶几上摆放着一束怒放的红玫瑰时，陆蔓蔓猛地回头，用一副"哦，原来你早有准备"的表情看向安之淳，还很懂意思地点了点头："安先生，看来你为了这个家付出了很多嘛！"

她在客厅里转了一个圈，家里很干净，钟点工人提前上来打扫过了。空气中飘着淡淡的玫瑰花香味，像是香薰的味道。她在电视机后的架子上找到了香薰蜡烛。

"你就不怕房子着火了？"她揶揄道，眼睛看向他时那么明亮，眼睛里是满满的喜悦。

安之淳哼笑了一句："真是不解风情的小东西。"

他引她去卧室，走到卧室门前却停下了，他忽然捂住了她的双眼。

"咦，里面还有什么惊喜等着我不成？"

安之淳笑而不语，推开了卧室的门。

先闻到的是玫瑰的花香，她的小鼻子努力地吸了吸。"知道你喜欢玫瑰的香味。"他以双臂圈住她，带着她慢慢走，他的双手依旧没有拿下来。等

473

走到了床前，他才放下了手。

"哇！"陆蔓蔓发出了一声惊叹。

"我精心为你挑的结婚礼物还喜欢吗，安太太？"安之淳的嘴角噙笑，他看着她的眼神一点一点地柔和下来。

陆蔓蔓觉得，只是被他看着，心就会软成一片。"喜欢！"她猛地点头，"蔓蔓很喜欢！"

两人的合照就静静地挂在墙上。他与她头抵着头，彼此的眼里是无尽的浓情蜜意，唇边的笑容如此幸福，简直就是在惹人妒忌。"真有一种时光永恒、岁月静好的感觉。"陆蔓蔓嘟了嘟嘴，"哎，我干吗说得那么文艺啊，酸不拉唧的！"

"是，岁月静好。"安之淳握着她的手，与她一起看照片里的自己，"我们就是永恒。"

"安先生，你越来越会说情话了。"

"安太太，那是因为你调教得好。"

那个红丝绒的八音盒打开着，就搁在床台柜上，放出的音乐舒缓动听，似在安静地诉说着两人甜蜜的爱情故事。陆蔓蔓一进来时就看见了。她没有多说多问，但也体会到了他深浓的爱意与他无尽的包容。

"安先生。"

"嗯？"

"安太太很爱很爱你，非常非常爱你！"感谢你，默默为我做的这一切！

十月份，《暗影重重》在各大影院上映，先是在北美地区，然后是在欧洲、亚洲同步上映。陆蔓蔓与安东尼还有薇薇安，这三个人组成的"铁三角"为此几乎飞遍了全球。

尤其是影片里出现过的国家和城镇，他们都去了。

陆蔓蔓最喜欢的还是埃及与越南等站。那里有满满的异域风情，不是那种欧美式的风情，是东方古国的那种神秘古老的风情。

她和安之淳通电话时，已经是凌晨四五点了。

"你那么赶就不要打过来了，抓紧时间睡觉。"安之淳为她不会照顾自己而不悦，"都几点了？"

"难道你都不想我吗？"陆蔓蔓可怜兮兮的。

"想，很想。蔓蔓，"安之淳叹气，"可是你总要睡觉的。在亚洲那边，现在快凌晨五点了。"

"你猜猜我现在在哪个国家？"她的声音变得暧昧不明。

安之淳怔了怔，忽然发出了低低的笑声。她前天到的埃及。她化了那么美那么妖艳的妆容，穿着埃及袍在尼罗河上摆pose（姿势），还发了微博，气得他牙痒痒。如今她应该还在亚洲，否则她还能在哪里！

"下流！"陆蔓蔓低声骂了一句。

他果然是猜到了，自然也想到了两人在越南的那一晚……

"你在有'情人'的越南。"安之淳的声音更低了，"那里也留下了我们的身影……我开始怀念湄公河旁的老别墅里，摆在窗边的那把摇椅了。"

"我就在这里，"陆蔓蔓的声音温柔，"就在摇椅里躺着。今天是挺累的，不过我更想回我们的家里歇息。"

"是，那里也是我们的家。"安之淳低声回应，"以后，我陪你到那边小住一段时间。"接着他的声音变得暧昧，"也好重温鸳鸯梦……"

"去你的！下流！"陆蔓蔓猛地挂了电话，她的脸很烫，她双手捧着脸，嘴角一扬，咯咯地笑了。

《暗影》上映半个月，票房大捷，好评如潮。影评人的说辞比较统一，都认同Viper与Phantom最后的结局。

起初影评人的分歧大，觉得影片刻意煽情了。但结合整部影片来分析后，他们改变了意见。Viper在追杀薇薇安所饰演的角色时看了一眼女主角孩子的照片后，就任性而潇洒地放了她。最后，女主角在Viper被抓时又刻意通知了男主角Phantom，也在Viper出逃时睁一只眼闭一只眼，等于是还了Viper的人情。这样一来，三个角色的塑造都很饱满出彩。

那张孩童的照片让她想到的、同情的只是她自己。最后在她与Phantom的结局里，Viper死了，而Phantom替她完成了最后的心愿。其实Phantom也是在这个时候，才真正走进了Viper的内心世界。在这样的结局里，角色的内心戏十足，角色也有了血肉骨骼。

也正因此，影片上映后，影评人议论得最多的还是Viper。著名影评人D先生一向是影响奥斯卡风向的第一人，他曾做出评测——几乎每一届都被他说中了谁将会得到什么奖项——《暗影重重》里的Viper有头脑、有野心、足够美丽，她的死令屏幕下全世界的男人心碎了。

换而言之，陆蔓蔓成功了。

当观众们坐在电影院里，看见这个谜一般的女人，这个笑起来像个顽皮男孩的女人香消玉殒时，都露出了"不能相信""黯然神伤"的表情。

彼时，安之淳与陆蔓蔓正坐在家里，重新看《暗影》。

"敬我可爱的安太太。"安之淳在Viper死的那一瞬间，举起了酒杯，他的酒杯与她的杯子叮的一声碰在了一起，"你成功了，蔓蔓。"

陆蔓蔓还是很激动的，毕竟她得到了那么多人的喜欢。

"我也很喜欢Viper这个角色，一直很喜欢。"所以她才会那么用心地去塑造Viper。

"你这样说我会吃醋的，安太太。"

陆蔓蔓不明所以，挑了挑眉，又听见他说，"你在里面和安东尼有那么多激情戏。"

陆蔓蔓："……"我又不是喜欢和他演激情戏才喜欢Viper的……

"你要怎么补偿我，嗯？"安之淳的指尖挑了挑她的下巴，然后他的指腹沿着她的下颌曲线一路下滑，"性感无比的安太太……"

他顺势将她压倒在了沙发上，电影里，是她压抑性感的呻吟，现实里，一室春光无限。

二

顾清晨为陆蔓蔓约了一个专访，是北美区*SUNSHINE*的重点版块。

"就连美国本土的好莱坞巨星抢破头都想上的杂志，你轻轻松松就上了，而且还是好几期了。"安之淳玩弄着她的发尾。

陆蔓蔓嗤笑道："怎么听着醋味这么大？安先生，你不知道现在安太太的身价有多高吗？"她拿起卷发棒，给及肩长的发尾做些点缀。

看她打扮，真是一件极为赏心悦目的事儿，也是安之淳的爱好之一。低笑了一声，他说："记得你小时候也是爱臭美，我每次到你家玩时，你都在梳妆打扮。"

"那是为了勾引你啊！"陆蔓蔓笑嘻嘻的。

"一个几岁大的小姑娘，就想着勾引男人了，嗯？"他一手撑着梳妆台面，一手按在她的肩膀上，俯下身来，嘴唇贴着她的颈项慢慢摩挲。

"别，痒！"陆蔓蔓推了推他，"你还好意思说。去地中海岛玩的那一次，我为了给你一个惊喜，在镜子前不知道打扮了多久。结果，我的比基尼掉海里了，你只会笑！"说着，她掐了一把他腰上的痒痒肉，"安先生，你就别妨碍你太太打扮啦！一边站着去！"

结果，安先生被当作巴顿一样，被安太太命令去靠边站了。

安之淳爆了一句粗口。

陆蔓蔓惊讶了，眼睛转了一圈，她揶揄道："想不到一向温文尔雅的安先生也有这么狂野的一面哟。"他从小接受的就是贵族式教育，长到这么大还从来没有说过粗口，今天还真是头一次。她又对着他笑了笑，调皮地眨了眨眼睛，眼里满满的戏谑。

她利落地卷好了发尾，站了起来。因为烫了卷的关系，她的头发显得又短了些，整个人灵动又俏皮，带着男孩般的干练精神感。她身上依旧是一袭火红的紧身礼服裙，V领简约款，衬得她婀娜多姿，高贵性感，她胸前的沟壑若隐若现，她对着他一笑时，他的世界就像被烟火点亮了一般。

"安先生，我可以走了吗？"陆蔓蔓回视他，笑容里有种挑衅的意味。

安之淳又哼笑了一句："要不是看在你赶通告的分上……"

陆蔓蔓挑了挑眉，横了他一眼。

她还真是女王范儿十足啊！安之淳看着她向着自己款款走来。一如十一年前，那个穿着从妈妈那儿偷来的亮红色比基尼的小姑娘，她将自己打扮得漂漂亮亮的，满心欢喜地向他奔来。如今，岁月流转，那个还有些娇羞腼腆的小姑娘长大了，现在的她只要一个回眸，就足以倾倒众生。她可以是让全世界的男人发狂、落泪的Viper，也可以是他一直深爱着的小姑娘。

安之淳握住了她的手，与她并肩而行。她仰起脸来看着他，他也看着她。他叹道："蔓蔓，你长大了。"

"可我依旧依恋你啊！"陆蔓蔓将头靠到了他的肩上，"你对于我来说，如兄如父，也是最好的情人、最体贴的丈夫。我永远是你的小女孩。"

"是。"安之淳满心欢喜，也感慨万千：他们是青梅竹马，两人一同长大，熟知彼此，也分享了彼此的无数秘密。这一路走来虽不容易，但他们最后还是走到了一起。

顾清晨在摄影棚里等待。

见到陆蔓蔓时，他只觉眼前一亮。她像一团火，热情奔放，可以照亮他的整个生命。他率先走了过去："安先生，你与蔓蔓先坐着等一会儿，摄影

477

师马上过来。"

顾清晨穿着一套深黑的修身西服站在那儿，英俊挺拔。他的脸上是温润的笑意，他与安之淳打招呼时十分温和。陆蔓蔓知道，他是真的放下了。

"你叫我安之淳就好，或者之淳也是一样的，顾清晨。"安之淳微笑着点了点头，与蔓蔓一同坐了下来。

"好。"顾清晨又说，"这一期我想你与蔓蔓一起拍封面合照。其实，你们现在公开是最好的时机。蔓蔓的名气渐大，也无须再与安东尼捆绑了。"

安之淳想了想："可是蔓蔓马上要与莫尼搭档《夜幕》，太早公开会不会对新片的宣传有影响？"

顾清晨说："其实外国人根本不管这些。我们要面对的主流媒体还是国内的。国内的媒体一向对已经结婚了的女性比较宽容，这对蔓蔓的长期发展其实是有利的。那些对蔓蔓不利的绯闻与流言蜚语都可以被终结。而且将来，大家只会更关注蔓蔓的演技，而不是绯闻。"

安之淳同意了他的观点。

化妆师为安之淳上妆，摄影师指导他该怎样摆姿势。陆蔓蔓在一旁看得咯咯地笑，活像一只笨鸽子。

"我会让摄影师拍得严肃些，安不像是放得开的人。"顾清晨又说，"以大师的水平，他应该可以拍出婚纱照效果的，送一套给你们留念。"

陆蔓蔓侧过脸来看他，见他眼里的笑意闪现，带着戏谑："你都学会开玩笑了，清晨。"顿了顿，她又说，"谢谢你。"

顾清晨不说话，看着她只是微笑。其实该说谢谢的应该是他。

"这次的专访会在一个多月后上市，配合你的新片《夜幕》的开机，可以说是一次宣传。最近你的新电影刚上，出镜率太高，如果杂志这个月上市，反而会使看的人经常对着同一张面孔感到审美疲劳。"顾清晨说起了公事。

"好。就按你的安排来做。"陆蔓蔓点头。

虽然安之淳对于拍封面大片有些扭捏，但他到底还是坚持了下来。

毕竟，他是与陆蔓蔓一起拍的，有了她的指点，他学得也快。一个钟头下来，他叹道："看来当演员也不容易，活在镁光灯下真是痛苦。这样拍照，还不如让我去死。真想不明白，你是怎么熬过来的。"他脸部的肌肉都僵硬了。

"一开始时是这样。习惯了就好。"陆蔓蔓说。

摄影师在帮两人调整姿势，听了他们的对话，笑道："中国蔓是谦虚。其实做模特拍大片也不容易，蔓的眼神很好，我跟她一说，她就能明白并做出相应的表情。许多模特都会不知所措，叫她们给个眼神，她们根本演绎不来。"

陆蔓蔓感激地对摄影师笑笑，然后安慰安之淳："所以，安先生你不用感到抱歉。你已经做得很好了。"

硬照拍摄完了，两人又到了另一边的摄影棚里，是布置温馨的一个小房间，让人能放松下来。工作人员给两人上了茶，顾清晨在跟导演说着什么。而主持人已经开始了问话，录制也正式开始。

多数时候是陆蔓蔓回答的，当主持人问到两人的关系时，安之淳做了主动的那一个，先是聊了两人的童年趣事，然后也是一番感慨："今生能娶到蔓蔓，是我最大的幸运。"

陆蔓蔓听了，猛地抬头看他，与他四目相对，她觉得自己的眼眶湿了。

安之淳捏了捏她的小鼻子："这么容易就被感动了？"

主持人呵呵了两声，说："所以，你俩已经结婚了？"

安之淳举起了与蔓蔓握着的手，两人的婚戒在镁光灯下闪闪发亮，璀璨无比。

"公然秀恩爱啊！"主持人一脸被虐了的搞怪样子。

专访又回到了电影的主题上来。

陆蔓蔓刚聊了两句《暗影》的事儿，安之淳的手机就来电话了。他是关了声音的，只是手机一直振动。他拿出来看了一眼，忽然对导演打了个手势，录影暂停了。安之淳十分抱歉地看了蔓蔓一眼，说："蔓蔓，有些急事……"

他的话被她打断了："去吧！"

安之淳先行离开了。

录影继续后，主持人又与陆蔓蔓聊起了《暗影》里，关于Viper角色背后的故事。

"影评人给你的评价都很高。你知道的，好莱坞的影评人都有专业的制度，他们说出的话含金量高。所以，你的'Viper'是成功的。其实关于这个角色也有争议，许多人在争论Viper有没有爱上男主Phantom，而Phantom又有没有对Viper动心。那你是怎么看的呢？"主持人问道。

陆蔓蔓想了想，倒也没有正面回答："Viper不愿被男主角杀死，情愿自杀，体现她的矛盾与复杂性。以她的那种处境，其实没有太多的选择。她也不想被Phantom选择。若说她对Phantom没有感情，她也不会留下那样一道谜题去给Phantom解。换我的理解吧，其实我觉得是Viper想让Phantom永远也忘不掉她，永远铭记她。至于Phantom，按导演的意思，他如果不心动的话也不会放了Viper，让她逃走啊！"

说到这儿，陆蔓蔓俏皮一笑，然后又说："我的表演更倾向于不给出关于这一个角色的结论，我只负责讲好一个故事，留下想象的空间，而且也希望，自己的演技能使得一个角色更具有延伸性。"

旁边的顾清晨听了微微一怔。她回答得很有技巧，也极具内涵。这个小女孩已经长大了，她可以独当一面，再不是当初他在医院里看到的那个单薄瘦小、脸色苍白的十七岁的小女孩了。

微微一笑，顾清晨觉得这样也很好。时光带走了一些东西，又会沉淀下另一些东西。她像璞玉，到了今天，已经被时光雕琢得熠熠生辉。

三

安之淳赶去了哈佛商学院。

重回母校，一路走来，风景如画。可安之淳没有半点欣赏的心情，因为慕星河在学校打架，并把同学的肋骨打断了两根，情节十分恶劣，所以学校要请家长。

安之淳见到负责人时，慕星河就坐在一边，慕星河的眼角肿了，嘴角也还在流血。

"怎么回事儿？"安之淳问慕星河。

对于这个姐夫，慕星河还是挺怕的。尤其是安之淳不笑时，给人的压迫感非常大。但慕星河咬着牙，就是不说话。

见他这样，安之淳在他身边坐了下来："小河，你是个聪明孩子。虽然你没有拿到全额奖学金，但这所学校是你自己考上的。为此，你知道你姐姐有多开心吗？"

见他还是不说话，安之淳又说："我问你姐姐为什么那么了解小孩子的心理。她说，因为你是她一手带大的。费莉阿姨嫁给你爸爸时你才十岁，你蔓蔓姐就像妈妈一样带着你。可是你从不知道她样样宠着你。

"可她也是我宠在掌心里的，从她零岁到十五岁，我从来不舍得让她受半点委屈。学校打电话过来，我没有和她说，就是不想让她伤心，你可以说说到底是怎么一回事儿吗？"

慕星河猛地抬头看他，半天只挤出了一句"姐夫"，又垂下头来不说话了。

安之淳举起手来摘下眼镜，揉了揉眉心。算了，反正自己要知道还不是轻而易举的事儿，于是他拍了拍慕星河的肩膀，改去和学校的负责人交涉，对受伤的那个孩子，该赔的就赔。

"姐夫！我没有错！"慕星河忽然站了起来，手握成拳。

安之淳哼笑一声，斜睨了他一眼，眼神凌厉："你都把人家的肋骨打断了，还没有错？"若不是学校看在安之淳是慕星河入学推荐人的分上，他们早报警了。

"他们……他们说姐姐坏话！他们说姐姐是……"慕星河的话猛地卡住了，他的一张脸红成了猪肝色。

安之淳的眼睛眯起，他看向负责人时表情瞬间变得冷漠，忽然说："艾玛先生，我想我要控告那些学生诽谤罪了，他们对我妻子的声誉造成了严重影响！"

安之淳带着慕星河走出办公室时，安慰他说："没关系，接下来的事情我的律师会处理。他们的日子不会好过。至于你，你乖些就好。这次的事儿就算了，下次你做事别再那么冲动。"

慕星河有些委屈："姐夫，我是不是给你和姐姐添麻烦了？"

"哦，不麻烦。"安之淳顿了顿，说，"如果换了我，我会一拳打断那个人的鼻梁骨。"

慕星河："……"

慕星河的事情只是导火索。

李律师从学校回来后，马上去见了安之淳。

"怎么，事情很麻烦吗？"安之淳请李律师坐下说话。

李律师长话短说："我问了他们班上的学生。大家都在传安太太是靠潜上位的，话说得非常难听。'陪睡'这种字眼都出来了。而且他们还说安太太惯于利用男人，安东尼影帝与小森夏恩先生都是她的入幕之宾。我让人查了，这些流言之所以突然流出，其实是有人在背后操纵的。"

481

"是谁？"安之淳十分愤怒，但还是保持着冷静。

"曼哈顿上东区的梁氏的千金。"李律师说，"我还了解到，她接下来还会做出许多对大家不利的举动。梁氏的风投银行最近势头很盛，更不用说梁氏家族企业的规模本来就非常大。她有公开得罪你的胆量与资本。"

安之淳恼极了，这个女人还真是给脸不要脸。

李律师是擅长处理经济类的案件的。他顿了顿又说："先不提梁氏，我觉得有些事儿是'牵一发而动全身'的。小森夏恩先生最近有些麻烦，可能会沾上是非。而SUNSHINE一直在捧安太太，如今这些流言蜚语又牵扯到两人的绯闻，所以我觉得梁氏千金的动作不会只是散布流言，在言语上攻击安太太那么简单。"

安之淳是明白人，马上接话道："你的意思是，顾清晨的事情并非偶然，只是梁可计划中的一环。"

"照表面看，两者没什么关系，但梁氏的动向绝对不简单。"李律师分析道，"我在同事那儿了解到，小森夏恩先生被三位同父异母的妹妹起诉，说他不是森夏恩先生的亲生骨肉。她们要和他打争产官司，这将会冻结小森夏恩先生的资金。

"同时，SUNSHINE杂志也会出现资金链断裂。而中风的森夏恩先生最近被三个女儿以关心他的健康为由控制了起来。三位小姐是要将森夏恩集团拆分，她们已卖出了自己的股份，想收取现金。而梁氏一直在暗地里收购森夏恩的股权，现在估算，她应该已经掌握了大于三分之一的股份。"

梁氏在恶意地收购森夏恩集团。

"好的，我知道了。"安之淳点了点头。

李律师退了出去。

何庭接到了安之淳的电话，马上来到了他的办公室。

"制订一份企划案书，我们要打响反收购战。"安之淳说。

陆蔓蔓回到家时，安之淳还在书房里与何庭等人开紧急大会。

等到大家都散了时，陆蔓蔓看了看墙上的钟，现在居然已是凌晨了。他连晚饭都没吃！

陆蔓蔓把饭菜热上后才进了书房里，想叫他出来吃晚饭。可她推开书房门时，却发现他单手撑着额角，倚着办公桌睡着了。

他一定是累坏了。陆蔓蔓很心疼，放轻了脚步走了过去，本想替他揉揉

482

肩膀，顺便吻醒他的，可目光却定格在了桌面上的SUNSHINE集团收购计划书上。

陆蔓蔓仔细翻看了计划书，目光渐暗，都没有发现安之淳已经醒了，且一直注视着她。

许久，她才听见安之淳说："蔓蔓，这是工作机密，不是你该看的。"

陆蔓蔓手一抖，但还是稳了下来，她将文件合起放好，正视他的眼睛。她很想问一句"你有什么要说的吗"，可到底没说出口。

安之淳的脸色有些发白，他移开了目光，最后叹了声气，道："蔓蔓，你相不相信我？"

其实，她也已经冷静下来了。顿了顿，她才说："之淳，我知道你不是这样的人。你心胸豁达，不会做那些事情。如果你要对付顾清晨，肯定一早就对付了，不必等到现在。遇到了什么事情，你可以和我说说的。"

她是站着的，安之淳抬眸看她，她的表情平静，一对黑漆漆的眼睛里并无过多波澜，看着他时流露出全然的信任。安之淳握住她的手，说："梁可要对你下手，对付顾清晨只是她的第一步。顾清晨的前期反收购战打得不好，他的心思不在那上面，他对金钱、权力没有欲望。所以再拖下去的话，他会输。我在暗地里收购他的股权，起码可以做个白武士。不然，梁可就会做黑武士，恶意收购了。"

陆蔓蔓的心头一动，她蹲了下来，将脸贴在他的掌心里。

她的眼睛紧闭，眼睫毛颤了颤，她忽然笑了："你的掌心真温暖。"顿了顿，她又说，"之淳，你其实不必如此。每个人有每个人的际遇。"她知道，即使他要帮她，也可以完全绕过顾清晨。可是他却对顾清晨出手相助，对两人一视同仁。她已经耗费了他太多的心思，这让她觉得内疚。

"没关系，蔓蔓，就当是我替你还给顾清晨的。你欠他的情我替你还，你们就真正两清了。当初你被雪藏时，是他一直在照顾你。顾清晨嘛，也是个光明磊落、不拘小节的人。抛开情敌的身份，其实我挺喜欢他的。"安之淳轻抚她的脸庞说道。

陆蔓蔓莞尔："你喜欢他啊？唉，我要吃醋了……"

安之淳："……"

安之淳的电话一直在振。但为了不让她担心，他一直等到她睡下了，才到阳台去接电话。

何庭说："据私家侦探调查，梁可前天就回国了，并且去监狱探访了陈笙歌。"

安之淳吸了一口烟，才道："陈笙歌手里可能掌握了什么东西。"

"我查到，陈笙歌在犯事的前几天，曾与一名八卦杂志的记者见过面。那名记者我已经找到了，他拍到《秦姝》剧组时，顾清晨在夜里进入了太太所在的酒店房间……他把那些照片给了陈笙歌。"何庭断断续续地，终于把话说完了。

安之淳把烟狠狠地掐灭："知道了。"

四

陆蔓蔓提前了半个月进入《夜幕》剧组进行封闭式培训，她也因此没有接触到外面的腥风血雨。

安之淳一直在默默地进行着反击战。

《夜幕》一片是在唐人街里取景，蔓蔓与陈启商量后，还找来了原来与蔓蔓一起拍封面大片的那对母子做群众演员。

小韦这个单亲妈妈，一直守着初恋留下来的水果铺。

顾清晨饰演的何牧是经营着两家水果铺的小老板，有一辆小面包车，自己送货，生意也很不错。他与小韦的生活还算富裕，两人准备结婚了。而在两人结婚的前一晚，他送货时被大货车撞到，意外离世。

然后，小韦遇到了男主角李泽成。

那是一场夜雨的戏。

顾清晨作为编剧与制片人在旁指导。莫尼毕竟并非职业演员，对电影的理解会有些出入。

等他指导完莫尼时，陆蔓蔓走了过去，拍了拍他肩膀，问道："你最近还好吧？家里的事儿……"她想了想后没有继续说下去，毕竟那是别人的家事。

顾清晨正要回答，导演喊了声"准备"。于是，两人只好把对话压后。

她与顾清晨要补拍初恋时甜蜜温馨的戏份。小韦是个孤儿，住在何牧的水果店楼上。小韦寄居在舅舅家，从小看舅妈的脸色长大，有些沉默寡言。何牧知道她的情况，经常请她吃水果。舅妈骂她了，她也躲在他的店铺里。于是两人渐渐熟悉了。

等到她满了十八岁时，她终于脱离了舅舅家，但因为她没有钱，所以辍学去找何牧。她见到他时，一开口就是：她一直暗恋着他，希望他能收留她。

小韦这个角色比较张扬，个性很鲜明，陆蔓蔓演起来张力十足。找何牧的那一晚，她就直接对着他脱了衣服。何牧心疼她，替她将衣服穿了回去，并说会供她继续上大学。

两人的关系从此明朗化，不再是从前的互相暗恋的关系。何牧大小韦十岁，遭到了小韦舅舅的反对，这是不被看好的爱情，但小韦敢于争取，她知道自己需要什么。小韦叛逆、天真、天性浪漫又固执。陆蔓蔓将这种不良少女的感觉诠释得很好。

她与顾清晨在沙发上抢电视遥控器的一幕，就拍得十分活泼有趣。顾清晨看着她时，眼神里是满满的宠溺，被她拿遥控器砸了脑袋也只是无奈地摇头。虽然只是简单的几个动作，但顾清晨却把它们铺排得很好。

莫尼在一旁学习，捕捉顾清晨眼里的东西，直到陈启导演喊了停。

下了戏，顾清晨眼里的清亮不再，他整个人突然变得有些阴郁。陆蔓蔓知道他的事情很棘手。

"梁可的狙击很猛。"顾清晨只说了这一句。见她一脸担忧，他又安慰道："没关系，蔓蔓，我从不在乎那一切。我的三个妹妹想要的是现金。我不求别的，只求她们放过爸爸就是了，她们要什么我就给她们。"

陆蔓蔓从安之淳的计划书里已经了解了他的个人经营，有些不甘心："可森夏恩集团里也有你自己做起来的电影公司、经纪公司与几家服装公司。那几家公司是你的心血，你经营了那么多年才把规模做大，你把自己的产业归进了森夏恩集团。如今，她们却因为你爸爸的事情，要放你的血……"

"没关系。"顾清晨说，"我妈妈那儿有留下的基金，足够我几辈子衣食无忧了。我所求的一向不是金钱。其实放下也好，不争不抢，就不会有烦恼。现在最重要的是家父的健康。"

陆蔓蔓沉默了一下，说："我懂了。清晨，无论你做什么决定，我都是支持你的。我在打理'蔓'基金，如果你有需要——"

顾清晨打断了她的话："蔓蔓，不需要。你带给我的一切，已经足够了。"

导演喊了声"准备"。陆蔓蔓点了点头，并不打算再理会此事了。既然顾清晨看得开，能放下一切，那就是值得的。

这场是小韦的重头戏。她刚知道了何牧离世的噩耗，不敢相信，从医院里冲了出来。

李泽成在回家的路上，遇到了一个失魂落魄的女孩。那个女孩他记得，是他学校里的学生，今年大三了，马上就要毕业。他记得她学的是商科。他是音乐老师，两人不在同一个系。不过他会记得她，是因为他曾在她的店铺里买过水果，这个小姑娘很热情，服务周到，一笑时眼睛很亮。

"你还好吧？"李泽成跑了上去，将黑色的雨伞遮在她的头上。

对面就是医院。

李泽成有些担心，她的精神状态很不对。她的目光是空的，她一直笔直地走，不停地走，像行尸走肉。冬季的夜雨非常寒凉，李泽成十分担心她的身体受不住，刚要脱下大衣给她，她却晕了过去。

将她送去医院，医生说："恭喜这位先生了，您的太太有身孕了。"

那一刻，李泽成十分尴尬与狼狈，目光复杂，也隐隐猜测到了她可能遇到了什么难办的事情。可这一幕，莫尼Cut了好几遍。

"狼狈的感觉，我把握不到。"莫尼也颇为无奈。

顾清晨心下了然，把剧情梳理了一遍，然后说："想象一下，李泽成初见小韦时是什么感觉。"

陆蔓蔓为了使莫尼尽快入戏，忽然对着他莞尔一笑："先生，需要买些什么水果吗？现在是榴梿季哟，保管甜。不甜你回来找我，我还你钱！怎么样，这提议是不是很不错？我今天还没开张，你就当好心呗。"说着，她不忘俏皮地眨了眨眼，也不等他回应，就拣了两个榴梿放进袋子里，"我再送你两个榴梿。你看，实惠吧？"

莫尼已经按着原台词接了下去："可是榴梿是最贵的。你很会推销啊，小妹妹。"顿了顿，他见陆蔓蔓笑了，于是接着说："明白了，其实在初次见面的时候，李泽成就对小韦心动了，只是自己不明白。"

顾清晨说："是。剧本写得很隐晦，但从'狼狈'这个词的描述来看，李泽成之所以会对小韦因怜生爱，很大一部分原因是初见时被她的笑容所感染，对她心动了。"

接下来的戏，莫尼拍得很顺。陆蔓蔓演技好，总能第一时间带领对方入戏。

导演监视器里：李泽成去替她拿药，然后送她回家。可是她一直没有反应，直直地走进雨里。

李泽成已经知道她的未婚夫死了。他决定要她清醒明白过来，说了狠话："小韦，你这样下去，孩子很难保住。这是你想要的结果吗？无论多伤心难过，生活还是要过下去。"

见她肩膀抖得厉害，他知道她是听进去了。他扶住了她："哭吧，大声哭出来，明天一切就过去了。"

那一刻，小韦倚在他的怀里号啕大哭。莫尼的眼里闪过一丝痛楚、怜惜与不明所以的复杂情感。忽然，他又微微笑了，他看起来释然了，搂着她轻声说道："哭出来就好了。为了孩子，坚强一点。"

"Cut（停）。"陈启很满意，"很好。我们要转回房间里拍小韦与孩子的戏了。"刚出月子的陈启，只要工作，总是精神满满的。

易摇摇走了过来，拿毛巾给陆蔓蔓擦头发："蔓蔓妈，别着凉。"

陆蔓蔓蹲下来，在摇摇嫩嫩的脸蛋上亲了一记："你真贴心。"

拍电影就是这样，不是说按剧情发展一点一点拍的。现在，跳过了苦情戏码，又要拍母子互动的戏了。

这幕戏其实是陆蔓蔓的最爱，因为十分好玩。

在唐人街租的小屋子里，一切准备就绪。

因为小韦难以忘记何牧，所以最终还是选择了放弃学业，盘下了他的店，继续做卖水果的生意。为了赚钱，她十分拼命，经常自己开面包车去送货，不管晴雨。

夏天，她不舍得开空调，经常热得脸红通通的，把脸晒伤了。冬天，即使是深夜，她也冒着寒风去送货。

为了达到戏的效果，陆蔓蔓中段部分几乎没有化妆，头发散乱，十分憔悴。但顾清晨看着镜头里的她，却觉得这样的陆蔓蔓比任何时候都要美丽。她的美丽是由内而外的。

"因为我在试镜阶段，提出了女演员在片子里不化妆的要求，吓走了几千个海选演员。"陈启忽然说道。

"恩师，蔓蔓确实是与众不同的一个。她能为你，为这部影片，捧回一座奖杯。"顾清晨说。

"是的，她能使我的导演生涯，达到另一个高度。女孩寄人篱下时的自卑敏感，热恋时的娇俏泼辣，与成为母亲后的返璞归真、慈爱、憔悴、执着，她都诠释了出来。若非认识她，真的会误以为她是一个母亲。可她还那么年轻，居然什么都能领会。"陈启也是感叹。

监视器里，小韦在帮摇摇洗澡，摇摇调皮地向她泼水，她全身湿透了，薄薄的白色衣裙贴着她的身体，女孩子洁白细腻的皮肤、年轻的躯体，在雾蒙蒙的水汽里被全然勾勒了出来。陈启很会取镜，这一幕拍得十分美好。

顾清晨忽然脸就红了，连忙垂下了视线，只看着自己的脚尖。

叹了一声，陈启说："清晨，你心动了。"她很早前就看出来了，一直不曾点破。

"都是过去的事情了。"顾清晨答。

"那就好，别让不理智的情感毁了彼此。"陈启提醒。

监视器里，满身泡沫的摇摇忽然站了起来，拿水枪射向小韦，喊道："妈妈，快来抓我呀！"然后他满屋子疯跑。

等小韦把他抓回浴室时，她浑身上下湿透了，也就顺便把连衣裙脱了，与宝宝一同洗澡。她是在中场暂停时，换上了打底的裹胸露腹的短上衣与短裤。不过易摇摇人小鬼大，居然无视正在工作的镜头，来了句："蔓蔓妈，你身材真好！"

陆蔓蔓抓狂，吼了一句："你爸爸究竟都对你做了什么！安东尼，我诅咒你！"

全场都笑喷了。

好不容易大家才恢复过来，又赶紧赶进程。

摇摇拿着水枪在那儿玩，小韦拿着花洒给他冲去满身的泡泡。摇摇忽然用奶声奶气的声音说："妈妈，为什么你没有'小鸡鸡'？我和爸爸都有'鸡鸡'的。爸爸帮我洗澡时就说了，我们都应该有'鸡鸡'。妈妈，你为什么没有可爱的'小鸡鸡'呢？"

这个时候，已经过去了五年。小韦已经和李泽成在一起了，碍于难以忘记何牧才拖着没有结婚。摇摇说话时，李泽成刚好下班回家，他一进屋，就听见浴室里传来了小韦的一声惊天动地的大喊："李泽成，你给我去死！"

莫尼演的李泽成此刻站在玄关处，颇为微妙地摸了摸自己的鼻子。

这幕戏，就到此结束。卡在十分微妙的点上，其实是制造了笑点。

果然，在场的工作人员当看见摇摇声情并茂的可爱演出，他明明什么都懂，却装无知地问问"为什么没有'小鸡鸡'"时，大家都笑了，但又要憋住，结果，个个憋出了内伤……

就连顾清晨也忍不住低声笑了起来。

陆蔓蔓一换了衣服就赶过来看回放："真的这么搞笑啊？"

陈启说："你自己看看不就知道了。"

结果看完了，陆蔓蔓双手捂着脸，只露出一对黑漆漆的眼睛，装出无奈的样子："唉，这是我演过的最接地气的戏了。"

说完，就连总是板着张脸一本正经的莫尼都忍不住笑了。

见莫尼的嘴角一直往上扬，陆蔓蔓捶了他一记："有那么好笑吗？"她眼里是满满的怨念。

莫尼："我许久没有演过喜剧了。"

陆蔓蔓："……"原来，她被"喜剧"了……

五

国内的各大门户八卦网站上，都放出了一张顾清晨夜访陆蔓蔓所在酒店房间的照片。狗仔们看图说话，说两人在房间里密会，一直没有出来什么的。

同一时间，森夏恩的股价大跌，丑闻影响到了顾清晨的方方面面。

陆蔓蔓一进剧组就忙着接受陈启的改造和培训。半个月的培训完了就直接开机赶进度，她还要照顾摇摇，除了和安之淳通电话，她连微博也不刷了，所以不知道八卦网站上的那些绯闻。她从在国内当娱记的同行闻乐那里知道了情况。

闻乐的声音很急，陆蔓蔓只好先等她平静下来才说："可那晚摇摇就在我的房间里啊！"

闻乐大吼："现在谁还管你房间里有没有别人，他们认定了你和顾大影帝在开房！"

陆蔓蔓冒了句粗口，然后说："你别那么大声行不行！"

为了这事儿，安之淳也疲于奔命。安之淳的家族集团虽是他在打理，但主要是由请来的职业经理人经营。在国内，公众媒体确实不敢公然挑战安之淳的权威，传他的绯闻什么的。但是从各大门户八卦网站的反馈来看，必然有一个国外的媒体在运作这个丑闻，它的服务器也在国外。许多事情是安之淳想压也压不了的，尤其是在现在的互联网环境下，这是信息大爆炸的时代。

至于以前，顾清晨因为有"森夏恩"的身份在，所以可以管理境外网站，但现在他的资金链断裂，许多计划被雪藏，不要说处理什么绯闻了，他连自身也难保。

陆蔓蔓正在发愁，忽然听见了敲门声。

她从床上蹦下来，光着脚去开门，一打开门就被一个结实的臂膀抱住了。"想我了吗？"然后他直接将她抵在了门背上亲吻。

她被安之淳吻得全身发软，只能挂在他的身上，低喃："我都快一个月没见到你了，当然……很想……"她语气暧昧，意有所指。安之淳低笑了一声。

法式深吻，直到两人的氧分都快耗完，安之淳才舍得离开她的嘴唇。

他仔细打量起她来。

酒店开了很足的暖气，她只穿了一件黄色的开司米薄外套和七分的白色裤子，整个人像一朵灿烂招摇的向日葵。她的身上有着温暖的味道。

"看见你这样，我就放心了。"安之淳笑了笑，镜片后的那对深邃的眼眸里闪过一丝忧郁。

"你很累。"陆蔓蔓心下了然，"你是在忙着处理我的那些破事吧。"

她叹气："或许你爸爸说的是对的，我总是在给你添麻烦。他不喜欢我，不是因为我的身份问题，而是我这个人的问题。"

"胡说！"安之淳一把将她的头摁在了自己的胸口，"他喜不喜欢你不重要，我喜欢你就够了。"

"你说该怎么办才好呢？"陆蔓蔓没有穿高跟鞋，只好踮起脚，仰起头来看他。

灯下的那张女孩的脸好像瘦了些，显得眼睛大而明亮，黑漆漆的，比之前要更深邃。安之淳只看了一眼，就觉得自己被吸进去了。

他将她抱起，放到了玄关处的柜子上。"要不，弄些什么新的轰动的新闻出来，分散大众的视线？"他笑笑，说。

其实这也是可行的办法，娱乐圈就是这样的，一有了别的新闻，谁还得空关注你？"可是怎样的新闻才够轰动啊？"陆蔓蔓嘟了嘟嘴。

"比如……"安之淳靠近了她的耳根，低低地说，"就说你有了，我们已经结婚了。"

"去你的！"陆蔓蔓推了他一把，偏偏又推不开他。她看着他的眼睛，脸忽然红了。这样的气氛实在是暧昧。

本来按*SUNSHINE*的计划，这个月就要推出她与安之淳的合影做封面大片的那一期杂志。但因为顾清晨"惹官非"，这个计划被搁置了，就连她与安之淳结婚了的消息也没有及时发出去，所以才造成了今天的这个局面。

490

安之淳深深地看着她，吻已经落了下来："管他呢！那些糟心事留到明天想。"他的手已经攀上了她衣领的扣子。

她的耳根红了，但她还是顺从地闭上了眼睛。

两人情正浓时，忽然传来了不和谐的拍门声。得不到回应，门外的人开始大吼："我知道你在里面，快开门啊，蔓蔓。国内出大事啦！"

这是陈赫拉的声音。

陆蔓蔓怔了怔，想推开他的桎梏，却被他惩罚性地咬了咬唇。"疼！"她抗议。

再不愿意，安之淳也只好放开她。门外小天后聒噪的声音还在响："开门，开门，好你个奥特曼！"

"奥特曼？"安之淳笑着打趣。

陆蔓蔓的脸又红了，大大的杏眼蓄着一汪水看他，看得他心里痒痒的，他十分不爽地将她提起，放到地上，往她的肩上推了一记："开门去！"

已经走到了门边，陆蔓蔓一回头就看到了他眼底的狼狈。她突然又跃了回来，咬他的耳根："知道你忍得很难受，晚上我会补偿你的。"也不管他来抓她的手，她向前一跃就把门打开了。

"奥特曼。"陈赫拉刚叫了一声，就看见了她身后的安之淳，于是嘿嘿地笑了："你俩又关起门来做污污的事儿啊？"

"你才污！"陆蔓蔓顶了一句。

对面的房门开了，顾清晨穿着驼色的大衣站在门口，见到三人，怔了怔，然后说："赫拉，不是让你在楼下等吗？"

陈赫拉笑着说："既然都赶上了，我们四个一起去吃夜宵吧！"

陆蔓蔓："……"

顾清晨看了一眼安之淳，对着他点了点头，算是打过了招呼，然后开始教训起面前的小丫头来："别妨碍人家，走吧！"

"没关系，我也没吃晚饭，一起吧。"安之淳说。

"好，那我和赫拉在楼下大堂的咖啡屋等你们。"顾清晨与陈赫拉先行离开。

陆蔓蔓暗暗地想：这小天后的嗜好原来是专门破坏别人的好事……

根据她的神情，他就能猜到她的整个心路历程了，安之淳低笑了一声。"去你的。"陆蔓蔓在他的胳膊上拧了一记。

"陈赫拉不是他的女友，是他的侄女。"安之淳忽然说。

陆蔓蔓正在对着镜子涂口红，她怔了怔，只是回答了一句："嗯。"难怪他俩的相处模式不像情侣。

等换好了衣服，陆蔓蔓与安之淳一同来到了酒店大堂。

这里是唐人街，他们住的是附近最好的一家酒店，其中好几套房间都被改造成了摄影棚。《夜幕》的许多室内戏是在这里与另一条街上的出租屋里拍的。

四人出了酒店，只见中国红扑面而来。街道上其实挺热闹的，大大的中国结、红红的灯笼比比皆是。商铺鳞次栉比，甚至刻意建造出了飞起的屋檐拱廊，中国味十足。

陆蔓蔓伸了个懒腰，叹道："还是在这里好，走在大街小巷上，没几个人认得出我们来。"

何庭将车子开了过来，大家坐了上去。

"安先生，你打算带我们去哪里撮一顿啊？"陈赫拉笑眯眯地说，一副要狠狠地放安之淳血的样子。

陆蔓蔓："……"

"干吗这副样子，放他的血，又不是你的。"陈赫拉撇嘴。

安之淳握起了陆蔓蔓的手，闲闲道来："安先生的钱都是安太太的，你放我的血不就是在放她的血吗？"

陈赫拉：不许这样虐"单身狗"。

顾清晨听了，哼笑了一声。

陈赫拉的眼神在顾清晨身上飘来飘去的，最后她终于安下心来：她这个小叔叔终于学会走出去了。

黑色宾利停在了繁华的街头。

车外夜风冷冽。安之淳替她裹紧了毛茸茸的大衣："冷吗？"

陆蔓蔓反握住他的手，笑了："不冷，之淳，很温暖。"

你的掌心永远温暖。

"记得去年我刚到曼哈顿的时候，这里也是冬季。"

"是。"安之淳答。

"真好，在我身边的那个人依旧是你。"陆蔓蔓说，"我们并肩同行。"

时代广场的十字街口喧闹非凡，这里的生活越在夜晚越精彩。

大大的屏幕上滚动着一场精致的微电影，陈赫拉磁性的嗓音在夜里响起，透过整个夜幕扑面而来，是极致的性感与销魂的感觉。

　　陆蔓蔓一怔，猛地转过头去看着面前的大荧幕。漆黑的古老街道上，有着一辆奢华的马车——暗红的帘布被挑起，从里面露出一张倾城妖异的英俊脸孔。莫尼那一对蓝色的眼睛在夜里流转出绝世的光华，他安静地注视着众生，嘴角扬起淡淡的微笑。似乎一切，他都志在必得。

第二十三章　重新起航

一

屏幕里，陆蔓蔓踏着夜色而来，在夜风中奔跑——《谜题》的MV开始了。

整个时代广场上都是陆蔓蔓绝美的身影，微电影充满了暗黑的艺术气息，哥特风十足。对看的人来说，这些画面有着致命的吸引力。过往的路人纷纷停下，驻足观看。

"这MV是中国蔓做女主角的啊！"路人甲说。

"太美了啊！民国时期的上海真有意思，简直是东方的巴黎。"路人乙说，"我以后也要去一趟上海。"

大家都在叫好。陈赫拉在这边也很有名，游客从女主角聊到了陈赫拉，又聊到了莫尼身上。

话题性十足，曝光率足够。

"这首歌应该可以上美国本土的金曲榜前三了。"安之淳说。

见已经有人在打量自己，陆蔓蔓挽了他的手臂，说："走吧！"

吃饭时，两个女孩子坐在一起，叽叽喳喳的，聊得十分高兴。一会儿聊电影，一会儿聊护肤品，她们真是什么都可以说上好半天。

安之淳十分乏累，于是说："你们慢慢聊，我去那边抽支烟。"

陆蔓蔓看着他发红的眼眶，心里十分不是滋味。

"安让赫拉的唱片提前上市，也做够了宣传。他想将大众的目光扯回到作品上来，而不在那些乱七八糟的东西上。"顾清晨说，"安在北美是有名的娱乐大亨，他正在做你的危机公关。"

　　陈赫拉看了顾清晨一眼，又说："打不死的奥特曼，放心吧。在国内，目前形势也稳定下来了。甄景阳你还记得吧？"

　　见陆蔓蔓忽然抬眸看她，陈赫拉摆出一副胸有成竹的样子："他倒大霉了。他被人拍到搂着一个小野模，在酒店门口对模特上下其手，又摸胸又摸臀的，后来居然还被拍到和两个女的在酒店房内进行'多人运动'。这一次，就连他的女友都甩了他好几个耳光。"

　　"咯咯咯咯，"顾清晨有些无奈，"赫拉，注意一下你的措辞。一个年纪轻轻的小女孩，怎么说话那么放肆。"

　　"不就是摸胸摸大腿吗，男人不都这样。"陈赫拉顶了他一句。

　　顾清晨被她说得十分狼狈。

　　陆蔓蔓："……"小天后说话果然生猛。

　　"蔓蔓，有了甄景阳的这一出，你的那些新闻都过时了，没人关注啦！哈哈哈，不过这个情歌王子就完蛋了，铁定玩儿完。"陈赫拉还在那儿吧啦吧啦的。

　　"是安让人放出的内幕消息。"顾清晨说，"他昨天与我的经纪人团队沟通了，我们两边商量好，决定采用这样的公关。安很早前就掌握了甄景阳的丑闻，但是他一直没有曝出来。他的心思很深，料到了猛料该用在紧急的时刻。"

　　陆蔓蔓一怔，她知道安之淳的城府是很深的，只是他一直保护着自己，不让自己触碰那些肮脏。他对她是真的好。

　　甄景阳事件还在持续发酵中，许多受害女星纷纷站了出来，控告他性骚扰。许多陈年往事被翻了出来。甄景阳是什么样的人，大家也都清楚了。

　　"我以前的坏名声就这样被洗清咯。"陆蔓蔓刚插上电线，打开电脑想看一看甄景阳被记者拍到的丑闻视频，可啪的一声，电脑就安之淳合上了。

　　"看他干什么，脏眼睛。"安之淳穿着酒店配备的浴袍，只绾了个松松垮垮的结，他往床上一靠，看着她不说话。

　　嗯，这么明显的暗示，她哪还有什么不明白的。陆蔓蔓乖乖地爬上了床，她的手按在了他的脚踝处，抬头看了他一眼，他的眸色暗沉，不动声色地看着她。他的衣领微敞，露出白皙的皮肤。他头发上的水珠滴了下来，从他的锁骨中心沿着肌肤一直滑了下去，消失在了浴袍里。

他即使一动不动，也能够勾引她。

陆蔓蔓只好手脚并用，从床的边沿爬到了床的中央。

见她一脸乖顺，某人心情大好："叫一声来听听。"

陆蔓蔓瞬间听懂了："主人，我的主人。"

见他嘴角噙笑，一脸春风得意的样子，哪还有半分刚来酒店找她时的疲惫，陆蔓蔓得寸进尺："需要我用英文再说一次吗，我的主人？"

安之淳笑了笑。陆蔓蔓觉得他的眼神有些危险。

"说就不用了，你叫出来就行了。"然后他一个翻身，已经将她压在了身下……

第二天，关于陆蔓蔓、安之淳与顾清晨和陈赫拉他们四人同游的照片就被放了出来。

陆蔓蔓赶拍完最后一幕戏，就坐在一边玩手机、刷微博。

陈赫拉就是陈启找来演第三位妈妈"小萍"的角色的演员。小萍的戏份不多，但相当出彩，这一角色也很符合陈赫拉泼辣的气质。

陆蔓蔓看了一眼正想对轻薄自己的男人拳打脚踢的陈赫拉，接着将视线转回到了微博上："这赫拉小姐姐真辣！"

"自言自语的笨东西。"

陆蔓蔓抬头一看，是安之淳走了过来。

"不用去上班了，嗯？安先生，如果你被银行解雇了，你还养得起你太太吗？"陆蔓蔓揶揄道。

"哦，"安之淳摸了摸嘴唇下的那道性感的凹陷，溢出了一点笑，道，"喂饱你还是绰绰有余的。"

陆蔓蔓的脸腾一下红了，她哼了一声，转过头不理他。

安之淳在她身边坐下，玩弄着她及肩的长发，将它们绕在指间，不断绕圈圈。

"这是我和顾清晨的经纪人谈好的方案之一。我们四人同游的话，很多流言就可以不攻自破。而且，我也在同一时间在安氏集团发了对外的通告，宣布了我们早在小半年前就结婚了。这样一来，梁可做的那些事儿就是在自打嘴巴。"

"梁可真讨厌。"陆蔓蔓撇嘴。

"梁氏在玩火自焚。"见陆蔓蔓睁着一对亮晶晶的眼睛注视着自己，尤其是想起昨晚的她热情如火，安之淳觉得有些吃不消，低笑了一声，说道："她要收购森夏恩集团，需要大量的现金流，我让何庭操作的一家空壳公司答应了梁氏提出的融资要求。她上当了，这一次，梁氏会受到创击。念在爸爸与她家世代交好的分上，商场上山水有相逢，我就不赶尽杀绝了，也替我的安太太省省钱。"这也等于是他给了父亲一个台阶下。

陆蔓蔓喊了一声。

"真的。想让她中圈套，我也要花好多钱的，难道安太太就不心疼安先生的钱，嗯？"

陆蔓蔓忽然仰起小脸，在他脸上亲了一记，满脸笑嘻嘻地说："我比较心疼你。你看，你的头发都愁白了好几根。"她小手一扬，在他的鬓角拔了一根白头发出来，在他眼前晃来晃去。

"你嫌我老了是吧？"安之淳眯起了眼睛，嘴唇抿得很紧，样子很吓人。

陆蔓蔓觉得自己今晚又不用睡觉了……

安之淳在暗中操作，已经买下了顾清晨集团旗下的传媒公司。

因为有了资金的注入，这张王牌重新充满了活力。控制了传媒公司，就等于控制了大众的舆论与风向标。

安之淳先找来公关团体，制订了一系列的计划，例如其中的一环是"攻击"陆蔓蔓的，说她利用人脉获得"影后"的称号，其实背后都是水分，她的演技并不如媒体报道的那么好。

然后又有一批人来煽风点火，反驳那些攻击的人。以一句"你这样说，置好莱坞的影评人于何地？难道他们都是拿了钱替陆蔓蔓办事的吗？"与"你们都当威尼斯的电影节评委们是瞎子吧？"将一众影评人与评委卷了进来。

开始有影评人为自己，也为陆蔓蔓说话了。就连选角导演E也站了出来，说这样是在质疑她的眼光，与她过不去。

"现在媒体的舆论都倾向于你了。"下了戏的陈赫拉坐在陆蔓蔓身边，看她一页一页地刷微博。

就连安东尼、薇薇安等一众演员都为陆蔓蔓说话，说她是他们见过的最敬业、最有天赋的好演员。

而且安东尼在国内召开了记者发布会，公然指责那些造谣生事的人，说要保留法律追究的手段，更公开了他的亲生儿子——易摇摇，同时说了他在

497

许多年前就已有了妻子，而他与陆蔓蔓只是很好的朋友关系，而且陆蔓蔓更是他的弟妹（安之淳是他表弟）这些情况。

国内大众更是哗然一片了。陆蔓蔓多年来的差形象都是被人故意抹黑的，大家可算是看明白了。梁可掀起的一场风波就这样被平息了下去。

而顾清晨是森夏恩先生的儿子这件事情是毋庸置疑的。但森夏恩先生因为二次中风，已经说不出话来，也写不了字，又被三个女儿架空了。他住在女儿家里，对顾清晨的事情也是无法控制的。

梁可攻击顾清晨，是为了截断森夏恩集团对于传媒的控制力。所以，梁可才会刻意煽动顾清晨的三个异母的妹妹去起诉他。在被起诉的那三个多月的时间，法庭冻结了顾清晨的所有流动资金，造成了森夏恩集团运作的停顿，使得梁可的一切计划得以顺利开展；梁可胃口大，还想趁机吞并整个森夏恩集团，但因为安之淳的介入，她的妄想皆成了泡影，自己也受了重创。

顾清晨向法院提出了DNA亲子鉴定的要求，由法院相关人员来取证，他的三个妹妹也无可奈何。DNA鉴定结果出来了，森夏恩家的危机由此得以解决，森夏恩集团又回到了顾清晨手里，顾清晨也顺利地把爸爸接回家休养。

顾念亲情，也算是遂了三个妹妹的意愿，顾清晨将集团的几个大公司进行拆售，将大笔资金给了三个妹妹。陆蔓蔓曾问过他："以德报怨，值得吗？"

顾清晨笑了笑，说："她们其实对集团没兴趣，只是想要回属于自己的那部分而已，这也无可厚非。在不伤及集团核心利益的情况下，能变卖的我就卖了，把属于她们的还回去。"但集团他会好好经营下去的，哪怕他对此没有兴趣。那是他爸爸的心愿，家业还是要守住的。

"清晨，你是一个特别的人。"陆蔓蔓说。他是俗世里的清流，这也是她喜欢他的原因。

顾清晨听了，笑了笑才道："其实我拥有很多。我从出世就富贵，正因此才不必蝇营狗苟。我没你想的那么好。"

陆蔓蔓拍了拍他的肩膀，装出一副语重心长的样子来："富二代很多，但'二世祖'更多。不是每个人都是一样的。你与那些人不同，你是最好的。"

顾清晨被她逗笑了，她居然将他说过的话都送还给他。

大家的事情都得以顺利解决。

与此同时，陆蔓蔓在《夜幕》里的戏也圆满杀青。

"接下来有什么打算，安太太？"

公寓里，安之淳亲自下厨，好好犒劳了他的太太。

陆蔓蔓吃得津津有味，只恨不得把头也埋进碟子里去，听见他说话，她才放下刀叉，从碟子里抬起头来，笑嘻嘻地说："之淳，你煎的牛扒真好吃！"

"小吃货！"安之淳嗤笑了一声。

"吃完这一餐，我真的要节食减肥啦，安先生！不然詹妮明天过来，会砍死我的！"

安之淳点了点头："是维密走秀的事情吧？"

"是。"陆蔓蔓抿了一口红酒，只觉得满嘴的肉香都被酒的味道中和了，舌尖的味蕾再次复苏。"其实走秀只是一个晚上，今年在巴黎，方便得很。不过接下来我想休息调整一番。"

见她提到了日程，安之淳放下了刀叉，安静地听她说话。

"'蔓'基金请了职业经理人来打理，我也跟着学了很多。未来两三年我都不会接戏，我决定专注于公益基金的管理。我和李总经理聊过了，我会在二月份到非洲做为期一个月的小象保育人。除了给当地的慈善团体捐款，我还会亲自为小象的保育出一份力。而国内方面，我已经拨款，准备筹建保护江豚的豚基金，为保护江豚出一份力。"

"搞公益一向是你真正热爱的。去吧，安太太！"安之淳用欣赏的目光看着她。

"可是那就意味着，你又要和安太太分别了哦！"陆蔓蔓调皮地眨了眨眼睛。

安之淳低笑了一声，说道："你在别的方面补偿我就行了，安太太。"

陆蔓蔓红着一张脸，直接把脸埋进了碟子里。

二

维密秀场里的美女香艳得令陆蔓蔓想流鼻血。

这里到处都是丰胸细腰大长腿。

陆蔓蔓拿起手机给安之淳发了个微信：安先生，这里的人太火辣啦！我一个女的看了都觉得把持不住，要是换了你进后台，你绝对不能淡定。

她还在梳着头发，安先生的微信到了：只有一件事情能令我不淡定……

陆蔓蔓刚回了一个问号，他的微信就来了：你不穿……的时候，我才会

499

不淡定。

陆蔓蔓的脸瞬间红了。

詹妮在与一边的造型师沟通，见了她的样子，真是恨铁不成钢，于是教训道："中国蔓，你少秀一会儿恩爱会断气吗？"

"嗯，是会断气的。"她也被安先生撩得马上要断气了！陆蔓蔓的一张脸已经处于红得能滴出血的状态。因为某人居然把自己的腹肌露出来，拍了一张照片发过来。

手机屏幕里是安之淳半身照，从下往上拍的，显出了他线条刚毅紧绷的下颌线，他的脸轮廓分明，高挺的鼻子、隆起的山根，再加由下往上的视角，使得他的眼窝显得很深邃，那对黑色的眼睛显得迷离，配上他精瘦的胸膛，八块腹肌与人鱼线……陆蔓蔓险些当场流鼻血。可她的视线又忍不住往他腹肌下，只露出了半截的内裤边看去……他真是性感得不得了，可以直接把他的外裤扒了，去拍CK的内裤广告了……

啧啧，没想到安先生的身材居然能好成那样。看着他腹部上的那道手术伤疤，她又觉得十分甜蜜。

正在给她化妆的化妆师看见了，啧了一声："这是哪个男模啊？身材这么好？介绍给我认识认识。"

陆蔓蔓马上把手机收了回去。

虽然化妆师是个男的，可陆蔓蔓也觉得她的安先生被人看了，她亏了。

"喊，要不要这么护短。"化妆师不满了。

趁着空闲时，陆蔓蔓回安之淳：你还真是闷！骚！

"我刚才在换衣服就顺便拍了，现在我已经在来会场的路上了。一会儿见，安太太。"

陆蔓蔓决定调戏调戏他：刚才我把你的露腹照给别人看了，安先生。那个人强烈要求你下次拍照时，把皮带再往下移一点。

安之淳秒回：哦，那你想看吗？我已经拍了！

一张图片发了过来。

陆蔓蔓几乎要捂上眼睛，呀了一声，然后才偷偷看了一眼。居然是个黑屏，她被耍了……

噔的一声，微信到了。她点开一看：等晚上再给你看。

陆蔓蔓羞极了，秒回：去死！

陆蔓蔓还穿着维密经典款的粉红真丝睡衣，只在腰部松松地绾了一个

500

结，闪亮亮的bra若隐若现，将她的胸部曲线衬得火爆性感。

察觉到詹妮在打量她，陆蔓蔓收回手机："怎么了？"

"把衣服打开，我看看要不要塞点什么东西进bra里。"詹妮说。

陆蔓蔓："……"

"那个……那个，他在这里……"陆蔓蔓指了指化妆师。

詹妮无奈地瞪了她一眼："你脱光他都没兴趣。"

陆蔓蔓："……"

"你这样说，我会伤心的。"化妆师说。

陆蔓蔓："……"磨蹭了半天，她不情不愿地把罩衣脱了。

詹妮一边查看一边说："待会儿你想好怎么和观众打招呼了吗？"

走秀不同于拍电影，拍电影虽然需要演员拍激情的戏份，但演员演得不好可以重来，可走秀是现场的，而且面向的是全场的观众。陆蔓蔓瞬间觉得"亚历山大"，有点不安地挪了挪屁股那里的那块布料，她觉得都不好意思出去见人……

而且，她不单戴上了翅膀，待会儿穿第二套服装时，还需要插一根粉红色的尾巴。OMG（我的天），真是羞死了……

"不错，不用塞东西了，够聚拢了。"詹妮说，"你只是助兴的表演嘉宾，只会出来两次，有两套服装。一套是镶了两千万的钻和宝石的幻梦bra。幻梦bra是指定的，但另一套是普通一些的，可以由你选择。你喜欢什么类型的？运动型的，还是带点埃及风的？"

詹妮打了个响指后，小助理把一架的服装推了过来。

陆蔓蔓左挑右挑，最后目光定格在了一套大红色的bra上面："这个吧。"

"挺好，中国红也衬你。"

这是一套肩膀处带了红纱幔，露出纤细腰部，腹部以下是渐渐包臀，窄下去一直到小腿肚的红裙子。腰部以下做了横向的透视处理，缀有一缕一缕的大红透明薄纱。大腿雪白的肌肤随着走动若隐若现。

这其实已经是保守的款式了。

第二套的钻石bra，让陆蔓蔓有些羞耻。正面走出去时还好，一转身时屁股那里露出的风情实在太销魂。她已经预感到，如果被安之淳知道了的话，今晚她会死得很惨……

"别扭捏了。"詹妮说，"你都快成'夫奴'了，这儿不敢露那儿不敢露的，拍个激情戏，老公还来现场蹲点监督，真是……"詹妮不满道。

化妆师咯咯地笑。

陆蔓蔓憋红了一张脸，只差没一口气憋死。

"行了，瞧你那保守的样子。到时你就对着台下人微笑，挥个手就好。"詹妮又说。

等陆蔓蔓从后台走出来时，台下的气氛十分火热。观众的情绪一下子就被引爆了。毕竟，她是来自中国的模特，与满台的"金发碧眼"形成强烈的对比。她的头发是黑色的，十分柔顺的，随意地搭在肩头，衬着她漆黑的眼睛，显出了一种来自东方古国的神秘。

许多国人因为她而来，此刻都在疯狂地大喊她的名字。

陆蔓蔓从来没有感受过这样的气氛，一下子有点蒙。她的视线里仿佛什么也没有，但她的脚步已经迈出了。

她踩着十厘米的高跟鞋走了出去，红色的长裙随着她的走动摇曳生姿，雪白的肌肤在裙子底下若隐若现。只是那一截雪白的腰腹也足以引爆台下人的尖叫，更不要说还有用几百万美元打造出来的性感的梦幻红色bra。

台下的安之淳猛地吸了一口气。陆蔓蔓太性感了，只是直直地走过来，就已经让他热血沸腾了。坐在他身边的安东尼笑了一声："老弟，灵魂出窍了？"

"蔓蔓妈，性感死了！"易摇摇兴奋，站了起来，大声喊，"蔓蔓妈，so sexy（太性感了）！"

安东尼摸了摸下巴那道凹陷，说："胸部还挺大的！"

安之淳："……"所有人的注意力都在他老婆的胸部上了，这让他很不爽。

他斜睨了安东尼一眼："摇摇还未成年，你就带他来？"

易摇摇不乐意了："蔓蔓妈的秀，我肯定得来捧场！"说完，他又面朝秀台大叫："蔓蔓妈，so sexy! I love you!"

安之淳险些气到崩溃。安东尼低低地笑，也跟着摇摇大喊："蔓蔓，you are so sexy（你太性感了）！"

陆蔓蔓已经看见安之淳了，他的嘴唇抿得紧，嘴角往下压，显然是不高兴了。她对着他调皮地眨了眨眼睛，台下的气氛更火爆了。

当陆蔓蔓走上舞台时，镜头伸到了她的面前，给她做面部特写，那一瞬间，她仿佛感觉到自己走路是带风的。她踩上高跟鞋就已经一米八三了，俯视下面时，真有一种"我是女王"的感觉。茫然过后，其实她是有想法的。

毕竟，她不是奔放的外国妞，让她抛夸张的媚眼，嘟嘴到处飞吻，以此来带动气氛，她还真做不来。

她始终是一个中国女孩，展现属于自己的东方式魅力就好，没必要搔首弄姿。即使站在这个国际舞台上，她依旧是那个纯朴的、简单的女孩子，她就是她，无须变成另一个人。她需要做的只是自己，一个舒服的自己。

她又往前走了两步。

"老表，笑笑呗。"安东尼伸出手，扯了扯安之淳的脸，"你这样板着一张脸，会影响小蔓蔓表演的。"

安之淳无奈，叹了声气，看了一眼台上那张此刻既熟悉又陌生的脸，微微扬了扬嘴角。

陆蔓蔓看到了他的笑容。

当她走到了最前面时，她忽然站定，看着他，想起了他平常卷她头发玩时的慵懒样子，她举起手来，用手玩了一下发尾的卷，然后一个转身就往回走。

她方才卷发玩的一瞬间，与临走时回眸的那一个淡淡的微笑，使得秀场内静止了片刻，然后再度沸腾。

"她很聪明，找准了真正的自己。只有令自己舒服自然，观众才会觉得舒服。"安东尼说。

这一刻，安之淳为美丽的安太太自豪。她是来自中国的女孩！

换第二套衣服出来时，陆蔓蔓已经淡定下来了。

当她再度走出场时，现场的气氛依旧火热。大家都在用中文大喊着她的名字。

这一刻，她是全场的女王，她就是陆蔓蔓！

镜头伸到她面前，她依旧带着一股强烈的风。她微笑着走了上去，镜头随着她的走动不断拉近。

如果说刚才那套红色内衣还是保守的，那这一套真是既奢华又性感。

她插上了雪白的翅膀，翅膀向两边伸出，再加上一套粉红色的胸衣与内裤，显得她活力十足，青春动感。粉红的蕾丝内裤单薄得有些危险，安之淳的眼睛眯起，眼底的内容十分危险，然后他立刻拿出手机给何庭发了条短信。

"Oh，so sexy！"就连安东尼也猛地吸了一口凉气，然后爆出了一声大

503

喊。易摇摇也跟着喊。

安之淳冷静地对着安东尼父子俩说了一句："Shut up（闭嘴）！"

陆蔓蔓在台上其实气得牙痒痒。安之淳居然敢公然玩手机，那就是无视她咯！台下依旧沸腾，现场的气氛让她不由自主地high（兴奋）了起来。好吧，既然安先生觉得不够刺激，那就来点刺激的吧！

她走到台前，见安之淳看向她，她忽然咬了咬嘴唇，一手捋起了身后拖着的粉红色豹尾，放在嘴唇上咬了一下，然后一个转身，对着镜头微微摇了摇臀，将尾巴抖了抖后便直接走人，回了后台！

现场可以说是hign"爆"了！

即使出来了别的性感天使，但大家喊的还是陆蔓蔓的名字。那一个夜晚注定是属于中国的夜晚，属于陆蔓蔓的夜晚。

安东尼忍笑忍得快要憋出内伤。然后，极度不爽的安先生做了一件十分幼稚的事情，趁着大家不注意，他一拳挥向了安东尼的那张惹人生厌的俊脸。

安东尼挂彩了。可是他很高兴，忽然就哈哈大笑起来。

"你打我爸爸，我要和你友尽！"易摇摇不高兴了。

"友尽吧！"安之淳说。

安东尼："……"

抚了抚易摇摇的头，安东尼说得一本正经："小宝，就原谅你干爹吧！他是在和全世界抢老婆，很不容易的！"他对着小摇摇眨了眨眼，又说："而且，我们受的罪，你干妈会替我们受回来的，我们不亏。"

易摇摇露出一脸"我懂了"的表情。

安之淳："……"

安东尼得寸进尺："安，顾影帝没来，你要感谢上天了，还在这里和我生什么气。我大人不计小人过，原谅你了。"

安之淳："……"

三

"你几岁了啊？还动手打人，你真是出息了！"陆蔓蔓气炸了。

她又数落了他几句："安先生，越活越回去了啊？"

车上的气氛有些怪异，何庭聪明地选择了将挡板升上去。

"说话啊，刚才不是很厉害吗！"

504

安之淳抿了抿嘴唇，不作声。

过了许久，觉得委屈了，他才说："安东尼说话难听。"

陆蔓蔓无奈道："So sexy就难听了？那是赞美好不好！"

她又补了句："我就听见易摇摇一直在喊'sexy'，你怎么不连他一起打了？"

安之淳："……"

安先生很委屈，忽然就往她身边挪了挪，握住了她的手，就差没哭诉了："我要和全世界抢老婆，我很不容易的，安太太……"

陆蔓蔓："……"好吧，既然某人那么委屈了，她还是别教训他了吧。于是她哄他："安安乖，以后，蔓蔓都不接这类活动了，好不好？"

安安……安之淳嘴角撇了撇，觉得起了一身的鸡皮疙瘩。

"好不好嘛，安安？"陆蔓蔓又拿屁股碰了碰他的大腿。

安之淳："……"美人计都使出来了，还有什么不好的……

安之淳知道陆蔓蔓喜欢老巴黎风情，所以两人下榻的酒店就是著名的丽兹大酒店。

走在丽兹大酒店熟悉的长廊里，陆蔓蔓又想起了李珍珠，她与安东尼的第一次合作，就是在这里。

知道她又想起了某人，安之淳不淡定了，忽然就停下了脚步，吻住了她的嘴唇，他不是轻吻，是深情而热烈地深吻，仿佛永远不够，他只想抓住她，永远与她抵死缠绵。

被他吻得天旋地转，她忘情地投入，忘情地沉醉，直至海枯石烂，忘乎所以。等到陆蔓蔓清醒过来，才想起还有别的人在。她羞急了，想要推开他："还有人在呢！"刚才是大堂经理一直在引路的。

可她回头一看，经理早不在了。

是呀，谁会那么不识趣呢！

"谁让你那样吻了！"陆蔓蔓红着脸嗔他。

安之淳莞尔："在巴黎，当然是要来法式深吻。"

他的调情使得她更是害羞。

他的热情她是早就领教过了的。对着她，他就是一团火，是熔岩，要将她焚烧殆尽。

他忽然躬下了腰身，脸也将就着她的高度，嘴唇在她的耳垂上摩挲："再这样看着我，我不敢保证会在这里做出什么事儿来。"

一哆嗦，陆蔓蔓的背嘭的一声被迫撞到了金碧辉煌的墙体上。她小鹿般纯真与可爱的小举动，惹得安之淳哈哈大笑起来，如同一个恶作剧成功了的小男孩。

"到了，我的主人，请开门吧！"安之淳说。他九十度躬身，一手牵起她的手，送到嘴唇边印下了一吻，如同这世上最忠心的骑士。

那只握着她的手一动，一把复古的雕花银钥匙就从他的手里递到了她的手心。

含笑接过，陆蔓蔓抬眸看了看，原来他们已站到了套房门前。

"猜一猜这是谁的公寓？"他含笑说道，嘴唇贴着她的颈项摩挲，一手环上了她的腰，慢慢抚摸，另一手执起了她的手，将钥匙插进了门锁里，轻轻转动。他依旧在抚摸她，陆蔓蔓面红耳赤，早已情动。

门被他推开，他环着她的腰，一同走了进去。陆蔓蔓的脚步很轻很轻，她生怕惊扰了沉睡于此的旧时光里的人。

白色大理石地面的双C标志和金黄色的装饰映入眼帘，陆蔓蔓怔了怔，忽然发出了呀的一声欢喜的尖叫。这间有着上百年历史的一百多平方米的奢华卧室，是属于可可·香奈儿的。

她猛地回头，安之淳已经微笑着将门锁上。他向她打开双臂："欢迎回家。"

她猛地跃起，投进了他的怀里。他双手抱着她的腰身，而她将纤细的手脚都钩到了他的身上。她已高兴得忘乎所以。

"你居然订了即使有钱，也很难订到的香奈儿套房。"她眼睛发亮，像个可爱的小土豪。

这里处处都有香奈儿的影子，摆在大壁炉上的几束金黄的麦穗，奢华优雅的中式乌木屏风，屏风上刻有白山茶的图案。

陆蔓蔓指了指纹路繁复的金黄色沙发，他便抱着她走了过去，坐到了沙发上，而她坐在他的身上。她伸出手来细细摩挲那份神秘，然后就听见他讲："这是香奈儿自己带进来的家具，每件都是上乘的艺术品，具有历史年代感。"

陆蔓蔓懒洋洋的，半眯起眼，像只收起了利爪的纯白色波斯猫，可眼睛里又透出一丝不安分的野性。她猛地从他的身上跃起，却舒服地倒在了沙发里，一手撑头，侧卧着看着他，乌黑的头发铺散在金黄的沙发里，她身上是一条火红的连衣裙，那色彩十分浓烈，美得能灼伤人的眼睛。

安之淳觉得要窒息了。沉默了许久，他才找回自己的声音："有什么吩咐吗，我的主人？"他深深地看了她一眼，性感的唇瓣张合。

他的这种调情是接近赤裸裸的。他浑身上下都是令人迷醉的男性荷尔蒙。明明他什么也没有做，只是眼神就似乎已将她的红裙子彻底地撕碎，让她裸露地呈现在他的眼前。

"来取悦我吧！"她说。

安之淳半眯起眼来："哦，可以，我的主人。不过我有一个要求。"

"嗯？"她挑了挑眉。

安之淳从沙发脚边拿过一个袋子，看着她的眼睛，从里面拿出了一套东西。陆蔓蔓只看了一眼，脸就红了。

他一抖，那件价值两千多万的，花费七百个小时，全手工制作，镶嵌了无数红宝石与钻石的幻梦bra就落到了她的胸前，然后他一样样地拿出道具——那条薄得危险又可怜的用两根带系着的蕾丝内裤，还有那根粉红色的豹子尾巴。

他居然把东西给买下来了！陆蔓蔓的脸红得要滴血，这哪是他取悦她，分明是她取悦他好不好？

"嗯，安太太不想穿？"

陆蔓蔓："……"

"刚才你扭屁股时，我就想要你了。"安之淳的话，让她脸红，心跳加速。

"不穿可不可以？"她小声抗议。

"哦，不穿？这确实是更好的提议！"

陆蔓蔓猛地将头埋进了沙发里，哪还有刚才的女王的样子。

轻笑了一声，安之淳说："换吧，就在这里换。"

顿了顿，他又说："我们还会在这里住一个星期。你现在不换，我担心从明晚开始，你会求着我换。"

"需要我帮你吗，安太太？"

与其要七天下不来床，还不如现在就乖乖地就范……

可怜的安太太为方才秀出的性感举动付出了沉重的代价……

后来，她被他折腾哭了，他才肯罢休。

陆蔓蔓太累了，只能伏在他身上，只是动一动都能要了她的命。

安之淳吻了吻她汗湿的头发："蔓蔓，我爱你。"

507

陆蔓蔓怔了怔，仰起小脸来看着他。因为被他欺负哭了，她的一对眼睛雾蒙蒙的，叫他心生爱怜，也后悔刚才过于冲动。

小鼻子吸了吸气，陆蔓蔓说："之淳，我累了。"

安之淳怜爱地吻了吻她的眼睛，道："那就睡吧。等睡醒了，我们再用餐。"

他陪着她躺在床上，身后是象牙白的大床靠背。卧室是绛红色与象牙白相配，东方色彩与西方浪漫相撞的典雅风格，既浓烈又温暖舒心。曾经，这里只是一间香奈儿住过的房间，如今，有了她在他身旁，这里就是他们的家。

他垂下眼眸，见她已有了睡意，可眼睛还是努力睁着，眺望着窗外的风景。

即使不用看，他都知道，窗外屹立着的是那根旺多姆青铜柱，即使时光流逝，它依旧永恒。层层窗幔在夜风里翻飞，巴黎的夜的气息袭来，满天的星辰闪烁，一切都美得不成样子，如同一个梦。

安之淳搂紧了她。

陆蔓蔓轻叹："之淳，你带我去了世界上许多个地方了。"

"嗯，以后，我还会继续带着你环游世界的，蔓蔓。"

"之淳，我爱你。"

"我也爱你，蔓蔓。"

建在沙漠的豪华别墅里，一个阴鸷的男人兴致勃勃地不断重复着昨晚的那场维多利亚的秘密大秀的直播。

身边的女人俯下头来，张开嫣红的嘴，在他那里套弄着。可他忽然觉得不爽了，踢了那个美艳的伊朗女人一脚："滚。"

女人爬着逃了出去。

知道主人心情不好，陈经理走了进来："谢先生，怎么了？"

"我想要那个中国蔓。"谢墨脱满脑子只有一件事情，就是得到那个女人。

陈经理沉默了许久，才说："我知道，蔓基金最近有一个计划，她会到非洲去，开展小象保育工作。"

"哦，"谢墨脱露出玩味的表情，往虎口上撒下盐，伸出舌头来，舔了一口，才喝了一口龙舌兰，"那就让她主动来求我！非洲，可是我的主场，

508

我的地盘。她也会是我的女人。"

四

陆蔓蔓开始了为期一个多月的非洲之行。

原本安之淳担心她会吃不消，心中多有牵挂。但陆蔓蔓适应得非常好，不时拍一些照片发到微信朋友圈。

照片里的陆蔓蔓晒黑了一些，显得更加健康。她不施粉黛，头发也乱蓬蓬的，但是穿着一身简单的运动衣裳站在非洲原野里，却有一种别样的美。

这种美显得野性，也显得淳朴自然。她对着镜头时总是哈哈大笑，嘴巴几乎要咧到耳根，她无拘无束，毫不忌讳被拍下的丑态。她在记录最真实的自己。

她照片的内容丰富多彩，其中有喂小象们喝奶的——这个最有趣。小象们每天要喝好几次奶，那个奶瓶是按公斤算的，要扛起来不容易。但陆蔓蔓扛着奶瓶喂小象喝奶，一直保持着那个姿势，脸都憋红了，看起来十分有趣。但她记录下的文字并不轻松：小象都是因盗猎者而失去妈妈的。有一头小象出生只有几个月，比狗狗大不了多少，我们所有的人不分日夜地照顾它，可它依旧是去了。

还有她骑在大象上的照片，照片中她那英姿飒爽的感觉扑面而来；也有她在盗猎现场拍下的鲜血淋淋的大象的尸体照。她发照片呼吁大家：没有买卖，就没有杀害。

她那个晚上给安之淳打电话时哭了。

在许多困难面前不肯低半分头的她，此刻却哭得像个小孩。

那一刻，安之淳很想将她抱在怀里安慰，可他离她太远，他无能为力。

这个陆蔓蔓不单在大象观察营地当保育员，居然还胆大得无法无天，出入盗猎现场，甚至与盗猎者火并。她的肩膀受了伤，缝了三针。她没有告诉他，是营地的队长科菲通知的安之淳，还说这个女孩子"硬气"。

安之淳本来就担心她：非洲是什么地方？罪恶丛生，穷凶极恶的地方！就连那么庞大的大象都倒下了，陆蔓蔓那小身板，够人家杀几次？

再度把手头上的工作扔给何庭与宋珍珍处理，安之淳飞到了非洲。到的那一天，他没有告诉陆蔓蔓，想给她一个惊喜，可结果她给了他一个惊吓。

科菲一直在跟踪观察的那头新放归野外的大象"星期一"，它已经失去联系三天了。星期一身上是有定位追踪器的，所以科菲带了一队人，带了弹药枪支就上路了。

陆蔓蔓硬要跟着去，她要记录下第一手的资料。科菲拗不过她，只好答应了她的要求。

当营地驻守员说了科菲队长的大致路线后，安之淳换上了性能良好的改装悍马，带上了营地里的相关人员莫普提与两个年轻健壮的黑人青年一同出发。

黑人青年莫普提拖了一箱枪支弹药上车，当时安之淳的眸色就沉了沉。莫普提是留学过欧洲的，会说一口流利的英语，于是问他："会用吗？在这里，就是靠这个说话。"

安之淳点了点头："会。"

在这里遇上盗猎者，除了火拼没有其他办法，人人都必须得学会用枪，只有这个才能保住自己的命。

这就是非洲。

手机就放在仪表盘上，通过卫星定位好了陆蔓蔓的位置。安之淳一直追随着她。他中途给她打了个电话，可是她没有接。

再打，陆蔓蔓依然没有接。这个时候，安之淳已经彻底失去了耐心，十分烦躁。他觉得不安，这种感觉很强烈。

后来，安之淳听到了枪声。于是他将油门踩尽，往陆蔓蔓的方位飞驰而去。

光秃秃的灌木丛后，一辆卡车侧翻了，因为有了卡车的掩护，对方的火力暂时构不成威胁。一头大象躺在血泊里。从安之淳这个角度看，大象的尸体刚好是正面对着他的，所以他看见大象的尸体只剩下半个头，惨不忍睹。

那一刻，安之淳觉得陆蔓蔓会崩溃的。

她一向心软。

卡车后是另一辆越野车，有人从车窗里举着枪对准了大象尸体后头三点钟的方向，不断开火。

安之淳在美国时是参加过枪支爱好者俱乐部的，知道双方的火力差距根本就是悬殊。盗猎者用的是最新款式的枪，火力猛，压着科菲一队人打。

莫普提带着两个人，已经下车帮助科菲队长去了。

有他们掩护，火力一时有了逆转，且对方也惧怕来的人多，一时有些慌乱。科菲趁机将卡车里的人拉了出来，往越野车方向跑。

安之淳也提枪下来了，小心躲避着子弹，奔到越野车后方时，他看见了陆蔓蔓。她头压得低，但还是打开了车门做掩护，要将从卡车上下来的伤者往车上拉。

"小心。"安之淳飞快地奔到了她身边，一手托住伤者的腰，将人塞进了加长版的越野车里。

砰的一声响，一颗野弹擦过车窗，玻璃碎了一地，安之淳反应快，一下子扑向陆蔓蔓，用手护住她的头，将她往车上的沙发按。

他的身体护住了她。

然后他又听得两边的人在嘶骂，有人中弹了，在哭喊。

再然后，他听见了陆蔓蔓的尖叫，他一愣，以为是她出事了，抬头去看，眼前一片红光，只能模糊地看见陆蔓蔓拿手摁住他的颈项，那么用力，生怕他的生命会随着流出的鲜血一起流逝。

安之淳晕了过去。

再次醒来，他已经是在营地里了。

一睁开眼睛，安之淳首先看见的是陆蔓蔓那一边笑一边流泪的脸。她的泪水止也止不住，她再开口时，嗓子全哑了，可还是吱吱呀呀地说了半天。比画了好一会儿，她从一边拿起放了吸管的水杯来让他喝水。

不想让她再担心，安之淳忍住剧痛，微微仰起头来，含住了吸管。动的那一瞬间，他觉得喉咙像被撕裂，随之而来的就是极痛后的麻木感。

"别哭。"安之淳艰难地说话，"你哭，我心疼。"

"你都成这样了。"陆蔓蔓哭得抽抽噎噎的，说话的声音沙哑难听，说一句话顿三次，嗓子已经是哭哑了。

科菲安慰道："蔓，没关系，安会好起来的。他虽然伤在颈项上，但没有伤及动脉，只是难免会疼痛。"

正好医生也来了，点了点头，也说："没关系，看着严重，其实住几天就可以出院。只是玻璃碎片擦过肌肤，也算是不幸中的万幸。"

"听到了吧。"安之淳忍痛了许久，才说出"别哭"两个字。

陆蔓蔓把这次的行动全程拿DV记录了下来，准备发到各大门户网站去。

她来看望安之淳时，他已经好多了。她十分抱歉："那头小象晚上一定要我陪着，所以我晚上就没法过来陪你了。"

安之淳摸了摸她的头发："没关系。我明天就可以出院了，健壮得像头牛。其实今天就可以走了，医生非要多观察一天。"他叹了口气，看着她，

511

又不说话了。

这里的天气炎热，窗外的阳光太强烈，照在房间里，明晃晃的很刺眼。窗台处，放有一盆叫不出名的花，但也挺漂亮的，一丛一丛、黄黄白白的，特别有意思。"挺招人爱的，是不是？"陆蔓蔓没话找话说。

她本来在看花的，一转过来对着他笑时，眼睛眯起，弯弯的像月牙，十分赏心悦目。安之淳嗯了一声，看着她说："是很招人爱。"

陆蔓蔓怔了一下，知道他是在赞美她，脸忽然就红了。

还真是招人爱啊！安之淳举起手来，揉了揉她被晒得红通通的脸蛋："你都不涂防晒霜吗？脸都晒成红苹果了。"

"整天涂多麻烦啊！我哪有那个时间，"陆蔓蔓嘟了嘟嘴，"你以为我就是每天发美照、上网啊？我的事情可多着呢！"

"是是是，你是外国元首，你是国务卿。"安之淳打趣道。

"我是女王。"陆蔓蔓昂首挺胸，黑漆漆的眼珠一转，张嘴就来，"不过嘛，也是你的小女人。"

安之淳低笑了一声，俯下身在抽屉里找东西。

"要找什么？"

"想抽支烟。"

"这里是医院。"陆蔓蔓无奈地道。

"私人套房。我抽我的，没有其他病人让我妨碍。"

陆蔓蔓撇了撇嘴，一脸的不乐意。但还是从最底下的一层抽屉里找到了烟。安之淳接过烟，衔在嘴里，他性感的嘴唇咬了咬，把烟往下唇的那道凹陷压去，微微眯起眼睛看了她一眼。

他的那一眼，使得她如过了电一般，就连心跳都快了许多。

他令她心动。

安之淳又低笑了一声。

陆蔓蔓拿起打火机，嗒的一声，火苗跃了出来，她往他那儿凑近了些。安之淳把下巴压低，就着她的手，把烟点着。他吸了一口，对着她的眼睛缓缓喷出，他的眼睛隔了重重烟雾，显得迷离起来。

她知道他有话要说。

但她抢先了一步："之淳，不用劝了，我不会回去的。我在这里的工作还没完成。"

见他又眯了眯眼睛，神情有些烦躁，又压抑着不肯对她说半句重话的样子，她一叹，又说："之淳，我不小了，不是来这里闹着玩儿的。在这里，也不允许玩儿。我有我的使命，我不想学那些贵妇人或者那些名媛，每天坐在家里，护护肤，化个漂亮的妆，然后身上套着名牌就出去逛街打发时间。"

安之淳沉默了一下，道："我知道，今天看见大象尸体的那一刻我就知道了。而且，你每天晚上陪小象群睡，就睡在象房里，那里的环境有多恶劣，我都知道，就连那些强壮的黑人在那里睡都觉得受不了。

"你怕小象会受惊。那么狭窄的地方门关着，空气不流通、潮湿、熏臭、闷热，还有蚊虫叮咬，躺在随意铺的床上，粗糙、难受。可是你都坚持下来了。"

"你觉得我变丑了，是不是？"陆蔓蔓忽然摸了摸自己的脸，看着他时，卷翘的眼睫毛颤动，暴露了她的担心。

"你把我想成什么人了？见色起意？色衰则爱弛？"安之淳哼笑了一声，又说，"其实，你现在很美。不是漂亮，是美。"

陆蔓蔓也笑了："心慈则貌美？说来说去，你还是绕着圈子说我丑了嘛！"

安之淳握着她的手，又吸了一口烟喷出来："记得以前和我一起追TVB的经典片《洛神》吗？里面的甄宓就是心慈则貌美。"

"但其实我更欣赏郭嬛。"见他挑了挑眉，还哦了一声，陆蔓蔓又说，"估计说出去我会被喷死的。自然我很欣赏甄宓，但其实郭女王真不差，而且她有男人似的谋略。"

"是。"安之淳点了点头，"那时，你为了煲剧都不愿写作业。我只好一边看你，一边帮你把作业做完。"

"不是看电视吗？干吗看我？"陆蔓蔓嗔怪他。

她的模样娇俏，让他又是一怔。

"算了，其实从那时起我就知道，你人不大，野心却很大。你要留就留吧，但蔓蔓，你得答应我一件事情。"

无须他说，陆蔓蔓就答应了："好，我答应你。我不会再出现场。我会乖乖留在营地里。"

"好。"安之淳终于放下心来。

513

五

安之淳出院后，陪陆蔓蔓在营地里小住了几天。

陆蔓蔓对小象们特别照顾，每次喂牛奶都偷偷给它们用大份的奶瓶，还会对小象们说："乖哦，别说漏嘴哦！我可是偷偷加了量的。管饱喝吧！"

看见她的傻气样子，安之淳极力抿着嘴唇。

"喊，想笑就笑呗。这里没人，我不怕你笑。"陆蔓蔓双手负在背后，顺势转过身去不看他。

安之淳看着她娇俏的身影，目光顺着她纤长的颈项一路往下，那双大长腿上只穿了一条热裤，而她的翘臀还那么性感……她整个人都像会发光一样。夕阳就在她的头上，橘黄的晚霞燃烧了整个天际，似乎连天幕下的她也一并燃烧了起来。她真辣！

安之淳忽然觉得浑身燥热。放轻脚步，他走到了她身后，忽然就俯下身来，含住了她的耳垂。陆蔓蔓嗯了一声，身体都软了，转过来要推开他，她的嘴唇却被他吻住了。

他吻得热辣，手也不安分，已经从她的套头棉T恤下探了进去，他一手握住了她的那团绵软。陆蔓蔓的脸红得要滴血，她想挣扎，却更加激起他的欲望。他用力拽她到地上，人已经压了上来。

她都能感觉到他……

她的身体发烫，肌肤上都渗出了一层薄薄的汗。安之淳看着她的眼睛说："你真性感。"他的手依旧在她的身上作恶，已经往下探到了她的臀部，他将她的臀瓣用力一握，她的身体几乎绷了起来，颤抖得厉害。

地面滚烫，沙砾粗糙，这是不一样的刺激。一声软软的呻吟声溢出，陆蔓蔓只恨不得咬断自己的舌头。安之淳看着她的目光又深了些："你需要我。"

"不可以。"陆蔓蔓推了推他。

低笑了一声，安之淳放开了她，先站了起来。他朝她伸出了手。等她握住他的手后，他将她拉了起来。

"蔓蔓，你看，夕阳多美。"

原野里一马平川，那种壮阔，没有见过的人是不明白的。天那么低，远远看着，只看得见孤单的树木，一丛一丛的，远远隔开。偶尔有一只孤单的长颈鹿或是别的什么动物走过。

不时还有鹰从天上掠过。野牛是成群奔腾的，狮子三两成群。他与她各拿了一个望远镜看着天边，都在感叹生命的壮丽、大自然的壮观。

"我不后悔来这里。"陆蔓蔓说。她辛苦，但也快乐。

"我也是。"顿了顿，安之淳说，"蔓蔓，我马上就要走了，坐晚上八点的飞机，现在就要去机场了。我连好好陪你吃顿饭的时间都没有。"

"去吧，之淳。"陆蔓蔓放低了声音，忽然靠到了他的身上，双手环住他的腰身，她努力地闻了闻他的味道——古龙水的清香、洗衣液的香气，还有他的衣服被汗浸湿了的味道，他所有的味道她都喜欢。然后，她努了努鼻子，放开了他："之淳，我会想你的。"

科菲在开会。

陆蔓蔓安置好小象群后，也跟了过来。他们在聊枪支的问题。

营地缺乏枪支弹药，如果不购进装备，只怕营地的人员会熬不下去。

"上个月就有一个队友牺牲了。蔓，那时你没来，没看见那种惨状，他的脸都被打烂了。"科菲说，"所以，即使再苦我们也没有人会提出离开，从来没有。大家都是战友，谁舍得离开？在这里，不是你喊一句'放下枪，别再盗猎'就能了事的。"

"我懂。"陆蔓蔓的语气十分严肃，"我可以拨款的，我来解决经费问题。"

"不是钱的问题。"科菲叹气，"是我们没地方买武器装备。那些盗猎者用巨额资金贿赂他们，让他们不卖任何东西给我们。"

"难道就没有办法了吗？"陆蔓蔓也着急了。

"这里的企业主很有名，是个中国人。听说他有办法和途径搞到那些东西。"科菲说，"只是他这个人十分难打交道。我屡次登门拜访，去求了他好几趟，可人家连门都不给我开。"

陆蔓蔓想了想，觉得同是中国人，或许跟她会好说话一些，于是主动请缨前往。

"可是你一个女孩家家的……"科菲心有顾虑。

陆蔓蔓小手一挥："没事，大家都是同胞，或许真的能聊得来呢！而且之淳派给我的三个保镖会跟着去的，大家放心。"

于是，这事儿就这么定了。

陆蔓蔓从科菲那儿知道，企业主叫谢墨脱，在全球各地都拥有许多矿产，是个钱多得流油的人物。而且他不住在东部这种穷乡僻壤，他住在南非的豪华别墅里。

得到了地址，陆蔓蔓转了好几趟车，终于来到了南非。

这里是有钱人的天堂，南非的奢华不比欧美差。

南非很美，拥有海、沙漠与草原，有种生机勃勃的异域美。

街道干净，城市美丽，小镇充满风情。天空是湛蓝的，如同最纯粹的蓝宝石。

她要去的地方是私家路。她求了许久，给了许多钱，黑人的士司机才肯在前面开车带路。

这里的治安还是好的，而且她要去的地方也是在白人区。更何况还有三个保镖跟着，她倒是不怕。

的士在海边停下。

海水湛蓝，海天一色。反正她也只能用这么俗的字眼来形容了。

她下了车，保镖也跟了下来。她在来前已经打通了墨氏企业的官方电话。事情很顺利，那边居然说已经知道了，而且还表示会在约定的时间，在别墅的大道前等候。

陆蔓蔓下了越野车，果然看到了两个英俊的穿着红金色制服的侍者在那里等着。

"陆小姐请吧。主人在里面等候。"侍者十分傲慢。

陆蔓蔓带在身边的三个保镖一脸刚毅，本就是从外国请来的雇佣军，也是天不怕地不怕的。他们见侍者态度恶劣，便用夹生的中文劝她不要进去。

"本，没关系。大家都是一个国家的人，他不会害同胞的。这次见面的机会太难得了。"所以陆蔓蔓更加珍惜。

四人一起往里走，走到别墅前时，连陆蔓蔓都不淡定了。即使安之淳富贵，可他也不会如此刻意地奢华。这里与其说是别墅，还不如说是城堡！

建在海边悬崖上的城堡，外形带着非洲式的粗犷，但雕饰极尽奢华精美。陆蔓蔓已经进入了大厅，但三个保镖被拦了下来。

陆蔓蔓正要说话，却听见轰隆隆的声音。她曾在拍《暗影》时接触过，所以知道是直升机的声音。

"是我们的主人回来了，为了见你。所以，你赶快请吧！"侍者态度更为傲慢，又对着她的三个保镖比了比手指："你们不行。进去，脏了主人的地。"

直升机在城堡顶层的眺望台上停好了。她已经听不见螺旋桨的声音了。陆蔓蔓也有些急，于是劝道："三位阿哥，你们就在这儿等吧。不会有什么事儿的。"于是她头也不回地跑了进去。

一个美丽的女侍者穿着黑色的如修女服一般的裙子朝她走了过来："这边请。"她引陆蔓蔓到了复古雕花的铁栅栏电梯那儿，然后与她一同进了电梯，她按下了10层——顶层。

陆蔓蔓看了女侍者一眼。她真是比国际上的电影明星还要美，而且她年轻，那皮肤白得几乎要透明了，脸上是少女才有的那种粉红色，粉红色漫过雪白的肌肤，真是诱人。那修女袍下的身体十分妖娆。她脸上的神情怪异，她也在好奇地打量着自己，眼底闪过不屑。

无视她的打量，陆蔓蔓只是看着电梯上的数字。

门开了。陆蔓蔓随她走了出去。

只见两个异常美丽的女人跪在地上，一人手中托着水果盘，一人取过紫色的葡萄含进了红艳艳的嘴里，然后仰起头来，如同奉献自己一般，虔诚地将嘴唇送到了男人面前。

那个侧颜刚厉的男人睥睨那女人，然后女人努力再仰高头，终于将葡萄喂到了他的嘴里。

"中国蔓，坐吧。"男人一口咬爆了葡萄，紫色妖冶的葡萄汁淌了一点在他冷色的唇边。他的嘴唇发白，没什么血色，他的肌肤也白。当他一抬头，陆蔓蔓只觉得天要塌了——她中了埋伏。

此处，危机四伏。

"美丽的中国蔓，你好像黑了一点。没关系，在我这儿，我会让你白回来的。你原来的肌肤多么美丽，比摩纳哥的太阳还要耀眼，比玫瑰还要娇嫩艳丽。"

看着她的脸色一点一点地苍白下去，谢墨脱笑意冷峻，未达眼底："我说过，我迟早会得到你。"

然后他无视虚弱到摔倒在地的陆蔓蔓，取过对讲机对陈秘书说道："我们马上飞太阳城。嗯，就我与陆小姐。"

第二十四章　爱是唯一

一

从坐上直升机那一刻起，陆蔓蔓就没有说过话。

直升机飞进了丛林深处。太阳城是新开发的城中之城，隐没于原始丛林里。它里里外外都被森林包围着，但里面的设置一应俱全，这里是富豪们的天堂。

谢墨脱的城堡其实不在太阳城，只是在那一带的附近，在一个比太阳城还要更深入丛林腹地的地方，是个连卫星也定位不到的地方。

一开始陆蔓蔓能保持镇定，是因为她知道安之淳会根据她身上的卫星定位系统找到她。但她并不知道谢墨脱的城堡构造如此特殊，为了确保谢氏的安全，任何定位系统只要进入了这里，卫星信号就会被屏蔽。

陆蔓蔓只想着怎样保护好自己就够了。她一定会等到安之淳的。

直升机停在一座隐没于丛林里的非洲城堡里，就停在宽阔空旷的花园上。

"中国蔓，请吧。"谢墨脱率先跳了下来，"要我抱你下来吗？"

陆蔓蔓看也不看他一眼，唇抿得紧，看了看高度，便直接从飞机上跳了下来。

"好身手啊，让我想到了电影里的Viper。你盘在安东尼身上跳舞的那一段很不错，要不今晚你也来一段？"谢墨脱摘下了墨镜，看着她时饶有兴味，"你的所有电影我都收藏了。"

他左眼下到耳朵的那一道刀疤在阳光下令人触目惊心。

陆蔓蔓并不理会他，但也一直保持着冷静，并留意观察四周的环境。

谢墨脱很欣赏她的镇定从容，笑了笑道："陆蔓蔓，我劝你还是放弃。在这里你是逃不出去的。出了我的城堡，丛林里还会有猛兽。我不是开玩笑的。"

"我知道你不是开玩笑。"陆蔓蔓回答得不带一点情绪。她刚才在直升机上时，就看到了城堡的全貌，城门前后都有巨型的非洲象和非洲豹把守，有石雕的象和豹，也有活的。丛林深处也有跃动的豹。

花园被分隔开来，这里是停机坪，旁边建有水塘、飞瀑、泉源，甚至热带丛林与热带海滩冲浪等经典非洲景观都被打造了出来。海滩上还有椰子树。几个美艳的裸女在海滩上玩水，见到谢墨脱回来了，都将水泼了出来，想引起他的注意。

谢墨脱就是这里的王。

城堡里，四处都是粗大的石柱和壁画雕刻。

帷幔翻飞，挂毯是具有中东风情的波斯毯，也有珍贵的土耳其细密画，画功精湛，是真正的古董货。

陆蔓蔓一一欣赏，最后目光落在了巨幅的壁画雕刻上。

"你很欣赏这些壁画？"谢墨脱一直在打量她。

"抛开那些古董货。只有这些壁画才是真正懂艺术的人打造出来的。"陆蔓蔓说得没有感情起伏。

谢墨脱笑了笑："你倒是喜欢他的品位。这个雕塑家我认识，是洛泽。要把他介绍给你认识吗？"

"好。"陆蔓蔓答。她要想办法拖延时间。

能得到她回应，这出乎谢墨脱的意料。愣了愣，他觉得这"冰山小美人"越来越有意思了。

洛泽，她是听过这个名字的。洛泽是安之淳的客户，安之淳替他管理几十亿的账户。

陆蔓蔓知道，谢墨脱不是色中饿鬼，他身边有许多美女，来自各国各地，全是年轻貌美，各具风情的。他根本不缺女人。如果他想占有她，在海边别墅时就可以强迫她，不必等到现在。他只是在和她玩一个游戏。因为在摩纳哥时她拒绝了他，没有给他面子，所以他胁迫她到这里来，更多的是为了泄愤，而不是真的对她那么感兴趣。所以，她要做的就是拖延时间。

谢墨脱在自己的城堡里搞了一场宴会，来的多是南非当地的富豪。宴会办得很热闹，但真正可以进入他的核心圈子的，只有那么两三个人。

在他的豪华会客室里，只坐了两个男人：一个是南非的白人，一个是以色列的富商。

"谢，这是你最近收的小野猫？"以色列男人一脸玩味，"我怎么看着有点眼熟啊。"

"今年维秘里最性感的那位天使就是她了，白皮肤、黑头发，一对黑眼睛看了使人目眩神迷。"白人说道，他看着她的目光也是赤裸裸的。

谢墨脱看了她一眼，似笑非笑。

陆蔓蔓在这里，并不公然违抗他的命令，只是全程冷淡而已。他让下人扔了一套服装给她，她就换上。那是埃及的服饰，黑色真丝的埃及刺绣传统紧身裙，分上下两层，只露出一截雪白的小腹，其余的地方反而包裹得严实。

无视一众男人，她走到了露台上去吹吹风。

风吹起她的裙摆，行走间，她的腰肢显得柔软，因为裙子窄，她只能小步走，更显得婀娜。谢墨脱看着她的背影，只觉得有那么一瞬间呼吸困难，紧跟着就是浑身燥热。

他低骂了一句。

两个男人笑了起来："一定很爽。"

一整天没有吃过东西了，陆蔓蔓觉得饿了。但她对这里的东西不放心，担心他会下迷药。

门开了，一个高大挺拔的男人走了进来，然后与这里的主人打招呼："谢先生。"

冷静的中国口音。

陆蔓蔓转身，夜风吹起了她的长发，一缕沾在了她的嘴角。洛泽在夜色里看过来，只觉得她的脸很迷蒙，眼睛像会说话。但她依旧淡定，隔了众人直直地看向他。

她在请求他的帮助。

520

"是洛泽来了。我的这只小野猫对你的作品很感兴趣。"

陆蔓蔓朝洛泽直接走了过去："洛先生，你好。"

"陆小姐是看了我在城堡里的雕刻设计吗？"洛泽从衣袋里取了一块巧克力出来，顺势递给了她，"我接了谢先生的电话后，刚从瑞士过来。这是瑞士最有名的巧克力，你就当是手信收下吧。"

巧克力是热量最高的食物，吃一块可以抵抗一整天的饥饿感。陆蔓蔓不动声色地接过，拆开包装纸，只掰了一格，放进了嘴里。

"我们这些俗人，还真是入不了美女的眼，早知道当年我也去学艺术了。"谢墨脱说。

洛泽低笑了一声。

门外，侍者们搬了一座雕塑进来，就放在客厅中央。红布掀开，是一座美丽的西方少女的全身像。少女正躲在一座巨大的装泉水的缸后，偷偷探出小半个头来看向世人，眼睛如小鹿一般迷人，带了一丝怯意。她的半边乳房压在缸壁上，遮挡住了重点部分，但那玲珑的曲线足以诱人。全身被挡了大半，只露出一边圆润小巧的肩头，与一只纤细的脚踝与赤足。

"这就是你新近获得国际大奖的作品？"谢墨脱看了雕塑一眼，问道。

"是。"洛泽答得十分冷淡。

在这里，这整个城堡里的宾客，敢如此不给谢墨脱面子的，怕也找不出除了洛泽外的第二个人选了。

"少女的眼睛很美。作者没有着重刻画身体，而是重点刻画她小鹿般的眼睛。"陆蔓蔓仔细品赏起来。

"这件作品，就叫《小鹿与泉》。"洛泽答道，声音暖了些许。

"是以真人为素材吗？"陆蔓蔓又问。

"是，由美院的模特来做真人素材。"洛泽又答。

陆蔓蔓忽然说："能替我也做一件真人雕塑吗？就在这里。我挺欣赏你的作品的，细腻、有感情、有故事。"

谢墨脱笑了一声。她打的什么算盘，他如何不懂。不过嘛，他有的是时间让小美人屈服，于是打趣道："洛泽雕的，全是裸女。"

"我也雕穿衣服的，虽然少。"洛泽笑了笑，回答得十分诙谐，可是笑意未达他的眼底。

"我要穿着最美丽的衣服雕刻，比如现在这套。"陆蔓蔓挑了挑眉。

"当然可以。"洛泽答道。

两个外国男人身边都搂有一个异常美丽的女人，看得出来，她们都是谢墨脱的珍藏。一个侍女托了酒盘过来，里面有一支醒过的红酒。侍女将酒杯满上酒，一一分给众男客。那是个金发碧眼的"波斯猫"，比陆蔓蔓之前见过的还要美丽。侍女的那对眼睛，是最纯粹的绿色。谢墨脱用力一扯，就把"波斯猫"压到了沙发上一阵狂吻，然后他才问洛泽："这里的美人，随你挑。"

"不必了，我对此不感兴趣。"洛泽深邃漆黑的眼睛里不见丝毫波澜。

陆蔓蔓又看了洛泽一眼。他是一个十分英俊的男人。安之淳与顾清晨已经是美男子，可与他相比，你会觉得他们还是少了些什么。总之，他英俊得十分有格调，与一般人不同。他很冷，像一块冰。他的脸上不会有任何的感情。或者可以这样说，他像一个谜。

"哦，那这些如何？"谢墨脱打了个响指，一边的侧门里走出来五六个十八九岁的男子，个个都俊俏无比。

陆蔓蔓又听见洛泽低笑了一声。洛泽说："不用费心。我不好此道。"他说的依旧是那一句话。

陆蔓蔓觉得此刻洛泽的内心一定是崩溃的，美少年都出来了……

洛泽恰好抬眸，用深邃的眼睛注视着她，他读懂了她的意思，忽然就笑了，是那种发自内心的笑。

他笑时，整个夜空都亮了，如同绽开了无数的烟火。

陆蔓蔓："……"

洛泽走到了她的身边，用两人才听得到的声音说："陆小姐，你还真淡定。"顿了顿，他又说："我是受人之托过来的。"

陆蔓蔓早就知道了。他刚才递给她的巧克力包装上画有一个笑脸，是安之淳平常给她贴便利贴告诉她不要忘记什么事情时，惯常画上去的各种表情之一。

"知道了。"陆蔓蔓答。

二

陆蔓蔓与洛泽在阳台上聊天，他们说话的声音不大，宴会厅里的谢墨脱听不见。

"这里安装了屏蔽卫星信号的干扰器。"洛泽说，"安只追踪到太阳城

522

附近就失去了你的踪影。你必须逃进太阳城里，安才救得了你。"

听了他的话，陆蔓蔓十分震惊。她一直胸有成竹，是因为安之淳给她的那个追踪仪。如今与安之淳失去了联系，她就很危险了。但陆蔓蔓极力让自己冷静下来。她抬眸看他，等着他接下来的话。

洛泽将手摊开，手心里是一粒很小的药："强烈蒙汗药。"

陆蔓蔓接过，然后问："你需要我做什么？"

"你帮我拖延他，我要进他的书房去找些东西。"洛泽说得波澜不惊。

"你知不知道事败了会有什么后果？"陆蔓蔓问。

洛泽笑了一声，声音很冷："顶多也就是把我扔进丛林腹地喂豹子。"

从他时刻带巧克力在身上这件事情，就看得出他是懂野外生存的人。陆蔓蔓又挑了挑眉："好吧。可是我怎么逃出城堡？"

夜已深，两个外国男人各搂了一个美人回房休息，但大厅里的午夜宴会仍在继续。宾客如云，来了一拨又一拨，看起来人多而杂，进出毫无秩序，其实并非如此，每个进入城堡的人都是经过了严格的安检的，绝对不允许带武器出入。而且，有一整支雇佣军队保护谢墨脱。保安也在三三两两地巡逻。

陆蔓蔓在长廊里闲逛。这里地势高，视野十分开阔，她站在平台上眺望远处。硕大的一轮月亮就在她的头顶，无须灯光照明，周围就已足够明亮。

"小野猫，你怎么跑到这里来了？洛泽不对你胃口，嗯？"谢墨脱走了过来，"如果你想，我们三个一起玩也挺刺激的，你刚才不是与他很聊得来？"

陆蔓蔓转了过来，也不看他，从一边的桌上倒了一杯酒，抿了一口。

她估算着时间，此时洛泽应该已经成功地潜进谢墨脱的书房了。

"在想什么呢，小美人？"谢墨脱又靠前了一步。

陆蔓蔓看了下面一眼，下面等于是万丈深渊，跳下去必定粉身碎骨。

"我劝你最好不要。"谢墨脱一脸的玩味，"从这里跳下去，等着你的只有豹子。最后只怕你的小情人连你的一根骨头也捞不回去。"

陆蔓蔓直视他："他不是我的情人。安之淳是我的丈夫。难道你就没有羞耻心吗？我已婚。"

"偶尔吃吃家常菜也挺不错的。说真的，我还真是没吃过。"谢墨脱笑得邪恶，"谁让你那么早就结婚了。离上次见你，还差几天才一年。"

“你这样是绑架。”

谢墨脱笑得更欢畅了："谁看见我绑了你了？明明是你自己来求我的，大家有目共睹。而且还有谁看见我带走你了？谁都没有看见吧？"

陆蔓蔓："……"

谢墨脱取出手机打了个电话："书房那边怎么样？"

"没问题是吧？好！"谢墨脱想了想，觉得自己还是要过去看看。

陆蔓蔓心里着急，但也无计可施，她看了一眼旁边的巨型盆景，眼珠子一转，心里已有了计策。

装出不理会他的样子，她转身就走，脚被一旁的花枝钩到，哗啦一声，裙摆被钩破了一道裂缝，一直裂到了大腿根。

谢墨脱的呼吸一下子变得沉重。

谢墨脱伸出手来，一把将她揽到了身边："想去哪儿？"

陆蔓蔓抬头看了他一眼。他的刀疤十分明显。他的眼睛里翻涌着的是什么，她很清楚。"你想对我用强？你就这点能耐？"她揶揄道。

"有意思。"谢墨脱放开了她。要让她屈服的方法多的是，她不听话的话，下药也是不错的选择，只要试过了，不怕她不求着他。

他的那些伎俩，洛泽已经提前和她说过了。他对她下药的机会很多，可她对他下药的机会只有一次。陆蔓蔓把自己的杯子倒满红酒，递给了谢墨脱："要来一杯吗？"

见她突然向他示好，谢墨脱提高了警觉，笑着不接。

陆蔓蔓一口气喝完，对着他亮了亮空杯底："孬种！"接着她把水晶酒杯直接摔到了地上，杯子碎了一地。

她转身就走，却被谢墨脱禁锢住，直接压到了桌面上亲吻。昂贵的红酒瓶被他拨到了地上，乒乒乓乓一阵响。这声音居然把保安都吸引了过来。

而她还被他压在身下。

一众保镖见了，全退了出去。

见她一张娇艳的脸红得要滴血，他笑了笑，伸出舌头舔了舔她的锁骨："这里不会有人打扰。"

这是唯一的机会，陆蔓蔓忽然伸出手来，捧住了他的脸，把自己的拇指扣进了自己的嘴里，顺势将他的嘴唇压到了自己的嘴唇上。

美人难得如此主动，谢墨脱就没有什么好顾忌的了，与她吻了起来，他的手开始不安分了，要去解她的扣子。陆蔓蔓忽然笑了："长夜漫漫，何必急于一时。"

"啧啧，"谢墨脱的眼底全是惊艳，"你的吻技真高，让人销魂。"

陆蔓蔓笑了一声："安之淳教的。"

然后，谢墨脱就开始听不清楚她的话了。他开始感觉到头晕，天旋地转的。最后，他倒在了一边，彻底晕了过去。

如果杀人不犯法，她此刻一定把他从这里推下去。

她将他拖进了一边的花丛里，以确保不会有人看见他。正好，刚才得了他的命令，一时半会儿他的保安也不会来打搅他。

她避开众人，飞快地跑去书房找洛泽。

洛泽替她开了门，他看了一眼她春光乍泄的裙子，没有说话。

她躲了进来，手脚麻利地关上了门，摆一摆手，压低了声音说："我没事。他晕过去了。"

洛泽哼笑了一声："安之淳的女人还真是胆大，他白担心了。"

陆蔓蔓嘟哝道："我也是拿命拼的好不好。"

洛泽带着她从书房的一道暗门转出，两人居然已经到了城堡的外围。

"咦，这……"陆蔓蔓惊讶无比。

"他请我做城堡内部装修设计时，我贿赂了工程师，让工程师按照我的方案，设计了一条谢墨脱并不知道的逃生通道。"洛泽在前面带路，他们绕开了巡逻的保安，最后在一间杂物房前停下。

进入杂物房里，洛泽走到一个落地柜前，把柜子搬开，按动了不知道哪块地砖，地砖翻开了，露出了钥匙孔。取出钥匙，洛泽打开了暗门："快走吧，你沿着地道走，这条路直通太阳城的后城。"

他又从衣袋里掏出一个小巧的遥控器与U盘递给她："你到了就按这个遥控器的绿色按钮。一个叫巴巴的男人会与安一起过来与你会合，你待在原地千万别走。直升机什么的都准备好了。这个U盘你也记得给巴巴，这里面是谢墨脱的犯罪证据——从商业犯罪到走私军火。"

"你不跟我一起走？"陆蔓蔓的语速飞快。

"我走了就会引起他的注意。我要做的是把他的证据转移出去。我在这里很安全。"洛泽依旧淡定从容，优雅得如同此时此刻他只是准备去赴一场鸡尾酒宴会。

"洛泽，你真的只是个雕塑家吗？"

洛泽没有说话，嘴角的弧度弯起又复原。

525

"算了，你不方便就不用说了。"陆蔓蔓已经钻进了地道里，"一切小心。"

"你也一样，陆小姐。"洛泽对她挥了挥手。

陆蔓蔓终于见到了安之淳，见到他的那一刻，她的一颗心才安定了下来。原本狂跳着的心脏，又妥帖地回到了胸腔里。

安之淳只是一直抱着她，用手抚着她的背："没事了，蔓蔓，没事了。"

直升机升起，往另一边的国际机场飞去。巴巴回头看了两人一眼，说："有洛泽在，不用怕。他答应我一定会保护陆小姐安全的。"

陆蔓蔓与安之淳回到了东部肯尼亚的土地上，那里还有小象群等着她。

一路上两人的话都不多，安之淳也不问她之前的情况，因为那些对于她来说是一场噩梦。他只要她平安归来就好。

见到陆蔓蔓回来了，科菲才如释重负，责怪自己不应该让她一个女流之辈去冒险。

陆蔓蔓摇了摇手，劝他："队长，这样的事情谁也没料到，你别自责了。而且我一点事儿也没有，我可是打不死的小强，只有我将人整得很惨的份！"

听她这样说，安之淳的一颗心才放了下来，他知道她没有受到什么伤害。

三

晚上，两人一起住在象房里。

小象们看见陆蔓蔓回来了，似乎都很高兴，睡觉都睡得特别安稳。

她帮小象们一一盖好毯子。

她说话的声音很低，毕竟象是敏感的动物："科菲的女儿后天就到了。经过观察，我们发现小象更喜欢女性守夜。之前我们救助的一头同样是几个月大的小象，是我一直陪伴它的。它克服了抑郁症活了下来，可另一头没有。但这总是一个好的转变。所以营地里打算收女队员。我在这里还要待一段时间，大概也就二十天吧。毕竟，简单的培训后再上岗也要几天的时间。"

"没关系，我在这里陪你。"经过这一次，安之淳说什么都不敢放她一人在非洲了。

陆蔓蔓低笑了一声："嘁，你的胆子比我还小。"

"只要是面对和你有关的事情，我的胆子都很小。"安之淳牵了她的手过来，吻了吻她的手背。

在她忙着照顾小象时，他已铺好了床。

"快去睡吧。"安之淳指了指整洁干净的床铺。床铺是在架子上的，放在二层，方便照看四周的小象。床特别窄小，所以安之淳只能睡在一边的大木头劈成的案桌上了。

那两天还真是胆战心惊的，陆蔓蔓每每想起，也是心有余悸。她忽然将他推到了木凳上，安之淳不明所以地抬眸看她，她已经将整个人压了下来，跨坐到了他的身上。她主动吻他，她的呼吸扑在他的肌肤上，她低喃："我想要你。"

整个非洲都沉睡了，四周万籁俱静。

他与她的呼吸都很重，彼此都知道这意味着什么。他的手探了进去，激得她战栗不已，偏偏她又不能发出一点声音来。

安之淳低笑了一声："蔓蔓，你是越来越大胆了。"

小象们都睡得很好。

他的动作更加激烈了，陆蔓蔓觉得难以忍受，脚趾都蜷缩了起来。安之淳将她抱着站起来……然后他温柔地将她放到了铺了稻草的地上，她眉心蹙起，估计是因为稻草太粗糙。他将衣服脱了铺在地上，将她抱到了他的衣服上……。

一声声呻吟溢出，在夜里，如一波一波荡漾开的涟漪，她叫得微弱，比小猫的声音还要小。安之淳更加温柔了，从激烈到温柔，她如经受了难熬无比的甜蜜折磨。他每一次将她占据，都使得她疲惫的一颗心重新焕发出了生命力，她喜欢他用力地占有她。

"之淳，之淳。"她低唤。

安之淳吻住了她咬得嫣红的唇瓣。他的力道越来越猛，他开始失控，她让他发疯，他的温柔被抛到了九霄云外，两人相拥着到达了天堂。她紧紧地搂着他，她的泪水打湿了他的肩膀。

"别哭了，蔓蔓，好了，你回来了。以后再也不会发生那种事情了。别怕！"只有他知道她的一颗惶恐的心。所以，她才需要一场宣泄。她需要他来填补，来充盈自己。

《暗影重重》的打戏十分出彩,与以往的好莱坞影片里对中国功夫的定位不同。卡梅伦采用了陆蔓蔓的建议,向好莱坞展现了不同的、真正的、有内涵的中国文化,而不是美国人眼中的中国功夫。

电影上映后是大获成功的。之前卡梅伦还会担心美国观众接受不了,但等到上映后好评如潮时,他的一颗心才放下来。

随着该电影入围了多项奥斯卡提名,到了颁奖的那一天,整个剧组都很兴奋、紧张、充满期待。

这一次,陆蔓蔓是携了安之淳的手走红地毯的。

站在摄影机前,她与安之淳对望。安之淳拨了拨她的刘海,替她别到了耳后,等媒体记者拍够了,他才笑着说:"进去吧。"陆蔓蔓在幕墙上签下了自己的名字,然后携了他的手,与他一同进入会场。

这一次,陆蔓蔓坐在了安之淳的身边。两人的手一直是握着的。

就连坐在陆蔓蔓另一边的安东尼都止不住地打趣他们:"你们要不要那么不停地秀恩爱啊?小蔓蔓,你就差没直接黏到安的身上去了。"

安之淳俯下身来,吻了吻妻子的嘴唇,无视了安东尼。

陆蔓蔓笑着打趣:"要你管!"

安东尼:"……"

奖项一一揭开,《暗影》成了大赢家。当宣布陆蔓蔓获得了奥斯卡最佳女配角奖时,她已经不再激动。她握着安之淳的手,说:"真正让我激动的是,这一次你陪在我的身边。"

安之淳笑了,伸出手来抚了抚她的头发:"今天你是不同的。别说不紧张这个奖这样的傻话。奥斯卡并非人人可以拿的,上去吧。"

发言时,陆蔓蔓也很淡定,整个人如洗尽了铅华,沉淀了下来,看着台下的众人时,她没有太过于激动的大悲大喜。这个人人梦寐以求的奖项,好莱坞大开的、等着她的大门,她都不稀罕了。今生,有安之淳在她身边就好。

发言是有时间限制的,陆蔓蔓感谢了妈妈,感谢了导演与剧组,感谢了评委会。最后她说:"人生总总,不会白过。你经历过什么,就总会在特定的时候得到什么,所以我很幸运。没有人能真正做到完美,尽量做到最好就已经很不容易了。

"一路走来,我得到了太多人的帮助,我承认,没有他们,我走不到这个地方。很多人都说我幸运，我不否认，毕竟我还那么年轻，就已经拿下了人生中第二个有分量的奖杯。我只想说，适当地暴露一点小瑕疵其实挺不错的，真的能吸引到别人来帮助你。如果你永远觉得，自己强大得无坚不摧，那只会让所有人对你敬而远之。"

顿了顿，陆蔓蔓又说："而我今生最大的幸运，是遇到了安之淳。遇到他，认识他，爱上他，得到他的守候，得到他的爱，从零岁到二十四岁。我觉得，我是全世界最幸福的女人。之淳，我爱你！"

她举起奖杯，对台下的安之淳摇了摇，眼里闪烁着泪花。

安之淳注视着她，嘴唇动了动，无声地说了一句"我爱你"。

同年四月份，陆蔓蔓凭《夜幕》获得了香港金马奖最佳女主角奖，更获得了同年五月份的戛纳电影节金棕榈奖最佳女主角奖。《夜幕》获得了金棕榈奖最佳社会片奖。陈启获得了金棕榈奖最佳导演奖。而且该片已经获得了下一届奥斯卡奖的入场券。

就连陈启都笑言："我们两个女人，是注定了要互相成就的。"要知道，小韦这个单亲妈妈角色的演员，是唯一没有经过海选与试镜，直接进入女主角名单的。

就连安之淳都预言，明年的奥斯卡奖，《夜幕》会继续大丰收。起码，最佳外语片奖是拿定了的。一部好的电影，无须太多花哨的东西，真正深厚的情感就足以打动人。

陆蔓蔓还那么年轻，就成了双料国际影后。再次站在香港与戛纳的颁奖台上时，她要感谢的，依旧只有一个人——安之淳，是他成就了自己。

两人的婚礼并不隆重，甚至可以说是很简单的。

他们只请了亲人和最要好的朋友，没有对媒体公开，婚礼上全都是自己人。

女方这边，陆蔓蔓的妈妈费莉、弟弟慕星河，还有陈启、陈赫拉都是必定要来的。陈启抱了粉雕玉琢的，只有半岁大点的小女娃来。安东尼这个最新一届的奥斯卡影帝也来了，同来的除了摇摇还有薇薇安。薇薇安也算是陆蔓蔓的好友了。

安之淳的妈妈也到了。她一来到沙滩上，就给了蔓蔓一个大大的拥抱："我终于等到今天了啊！也不枉我推掉了巴黎的歌剧表演飞过来。你要知道，我都一把年纪了，还能出演《歌剧魅影》里的少女克里斯丁娜，这个机会，估计这辈子也就最后一次了。"

安妈妈还是那么爱开玩笑。蔓蔓抱着她，哈哈大笑。

顾清晨到得很早，他犹如长兄一样，为她操持，让她省了不少心。安东尼这个大情圣，当然是要端着酒杯，时刻保持优雅的。每当陆蔓蔓出出入入时见了他，总是对他嗤之以鼻。

"小蔓蔓，你为什么对我就不能温柔点呢？真怀念那个还是李珍珠的你，柔情似水，说个玩笑都能脸红。"安东尼打趣道。

陆蔓蔓："……"

陆蔓蔓的好友团里还有闻乐，闻乐当伴娘。当陆蔓蔓好奇地问安之淳伴郎是谁时，安之淳笑而不语。

"不会是何庭小哥吧？"

正在为好友忙进忙出的何庭听见了她的话不乐意了。他拉了宋珍珍过来评理："你说她是怎么回事儿？我堂堂一个投资银行中国区的总经理给她当伴郎很失礼吗？"

宋珍珍轻咳了一声，居然也开起了何小哥的玩笑："这可是我们董事主席的夫人，你说话可要小心咯。"

何庭："咯咯咯咯。"

陆蔓蔓忍俊不禁。

四

婚礼的举办地是地中海的某个不知名的小岛，是陆蔓蔓十二岁那年，安之淳带她来过的小岛。

安之淳在她十二岁时便已经对她心动。他们分离了七年，这七年犹如一个圆，他们在起点，同时也在终点找到了对方。

这个海岛对两人来说有着别样的意义。

趁着大家在忙，穿了一身简约婚纱的陆蔓蔓倚在了安之淳的怀里，两人坐在海边的沙滩上，任潮起潮落，打湿了脚丫也不管不顾。

"好神奇啊！"陆蔓蔓叹道。她取出手机，又翻到了拍了红本本的那一张照片："我们居然结了两次婚，拿了两本结婚证书啊！一次在曼哈顿，一次在国内，不过我还是更喜欢国内的红本本。"她看着红本本的照片，又咯咯地笑了。

"所以，我们不单这辈子要在一起，下辈子也要在一起，因为我们结了两次婚。"安之淳低下头来吻了吻她的鬓发。

"我比较贪心，可不可以预约下下下辈子啊？"

"可以。"安之淳说，"不管多少辈子，我们都在一起。"

"嗯，真好。"

安之淳搂着她纤细的肩膀，说："真好。"

"你干吗学我说话？"陆蔓蔓挠他腰上的痒痒肉。

"是你学我说话。"他去抓她作恶的手。两个人如同在少年时代似的快乐地拌嘴，快乐地牵手，快乐地在一起。

嘭的一声，头顶忽然发出了剧烈的响声，然后无数的彩纸飘了下来，沾在了两人身上。众宾客都到了，就等着两人了。

"哎，婚礼都要开始了，你的伴郎到了吗？"陆蔓蔓嘟着嘴，一脸揶揄，"没有伴郎可是结不了婚的哦。"

"我可以补上。"安东尼插了进来。

"你一个带着儿子的已婚男，滚一边去。"陆蔓蔓斜睨了安东尼一眼。

"蔓蔓妈，别凶爸爸嘛！"易摇摇两眼泪汪汪的。巴顿以为她是在骂它，已经主动站到了一边，惹得陆蔓蔓哈哈大笑。

陆蔓蔓把巴顿牵了过来，发现它身上穿的居然是一套阿玛尼特制的黑色燕尾服，帅得不可思议。她眼珠一转，对着安之淳说："哎，其实巴顿也是公的哎，也没有结婚，要不我们就把它当作伴郎呗。"

巴顿看起来好兴奋："汪汪汪汪！汪汪汪！"它仿佛在说：好哇好哇！选我吧！

安之淳："……"

安东尼："……"

顾清晨和易摇摇大笑不止。

安之淳心中苦闷，只差没叫出来：你让顾清晨来我都没意见，为什么偏偏是巴顿……

其实慕星河心中也很苦闷。姐姐自从有了姐夫，就完全当他是透明的了！她居然想不起他，他就是未婚的！他完全符合伴郎的条件！

"嘿，安，蔓蔓，好久不见。"一个清冷的嗓音透过众人传了过来。

即使只是一面之缘，陆蔓蔓也不会忘记这个声音的主人。

大家已经看了过去。一众女宾猛地屏住了呼吸，就连眼睛都发直了。

洛泽先是看向安之淳，点头打了招呼，然后才看向陆蔓蔓，含了一点笑，也和她打了招呼。

他手上拿着一捧大红的玫瑰花走了过来，将花送给了新娘，轻声说道："Trustroseonly，trust love。"

这句话是出自《圣经》的"信者得爱，爱是唯一"。他给了新人最好的祝愿。

洛泽穿着一套黑色西服，像风度翩翩的王子。

陆蔓蔓接过了花，说了声"谢谢"，然后与安之淳"咬"起了耳朵："你请他来当伴郎，不怕被他抢了风头吗？你看，所有女人的目光都黏在他身上了。安先生，一比你就被他比下去了哦！"

安之淳微笑道："这样才好，他需要所有女人的注视，而我只需要你一人的注视就够了。"

那是他说过的最甜蜜的一句情话。

两人是青梅竹马，从小玩到大，有时候相处起来，与其说是像情侣，不如说更像兄妹，更像亲人。而今天两人已成了真正的亲人，血脉相连。安之淳又是内敛的人，他很少说什么动人的情话，而这一句由他说来，分外动人。

陆蔓蔓摸了摸小腹，微笑着看向他，决定到了晚上洞房花烛时再告诉他这个好消息。

忽然，大家的身后又传来了脚步声。陆蔓蔓回头看，居然是安伯伯过来了。她真没想到他会来。他同意两人的结合了？"安伯伯……"陆蔓蔓低声叫了一句，有些不安。

"还叫伯伯？"安之淳的爸爸有些无奈，他看了儿子一眼，叹了声气，说，"该改口了。你都这么大了，以后要懂事。"

"嗯，爸爸。"陆蔓蔓红着小脸笑道。

能得到双方父母祝福的婚礼才是完美的。陆蔓蔓希望他们父子俩的关系能和缓下来。所以，她瞒了安之淳给他爸爸寄了结婚请柬，用词恳切。开始时，她一直没看到安爸爸来，所以有过失落，可现在不一样了！

陆蔓蔓笑着看向了安之淳，发现他也一直在注视着她，从开始的最懵懂的岁月，到淡淡相思的年少时期，再到现在，他注视的只有她。

牵着彼此的手，这对新人穿着洁白的礼服，赤脚走过金黄的沙粒，穿过头顶上的那一道道花拱，来到了牧师面前，在牧师的见证下完成了婚礼。

誓言并不冗长，安之淳看着她的眼睛说："我以超越自己生命的爱来爱你。但我一定要活得比你长，用尽所有来爱你。"

陆蔓蔓执着他的手，凝视他的眼睛："我爱你，直到生命的尽头，直到灵魂也没有了，直到世界变成虚无。我爱你。"

现场响起了热烈的掌声。

围绕在两人身边的都是他们最爱的人，最重要的人。

随着牧师的一句"礼成"，安之淳正要去亲吻他的新娘。

结果，他的嘴唇才触碰到了她的嘴角，她就忽然将头一歪，干呕了起来。

安之淳："……"

他连忙替她抚背。接过伴郎递过来的温水杯子，安之淳将水杯凑到了她的嘴边："来，喝口温水会舒服些。"

陈启是过来人，她走近了陆蔓蔓，说道："蔓蔓，你不会是有了吧？"

一边的陈赫拉听见了，咯咯笑："她已经诈唬过一次啦，这次不会还是吃诈唬吧？"

"赫拉！"顾清晨呵斥了她一句。这个小侄女真是没眼力见儿，居然在人家大喜的日子说不好的话。

安之淳以询问的眼神看向他的小妻子，她的脸很红，眼睛扑闪扑闪的，那么动人。然后，她对着他点了点头："我真的有了，之淳。"

那一刻，安之淳快乐得要疯了，一把将她抱起，原地转了好几圈。陆蔓蔓咯咯咯地大笑，反而是众人大呼："小心！"

今天真是无比快乐的一天！

五

大家只是坐在海边吃晚饭，这场婚礼没有中式礼仪的烦琐，简简单单，随意美好。

吹着海风，聊着天，大家如同最亲密的友人。

洛泽坐在安之淳的身旁，等安之淳去洗手间时，隔了一个空位，他对陆蔓蔓说："谢墨脱已经被关进大牢了。"

陆蔓蔓的嘴角抽了抽，她诅咒道："最好把他关进一群喜欢折磨人的狱友那里。"

洛泽："……"

坐在陆蔓蔓身边的伴娘闻乐无奈地道:"喂,你注意点胎教行不行。"

陆蔓蔓:"……"

洛泽又说:"我来前就和监狱长通过电话了,他已经答应了我的请求。他们把他关进了十人仓里,里面有九个人喜欢……折磨人。"

闻乐对这个英俊得过分的男人,更是坏心眼儿满天飞了。

陆蔓蔓暗中拧了一把闻乐:"他不是你的那盘菜,你就省省你的心眼儿吧。"

"为什么?"闻乐不满。

"同好奇,为什么?我也喜欢那个男人,啧啧,他居然比顾清晨还帅!"赫拉小姐姐也凑了过来,眼睛老往洛泽那儿瞥,她又补了一句,"啧啧,比安之淳还要帅!安东尼也要靠边站。不,连莫尼都不行。"

陆蔓蔓:"……"不行,求莫尼的心理阴影面积。而且这小姐姐是不是有恋小叔叔的癖好?什么都要拿来和清晨比……

洛泽侧了侧身,装作没有听见一众女性对他的议论,看着不远处的海出神。海风吹着很舒服,他惬意地闭上了眼睛。

"哇,他的眼睫毛好长!"赫拉嚷嚷了一句。

陆蔓蔓:"……"赫拉小姐姐已经化身迷妹了。

"他一拳可以打死一头花豹……"陆蔓蔓说,"我劝你等省省吧,他不是你们的菜。"她尽量压低声音说。

"我的天哪,现代版武松?"赫拉小姐姐语出惊人。

撇了撇嘴,陆蔓蔓又说:"也算是吧……"

"那谁是潘金莲?"闻乐抢话。

陆蔓蔓:"……"这话没办法接下去了……

洛泽的肩膀抽了一下——很微小的动作,但陆蔓蔓看见了。他居然笑了?

喊!原来这又是一个和安之淳一样闷骚的男人。我就等着看以后是哪个女孩子收了他这等绝色妖孽了!

当天,陆蔓蔓逃离了危险,上了巴巴的直升机,躲在安之淳的怀里时,她还是很担心洛泽的安危。

她把U盘给巴巴时,也说了自己的担忧。但巴巴说了一句:"洛泽?他一拳能打死一头花豹。如果不是他不好暴力解决问题，谢墨脱只怕连小命都保不住。"

陆蔓蔓："……"

"在想什么呢，小东西？"安之淳坐回到了她的身边。

陆蔓蔓乖巧地答："在想你啊！"

低笑了一声，安之淳摸了摸鼻子："现在，我很后悔请他来当伴郎了。我的新娘的注意力都飞到别人身上了。"

哪有这样开玩笑的。陆蔓蔓红着脸，捶了他一记："不正经。"

安之淳附在她的耳边，低低地说："还有更不正经的，你要听吗？"

两人的婚房就坐落在海边。它有一整面的落地玻璃窗，两人可以看见整面的海，景色非常壮观。

安之淳刚洗完澡出来，就看见头发都还未干的小东西正蹲在地毯上拆礼物。

见他出来了，她回头看了他一眼，啧啧，他的身材还真好！他裸着上身，只围了一条白浴巾。她红了脸，嗔他："哎，穿衣服！"

"穿了待会儿还要脱，多麻烦。"某人脸不红心不跳地说道。

陆蔓蔓猛地转回了头去，不理会他，继续专心拆礼物。

安之淳拿了吹风筒过来，插好插头，坐在地上给她吹头发。

"哎，洛泽跟你说了吗？他送了份大礼给我们。"见安之淳摇了摇头，十分茫然的样子，陆蔓蔓笑得十分灿烂，"洛泽说，他将谢恶魔在今天转投进了新的十人监仓，里面的九个男人都喜欢折磨人。他们全是特级变态强奸暴虐杀人犯……"

安之淳："……"

他捂住了她的嘴："注意胎教。"

为什么每个人都这样说呢？真没意思！陆蔓蔓无趣地撇了撇嘴。

其实，见她终于从那次的阴影里完全地走了出来，安之淳是开心的。他替她理顺干了的头发，替她抹了玫瑰发油，才说："蔓蔓，那次是我没有保护好你，我很内疚。"

"不必内疚，如果没有你，洛泽不会为我而来。虽然他也有任务，是借与我配合，将任务提前了。但没有你……"陆蔓蔓莞尔，双手按到了他的脸上，"我就知道没有如果。你总是最厉害，最有办法的那一个。无论我在

535

哪里，哪怕没有了卫星定位，我都知道你能找到我，而且，你确实也找到了我。"

安之淳终于释然。是的，只要是她的事情，就算拼了他的命他都是要做到的。低笑了一声，他说："顾清晨的礼物你看了吗？"

陆蔓蔓还真没看。听他这样问，她有些小心虚地看了他一眼。

"看看吧，我不是在吃醋，"安之淳又笑了，"我像是那么无理取闹的人吗？"

"哎，好嘞！"陆蔓蔓终于放下心来，找到了顾清晨的礼物。她老早就想拆了，总觉得那个包装盒的样子好熟悉。

拆开包装盒见到小提琴盒的那一瞬间，她真的激动了！她最想要的确实是代表童年时代的小提琴。

可当她打开琴盖的那一瞬间，还是惊得说不出话来。居然是安之淳送给她的那一把！陪伴她度过了整个少女时代的那一把。顾清晨给她配了一个古董提琴的套子，一并送了来。

"是你送我的古董琴……"她已经说不出话来。

"是。当初你最困难时，也是他通过琴行，买下了你的琴。"安之淳说，"他还了回来。证明他是真的放下了。"

"嗯。"

两人相依拥抱，十分满足。这把琴，转了一圈，终于又回到了两个人的手中。

地凉，安之淳将她抱回了床上。两人侧卧着一同看海，她就在他的怀里。

她身上穿的是维秘大会送的粉红真丝睡袍系列套装。粉红色十分衬她的肤色。此时两人之间甜蜜得如同一场梦。他的手按在了她的袍结上。

陆蔓蔓有些心慌，这阵子因为两个人都忙，确实很久没有那个过了。当她知道有了孩子时心情是很激动的，想着今晚就告诉他，但她还是有些担忧，于是软软地撒娇道："之淳，医生说头三个月……"

"没关系，蔓蔓，我会很温柔、很小心的。"他吻了吻她的头发，"你真香。"

"你每次都说会很温柔，可每次都很不温柔！"陆蔓蔓抗议。

安之淳低笑了一声："你坐上来吧。我怕压到了你。"

陆蔓蔓红着脸摇头："不要！"明明他在她身后，都看不见她，可她还是害羞得捂住了脸和眼睛。

哇，我的脸好烫！

看着她连后项都红透了，安之淳低笑了一声，手已经拉开了她的袍结，将衣服褪到了她的肩头，他的吻落在了她的背上，很轻，却痒，一直痒到了她心里去。

陆蔓蔓受不了，想躲，却被他的双手固定住了，他的嘴唇沿着她的背脊一路吻了下去。"嗯。"陆蔓蔓低吟，安之淳轻声说："蔓蔓放轻松，我不会伤害到宝宝的。"他从后面进入她，那一瞬间，给了她强烈的刺激，她的身体几乎受不了，她已经跃到了顶峰。

"蔓蔓，蔓蔓。"他低唤。

"之淳，别，我受不了了。"

安之淳忍了许久，还是停止了动作。他侧搂着她，仰起了上半身叫唤她："蔓蔓，看着我。"

陆蔓蔓仰起小脸就能看到他那对明亮的眼睛。视线相触那一刻，她的眼睛闪了闪。"别躲，看着我。"他又低低地诱哄道。

她觉得自己的一颗心都要被他抚慰平顺了。"什么时候的事儿？"他问她。

陆蔓蔓还是觉得有点害羞，眼睫毛颤了颤，看着他时，声音更小了："我们一直在忙，估计就是在小象房的那一晚……"她一害羞，直接将脸压进了床褥里。

真是害羞的小东西，害羞却也无比迷人。他动了动身体，陆蔓蔓溢出了难耐的声音："别，之淳，太深了。"

他的动作十分温柔，让她沦陷，他几乎每一分每一秒都在取悦她。高潮再度来临时，她的感觉更为敏锐，安之淳抱紧了她，安抚她："乖，放松下来，完全地打开自己，把自己交给我。宝宝不会有事的。听话。"

"嗯。"她将他的手臂抱紧，感受他的占据、他全部的力量与爱意。

"蔓蔓，你想到给我们的孩子取什么名字了吗？小名也可以。"安之淳已经达到了顶峰，在夜色里，他的面容有些狰狞，高潮来临时，他抱着她释放了出来。

陆蔓蔓已经溃不成军，身体颤了颤。他感觉到了，他到的同时，她也到了。真是完美的一次体验。"小名就叫'小象'呗。我们是在象房里得到的宝宝。"

安之淳低笑了一声："也好。"贴着她耳朵，他说："挺好的，我们每次叫宝宝的名字时都会想起象房里的难忘体验。"

"注意胎教！"陆蔓蔓都要羞死了，怎么会有这么无耻的人，满脑子时刻都是那样的东西。

安之淳说："那我说点有利于胎教的吧。"

"哦，是什么？"陆蔓蔓有些好奇，仰起脸来看他。

他看着她的眼睛，说："蔓蔓，我爱你。安太太，我爱你。安之淳爱陆蔓蔓，永远爱着陆蔓蔓。"

她是他的小青梅，是他的妹妹，是他小情人，更是他的妻子，是他孩子的妈妈。她是他的蔓蔓。

《夜幕》夺下了台湾金马奖最佳导演、最佳影片故事、最佳女主角（双女主都获奖）、最佳剧本等多个奖项。

陈启的导演生涯又上升到了新的高度。而这个高度，很大程度上是陆蔓蔓带给她的。

出席十一月份的颁奖典礼时，陆蔓蔓的肚子已经很大了。可她还是很爱臭美。在梳妆台前花了好多的时间打扮。

"安先生，我的脸是不是肿了？"安太太不开心了，一直捏着自己的嘟嘟脸。

其实是过去的婴儿肥又回来了，十分好看。之前的她太瘦了。安之淳仿佛又看到了十二岁时的陆蔓蔓，她穿着一身亮红的比基尼，站在镜子前左照照、右照照，照了许久，只为了将最美丽的自己展现给他看。

时光如梭，转瞬间，那个十二岁的小女孩已经成了他的妻子。

感动之余，安之淳还不忘笑着打趣："一点儿都不肿。"

"唉。"安太太唉声叹气的。

安先生附在她的耳边："你哪里肿了？我怎么不知道，昨晚摸着时，哪儿也没有肿啊？"

"安之淳，你给我去死。"

"安太太，注意胎教。"

陆蔓蔓："……"

最后，她选了一套V集团专门为她定做的有桃红色泡泡袖的包臀礼服裙。裙子衬得她十分婀娜，将她的好身材完全展现了出来。裙子的料子很

538

有弹性，除了肚子那里，其他地方都是紧身的，这样一来就显得她的胳膊十分纤细。包臀裙的裙摆一直到膝盖处，在那里飘出一寸娇艳的粉色薄纱，她走动时，薄纱像蝴蝶的翅膀。她站了起来，带着些拘谨地看向他，问："之淳，这样还行吗？"

见他直直地看着她不回答，她又问了句："阿宝？"

他是她的阿宝，那个住在隔壁的邻家大哥哥。她已许久不这样叫他的小名。

他是她的阿宝，也是她的丈夫。他走了过来，握住了她的手："很美。蔓蔓，你是最美的。"

奖项如何，两人都已不再关心。他们只要眼里的彼此……

番外合集

一　甜蜜的孕期日常

陆蔓蔓怀孕后，要求安先生每晚给宝宝念一个睡前故事。

晚上，安先生给肚子里的小宝宝讲着故事。他的手轻按在她的肚子上，对着童话故事书念，念着念着，就把童话念成了经济金融学……

陆蔓蔓故作委屈："你对宝宝毫无兴趣。"

怎么可能，能得到一个宝宝，闷骚的安先生快高兴死了。但他还是装出一副淡定的样子："我对你有'兴'趣就够了。不过如果生个女儿的话，我会很高兴的。生个boy（男孩）嘛，我怕我会每天都要揍哭他。"男孩子多惹人讨厌哪！还是女儿好，像蔓蔓，笑时有个小酒窝。

他希望能和她拥有一个美丽的小女孩，这是他毕生的愿望啊！从他十八岁开始，他就在等她长大。现在，他和她要组成一个幸福的小家庭，再要一个可爱的小女孩。

但陆蔓蔓瞬间听懂了他所说的"兴"趣。此"兴"趣非彼兴趣。

于是，面对"兴"趣勃勃的安先生，陆蔓蔓"秒遁"了。

她想要下床，就听见他说："我的公主殿下，有什么需要为夫代劳的吗？"

她呵呵笑了两声。

她已经走到了衣柜那里，翻出了一件从头遮到脚的棉睡袍，说："天气好像挺凉的，我还是多穿一件衣服好。"

安先生闲闲地道："其实你不穿更好，要不要试试别的方法，保证你会觉得热的。"

安太太后知后觉地发现，她被安先生给撩了。

安先生低笑了一声，说："你怕什么，我又不会吃掉你。我将空调调到了二十九度，还不够暖吗？"

"够了够了！"

安先生对她招了招手，她只好乖乖地躺回了床上。

这一次，安先生给她和宝宝讲了另一个故事，故事叫作《他手心中的小公主》。

陆蔓蔓十四岁时，依然是安之淳捧在掌心里的公主。

那一年是她的生日，她对着梳妆镜子感叹："什么时候才能到我的花季雨季？"

花季雨季，多么美好的词语啊！到了她的花季雨季，她就是真正的少女了呀！

她托着腮在那里发呆。安之淳撩开珠帘，走了进来。

"怎么了，嘴巴嘟得那么高？"他在她身边站定，看向镜子里的她，她穿着一袭纪梵希的经典款小黑裙，美丽精致又优雅。他低声笑说："你总是穿小黑裙，渴望长大的心还真急切。"

她嘟囔着，一时口快说了出来："急着长大嫁给你呀！"

可是想再憋回去也不可能了，她羞红了一张脸不敢看他。他见她那腼腆又羞怯，只恨不得往地缝里钻的模样，贴心地替她解了围："你刚才说了什么？哦，蔓蔓，我刚才在想一个项目，没听清楚。"

陆蔓蔓大大呼出一口气，说："阿宝，你手艺好，给我盘发呗！"

这种小黑裙是要盘发才配的。安之淳有些无奈，但说话时是十分宠溺的："就你懒，不爱动手，每次都要我给你扎辫子。"然后，他给她梳顺了头发，再仔细地将头发绾起，收在她的后脑勺上。

她笑嘻嘻的，一侧头就看见他低着头给自己弄头发的样子，那么认真和专注。她笑道："阿宝，你真好看。"顿了顿，她又说，"长发这么麻烦，要不，我剪成男孩子头，一劳永逸？"

他抬手就给了她一个栗暴："你敢！"

她绾好发后果真十分美丽，只是她的耳朵上还空着。他从西服内袋里取出了一个红色小锦盒，打开是一对小巧精致的珍珠耳环。

他替她戴上。

镜子里的少女真是美丽呀！她还那么小，就已经开始展露出一抹娇嫩的艳色来了。

她没有化妆，再兼她肌肤很好，白皙无瑕，她那对大眼睛又顾盼生辉，故美丽得让他忘记呼吸。

偏偏这么美丽的女孩不解风情，她在他面前摇了摇手："阿宝？"

是的，她还小。他还得耐心等她长大。

他还送了一支口红给她。知道她的喜好，他挑选的是正红色。

当他旋开口红时，陆蔓蔓看到那火红的膏体的那一刻，高兴地跳了起来，而他的眼睛里也是一片笑意。但他还是板着脸将她压回了凳子里，说："淑女一点。小黑裙是给淑女穿的。"

果然，她又变得很淑女。

他一只手钩起了她尖尖小小的下颌，给她涂上鲜艳的口红。那一刻，他心中是有过涟漪的，但都被他收藏在心底，收得很好很好。

她抿一抿嘴唇，口红涂好了。

两人在妆台前顾盼，那一幕他铭记了一辈子。安之淳叹："蔓蔓，那一幕，我想我是会带进棺材里去的。关于和你的点点滴滴我都记得，不舍得忘记一分一毫。"

故事讲完了。

他亲了亲他的小妻子，说："那时你说要嫁给我，天知道我有多么欢喜。"

她也是感叹："原来当年你听见了。"

顿了顿，她又说："安先生，谢谢你。这是安太太听过的最好听的胎教故事。"

曼哈顿是个不夜城。

陆蔓蔓喜欢这里，因为她和他相恋在曼哈顿的天空下。

她怀孕四个多月了，虽然不是很显肚子，但到底是月份上去了。她的腿开始发胀，有时夜里她也睡不着，于是两人干脆在阳台上看夜景。

灯火辉煌，星光璀璨。她说的还是当初热恋时的那句话："我和这座城恋爱了！"而安之淳正在给他的小妻子按揉着小腿。

见他不作声，她将小腿往他的手腕内侧勾了勾。

他再抬眸时，眼睛里漆黑一片，深不见底。她吓得马上就老实了。而他只是低笑了一声，道："如果没有你，这座城再美丽与我又有什么关系？"

陆蔓蔓哈哈笑："安先生你说情话时真性感。嗯，安先生，你越来越会说情话了。"

可是安先生的真实意图并不在这上面哪，他的手已经沿着她的小腿腹一路滑了上去……

陆蔓蔓再也笑不出来了。

"安先生，别这样嘛！"她只好来软的。

安之淳也很委屈："蔓蔓，安先生忍了很久了。我问了医生的，满四个月就没问题了。"

她刚才只是勾了勾脚，调戏了他那么一下呀！可是，为什么要付出那么大的代价呢？还没等她想明白过来，他已经将她打横抱起，回到了卧室里。

卧室对面是一个阳台，东河上的灯火璀璨无比，像星星落到了河里，他和她坐拥着一片美景。他嘴上说得厉害，但最后也只是搂着她，共赏夜景而已，他说："蔓蔓，你看，在这座城里，因为有了你，我才不再寂寞。"

陆蔓蔓抱着他的肩膀，亲了亲他深邃好看的眼睛，等他的视线触及她的视线时，她笑得特别狡黠，她咬着他耳朵说："安先生，等我生了后，会加倍满足你的。至于现在嘛……不如我用别的方式帮你，嗯？"

这么美丽的夜晚哪……她又怎么舍得委屈了她的安先生呢？

二　迎接小天使的到来

陆蔓蔓一向身体好，所以她选择的是顺产。

整个过程，安先生始终陪在她的左右。

一开始，她闹情绪，不肯让他进产房。虽然他无条件地宠她，可这种大事肯定是他说了算。

她说不过他，叉着腰指责他："你这个不讲道理的独裁者！"

当时还没进产房，她也没开始作动，所以待在单独的病房里。连一旁作陪的安东尼都看不过去了，说："小蔓蔓，你的中气还真足！"

易摇摇眨着一对绿眼睛说："蔓蔓妈，给我生个小弟弟吧！以后我可以带着他去踢足球。"

安先生不满了，一把搂过她，说："不好意思，我们只要小公主。"

陆蔓蔓将他手臂拍开："谁和你和好了？哼！"

自从怀孕后，他的小娇妻脾气是越来越大了。安之淳揉了揉眉心说："蔓蔓，乖，听话。让我陪着你。那是你最重要、最艰辛的时刻，我希望可以替你分担，我们是夫妻。"

他的一番话说得她眼睛都红了，她一下子抱住他，说："阿宝，我们和好了。"

被虐了的安东尼无法忍受，出去玩手机去了。而蔓蔓妈还有安之淳的妈妈也一并离开了，让这小两口说会儿甜蜜话。

陆蔓蔓见大家都走光了，有点不好意思，说："阿宝，女人生产时和生产后巨丑无比！"

原来说白了，她还是爱臭美。安之淳有些哭笑不得，但还是哄她："你在我心里再丑都是天仙。"

陆蔓蔓觉得他这句话怎么听怎么别扭，敢情他是在戏弄她呀？她正要发火，忽然觉得肚子疼："哎哟……"

她连声音都在颤抖。安之淳急了，叫来了医生。后来，一切像扭紧的螺丝，什么都轮不到她决定了。她在生产过程中又急又痛，才四个小时就开到了八指，可以进产房了。中途，她痛得什么话都说不出，而他始终握着她的手，跟她一同进了产房。

过程太痛，她后来都记不清了，只记得他那一对漆黑深邃的眼睛一直看着她，替她疼，为她焦虑。在她忍受不住大喊大哭时，他也哭了，眼泪全掉在她的脸上。他说："蔓蔓，我们不生了。"

他的话真是幼稚得不可思议，连护士都笑了。而陆蔓蔓十分无辜，对着他眨了眨眼睛："阿宝，你怎么抢我台词？"

最后，就连严肃的医生都被这对活宝夫妻给逗笑了。

安之淳握着她说，给她打气："别说话了，留着力气。"

后来，她用尽全力把"小象"生了出来。当他知道新生儿是个女孩时，高兴得要疯了。他一直亲吻她的额头、眼睛和嘴唇。他说："真的是个小公主！是小公主！"

看到他眼里的幸福和喜悦，陆蔓蔓觉得再辛苦都是值得的。

她也笑了："嗯，是个小公主。"

安之淳贴着她的额头，说："蔓蔓，谢谢你。"顿了顿，他又说，"你也是我的公主，一辈子都是我的公主。"

陆蔓蔓是顺产，再加上她年轻，自然恢复得很快。

她出院后，安之淳请了专门的月嫂在曼哈顿的公寓里照顾她。而他也推掉了所有的工作，留在家中陪她休养。

可是她怕闷呀，于是经常把隔壁的安东尼父子叫来。

跟着来的自然还有巴顿。

巴顿对这个软乎乎的小天使可疼爱了。可是渐渐地它才发现，这个小天使其实是魔鬼！她会睁着一对好看的黑眼睛看着它。她的眼睛那么大，那么亮，是一对杏眼，和它喜欢的蔓蔓的眼睛一模一样。它刚要示好，小天使却忽然张开嘴，一口咬住它的耳朵。

巴顿："……"巴顿好疼，于是巴顿跑了。

轮到易摇摇来看妹妹了。

他趴在床前，看着这个软乎乎的小家伙。而他的蔓蔓妈就在一边问他："喜欢妹妹吗？"

他伸出手来戳了戳小象的酒窝。小象忽然笑了，咯咯咯的，笑得十分欢快。

陆蔓蔓怔了怔，觉得此情此景很熟悉。

安之淳也笑了。他站在她的身旁，手搭在她肩膀上，说："当年你零岁零一天，我六岁。我觉得你很神奇，于是伸出手来戳了戳你的酒窝。"

"哎，好可爱呀！这个酒窝软软的！"易摇摇像是发现了新大陆，又戳了戳小象的酒窝，自言自语道，"好吧。虽然不是弟弟，不能一起踢球，可是妹妹也挺可爱的。"

忽然，小象伸出了软软的小手，一把抱住易摇摇的手不肯松开。

易摇摇刚满六岁。

这就像新一轮的开始。

安之淳说："摇摇，小象喜欢你。"

陆蔓蔓撺掇道："要不抱起来亲一口。"

"真的可以亲？"易摇摇有点跃跃欲试。

安东尼轻笑了一声："你们急着定娃娃亲了？"

安之淳不理会他。

安东尼哼了一声："闷骚。"

而易摇摇已经将小象抱起，珍而重之地在她的额头上印下一吻："她好香。"

安东尼笑哈哈地说："是奶香呢！摇摇，原来你喜欢奶香味呀！哈哈哈哈！"

就连巴顿也无视这个白痴主人了。安东尼觉得很受伤，只好也趴在床边看小象。

小公主真的长得很漂亮啊！安东尼也忍不住轻轻戳了一下她的酒窝。小公主不高兴了，一口咬住他的手指。

陆蔓蔓哈哈大笑起来。

还是易摇摇护着这个未来的"小媳妇"，一把将小象抱了起来，说："走走走，安东！小象不喜欢你！"他是竖着抱小象的，小象在他的脸上吧唧亲了一口，然后咯咯咯地笑，露出那个深深的小酒窝来。

"真漂亮啊！"易摇摇忍不住叹道。

是呀，真漂亮啊！安之淳仿佛看到了当年的自己，站在医院里，抱着刚出世没多久的陆蔓蔓，他当时也说："这个妹妹真漂亮啊！"

他一垂眸就对上了她的眼睛，她笑着凝望他，知道了他心中所想。

他点一点头，对她说："嗯，真漂亮！"

三　相思

等小女儿三岁大时，陆蔓蔓的戏瘾又发作了。

可是她已经是一个孩子的妈妈了呀，不再是少女了，也得开始思考改变和拓宽戏路了。

晚上，当安先生沐浴完毕，十分有某种兴致，决定当一次昏君。他将银行的那些项目全部扔到了一边。

他开了一瓶好酒，醒好后，就拿着酒进房间去找她。可是，他看到她坐在梳妆台前长吁短叹。

"怎么了？"他可急了，怕小妻子有什么不顺心的事儿。

"阿宝！"她一仰头就委屈巴巴的，慌得他将酒杯一搁，将她抱紧，而她也抱着他的腰，将脸埋进了他的怀里，"阿宝，我是不是老了？"

546

她还真是爱美呀！和小时候一模一样，这一点从来没变过，还是那么可爱。他轻抚她的头发，哄道："怎么就老了呢？你要是老了，那我岂不是成了老头子了。"而且，她在他的心里从来就没有长大过呀，还是那个要时刻捧在手心里宠的小公主。

他的话惹得她哈哈大笑。她说："阿宝老了也是老帅哥。"

他在她的身边坐下，握着她的手等她说话。她还是叹道："如果我想拍戏，得改变戏路了。"

所有生育过的女星都会有此感慨的，这很正常。安之淳只是说："遇到好的剧本都可以试试。你靠的是演技，不是一副皮囊。蔓蔓，美人在骨不在皮。"

后来，经过她和他的精心挑选，她最终选的是卡梅伦重拍的《太阳下的阴影》。女主角是一位知性美丽的无国界医生。

因为是定在非洲拍摄的，所以陆蔓蔓在规划好行程后，打算在拍摄完毕时去象房探望小象们，继续当为期一个月的小象保育员。

这一年，陆蔓蔓二十八岁了。

她依旧是青春貌美的，她本就是娃娃脸，生育时年轻，又恢复得好，所以她的身材依旧高挑瘦削，美丽得如同经历了时间打磨的钻石，那份夺目的光华才刚刚开始显现。

再见卡梅伦时，他也是叹："蔓，时间优待你，你的身上没有半点岁月的痕迹。"

而陆蔓蔓只是说："那是因为安对我很好很好。"

拍片很辛苦。她又再次大胆地尝试了在拍某些战争戏份时素颜。当上尉为了救当地的难民而牺牲时，她哭了，不是那种撕心裂肺的大哭，而是默默地哭泣，用她的整个灵魂去哭泣。

刚下了飞机赶过来的安之淳透过监视屏幕看到她的眼泪时，感受到了来自灵魂深处的震撼。

他喃喃道："蔓蔓，你知不知道这一刻的你有多美？"她拥有大爱，悲天悯人，她的美是倾城的美，因为她在为战争带来的灾难和伤痛哭泣。

后来下戏了，这一天也算是结束了。可是她还是没有出戏，一直在哭泣。这样的事情仍然在非洲贫穷的国家日复一日地上演着，这不是演戏，是真实的。

他抱了她回到帐篷里。

那一晚，她在他的怀里哭得像个孩子。而他一直紧紧地拥着她，拥得很紧很紧。

当她第二天醒来，又成了那个充满活力、打不死的小强。

看她演了一天戏也不喊累，他笑她："你是铁娘子吗？"

她亲了亲他的嘴角，笑眯眯地说："因为你给了我动力呀！"

他也笑了："嗯，这是安太太说过的最动人的情话了。"

还差最后一幕，戏就全部完结了。

这一幕是要补开篇时女主角抱着新生儿的画面。

届时，将会有一个镜头特写。观众首先看到的，会是陆蔓蔓那张为电影银幕而生的脸。

为此，陆蔓蔓和导演卡梅伦商量，决定让她素颜出镜。她说，这是为了显得真实，表达对饱受战争摧残的人民的尊重。

镜头里，陆蔓蔓的一滴泪沿着脸颊滑落，落在了黑人新生儿的脸上。

她的脸始终低着，眼里仿佛有光，那道光是伟大的母爱之光。

她没有太多的肢体动作，只是嘴角微微地扬起，眼角的细纹一动，她笑了。

卡梅伦说："陆蔓蔓依旧是当初的那个陆蔓蔓，还是那么有主见，那么富有个人想法。她的素颜真美，是那种倾国倾城的美。"

安之淳点了点头，为他的小妻子感到万分自豪。

其实，这种美是大爱之美。心善，则貌美。

接下来的行程就轻松很多了。

安之淳陪着陆蔓蔓住进了小象保育区。

但因为保育区招收了七个女队员，所以不再需要陆蔓蔓去小象房守夜。

白天的时候，陆蔓蔓争着喂小象们，扛着几公斤的超大号奶瓶喂小象，嘴里还念念有词："快吃呀！别让队长发现我给你们加分量哦！"

她还抢着干最脏最累的活，任凭队员们怎么说她都不听。

有时，队长需要带队去巡逻，她就在后方给大家煮晚饭吃。当时，安之淳还惊讶地发现她居然学会了做菜。那个他捧在手心里，不舍得让她受一点点委屈的小女孩做了一大桌菜，等着队员们回来用餐。

看到大家吃得开心时，她笑得比他们任何人都要开心。她的笑是真正的开怀大笑，不再是假装四十五度仰起小脸，保持美丽的那种笑法，而是真正的大笑。他取过相机，将她最美丽的时刻——记录下来。

夜里，气温就有点低了。他给她搭了个篝火，两人坐在沙地里说着话。

天空很高，星空璀璨，平原辽阔，所有的风景都被夜色勾勒成淡淡的黛色，等到天明又将变得鲜活。这里有城市中见不到的美丽。

她笑道："之淳，你看这里的景色多美。波澜壮阔，鲜活无比。这种美不比曼哈顿的差。"

"是。"他答。

回到房间里，她去淋浴。

在这里，洗澡是很困难的一件事，但大家总是毫不犹豫地将机会让给她和安之淳。

她洗好后，取出了一套白色的制服穿上。

然后，她啊地叫了一声，安之淳听到后猛地冲了进来，说："蔓蔓，你还好吧？"

可是浴室里却没有人。

用一只手将帘子撩起一点，他看到她穿着一套医生制服站在那里。她对他勾了勾手。

蓦地，他觉得呼吸困难。

她牵着他的领带，将他扯了进来。她说："这位病人，你哪里不舒服吗？要不要我给你看看？是不是领带太紧了，我给你松松，嗯？"

她身上穿的是戏服，正是《太阳下的阴影》那一套白大褂。她居然带了过来……

安之淳再开口时，嗓音全哑了。他一把抓起她白嫩的小手，说："这位美丽的医生，我这里不舒服……"

后来的后来，她被他按在粗糙的墙上……

她的双腿缠着他的腰，缠得那么紧，当她要到了时，他还不放过她。她急得要哭了，一下子咬在了他的喉结上，而他喘息着，也终于释放了出来。

两人累得躺倒在地砖上，背脊下是凹凸不平的砖块，摩擦着她的肌肤。她看着他漆黑的眼睛，笑了，笑意魅惑："安先生，你的病治好了吗？"

他一个翻身已经将她压在身下，抬起她一边的大腿，再度进入了她，这一次他很温柔。他看着她的眼睛温柔地说道："安先生得的是相思病，这一辈子也治不好了。"

她钩着他肩膀，咔咔地笑："那我就给你治一辈子。"

四　来，医生看个病

那件记录着两人共同的甜蜜时刻的医生制服，从非洲又被带回了曼哈顿。

那件白大褂是属于陆蔓蔓的"制服诱惑"，也是她哄安先生的法宝之一。

有一次白天时，她去疯玩了一天。安先生打给她的电话，她忘了接，所以当发现手机有无数个未接来电时，她就有点慌了。

安先生肯定生气了。嗯，后果还非常严重。

可她的脑瓜灵光得很，黑漆漆的眼珠转了转，她就有办法了。

她给安先生也买了一套"制服"。

当她回到家时，果然见到安先生黑着一张脸坐在客厅等她。

女儿小象撇了撇嘴，说："妈妈，爹地……"小人儿被爹地的一张"扑克脸"吓坏了。

陆蔓蔓扑哧一笑，在女儿脸上亲了一记，问："吃饭了吗？"

"吃了。本来爹地打算亲自煮的，可是他在厨房打烂了第十八个盘子后，我们只好叫外卖了。"只有三岁多点的小象特别乖。

陆蔓蔓哄她："你快去睡觉吧！妈妈去问问爹地是怎么一回事儿。"

当门一被关上，她就被他按在门上亲。

"安先生，你怎么越老越心急了呢？"她笑着避开他的吻。

安之淳要被气疯了："我给你打了一天的电话！"

陆蔓蔓有点心虚："我忘记看手机了，阿宝，别生气嘛！"

"你就不能想起来要主动给我打个电话吗？"

他还在纠结这个问题呀……"阿宝，你知道的，蔓蔓爱美，一逛起商场来就会忘记时间。我在那儿疯狂地换裙子，换衣服，换高跟鞋什么的，换着换着就忘记了嘛！我还不是想打扮得漂漂亮亮的给你看呀！"

安先生的气消了一点。

"买了什么裙子？"安先生意味深长地看了她一眼。

她哪还能听不懂他的话？陆蔓蔓马上从衣袋里取了一件出来："给你也

550

买了一件，试试？"

他抖开一看，是一件白大褂。

她对着他妩媚地笑："安医生，轮到你给我看病了哦！"

安之淳还没有试过这样，觉得挺有情趣的，于是穿上了白大褂，并一颗一颗地将扣子扣上。

他的十指骨节分明，洁白如玉，像一根一根的白玉管，美丽得不可思议。再看他那张俊逸的脸，那对眼睛那么黑，被一身雪白衬着，更是黑如鸦羽，她的心不受控地颤了颤。

"哪里不舒服，嗯？"他靠近她，将一手按在她的背脊上。他的嘴唇贴着她的耳根徘徊、摩挲。

她壮着胆子，将他的另一只手往自己的胸脯上一按，说："我的心不舒服，你摸摸？"

"哦，要检查是吗？检查要脱掉衣服。"他看着她，笑得戏谑。

陆蔓蔓也不怕他，既然是演，那不如放开了来。她一颗一颗地将扣子解开，内里玲珑的曲线若隐若现。他的呼吸更重了，呼出的热气喷在她的颈项和锁骨上，让她酥酥麻麻的……

然后，两人听见了敲门声，接着，又听见小象叫道："妈妈，我要听你说童话故事。"

"哎，就来！"她答得特别欢快。

"别理她！"安之淳十分无耻地说，"她回去等一会儿，看不见人就睡着了。"

陆蔓蔓笑了笑，一颗一颗地开始系扣子："那可不行，安先生。我得先把我们的宝贝女儿哄好了哦！"

见她就要走，他一把将她压在墙上，不让她动，然后给隔壁的安东尼打了个电话："安东，你马上过来把小象带走，今晚让她跟摇摇一起睡。"

说完，再不顾她的反抗，他将她猛地抱起，扔到了床上……

五 幸福的一家

小象的名字其实是有"重要"意义的。

话还要从头说起。

某天，安先生陪陆蔓蔓去做产检。拿到四维照片后，陆蔓蔓指着那一小坨黑黑的东西对安先生说："宝宝长得像你呢，你激动吗？你看，他的眼睛像两条线，长长的。"

安先生："……"你从哪里看出来他像我了？他摸了摸鼻子，只好昧着良心说："我的孩子像我有什么稀奇，要是像隔壁的安东尼，我才该激动呢！"一时口误的安先生说了不该说的话。

因为这句话，安先生睡了一个月的地板，而且安意香出世后，还格外喜欢隔壁的安东尼……的儿子，那个帅帅的，有着绿眼睛的摇摇哥哥。

后来，小象四岁了。逐渐懂事的小象问妈妈和爸爸："爹地，我是女孩子，干吗叫我小象。我又没有大象腿，这名字真难听。"

"哦，"安先生意味深长地看着蔓蔓，"问你妈妈去，问她干吗给你取这么个小名。"

"妈妈，妈妈，为什么？"

陆蔓蔓想起两人在非洲象房的那一晚，脸红了。她只好支支吾吾，顾左右而言他。

最后，小名变大名，她取了"象"的谐音，又因女孩子爱香香的，所以小象的大名叫安意香。

而小公主对安意香这个名字很满意，吧唧就亲了爹地和妈咪一大口，还不忘说："爹地，到你亲妈咪了！"

于是，安先生搂着一对美丽活泼的母女俩，轮流亲了个遍。陆蔓蔓快乐得笑个不停。安意香咯咯咯地笑，模样娇俏又可爱，安先生又亲了她一下又一下。

自从确定了大名，安意香可开心了，还表示她是大人了，需要多出入些大人们的场所来开拓交际圈。

例如舞会、爹地的宴会、电影院或美术馆等等。

一天，全家一起去看画展。

其中一幅美丽女孩的肖像画引起了大家的注意。

小象指着画中的女孩说："爹地，这个小姐姐真漂亮。好羡慕她呀！"

安之淳见识广博，自然知道这幅画，于是解释道："这是雷诺阿的《康达维斯小姐的画像》。这幅作品是为一位银行家的女儿所作，画像上的少女青春美丽，含羞带笑，微露半边脸，那种纯真、含蓄与优雅，给人很恬静的感觉，这画的确画得很好。"

顿了顿，安先生又说："我们的香香也是小美人。要不请洛泽来为她画肖像画？洛泽也是个绘画高手。"

陆蔓蔓说："洛泽说过了，他喜欢画不穿衣服的。"

安先生："……"

于是，安先生的提议被否决了。

可是这对美丽活泼的母女俩磨人呀！香香一定要肖像画，吵个不停，而他的小妻子更是在不厌其烦地煽风点火呢！她说："你要画，让你无所不能的爹地去想办法呀！你妈咪都没有一幅肖像画，哼！"

原来，是他太宠女儿，让他的大宝贝吃醋了。

可是莫名地，他又觉得自己很幸福。他看着这一大一小围绕在他的身边，那种幸福的感觉要将他溺毙了。

陆蔓蔓一回头，就看到了他温柔而满足的微笑。

他的视线始终胶着在她的身上，隽永而恒久。

他是她的阿宝，是她的之淳，从邻家哥哥到现在成为她的丈夫，他待她始终如珠如宝，他的爱意未曾有一分消减。

她忽然投进了他的怀里，紧紧地拥抱着他，在他的耳边低语："之淳，嫁给你，我很幸福。"